KB047408

그로테스크

■ 일러두기

· 이 도서는 2005년 11월 25일 초판 발행된 《그로테스크》를 시대의 흐름에 따라 수정 보완하여
  2019년 1년 새롭게 발행한 신장 개정판입니다.

· 한국어판 역주는 본문 안에 고딕 서체의 작은 글자로 처리했으며 별도의 표기는 생략합니다.

GROTESQUE by Natsuo Kirino

Copyright © 2003 Natsuo Kirino
All rights reserved.
Originally published in Japan by BUNGEI SYUNJU LTD., Tokyo.
Korean translation rights arranged with Natsuo Kirino, Japan through THE SAKAI AGENCY and
BOOKPOST AGENCY

그로테스크

기리노 나쓰오 장편소설 윤성원 옮김

문학사상

차례

GROTESQUE

1장

아기 상상도

죽음이 불러온 추억

  나는 남자를 볼 때마다 이 사람과 내가 아기를 만든다면 대체 어떤 아이가 태어날까 하고 나도 모르게 상상을 하게 됩니다. 그것은 거의 습관처럼 되어버려서 그 남자가 잘생겼든 못생겼든, 나이가 많든 적든, 항상 머릿속에 떠오르곤 합니다.

  남자가 고양이 털 같은 내 연갈색 머리카락과는 대조적인 새까맣고 뻣뻣한 머리카락을 갖고 있거나 하면, 그 아기는 알맞게 부드러운 색조의 뻣뻣한 머리카락을 가질 거야, 하고 썩 괜찮은 모양부터 상상하기 시작합니다. 그러다가 완전히 정반대의 터무니없는 망상으로까지 이어지기도 합니다.

  쌍꺼풀진 내 또렷한 눈에 상대방의 엷은 눈썹이 달라붙고, 내 조그만 코에 커다랗게 뚫린 콧구멍이 겹쳐집니다. 내 통통한 다리에 딱딱한 무릎. 내 두꺼운 발등에 네모진 발톱. 두 사람의 여러 가지 조화를 생각하기 시작하면 끝이 없습니다. 그러는 동안 상상 속의 아기는 서로의 결점만 가진 추한 아기로 변하기도 합니다.

  내가 너무 흘깃흘깃 보고 있으니까, 상대방 남자가 내가 자기에게 마음이 있다고 믿은 나머지 오해가 생긴 일도 가끔 있을 정도입니다. 하지만 나는 신기하다는 생각뿐입니다.

정자와 난자가 결합해서 새로운 세포가 만들어지고 생명이 태어난다. 그것은 어떤 식으로 태어나는 것일까? 정자와 난자가 서로 으르렁거리다가 악의에 가득 차서 갑자기 전혀 다른 종류의 모습이 태어나는 일은 없을까? 반대로 궁합이 너무 잘 맞아서, 부모보다 훨씬 뛰어난 생명체가 태어날 가능성도 틀림없이 있을 것이다. 정자와 난자의 의지는 아무도 모르니까.

그럴 때 내 머릿속을 스치는 것이 바로 '상상도'입니다. 그렇지요, 생물이나 지리 교과서에 자주 나오는 바로 그 상상도입니다. 기억하세요? 지층에서 발견된 고생물의 화석 등을 보고, 그 생물의 형태나 습성을 상상해서 그린 것 말입니다. 대체로 그런 상상도에는 바닷속이나 하늘을 배경으로 선명하게 채색된 동물이 그려져 있었지요.

사실 나는 어렸을 때부터 그런 종류의 그림이 무서워서 견딜 수가 없었습니다. 무섭다는 것은 마음이 끌린다는 증거일지도 모릅니다. 그도 그럴 것이 교과서를 들여다보는 것이 몹시 싫고 견딜 수가 없는데도, 어느새 그 페이지를 찾아내서 열심히 들여다보곤 했으니까요.

아직도 기억에 남아 있는 것이 버지스Burgess 동물 무리입니다. 로키 산맥에서 발견된 캄브리아기의 화석을 보고 상상해서 그린 그 그림에는 기괴한 모양을 한 동물들이 물속을 헤엄쳐 다닙니다. 등에 가시가 죽 돋아 있어서 빗으로 오해하기 쉬운 할루키게니아가 바다 밑바닥의 모래 위를 기어 다니고, 눈이 다섯 개나 되는 오파비니아가 몸을 꿈틀거리며 바위를 피해 다니고, 거대한 갈고리 모양의 촉수를 가진 아노말로카리스가 어두운 바다를 헤엄쳐 다니면서 먹이를 찾아다닙니다. 나의 상상도란 그것과 비슷합니다. 내 머리에 떠오르는 것은 나하고 남자가 몸을 결합해서 만들어낸 기묘한 모습의 많은 아이들이 물속을 헤엄쳐 다니는 그런 그림입니다.

하지만 무슨 영문인지 나는 남자와 여자가 아이를 만드는 행위에는 생각이 미치지 않습니다. 젊은 동료들은 "저런 남자하고 끌어안는 것은 상상만 해도 소름이 끼친다"며 싫어하는 남자를 매도하곤 하지만, 나는 그런 생각은 나지도 않습니다. 섹스라고 하는 남자와 여자의 행위에 대한 상상은 건너뛰고, 태어날 아기의 모습밖에는 떠오르지 않는 것입니다. 어쩌면 나는 약간 비정상인 인간인지도 모르겠네요.

주의 깊게 보면 알 수 있을 것이라고 믿습니다만 나는 혼혈아입니다. 아버지는 폴란드계 스위스인입니다. 아버지의 아버지, 그러니까 할아버지는 교사였는데 나치 독일의 폭정을 피해서 도망쳐 나와 스위스로 망명했다고 합니다.

아버지는 무역상이었습니다. 그렇게 말하니까 그럴싸하게 들리지만, 실제로는 불량 식품에 가까운 저질 초콜릿이나 크래커를 수입하는 일을 했습니다. 말하자면 양과자 장수였던 것입니다. 그러나 내가 어렸을 적에는 아버지가 파는 과자 같은 것은 단 한 개도 얻어먹어 보지 못했습니다.

우리의 생활은 검소한 편이었습니다. 먹는 것과 입는 것과 학용품은 모두 국산이었고, 외국인 학교에는 들어가지도 못했으며, 일본의 공립 초등학교에 다녔습니다. 용돈은 받기가 매우 힘들었고, 살림도 어머니 생각대로는 되지 않았던 것 같습니다. 그것은 아버지가 가족들과 함께 평생 일본에서 살아갈 각오였기 때문이라기보다 단지 구두쇠였기 때문일 뿐입니다. 불필요한 돈은 전혀 쓰려고 하지 않았습니다. 돈의 필요 여부를 결정하는 것은 언제나 아버지였습니다.

그 증거로 아버지는 주말을 보내기 위한 오두막만은 군마현의 산 위에 마련해 두고 있었습니다. 아버지는 그 집에서 낚시를 즐기고, 저녁 식사는 아버지 취향에 맞추어 매일 비고스만 먹게 했습니다. 비고스는 사우어크라우트양배추를 소금에 절여 발효시킨 독일의 보존식와 야채, 고기를 함께 넣고 끓인 폴란드의 전통 음식입니다.

일본인인 어머니는 틀림없이 마지못해 비고스를 요리했을 겁니다. 아버지의 사업이 실패해 가족이 함께 스위스로 돌아갔을 때, 어머니가 매일 쌀밥을 지어 식탁에 올리자 아버지가 싫은 얼굴을 했다고 하니까요. 나는 일본에 혼자 남아 있었기 때문에 잘은 모르지만 그것은 아마도 비고스에 대한, 아니 인색하고 자기중심적이었던 아버지에 대한 어머니의 복수 같은 거였다고 생각합니다.

어머니는 결혼 전에 아버지 회사의 직원이었다고 합니다. 조그만 회사의 외국인 사장과 현지에서 고용된 여직원의 사랑. 나는 그런 것을 상상하면서 가끔 낭만적인 기분에 휩싸였습니다. 하지만 바른 대로 말하자면, 어머니는 한 번 결혼을 했다가 실패해서 이바라키의 친정으로 돌아갔다가 아버지 집에 가정부로 들어간 것을 계기로 서로 사귀게 된 거랍니다.

이 일에 대해서 나는 외할아버지한테 좀 더 자세하게 물어보고 싶었지만 이제는 무리인 것 같습니다. 외할아버지는 모든 것을 다 잊은 채 도원경에서 유유히 노니는 병에 걸려버렸으니까요. 외할아버지의 머릿속에는 아버지와 나, 동생은 존재하지 않고, 어머니는 아직 살아 있어서 중학생 정도의 귀여운 소녀로 돌아와 있는 것 같습니다.

아버지의 외모는 몸집이 약간 작은 백인 정도로 설명할 수 있을 것입니다. 특별히 잘생겼다고는 할 수 없고 그렇다고 못생겼다고 할 수도 없습니다. 아버지를 만난 적이 있는 일본인이 유럽의 거리에서 아버지를 찾으려면 틀림없이 꽤나 고생을 할 겁니다. 백인의 눈에 동양인이 거의 똑같은 얼굴로 보이듯이, 동양인이 볼 때 아버지의 모습은 별 특징이 없는 평범한 백인으로밖에 비치지 않을 테니까요.

아버지의 외모를 설명해 볼까요? 붉은빛을 띤 하얀 피부를 지닌 아버지는 슬픈 그늘이 어리는 색이 바랜 듯한 푸른 눈이 인상적입니다. 하지만 그 눈은 어느 순간 무척이나 천박하게 빛나기도 합니다. 아버지의 외모에서 유일하게 아름다운 것은 황갈색으로 빛나는 머리카락입니다. 그것도 이제는 백발이 되고 말발굽 모양으로 훌렁 벗겨져 있겠지요. 수수한 양복을 입고 한겨울에도 희끄무레한 스탠드칼라의 더스트코트를 걸치고 있는 초로의 백인, 그가 우리 아버지랍니다.

아버지는 일본어로 일상적인 대화를 할 수 있고 일본인인 우리 어머니를 사랑하기도 했습니다. 내가 어렸을 때 아버지는 자주 이런 말씀을 했습니다.

"나는 일본에 왔다가 금방 돌아가려고 생각했었지만, 번개에 맞아 몸이 마비돼버려서 돌아갈 수 없게 되었단다. 그 번개라는 건 바로 너희들의 어머니야."

그것은 진심이었다고 생각합니다. 아니, 옛날에는 진심이었을 겁니다. 아버지와 어머니는 둘이서 만들어낸 낭만적인 꿈을 달콤한 과자처럼 우리 자매에게 나누어주었으니까요. 그 꿈은 차츰 시들어가다가 마지막에는 사라져버렸습니다. 그 이야기를 차차 하려고 합니다.

어렸을 때의 나와 지금의 나는 어머니를 전혀 다른 관점에서 바라보고 있습니다. 어렸을 때에는 어머니만큼 아름다운 여자는 이 세상에 없다고 굳게 믿었습니다. 어른이 된 지금에 와서는 어머니는 일본 여자 가운데서도 별로 대단치 않은 부류에 속한다고 생각하고 있습니다. 머리는 크고 다리는 짧고 얼굴은 납작한 데다 몸집은 빈약했습니다. 눈과

코는 모두 작고 뻐드렁니를 가지고 있었으며 성격은 약해빠져서 아버지한테 완전히 눌려 지냈습니다.

아버지는 어머니를 지배하고 있었습니다. 어머니가 말대답이라도 하는 날에는 그 백 배나 되는 말로 어머니를 윽박질렀으니까요. 어머니는 머리가 나쁘고 패자가 될 운명을 지니고 있었습니다. 어머니에 대해서 내가 너무 지나친 말을 했나요? 그건 미처 깨닫지 못했군요. 왜 나는 어머니를 그렇게 혹평하게 됐을까요? 그런 의문도 차차 생각해보기로 하겠습니다.

내가 꼭 하고 싶은 얘기는 여동생에 관한 것입니다. 나에게는 한 살 터울의 여동생이 있었습니다. 이름은 유리코입니다. 유리코는 뭐라고 말해야 좋을지 모르겠지만, 한마디로 말하면 괴물이었습니다. 소름이 끼칠 정도의 어마어마한 미모를 타고난 애였기 때문입니다.

어째서 동생의 미모를 괴물처럼 표현하는지 이상하게 생각할지도 모르겠네요. 추한 것보다는 아름다운 편이 좋다는 것이 이 세상의 일반적인 상식입니다. 하지만 그렇게 말하는 분에게 유리코의 모습을 한 번 보여주고 싶습니다.

유리코를 본 사람은 그 아름다움에 처음에는 대단히 놀라게 됩니다. 그러다 차츰 지나치게 완벽한 외모가 따분하다고 생각하게 되고, 이윽고 이처럼 완벽한 외모를 타고난 유리코의 존재 자체를 섬뜩하게 느끼게 됩니다. 거짓말이라고 생각한다면 다음에 사진을 보여드리지요. 그 애의 언니인 나조차도 어렸을 때부터 죽 그렇게 느끼고 있으니 납득할 수 있을 것입니다.

나는 때때로 이렇게 생각할 때가 있습니다. 어머니는 괴물인 유리코를 낳았기 때문에 죽어버린 것이 아닐까 하고. 평범한 외모의 부모에게서 말로 형용할 수 없을 정도의 미인이 태어났다는 것은 공포라고밖에 할 수 없으니까요.

　일본에 '솔개가 매를 낳는다'는 속담이 있긴 하지만, 유리코는 매가 아니었습니다. 매가 상징하는 영리함도 용기도 없었기 때문입니다. 그렇다고 교활하거나 악인도 아니고, 그저 악마처럼 아름다운 외모를 지녔을 뿐이었습니다. 그것이 평범한 동양인 어머니를 한없이 지치게 만들었을 겁니다. 그래요, 나도 그랬으니까요.

　다행인지 불행인지 나는 바로 동양계라고 알아볼 수 있는 외모를 타고났습니다. 그 때문인지 일본에서는 약간 버터 냄새가 난다는 말을 들었고, 외국에서는 동양적인 매력을 지닌 얼굴이라서 호감을 사고 있는 것이 아닐까, 하고 은근히 생각하고 있습니다. 인간은 참 재미있어요. 외모에 결점이 있어야 개성적이라고 할까, 인간적인 매력을 지닐 수 있으니까요.

　하지만 유리코의 경우, 사람들이 항상 경탄의 눈으로 보고 두려워했습니다. 그것은 일본에서나 외국에서나 마찬가지였습니다. 영원히 주위로부터 붕 떠 있는 아이, 그 애가 바로 유리코였습니다. 같은 자매인데도, 그리고 연년생인데도 정말 이상하잖아요. 유전자가 어떻게 잘못 전해진 것일까요? 아니면 돌연변이일까요? 어쩌면 그 경험이 나로 하여금 환상의 아기를 몇 명씩이나 상상하게 만든 것이 아닐까 하고 생각합니다.

　이미 알고 계신지도 모르겠습니다만 유리코는 2년 전에 죽었습니다. 살해됐습니다. 신주쿠의 싸구려 아파트에서 반나체의 시체로 발견되었습니다. 범인이 누구인진 금방 알아내지 못했지만, 그 소식을 들은 아버지는 조바심을 내기는커녕 스위스에서 귀국조차 하지 않았습니다. 부끄러운 일이지만, 미모의 유리코는 나이를 먹어가면서 점점 더 타락해서 싸구려 매춘부가 되었거든요.

유리코의 죽음 때문에 내가 충격을 받았느냐 하면 그렇지도 않습니다. 범인이 밉지 않으냐고요? 그래요, 아버지와 마찬가지로 나는 사건의 진상 따위는 아무래도 좋다고 생각했습니다. 그도 그럴 것이 유리코는 어렸을 때부터 괴물이었으니까 죽는 방식도 남다른 것이 당연하잖아요. 평범한 나하고는 다른 인생을 걷도록 정해져 있었을 테니까요.

냉정하다고 생각하시겠지요? 하지만 앞에서도 말했잖아요. 그 애는 본래 주위로부터 붕 떠 있는 운명의 아이였다고 말입니다. 그런 아이에게는 햇빛이 강렬하게 비쳐서 생겨나는 그림자 역시 짙은 법이거든요. 악운이 끈질기게 붙어 다니는 겁니다.

내 동창생 사토 가즈에가 살해된 것은 유리코가 죽은 지 1년이 지난 다음이었습니다. 그녀의 죽음은 유리코와 꼭 닮아 있었습니다. 시부야 구 마루야마초에 있는 아파트 1층에서 넝마 조각 같은 모습으로 버려져 있었답니다. 유리코와 가즈에는 둘 다 사후 10일이나 지난 다음 발견되었다고 하더군요. 시체가 어떤 모습이었을지 상상하고 싶지도 않습니다.

가즈에는 낮에는 대기업에서 근무하고 있으면서도 밤에는 매춘을 했다고 합니다. 그 때문에 사건이 일어난 후에도 한동안 이러쿵저러쿵 말이 많았습니다. 더구나 유리코와 가즈에를 살해한 범인이 같은 남자인 것 같다는 경찰의 연락을 받았으니 기겁을 할 수밖에요.

솔직히 말할게요. 사실 나에게는 가즈에의 죽음이 유리코 때보다 더 큰 충격이었습니다. 가즈에는 동창생인 데다 아름답지도 않았기 때문입니다. 아름답지도 않으면서 유리코와 똑같은 식으로 죽을 수 있다니, 왠지 용서가 되지 않았습니다.

어쩌면 가즈에는 나를 매개로 해서 유리코와 깊이 친해졌고 그 때문에 죽게 된 것은 아닐까요? 유리코의 악운이 가즈에에게까지 영향을 미쳤는지도 모릅니다. 왜 이렇게 생각하는지 그 이유는 잘 모르겠어요. 단지 그렇게 느꼈을 뿐이에요.

가즈에에 대해서는 어느 정도 잘 알고 있습니다. 사립 명문 여고의 동창생이니까요. 당시 가즈에는 너무 말라서 움직이는 모양새부터가 덜렁거리는 것처럼 보였습니다. 전혀 예쁘지 않았지만 공부는 그런대로 잘했습니다. 하지만 남의 눈에 띄는 것을 좋아해서 아이들 앞에서 머리가 좋다는 것을 떠들며 과시하는 경향이 있었습니다. 자존심이 강하고 무엇이든지 1등이 아니면 못 참는 성격이었습니다. 자신의 용모가 아름답지 않다는 것을 알고 있었기 때문에 다른 일을 통해 주위의 존경을 받고 싶었던 것이 아닐까요? 내게는 그런 사람이 발하는 마이너스 에너지랄까, 음험한 생각이 어찌된 셈인지 손에 잡힐 듯 전해집니다.

그러한 나의 감수성이 가즈에를 끌어들인 것 같습니다. 가즈에는 자주 나에게 의지했고, 말을 걸어오곤 했거든요. 집으로 초대를 한 적도 있습니다.

에스컬레이터 식으로 같은 재단의 대학에 함께 진학한 후, 그녀의 아버지가 갑자기 세상을 떠나자 가즈에는 조금씩 변하기 시작했습니다. 공부에만 전념했고 차츰 나를 피했습니다. 지금 와서 생각해보니, 가즈에는 나보다는 유리코에게 흥미가 있었던 것 같습니다. 나와 연년생인 미모의 여동생은 학교에서도 소문이 자자했으니까요.

그렇기는 하지만 도대체 두 사람에게 무슨 일이 일어난 것일까요? 외모나 머리, 환경이 완전히 대조적인 두 여자가 매춘부가 되어서 같은 남자한테 살해돼 버렸습니다. 생각하면 할수록 이상한 이야기 아닙니까?

유리코와 가즈에의 사건 때문에 내 생활도 완전히 달라졌습니다. 본 적도 없는 사람들이 와서는 두 사람의 소문을 얘기하고 내 생활을 엿보고 나에게 무례한 질문을 퍼부었습니다. 나는 진절머리가 나서 입을 다물어버렸습니다. 아무에게도 아무것도 얘기하지 않았습니다.

최근에야 가까스로 주변이 진정되는 것 같습니다. 나는 새로운 직장도 얻었습니다. 그랬더니 갑자기 유리코와 가즈에 이야기를 누군가에게 하고 싶어서 견딜 수 없게 되더라고요. 그러니 누군가가 가로막더라도 계속해서 떠들어댈지도 모릅니다. 아버지는 스위스에 계시고 유리코가 죽어서 외톨이가 되어버렸으니까 얘기 상대가 있었으면 하는 심정도 있습니다.

그러나 사실은 나 자신이 이 불가사의한 사건을 곰곰이 생각해보고 싶은 건지도 모르겠어요. 길어질지도 모르겠지만, 가즈에의 옛날 편지 같은 것도 남아 있으니 숨김없이 모조리 얘기해보겠습니다.

시선의 덫

나에 관한 이야기를 먼저 해야겠네요. 나는 1년 전부터 도쿄의 P구청에서 아르바이트를 하고 있습니다. P구는 도쿄의 동쪽 끝에 위치하고 있습니다. 커다란 강 건너편은 바로 지바현입니다.

P구에는 당국의 인가를 받은 보육원이 전부 마흔여덟 곳이나 되는데, 항상 정원이 꽉 차 있어 아이를 맡기려면 한참 차례를 기다려야 합니다. 나는 복지부 보육과라는 곳에서 보육원의 입원 희망자를 조사하는 일을 도와주고 있습니다. 과연 이 가정은 정말로 보육원에 아이를 보내지 않으면 안 되는가 하는 심사를 하는 일입니다.

일손이 부족하기 때문에 모든 가정을 다 조사하는 것은 불가능하지만, 자영업자는 특히 더 꼼꼼히 조사하라는 지시를 받았습니다. 나는 지시받은 일을 고분고분 수행하는 편이기 때문에 꼭 그렇게 해야겠다고 곧이곧대로 생각했지만, 현실적으로는 상당히 애매하더군요.

이런 일이 있었습니다. 구청에 들어간 지 얼마 되지 않았을 때였습니다. 두 살배기 아이의 어머니가 가업인 쌀집 일을 도와주고 있어서 보육원에 꼭 보내야 한다는 가정을 방문한 적이 있었습니다. 그때 보육과 과장이 함께 가주었습니다. 과장은 나에게 현장에서 일을 가르쳐주려고 생각했던 것 같습니다.

과장의 나이는 마흔둘입니다. 점심시간에 캐치볼을 하기 위해서 매일 운동복을 입고 출근하고 투박한 운동화를 신어 마루를 삐걱삐걱 울리면서 걸어 다니는 그런 사람입니다. 체형에 신경을 쓰고 햇볕에 그을린 피부를 가지고 있으며 짜증스러울 정도로 항상 정력이 넘칩니다. 과장 뒤를 따라 상점가를 걸으면서 나는 무심결에 늘 하던 버릇대로 나와 과장의 아기를 상상하게 되었습니다.

아기는 여자아이로 나를 닮아서 피부가 하얗고 과장의 넓은 아래턱과 나의 갸름한 얼굴이 잘 배합되어 알맞게 둥근 얼굴일 겁니다. 약간 위로 향한 과장의 코와 나의 갈색 눈, 과장의 밋밋하게 내려온 어깨를 물려받았겠지요. 여자아이치고는 팔다리가 억세지만 성격이 활발할 것 같아서 꽤 귀엽겠다고 생각하면서 나는 기뻐했습니다.

그때, 때마침 테니스 교실에서 돌아오던 그 집 어머니와 쌀집 앞에서 딱 마주쳤습니다. 선캡을 쓴 젊은 어머니의 상기된 얼굴에는 땀이 흐르고 있었습니다. 자전거의 바구니에는 라켓과 궁상스러운 노란 국화꽃 다발이 들어 있었습니다. 우리가 말을 걸자 어쩔 줄 몰라 하며 변명을 했습니다. "오늘 이렇게 오실 줄은 몰랐어요. 미안합니다. 친구가 하도 가자고 해서 하는 수 없이 갔던 거예요"라나 뭐라나 횡설수설하더군요. 돌아오는 길에 나는 과장에게 말했습니다.

"기다리고 있는 집이 많으니까 지금 들른 집은 심사 대상에서 제외하는 것이 좋지 않겠어요?"

과장은 잠시 조사표를 들여다보았습니다.

"하지만 저 어머니에게도 테니스를 칠 정도의 시간은 필요하지 않을까요?"

틀림없이 과장은 그 어머니가 젊고 행복해 보여 마음에 들었을 겁니다. 나는 냉정한 어조로 이의를 제기했습니다.

"그런 식으로 말하자면 밑도 끝도 없잖아요? 저 부인의 아이를 받아주면 정말로 곤경에 처해 있는 집은 어떡하고요."

"글쎄, 그렇기는 하지만 테니스를 치고 돌아오는 길에 만나다니, 운이 없는 것 같아서 말입니다."

구청이라는 곳은 그때그때 운 좋게 잘 넘기기만 하면 어떻게든 되는 곳인가 보죠? 나는 그런 방식은 좋아하지 않습니다.

"예외를 만드는 것은 좋지 않다고 생각해요."

과장은 더 이상 아무 말도 하지 않았습니다. 나는 과장의 미온적인 태도에 분개했습니다.

세상에는 어처구니없는 어머니들이 많이 있습니다. 자기가 놀고 싶다고 아이를 보육원에 맡기고도 태연한 어머니가 있는가 하면, 제대로 키울 자신이 없다고 보육원에서 교육을 해주기를 바라는, 남의 힘에만 의존하려는 어머니도 있습니다. 학교의 교육비는 지불해도 보육비는 공적 원조가 필요하다고 우기면서 내지 않는 인색한 집도 있습니다. 어머니들이 어째서 이렇게 타락했을까 하고 나는 매일 한탄하고 있습니다.

이야기가 빗나가 버렸군요. 요컨대 나는 매일 보람 있는 일을 하고 있다고 말하고 싶었을 뿐입니다.

당신처럼 눈에 띄는 외모를 가진 여성이 어째서 그런 시시한 직업을 택했느냐는 질문을 수도 없이 많이 받았습니다. 하지만 나는 그다지 아름답지는 않습니다. 앞에서 말한 것처럼 나는 서양인과 동양인의 혼혈이지만 동양계에 가까워 친숙하게 느껴지는 얼굴입니다. 유리코처럼 모델이 될 수 있는 얼굴이나 키도 아니고, 이제는 땅딸막한 중년 여인이 되어버렸습니다. 직장에서는 남색 사무복을 입어야 하고요. 그래도 나에게 흥미를 느끼는 사람이 있는 것 같습니다. 나에게는 여간 귀찮은 일이 아닙니다.

일주일 전의 일입니다. 노나카 씨라는 사람한테 어떤 말을 들었습니다. 노나카 씨는 쉰 살쯤 된 청소과 직원이어서 평소에는 제1청사에 있습니다만, 이따금 '민원 기관'이라고 불리는 별채의 보육과에 일부러 찾아와서 과장과 담소를 나누는데, 그럴 때마다 반드시 나를 힐끔거렸습니다.

과장하고는 동네 야구 친구라고 합니다. 잘은 모르지만 과장은 유격수고 노나카 씨는 2루수라고 했습니다. 그런 것은 아무래도 좋지만 어째서 관계도 없는 부서의 직원이 근무시간 중에 놀러 오는 것인지 괘씸하게 생각하고 있었습니다. 나보다 여덟 살 아래인 미즈사와라는 동료가 "노나카 씨는 당신에게 마음이 있는 거예요"라고 놀려댔기 때문에 나는 더욱더 싫어서 견딜 수가 없었습니다.

노나카 씨는 언제나 회색 점퍼를 입고 다니는데 담배를 너무 많이 피우는지 얼굴이 늘 누렇게 떠 있었습니다. 바라보는 시선이 언제나 끈적끈적해서 노나카 씨가 쳐다보면 인두로 치직치직 지진 것처럼 내 피부에 검은 자국이 생기는 것만 같아서 몹시 불쾌해집니다. 노나카 씨가 내게 이렇게 말하더군요.

"당신 목소리는 하이톤인데 웃음소리는 굉장히 나지막하네요. 더구나 허허 하고 웃으니까요."

그 말에 감춰진 뜻은 틀림없이 내가 겉으론 얌전한 체하지만 내면은 엉큼하다는 것이 아닐까요? 나는 몹시 허둥대면서 어째서 타인에게 이런 말을 들어야 하나 하고 생각했습니다. 아마도 얼굴색이 달라졌던 모양입니다. 노나카 씨는 당황했고 과장이 나타나자 어디론가 가버렸습니다.

"노나카 씨가 한 말, 성희롱에 해당되는 거 아녜요?"

내가 과장에게 항의했더니 과장은 난처한 표정을 지었습니다. 나도 알고 있습니다. 나에게는 외국인의 피가 섞여 있기 때문에 다른 사람보다 권리 의식에 민감한 편이라고 생각하고 있다는 것쯤은.

나는 다시 말했습니다.

"직장 동료에게 할 말이 아니라고 생각해요."

"주의를 줄 테니까 너무 신경 쓰지 말아요."

과장은 책상 위의 서류를 정리하면서 그렇게 얼버무렸습니다. 나는 보육원 입원 심사를 할 때 과장의 표정을 떠올리고 될 수 있는 대로 싸움을 하지 않으려고 더 이상 말하지 않았습니다. 그렇게 하지 않으면 과장의 미움을 사게 될 것 같았습니다.

그날은 도시락을 싸오지 않았기 때문에 나는 걸어서 몇 분 거리에 있는 제1청사의 식당에 가기로 했습니다. 새 청사에는 직원을 위한 훌륭한 식당이 있습니다. 라면은 240엔이고 정식은 단돈 480엔에 먹을 수 있습니다. 맛있다고 소문이 자자하지만 나는 사람이 많이 모이는 곳을 싫어해 좀처럼 가지 않았습니다. 내가 쟁반에 얹은 라면에 후춧가루를 뿌리고 있으려니까 과장이 옆으로 다가왔습니다.

"그렇게 많이 뿌리면 맵지 않아요?"

과장의 식판에는 런치 정식이 얹혀 있었습니다. 전갱이 튀김과 삶은 양배추였는데, 양배추 위에는 톱밥 같은 가쓰오부시가 뿌려져 있었습니다. 나는 양배추를 바라보면서 비고스를 생각했습니다. 어렸을 적 일이 떠올랐습니다. 쥐 죽은 듯이 고요한 오두막집의 식탁. 잔뜩 찌푸린 어머니와 소리도 내지 않고 열심히 먹는 아버지의 얼굴. 잠시 멍하게 서 있었습니다. 그러나 과장은 나의 모습에는 아랑곳하지 않은 채 "여기에 앉아도 될까요?" 하고 상냥하게 물었습니다.

할 수 없이 나는 과장과 같은 테이블에 앉았습니다. 넓은 식당은 직원들과 구청 출입 업자들이 떠드는 소리와 식기 소리로 시끌시끌했습니다. 하지만 모두가 나를 응시하고 있는 것 같은 느낌이 들어서 나는 자연히 고개를 푹 떨어뜨리고 말았습니다. 견딜 수가 없었습니다. 유리코와 가즈에 사건 이후 누구나 모든 것을 다 알고 나를 관찰하고 있는 것처럼 생각되어서 견디기가 힘들었습니다.

나에게 괴물 같은 여동생이 있고 전혀 다른 사람으로 변해 버린 친구가 있었는데 둘 다 매춘을 했고 무참하게 살해됐으니 저 사람도 틀림없이 어딘가 좀 이상할 것이라고 모두가 수군거리고 있는 것 같아서 견딜 수가 없었습니다. 과장이 내 얼굴을 들여다보았습니다.

"조금 전의 일 말예요, 노나카 씨가 악의로 한 말은 아닐 거예요. 친밀감에서 말했을 뿐이겠지요. 그것이 성희롱이라면 남자들이 하는 말 중 절반은 성희롱이 될 겁니다. 안 그렇습니까?"

과장은 나에게 웃어 보였습니다. 치아가 작아서 초식 공룡 같다고, 나는 과장의 이빨을 바라보며 백악기의 상상도를 마음속에 떠올렸습니다. 나와 과장의 아이는 저런 치아를 갖게 될지도 모릅니다. 그렇다면 두 사람 사이에서 태어난 아이의 입매는 품위가 약간 떨어질 것입니다. 손가락도 마디가 굵어서 눈에 띄니까 나의 조금 큰 손과 섞이면 여자아이로서는 너무 투박할 겁니다. 과장과 나의 아이는 전에는 그처럼 귀여웠는데 점차 이상하게 변해 갔습니다. 나는 점점 더 화가 나기 시작했습니다.

"성희롱에는 그런 인격 비난도 포함된다고요."

빠른 말투로 항의하자 과장은 조용히 반박했습니다.

"노나카 씨는 당신의 인격을 비난한 것이 아닙니다. 당신의 목소리와 웃음소리의 차이에 대한 느낌을 말했을 뿐입니다. 놀려대는 말투로 말한 것은 분명 좋지 않으니 사과하라고 할게요. 그러니 그만 용서해줘요."

"알겠습니다."

나는 순순히 승낙했습니다. 노나카 씨의 말 속에는 내가 겉으론 얌전한 체해도 사실은 엉큼하다는 의미가 담겨 있었다고 설명하고 싶었지만, 더 이상 말해보았자 소용이 없을 것 같았습니다. 세상은 민감한 사람과 둔감한 사람으로 나누어집니다. 그리고 과장은 후자니까요.

과장은 조그만 치아로 튀김을 씹어 먹으면서 딱딱한 튀김옷을 접시 위에 바스락바스락 떨어뜨리고 있었습니다. 그리고 아르바이트의 작업량 등이랄지 별 의미도 없는 질문을 했습니다. 적당히 대꾸하고 있으려니까 과장이 갑자기 목소리를 낮추었습니다.

"당신의 여동생 얘기를 들었습니다. 힘들었지요?"

요컨대 유리코의 사건 탓에 내가 이처럼 타인의 언동에 신경질적인 거라는 말로 들렸습니다. 그런 식으로 모든 것을 다 이해한다는 듯한 얼굴을 하는 사람들을 많이 만났으니까요. 나는 아무 말도 하지 않은 채 라면 위의 파를 젓가락으로 집어 들었습니다. 파는 냄새가 나서 딱 질색이거든요.

"저는 전혀 모르고 있었는데 깜짝 놀랐습니다. 작년에 살해된 여사원 사건과 같은 범인이라면서요?"

나는 과장의 얼굴을 바라보았습니다. 눈초리가 처진 게 호기심이 줄줄 넘쳐 흘러내릴 것만 같았습니다. 나와 과장의 아이는 더욱더 천박하게 변해갔습니다.

"아직 심리 중이니까 함부로 말할 수 없어요."

"당신의 친구라고 하던데 사실입니까?"

"동창생이었어요."

나와 가즈에는 정말로 친구였을까요? 나는 이번에 그것을 생각해보기로 마음먹었습니다.

　"전 그 여사원 사건에 대해서 굉장히 흥미가 있습니다. 모두들 그녀가 어두운 내면 때문에 그랬다고 하잖아요. 왜 그렇게 어두운 충동을 품고 있었던 걸까요? 그녀는 일류 건설 회사의 싱크탱크에서 일하던 커리어우먼 아닙니까? 더군다나 Q대학 출신이고요. 그런 엘리트 여성이 어째서 매춘을 했을까요? 뭔가 알아낸 일이라도 있습니까?"

　그렇습니다. 유리코에 대한 건 모두들 다 잊어버렸습니다. 아름답기는 하지만 아무 쓸모도 없는 여자가 늙어서도 계속 손님을 받았다는 사실은 아무도 이상하게 생각하지 않지만, 가즈에의 매춘만은 이유를 알 수가 없어서 고개를 갸우뚱하는 것입니다. 낮에는 커리어우먼, 밤에는 창녀. 남자들은 이 흥분되는 기호記號에 달려드는 것입니다. 나는 적나라하게 호기심을 드러내고 있는 과장에게서 속된 저의를 느꼈습니다. 과장이 내 표정을 알아차렸는지 당황하면서 사과했습니다.

　"미안합니다. 생각 없이 말했군요." 그러고는 농담조로 덧붙였습니다. "이건 성희롱이 아니니까 용서해 주십시오."

　화제는 일요일의 동네 야구 시합 얘기로 옮겨갔습니다. 시합을 구경하러 한번 오지 않겠느냐는 말에 적당히 고개를 끄덕이고, 나는 태연한 체하면서 라면 먹는 데 열중했습니다. 그제야 깨달았습니다. 노나카 씨는 내가 아니라 유리코와 가즈에의 사건에 흥미가 있다는 것을. 어디에 가든 그 사건이 나를 쫓아다니고 있습니다. 모처럼 보람 있는 일을 구했다고 생각했지만 직장에서도 이처럼 마음고생이 계속되니 피곤했습니다. 그렇다고 그만둘 생각은 없습니다. 아르바이트라고는 하지만 이 직장에 들어온 지도 1년이나 되었고 정시에 퇴근할 수 있어 마음이 편하니까요.

대학을 졸업하고 나서 구청에서 일자리를 얻기 전에는 여러 가지 일을 했습니다. 편의점에서 아르바이트를 한 적도 있고 학습지 방문 판매를 한 적도 있었습니다. 결혼요? 그런 것은 단 한 번도 생각해본 적이 없습니다. 나는 중년의 여성 프리터일정한 직업 없이 아르바이트만 하며 살아가는 자유추구형 인간로서 긍지를 갖고 있으니까요.

나는 번역가가 되려고 노력했습니다. 아버지의 모국어인 독일어를 완벽하지는 않지만 꽤 하니까요. 그래서 독일의 어느 유명한 시인의 시집을 5년씩이나 걸려서 번역했지만, 에이전시 사람이 내 일본어가 유치하다고 지적해 그 시집은 출판되지 못했습니다. "자그마치 5년이라는 시간과 생활비를 투자했어요"라고 항의했으나 들은 척도 하지 않았습니다.

그 사람 말에 의하면 나에게는 번역 재능이 없다고 합니다. 보통 일본인이라도 반년이면 번역을 할 수 있고 게다가 더 나은 번역을 할 수 있다면서, 문학 작품을 어린애나 읽을 만한 걸로 만들어놓았다고 했습니다. 물론 화가 났지만 화를 냈다가는 일감을 줄 것 같지 않고, 내게는 다른 출판사 연줄도 없어서 꾹 참았습니다. 그는 거기다 한 술 더 떠 내가 번역하고 싶어 하는 것은 예술 분야라서 팔릴 것 같지도 않다고 하더군요. 그래서 할 수 없이 단념하고 만 것입니다.

통역 시험도 쳐본 적이 있습니다. 합격은 못 했지만 합격을 했다 하더라도 그 일을 해낼 수 있었겠냐고 물으면 솔직히 말해서 의문입니다. 나는 낯선 사람을 접하는 것이 딱 질색이거든요. 그래서 지금 하고 있는 구청 아르바이트를 열심히 할 생각입니다.

그날 밤, 나는 잠자기 전에 노나카 씨와 나의 아이를 상상하여 광고지 뒷면에 그림까지 그렸습니다. 아이는 사내아이로 바짝 말라붙은 피부를 하고 있었습니다. 노나카 씨를 닮아 말이 많을 것 같은 두터운 입술에다 튼튼하지만 짧은 다리로 바지런하게 잘 돌아다닙니다. 나를 닮은 부분은 크고 새하얀 치아와 쫑긋한 귀뿐입니다. 그 사내아이가 악마 같은 용모라는 것을 깨닫고 나는 유쾌해졌습니다. 그러고 나서 노나카 씨가 한 말을 생각해보았습니다.

"당신 목소리는 하이톤인데 웃음소리는 굉장히 나지막하네요. 더구나 허허 하고 웃으니까요."

노나카 씨의 말은 가히 충격이었습니다. 여태껏 내 웃음소리를 의식한 적은 없으니까요. 나는 혼자 웃어보았지만, 웃긴 일도 없으니 아무래도 자연스럽게 웃을 수가 없었습니다. 대체 내 웃는 모습은 누구를 닮은 걸까요? 나는 기억에 남아 있는 아버지와 어머니의 웃음소리를 열심히 생각해내려고 했지만 헛일이었습니다. 두 사람 모두 그다지 웃는 편이 아니었기 때문입니다. 유리코 역시 웃음소리를 내는 일은 없었습니다. 그저 신비로운 표정으로 미소를 지을 뿐이었습니다. 그것이 자신의 미모에 가장 효과적이라는 것을 알고 있었기 때문인지도 모릅니다. 이상한 가족이지요. 갑자기 어느 겨울날의 사건이 기억 속에 되살아났습니다.

괴물처럼
아름다운 여자

나는 현재 서른아홉 살입니다. 그러니까 그럭저럭 25년이나 지난 옛날 일이 되겠군요. 새해 연휴, 우리 가족이 함께 군마현의 오두막집에 갔을 때의 일입니다. 별장이라고 해도 좋을지 모르겠지만 주변의 농가와 다를 바 없이 평범한 건물이었기 때문에 아버지와 어머니는 오두막집이라고 입버릇처럼 말했습니다.

내가 어렸을 때에는 주말에 오두막집에 가는 것이 즐겁기 짝이 없었지만, 중학생이 되자 다소 귀찮아졌습니다. 주위 사람들이 흥미로운 듯이 우리 자매와 가족을 비교해 보는 것이 고통스러웠기 때문입니다. 그들은 주로 근처에 사는 농가의 사람들이었습니다. 하지만 그때는 새해 연휴여서 도쿄에 혼자 남아 있어봤자 별 볼일 없을 거라고 생각해, 아버지가 운전하는 차를 타고 마지못해 따라갔습니다. 그때 나는 중학교 1학년, 유리코는 초등학교 6학년이었습니다.

오두막집은 스무 채 가량의 다양한 별장들이 모여 있는 아사마 산자락의 소규모 별장촌에 있었습니다. 예외적으로 일본계 3세인 사람도 있었으나 별장의 소유자는 대부분 일본인 아내를 둔 서양인 실업가였습니다.

틀림없이 눈에 보이지 않는 규정이 있어서 일본인은 들어갈 수 없게 되어 있었을 것입니다. 이를테면 일본인과 결혼한 서양인 남자가 좁은 일본 사회에서 탈출하여 숨을 돌릴 수 있도록 한 마을이었던 것입니다. 우리 자매 외에도 혼혈아는 있었겠지만, 모두 자란 건지 아니면 일본에 살고 있지 않은지 좀처럼 본 적이 없었습니다. 그해 설날에도 아이들은 우리뿐이었습니다.

섣달 그믐날, 근처 산으로 가족 모두 스키를 타러 갔다가 돌아오면서 온천의 노천탕에 들른 적이 있었습니다. 그 의견을 낸 사람은 여느 때처럼 아버지였습니다. 아버지에게는 사람들이 외국인인 자신의 존재를 신기하게 여기는 것을 즐기는 면이 있었습니다.

노천탕은 강을 이용한 구조였는데, 한가운데 혼욕탕이 있었고 양쪽에 남녀 개별탕이 있었습니다. 여탕에만 대나무를 엮은 울타리가 있어서 밖에서는 볼 수 없는 구조로 되어 있었습니다. 탈의실에서 옷을 갈아입고 있는데 벌써부터 소곤거리는 소리가 들려왔습니다.

"어머, 저 아이 좀 봐!"

"꼭 인형 같네."

탈의실에서도, 복도에서도, 김이 자욱한 건너편에서도 여자들이 수군수군 얘기하고 있었습니다. 노골적으로 유리코에게서 시선을 떼려하지 않는 할머니나 놀란 얼굴을 숨기지 않고 팔꿈치로 서로를 찔러대는 젊은 여자들. 아이들은 일부러 가까이 다가와서 유리코가 옷을 벗는 모습을 입을 딱 벌린 채 보고 있는 판국이었습니다.

유리코는 어렸을 때부터 낯선 사람들이 자신을 빤히 바라보는 것에 익숙했기 때문에 태연한 얼굴로 옷을 훌훌 벗었습니다. 아직 가슴도 부풀어 오르지 않은 어린아이의 몸이었지만, 하얗고 조그만 얼굴은 바비

인형처럼 예뻤습니다. 마치 가면을 쓰고 있는 것 같다고 나는 생각했습니다. 내 생각 같은 것은 아랑곳하지 않은 채 유리코는 사람들의 관심을 받으면서 벗은 옷을 꼼꼼히 개어놓고 노천탕을 향해 좁은 복도를 따라 걸어가 버렸습니다.

"따님인가요?"

의자에 앉아 있던 중년 여인이 갑자기 어머니에게 물었습니다. 중년 여인은 더운 물에 몸을 한참 동안 담그고 있다가 왔는지 분홍색으로 물든 몸을 덥다는 듯 젖은 타월로 부채질하고 있었습니다. 어머니는 옷을 벗던 손길을 멈췄습니다.

"바깥양반이 외국인인가 보죠?"

여자는 그렇게 말하고 내 쪽을 힐끔 쳐다보았습니다. 나는 잠자코 고개를 떨어뜨리고 속옷을 벗을까 말까 망설이고 있었습니다. 나는 유리코와 달라서 사람들이 호기심에 가득 찬 눈으로 쳐다보는 것에 진절머리가 나 있었던 것입니다. 나 혼자만이라면 눈에 띄지 않는데 괴물인 유리코가 함께 있는 탓에 이렇게 되는 것이 견딜 수 없었습니다. 여자는 다시 한 번 확인하려고 물었습니다.

"바깥양반은 일본 사람이 아니지요?"

"네."

"역시 그렇군요. 저렇게 예쁜 여자아이는 본 적이 없어요."

"감사합니다."

어머니의 얼굴에 득의에 찬 표정이 나타났습니다.

"하지만 자기를 전혀 닮지 않은 자식을 보면 기분이 묘하겠네요."

여자는 혼잣말처럼 나직이 중얼거렸습니다. 어머니는 얼굴을 일그러뜨리더니 나에게 빨리 벗으라는 듯이 가볍게 등을 쿡 찔렀습니다. 경직된 어머니의 얼굴을 보니 여자의 말이 핵심을 찌른 모양이었습니다.

밖은 완전히 저물어서 별이 보이고 있었습니다. 바깥 공기는 무척 찼고, 흰 김을 뿜어내고 있는 노천탕은 밑바닥이 보이지 않는 검은 연못 같아서 을씨년스러웠습니다. 그 한가운데에 반짝반짝 빛나는 하얀 것이 떠 있었습니다. 유리코의 몸이었습니다.

유리코는 수면에 반듯하게 누운 채로 하늘을 올려다보고 있었습니다. 어깨까지 물에 담근 아이들과 어른들이 그 주위를 에워싸고서 잠자코 유리코를 응시하고 있었습니다. 나는 유리코의 얼굴을 보고 깜짝 놀라지 않을 수 없었습니다. 그날 밤 따라 유리코가 성스러울 정도로 아름답게 느껴졌던 것입니다. 처음이었습니다. 그때 유리코는 이 세상 사람이라고는 믿기지 않을 만큼 아름다운 인형 그 자체였습니다. 아이라고도 어른이라고도 할 수 없는 몸을 한 아름답고 덧없는 것이 검은 온천 안을 떠돌고 있었던 것입니다.

나는 바닥의 미끈미끈한 돌에 미끄러지면서도 시선을 뗄 수가 없었습니다. 유리코는 우리를 보았지만 아무 말도 하지 않았습니다. 그 애는 어머니와 나를 하인처럼 취급하고 있었습니다. 어머니는 가까이 오면 좋으련만 하고 생각했는지 이름을 불렀습니다.

"유리코."

"엄마."

유리코의 맑은 목소리가 울려 퍼지자 사람들의 시선이 재빨리 나와 어머니에게 집중되었습니다. 그러고 나서 유리코에게 집중되더니 다시 우리에게 향해 왔습니다. 비교하는 시선. 넘쳐나는 호기심. 재빨리 매겨지는 우열의 판단. 나는 다 알고 있습니다. 유리코는 어머니와 언니가 자신과 다르다는 것을 주위에 널리 알리기 위해 어머니에게 대답한 것입니다. 그런 여동생이었던 것입니다. 그래요, 나는 유리코를 사랑한 적이 단 한 번도 없습니다. 그리고 어머니는 아까 여자가 말한 '묘한 기분'

과 항상 싸우고 있었음에 틀림없습니다.

나는 유리코의 얼굴을 바라보았습니다. 갈색 머리카락이 찰싹 달라붙어 있는 수려한 이마와 활 모양의 눈썹, 커다란 눈. 눈초리는 약간 처져 있었습니다. 콧날이 오뚝 선 코는 아직 어린애인데도 완벽한 모양을 갖추고 있었습니다. 통통한 입술에 입술 끝이 살짝 올라간 인형의 얼굴. 혼혈아 가운데서도 이처럼 예쁜 얼굴을 한 아이는 보기 드물었습니다.

내 눈초리는 치켜져 있고 아버지를 닮아서 매부리코인 데다 체구는 어머니를 닮아서 땅딸막합니다. 어떻게 이렇게 다를 수가 있을까요? 나는 아버지와 어머니의 뛰어난 점이 어떤 식으로 유리코의 얼굴에 반영됐는지 도통 알 수 없어서 부모님의 얼굴에서 필사적으로 그 애의 모습을 찾아보았습니다. 그러나 어디를 살펴봐도 돌연변이라고밖에는 생각할 수가 없었습니다. 유리코의 얼굴은 서양인 아버지하고도 동양인 어머니하고도 전혀 닮지 않았습니다. 아버지의 아름다운 점과 어머니의 아름다운 점을 훨씬 뛰어넘은 전혀 다른 얼굴이었습니다. 유리코가 나를 뒤돌아보았습니다. 이상하게도 조금 전에는 성스러울 정도였던 아름다움이 온데간데없이 사라져 있었습니다. 나는 엉겁결에 비명을 지르고 말았습니다. 그러자 어머니가 놀라서 뛰어왔습니다.

"왜 그래?"

"엄마, 유리코가 기분 나쁜 얼굴을 하고 있어."

그제야 나는 겨우 깨달을 수 있었습니다. 유리코의 눈동자에는 어떤 빛도 서려 있지 않다는 것을요. 완벽한 미모에 빛이 없는 눈. 인형 눈에는 하얀 점으로 빛을 그려 넣잖아요? 그 때문에 인형은 귀엽게 보이지만, 살아 있는 유리코의 눈은 빛이 없는 늪이었습니다. 유리코가 목욕탕 속에서 아름답게 보였던 것은 그 눈에 하늘의 별이 비쳐 있었기 때문이었습니다.

"동생에게 무슨 말을 그런 식으로 하니?"

어머니는 목욕탕 속에서 내 팔을 세게 꼬집었습니다. 그게 아파서 또다시 비명을 질렀습니다. 어머니는 밉살스럽다는 듯이 말했습니다.

"그런 생각을 하는 네가 더 나빠!"

어머니는 화를 냈습니다. 어머니는 이미 아름다운 유리코의 하인이었습니다. 그렇다고 해서 우러러 받들었다는 의미는 아닙니다. 어머니는 다만 미모의 딸에게 다가올 운명을 걱정했던 것입니다. 만일 어머니가 유리코의 을씨년스러움을 인정했다면 나는 어머니를 신뢰했을 것입니다. 하지만 어머니는 그러지 않았습니다. 우리 가족 가운데 내 편은 아무도 없다고, 중학생이던 나는 생각했습니다.

그날 밤, 이웃에 사는 존슨 씨의 산장에서 송년 파티가 열렸습니다. 평소에는 어른들 모임에 참석하는 것이 금지됐던 우리 자매도 별장 마을에 있는 유일한 아이들이라고 해서 초대를 받았습니다. 나와 유리코, 그리고 부모님은 눈발이 조금씩 날리는 어두운 길을 따라 이웃 산장으로 향했습니다. 걸어서 몇 분 걸리는 거리였습니다. 화려한 것을 좋아하는 유리코는 신바람이 나서 눈을 발로 걷어차며, 계속 깡충깡충 뛰어다녔습니다.

존슨 씨는 산장을 매입한 지 얼마 안 되는 미국인 실업가였습니다. 다갈색 머리카락에 품위 있어 보이는 단정한 얼굴을 하고 청바지가 잘 어울리는 사람이었습니다. 주드 로라는 배우와 닮은 것 같다고 생각했지만 왠지 괴짜라는 소문이 있었습니다.

존슨 씨는 방에서 산이 보이지 않는다는 이유로 침실 창문 앞에 심어놓은 어린 나무를 도끼로 모조리 잘라내고 그 대신 잘라낸 작은 대나무를 땅바닥에 꽂아놓고 기뻐했다고 합니다. 그것 때문에 조경업자와 싸움까지 했다고 들었습니다. 저 미국인은 바로 지금만 좋으면 만사 오케이라고 생각한다며 아버지가 비웃던 일이 기억납니다.

부인은 마사미라는 일본 여자였는데 스튜어디스로 근무하다가 존슨 씨를 알게 되었다고 합니다. 매우 아름답고 화려한 여성이었고 나하고 유리코에게 상냥하게 말을 걸어주었습니다. 산속에서도 단정히 화장을 하고 다이아몬드 반지를 빼지 않는 모습이 어쩐지 갑옷을 입고 있는 것 같아 나에게는 약간 기이하게 느껴졌지만요. 뭐, 그런 것은 아무래도 괜찮았습니다.

도착해보니 이상하게도 일본인 아내들 대부분이 갈 곳을 잃은 듯이 좁은 주방에 모여서는 싸움이라도 하고 있는 것처럼 각자 가져온 음식 자랑을 늘어놓고 있었습니다.

때마침 별장에 손님으로 묵고 있던 몇 명의 외국인 여성은 거실의 소파에서 우아하게 잡담을 하고, 백인 남자들은 난로 앞에 서서 위스키를 마시며 영어로 얘기를 나누고 있었습니다. 보기 좋게 그룹별로 나뉘어 있는 기묘한 광경이었습니다. 일본인 아내들 중 단 한 사람, 마사미 부인만 존슨 씨 옆에서 남자들의 담소에 끼어 있었습니다. 그 혀 꼬부라진 달콤한 발음이 때때로 주파수가 다른 소리처럼 남자들의 낮은 술렁임에 섞여 들려왔습니다.

어머니는 들어오자마자 자리를 확보하려고 주방으로 향했습니다. 아버지는 남자들에게 불려가 난로 앞에서 술잔을 건네받았습니다. 나는 어디로 가야 할지 몰라, 할 수 없이 어머니를 따라 주방의 부인들 그룹에 가담했습니다.

삶은 닭고기와 자차이갓의 한 종류인 개채의 뿌리로 만드는 중국 사천 지방의 절임 음식로 만든 이색적인 샐러드를 가져온 사람이 조리법을 설명하고 있었습니다. 그 다음은 별장촌의 관리인으로 있는 노만 씨의 부인 차례였습니다. 노만 씨는 그 당시 언제나 짐니_{일본 자동차 회사 스즈키의 경형 SUV}로 산길을 돌아다니는 사십 대의 산사나이였는데, 그의 아내는 메마른 백발을 묶고 화장기 없는 갈색 얼굴을 한 노파였습니다.

정말로 이 여자가 부인이란 말인가? 나는 깜짝 놀라서 노만 부인의 쪼글쪼글한 손가락과 흐리멍덩한 눈매 등을 자세히 쳐다봤습니다. 외모가 그렇게 차이 나는데도 어떻게 두 사람이 서로를 사랑할 수 있는지 도저히 믿을 수 없었습니다. 그 무렵 나는 외모가 엄청나게 차이 나는 남녀는 함께 살 수 없을 거라고 생각했습니다. 그건 지금도 마찬가지지만요.

노만 부인은 산나물의 떫은맛을 제거하는 방법에 대해서 장황하게 설명했습니다. 다른 여자들은 주방의 소형 텔레비전에서 나오는 '홍백가합전_{NHK가 매년 12월 31일에 방송하는 남녀 대항 형식의 음악 프로그램}'을 곁눈질로 힐끔힐끔 쳐다보면서 노만 부인의 설명에 귀를 기울이는 체하고 있었습니다.

따분해진 나는 유리코를 찾았습니다. 유리코는 난로 앞에 있는 존슨 씨의 무릎에 몸을 기댄 채 어리광을 부리고 있었습니다. 유리코의 뺨을 가볍게 스치는 마사미 부인의 다이아몬드가 난롯불에 반사되어 반짝반짝 빛났습니다. 난로의 불길과 마사미 부인의 다이아몬드 빛 때문인지 유리코의 을씨년스러움이 그다지 눈에 띄지 않았습니다. 뭔가 빛나는 물건을 눈으로 받아들이기만 한다면 유리코는 예쁜 여자애였으니까요. 그러는 사이에 나는 이상한 망상에 사로잡혔습니다.

유리코는 내 여동생이 아니라 사실은 존슨 씨와 마사미 부인의 딸이 아닐까 하고 말입니다. 아름다운 두 사람이라면 미모의 아이가 태어나도 이상할 것이 없습니다. 말로는 잘 표현할 수 없지만, 그렇다면 용서할 수 있을 것 같았습니다. 그리고 유리코의 괴물 같은 미모에도 개성 같은 것이 약간 덧붙여질 것 같은 느낌이 들었습니다. 개성이라는 것은 그래요, 예를 들면 경박하고 익살맞은 느낌이라든가, 두더지 같은 동물을 닮은 인상이라든가, 그런 하찮은 것입니다.

하지만 불행하게도 유리코는 평범한 내 부모가 낳은 아이입니다. 그렇기 때문에 유리코가 지나치게 빼어난 미모를 지닌 괴물이 된 것이 아닐까 하고 생각했습니다. 유리코가 잘난 척을 하듯이 나를 돌아보았습니다. 괴물아, 이쪽을 보지 마. 나는 기분이 나빠졌습니다. 고개를 숙이고 숨을 내쉬는데, 어머니가 내 얼굴을 뚫어질 듯이 바라보고 있었습니다. 돌연 어머니의 마음의 소리가 들려왔습니다.

'너는 유리코를 전혀 닮지 않았어.'

나는 엉겁결에 히스테리하게 웃고 말았습니다. 웃음이 멈추지 않자 부엌에 있던 모든 사람들이 놀라서 내 쪽을 바라보았습니다. 내가 닮지 않은 것이 아니라 유리코가 닮지 않은 것 아닙니까? 내 말이 틀렸나요? 더구나 그 말은 그대로 어머니에게 되돌려주어야 할 말이 아닌가요? 나와 어머니는 유리코가 존재하기 때문에 서로 증오하고 있었던 건지도 모릅니다. 그것을 깨달았기에 웃었던 거지요. 청소과의 노나카 씨가 지적한 것처럼, 중학생인 내가 지금 같은 나지막한 소리로 웃었는지 어땠는지는 잘 모르겠지만요.

12시가 되어서 모두가 새해를 축하하는 축배를 든 뒤에 나와 유리코는 먼저 집으로 돌아가라는 아버지의 명령을 받았습니다. 어머니는 여전히 부엌에서 떠나려고 하지 않았습니다. 마치 거기에 착 달라붙어 있으면 이곳에서도 살아나갈 수 있을 거라고 굳게 믿고 있는 것 같았습니다. 나는 초등학교에 다닐 무렵 교실에서 키우던 남생이가 생각났습니다. 남생이는 언제나 탁한 물속에서 구부러진 양다리로 버티며 얼빠진 얼굴로 교실의 먼지 섞인 공기를 마시고 있었습니다. 커다란 콧구멍을 벌름거리면서요.

텔레비전에서는 따분한 '가는 해 오는 해'가 나오고 있었습니다. 나는 넓은 현관에 벗어던져놓은 수많은 구두들 속에서 진흙투성이의 내 장화를 찾아내 신었습니다. 여기서는 눈이 녹으면 길이 질척거려서 구두가 더러워지기 때문에, 외국인들도 실내에서 모두 일본식으로 구두를 벗고 있었습니다. 나의 낡아빠진 빨간 고무장화는 차가워질 대로 차가워져 있었습니다. 유리코는 실망해서 입술을 삐죽 내밀고 있었습니다.

"우리 별장은 남들에게 별장이라고 말할 수도 없어. 보통 집이랑 똑같으니까. 존슨 씨네 집처럼 난로가 있고 아주 멋지면 좋을 텐데."

"왜?"

"마사미 부인이 다음번에는 우리 집에 초대를 해달라고 했거든."

유리코는 허세 부리기를 좋아했습니다.

"어쩔 수 없잖아. 아버지가 구두쇠니까."

"존슨 씨는 깜짝 놀라더라고. 우리들이 일본 학교에 다니고 있다는 말을 듣더니, 일본인들과 얼굴이 영 다른데도 일본인으로 생활할 수 있냐는 거야. 그 말이 맞아. 나는 줄곧 왕따를 당하고 있으니까. 외국인이라고 하면서 일본어를 할 줄 아냐고 놀려댄단 말이야."

"그런 말을 나한테 해봤자 달라질 건 없잖아."

나는 현관문을 힘껏 열고 밖의 어둠 속으로 한 걸음 먼저 나갔습니다. 왠지는 모르지만 화가 나서 견딜 수가 없었습니다. 추위 때문에 뺨이 따끔따끔 아팠습니다. 눈은 그쳤으나 밖은 캄캄했습니다. 산이 가까이서 우리를 에워싸고 있을 텐데도 그 모습이 시커먼 밤하늘에 녹아 들어가서 보이지 않습니다. 손전등 외에는 아무런 빛도 없었으니 유리코의 눈은 틀림없이 늪처럼 흐리멍덩했을 것입니다. 그렇게 생각하니 유리코의 얼굴을 볼 수가 없었습니다. 나는 괴물인 유리코와 함께 밖의 어둠 속을 걸어가는 것이 무서워졌습니다. 자연히 발걸음이 빨라졌습니다. 나는 손전등을 꽉 움켜쥐고 달리기 시작했습니다. 기다려, 언니. 유리코가 나를 불렀으나 뒤를 돌아보는 것이 무서워서 견딜 수가 없었습니다. 을씨년스러운 늪을 등지고 걷는 것 같은 느낌이 들었습니다. 그 늪에서 무엇인가가 불쑥 나타나서 내 뒤를 따라오는 것만 같았습니다.

내가 자기를 떼어놓고 갈 거라고 생각했는지 유리코가 황급히 쫓아왔습니다. 나는 마침내 고개를 돌려서 유리코의 얼굴을 정면으로 바라보았습니다. 쌓인 눈에 반사되어 하얗고 단정한 얼굴이 몽롱하게 보였습니다. 하지만 유리코의 눈을 바라보는 것만은 도저히 할 수가 없었습니다. 무서웠습니다. 나는 엉겁결에 이런 말을 입 밖에 내뱉고 말았습니다.

"너 누구야? 너 같은 애 난 몰라."

"무슨 소리를 하는 거야?"

"넌 괴물이야."

그러자 유리코가 분을 삭이지 못한 듯 외쳤습니다.

"에잇, 이 추녀야!"

"나가 뒈져!"

나는 한마디 내뱉고는 달리기 시작했습니다. 유리코가 등 뒤에서 내 코트의 모자를 난폭하게 움켜잡았습니다. 나는 몸이 뒤로 젖혀지면서도 유리코를 힘껏 밀어 넘어뜨렸습니다. 나보다 훨씬 가냘픈 유리코는 갑작스런 반격을 받고 뒤로 벌렁 나자빠져 그대로 도로 옆에 쌓인 눈더미에 처박혔습니다.

나는 뒤도 돌아보지 않고 집까지 뛰어가서는 안에서 열쇠를 걸어 잠갔습니다. 얼마쯤 지나자 마치 만화영화 속 옛날이야기처럼 똑똑 하고 조심스럽게 노크하는 소리가 들려왔습니다. 하지만 나는 모르는 체하고 있었습니다.

"언니, 문 열어. 무섭단 말이야." 유리코의 우는 목소리가 들려왔습니다. "열어줘, 무서워 죽겠어. 제발 부탁이니까 문 좀 열어줘. 추워 죽겠어."

무서운 것은 바로 너란 말이야. 쌤통이다! 나는 내 침실로 뛰어가 침대 속으로 들어가 버렸습니다. 현관에서는 문이 부서져라 쾅쾅 두드리는 소리가 들려오고 있었지만 이불을 뒤집어쓰고 귀를 막았습니다. 차라리 유리코 같은 애는 얼어 죽어버려라 하고 몇 번씩이나 빌었습니다. 정말입니다. 나는 그때 마음속으로 그렇게 생각했으니까요.

그러는 사이에 그만 잠들어버렸던지, 문득 알코올이 섞인 듯한 불쾌한 냄새에 눈을 떴습니다. 몇 시쯤 되었을까요? 술에 취한 아버지와 어머니가 내 방 입구에서 말다툼을 하고 있었습니다. 복도의 조명이 어두워서 두 사람의 표정을 알 수 없었지만, 아버지가 나를 깨워서 추궁하려는 것을 어머니가 말리고 있는 중이었습니다.

"동생을 얼어 죽게 만들 작정이었잖아?"

"아무 일도 없었으니까 그냥 놔두세요."

"왜 그런 짓을 했는지 알아야 하잖아."

"저 애가 샘이 나서 그러는 거예요."

어머니가 목소리를 낮춰 제지하고 있었습니다. 어머니의 말을 들으면서, 나는 어째서 이런 집에 태어났을까 하는 생각에 자꾸만 눈물이 흘러내려 견딜 수가 없었습니다.

왜 어머니의 말에 반박하지 않았냐고 물으시려는 거죠? 그것은 아마도 샘이 나서 그랬다는 말에 아니라고 부정하기도 힘들었을뿐더러, 나 스스로도 내 감정을 잘 몰랐기 때문이라고 생각합니다. 나는 아마도 유리코에게 깊은 혐오감을 갖고 있다는 것을 인정하고 싶지 않았을 겁니다. 동생이니까 사랑하지 않으면 안 된다는 의무감에 오랫동안 묶여 있었던 거죠.

그 의무감에서 오는 중압감이 노천탕과 파티에서 있었던 일로 단숨에 사라져버렸는지도 모릅니다. 참을 수 없는 일과 기분 나쁜 애에 대해서는 느낀 그대로 입으로 내뱉을 수밖에 없다는 식으로. 무리를 해서 참으면 앞으로 이 세상을 살아나갈 수 없다고 생각한 것입니다. 내 잘못이라고 생각하겠지요? 그럴지도 모릅니다. 그렇기 때문에 내 경험은 그 어느 누구도 이해하지 못할 것이라는 생각이 자꾸만 듭니다.

다음 날 아침, 유리코가 보이지 않았습니다. 아래층에서는 어머니가 시무룩한 얼굴로 난로에 석유를 넣고 있었습니다. 식탁에 앉아 있던 아버지는 나를 보자 커피 냄새를 풍기며 다가왔습니다.

"네가 유리코에게 돼지라고 말했다면서?"

내가 잠자코 있자 아버지의 두꺼운 손바닥이 다짜고짜 내 뺨을 때렸습니다. 찰싹 하는 커다란 소리가 나면서 귀가 뜨거워지고 얻어맞은 뺨이 화끈거렸습니다. 나는 양손으로 얼굴을 가렸습니다. 아버지한테 얻어맞으리라는 것은 각오하고 있었습니다. 아버지는 내가 어릴 적부터 자주 때리셨거든요. 처음에는 체벌이었다 하더라도 그것이 감정의 폭발로 이어지는 경우가 있기 때문에 조심해야 했습니다.

"죄를 인정해라!"

아버지에게는 용서라는 개념이 부족했습니다. 그래서 나나 유리코나 어머니를 꾸짖을 때에는 죄를 인정하라고 말했습니다. "용서해주세요." "괜찮아." 나쁜 짓을 했을 때 사용하는 사죄와 용서의 말이라고 유치원에서 배웠지만, 우리 집은 그것으로 끝나는 일이 단 한 번도 없었습니다. 그런 말 자체가 존재하지 않았기 때문에 언제나 일이 커지고 말았습니다. 그렇기는 하지만 단지 유리코가 보기 싫어서 그랬던 것인데 도대체 나에게 무슨 죄를 인정하라는 것이었을까요? 내 얼굴에는 불만이 나타나 있었을 것입니다. 아버지는 다시 한 번 나를 힘껏 때렸습니다. 바닥에 쓰러진 내 시야 가장자리로 어머니의 경직된 옆얼굴이 힐끗 보였습니다. 어머니는 나를 두둔하려고도 하지 않은 채 석유가 쏟아지지 않도록 주입구에 주의를 기울이는 체하고 있었습니다. 나는 서둘러 일어나 2층으로 도망쳐서는 내 방 문을 잠갔습니다.

아래층은 오후가 되어서야 가까스로 조용해졌습니다. 아버지가 외출한 것 같아서 나는 방에서 살그머니 나왔습니다. 어머니의 모습도 보이지 않았습니다. 잘됐다 싶어 주방으로 들어가 밥솥째로 꺼내 밥을 먹고, 냉장고에서 오렌지 주스를 꺼내 몽땅 마셨습니다. 어제 점심으로 먹었던 비고스가 냄비에 남아 있었습니다. 고기 기름이 하얗게 굳어 있었습니다. 나는 냄비 속에 침을 뱉었습니다. 오렌지 주스가 섞인 침이 삶은 양배추에 붙어서 유쾌해졌습니다. 아버지는 비고스의 잘 익은 양배추를 제일 좋아했기 때문입니다.

그때 현관문이 열려서 나는 고개를 들었습니다. 유리코가 돌아온 것입니다. 어젯밤과 같은 점퍼를 입고 있었으나 처음 보는 하얀 양모 모자를 쓰고 있었습니다. 틀림없이 마사미 부인의 것이겠죠. 조금 컸는지 유리코의 이마를 거의 다 가릴 지경이었습니다. 저 모자에선 마사미 부인의 향수 냄새가 물씬 풍기고 있을 것이 틀림없다고 생각하면서, 나는 유리코의 눈을 다시 한 번 확인했습니다. 기분 나쁜 눈을 가진 아름다운 아이. 유리코는 나에게 말을 걸려고도 하지 않은 채 2층으로 뛰어 올라갔습니다. 나는 텔레비전을 켜고 소파에 몸을 깊숙이 파묻고 앉았습니다. 정초부터 웃기는 퀴즈 프로그램을 보고 있으려니까 배낭을 짊어진 유리코가 자신이 좋아하는 스누피 봉제 인형을 들고 내려왔습니다.

"나는 존슨 씨 집에 갈 거야. 네 얘기를 했더니 존슨 씨가 위험하니까

자기 집에서 머물라고 했어."

"잘됐구나. 이제 두 번 다시 돌아오지 마."

나는 시원스러운 기분으로 말해주었습니다. 결국 새해 연휴 내내 유리코는 존슨 씨의 산장에 머물렀습니다. 존슨 씨와 마시미 부인을 길에서 한 번 만난 적 있는데, 두 사람 모두 "하이!" 하고 싱글벙글 웃으며 손을 들어 보였습니다. 그래서 나도 "하이!" 하고 말하고 히죽히죽 웃어주었습니다. 바보 같은 존슨, 바보 같은 여자 하고 마음속으로 욕을 퍼부으면서요. 그리고 유리코는 이제 두 번 다시 집으로 돌아오지 않았으면 좋겠다, 바보 존슨의 딸이라도 되었으면 좋겠다 하고 생각했습니다.

닮은꼴과는
거리가 먼 가족들

아버지가 사업에 실패한 것은 그 이듬해였습니다. 아니, 사업이라고 할 정도의 일도 아니었습니다. 장사에 실패했던 것입니다. 부유해진 일본인들은 좀 더 맛있는 수입 과자가 있다는 것을 알게 되었고, 아버지가 수입하는 싸구려 과자 같은 것은 거들떠보지도 않게 되었거든요. 아버지는 회사를 정리하고, 거액의 빚을 갚기 위해 모든 것을 처분하기로 했습니다. 오두막집은 물론이고 기타시나가와에 있던 작은 집과 자동차까지요.

아버지는 일본에서 하던 사업을 그만두고 고향인 스위스에서 재기하기로 했습니다. 아버지의 동생 카알이 베른에서 양말 공장을 경영하고 있었는데 거기 회계 일을 도와주기로 한 것입니다. 물론 우리도 함께 스위스에 가야 했지만, 때마침 나는 고등학교 입학시험을 앞두고 열심히 공부하던 중이었습니다. 내가 목표로 삼은 곳은 머리 나쁜 유리코 같은 애는 절대로 들어갈 수 없는 서열 높은 학교였습니다. 그렇습니다. 그 학교가 가즈에와 함께 다닌 여고입니다. 편의상 그 학교를 Q여고라 부르기로 하겠습니다.

나는 아버지의 판단에 의해 이리저리 끌려 다니는 것은 딱 질색이었습니다. 점점 더 아름다워지는 유리코와 낯선 나라에서 생활하는 것도, 나약한 어머니와 함께 지내는 것도 싫었습니다. 그래서 일본에 남겠다고 끝까지 우겨댔습니다.

나는 P구에 있는 외할아버지 댁에 들어가 살면서 일단 입시를 치르고, 합격하게 되면 거기서 통학하고 싶다고 아버지께 말했습니다. 어떻게 해서든 유리코와 함께 스위스에 가지 않기 위해 필사적이었습니다. 아버지는 쓸데없는 돈이 들게 되고 더군다나 여고는 학비가 비싸다며 언짢은 얼굴을 했지만, 별장 사건 이후로 나와 유리코가 거의 말을 하지 않는 상태였기 때문에 하는 수 없다고 판단한 것 같았습니다. 나는 아버지에게 내가 지망한 학교에 합격한다면 최소한 대학까지의 학비와 일본에서의 생활비를 보증하겠다는 각서를 쓰게 하고 약속을 받아냈습니다. 설령 부녀 사이라 하더라도 아버지는 계약을 하지 않으면 실행하지 않을 것이기 때문입니다.

나는 염원하던 Q여고에 합격했습니다. 유리코는 스위스 어딘가에 있는 일본인 중학교에 들어가게 되었습니다. 나와 유리코의 사이가 나쁘다는 것을 알고 아버지가 내게 자세히 말해주지 않았기 때문에 잘은 모르겠습니다. 유리코는 틀림없이 유럽에서 생활하게 되겠지요. 이로써 나는 가까스로 유리코로부터 벗어나게 되었다는 안도의 숨을 내쉴 수 있게 되었습니다. 내 인생에서 최고로 행복한 시간이었습니다.

나는 P구의 공영주택에서 혼자 살고 있던 외할아버지와 생활하게 되었습니다. 외할아버지는 당시 66세로 키가 작고 남자치고는 손발이 아담했으며 얼굴과 몸집이 전체적으로 자그마한 것을 보면 틀림없는 어머니의 아버지였습니다. 돈이 없어도 어떻게 해서든 멋을 부리려고 안간힘을 쓰는 사람이어서 어디를 가든 양복을 입고 반백의 머리를 포마드로 멋지게 빗어 넘겼습니다. 그래서 공영주택의 좁은 방은 외할아버지의 포마드 냄새로 숨이 막힐 지경이었습니다.

외할아버지라고 해도 그다지 만난 적이 없어서 나는 조금 불안했습니다. 무슨 얘기를 어떻게 해야 할지 알 수가 없었기 때문입니다. 하지만 실제로 함께 살아보니 그것은 완전히 기우였습니다. 외할아버지는 새된 목소리로 하루 종일 쉬지 않고 잘도 떠들어대는 분이었습니다. 잘 떠든다고 나와의 대화가 많아진 건 아니고, 혼잣말 혹은 잔소리처럼 내버려두면 언제까지나 계속 떠들어대는 타입이었습니다. 말수가 적은 나와 생활하는 것이 외할아버지에게는 즐거움이 아니었을까요? 나는 외할아버지가 하는 말의 쓰레기통 같은 존재였습니다.

아마 외할아버지는 갑자기 굴러든 외손녀를 귀찮게 생각했을 것입니다. 그러나 우리 아버지로부터 받는 생활비는 꽤 고마웠을 것이 틀림없습니다. 외할아버지는 연금 생활을 하고 있었기 때문에 이따금 이웃의 잔심부름을 해주고 용돈을 벌어 쓰고 있었을 뿐이니까요. 생활에 여유가 없었을 것입니다.

외할아버지의 직업 말인가요? 그때까지 무슨 일을 하고 있었냐고요? 그게 참 이상한 일입니다. 나는 예전에 어머니에게서 외할아버지가 형사였다는 얘기를 들은 적이 있습니다. 어렸을 적에 수박 도둑을 잡는 것이 특기여서 그 길로 들어섰다던가 뭐라던가 말이지요. 그래서 굉장히 엄격하고 무서운 분일 거라고 상상했는데, 사실은 그 반대였습니다.

외할아버지는 형사가 아니었습니다. 그럼 어떤 사람이었는지 지금부터 얘기하겠습니다. 좀 길어질지도 모르지만 참고 들어주세요.

그 전에 살해된 가즈에가 고등학생 때 해준 얘기를 해야겠습니다. 사실인지 아닌지는 나도 잘 모릅니다. 가즈에라는 애는 무엇이든지 아는 체를 했기 때문에 신뢰할 수 없는 면도 있었으니까요. 하지만 때때로 이렇게 마음에 남는 말도 하는 애였습니다.

가즈에의 말에 의하면 아이라는 존재는 근대에 와서 발견되었다는 겁니다. 중세 시대에는 아이란 그저 몸만 작을 뿐인 완결한 인간으로 여겨졌다고 합니다. 그러나 지금은 내가 상상도를 통해 고생대·중생대·신생대 하는 식으로 생물 진화의 역사를 아는 것처럼, 아이는 어른으로 진화하는 하나의 과정이라고 여겨진다는 것입니다. 그렇다면 어른의 몸을 가진 나는 이미 진화가 다 된 존재일까요? 살해된 가즈에와 유리코도 그랬단 말인가요? 하지만 나는 가즈에와 유리코가 진화를 계속하고 있던 생물이라는 생각이 자꾸만 듭니다. 하여간 그것은 천천히 생각하기로 합시다. 아무래도 나는 너무 서둘러 앞으로 나가려고 하는 것 같습니다.

확실히 아이는 이상한 존재입니다. 왜냐하면 어머니의 유치한 거짓말도 철석같이 믿을 수 있으니까요. 틀림없이 아이에게는 어머니가 자신의 모든 세계라고 믿는 시기가 있기 때문일 것입니다. 그러다가 세계가 점차 어긋나기 시작하면서 반도가 대륙으로부터 분리되어 하나의 섬이 되는 것처럼, 어머니로부터 독립해서 어른이 되는 것인지도 모릅니다. 나에게도 그렇게 어머니와 세계가 일치했던 순진한 시기가 있었다고 생각하니 나 자신이 귀엽게 느껴집니다. 어머니는 나와 유리코에게 외할아버지에 대해서 늘 이런 식으로 말했습니다.

"외할아버지는 형사니까 놀러 가면 안 돼. 바쁘신 데다 외할아버지 주위에는 나쁜 짓을 한 사람들이 많이 모여 있으니까 말이야. 하지만 외할아버지가 나쁜 짓을 하신 것은 아니란다. 올바른 사람이 있는 주변에는 반대로 질 나쁜 사람이 많이 얼쩡거리게 되어 있어. 예를 들면, 죄를 저지른 사람이 새 인생을 시작했다며 인사하러 찾아오거나 한단다.

개중에는 질이 나쁜 사람도 있어서 자신을 체포한 외할아버지에게 원한을 품고 복수하려는 이들도 있어. 그러니까 아이들은 가면 위험하단다."

나는 그 이야기를 다른 세계의 일처럼 여기며 마치 형사 드라마 같다고 흥분한 적도 있었습니다. 우리 외할아버지는 형사란 말이야, 친한 친구가 있다면 자랑을 하고 싶을 정도였습니다. 하지만 유리코는 그다지 관심이 없는 듯한 얼굴로 외할아버지는 어째서 형사가 되셨나요, 하고 어머니에게 물었습니다. 유리코는 아마 형사인 외할아버지를 그다지 멋있다고 생각하지 않았던 것 같습니다. 유리코의 머릿속은 알 수가 없습니다. 그때 어머니의 대답은 이러했습니다.

"외증조부께서 이바라키현에 넓은 밭을 잔뜩 갖고 계셨어. 거기는 옛날부터 수박 서리로 유명한 고장이었지. 외할아버지는 어릴 때부터 수박 도둑을 잘 잡으셨기 때문에 형사가 되셨단다."

이 얼마나 허황되고 바보 같은 거짓말입니까? 어디에서 그런 허풍스러운 이야기가 생겨났는지, 어머니가 살아 있다면 한번 물어보고 싶습니다. 하지만 어머니 자신도 아이들에게 외할아버지에 대해 거짓말한 것 따위는 벌써 까마득한 옛날에 잊어버렸을 것입니다. 내뱉은 거짓말은 금세 잊어버리는 것이 인간이니까요. 그리고 거짓말이 밝혀지기 시작하면 다시 거짓말로 도배되어 버릴 뿐입니다. 어머니의 약점은 거짓말로 도배해 버릴 만한 상상력도 기력도 없었다는 점입니다. 보육원 입원 자격을 심사하는 내 직업상, 나는 누구보다도 그것을 잘 알고 있습니다.

나는 Q여고 합격과 동시에 외할아버지와 생활하게 되었습니다. 부모님과 유리코가 스위스로 떠나기 얼마 전이었습니다. 나는 이불과 책상,

문구류, 옷가지 등을 실은 작은 트럭을 타고 기타시나가와에서 외할아버지의 공영주택으로 향했습니다. P구는 도쿄의 평범한 주택가여서 높은 빌딩 같은 것은 찾아볼 수 없는 평지였습니다. 커다란 강이 P구를 남북으로 가로질러 흐르는데 제방이 시야를 가로막고 있었습니다. 주변 건물들은 모두 낮았지만 제방 탓에 압박감이 느껴지는 무척 이상한 동네였습니다. 그리고 높은 제방 너머에는 항상 많은 물이 천천히 흐르고 있었습니다. 나는 제방에 올라가 탁한 강물을 들여다보면서 그 속엔 어떤 생물이 살고 있을까 하고 자주 상상했습니다.

외할아버지는 내가 오던 날, 근처의 과자가게에서 슈크림 두 개를 사줬습니다. 케이크 가게에서 파는 슈크림이 아니어서 겉은 딱딱하고 속에는 내가 싫어하는 커스터드 크림이 들어 있었습니다. 나는 외할아버지가 실망할까 봐 맛있게 먹는 시늉을 하면서, 대체 외할아버지의 얼굴이나 몸의 어느 부분이 우리 어머니의 외모로 이어졌을까 하는 호기심에 외할아버지의 얼굴을 빤히 바라보고 있었습니다. 몸집이 자그마하다는 전체적인 골격은 닮았지만 얼굴은 전혀 닮지 않았습니다.

"어머니는 외할아버지를 닮지 않았는데 누구를 닮은 거예요?"

"네 엄마는 아무도 닮지 않았단다. 선조 중 누군가를 닮았겠지."

외할아버지는 조그만 케이크 상자를 전개도대로 꼼꼼히 접으면서 대답했습니다. 그런 게 틀림없이 어딘가에 쓸모가 있는 모양입니다. 외할아버지는 포장지나 끈을 전부 부엌의 선반에 모아두었기 때문입니다.

"나도 아무도 닮지 않았어요."

"우리 집안은 그런 집안이란다."

외할머니는 20년쯤 전에 강물에 빠져 죽었으며 어머니는 외동딸이었기 때문에 다른 친척은 없었습니다. 외로운 집안이었습니다. 하지만 나는 '아무도 닮지 않은 집안'이라는 외할아버지의 말이 대단히 마음에 들었기 때문에, 이 집이라면 영원히 있어도 좋겠다고 생각했습니다.

외할아버지는 꼼꼼한 사람이어서 새벽 다섯 시면 어김없이 일어나 베란다와 현관 옆의 두 평짜리 방에 빽빽이 놓여 있는 분재를 돌봤습니다. 분재는 외할아버지의 취미였습니다. 두 시간 이상 분재를 손질한 후 방 청소를 하고 아침 식사를 했습니다.

외할아버지는 일어나자마자 줄곧 이바라키 지방 사투리로 빠르게 중얼거렸습니다. 내가 이를 닦거나 세수를 하는 동안에도, 분재에게 말을 걸고 있는 것인지 나에게 말을 걸고 있는 것인지 알 수 없는 모습으로 잠시도 입을 다물지 않았습니다.

"줄기가 정말 잘생겼구나! 이것 좀 봐라, 이 힘찬 모습을, 그리고 이 고고함. 이런 소나무는 틀림없이 홋카이도에서 여러 그루 자라고 있었을 게다. 좋은 분재를 만들어서 나는 행복하단다. 나는 천재일지도 몰라. 천재라는 건 말이다, 미치지 않으면 안 되는 거야. 미침, 즉 미칠 광狂이 있어야 하거든."

나에게 얘기를 걸어오는가 싶어서 뒤돌아보면 외할아버지는 분재를 향해 혼자 중얼거리고 있는 것입니다. 더구나 그 내용은 매일 아침 거의 똑같았습니다.

"미치지 않은 인간은 아무리 교묘하게 만들었다 하더라도 어차피 천재는 아니지. 그러니까 미친 인간이 만든 것은 어딘가가 확연히 다르거든. 어디가 다르냐 하면 말이야."

나는 더 이상 돌아보지 않았습니다. 나에게 말을 걸고 있는 것이 아니라는 것을 알고 있었기 때문입니다. 외할아버지는 자문자답하고 있는 것입니다. 나는 나대로 고등학교에 합격해서 새로운 생활을 시작하는 것이 기뻐서 분재 같은 것에는 안중에도 없었고, 진학 잡지를 보면서 동경하던 Q여고의 생활에 대한 여러 가지 몽상에 푹 빠져 있었습니다.

나는 외할아버지를 내버려둔 채 직접 구운 토스트에 버터와 잼과 꿀을 듬뿍 발라서 먹기 시작했습니다. 이제는 잼을 너무 많이 바른다고 아버지에게 주의 받을 일도 없어서 해방된 것 같은 기분이었습니다. 우리 아버지는 인색하기 짝이 없어서 가족의 식사법에 대해서까지 잔소리를 해댔습니다. 홍차의 설탕은 두 스푼까지, 잼은 얇게 한 번만 바르고, 꿀을 바를 때는 꿀만 발라서 먹어야지 잼과 겹치면 의미가 없다는 겁니다. 그리고 예의에도 까다로워서 식사하는 동안에는 얘기를 하지 말라, 팔꿈치를 짚지 말라, 자세를 똑바로 해라, 입 안에 음식을 넣은 채 웃지 말라는 등등 계속 잔소리를 해대곤 했습니다.

내가 식탁에서 아침 식사를 하는 동안에도 외할아버지는 베란다의 분재에게 계속 얘기를 하고 있었습니다.

"기운氣韻, 아름다운 멋이 있단 말이야. '기운'. 이것이 가장 중요하단다. 사전에서 '기운'이라는 말을 찾아보렴. 그것은 기품이 있는 것만을 의미하는 게 아니야. 기품이 있고, 그 기품이 작품에 생생하게 나타나 있는 것을 말한단다. 쉽게 할 수 있을 것 같지만 보통 사람은 절대로 할 수가 없어. 그러니까 그렇게 할 수 있는 인간은 천재야. 그것을 이해하는 인간도 천재란다. 그러니까 나는 천재지, '기운'이 있거든."

외할아버지는 공중에 '기운'이랑 '광'이란 글자를 써보였습니다. 나는 홍차를 마시고 나서 잠자코 외할아버지가 하는 행동을 바라보고 있었습니다. 그제야 외할아버지는 나의 존재를 깨닫고 식탁을 바라봤습니다.

"내 몫은 없니?"

"있지만 다 식었어요."

내가 외할아버지 몫의 토스트를 가리키자, 외할아버지는 즐거운 듯 차갑고 딱딱해진 토스트를 집어 들고 틀니로 아작아작 씹어댔습니다. 그 모습을 보면서 나는 이 사람이 전에 형사였다는 것은 거짓말이라고,

수박 도둑을 잡는 것이 특기였다는 것도 거짓말이라고 생각했습니다. 말로 어떻게 설명하면 좋을지 모르겠지만, 고등학생인 나도 외할아버지가 어떤 사람인지를 알 수 있었습니다. 외할아버지는 자기 밖에 생각하지 않는 사람이었습니다. 그렇기 때문에 남의 잘못을 책망하고 체포하는 일을 할 리가 없다고 생각했습니다. 우리 아버지라면 모르지만.

외할아버지는 틀니가 어긋나서 씹기가 힘든지 토스트를 홍차에 담가서 먹곤 했습니다. 그리고 빵 부스러기가 녹아떨어진 홍차를 마셨습니다. 나는 큰맘 먹고 외할아버지에게 물어보았습니다.

"할아버지, 유리코에게는 '기운'이 있다고 생각하세요?"

외할아버지는 베란다 너머로 '흑송'이라는 커다란 분재를 바라본 뒤에 나에게 단호하게 말했습니다.

"없어. 유리코는 너무 미인이니까. 그 아이는 원예 식물, 아름다운 꽃이지 분재가 아니란다."

"꽃은 아무리 아름다워도 '기운'이 없는 거예요?"

"없지. 분재는 '기운'으로 승부한다. 그도 그럴 것이 인간이 만드는 것이니까. 저것을 보렴, 저 흑송 말이다. 저것이 '기운'이 있는 거란다. 노목은 우리에게 생명이라는 것을 가르쳐주거든. 나무는 참 이상하지. 저렇게 시들어 보여도 살아 있으니까 말이야. 나무는 기나긴 세월을 거칠수록 좋아지거든. 젊고 아름다워야 좋다고 생각하는 것은 인간뿐이란다. 세월이 아무리 흘러도 인간이 손질을 하고 또 해주면 인간의 의지에 따라서 다시 태어난다고나 할까, 기적을 일으키기도 하는 것이 바로 '기운'이기도 하단다. 영어로 미러클이라고 하지?"

"그러겠죠 뭐."

"독일어로는?"

"몰라요."

나는 또 시작이구나 하고 생각하고 일단은 베란다 쪽을 뒤돌아보는 시늉을 했습니다. 외할아버지가 하는 말은 거의 이해할 수가 없고 따분했기 때문입니다. 외할아버지가 애지중지하던 것은 베란다 중앙에 떡버티고 있는 볼품없이 시들어가는 나무였습니다. 뿌리는 울퉁불퉁해서 보기 흉한데다 가지는 철사로 꽁꽁 묶여 있고 잎사귀는 헬멧처럼 뻗쳐 있어서 거추장스럽기 짝이 없었습니다. 사극에 나오는 나무처럼 평범하게 생겼습니다. 하지만 아름다운 유리코에게 '기운'이라는 것이 없다니 그것은 기분 좋은 일이잖아요? 나는 그렇게 말해준 외할아버지가 무척이나 좋았습니다. 그리고 외할아버지와 나의 이 생활이 영원히 계속되었으면 좋겠다고 생각했습니다.

외할아버지는 외할아버지대로 나와 함께 있는 것에 가치를 느끼는 것 같았습니다. 그 이유는 금세 알게 되었습니다. 외할아버지에겐 분재를 모두 황급히 벽장에 챙겨 넣는 날이 있었습니다. 매월 셋째 주 일요일 오전 11시. 한 달에 한 번 이웃집 아저씨가 반드시 우리 집을 방문하는 날입니다. 외할아버지는 절대로 잊어먹지 않도록 달력에 빨간 표시까지 해놓았습니다.

그날이 되면 외할아버지는 대충 분재와의 대화를 끝내고 벽장 안을 정리하고 잡동사니를 여기저기로 옮겼습니다. 날이 흐리든 비가 내릴 것 같든 간에, 나는 벽장에서 내 이불을 꺼내서 베란다에 있는 건조대에 걸어놓아야 했습니다. 벽장을 비우기 위해서였습니다. 그리고 베란다에 빽빽하게 늘어서 있는 분재 화분을 황급히 벽장 속에 숨기는 것입니다. 들어가지 않는 화분은 공영주택에 살고 있는 이웃에게 부탁해서 숨겨놓기도 했습니다. 나는 얼마 동안 외할아버지가 왜 자랑거리인 분재를 숨기려고 하는지 이해할 수가 없었습니다.

셋째 주 일요일의 방문자는 온후한 얼굴을 한 노인으로, 숱이 적은 백발을 꼼꼼히 뒤로 넘기고 회색 셔츠에 갈색 재킷을 입은 평범한 모습이었습니다. 새까만 안경테만이 눈에 확 띄었습니다. 그 노인은 외할아버지 집을 방문할 때마다 늘 빈손으로 온 무례를 사과했지만, 선물을 들고 온 적은 한 번도 없었습니다. 외할아버지는 그 노인이 오면 공손히 정좌를 하고 있었습니다. 그리고 어찌된 셈인지 내가 옆에 있는 것을 꺼려하는 것이었습니다. 그 노인이 아닌 다른 사람이 찾아오면 외할아버지는 혼혈의 손녀가 있다는 것이나, 내가 우수한 Q여고에 다닌다는 것을 자랑하려고 일부러 옆에 두고 싶어 하고 마구 떠들어댔습니다. 외할아버지에게는 보험 회사에 다니는 아주머니나 경비원 아저씨, 아파트 관리인, 분재를 좋아하는 할아버지 등 다양한 지인이 있어서 늘 집에는 손님들이 찾아오곤 했습니다. 그러나 그 노인에 한해서는 내가 함께하는 것을 꺼리시기 때문에 이상하기 짝이 없었습니다.

그날도 외할아버지는 안절부절못하면서 나에게 공부할 것이 없냐고 물었습니다. 그래서 나는 차를 내온 뒤 방으로 돌아가는 시늉을 하고서 미닫이 너머로 엿들었습니다. 담소가 끝나자 노인이 먼저 말을 꺼냈습니다.

"요즈음 어떻게 지내십니까?"

"그럭저럭 꾸려가고 있으니 부디 걱정하지 마세요. 이런 누추한 집에 일부러 찾아와 주셔서 정말로 송구스럽습니다. 손녀가 와 있어서 즐겁고 검소하게 지내고 있습니다. 늙은이와 여고생이 함께 살다 보니 여러 가지로 불편한 점도 있습니다만 즐거울 따름입니다."

"손녀입니까? 닮지 않아서 누구냐고 물어보고 싶었습니다. 그럴 리야 없겠지만 당신이 젊은 애인이라고 대답하면 내가 원통하고 분할 것 같아서……."

들뜬 노인의 목소리에 허허 하고 외할아버지가 함께 웃었습니다. 아,

이제야 알았습니다. 나의 웃음소리는 틀림없이 외할아버지를 닮은 것입니다. 외할아버지는 새된 목소리로 떠들어대고 있지만 웃음소리만큼은 갑자기 나지막해지고 더구나 상스러웠습니다. 그때 외할아버지의 목소리가 갑자기 낮아졌습니다.

"저 아이는 딸의 소생인데 아버지가 외국인입니다."

"허어, 미국 사람입니까?"

"아니오, 유럽 사람입니다. 저 아이도 독일어나 프랑스어를 그야말로 유창하게 하지만 내가 억지로 일본에 남게 했습니다. 일본인이니까 일본어로 교육을 받고 여기서 커야지요. 사위는 스위스의 외무성 관리인데요, 그래요, 대사 다음 직위랍니다. 그런 훌륭한 사위를 봐도 일본어를 하지 못하니까 영 재미가 없더라고요. 하지만 눈으로 알 수 있다고들 하지요. 이심전심. 그게 사실이더라고요. 사위에게도 내 생각이 전해진 건지, 얼마 전에도 스위스에서 시계를 두 개씩이나 보내왔습니다. 그걸 뭐라고 하더라? 오디마피게라고 하더군요. 또 하나는 파테크 뭐라고 하는 고급 시계인데, 참 좋더군요. '기운'이 있습니다. '기운'이라는 말을 아십니까? 이렇게 씁니다."

나는 웃음을 참으면서 외할아버지의 거짓말을 듣고 있었습니다. 노인은 기가 죽은 듯이 한숨을 내쉬었습니다.

"'기운'이라니요? 처음 듣는 말이네요."

"고상함과 강함을 동시에 지닌다는 뜻이라고 할 수 있겠지요."

"좋은 말이군요. 그런데 손녀의 가족들은?"

"실은 사위네 가족은 스위스 정부에서 소환해서 돌아갔습니다."

"허허, 그것 참 대단하군요."

"아녜요, 별것 아닙니다. 스위스에서 가장 끗발 좋은 것이 유엔 관련 기구와 은행 아니겠습니까?"

"그렇다면 일단 안심이 되네요. 심부름센터를 시작했다고 들었는데, 그쪽 일은 잘 되고 있겠지요? 이제는 남을 속이거나 하지는 않겠지요? 손녀 생각도 해야지요."

"물론입니다. 나는 두 번 다시 그런 잘못은 범하지 않을 겁니다. 보세요. 이 집 어디에 분재가 있습니까? 나는 이제 두 번 다시 분재에 손을 대지 않을 작정입니다."

외할아버지가 송구스러워하는 목소리로 대답했습니다. 그것을 듣고 나는 외할아버지가 옛날에 분재를 이용하여 사기사건 같은 것을 일으킨 사람이라는 것을 알게 되었습니다. 그리고 이 노인은 보호사保護司로, 한 달에 한 번씩 외할아버지를 찾아와서 외할아버지가 갱생했는지 어떤지 물어보고 확인하는 사람이었던 것입니다. 지금 와서 생각하면 외할아버지는 아마도 그 당시 가석방 중이었던 모양입니다. 그런 외할아버지 집에 나 같은 착실한 여고생이 살고 있다는 사실은 보호사의 신뢰를 높이는 데 꽤 도움이 되었을 것이라고 생각합니다. 그러니까 가족과 떨어져서 일본에 남고 싶은 나와 보호사의 눈을 속이고 싶은 외할아버지, 우리 두 사람은 이해가 일치한 공범 관계이기도 했던 것입니다. 더구나 나는 외할아버지와 함께 유리코에 대한 험담을 할 수가 있습니다. 정말로 즐거운 나날이었습니다.

그 직후에 보호사 노인과 우연히 만난 적이 있었습니다. 골든 위크4월 말에서 5월 초에 걸친, 1년 중 휴일이 가장 많은 주간 중에 자전거로 슈퍼마켓에 물건을 사러 갔다가 돌아오는 길이었습니다. 낡은 농가 앞에 관광버스가 서 있고, 그 노인이 손을 흔들면서 손님을 전송하고 있던 참이었습니다. 손님들은 모두 노인들뿐이었는데 조그만 분재 화분을 손에 들고 만족스러워하는 것 같았습니다. 그곳은 '만수원萬壽園'이라는 분재를 만들어서 판매하고 있는 농원이었는데, 나는 분재라는 간판에 끌려서 바라보고 있었습니다. 버스가 떠나자 노인이 나를 알아봤습니다.

"아아, 마침 잘 만났구나. 학생, 잠깐 얘기할 수 있겠나?"

나는 자전거에서 내려 인사를 했습니다. 마치 절간과 같은 커다란 문 사이로 안을 들여다보니, 훌륭한 다실풍의 건물이 있고 그 옆에는 세련된 다실도 있었습니다. 그리고 비닐하우스 안에서는 젊은 남자 여러 명이 호스로 물을 뿌리거나 흙을 파헤치며 일을 하고 있었습니다. 농원이라기보다는 유명한 정원 같았는데, 호화스러운 건물과 정원을 보니 많은 돈을 들였다는 것은 쉽게 알 수가 있었습니다. 보호사 노인도 넥타이 위에 남색 작업복을 걸치고 있었는데, 마치 일일 도예가가 된 면장 같은 기묘한 차림이었습니다. 검은 테 안경이 가볍고 얇은 대모갑 테로 바뀌어 있었습니다.

보호사는 나의 가족 관계를 꼬치꼬치 캐물었습니다. 외할아버지의 이야기를 확인해 보고 싶었던 모양입니다. 부모가 정말로 스위스로 가 버렸다는 얘기를 듣고 약간 걱정스러워하는 것 같았습니다.

"외할아버지는 매일 무엇을 하고 계시지?"

"심부름센터의 일이 바쁘신 것 같아요."

그것은 사실이었습니다. 어찌된 일인지 내가 오고 나서부터 외할아버지에게는 심부름센터의 일이 쇄도하고 있었던 것입니다.

"그것 참 잘됐구나. 어떤 일인데?"

"고양이 시체를 버리거나 집주인이 비운 집을 봐주러 가거나 그런 집의 나무에 물을 주는 등 여러 가지예요."

집주인이 비운 집을 봐주러 갔다고 말하고 나서 나는 실수를 한 것일까 하고 보호사의 얼굴을 쳐다보았습니다. 어쨌든 외할아버지는 범죄자니까요. 그러나 노인은 무표정한 얼굴로 커다란 농원에서 일하는 젊은이들을 힐끗 쳐다보았습니다.

"학생의 외할아버지는 분재만 하지 않으면 괜찮은 분이야. 분재에 대해서는 조금도 모르면서 분재 매매에 손을 댔거든. 다른 사람의 물건을 훔쳐서 팔거나 야시장에서 산 싸구려 물건을 큰돈을 받고 팔아서 큰 소동이 벌어졌지. 속아서 수천만 엔이나 손해를 본 사람도 있었으니까."

손해를 본 사람은 이 보호사와 관계가 있는 사람이 아닐까요? 보호사는 틀림없이 분재업자이든가 이 농원을 거들어주고 있는 사람일 것입니다. 외할아버지가 분재를 훔친 것은 바로 이 농원일지도 모릅니다. 그리고 이곳의 분재를 멋대로 매매해서 돈을 가로챘을 것입니다. 이 노인은 외할아버지가 두 번 다시 분재에 손을 대지 못하도록 보호사가 되어서 외할아버지를 영구히 감시할 작정일지도 모릅니다. 나는 갑자기 외할아버지가 불쌍해졌습니다.

농원에는 굵은 나무 기둥 위에 한 개씩, 수백 개의 분재가 정연하게 늘어서 있었습니다. 그 가운데는 외할아버지가 자랑하던 것과 꼭 닮은 커다란 소나무도 있었는데, 내 눈으로 봐도 외할아버지의 분재와는 비교도 되지 않을 정도로 훌륭하고 비싸 보였습니다.

"저어, 외할아버지는 분재에 대해서는 전혀 모르시나요?"

"초보자란다."

보호사는 깔보는 듯이 내뱉었습니다. 온후한 것 같던 얼굴이 심술 사납게 변했습니다.

"그런데도 외할아버지에게 속아 넘어가는 사람이 있나요? 그런 큰돈을 갖고 있는 사람이 많이 있나요?"

나는 외할아버지 같은 사람에게 속아서 돈을 내놓는 사람이 있으니까 분재광인 외할아버지가 얼떨결에 나쁜 생각을 했을 것이라고 생각했습니다. 그런 괴상한 화분에 큰돈을 내놓는 사람이 있다는 것 자체가 믿기지 않았습니다. 그러니까 사기를 당하는 사람 쪽이 나쁘다고 생각했았습니다. 그러나 보호사 노인은 그렇게 받아들이지 않고 손으로 허공을 휘젓는 동작을 했습니다.

"이 부근에는 어업 보상금이 나와서 큰 부자가 된 사람들이 많이 있단다. 이 근처가 옛날에는 바다였으니까."

그래, 바다였구나. 나는 분재 건은 잊은 채 엉겁결에 큰 소리를 질렀습니다. 왜냐하면 나는 아버지와 어머니 사이에 있던 애정이라는 에너지가 생식의 순간에 거의 없어져 버린 것이 틀림없다고 생각했기 때문입니다. 그래서 나라는 새로운 생명체를 바다에 풀어놓아야만 했던 것입니다. 나에게는 외할아버지와 함께하는 생활이 간신히 자유로워진 바다 자체였던 것입니다. 포마드와 노인 냄새로 가득 찬 외할아버지의 좁은 방에 살고 있는 것도, 외할아버지의 끝없는 넋두리를 듣는 것도, 분재로 가득 찬 방에서 생활하는 것도 나에게는 바다 자체였던 것입니다. 그 우연의 일치가 너무나 기뻐서 그때 나는 이 고장에서 살기로 결심했습니다.

집에 돌아와서 '만수원'이라는 농원에서 보호사를 만난 얘기를 외할아버지에게 했습니다. 외할아버지는 놀라서 나에게 되물었습니다.

"나에 대해서 뭐라고 말하든?"

"분재 초보자라던데요."

"빌어먹을!" 외할아버지는 분한 듯이 소리쳤습니다.

"그 작자는 아무것도 모르는 주제에 진백眞柏, 분재의 일종으로 구민상區民賞을 탔으니 웃긴 거라고. 하하하의 하라니까. 돈을 잔뜩 들여서 좋은 나무를 긁어모으는 것은 누구나 할 수 있단다. 그것을 5천만 엔이니 어쩌느니 하면서 바가지를 씌운다니까. 잘 봐라, 어디에서도 '기운' 같은 것은 찾아볼 수가 없을 게다."

외할아버지는 그날 온종일 베란다에서 분재와 대화를 나누었습니다.

나중에 들은 얘기지만 그 보호사 노인은 전직 구청 직원으로 퇴직하고 나서 '만수원'의 안내를 맡고 있으며, 역시 자원봉사로 보호사를 지원했다고 합니다. 지금은 이미 사망했는데, 보호사 노인이 사망했을 당시에는 나와 외할아버지의 머리 위에서 짓누르고 있던 무거운 돌이 떨어져 나간 것 같은 느낌이 들었습니다. 하지만 내가 지금 구청에서 아르바이트를 할 수 있게 된 것도 보호사의 아들이 구의회 의원이었던 연줄 덕분이니, 인간의 일이란 참으로 알 수 없는 것입니다.

외할아버지 말입니까? 외할아버지는 살아 있기는 하지만 망령이 들어 누워만 있습니다. 나를 전혀 알아보지 못합니다. 죽어라 기저귀를 갈아주며 시중을 들어주는데도 나를 가리키면서 어이, 할망구 하고 부른다니까요. 이따금 어머니의 이름을 부르고, 숙제를 하지 않으면 도둑놈이 된다고 말합니다. 도둑은 바로 당신이었잖아요 하고 쏘아붙여 주고 싶은 마음이 들기도 하지만, 내가 아직 이 공영주택에서 살 수 있는 것은 외할아버지가 살아 있는 덕분이니까 그렇게 함부로 대할 수가 없습니다.

그래요, 외할아버지가 가늘고 길게 오래오래 살면 좋겠습니다. '기운' 같은 말은 외할아버지의 뇌리에서 벌써 사라져버린 것 같습니다. 나도 너무 힘들어서 재작년부터 '미소사자이 하우스'라는 구청의 노인 병원에 외할아버지를 입원시켰습니다. 그때도 보호사 노인의 아드님에게 신세를 졌습니다. P구는 정말로 복지 면에서는 최고랍니다.

외할아버지가 심부름센터를 하고 있었다는 것은 사실입니다. 나도 전화 당번뿐만 아니라 내가 할 수 있는 일을 적극적으로 도왔으니까요. 왜냐하면 내가 경험해 보지 못한 인간관계가 무척이나 재미있었기 때문입니다. 그도 그럴 것이 우리 집에는 사람들이 거의 찾아오지 않았거든요. 아버지는 고향 사람과 교제를 하는 것 같았지만 그 교제에 가족을 포함시킨 적이 없었으며, 어머니는 이웃과도 교제하지 않고, 또 친구가 한 사람도 없었기 때문입니다. 수업 참관에도 나오지 않았을뿐더러 육성회 같은 것은 말도 안 된다고 하는 집이었으니까요.

내가 여고에 들어가서 아직 가즈에와 대화를 나누기 전에 이런 일이 있었습니다. 학교에서 돌아와 보니 여자 구두 세 켤레가 좁은 현관에 놓여 있었습니다. 두 켤레는 흔해빠진 검은색 로우힐, 또 한 켤레는 앞이 뾰족한 에나멜 하이힐이었습니다. 에나멜 하이힐은 외할아버지와 사이가 좋은, 보험 회사에 다니는 여자의 구두라는 것을 금세 알아보았습니다.

그 여자는 이미 쉰을 넘긴 독신 아주머니인데, 굉장한 수완가여서 보험 가입 실적이 좋다는 얘기를 들은 적이 있습니다. 같은 공영주택에서 살고 있는데, 화려한 원색 옷을 입고 빨간 자전거를 타고 돌아다니기 때문에 눈에 띄었습니다. 틀림없이 할아버지에게 심부름센터의 손님을 데리고 왔을 것이라고 나는 신바람이 나서 집 안으로 뛰어 들어갔습니다. 그 아주머니는 고객 서비스의 일환으로 외할아버지의 심부름센터를 이용해 주고 있었던 것입니다. 이 공영주택의 사람들은 상부상조라고 할까요, 서로 도와가면서 살아가고 있었습니다.

나는 교복을 입은 채 부엌으로 가서 차를 끓였습니다. 차를 가지고 거실로 갔더니 단 두 평짜리 거실에 보험 아주머니와 마흔 살가량의 여자 두 명이 불편한 듯이 나란히 앉아서 외할아버지를 상대하고 있었습니다. 손님인 두 아주머니는 체격이 좋고 의상에도 돈을 들인 듯 멋있었습니다. 나는 두 아주머니 모두 직업이 있는 여자일 거라고 생각했습니다. 그런 여자들은 대개 좋은 스타킹을 신고 화장을 제대로 하고, 그리고 어딘지 모르게 자신감이 있고 당당한 법이니까요. 나는 두 여자가 의상실이나 번화가의 음식점 같은 곳에서 근무하는 사람일 것이라고 상상했습니다.

하나에 모리의 제품인 듯한, 나비들이 날고 있는 디자인의 화학섬유로 만든 노란 원피스를 입은 부인이 나를 무서운 눈으로 힐끗 본 뒤에 "그러니까 말예요" 하고 말했습니다. 또 한 사람은 수수한 회색 정장을 입은 채 어두운 표정으로 입을 다물고 있었습니다. 나는 아무도 나가라고 하지 않아서 외할아버지 옆에 무릎을 꿇고 앉아 함께 얘기를 들었습니다.

"내가 그렇게 놀란 것은 평생에 딱 두 번뿐인데, 두 번 모두 불륜 상대의 부인을 보았을 때였어요. 정말 그렇게 놀란 것은 처음이에요. 둘다 못생기고 뚱뚱인 데다 촌스러운 삼류 여자였지요. 노파에 가까운 거예요. 바람을 피우는 남자들은 형편없는 자기 부인들을 어째서 그대로 내버려두는 것일까요? 그 부인의 얼굴을 보자 왠지 갑자기 남자에 대한 정이 뚝 떨어져버리고 단번에 정신이 번쩍 들더라고요. 아니, 이런 여자와 함께 살고 있는 남자였구나 하고 하찮게 여겨지더라고요. 그래서 이 친구에게도 그 남자의 마누라를 꼭 한번 보아야 한다고 말했다니까요. 나도 그 여자를 보고 싶어요. 평생에 세 번째 놀람을 경험할 수 있을지도 모르니까요."

아무래도 두 사람은 사이가 가까운 듯 했습니다. 무서운 얼굴을 한 여자가 얌전해 보이는 다른 여자에게 불륜 상대의 배우자 얼굴을 볼 것을 강력히 권하고 있는 것이었습니다. 그 두 여자를 데리고 온 보험 아주머니가 끼어들었습니다.

"대충 이런 상황이에요. 곤란할 때에는 심부름센터가 최고라고 내가 조언했거든요. 자아, 어떻게든 처리해주세요."

외할아버지는 참으로 무책임한 말을 했습니다.

"그야 물론 봐야지요. 아니, 어차피 불륜이라면 언젠가는 식어버릴 테니까 뒤탈 없이 깨끗이 처리해야겠지요."

나는 여고생치고는 세상물정에 상당히 밝은 편이었을까요? 어른들의 지저분한 얘기를 들어도 아무렇지도 않았으니까요. 드라마에서 본 것 같은 흔한 이야기가 내 주위에도 있구나 하는 생각에 신바람이 나서 듣고 있었습니다.

고개를 숙이고 있던 또 한 여자가 갑자기 얼굴을 들었습니다. 이 여자는 콧날이 오뚝하게 선 예쁜 얼굴이었지만, 눈썹이 짝짝이인 데다 물끄러미 한 곳만을 바라보고 있어서 을씨년스러운 인상이었습니다.

"나는요. 놀라거나 정신을 차리고 싶은 것이 아닙니다. 단지 그 사람의 부인을 이 눈으로 한번 보고 싶을 뿐입니다."

"그래요, 그렇지요. 동물원이나 마찬가지니까요."

두 여자에게서 분노가 활활 타오르고 있었습니다. 무서운 얼굴의 아주머니는 격렬하고 강하게, 고개를 숙이고 있는 여자 쪽은 조용하고 어둡게 타오르고 있었습니다. 나는 두 여자의 분노를 절실히 느끼면서, 어른들은 어째서 상대방을 좋아하게 될 뿐만 아니라 증오하게 되는지 이상하다고 생각했습니다. 내가 전혀 모르는 감정이었습니다. 외할아버지는 흠칫 놀라는 얼굴을 했지만 지당하다는 듯이 고개를 끄덕이면서 보험 아주머니를 가리켰습니다.

"그렇다면 이 사람에게 명함을 빌려서 보험을 권유하는 체하면서 얼굴을 보고 오면 어떻겠습니까?"

"그건 안 됩니다. 내가 난처해져요. 게다가 그런 보통 가정주부는 갑자기 찾아가서 보험에 가입하라고 말해봤자 집에서 나오지도 않는다고요."

보험 아주머니가 화난 모습으로 내뱉듯이 말하고는 담배에 불을 붙였습니다. 외할아버지는 아뿔싸 하는 표정을 지었습니다. 외할아버지는 일거리를 주는 보험 아주머니의 비위를 건드리고 싶지 않았던 것입니다. 무서운 쪽 여자가 "곤란해요. 말도 안 된다고요" 하고 단호하게 고개를 저었습니다. 친구로 보이는 그녀 쪽이 더 열심이었습니다.

"그것도 생각해봤지만 만약 들키기라도 하면 곤란하다고요. 부인이 이 친구의 존재를 알고 있을 가능성도 있으니까요. 그러면 상대 남자에게 알려져서 모든 일이 끝장나버립니다. 그러니까 제일 좋은 것은 누군가가 부인의 사진을 찍어오는 거라고요."

"그렇다면 사립 탐정 쪽이 좋지 않을까요?"

외할아버지가 꽁무니를 빼고 있다는 것을 알았습니다. 외할아버지는 사진에 흥미가 없으며 잘 찍지도 못했습니다. 보험 아주머니는 흠칫 놀라더니 외할아버지의 무릎을 탁 쳤습니다.

"아저씨, 말했잖아요? 탐정은 비싸고 나중에 협박을 당하게 되면 곤란하다고요. 그러니까 아저씨에게 부탁하고 있는 거 아녜요. 아저씨가 자랑하는 손녀를 데리고 가서 그 집 앞에서 기념사진을 찍는 시늉을 하면서 그 집 마누라의 얼굴을 살짝 찍어다 주면 되는 거예요."

"그렇게 해서는 부인이 나오지 않을 거요."

외할아버지는 귀찮다는 듯이 주름투성이의 목을 벅벅 긁었습니다. 보험 아주머니가 퍼뜩 좋은 생각이 떠오른 듯이 나를 바라보았습니다.

"그렇지, 학생은 여고생이잖아요. 그렇다면 사진부라느니 뭐라느니 거짓말을 하고 그 집 사진을 찍겠다는 허락을 받고 찍어오면 되잖아요. 내친김에 부인의 사진도 찍고요."

너무나도 쉽게 말하는 것에 나는 아연했으나 외할아버지는 어떻게든 해보십시다 하고 떠맡아버렸습니다. 여자들은 마음속 걱정을 떨쳐버린 듯한 모습으로 외할아버지에게 꼬깃꼬깃 구겨진 지폐 5만 엔을 내놓았습니다. 그 금액은 보험 아주머니가 정한 것이었습니다. 외할아버지는 그 가운데 2만 엔을 아주머니에게 줘야 했습니다. 외할아버지는 세 여자가 돌아간 뒤, 난처한 모습으로 상대의 주소를 적은 종이쪽지를 보여주었습니다. 주소는 P구라고 씌어 있었는데 버스로 15분 정도의 거리였습니다.

"가능하면 그 부인이 평소에 무엇을 하는지 미리 조사해 보는 것이 좋겠지만 말이다. 그런 것도 모르고……. 아아, 나는 이런 일은 정말로 하고 싶지 않단다."

외할아버지는 짜증스러운 얼굴로 근처에 놓아둔 명자나무의 분재를 바라보셨습니다. 외할아버지는 이런 종류의 인간관계가 복잡하게 뒤얽힌, 까다로운 일은 딱 질색이었습니다. 더구나 외할아버지에게는 카메라가 없었습니다. 하는 수 없이 내가 학교에서 친구의 카메라를 빌려와야 했습니다. 나요? 나는 비교적 재미있을 것 같아 어느 정도 기대까지 걸고 있었습니다.

물론 당시의 나는 고등학교 1학년이었던 만큼 윤리적으로는 그 두 아주머니가 잘못하고 있다고 생각했습니다. 지금도 불륜은 딱 질색이니까요. 하지만 나는 그 어두운 얼굴의 아주머니가 말한 "단지 그 사람의 부인을 이 눈으로 한번 보고 싶을 뿐입니다"라는 말에 이상하게 끌렸던 것입니다. 나도 그 여자와 바람피우고 있는 남자의 부인을 보고 싶다고 생각했습니다.

나는 아무 관계도 아니었는데 참 이상하지요? 하지만 일단 어떤 사람과 관계를 맺으면 그 사람이 속한 다른 관계가 있고, 그 관계된 사람에게도 또 다른 인간관계가 있습니다. 그렇게 되면 그 관계는 끝없이 영원히 퍼져나가서 연결되어 갑니다. 이상하지 않습니까?

나는 비교적 수업이 일찍 끝나는 평일을 골라서 촬영하기로 했습니다. 외할아버지는 마음이 내키지 않아서 미적미적하고 있었지만, 돈도 이미 받았고 보험 아주머니가 시종 그 건은 어떻게 되었느냐고 전화를 걸어왔기 때문에 하는 수 없이 나를 따라왔습니다.

그 집은 지바현의 경계를 따라 난 강의 제방 아래 조성된 작은 주택 단지에 있었습니다. 새로 나온 얇은 건축자재로 지은 성냥갑 같은 집이었는데, 주변에 비슷한 집들이 죽 늘어서 있었습니다. 불륜에 빠진 남편은 어떤 가전 회사 공장에 근무하고 있다고 했습니다. 야근한다는 핑계를 대고 그 여자와 만나고 있는 것이라고 외할아버지가 말해주었습니다. 그 여자는 근처에 있는 골판지 회사 사장의 부인이라고 했습니다. 그렇다면 상대방인 가전 회사 사원도 골판지 회사 사장의 얼굴을 보고 싶어 하는 것은 아닐까요? 그런 생각을 하고 있는데 외할아버지가 내 교복 소매를 끌었습니다. 손이 떨리고 있었습니다.

"나는 도저히 못 하겠다. 그만두자. 돈은 실패했다고 하고 돌려주자."

"안 돼요, 외할아버지. 이번 일을 처리해 주지 않으면 보험 아주머니가 화가 나서 일감을 주지 않을 거예요."

"그래도 실패해서 고발이라도 당하면 다시 형무소에 가야 한단 말이다."

나는 외할아버지의 소심함에 어처구니가 없었습니다. 외할아버지가 분재 사기를 쳤다는 것이 도저히 믿기지 않았습니다. 외할아버지에게 일이라는 것은 쾌락이고 취미의 연장 외에 아무것도 아니겠지요. 내가 지금까지도 중년의 여성 프리터로 억척스럽게 살아가고 있는 것은 이러한 한심스러운 외할아버지의 모습을 보았기 때문일지도 모릅니다. 나는 외할아버지를 전봇대 뒤로 쫓아 보내고는 인터폰을 눌렀습니다.

"Q여고의 사진부 학생인데요, 댁의 사진을 좀 찍어도 괜찮을까요?"

그곳은 문에서 현관까지의 거리가 불과 1미터쯤 되었고, 빈약한 철쭉꽃이 문기둥 옆에 자라고 있을 뿐이었습니다. 현관문이 열리고 삼십 대로 보이는 주부가 어린 여자아이의 손을 잡고 나왔습니다. 나는 주부와 아이의 얼굴을 말뚱말뚱 쳐다보았습니다. 저 사람이 그 어두운 얼굴을 한 예쁜 아주머니의 연적戀敵이고 아이는 연적의 딸이구나 싶어 흥미를 느끼면서. 주부는 화장을 하고 청바지에 트레이닝셔츠를 입어 학생같은 복장을 하고 있었습니다. 예상과 달리 피부가 희고 아름다운 여자였습니다. 아이는 작은 꽃무늬가 있는 귀여운 원피스를 입고 있었습니다. 아이의 얼굴은 강아지처럼 작고 아담한 것이 눈가는 어머니를 꼭 닮았습니다. 나는 학생증을 내보이면서 부탁했습니다.

"죄송하지만 아무 특징 없는 이런 집을 찍고 싶어서요."

"이런 집의 어디가 좋다는 것인지 모르겠네."

주부는 혀 짧은 말투로 말했습니다. 나는 내심 이 부인 정도의 나이와 외모라면 그 어두운 여자를 이길 수 있을 것이라고 생각했습니다. 그 무서운 아주머니도 평생 세 번째 놀람을 느끼는 일은 없을 것입니다. 나는 집 사진을 적당히 찍은 다음, 주부와 아이에게 카메라를 돌렸습니다.

"기념으로 찍어도 괜찮지요?"

파인더 안에 감쪽같이 속아 넘어간 죄 없는 모녀가 비쳤습니다. 얼굴 생김새와 분위기가 똑같아서 둘이 한 세트가 될 것 같은 귀여운 모녀가. 하지만 나는 화를 내고 있는 아주머니들 쪽이 훨씬 낫다고 생각했습니다. 틀림없이 나에게도 그런 기질이 있는 모양입니다. 아무것도 모른 채 살아가고 있는 이런 사람의 아둔함을 나는 증오하니까요. 그리고 동시에 나는 이 우둔한 가족과 함께 살고 있는 남편의 얼굴이 보고 싶어졌습니다. 그 여자에게 부탁해서 보게 해달라고 할까 진지하게 생각했을 정도입니다. 아니, 만나고 싶은 것은 아닙니다. 보고 싶을 뿐입니다. 내가 남자를 볼 때마다 그 사람과 나의 아이를 상상하는 버릇이 생긴 것은 이런 사건도 계기가 되었을지 모릅니다. 나는 아마 인간관계 마니아일지도 모릅니다.

　나와 외할아버지의 생활은 이처럼 기묘하기는 했지만 하고 싶은 것을 마음대로 할 수 있는 참으로 즐거운 나날이었습니다. 나는 어느새 외할아버지에게 이것저것 지시를 하고 외할아버지를 내 마음대로 조종할 수 있게 되었습니다. 그도 그럴 것이 외할아버지는 범죄자라고 부르기에는 너무나도 심약한 사람이었으니까요.

　외할아버지의 소망은 단 하나, 분재의 세계에서 노니는 것뿐이었습니다. 분재가 투기 대상이 되거나 장사 도구가 되는 것에 대해서는 어쩌면 자각하지 못했는지도 모릅니다. 마치 질척거리는 욕망처럼 외할아버지 뒤에는 분재에 붙어 다니는 돈이라는 것이 질질 달라붙어 있을 뿐이었습니다. 문득 뒤돌아봤을 때 그 처리를 제대로 하지 못해 망연자실하는 사람이 외할아버지였습니다.

　그래요, 외할아버지는 바보스러운 사람이었습니다. 그 유전자가 어머니에게 흘러서 유리코에게도 영향을 미치고 있음에 틀림없다고 생각한 순간, 나는 유쾌하기 짝이 없었습니다. 나는 다르니까요. 더구나 여기에는 귀찮은 아버지도 없습니다. 유복한 가정의 딸들만 다니는 Q여고에서는 확실히 친구를 사귈 돈이 부족했기에 바보 취급도 받았습니다. 하지만 나는 정말로 기뻐서 견딜 수가 없었습니다.

　그러나 나는 불과 4개월 만에 유리코가 일본으로 되돌아오리라고는 생각도 하지 못했습니다. 놀랍게도 스위스로 간 어머니가 자살을 해버렸기 때문입니다. 그동안 어머니로부터 몇 통의 편지를 받았지만 나는 답장을 보내지 않았습니다. 그래요, 단 한 통도. 나는 어머니에게 냉담했습니다. 이유는 듣기 싫을 정도로 얘기하지 않았습니까?

수중에 몇 통 남아 있는 어머니의 편지를 보여드리겠습니다. 이것을 읽은 나는 어머니가 자살을 할 수 있으리라고는 상상도 할 수 없었습니다. 아니, 어머니에게 그런 내면의 고뇌가 있으리라고는 생각도 하지 못했으며, 어머니가 자살이라는 방법을 취하면서까지 이 세상을 하직하고 싶어 할 정도의 절망에 빠져 있었다는 것도 알아차리지 못했습니다. 하지만 가장 놀랐던 것은 어머니에게 자살할 용기가 있었다는 사실일 겁니다.

잘 지내고 있니? 여기 있는 우리 세 명은 모두 잘 있단다.

외할아버지와는 잘 지내고 있니? 외할아버지는 나하고는 달라서 견실한 분이니까 너하고는 죽이 맞을지도 모르겠구나. 그리고 미리 말해두지만 외할아버지에게는 매달 약속한 4만 엔 이상은 드릴 필요가 없다. 이쪽을 지나치게 의지하면 곤란하니까 그 점은 적당히 처리해 주기 바란다. 용돈으로 쓰라고 네 계좌에 얼마간 입금해두었는데, 외할아버지에게는 비밀이다. 외할아버지가 돈을 꾸어달라고 하면 반드시 차용증을 받도록 하렴. 이것은 네 아버지의 분부이기도 하니까.

그런데 학교는 잘 다니고 있니? 네가 그런 훌륭한 고등학교에 들어가리라고는 생각지 못했단다. 일본 사람만 만나면 언제나 자랑할 정도란다. 유리코도 결코 말로 하지는 않지만 틀림없이 후회하고 있을 거라고 생각한다. 유리코에게 좋은 자극이 되었다고 생각하니까 열심히 공부해 주기 바란다. 너는 머리로 승부해 다오.

일본은 이제 슬슬 벚꽃이 질 무렵이겠구나. 왕벚나무 꽃은 정말로 아름다웠는데! 베른에서는 벚꽃을 볼 수가 없단다. 어딘가에 피어 있을지도 몰라. 이 다음에 일본인회의 누군가에게 물어보려고 생각하고 있지만, 네 아버지는 내가 일본인 모임이나 일본 부인들 모임에 나가는 것을 그다지 좋아하지 않는단다.

이쪽은 아직도 추워서 코트를 벗지 못하고 있어. 아르강의 바람이 어찌나 차가운지. 슬퍼질 정도로 춥단다. 내 코트는 너도 알고 있듯이 오다큐 백화점에서 바겐세일 때 산 베이지색 코트야. 얇기 때문에 좀 춥기는 하지만 이쪽 사람들한테 "멋지다!"는 칭찬을 자주 듣는다. 어디서 샀느냐고 묻는 사람도 있단다. 하지만 이곳 사람들은 모두 옷차림이 단정하고 자세도 좋아서 무척 훌륭하게 보여.

베른은 동화처럼 아름다운 도시지만 생각했던 것보다 작아서 처음에는 깜짝 놀랐어. 그리고 여러 나라의 사람들이 살고 있는 모습에도 놀랐다. 처음 얼마 동안은 신기해서 여기저기 구경을 하러 다녔지만 최근에는 그것도 재미없어졌단다. 너에게 보내는 생활비와 학비에 돈이 몽땅 들어가다 보니 쇼핑할 돈도 없어 모두가 검소하게 살고 있지. 유리코는 그게 네가 일본에 남은 탓이라고 화를 낼 때도 있지만 신경 쓸 것 없다. 거듭 강조하지만 너는 반드시 머리로 승부해야 한다.

우리 집은 신시가지 쪽에 있고 한 집 건너 이웃에는 카알 숙부의 양말 공장이 있어. 건너 쪽은 평수가 작은 아파트 단지란다. 그 옆은 공터야. 네 아버지는 우리 집이 시내라고 자랑하지만 내 생각에는 시외가 아닌가 싶구나. 하지만 조금이라도 그런 내색을 하면 네 아버지는 화를 내. 어디를 가도 베른의 거리는 정연하게 구획되어 있지. 또 이곳 사람들은 키가 크고, 말은 통하지 않지만 모두 자기주장이 강하기 때문에 무척이나 공부가 된단다.

얼마 전에 이런 일이 있었단다. 신호를 지켜서 길을 건너고 있는데 방향을 바꿔 달려온 자동차와 하마터면 부딪칠 뻔했어. 코트 자락이 자동차 범퍼에 걸려 안감이 약간 찢겨 나갔단다. 운전하고 있던 여자가 내리기에 사과하려나 보다 하고 생각했는데, 나에게 뭐라고 항의를 하는 게 아니겠니? 의미는 알 수 없었지만, 내 코트를 몇 번씩이나 가리키면서 화를 내는 걸 보니, 아마 내 옷자락이 너무 펄럭거리는 바람에 사고가 날 뻔했다고 말하는 것 같았다. 나는 귀찮아서 사과를 하고 집으로 돌아왔는데 그날 밤, '이쪽의 잘못을 인정하는 순간 지는 거다, 절대 잘못을 인정하지 마라'고 네 아버지에게 심하게 꾸지람을 들었다. 네 아버지는 내가 코트 수선비를 받을 수 있었을 거라고 말하더구나. 이곳 사람들이 사과를 하지 않는 점은 네 아버지와 똑같더구나.

여기에 온 지 이제 3개월이 지났어. 배편으로 보낸 가구가 겨우 도착해서 한시름 놓았지만, 이곳의 현대적인 아파트와 어울리지 않기 때문에 네 아버지는 불쾌해 했단다. 일본 가구는 질이 나빠서 여기서 전부 다시 사야 한다고 지금 와서 불평을 하고 있어. 새 가구를 살 돈은 어디를 찾아봐도 없으니 억지 부리지 말라고 했더니, 먼저 의논을 하지 않았다고 또 화를 벌컥 내더구나. 네 아버지는 점차 옛날로 되돌아가고 있는 느낌이란다. 언제나 화만 내고 있지. 자기 나라로 돌아오고 나서부터, 일본에 있을 때와 달리 겉돌기만 하고 갈피를 잡지 못하는 내가 마음에 들지 않는 모양이다. 최근에는 유리코하고만 외출을 한단다. 유리코는 재미있게 지내고 있는 것 같다. 카알 숙부 댁의 장남(숙부의 공장에서 일하고 있단다)과 죽이 맞아서 함께 놀러 다니고 있지.

이쪽은 생각했던 것보다 물가가 비싸서 놀랐다. 외식을 하면 그다지 맛이 없는데도 한 사람당 2천 엔 이상을 내야 하거든. 낫토푹 삶은 대두를 발효시킨 일본전통음식는 6백 엔이나 한단다. 믿을 수 있겠니? 네 아버지는 세율 때문에 그렇다고 말하시지만 여기에서 살고 있는 사람들은 틀림없이 봉급을 많이 받는 것 같아.

그런데 네 아버지의 새 직장은 아직 자리를 잡지 못한 모야이야. 공장 사람들과 사이가 좋지 않은 건지, 아니면 카알 숙부의 공장의 경기가 그렇게 좋지 않은 것인지 나로서는 알 수 없지만, 네 아버지는 집에 오면 항상 부루

통해 있고 내가 직장에 대해서 물어도 대답해 주지 않는단다. 네가 있었으면 아마 싸움만 했을 거야. 오지 않기를 잘했다고 생각한다. 유리코는 우리의 일은 전혀 아는 체를 하지 않으니까.

얼마 전에 카알 숙부 가족들이 놀러 왔었다. 나는 초밥을 만들어서 대접했지. 부인은 이본느라고 하는 프랑스인이야. 자녀는 남매를 두었는데, 카알 숙부의 공장에서 일하고 있는 장남은 스무 살이고 앙리라고 한단다. 딸은 아직 여고생인데 이름은 들었지만 그만 잊어버렸다. 딸은 이본느 숙모를 꼭 닮아서 색깔이 연한 금발에 매부리코란다. 뚱뚱하고 조금도 예쁘지 않았어. 이본느 숙모와 카알 숙부는 유리코를 보자 깜짝 놀라더구나. 동양인과 결혼하면 이처럼 아름다운 아이가 태어나나 보죠, 하고 카알 숙부가 말한 것 같은데 이본느는 뽀로통해서 말도 하지 않더구나.

유리코에 대한 얘기가 나왔으니 말인데, 우리 세 사람이 산책을 나가면 이상한 일이 일어나곤 해. 공원에서 만난 사람들이 모두 기묘한 눈으로 우리를 바라보는 거야. 마침내 한 할머니가 유리코를 어느 나라에서 양녀로 삼았느냐고 물어왔어. 이곳에는 여러 국적의 사람들이 있고, 입양아도 드물지 않기 때문에 양녀라고 생각한 거야. 내가 우리 딸이라고 말했더니 믿을 수 없다는 듯한 얼굴을 하더구나. 그 사람들은 나같이 못생긴 동양인이 유리코처럼 예쁜 아이를 낳았다는 것이 불쾌한 모양이더구나. 네 아버지는 지나친 피해망상이라고 말하지만 나로서는 충분히 상상이 가는 일이다. 여기 사람들에겐 황인종이 미모의 아이를 낳는다는 것은 도저히 인정할 수 없는 일이거든. 약간 고소하다는 생각도 든다. 유리코는 양녀가 아니라 정말로 내가 낳은 아이니까.

네 근황도 알려주기 바란다. 네 아버지는 네가 네 생활을 보고할 의무가 있다고 말하는구나. 외할아버지에게도 안부 전해 주렴.

GROTESQUE

2장

떠도는
겉씨식물들

따돌림의 예감

2000년 4월 20일자 조간

19일 오후 6시경, 도쿄도 시부야구 마루야마초의 아파트 미도리 장 103호실에서 한 여성이 죽어 있는 것을 관리인이 발견하여 경찰에 신고했다. 경시청 수사 1과와 시부야 서가 조사한 바에 의하면, 이 여성은 세다야구 기타도리야마에 사는 G건설의 사원 사토 가즈에(39세) 씨로 밝혀졌다. 사토 씨의 목에는 교살당한 흔적이 있어 수사 1과는 수사본부를 설치하고 살인사건으로 수사를 하기 시작했다.

조사에 의하면 사토 씨는 8일 오후 4시경 자택을 나온 이후부터 줄곧 행방이 묘연했다.

사토 씨가 발견된 곳은 3평짜리 방으로 작년 8월경부터 비어 있었다고 한다. 현관은 잠겨 있지 않았고 사토 씨는 방 중앙에 반듯하게 쓰러져 있었다. 핸드백 등은 남아 있었으나 지갑에 들어 있던 4만 엔가량의 현금은 없어졌다. 복장은 8일 외출했을 때와 같다고 한다.

사토 씨는 대학을 졸업한 후 1984년 G건설에 입사하여 종합연구소 조사실 부실장으로 조사 연구를 하고 있었다. 독신으로 가족은 어머니와 여동생뿐이다.

　신문에서 이 기사를 읽었을 때, 나는 그 가즈에가 틀림없다고 직감적으로 느꼈습니다. 물론 사토 가즈에는 흔해빠진 이름이어서 다른 사람일 수도 있겠지만, 나는 가즈에가 틀림없다는 확신이 들었습니다. 왜냐하면, 2년 전에 유리코가 죽었을 때 가즈에로부터 전화가 걸려왔기 때문입니다.

　"나야, 사토 가즈에. 저, 유리코가 살해됐다면서?"

　대학을 졸업한 후 소식 한 번 없던 주제에 가즈에는 입을 열자마자 대뜸 이렇게 물었던 것입니다.

　"깜짝 놀랐어!"

　내가 깜짝 놀란 것은 유리코 사건이나 가즈에가 돌연 전화를 걸어와서가 아니라 가즈에가 수화기 저쪽에서 벌의 날개 소리처럼 윙윙 하고 계속 나직하게 웃어대고 있었기 때문입니다. 제 딴에는 가볍게 애교스럽게 웃은 건지도 모릅니다. 하지만 그 웃음소리가 수화기를 든 내 손에 전해져 왔습니다. 나에게는 유리코가 죽은 것이 그다지 큰 충격은 아니었다고 말했죠? 그러나 이때만은 등골이 오싹해졌습니다.

　"얘, 뭐가 그리 우습니?"

　"별로." 가즈에는 마음대로 생각하라는 듯이 대답했습니다. "그럼, 너는 슬프니?"

　"그렇지도 않아."

　"그렇지?" 가즈에는 다 알고 있다는 듯이 말했습니다. "너희는 사이가 나빴으니까. 너희가 친자매라는 것을 아무도 깨닫지 못했을 정도잖아. 나는 금세 알았지만."

　나는 얘기를 가로막고 되물었습니다.

"그보다도 너는 요즘 어떻게 지내니?"

"맞춰보시지."

"건설 회사에 들어갔다는 얘기를 들었는데."

"유리코와 같은 일을 한다면 놀라겠지?"

은근히 자랑하는 것 같기도 했습니다. 나는 할 말을 잊었습니다. 그 도 그럴 것이 가즈에는 남자나 매춘이나 섹스라는 말과는 전혀 무관한 생활을 할 거라고 생각했기 때문입니다. 들리는 소문으로는 대기업에 다니면서 종합직기업의 핵심적 업무를 담당하며 승진에도 한계가 없는 직무층 커리어우면으로 맹활약하고 있다고 했습니다. 잠자코 있던 나에게 가즈에는 이렇게 말 하고 전화를 끊었습니다.

"그래서 나도 조심해야겠다고 생각했어."

전화를 끊은 후에도 나는 한참 동안 전화기를 앞에 두고 고개를 갸웃 거리고 있었습니다. 어쩌면 다른 사람이 가즈에를 사칭해서 전화를 걸 어온 것이 아닐까 의심했습니다. 내가 알고 있는 가즈에는 그런 수수께 끼 같은 말을 하는 인간이 아니었습니다. 가즈에는 언제나 오만하고 단 정적인 말투를 쓰는 한편, 틀리는 것을 두려워하듯이 쭈뼛쭈뼛 남의 눈 치를 보는 구석이 있었던 것입니다. 공부 얘기만 나오면 더할 나위 없 이 우쭐거리지만, 유행하는 옷이나 맛있는 음식점, 남자 친구 같은 화 제가 나오면 자신감을 잃고 주위에 동조하는 그런 애였습니다. 그 차이 가 커서 보고 있노라면 안쓰러울 정도였습니다. 그렇기 때문에 만약 가 즈에가 변했다면, 틀림없이 이 세상과 싸우는 다른 방법을 발견했기 때 문일 거예요.

그 얘기를 듣고 싶으신 거지요? 네, 이제 화제를 슬슬 가즈에와 유리 코에게로 돌리도록 하겠습니다. 상관도 없는 내 이야기를 하느라 옆길 로 새서 자못 지루했을 거예요. 내 이야기보다는 두 사람의 이야기가 더 궁금하셨을 텐데 죄송합니다.

하지만 왜 그렇습니까? 앞에서도 물어보았지만 그 사건의 무엇이 그토록 여러분의 흥미를 끄는지 나로서는 이해할 수가 없습니다. 범인으로 지목된 남자가 밀입국자인 중국인이기 때문인가요? 장이라는 이름의 남자였지요. 그 장이 억울한 누명을 쓰고 있다는 소문이 나돌고 있기 때문인가요?

가즈에와 유리코와 그 남자, 그 세 사람의 마음속에 어둠이 깃들어 있다고 보십니까? 있을 턱이 없잖아요? 나는 가즈에와 유리코가 그 직업을 즐기고 있었다고 확신합니다. 그리고 그 남자도요. 아니, 살인을 즐겼다는 의미는 아닙니다. 그도 그럴 것이 그 남자가 살인범인지 아닌지 나는 모르니까요. 알고 싶지도 않고요.

그 남자가 유리코나 가즈에와 관계를 가진 것은 사실일 것입니다. 그것도 2, 3천 엔이라는 싼값으로 몸을 샀다고 하잖습니까? 그렇다면 유리코나 가즈에와 비슷한 무엇인가를 그 남자도 갖고 있어서 그 관계를 즐기고 있었다는 것 아닙니까? 그래서 유리코나 가즈에는 그런 싼값으로 몸 파는 것을 승낙한 것 아니겠습니까? 그 무엇인가는, 아까도 말한 것처럼 이 세상과 싸우는 기술이 아닐까요? 나에게는 그런 것이 없지만요.

사토 가즈에와 함께 지낸 고등학교 3년간과 대학교 4년간, 우리 가족에게는 커다란 변화가 있었습니다. 내가 고등학교 1학년 여름방학을 맞이하기 전에 어머니가 스위스에서 자살해버렸으니까요. 어머니의 편지는 앞에서 보여드렸지요. 어머니에 대해서도 순서에 따라서 차츰 이야기하기로 하겠습니다.

가즈에도 대학생 때 아버지가 갑자기 사망했습니다. 그 무렵에는 그다지 친하게 지내지 않았기 때문에 잘은 모르지만, 뇌일혈을 일으켜 목욕탕에서 쓰러졌다고 합니다. 그래서 나와 가즈에는 가정환경이나 학급에서의 입장이 여러모로 비슷했습니다.

학급에서의 입장이라고 굳이 말한 것은 반 친구들에게 그토록 소외당한 경험은 우리 두 사람 외에는 별로 없을 것이기 때문입니다. 그런 의미에서 우리 두 사람이 가까워진 것은 당연하다면 당연한 일이었지요.

나와 가즈에는 입학시험에 합격하여 Q여고에 들어갔습니다. 아시다시피 Q여고는 서열이 높아서 들어가기 힘든 학교였기 때문에, 가즈에도 구립 중학교에서는 공부를 상당히 잘했을 것입니다. 나는 운이 좋았는지 그럭저럭 입학했습니다. 하지만 단지 유리코로부터 떨어져 있고 싶다는 일념으로 입시를 준비했기 때문에 Q여고에 그다지 큰 애착은 없었습니다. 그것은 앞에서도 얘기를 했습니다. 그러나 가즈에는 초등학교 때부터 Q여고를 목표로 삼고 열심히 공부했다고 합니다. 그것이 나와 가즈에의 커다란 차이였습니다.

Q학원은 초등부에서 대학까지 에스컬레이터 식으로 진학할 수 있습니다. 초등부는 남녀 공학으로 약 80명 정도입니다. 중등부부터는 그 두 배의 학생을 받습니다. 고교부터는 남녀별 학교로 나뉘고, 다시 두 배의 학생을 받아들입니다. 그러니까 1학년 학생 160명 가운데 다른 학교에서 입학하는 학생이 그 반을 차지하게 됩니다.

대학부는 일본에서 입학생을 가장 많이 받아들이기는 하나, 그 대학을 나온 유명 인사가 헤아릴 수 없이 많고, 그 이름을 대면 외할아버지의 친구 분들도 감탄할 정도로 유명한 학교여서 아무나 들어갈 수는 없습니다. 그래서 어느 새 학생들의 마음에 선민의식이 배양되어 갑니다. 그 의식은 입학이 빠르면 빠를수록 커져갑니다.

그것을 알기 때문에 부자들은 모두 자기 자식을 초등부부터 집어넣고 싶어 한다고 들었습니다. 초등부 시험에 과열 기미가 보인다는 소문은 언뜻 들은 적이 있지만, 나는 자식도 없고 그런 것과는 관계없는 생활을 하고 있어서 잘 모릅니다.

내 상상 속의 아이가 Q학원의 초등부에 들어가는 장면을 상상하지는 않았느냐고요? 그런 적은 한 번도 없습니다. 내 아이들은 상상의 바다에서 헤엄치고 있을 뿐이니까요. 상상도에 그린 것처럼 그곳은 새파란 물속이며, 바다 밑바닥은 모래와 바위뿐인 진짜 약육강식의 세계이고 동물들은 생식하는 것만을 목적으로 살고 있는 단조로운 세계인 것입니다.

외할아버지와 함께 살기 시작했을 무렵, 나는 동경하던 Q여고에서 보낼 나날을 꿈꾸고 이것저것 상상을 하면서 기뻐하고 있었다고 했지요. 클럽 활동이라든가 친구를 사귀는 일 같은 것 말입니다. 나에게도 남들처럼 평범한 구석이 있습니다. 그러나 현실은 내 꿈 같은 것을 아주 간단하게 부수고 말았습니다. 그것은 바로 학생간의 차별이었습니다. Q여고에서는 누구나 친구가 될 수 있는 것이 아니었습니다. 클럽 활동에도 격차가 있었고 주류와 비주류가 확실히 나누어진 사회였습니다. 그 근본이 되는 것은 물론 선민의식이었습니다.

이 나이가 되면 세상이 결국 그런 것이었음을 새삼스럽게 이해하게 됩니다. 밤에 잠자리에서 가즈에의 일을 이것저것 회상하면서, 아아 그랬었지 하고 무릎을 치는 일이 많습니다. 대수롭지 않은 일이지만 학교 생활에 대해 얘기하겠습니다.

입학식 때의 일입니다. 입학식장인 강당에서 나는 아연해서 우뚝 멈춰선 학생들이 많았던 것을 기억합니다. 신입생들이 칼로 그은 것처럼 선명하게 두 개의 그룹으로 나누어져 있었기 때문입니다. 내부에서 올라온 학생과 외부에서 새로 들어온 학생들의 차이가 일목요연했습니다. 그것은 교복 스커트의 길이 차이로 나타났습니다.

우리처럼 외부에서 시험을 치고 들어온 학생들의 스커트는 모두 규칙대로 무릎 길이였습니다. 그러나 절반을 차지하는, 초등부와 중등부에서 올라온 그룹은 모두 무릎 위를 노출시킨 미니스커트였습니다. 그것도 지금 유행하는 것처럼 위태로울 정도로 짧은 것이 아니라 품위 있는 남색 양말에 딱 어울릴 정도의 길이였습니다. 길고 가느다란 다리에 밤색 머리카락, 귓가에서 반짝반짝 빛나는 작은 금 귀걸이. 헤어 액세서리나 들고 다니는 소지품의 센스도 뛰어나, 내가 주위에서 본 적도 없는 브랜드 제품으로 치장하고 있었습니다. 그 세련된 모습에 신입생들은 압도당해 버렸던 것입니다.

지금은 어떤지 모르지만, 당시의 교복은 남색과 녹색으로 된 타탄체크 무늬의 타이트스커트에 남색 재킷이었습니다. 그 교복이 멋있어 동경하는 아이들도 많았던 것 같습니다. 나는 옷이나 장식엔 관심이 없었기 때문에 교복이 있어서 편하다는 정도로 생각했지만, Q여고의 교복을 입고 싶은 일념으로 열심히 공부하여 입학한 학생도 있었던 것 같습니다. 그런데 그렇게 힘들게 들어간 학교에서 이 정도로 뚜렷한 차이를 목격하자 신입생이 아연실색해 버린 것입니다.

그 차이는 웬만한 시간으로는 메워지지 않는 것이었습니다. 아름다움과 유복함의 인프라라고 할까요, 기반이 다르다고밖에 표현할 수 없는 것이라고 생각했습니다. 여러 세대를 거쳐서 차분히 축적된 풍요로움이라고나 할까요? 오랜 시간에 걸쳐 유전자에 새겨진 아름다움과 유복함이 지배하는 곳이었고 벼락부자나 벼락 지식은 통용되지 않는 세계였습니다.

그렇기 때문에 신입생들의 차이를 한눈에 알아볼 수 있었습니다. 긴

스커트에 윤기 없는 새까만 머리카락을 짧게 자른 학생들. 자못 공부벌레로 보이는 두꺼운 안경을 쓴 아이들도 많이 있었습니다. 물론 비싼 수업료를 지불할 수 있었으니 그 나름대로 유복한 집안의 아이들이었겠지만 외부 학생은 촌스러웠던 것입니다. "촌스럽다." Q여고에서는 이 말이 운명을 갈라놓았습니다.

"하지만 촌스럽잖아."

이렇게 단정 지어진 학생은 공부를 잘해도, 운동을 잘해도, 이미 끝장나버린 것입니다.

나처럼 처음부터 촌스러우면 논외지만, 이도 저도 아닌 학생은 이 말 때문에 마음고생을 했습니다. 다른 학교에서 들어온 외부 학생들은 대부분 그 어중간한 부류였다고 생각합니다. 그래서 모두들 필사적으로 촌스럽게 보이지 않도록 애쓰면서 내부 학생들 틈에 끼어들려고 했습니다.

입학식이 거행되었습니다. 외부에서 온 우리가 긴장한 데 반해서, 내부에서 진학한 학생들은 껌을 씹거나 작은 소리로 속삭이는 등 진지하지 못한 모습이었습니다. 그 태도는 성실함과는 거리가 멀었지만, 새끼 고양이가 재롱을 부리는 것 같아서 더할 수 없이 귀여웠습니다. 그러는 동안 그 애들은 우리 쪽을 거들떠보지도 않았습니다.

거꾸로 외부 학생들 쪽은 그 모습을 보고 차츰 긴장이 고조되어 갔습니다. 앞으로 겪게 될 학교생활의 어려움을 생각했던 것입니다. 학생들의 얼굴빛이 침울해지고 어두워졌는데, 그것은 여기에는 지금까지 지켜온 것과는 다른 규칙이 있다는 혼란의 예감 때문이었습니다.

내가 말한 것을 과장이라고 생각하세요? 그것은 잘못된 생각입니다. 여자의 외모는 타인을 압도하는 법입니다. 아무리 머리가 좋고 재능이 있어도 그런 것은 눈에 보이지 않습니다. 따라서 두뇌나 재능 따위로는 외모가 뛰어난 여자를 절대로 당할 수 없는 것입니다.

유리코보다 내 머리가 훨씬 좋다는 것은 알고 있습니다. 그러나 원통하게도 두뇌로는 남에게 감동을 줄 수가 없습니다. 두려워할 만한 미모의 소유자라는 것만으로 유리코는 큰 감동을 줄 수 있습니다. 그러나 유리코 덕분에 나도 어떤 재능을 타고날 수 있었습니다. 그 재능은 바로 악의惡意입니다. 뛰어나기는 하지만 아무에게도 감동을 줄 수 없는 재능. 하지만 나는 내 재능에 감동해 매일 노력하고 연마합니다. 더구나 나는 외할아버지와 함께 살고 심부름센터 일까지 도와주고 있으니 평범하게 학교에 다니는 학생들과는 차이가 나게 마련입니다. 그래서 오히려 이 가혹한 학교생활도 방관자로서 즐겁게 지낼 수 있었던 것입니다.

우등생과 왕따와
방관자

입학식 다음 날부터 스커트 길이를 줄여 입고 오는 학생들이 하나 둘씩 보였습니다. 그게 멋있다고 판단한 경박한 학생도 있었을 것이고, 자기도 어떻게든 내부 학생처럼 보이고 싶고 Q여고의 일원으로 행동하고 싶어서 일부러 외부 학생들과 거리를 두려는 의도로 그렇게 한 학생도 있었습니다. 당시 나는 그런 행동에 상당히 냉소적이었습니다. 어리석은 짓이라고 내심 경멸했거든요.

내부 학생들은 좀 더 심했습니다. 그 애들은 외부 학생들을 깔보려는 모양인지 거들떠보지도 않았습니다. 그 애들에게는 외부 학생 따위는 애초부터 안중에도 없었던 것입니다. 우리는 한동안 계속 무시당했습니다.

가즈에도 재빨리 스커트 길이를 줄인 학생 중 하나였습니다. 하지만 가방이나 구두 같은 소지품과 전혀 어울리지 않았으며 격에 맞지도 않았습니다.

내부 학생들은 학생 가방 대신 당시로서는 아직 귀했던 레스포삭이라는 가벼운 나일론 백을 어깨에 걸치거나, 투박한 그레고리의 데이팩이나 루이비통 같은 무거워 보이는 보스턴백을 들고 대학생처럼 다양한 스타일로 통학했습니다. 공통된 것은 갈색 로퍼에 랄프 로렌의 남색 양말을 신고 있다는 것뿐이었습니다. 매일 시계를 바꿔 차는 학생, 남자 친구의 것과 커플인 것 같은 은팔찌를 교복 소매 아래로 드러내 보이는 학생, 바늘처럼 세운 머리에 가지각색의 예쁜 핀을 꽂은 학생, 마치 유리알 같은 커다란 다이아몬드 반지를 낀 학생. 지금처럼 고등학생이 자유롭게 몸치장을 할 수 있는 시대가 아니었는데도 다들 어떻게든 멋을 부려보려고 경쟁하고 있었습니다.

하지만 가즈에는 언제나 검은 학생 가방에 검은 슬립온, 학생용임이 분명한 남색 양말 차림이었습니다. 정기 승차권을 넣는 빨간 지갑과 머리카락을 고정시킨 검은 머리핀도 촌스러웠습니다. 그녀는 짧은 스커트 아래로 드러난 지나치게 가는 다리를 학생 가방으로 가리고서 어정어정 복도를 걸어 다녔습니다.

가즈에도 그랬지만 외부에서 들어와서 내부 학생을 흉내 내는 학생에게는 여유라는 것이 없었습니다. 내부 학생이 발산하는 부富의 음탕함이 결정적으로 결여되어 있었거든요. 부라는 것은 항상 과잉을 낳습니다. 그렇기 때문에 자유롭고 음탕한 거죠. 그것은 내부로부터 자연스럽게 줄줄 흘러넘치는 법이라 설사 겉모습이 평범하더라도 그 학생을 특별한 존재로 꾸밀 수 있었습니다. 부유한 학생들은 모두 음탕하고 향락적인 표정을 짓고 있었습니다. 나는 여고에서 부의 본질을 배웠다고 생각합니다.

그 무렵 가즈에의 용모는 평범했다는 말밖에 할 말이 없습니다. 머리카락은 새까맣고 숱이 많아서 검은 모자처럼 두개골을 답답하게 뒤덮고 있었습니다. 짧게 잘라서 귀가 드러났는데 목덜미의 머리카락이 뻣뻣해서 고집 센 작은 새 같은 인상을 주었습니다. 머리는 나쁘지 않았을 겁니다. 이마가 넓어서 총명해 보였고 적당히 유복한 집안에서 우등생으로 자라온 자신감이 눈에 넘쳐흐르고 있었습니다. 그런데 그 눈이 주위를 흠칫흠칫 엿보는 것처럼 변한 것은 언제부터였을까요?

가즈에가 살해되고 나서 나는 어떤 주간지에서 가즈에의 사진을 본 적이 있습니다. 사귀던 남자가 러브호텔에서 찍었다는, 복잡한 사정이 있는 사진이었습니다. 가즈에는 여윈 나체를 드러내놓고 커다란 입을 벌린 채 웃고 있었습니다. 나는 옛 모습이 남아 있을까 싶어 뚫어지게 들여다보았으나 거기에 찍혀 있는 것은 가즈에의 음탕함뿐이었습니다. 부에서 흘러넘쳐 나온 것도 아니고 성의 음탕함도 아닌, 괴물의 음탕함이었습니다.

그런데 신입생 시절 나는 동급생이었음에도 불구하고 가즈에의 이름도 몰랐으며 관심도 없었습니다. 그 정도로 외부 학생들은 왠지 모르게 뭉쳐 있기는 해도, 누가 누군지 구별조차 할 수 없을 정도로 위축되어 매력이 없었던 것입니다.

공부를 잘한다고 주위에서 인정을 받고 목표를 향해서 노력해 온 학생에게 그것이 얼마나 굴욕적이었는지 지금의 나는 잘 이해할 수 있습니다. 가즈에는 그 속에서 청춘을 보냈던 것입니다. 가즈에처럼 자기 과시욕이 강한 여자에게는 참으로 쓰라린 시간이었을 거예요. 아니, 어떻게 해야 좋을지 몰랐던 것이 아닐까요?

나와 가즈에의 교류가 궁금하세요? 네, 내가 가즈에의 이름을 알게된 어떤 사건이 있었기 때문입니다. 그것은 5월 비 내리던 어느 날 체육 시간에 생긴 일입니다. 원래 테니스를 치려고 했으나 비가 오는 바람에 체육관에서 무용을 하는 것으로 변경되어, 우리는 탈의실에서 옷을 갈아입고 있었습니다. 그때 어떤 학생이 양말 한 짝을 손에 들고 외쳤습니다.

"이거 누구 거야? 여기 떨어져 있었어."

몇 명인가가 힐끗 쳐다보았으나 관심 없다는 듯 이내 눈을 돌렸습니다. 누구나 다 신고 있는 그 남색 양말에는 빨간 랄프 로렌 마크가 새겨져 있었습니다. 나는 언제나 다이에(일본의 할인 매장)에서 산 흰 양말만 신었기 때문에 관계없다고 생각하면서, 너무 빨아서 헤진 양말을 벗었습니다. 그렇지만 양말을 주운 학생이 왜 소리를 쳤는지 이상하다는 생각이 들었습니다. 분실물은 그냥 그 자리에 방치해 두는 것이 이곳의 방식이었기 때문입니다. 떨어뜨린 학생에게 중요한 건지 아닌지 알 수 없으니 떨어져 있던 장소에 그냥 놓아두는 편이 좋지 않을까요? 그것이 이 학교의 상식이었습니다. 누군가가 주워서 신는다 하더라도 1학년 학생은 불과 160명밖에 되지 않으니 금세 탄로나 버립니다.

나는 학용품뿐만 아니라 값비싼 시계나 반지, 지갑 등이 떨어져 있는 것을 여러 번 봐왔습니다. 모두들 무관심했습니다. 나와 달라서 무엇이든 없어지면 곧 살 수 있는 학생들이니까요. 그러니 고작 양말 한 짝을 가지고 소리를 지르는 신기한 일도 다 있다고 생각했던 것입니다. 양말을 주운 학생이 친구들에게 보여주었습니다.

"여기 좀 봐."

웃음소리가 울려 퍼졌습니다. 차례차례로 다른 학생들이 여기저기서 다가와 에워싸기 시작했습니다.

"정말이야. 자수를 놓았어."

"대단한 역작이야."

그 양말의 소유자는 보통의 남색 양말에 빨간 실로 마크를 수놓았던 것입니다. 랄프 로렌으로 보이도록 말입니다.

양말을 습득한 학생은 주인에게 양말을 돌려주려는 기특한 마음에서

가 아니라 누구인지 찾아 망신을 주려고 소리를 친 것뿐이었습니다. 이렇게 되니 자기 것이라고 나서는 학생은 한 명도 없었습니다. 외부 학생들은 모두 묵묵히 옷을 갈아입고 있었습니다. 내부 학생들도 입에 담지 않았지만, 다음 수업 시간에는 정말 볼 만할 것이라고 생각했을 것입니다.

여자애들의 심보가 나쁘다고 생각하시겠지요? 하지만 이 경쟁을 이겨내지 않으면 안 됩니다. 그래서 약점을 잡혀서는 안 되고요. 그것이 싫다면 나처럼 처음부터 승부를 포기하고 괴짜가 되는 수밖에 없습니다. Q여고에서는 이러한 싸움이 펼쳐지고 있었던 것입니다.

체육 시간 다음은 영어 시간이었습니다. 학생들 대부분은 신바람이 나서 서둘러 옷을 갈아입고 교실로 들어갔습니다. 네, 그럴 때는 내부 학생도 외부 학생도 없습니다. 왕따를 시킬 때에는 모두 한 덩어리가 되는 것이지요.

그때 탈의실에 남아 있던 사람은 몸집이 작은 내부 학생 하나와 가즈에와 나뿐이었습니다. 가즈에가 여느 때와 달리 꾸물거리고 있어서 나는 양말에 자수를 놓은 사람이 가즈에가 틀림없다고 생각했습니다. 그때 남아 있던 내부 학생이 가즈에에게 양말을 내밀었습니다.

"이거 빌려줄게."

남색의 새 양말이었습니다. 가즈에는 입술을 깨물고 고민했으나, 어쩔 수 없다고 판단한 모양입니다. 그 애는 작은 소리로 "고마워"라고 말했습니다.

셋이서 교실로 들어가자 반 친구들은 아무 일도 없었다는 듯한 얼굴을 하고 있었습니다. 결국 범인은 알아내지 못했지만 즐거웠다는 얘기입니다. 그럼, 다음 장난으로! 소소한 짓궂음조차 이 학교에서는 과잉으로 흘러넘치고 있기 때문에, 차례차례로 소비되면서 더욱더 음탕해져 갔습니다.

궁지에서 벗어난 가즈에는 시침을 뚝 뗀 채 그날도 적극적으로 손을 들고 일어나서 교과서를 읽었습니다. 외국에서 살다 와서 영어를 잘하는 학생이 많은데도 아무렇지도 않게 손을 드는 우둔한 가즈에. 나는 양말을 빌려준 학생을 보았습니다. 그 애는 팔꿈치를 세워 손으로 턱을 괴고 졸린 듯 교과서를 바라보고 있었습니다. 이름은 모르지만 앞니가 눈에 띄는 귀여운 아이였습니다. 왜 도와주었는지 나는 불만이었습니다. 아니, 특별히 짓궂음을 긍정한다거나, 따돌림을 허용한다거나, 가즈에가 싫다거나 하는 것이 아닙니다. 다만 가즈에가 가증스럽게 느껴졌던 것입니다. 멍청하게 꼴사나운 짓을 저질러놓고도 시침을 뚝 떼고 있는 뻔뻔스러움. 둔한 것인지 억척스러운 것인지 나도 간파할 수가 없었기 때문입니다.

수업이 끝난 뒤, 내가 고전 교과서를 꺼내고 있는데 가즈에가 다가왔습니다.

"조금 전에 있었던 일 말인데."

"무슨 일?"

내가 딴청을 부리니까 가즈에의 얼굴이 노여움으로 붉게 물들었습니다. 다 알고 있으면서 그런다고 생각했을 것입니다.

"우리 집에 돈이 없어서 그랬다고 생각하고 있지?"

"아니, 별로."

"그런 게 아니야. 그런 조그만 마크가 있느냐 없느냐로 이러쿵저러쿵 말을 듣는 것이 싫었을 뿐이야."

나는 다 알고 있었습니다. 가즈에가 직접 자수를 놓은 것은 돈이 없어서가 아니라 단순한 합리주의 때문이라는 것을. 나는 이 학교의 부의 기준에 맞추려고 하는 가즈에의 합리주의가 매우 어리석다고 생각했을 뿐입니다. 하지만 가즈에에게는 소심한 면이 있었습니다. 그것이 애들에게 미움을 받는 원인이었다고 생각합니다.

"그뿐이야."

가즈에는 그렇게 말하고 자기 자리로 돌아갔습니다. 나는 가즈에의 가느다란 다리를 감싼 새 양말만 보고 있었습니다. 부의 상징. Q여고의 표시. 빨간 마크. 가즈에는 앞으로 어떻게 학교생활을 해나갈 작정일까 하고 생각해보았습니다. 가즈에에게 양말을 빌려준 학생은 친구들과 웃으면서 얘기를 나누고 있었습니다. 나와 눈이 마주치자 그 아이는 부끄러운 일을 했다는 듯 고개를 숙여버렸습니다.

나는 그 학생과 가끔 얘기를 나누게 되었습니다. 이름은 미쓰루라고 했습니다. 미쓰루는 중등부에서 올라온 학생이었습니다.

이와 같이 내부 학생과 외부 학생은 화합되지 못한 채 학교생활을 해나갔습니다. 내부 학생들은 교실 안에서도 언제나 함께였고, 매니큐어를 서로 칠해주면서 깔깔거리고 웃거나 점심시간에는 학교 밖 레스토랑에 함께 가는 등 화려하고 자유롭게 생활했습니다. 방과 후면 남자부의 고등학생이 교문 앞으로 마중을 왔습니다. 대학생 남자 친구가 있는 아이에게는 BMW나 포르셰 같은 외제 차가 마중 나오기도 합니다. 상대방 남자아이들도 그녀들과 비슷한 분위기를 지니고 있었습니다. 멋쟁이에다 경제적인 여유로 생긴 유복함이 뒷받쳐주는 자신감, 그리고 음탕함. 그 즐거워 보이는 모습을 곁눈질하면서, 공부를 잘하는 것밖에 대항할 수단이 없다고 생각한 외부 학생도 있었을 것입니다. 그런 학생은 '열공', 즉 열심히 꾸준하게 공부하는 방법을 택했습니다. 공부를 하지 않는 내부 학생에 대해 우월감을 가짐으로써 끝까지 살아남으려고 했던 것이지요.

입학한 지 한 달 후 처음으로 실력 테스트가 있었습니다. 내부에서 올라온 학생들에게 계속 압도당하고 있던 외부 학생들은 공부에서는 지지 않겠다고 투지를 불태웠습니다. '열공'을 택한 학생들은 말할 것도 없고 전교생이 엄청난 의욕을 가지고 공부에 몰두했습니다. 더구나 상위권 열 명의 이름을 발표한다는 얘기가 들려오자 긴장하지 않을 수 없었습니다. 애당초 공부로 이름을 날렸던 우등생들의 집단인 만큼 지는 것을 죽기보다 싫어했던 것입니다. 10등 안에 드는 것을 목표로 그때까지 공연히 풀이 죽어 있던 외부 학생들도 설욕할 기회를 만났다는 듯이 열심이어서 오래간만에 생기를 되찾은 느낌이었습니다.

나는 그 무렵, 마침 보험 아주머니가 가져온 불륜 촬영이라는 심부름 센터 일에 열중해 있었기 때문에 테스트는 처음부터 포기한 상태였습니다. 그때는 한창 유리코의 부재라는 행복을 만끽하고 있던 중이었으니, 학교 일 같은 것은 아무래도 좋았던 것이지요. 꼴찌만 아니면 된다고 생각한 나는 공부라고는 전혀 하지 않았습니다. 아니, 꼴찌라도 상관없었습니다. 여기에 남아 있을 수만 있으면 된다고 생각했거든요. 마찬가지로 내부 학생들도 여느 때와 같이 느긋하게 공부하고 있었습니다. 눈을 딱 부릅뜨고 있는 외부 학생들에 반해서, 내부 학생들은 시험 보기 전의 일요일에 누구누구의 별장에서 노트 사본을 만들자며 떠들어대고 있었습니다. 또다시 1학년은 두 부류로 딱 갈라졌습니다.

일주일 후, 테스트 순위가 프린트되어 1학년 학생 전원에게 배포됐습니다. 상위 열 명은 거의 자기네가 차지할 것이라고 외부 학생들은 생각했을 것입니다. 분명히 열 명 중 여섯 명은 외부 학생이었습니다. 그런데 놀랍게도 3등은 중등부에서 올라온 학생이었습니다. 5등은 초등부부터 올라온 학생, 그리고 1등은 미쓰루가 차지했습니다.

이 결과에 대해 외부 학생들 전원이 충격을 받은 모양이었습니다. 초등부부터 올라온 학생에게는 이겨도, 왜 중등부에서 들어온 학생에게는 이길 수 없는지 알 수 없었기 때문입니다. 그러니까 가장 세련되고 귀엽고 돈이 많은 사람은 초등부 때부터의 학생이고, 환경에 가장 잘 적응하고 공부를 제일 잘하는 사람은 중등부 때부터의 학생인 것입니다. 가장 어중간한 존재가 바로 외부에서 들어온 학생이라니, 그럴 리가 없다. 외부 학생들의 얼굴에는 초조한 빛이 떠올랐습니다.

"넌 테니스 안 치니?"

그다음 체육 시간에 미쓰루가 나에게 말을 걸었습니다. 입학하고 한 달이 지나고 나서야 겨우 내부 학생이 말을 걸어온 것입니다.

테니스 수업이었으므로 테니스부 학생들이 제 세상인 양 코트를 독점하고 있었습니다. 테니스를 하고 싶지 않거나 햇볕에 그을리는 것을 싫어하는 학생들은 벤치에서 잡담을 하고, 그 축에도 끼고 싶지 않은 나 같은 아이들은 철망 밖에서 차례를 기다리는 체하면서 농땡이를 부리고 있었습니다. 가즈에요? 가즈에는 코트 가장자리에서 외부 학생들과 테니스를 치고 있었습니다. 남에게 지기 싫어하는 성격인 그녀는 필사적으로 공을 쫓아다니면서 괴성을 지르고 있었습니다. 벤치의 학생들은 가즈에의 모습을 비웃고 있는 것 같았습니다.

"그다지 잘 못해서."

"나도 그래."

미쓰루는 몸이 가냘프고 둥근 빰과 커다란 앞니 때문에 마치 다람쥐과 설치류 같았습니다. 하늘거리는 갈색 곱슬머리에다 주근깨가 있는 귀여운 얼굴이었습니다. 미쓰루에게는 친구가 많이 있지만 친구들과 얘기를 하다가도 이따금 흥이 깨진 듯한 눈으로 주위를 둘러보는 경우가 있었는데, 그럴 때는 반드시 나하고 눈이 마주치는 것이었습니다.

가즈에의 양말 사건 이후 줄곧 그랬습니다. 나는 미쓰루에게 관심이 있었습니다.

"넌 특기가 뭐니?"

"아무것도 없어."

"나하고 같구나."

미쓰루는 들고 있던 라켓의 줄을 가느다란 손가락으로 만지작거렸습니다.

"넌 공부를 잘하잖아. 1등 했잖아."

"글쎄, 그건 취미야." 미쓰루는 아무렇지도 않은 듯이 말했습니다. "나는 의대에 갈 생각이거든."

미쓰루의 눈은 가즈에를 응시하고 있었습니다. 가즈에는 짧은 바지에 남색 양말을 신고 있었습니다.

"넌 왜 저 아이에게 양말을 빌려준 거야?"

"글쎄, 왜 그랬을까?" 미쓰루는 고개를 갸웃거렸습니다. "난 따돌림을 좋아하지 않으니까."

"그게 따돌림이었니?"

나는 태연하게 수업을 듣던 가즈에의 얼굴을 떠올리면서 미쓰루에게 물었습니다. 가즈에로서는 미쓰루에게 양말을 빌린 것만으로 모든 애들의 따돌림으로부터 벗어날 수 있었다고는 꿈에도 생각지 않을지도 모릅니다. 그러기는커녕 만약 그것이 자기 양말이라는 것이 모두에게 탄로 났더라도 진지하게 "뭐가 나쁜 거야?" 하고 오히려 대들 것 같기도 했습니다. 빨간 마크 하나 때문에 양말 값이 배로 비싸진다니. 그렇다면 자수를 놓은 것이 뭐가 나쁘냐? 가즈에는 정론正論을 밀고 나가는 우직함을 가지고 있습니다. 우직하다는 것은 일반적인 학교에서라면 장점일 것입니다. 하지만 여기서는 이상하게도 익살이 되어버립니다.

"우리 집에 돈이 없어서 그랬다고 생각하고 있지?"

나에게 물었을 때의 가즈에의 당돌한 표정을 떠올리고 있는데, 미쓰루가 향기로운 샴푸 냄새를 풍기며 부드러운 머리카락을 가볍게 흔들었습니다.

"따돌림이지. 곤경에 빠진 친구를 모두가 웃음거리로 삼으려고 했잖아."

"하지만 우스웠던 건 사실이잖아. 양말에 자수를 놓다니……."

나는 심술궂게 말했습니다. 미쓰루가 어떤 반응을 보일지 알고 싶었기 때문입니다.

"그건 그렇지만 그 아이의 심정도 좀 이해해 주어야지. 그런 식으로 웃음거리로 삼는 건 좋지 않다고 생각해."

내 말에 어떻게 대응해야 좋을지 난처했던 모양입니다. 미쓰루는 자신이 없는 듯 테니스 신발로 메마른 땅을 걸어찼습니다. Q여고 1학년에서 가장 머리가 좋은 학생이 나의 말에 당황해서 난처한 표정을 지어 보이다니, 나는 약간 유쾌해진 동시에 미쓰루가 귀엽다고 생각했습니다.

"네 말은 맞지만 그 아이가 곤경에 처해 있었는지 아닌지는 알 수 없잖아. 모두가 탈의실에서 웃었던 것은 자수까지 놓는 행동이 우스꽝스럽게 보였기 때문이야. 다른 악의는 없었을 거야."

나도 함께 웃었는걸. 그렇게 계속 말하려고 했으나 미쓰루가 진지하게 반박했기 때문에 나는 입을 다물었습니다.

"많은 애들이 암암리에 마음이 일치해서 무엇인가를 꾀하는 건 따돌림이란 말이야."

"그럼, 왜 내부에서 올라온 아이들은 암암리에 작당해서 외부에서 들어온 학생들을 괴롭히는 거니? 왜 모두가 우릴 무시하느냔 말이야? 너도 그 일원이잖아."

미쓰루는 후유 하고 한숨을 내쉬었습니다. 내가 특별히 미쓰루를 괴롭히려고 의도한 것은 아닙니다. 내부 학생에게는 가즈에를 괴롭히고 있다는 의식 같은 것이 거의 없다고 생각했기 때문에 미쓰루의 말에 위화감을 느꼈던 것입니다.

내부 학생은 외부 학생 같은 건 아무래도 좋은, 애초부터 같이 어울릴 생각도 없고 괴롭힐 정도로 관계를 맺고 싶지도 않았던 존재였을 겁니다. 하지만 외부 학생들은 그것을 알아차리지 못한 채 그저 인정을 받고 싶어서 자신을 깔보지 말아달라고 필사적으로 매달리고 있었습니다. 그것은 영원히 계속되는 짝사랑과 비슷했습니다.

"그건 사실이야. 글쎄, 왜 그럴까?"

미쓰루는 손톱으로 커다란 앞니를 톡톡 두드리며 생각하는 듯했습니다. 나중에 안 일이지만, 미쓰루의 그 버릇은 상대방에게 말을 해도 되는 것인지 아닌지 마음속으로 저울질을 하면서 망설일 때 하는 행동이었습니다. 미쓰루는 결심한 듯 얼굴을 들었습니다.

"그러니까 이런 것 아니겠니? 환경이 다르잖아. 환경이 다르니까 가치관도 다른 거야."

"그건 나도 알고 있어."

나는 테니스부 학생들이 신나게 쳐대는 노란색 공을 눈으로 쫓으면서 대답했습니다. 라켓과 테니스복과 신발은 자기 부담이었습니다. 나는 한 번도 본 적 없는 고가품이었죠. 코트는 그녀들이 자아내는 번뜩이는 정열에 전염되어 있었습니다. 즐거움. 거기에 있는 것은 완전한 쾌락이었습니다. 젊은 육체를 움직이며 땀을 흘리는 즐거움, 승부가 주는 스릴, 남의 시선을 받는 쾌감, 잘 만들어진 도구를 조작하는 기쁨. 모두 많은 돈과 시간을 들여서 얻어낸 것입니다. 힘들게 시험공부를 해서 이 자리에 온 우직하고 소심한 학생들과는 인연이 없는 세계였습니다.

그래서 부러운 듯이 손가락을 입으로 깨문 채 옆에서 구경하고 있을 수밖에 없는 것입니다. 하지만 그것이 손에 닿지 않는 먼 곳에 있는 거라는 걸 깨닫지 못하는, 가즈에처럼 아둔한 학생도 있습니다. 미쓰루는 말을 이었습니다.

"여기는 혐오스러울 정도의 계급 사회야. 일본에서 가장 심할 거라고 생각해. 허영이 모든 걸 지배하고 있거든. 그래서 주류 학생들과 비주류 학생들은 섞이지 않는 거야."

"주류가 뭔데?"

"초등부에서부터 올라온 학생들, 그중에서도 한정된 진짜 알짜배기들이지. 대기업 오너의 딸. 취직 같은 것은 절대로 하지 않을 애들. 취직하는 것이 수치라고 생각하고 있으니까."

"유행에 한참 뒤떨어져 있구나."

나는 웃음을 터뜨렸지만 미쓰루는 더할 나위 없이 진지했습니다.

"나도 그렇게 생각하지만 그것이 주류의 가치관이야. 유행에 뒤떨어져 있을지도 모르지만 너무나도 공고하다니까. 얼마 있으면 모두들 갈피를 못 잡게 되겠지. 계속 바보 취급을 당하다 보면 자신감이 없어지지 않겠어? 그런 거야."

"그럼 비주류는?"

"샐러리맨의 자식들이지." 미쓰루는 애처롭다는 듯이 말했습니다. "회사원의 딸은 주류가 될 수 없어. 공부를 잘하든 재능이 있든 간에 절대로 관심조차 끌 수 없어. 같은 무리에 끼어들려고 하면 따돌림을 당하게 된단 말이야. 어느 정도 머리가 좋더라도 촌스럽고 못생겼다면 여기서는 쓰레기야."

쓰레기. 무슨 이런 말이 다 있단 말인가! 나는 미쓰루가 말하는 상류 계급도 아니고 샐러리맨이라는 신분이 보장된 사람의 딸도 아닙니다.

처음부터 비주류에도 낄 수 없는 학생은 쓰레기 이하의 쓰레기라는 얘기가 됩니다. 그렇다면 물가에서 소용돌이치는 물의 흐름을 구경만 하고 있어야 하지 않겠습니까? 나는 은밀히 새로운 즐거움을 발견했다는 느낌이 들었습니다. 생각해보면 이것이 나의 운명인지도 모릅니다. 유리코와 자매로 태어난 나의 숙명. 내가 지휘봉을 휘두를 수 있는 것은 범죄자인 외할아버지와 함께 있을 때뿐입니다.

"하지만 단 한 가지, 주류에 들어갈 수 있는 방법이 있어."

미쓰루는 다시 앞니를 손톱으로 톡톡 두드렸습니다.

"그게 뭔데?"

"엄청나게 아름다우면 어떻게든 주류가 될 수 있어."

내가 그때 무엇을 생각했는지는 알 수 있겠지요? 물론 유리코였습니다. 유리코가 이 학교에 있었다면 어떻게 되었을까 하는 것이었습니다. 그 괴물 같은 미모에는 이 학교의 누구도 대적할 수 없을 테니까요.

우리 학년에 미인으로 유명한 학생 두 명이 있었습니다. 두 아이 모두 내부 학생인데, 한 아이는 치어걸부, 또 한 아이는 '여자의 출세가도'라고 일컬어지는 골프부에 속해 있었습니다. 치어걸부는 외모를 문제 삼고, 골프부는 믿을 수 없을 정도로 돈이 많이 들어가는 화려한 클럽입니다. 치어걸부의 학생은 스타일이 뛰어나게 좋고 화려하며, 골프부의 학생은 모델로 뽑힐 정도로 미인들입니다. 하지만 두 아이 모두 유리코만큼은 아름답지 않습니다. 유리코가 Q여고에 다닌다면? 그 가정이 설마 현실이 되리라고는 그때 나는 생각하지 못했지만요. 네, 그 일은 나중에 다시 얘기하겠습니다.

오랜만에 유리코를 떠올리고 있는 내게 미쓰루가 작은 소리로 물었습니다.

"그런데, 넌 P구에 살고 있다고 들었어. 정말이니?"

"그래. 나는 K역에서 전철로 학교에 다녀."

나는 가장 가까운 역의 이름을 말했습니다.

"P구에 살고 있는 학생은 우리 학년에는 한 사람도 없어. 몇 년 전에 그 이웃 구에 살던 학생이 있었다는 얘기는 들었지만."

내가 살고 있는 곳은 '바다'로, 훌륭하긴 하지만 이상한 노인들이 많이 살고 있는 매우 빈곤한 동네였습니다. "여기는 참으로 야박한 사회야." 나는 미쓰루에게 그렇게 말했습니다. 미쓰루의 심기를 건드리려는 의도도 있었습니다.

"나는 외할아버지하고 공영주택에서 살고 있어. 외할아버지는 연금 생활을 하면서 심부름센터를 하고 있고."

가석방 중이라고 덧붙이지는 않았으나 효과는 충분했습니다. 미쓰루는 흘러내린 양말을 끌어올리면서 자신 없는 목소리로 중얼거렸습니다.

"그런 애는 없는 것 같아."

"여기 속할 수 없는 애라는 얘기니?"

"속할 수 없는 애랄까, 외계인 같은 거야. 다른 별에서 온 사람. 아무도 너를 비웃지 않고 너에게 상관하지 않을 거라고 생각해. 너는 여기서 마음 편하게, 자유롭게 살아갈 수 있을 거야."

"그 말을 들으니 안심이 되는구나."

그때서야 미쓰루는 커다란 앞니를 보이며 웃었습니다.

"그러면 너에게만 사실을 말할게. 사실은 우리 집도 P구에 있어. 어머니는 그걸 숨기라고 하셨어. 그래서 나를 위해 미나토 구의 아파트를 빌리셨지. 하지만 샀다고 하래. 어머니가 매일 오셔서 밥을 지어주시고 청소랑 세탁도 해주셔."

거짓말 같죠? 하지만 사실입니다. 쇼난 부근에서 통학하는 학생에게는 도쿄 안의 부촌에 아파트를 사준다는 얘기를 들었거든요. 그런 방이 학생들의 집합소가 되는 경우도 있다고 합니다.

"왜 그렇게 하는 거지?"

"따돌림을 당할 것 같아서."

"그게 암암리에 하는 작당이라는 거니?"

나의 말투에 상처를 입었는지 미쓰루는 언짢은 표정을 지었습니다.

"말해두지만 난 그런 건 딱 질색이야. 거기에 타협하는 나 자신도, 우리 부모님도 다 싫어. 하지만 타협하지 않으면 이 학교에서는 눈에 띄기 때문에 어쩔 수 없단 말이야."

미쓰루가 잘못하고 있는 거라고 나는 생각했습니다. 아니, 타협하는 것이 잘못된 것은 아닙니다. 미쓰루가 그렇게까지 하고 싶다면 하면 되잖아요? 내가 생각한 것은 미쓰루가 가즈에에게 말한 것에 대해서예요. 잘 표현할 수는 없지만, 물과 기름은 서로 섞이지 않습니다. 그러니까 가즈에와 내부 학생이 섞이는 일은 결코 없을 텐데 가즈에는 그것을 깨닫지 못하고 있습니다. 학생들이 만약 가즈에를 따돌린다면, 그건 가즈에의 아둔함 때문이지 가즈에의 타고난 환경이나 가치관 때문이 아닙니다. 그러니까 그 공격은 따돌림이라고는 할 수 없어요. 아닙니까? 따돌림은 좀 더 동질적인 곳에서 생기는 것 아닐까요?

미쓰루에게도 따돌림을 당한 경험이 있어서 그것을 두려워한 나머지 집이 P구에 있다는 것을 숨기거나 미나토 구에 아파트를 빌렸다고 한다면, 결국 미쓰루도 주류 학생들과 동질의 것을 갖고 있다고 할 수 있기 때문입니다. 미쓰루는 내부 학생들 가운데서도 주류에 가까운 곳에 속한 학생일 것입니다.

"그럼, 네가 공부를 잘하는 건 어째서지?"

"글쎄." 미쓰루는 꾸중을 들은 것처럼 미간을 찌푸렸습니다. "처음에는 지지 않아야겠다고 생각한 게 사실이야. 그러던 사이에 공부하는 것이 재미있어졌어. 달리 취미도 없었기 때문일 거야. 다른 애들처럼 멋을 내고 싶지도 않았고 남학생에게도 흥미가 없었어. 클럽에도 가입하지 않았고. 그렇다고 특별히 의사가 되고 싶은 것도 아니야. 다만 의대는 머리가 제일 좋은 아이들이 들어가는 곳이라고 하니까, 거기라면 나의 무엇인가도 만족할 수 있을 거라 생각했어."

미쓰루는 정직한 애였습니다. 흥미가 생긴 나는 그녀의 이야기가 좀 더 듣고 싶어졌습니다. 미쓰루라는 사람의 본질을 전부 알고 싶어졌습니다. 왜냐하면 이런 정직한 아이를 만난 적이 없기 때문입니다.

"무엇인가라니, 그게 뭔데?"

미쓰루는 당황해서 내 얼굴을 응시했습니다. 미쓰루의 눈은 새까맣고 힘이 없는 작은 동물의 눈처럼 영롱하고 맑았습니다.

"내 속의 악마 같은 것인지도 몰라."

악마. 내 속의 악마는 유리코 때문에 크고 강해졌습니다. 원래대로라면 악마가 있다는 것조차 깨닫지 못하고 느긋하게 살았을지도 모르는데, 유리코와 함께 자라면서 악마도 커져버린 것입니다. 하지만 미쓰루 속에는 어째서 악마가 있는 걸까요? 나는 알 수 없었습니다.

"그건 악의를 뜻하는 거니, 아니면 아무에게도 지고 싶지 않다는 거니?"

미쓰루는 내 말에 깜짝 놀란 모습으로 말했습니다.

"그럴지도 몰라."

그 애는 혼란스러운 듯 푸른 하늘을 올려다보았습니다.

"너는 기가 센 것 같아."

"그래?"

미쓰루는 얼굴을 붉혔습니다. 스스로를 부끄러워하고 있는 것이겠지요. 나는 약간 익살스럽게, 전혀 다른 것을 물었습니다.

"네 부모님은 샐러리맨이니? 그러니까 비주류냐는 얘기지."

"아니." 미쓰루는 고개를 저었습니다. "우리 집안은 빌딩 임대업을 하고 있어."

"그럼 부자구나?"

"어업 보상으로 돈을 많이 받아서 그것으로 아버지가 사업을 하셨대. 옛날에는 선주였다고 들었는데, 아버지는 내가 어렸을 때 돌아가셨어."

아버지가 바다에서 살고 있는 사람인데도 미쓰루는 육지로 나와버린 것입니다. 폐어肺魚, 아가미 외에 부레로 산소를 호흡하는 담수어. 공기 호흡을 할 수 있는 물고기. 나는 무의식중에 미쓰루의 하얗고 가냘픈 몸이 입자가 미세한 끈적끈적한 진흙 바닥을 돌아다니는 모습을 상상했습니다. 미쓰루와 친해지자, 나는 갑자기 그녀를 초대하고 싶어졌습니다.

"이 다음에 우리 집에 놀러 오지 않을래?"

"좋아." 나의 초대에 미쓰루는 기뻐했습니다. "가보고 싶어. 일요일도 괜찮니? 나는 매일 의대 입학 코스가 있는 학원에 다니고 있거든. 솔직히 말하면 도쿄대 의학부 지망생이야."

육지에서 다시 산으로 올라갈 생각인가 봅니다. 나의 내부에서 미쓰루를 좀 더 관찰하고 싶다는 생각이 생겨났습니다. 미쓰루는 이 학교 안에서 생겨난 돌연변이니까요. 보통 사람들과 다른 양심과 온순함을 가진 생물. 그것은 틀림없이 마음속에 남들보다 큰 악마가 있기 때문일 겁니다. 미쓰루 속의 악마가 양심과 온순함을 키운 겁니다. 이 학교에서는 무용지물이지만, 여기저기 주변 환경에 적응하는 사이에 양심과 온순함만 성장해 버린 모양입니다.

"너라면 도쿄대에 들어갈 수 있을 거야."

"글쎄."

Q대학 의학부에 진학할 수 있는 것은 여학생인 경우, 학년에서 4등

이내까지라고 정해져 있었습니다. 미쓰루가 지금의 성적을 유지할 수 있다면 Q대학 의학부에는 문제없이 들어갈 수 있을 것입니다. 그러나 미쓰루는 이미 이 학교를 버리려 하고 있었습니다.

"하지만 도쿄대에 들어간다 해도 또 다른 문제가……" 하고 미쓰루가 무엇인가 말하려고 할 때, 코트에서 공을 치고 있던 테니스부 학생이 뒤돌아보았습니다.

"미쓰루, 나 대신 치지 않을래? 난 지쳐서 그래."

테니스를 전혀 하려고 하지 않는 미쓰루를 은근히 배려한 것 같았습니다. 미쓰루는 주류 학생들에게도, 그 가장자리에 있는 비주류 학생들에게도 어느 정도 인정을 받고 있었습니다. 이유는 미쓰루의 머리가 뛰어나게 좋다는 것보다 그 수줍어하는 성격 덕분인 것 같았습니다. 어째서인지 미쓰루는 언제나 자신을 부끄러워했습니다. 1등을 해서 부끄러워하고, 누군가에게 친절을 베풀고 부끄러워하고, 수업 시간에 발표를 했다고 수줍어하고. 그것은 옆에서 보고만 있어도 알 수 있습니다. 이제 와서 생각해보니 미쓰루는 자기 속에 남들보다 훨씬 큰 악마가 있다는 것을 느끼고 있었기 때문이 아닐까요? 미쓰루는 내가 처음으로 만난 흥미롭고, 그리고 매력적인 인간이었습니다.

"주류가 부르고 있어."

비꼬려는 것은 아니었으나 나는 무심코 정직하게 말해버렸습니다. 미쓰루는 나를 애처로운 눈으로 응시했습니다. 미쓰루의 그런 반응에도 나는 아무것도 느끼지 못했습니다. 만약 정말로 미쓰루가 우리 집에 온다면 외할아버지는 뭐라고 말씀하실까 하고 생각하고 있었기 때문입니다. 미쓰루에게는 '기운'이 있다고 말씀하실까요?

나는 미쓰루가 걸어가는 뒷모습을 바라보았습니다. 몸집이 작으면서도 엉덩이의 위치가 높고 균형 잡힌 몸매였습니다. 미쓰루는 무거운 듯이 라켓을 끌어안고 친구들과 무언가 대화를 나누고 있었습니다. 햇볕을 쬔 적이 없는 것처럼 손발이 새하얗고 화사했지만, 미쓰루의 서브는 상대방 코트의 라인 옆에 꽂혔습니다. 되돌아온 공을 쳐 보내는 날렵하고 시원스런 소리. 나 같은 것과는 비교가 되지 않을 정도로 테니스를 잘 쳤습니다. 발도 빨라서 코트를 재빠르게 뛰어다니고 있었습니다. 하지만 시합이 끝나면 너무 열중한 나머지 자신의 능력을 모두 드러내 보인 스스로를 틀림없이 부끄러워할 것이었습니다. 미쓰루는 손질을 하면 형태가 변하는 분재나 있는 그대로의 아름다운 모습을 감상할 수 있는 원예園藝가 아니라는 것만은 확실했습니다. 외할아버지는 뭐라고 표현해야 좋을까 하고 고민했을 거예요.

다람쥐다. 나는 돌연 깨달았습니다. 나무 열매를 주워 땅에 파묻고 보관용으로 삼는 영리한 다람쥐. 나하고는 전혀 다른 동물이었습니다. 나는 나무. 꽃이 아니라 수목임에 틀림없었습니다. 그것도 소나무나 삼나무. 꽃처럼 새나 벌레가 모여들어서 꽃가루받이를 도와주는 일도 없고 그저 혼자 살아가는 나무인 것입니다. 나는 바람에 의지하여 꽃가루를 흩뿌려대는 둔한 태고의 수목이었습니다. 나는 이 비유가 마음에 들어서 혼자서 싱글벙글하고 있었습니다.

"뭐가 웃기니?"

등 뒤에서 날카로운 목소리가 들렸습니다. 가즈에가 수돗가에 서서 나를 보고 있었습니다. 아까부터 관찰하고 있었던 것 같아서 나는 조금 불쾌해졌습니다. 투박한 나무줄기 같은 가즈에는 원래부터 마음에 들지 않았습니다.

"너 때문이 아니야. 옛날 일이 생각나서 웃었을 뿐이야."

가즈에는 이마에 땀을 흘리면서 생기 없는 표정을 하고 있었습니다.

"넌 내 쪽을 힐끗힐끗 보면서 미쓰루라는 애하고 함께 웃고 있었잖아?"

"너를 보고 웃은 게 아니라니까."

"그렇다면 괜찮지만. 너한테까지 바보 취급을 당하는 것 같아서 분해서 그래."

가즈에는 화를 벌컥 내며 내뱉듯이 말했습니다. 가즈에가 나를 업신여기고 있다는 것을 깨달았습니다.

"무슨 소리인지 전혀 모르겠어. 너를 바보로 취급한 적이 한 번도 없으니까."

나는 교묘히 속마음을 숨기면서 진지하게 대답했습니다.

"아아, 골 때린다니까. 모두 심술궂은 짓들이나 하고, 어린애 같은 계집애들이야."

"무슨 일 있었니?"

"무슨 일이 있었으면 차라리 낫지."

가즈에는 화난 모습으로 라켓을 땅바닥에 내동댕이쳤습니다. 흙먼지가 일어 가즈에가 신고 있는 테니스화의 흰 끈을 약간 더럽혔습니다. 벤치에 앉아 있던 학생 몇 명이 이쪽을 보았지만 금방 고개를 돌렸습니다. 그 눈에는 아무런 관심도 나타나 있지 않았습니다. 수수한 겉씨식물 둘이서 아무리 떠들어 보았자 신경도 쓰지 않겠지요. 그래요. 가즈에도 결코 아름다운 자태와 색깔, 꿀로 새나 벌레를 유혹하는 꽃이 될 수 없는, 수수한 소나무나 삼나무에 불과했습니다. 가즈에는 적의를 담아 벤치의 학생들을 노려본 다음 나에게 물었습니다.

"너 어느 클럽에 들어갈 생각이니? 벌써 정했어?"

나는 잠자코 고개를 저었습니다. 클럽활동 같은 것을 꿈꾼 적도 없지만 이 학교의 현상을 보자 아무래도 좋다는 생각이었습니다. 선후배라고 해도 여기에서는 수직 관계뿐만 아니라 복잡하고 수평적인 유대가 존재했습니다. 주류와 비주류와 그중간. 그것은 내가 좋아하는 인간 관계처럼 유동적이고 때로는 형태를 바꾸며 종횡무진하는 것이 아니라 고정된 가치관이 내재된 부자유스러운 것이었습니다. 그래서 오래전에 흥미를 잃었던 것입니다.

"나는 외할아버지가 있으니까 됐어." 엉겁결에 나온 말이었습니다. 내겐 외할아버지와 그 친구들이 선배였고 심부름센터가 과외활동이었던 것입니다. 하지만 가즈에는 영문을 알 수 없다는 듯이 짜증스러운 얼굴을 했습니다.

"그게 무슨 말이니? 설명 좀 해줄래?"

설명 좀 해줄래? 이것은 가즈에의 입버릇이었습니다.

"아무러면 어때? 너랑 관계없잖아."

가즈에는 금세 화난 얼굴을 해 보였습니다.

"나 혼자 설치고 있다는 말이니?"

나는 어깨를 으쓱했습니다. 피해망상에 사로잡혀 있는 가즈에에게 진절머리가 났기 때문입니다. 한편으로는 거기까지 알고 있다면 물어볼 것도 없지 않느냐는 생각도 들었습니다.

"내가 말하고 싶은 건 어째서 이 학교는 이처럼 불공평하냐는 거야. 승부하기도 전에 결정되다니 너무 비겁해."

"뭔데 그래?"

"나는 치어걸부에 들어가려고 했어. 지원서를 냈더니 일방적으로 안 된다는 거야. 이상하다고 생각하지 않니?"

나는 아연할 수밖에 없었습니다. 가즈에는 자신에 대해서도 이 학교에 대해서도 전혀 모르고 있었던 것입니다. 가즈에는 부루퉁한 얼굴로 팔짱을 낀 채 수도꼭지에서 졸졸 새는 물에 대고 신경질을 부렸습니다.

"꼭지가 헐겁나?"

자기가 꽉 잠그지 않은 주제에. 나는 웃음을 참으면서 가즈에를 관찰했습니다. 깡마르고 뻣뻣한 머리카락을 가진 소녀. 주목할 만한 것은 아무것도 없지만 어느 정도 공부는 잘하는 소녀. 동등하다고 믿은 등급생에게 굴욕을 당하고 불합리하다고 화를 내는 소녀.

　아직 소녀인 우리는 우리가 입을 상처를 무엇인가로 방어하고, 더 나아가 공격해야 했습니다. 계속 일방적으로 당하고 있다가는 삶의 흥미를 잃게 되고 굴욕감을 가진 채 앞으로 기나긴 인생을 살아갈 수 없게 되어 버릴지도 몰랐습니다. 그래서 나는 악의를, 미쓰루는 두뇌를 갈고 닦았던 것입니다. 그리고 유리코는 행인지 불행인지 처음부터 괴물 같은 미모를 부여받았습니다. 하지만 가즈에는 갈고닦을 것이 아무것도 없었습니다. 그래요, 나는 가즈에에게 동정 같은 것을 해본 적이 없습니다. 가즈에는, 어떻게 말하면 좋을까, 그러니까 이 엄격한 현실에 대해 무지하고 무신경하고 무방비하고 대책도 없었던 것입니다. 어째서 깨닫지 못한 것일까요?

　내 표현이 너무 심하다고 또 말씀하시는군요. 어머니의 자살 때와 마찬가지라고요? 하지만 사실인걸요. 미숙했기 때문이라고 가정하더라도, 가즈에에게는 난폭하고 대범한 구석이 있었습니다. 미쓰루처럼 정교하고 치밀하지도 않고, 나처럼 냉혹하지도 않았습니다. 무엇인가가 근본적으로 약한 것입니다. 그 무엇인가는 뭐냐고 물으시는군요? 대답은 '악마의 부재'입니다. 가즈에에게는 악마 따위가 살고 있지 않았던 것 같습니다. 그런 의미에서는 유리코도 똑같았지요. 유리코의 마음에도 악마는 살고 있지 않았습니다. 있는 대로, 행하는 대로. 그것이 나에게는 굉장히 시시했습니다. 가능하다면 악마를 이식해주고 싶다고 생각했을 정도니까요.

　먼저 치어걸부에 대한 얘기를 듣고 싶으신 거군요. 설명해드리겠습니다. 옛날 순정 만화 같은 세계이니 웃지는 말아주세요.

치어걸부는 대학 대항의 야구나 럭비 시합 때 대활약을 하기 때문에 학교 밖에서도 유명한 스타 클럽이었습니다. 주로 응원단과 함께 응원용 수술을 들고 춤을 추죠. Q여고의 색인 화려한 청색과 금색의 얼룩무늬 미니스커트를 입고 긴 머리카락을 마구 흔들어대며 소리를 지르고 다리를 쳐들거나 껑충 뛰곤 했습니다. 여러 대학에 이 치어걸부의 팬클럽이 있다는 말을 듣고 깜짝 놀란 적도 있었습니다. 나는 그런 분야에 어두워 전혀 몰랐지만, 동급생들은 늘 동경과 질투를 섞어 치어걸부의 학생들이 남학생에게 얼마나 인기가 있는지에 관한 소문들을 얘기했습니다. Q여자 중·고교의 치어걸부라는 것만으로 남학생들의 관심을 모았고 잡지에도 크게 실렸으며, 다른 고등학교 학생이나 대학생에게도 절대적인 인기를 끌었기 때문입니다.

이것은 우리만의 비밀로 해주시겠어요? 아무도 공공연히 말하지 않지만 치어걸부에 들어가려면 외모가 중요하다고 합니다. 아름답지 않은 학생은 들어갈 수 없는 클럽인 셈이지요. 그래서 용모에 자신이 없는 학생은 절대로 들어가려고 하지 않습니다. 망신을 당하니까요. 내부 학생은 그런 사정을 잘 알고 있기 때문에, 클럽 쪽에서 스카우트하러 오기를 기다리는 것입니다.

더구나 대학의 치어걸부와 함께 행동하게 되니 선후배간의 결속이 강해 본교 출신밖에 뽑지 않는다고 들었습니다. 일종의 특권을 누릴 수 있는 클럽이었던 것입니다. 초등부에서부터 올라온 학생들 가운데서도 특히 미모가 뛰어나고 퍼포먼스를 좋아하는 학생들로 구성된 클럽. 말하지 않더라도 그 정도는 짐작할 수 있을 법한데, 가즈에는 신경도 쓰지 않았던 모양입니다.

게다가 대부분의 부원에게는 남자 친구가 있다고 들었습니다. 그것도 Q대학의 럭비부나 골프부 같은 멋쟁이 도련님들뿐이고요. 앞에서 언급한, 미인으로 유명한 치어걸부의 학생에게는 아이스하키부에 소속된 의대생 애인이 있다는 소문이 있었습니다. 확실한지는 모르지만 그 애인은 연예인들이 수술을 받거나 입원하는 것으로 유명한 T병원의 외아들이었다고 하더군요. 즉 부잣집 남학생에게 인기가 있고 남의 눈에 띄고 빨리 대학생 행세를 할 수 있는 것이 치어걸부원인 것입니다.

가즈에가 그런 클럽을 동경하고 있었던 이유는 아마도 대학생 같은 기분이 들기 때문이었다고 생각합니다. 치열한 입시 전쟁에서 이겼으니 이제 아무리 성적이 떨어진다 해도 Q대학에 진학할 수 있다는 생각에 마음이 해이해진 것입니다. 문제는 대학생처럼 놀고 싶어도 아직 고등학생 신분이라는 것이지요. 그래서 마음이 풀린 학생은 소품용 대학생이 되길 동경하는 것입니다. 하지만 솔직히 말해서 나는 가즈에가 그러한 나태한 마음과 화려한 희망을 품고 있다는 데 놀랐습니다.

"일방적으로 안 된다니 그게 무슨 말이니? 아무나 들어갈 수 있는 거 아니야?"

물론 나는 그 이유를 알고 있었습니다. 그러나 나는 그것을 가즈에의 입을 통해서 듣고 싶었습니다.

"그렇다니까. 정말로 이상하니까 한번 들어보라고. 지원서를 냈더니 대학의 선배가 직접 면접을 한다는 거야. 그런데 아무리 기다려도 소식이 없어서 아까 그 사람에게 무슨 일인지 설명해달라고 부탁했어."

가즈에는 분한 듯이 테니스 코트 벤치에 앉아 있는 학생을 가리켰습니다. 그 학생은 하얀색 반바지 아래로 뻗은 기다란 다리를 쭉 뻗고 눈을 감은 채 일광욕을 즐기고 있었습니다. 태양을 향해 얼굴을 들고서 티셔츠의 소매도 어깨까지 걷어 올린 채였습니다. 눈이 가늘고 치켜 올라가서 결코 미인이라고는 할 수 없었으나, 스타일이 좋을 뿐만 아니라 치어걸부원의 특징인 화려함이 있어서는 단연 돋보이는 여학생이었습니다.

"저 애가 이렇게 말하는 거야. 안됐지만 너는 면접에서 떨어진 것 같아. 면접 같은 것은 아직 보지도 않았다고 항의했더니, 선배가 교실까지 찾아와서 남모르게 나를 보았다는 거야. 너무하는 거 아니니? 제멋대로 고르다니 그런 법이 어디 있어? 보통 면접이라고 하면 얘기를 나누거나 무엇을 하고 싶은지 물어보고 그 뒤에 판단을 내리는 거잖아. 그래서 그건 좀 이상하다고 말했더니, 저 애는 히죽히죽 웃으면서 아무 대답도 하지 않는 거야. 나 참 더러워서!"

가즈에가 말하는 것은 정론입니다. 나는 정말로 선배가 보러 왔는지 아닌지도 의심스러웠지만, 일단은 그럴듯하게 고개를 끄덕여 보였습니다. 그러나 가즈에의 아둔함에 어처구니가 없어서 대화하는 것 자체가 귀찮아졌습니다.

이 세상은 평등하지 않습니다. 입학 후 한 달이나 지났는데도 어째서 그 진실을 깨닫지 못하는 것일까요? 가즈에는 Q여고에 들어와서는 안 되었던 것입니다. 이처럼 꼴사납고 허영심이 뒤엉킨 복잡한 세계 속에 있는데도, 그녀는 자신이 지금까지 배양해 온 노력과 근면이라는 가치관이 이 세계에서 통할 것이라 생각하고 있잖아요.

"분명히 말해두지만 그 클럽은 예쁜 아이들밖에 들어갈 수 없어."

"나도 알고 있어. 하지만 기회를 균등하게 주지 않는 것은 불공평해. 들어가서 노력하는 것이 왜 안 된다는 거지? 그런 게 클럽이잖아?"

가즈에는 중얼거렸습니다. 내 말에 상처를 받았다는 것을 알 수 있었습니다. 그럴 때마다 나는 더 큰 상처를 주고 싶어서 견딜 수 없어졌습니다.

"그럼 항의해보면 어떻겠니? H.R. 시간에 말해보면 되잖아."

담임 선생님이 출석을 부르거나 그날 예정을 확인하는 정도로 끝나
곤 했기 때문에 H.R. 시간은 없는 것이나 마찬가지였습니다. 여럿이 토
론을 해서 무엇을 결정하는 것은 다들 촌스럽다고 생각하고 있었습니
다. 그러나 가즈에는 아주 간단히 나의 제안을 받아들였습니다.

　"그렇구나, 그렇게 할게. 고마워."

　미쓰루였다면 나는 이렇게 말하지 않았을 거예요. 아마도 말을 골라
서 단념하도록 설득했겠지요. 그때 마침 수업이 끝난 것을 알리는 차임
벨 소리가 들려왔습니다. 가즈에는 나에게 인사도 하지 않은 채 만족스
런 모습으로 걸어가 버렸습니다.

　나는 가즈에가 떠나자 안도의 숨을 내쉬었습니다. 게다가 잡담만 했는
데도 수업이 끝나서 득을 본 것 같은 기분도 들었습니다. Q여고에서 체
육이나 가정 수업은 하고자 하는 마음이 있는 학생과 없는 학생이 확연
히 구별됐기 때문에 비교적 엉성했습니다. 성적을 올리기 위해 노력을
아끼지 않는 학생과 그렇지 않은 학생이라고 바꿔 말해도 상관없습니다.
그래서 교사들은 의욕이 있는 학생 외에는 관심이 없었던 것입니다.

　그것은 Q여고의 교육 이념이기도 했습니다. 자립과 자존심. 학생은
무엇이든 좋으니까 자기에게만 있는 것을 키워나가라, 그리고 자립하
라는 말을 귀가 따갑게 들었습니다. 규율은 느슨하고 학생들은 자율성
에 따라 행동하도록 되어 있었습니다. 치어걸부가 소품용 대학생이 될
수 있는 것도, 골프부가 고급 컨트리클럽에서 골프 대회를 여는 것도,
내부 학생이 외부 학생을 차별하는 것도, 전부 이 자율성에 맡겨놓은
결과인 것입니다.

　게다가 교사들 대부분이 Q학원 출신자로 구성되어 있었기 때문에
학원의 교육 이념은 이 순수 배양된 교사들에 의해서 관념적인 의미를
상실했고, 대신 이 학교는 '뭘 하든 상관없다'는 것을 우리에게 가르쳐

주었던 것입니다. 훌륭한 가르침이라고 생각하지 않나요? 그 이념은 나와 미쓰루가 은밀히 신봉하고 있는 것이기도 했지요. 나는 악을, 미쓰루는 두뇌를. 우리는 서로 장점을 늘리고 키워나가서 이 더럽고 흐려진 세계로부터 자립하려고 했던 것입니다.

어머니는 내 안에서
죽은 지 오래

어머니의 죽음을 알리는 전화가 걸려온 것은 7월에 막 들어선 어느 비 오는 이른 아침이었습니다. 나는 도시락을 싸놓고 아침 식사 준비를 하고 있던 참이었습니다. 빵을 구워 냉장고에서 갓 꺼내 아직 녹지 않은 버터 덩어리를 그 위에 열심히 바르고 있었습니다. 홍차와 잼을 바른 토스트. 우리의 아침 식사는 언제나 똑같은 메뉴였습니다.

외할아버지는 여느 때처럼 베란다에 나가서 분재와 대화를 하고 있었습니다. 장마 기간에는 분재에 벌레가 생기거나 곰팡이가 피는 등 문제가 속출한다고 합니다. 외할아버지는 비가 내리는 동안 줄곧 안절부절못해서 전화벨이 울리는 것도 알아차리지 못했습니다.

"힘이 없어 보이는구나. 어쩔 수 없겠지. 이렇게 매일 비가 내리니까 너희도 살맛이 안 날 거야. 하지만 뿌리부터 썩어서는 안 돼. '기운'도 썩어버리니까 말이야. '기운'이 언제까지나 있을 것이라고 생각하면 안 돼. 이런 일로 져버린다면 나도 우울해질 거야."

버터가 빵의 열기에 녹아서 누런 막이 생기면 다음엔 딸기잼을 발랐습니다. 검은 딸기 씨가 골고루 퍼지면서도 빵 가장자리로 삐져나오지 않도록 조심해서 발라야 했습니다. 그 와중에 시기적절하게 립톤 티백을 컵에서 꺼내야 하기 때문에 굉장히 바빴습니다. 나는 외할아버지에게 소리를 질렀습니다.

"외할아버지!"

외할아버지는 고개를 돌려 나를 보았습니다. 나는 전화기를 가리켰습니다.

"전화 좀 받으세요. 어머니한테서 온 전화면 학교에 갔다고 하세요."

밖은 잿빛으로 뿌옇게 흐리고 건너편 공영주택의 2층도 보이지 않을 만큼 비가 억수같이 내렸습니다. 어두워서 아침부터 전등을 켠 방은 밤도 아니고 아침도 아닌, 왠지 모르게 기묘한 느낌이었습니다. 내가 어머니로부터 온 전화일 거라고 생각한 이유는 스위스와의 시차가 7시간이기 때문이었습니다. 여기가 아침 7시면 저쪽은 밤 12시. 그래도 이처럼 이른 시간에 전화가 오는 경우는 좀처럼 없는 일이니 유리코가 죽은 건 아닐까 하고 가슴이 두근거렸던 기억이 납니다. 외할아버지는 한참 만에 수화기를 들었습니다.

"네, 그렇습니다. 아아, 감사합니다. 정말 오래간만입니다. 그때는 참으로 너무 폐를 끼쳤습니다."

외할아버지는 제대로 대화를 잇지 못했습니다. 당황하는 그 모습을 보고 우리 학교에서 걸려온 전화일지도 모른다고 생각한 나는, 황급히 티백을 접시 위에 내려놓았습니다. 홍차가 아직 옅어서 '아차, 또 실수했군' 하고 생각하고 있는데 외할아버지가 아연실색한 얼굴로 나를 불렀습니다.

"네 아버지다. 너에게 할 얘기가 있다고 하는구나. 무슨 소리인지 종잡을 수가 있어야지. 내게는 먼저 얘기할 수 없는 중대한 용건이라나 뭐라나."

아버지에게 직접 전화를 받은 적은 한 번도 없었습니다. 더 이상 학비를 보내지 않겠다고 말하려는 것은 아닐까요? 나는 무슨 말을 듣더라도 받아들일 준비를 했습니다.

"지금부터 하는 말에 충격을 받을지도 모르지만 어쩔 수가 없구나. 우리도 괴롭지만 모두 참고 견디는 상황이니까, 이건 가족의 비극이라고 생각해라."

짐짓 거드름 피우느라 서론이 길어지고 말을 전하려는 상대의 우선순위를 엄밀하게 따지는 것은 아버지의 특징이었습니다. 더구나 일본을 떠나 있었던 탓인지 일본말도 상당히 서툴러졌습니다. 나는 애가 타서 말을 가로챘습니다.

"대체 무슨 일이에요?"

"조금 전에 네 어머니가 죽었단다."

아버지의 목소리는 침울하면서도 묘하게 들떠 있어서 지금 당신의 마음이 얼마나 혼란스러운지 보여주고 있었습니다. 수화기 반대쪽은 쥐 죽은 듯 고요하고, 유리코의 목소리도 아무것도 들리지 않았습니다. 나는 마음의 평정을 유지한 채 물었습니다.

"어떻게 돌아가셨어요?"

"자살했다. 조금 전에 내가 집에 돌아오니 네 어머니는 벌써 침대에서 자고 있더구나. 눈을 뜨지 않아서 이상하다고 생각했지만 그런 일이 종종 있었고 최근에는 그다지 말도 잘 안 해서 그러려니 했다. 나중에 옆에 갔다가 숨을 쉬지 않는 것을 보고 죽었다는 것을 알았어. 낮에 다량의 수면제를 먹은 것 같다고 의사가 말하더구나. 사망 시간은 7시경이라고 한다. 아무도 없을 때 죽었다고 생각하니 정말 괴롭구나." 아버지는 서툰 일본어로 더듬더듬 얘기하고는 마침내 목이 메어버렸습니다. "설마 자살하리라고는 생각지 못했다. 내가 못된 놈 같잖니?"

나는 냉담하게 말했습니다.

"아버지가 잘못했잖아요? 억지로 스위스로 데리고 갔으니까요."

내 말에 아버지는 화를 냈습니다.

"네 어머니와 내 사이가 나쁘다고 나를 비난하는 거냐? 나에게 죄를 인정하란 말이냐?"

"그렇기도 하지만요."

약간의 침묵이 흐른 후, 아버지는 노여움이 서서히 가라앉고 슬픔이 솟구쳐 오른 모양이었습니다.

"아아, 18년이나 함께 살아왔는데 먼저 죽다니, 도저히 믿을 수가 없구나."

"정말 충격이네요."

아버지는 문득 이상하다는 듯이 물었습니다.

"너는 어머니가 죽었다는데 슬프지도 않니?"

슬프지 않았습니다. 이상하게도 내 마음속에서 어머니는 이미 훨씬 전에 죽은 사람이었던 것입니다. 어렸을 때부터 상실감을 안고 살았기 때문에 3월에 스위스로 떠나는 어머니를 배웅할 때에도 특별히 슬프다거나 쓸쓸하다는 감정은 없었습니다. 어머니가 죽었다는 말에 좀 더 멀리 가버렸구나 하는 생각은 있었지만, 슬픔과는 다른 감정이었습니다. 하지만 그런 말을 아버지에게 해보았자 달라질 것은 아무것도 없었습니다.

"물론 슬퍼요."

아버지는 그 말을 듣고 일단 납득을 한 것 같았습니다. 갑자기 목소리에서 힘이 빠졌습니다.

"나는 충격을 받았다. 유리코도 그렇고 조금 전에 돌아서는 놀라더구나. 지금은 방에서 울고 있을 게다."

"유리코는 왜 그렇게 늦게 돌아온 거죠?"

나는 뜻하지 않게 힐문하고 있었습니다. 유리코가 집에 있었더라면 어머니를 좀 더 일찍 발견할 수 있었을지도 몰랐습니다.

"그 애는 데이트 중이었단다, 카알의 아들 친구하고. 나는 공장 업무가 바빠졌기 때문에 아무리 해도 일찍 올 수가 없었어."

아버지는 변명을 했습니다. 아버지의 일본어 실력이 갑자기 줄어든 것을 보더라도 아버지와 어머니는 자주 얘기를 나누지 않은 것 같았습니다. 아마 어머니는 고독했을 거예요. 하지만 나는 아무 생각도 나지 않았습니다. 고독을 견디지 못하는 사람은 죽을 수밖에 없는 것입니다.

"장례식 말인데, 베른에서 치를 거니까 너도 오너라. 하지만 외할아버지 여비는 없다. 그건 내가 직접 설명하도록 하마."

"죄송하지만 저는 기말시험 때문에 갈 수 없어요. 나 대신 외할아버지가 가게 해주세요."

"어머니와 마지막 작별도 하지 않겠다는 거냐?"

벌써 했으니까 괜찮아요, 어렸을 적에요.

"나는 됐어요. 잠깐 기다리세요. 외할아버지를 바꿔줄게요."

상황을 대충 파악한 듯 외할아버지는 굳은 표정으로 전화를 받았습니다. 그리고 아버지와 사무적인 것을 의논했습니다. 장례식에 참석하는 것은 사양하더군요. 나는 식어버린 토스트를 먹고 연한 홍차를 쭉 들이켰습니다. 어젯밤에 먹다 남은 것으로 만든 도시락을 손수건에 싸고 있는데 외할아버지가 부엌으로 들어왔습니다. 노여움과 슬픔으로 얼굴이 창백해져 있었습니다.

"저 녀석이 죽인 거야!"

"저 녀석이라니요?"

"네 아버지지 누구긴 누구야? 장례식에 참석하고 싶지만 갈 수가 없구나. 정말이지 한심스러워. 외동딸의 장례식에도 갈 수가 없으니!"

"가시면 되잖아요?"

"안 돼. 나는 가석방 중이란 말이야. 아아, 완전히 외톨이가 되어버렸구나!" 외할아버지는 부엌 마룻바닥에 털썩 주저앉아서 엉엉 울기 시작했습니다. "마누라도 딸도 먼저 떠나버리다니, 무슨 놈의 인생이 이러나!"

나는 한참 동안 외할아버지의 가느다란 어깨에 손을 얹고 살며시 흔들어주었습니다. 손에서 포마드 냄새가 날 것 같았지만 상관하지 않았습니다. 그렇습니다. 나는 외할아버지에게 애정 같은 것을 느끼고 있었던 것입니다. 외할아버지는 나를 자유롭게 해주었기 때문이지요.

"불쌍한 외할아버지. 하지만 분재가 있잖아요."

외할아버지는 퍼뜩 정신을 차리셨습니다.

"네 말이 맞다. 이런 상황에서도 침착할 수 있다니, 참 훌륭하구나. 너는 정말 의지가 굳은 아이다. 나는 이미 늙었으니 너를 의지하고 살아야겠구나."

그건 이미 오래전부터 다 알고 있었던 사실입니다. 나와 함께 생활한 지 4개월. 외할아버지는 가사나 심부름센터의 일, 그리고 공영주택 안에서의 교제도 모두 나에게 의지하기 시작했습니다. 본인은 모든 것을 잊은 채 분재만 가꾸고 싶어서 견딜 수가 없었으니까요.

나는 빠르게 머리를 굴려 다음 계획을 짜고 있었습니다. 앞으로 내가 스위스로 불려갈 경우가 생기면 어떻게 대처할까, 아니면 아버지와 유리코가 귀국해서 함께 살자고 하면 어떻게 할 것인가에 대해서요.

하지만 양쪽 모두 절대로 있을 수 없는 일입니다. 아버지와 유리코는 어머니가 없는 베른에서 지금까지 그래 왔던 것처럼 살아갈 것이고, 유리코와 사이가 나쁜 나를 불러들이는 일은 없을 거예요. 어머니의 편지에서도 알 수 있는 것처럼, 아마 베른에서 어머니는 가족들 중 유일한 동양인으로서 고독했을 것입니다. 나는 가지 않기를 잘했다며 다시 가슴을 쓸어내렸습니다.

그러나 안심하기에는 아직 일렀습니다. 왜냐하면 바로 그 직후에 유리코에게서 전화가 걸려왔기 때문입니다.

"여보세요, 언니?"

오랜만에 듣는 유리코의 목소리였습니다. 유리코는 누군가에게 들리는 것이 두려운 듯 목소리를 죽였기 때문에 어른스럽게 들렸습니다. 나는 시간이 없었기 때문에 애가 탔습니다.

"빨리 학교에 가야 할 시간이야, 왜 그래?"

"어머니가 죽었다는데도 학교에 가겠다는 거야? 언니, 너무 냉정한 거 아냐? 게다가 장례식에도 오지 않는다고 들었어. 그게 정말이야?"

"그래, 이상하니?"

"당연하지. 상喪을 치러야 한다고 아버지가 말했잖아, 나는 한동안 학교도 쉬고 장례식에도 참석할 거야."

"좋을 대로 하렴. 나는 학교에 가야겠어."

"어머니가 불쌍해!"

유리코는 비난을 담아서 말했습니다. 나 역시 무슨 일이 있어도 꼭 학교에 가고 싶었던 것은 아닙니다. 그러나 이유가 있었습니다. 내가 부추긴 이후로 숱한 고민을 한 끝에 가즈에가 치어걸부의 가입 차별 문제를 오늘에라도 H.R. 시간에 제기하려고 하고 있었기 때문입니다. 그런 말을 하는 학생은 Q여고 개교 이래 가즈에가 처음이 아닐까요? 이런 일대 사건에 동참할 수 없다면 정말로 억울하지 않겠습니까?

어머니의 죽음보다 그쪽이 더 중요하다는 경중의 문제가 아닙니다. 다만 내가 힌트를 준 일을 가즈에가 어떻게 처리하는지 마지막까지 지켜보고 싶었던 것입니다. 어머니의 죽음은 이미 끝난 일입니다. 내가 학교를 쉰다고 해서 어머니가 살아 돌아오는 것도 아닙니다. 그렇지만 나는 유리코에게 어머니에 대해서 묻고 있었습니다.

"최근에 어머니가 이상한 행동을 한 적은 없니?"

"응, 노이로제였어." 유리코는 울음 섞인 목소리로 대답했습니다. "쌀값이 비싸다고 불평을 하면서도 매일 밥을 엄청나게 많이 지어서는 남기는 거야. 아버지가 싫어한다는 걸 알고 일부러 그런 거겠지. 또 비고스 같은 것은 만들지도 않았어. 그런 것은 돼지에게나 먹여라 하고 중얼거린 적도 있어. 외출도 하지 않고, 얼마 전에는 불도 켜지 않은 어두운 방 안에서 꼼짝도 하지 않은 채 앉아 있었어. 내가 집에 돌아와서 아무도 없는 줄 알고 불을 켰더니 어머니가 테이블 앞에 앉아서 눈을 커다랗게 뜨고 있었어. 얼마나 무서웠는지 몰라. 나를 뚫어질 듯 노려보면서, 너는 누구와 누구의 아이지? 하고 물어본 적도 있어. 솔직히 말해서 나와 아버지에게 어머니는 좀 처치 곤란이었어."

"편지를 받았는데 왠지 좀 이상해서 말이야."

"편지를 보냈어? 뭐라고 써 있었는데?"

유리코는 궁금한 모양이었습니다.

"별로 대단한 것은 아니야. 그것보다 왜 전화했니?"

"의논할 게 있어서."

별 신기한 일도 다 있다고 생각하며 나는 조심스러워졌습니다. 불길한 예감이 들어서 견딜 수가 없었습니다. 밖은 한층 더 어두워지고 비는 더 세차게 내렸습니다. 이래서는 역에 도착하기도 전에 흠뻑 젖을 것 같았습니다.

나는 학교에 가는 것을 포기하고 방바닥에 털썩 주저앉았습니다. 외할아버지는 두 평짜리 방에 온통 신문지를 깔아놓고 베란다에서 분재를 옮기고 있었습니다. 문을 활짝 열어놓았기 때문에 빗소리가 요란스럽게 방 안에 울려 퍼졌습니다. 나는 크게 소리 내서 물었습니다.

"빗소리 들리지? 굉장히 시끄러워."

"안 들려. 아버지의 울음소리 들려? 시끄러워 죽겠어."

"안 들려."

우리는 1만 킬로미터나 떨어져서 전화선 하나로 기묘한 얘기를 나누고 있었습니다. 몇 시간 전에 어머니를 잃은 두 자매가.

유리코가 말했습니다.

"언니, 난 어머니가 죽은 이곳에 더 이상 있고 싶지 않아."

"어째서?"

나는 외쳤습니다.

"그야 물론 아버지는 틀림없이 재혼을 할 테니까. 나는 다 알고 있어. 아버지는 공장의 젊은 여공과 사귀고 있어. 터키인 여자야. 아버지는 아무도 눈치 채지 못했을 거라고 굳게 믿고 있지만, 카알 숙부와 앙리도 다 알고 있어. 앙리가 그러는데, 그 터키 여자는 임신한 것이 틀림없대. 그러니까 곧 재혼할 거야. 그렇게 되면 나는 여기 있을 수 없다고. 일본으로 돌아갈 거야."

나는 깜짝 놀라 일어났습니다. 유리코가 돌아온다니! 간신히 헤어졌다고 생각했는데, 그건 고작 4개월간뿐이었습니다.

"어디서 살 생각인데?"

"거기는 안 되겠어?"

유리코가 아양을 떠는 듯이 말했습니다. 나는 어깨에 비를 맞으며 분재를 방 안으로 옮기고 있는 외할아버지의 뒷모습을 바라보면서 분명히 대답했습니다.

"절대로 안 돼."

공범들의 미소

　비가 억수같이 쏟아지는 가운데 나는 버스 정류장까지 필사적으로 걸어가고 있었습니다. 약간 경사진 아스팔트 도로의 가장자리를 빗물이 수로라도 뚫을 것처럼 기세 좋게 흘러가고 있었습니다. 잘못해서 그 안으로 발을 헛딛기라도 하면 당장 종아리까지 흠뻑 젖을 것만 같았습니다.

　푸른색 3단 우산은 비를 머금어 묵직해졌고 우산 자루를 타고 내려온 빗물이 내 손목을 적시고는 교복 블라우스 소매를 타고 팔 안쪽까지 흘러내려 갔습니다. 그 차가운 감촉. 늘 타고 다니는 버스가 내 앞으로 추월해 갔습니다. 뒤에서 보는 버스 유리창은 승객들이 내뿜은 숨결로 하얗게 흐려져 있어서 온도가 높아져 불쾌해진 차 안을 연상할 수 있었습니다.

　다음 버스는 몇 시일까요? H.R. 시간에 맞출 수 있을까요? 하지만 사실 나는 그런 것 따위는 아무래도 좋았습니다. 유리코가 전화로 말한 내용이 머릿속에서 빙빙 맴돌아서 어떻게 하지, 어떻게 하면 좋지 하고 그것만 생각하고 있었기 때문입니다.

갈 곳이 없어진 유리코가 일본으로 돌아온다면 또다시 자매끼리 살지 않으면 안 됩니다. 우리 집은 거의 친척이 없는 집안이라 유리코가 의지할 곳은 외할아버지 집밖에 없었습니다. 그 좁은 집에서 유리코와 함께 살아야 하다니! 생각만 해도 소름이 끼쳤습니다. 아침에 일어나면 옆 이부자리에서 유리코가 자고 있다가 빛없는 눈동자로 나를 쳐다보거나 외할아버지와 유리코와 셋이서 홍차와 잼 바른 토스트로 아침 식사를 해야 할 것입니다.

유리코는 외할아버지에게서 싸구려 포마드 냄새가 난다고 싫어할 것이고 외할아버지가 아끼는 분재가 공간만 차지한다고 화를 낼 것이며 공영주택에서 서로 도와가며 살아야 하는 생활을 귀찮아할 것입니다. 그리고 언제나 주위 사람들에게 주목받는 유리코는 틀림없이 공영주택 안에서도, 근처의 상점가에서도 비상한 관심을 모으게 될 것입니다. 나와 외할아버지가 원만하게 살아가던 생활은 균형이 깨져서 외할아버지는 다시 범죄자가 될지도 모릅니다.

하지만 무엇보다도 싫었던 것은 내가 다시 괴물 유리코에게 눈길을 빼앗기게 되는 것이었습니다. 그렇습니다. 나는 유리코의 미모에 중독되어 있었습니다. 그런 미모의 사람이 거기에 존재하고 있다는 것에 대한 경이와 불안. 유리코는 존재만으로도 기분 나쁜 아이입니다. 그것은 참으로 이상한 감정이었습니다. 유리코는 누구보다도 아름답지만 누구보다도 추합니다. 나의 감정은 유리코가 있는 한 높은 산꼭대기에 올라갔다 싶으면 다음 순간에는 깊은 골짜기 밑바닥으로 가라앉아서 한 번도 안정된 적이 없었습니다. 그래서 나는 유리코가 죽도록 싫은 것입니다. 갑자기 나는 자살한 어머니를 생각해냈습니다.

"그 사람들은 나같이 못생긴 동양인이 유리코처럼 예쁜 아이를 낳았다는 것이 불쾌한 모양이더구나."

어머니가 죽음을 선택한 이유는 고독이라는 병 때문도, 아버지의 바람기 때문도 아니라, 유리코의 존재 자체였는지도 모릅니다. 유리코가 귀국한다는 말을 듣고 바로 조금 전까지 무엇 때문에 이렇게 빨리 자살했냐고 어머니를 원망하고 바람을 피운 아버지를 증오하면서 머릿속에서 까닭을 알 수 없는 분노가 소용돌이치고 있었지만, 갑자기 어머니가 불쌍해지면서 처음으로 친근감을 느꼈습니다. 눈물이 솟구쳤습니다. 네, 나는 빗속에서 처음으로 어머니의 죽음에 대해서 눈물을 흘렸는데, 믿을 수 없을지도 모르지만 그때는 열여섯 살이었습니다. 나에게도 그런 감상적인 마음이 조금은 있었던 거지요.

그때, 뒤에서 쏴아 하고 물을 가르는 자동차 소리가 들려왔습니다. 나는 물이 튀는 것이 싫어 이불 가게의 처마 밑으로 뛰어가 자동차가 지나가기를 기다렸습니다. 그 승용차는 우리 동네 근처에서는 한 번도 본 적이 없는 엄청나게 크고 검은 차로, 마치 정부의 고관들이 타는 것과 같은 종류였습니다. 지금 P구의 구청장도 타고 다니는 차로 알고 있는데, 그 차가 내 옆에 딱 멈춰 서더니 창문이 스르르 열렸습니다.

"타지 않을래?" 미쓰루가 쏟아져 들어오는 비에 얼굴을 찌푸리며 말했습니다.

"빨리 빨리!"

놀라서 망설이는 나에게 미쓰루가 손짓을 했습니다.

나는 황급히 우산을 접고 반사적으로 올라탔습니다. 넓은 차 안은 추울 정도로 에어컨이 켜져 있고 싸구려 방향제 냄새가 났습니다. 운전사가 있는가 생각했더니 의외로 머리가 헝클어진 아주머니가 운전을 하고 있었습니다. 아주머니가 고개를 돌려 내 얼굴을 보았습니다.

"네가 P구의 공영주택에서 살고 있는 애냐?"

낮고 갈라지고 그렁그렁한, 귀에 거슬리는 목소리였습니다.

"네."

"엄마, 그건 실례잖아요."

미쓰루가 나의 젖은 교복을 손수건으로 닦아주면서 한마디 했습니다. 아주머니는 사과하지도 웃지도 않은 채 전방의 신호만 응시하고 있었습니다. 이 사람이 미쓰루의 어머니구나. 나는 언제나 인간관계, 그중에서도 유전자의 작용에 관심이 많았기 때문에, 미쓰루의 어디가 어머니와 닮았을까 하고 아주머니를 주의 깊게 관찰했습니다. 파마가 풀려 손질이 잘 안 된 머리카락, 화장기 없는 갈색 피부, 평상복이라기보다는 잠옷 같은 회색 옷. 발은 보이지 않았지만 틀림없이 양말에 슬리퍼, 아니면 지저분한 운동화를 신었을 것입니다.

나는 미쓰루의 얼굴과 비교해 보면서 정말로 이 사람이 미쓰루의 엄마란 말이야? 우리 엄마보다 형편없잖아, 하고 낙담하고 있었습니다. 미쓰루는 내 시선을 느끼고 얼굴을 들었습니다. 눈이 마주쳤습니다. 미쓰루는 체념한 듯 고개를 흔들었습니다. 아주머니가 미쓰루와는 전혀 닮지 않은 작은 치아를 드러내 보이며 웃었습니다.

"참 신기하기도 하지. 여기서 그 학교에 들어가다니!"

미쓰루의 어머니는 무엇인가를 버린 사람이었습니다. 그 무엇인가는 이제야 알게 되었지만, 아마도 평판이나 사회적인 명성일 것입니다. 나는 입학식 때 Q여고의 부모들을 얼핏 보았는데 다들 풍족하지만 그 풍족함을 나누어주는 데 무심한 사람들이었습니다. 혹은 겉으로는 숨기면서 속으로는 과시하는 기술을 연마하고 있다고 할까요? 어느 쪽이든 간에 그 자리에서 통용되고 있는 공통 언어는 풍족함이었습니다.

하지만 미쓰루의 어머니는 일찌감치 그런 것을 단념했거나 그만두었던가 관여하지 않았던 것입니다. 그렇다고 고등부에 들어온 학생의 부모들처럼 지성을 자랑하는 회사원의 가족으로도 보이지 않았습니다.

미쓰루의 어머니에게서는 풍족함과는 다른, 보다 알기 쉬운 돈이나 보석, 집 같은 현세적인 행복의 냄새가 났습니다.

나는 미쓰루에게서 어머니가 P구에 살고 있다는 것을 숨기라고 시켰다는 사실을 들었기 때문에 무척이나 의외였습니다. 좀 더 허영을 부리며 살고 있는 사람이라고 착각했던 것입니다. 내 마음을 재빨리 알아차린 미쓰루가 반격했습니다.

"너 울고 있었니?"

나는 대답하지 않고 미쓰루의 눈을 마주 바라보았습니다. 미쓰루의 눈은 전에는 본 적 없는 장난기로 가득 차 있었습니다. 악마가 보였습니다. 나는 미쓰루의 약점을 잡은 것 같은 느낌이 들었으나, 미쓰루는 그런 자신을 수치스럽게 생각했는지 얼른 얼굴을 숙였습니다.

"조금 전에 어머니가 돌아가셨다는 전화를 받아서."

미쓰루는 어두운 얼굴이 되어 자신이 말한 것을 주워 담고 싶다는 듯이 손가락으로 입술을 꼬집었습니다. 하지만 어차피 그 버릇, 커다란 앞니를 손톱으로 톡톡 때리는 그 버릇대로 한 것일 뿐이겠지요. 나는 미쓰루와 싸우기라도 해야겠다는 생각을 하고 있었으나 미쓰루는 바로 사과를 했습니다.

"미안해."

"어머니가 돌아가셨다고?"

운전석에서 미쓰루의 어머니가 고개를 돌려 그다지 대단한 일은 아니라는 듯 무덤덤한 목소리로 물었습니다. 싸움은 아주머니 쪽으로 인계된 느낌이었습니다. 아주머니의 말투는 난폭해서, 솔직하고 노골적이고 이름보다는 실속을 차리는 외할아버지의 주변 사람들과 꼭 닮았습니다.

"네."

"연세가 어떻게 되시는데?"

"쉰 정도요. 아직 마흔여덟이시던가?"

나는 어머니의 정확한 나이를 몰랐습니다.

"그럼 나하고 비슷한 나이네. 왜 죽었는데?"

"자살하셨어요."

"원인이 뭐지? 설마 갱년기 때문은 아닐 테지."

"모르겠어요."

"어머니가 자살했으니 자식도 난처하겠군."

말 그대로였습니다. 내 기분을 알아맞힌 미쓰루의 어머니에게 감사하고 싶을 정도입니다.

"그러면 상중인 거잖아? 쉴 수 있는데 학교에 왜 가지?"

아주머니는 방향 지시등을 난폭하게 끌어내리면서 혼잣말을 했습니다.

"네. 하지만 어머니는 외국에서 돌아가셔서 집에 있어도 할 일이 없어서요."

"그래도 이런 빗속을 무리해서 나올 것까지는 없잖아?"

아주머니는 자동차의 앞 유리창을 손으로 가리켰습니다. 빗줄기가 너무 굵어서 자동차들은 모두 서행을 하고 있었습니다. 아주머니는 백미러로 내 얼굴을 바라보았습니다. 움푹하고 날카로운 눈이 나를 구석구석 관찰하고 있었습니다.

"오늘 아침에는 꼭 학교에 가고 싶어서요."

그 이유는 가즈에가 치어걸부 지원자 차별 문제를 어떻게 풀어갈 것인가 궁금해서였지만, 쓸데없는 말을 할 필요는 없어서 잠자코 있었습니다. 아주머니는 금세 어머니의 상에 대한 문제에 관심을 잃은 것 같았습니다.

"혹시 너 혼혈아 아니니?"

"엄마, 그런 건 아무래도 상관없잖아요." 미쓰루가 참다못해 끼어들었습니다. 아니나 다를까, 앞니를 손톱으로 톡톡 두드리는 소리가 딱따구리 소리처럼 빠르게 들려왔습니다. "어머니가 돌아가신 지 얼마 되지도 않은 애한테 쓸데없는 건 물어보지 말라고요."

하지만 아주머니는 미쓰루의 말은 귀담아듣지 않았습니다.

"그런데 외할아버지하고 함께 살고 있다면서?"

"네."

우산에서 빗물이 떨어져 차 바닥을 적셨습니다. 바닥에는 두꺼운 회색 카펫이 깔려 있었는데 음료수를 쏟은 자국 같은 검은 얼룩이 여기저기에 나 있어서 어딘지 모르게 지저분한 인상이었습니다.

"외할아버지는 일본인이겠지?"

"네."

"어머니가 일본인인가? 너는 일본인과 어느 나라 사람의 혼혈아지?"

내가 어째서 이 정도로 미쓰루 어머니의 관심을 끄는 것일까요? 하지만 나는 미쓰루의 어머니의 질문에 차츰 마음이 편해지고 있음을 깨달았습니다. 누구나 다 나에게 물어보고 싶어 하면서도 물어보지 않거든요.

"폴란드계 스위스인요"

"근사하구나."

어머니는 비웃듯이 말했으나 그다지 악의는 없는 것 같았습니다. 미쓰루가 내 귀에 속삭였습니다.

"미안해. 우리 엄마, 너무 무례하지? 그렇지만 나름대로는 신경을 쓰고 있는 거야."

"신경 안 써." 아주머니가 돌아보았습니다. "넌 아주 강해 보이는구나.

미쓰루 같은 애는 공부벌레에다 매력이 없단다. 도쿄대 의학부에 간다고 설치기만 하고 고집쟁이야. 남한테 지거나 바보 취급당하는 걸 싫어하지. 그리고 그것뿐이야. 이 동네가 싫다고 아파트를 빌리겠다고 말한 것도 저 애라니까. 중등부 때 엄청나게 따돌림을 당했기 때문에 무장하고 있는 거란다. 그때 깨끗이 그만두게 했으면 좋았을걸."

나는 미쓰루에게 지나가는 말처럼 물었습니다.

"왜 따돌림을 당했는데?"

"보나마나 내가 술집을 하고 있었기 때문일 거야."

아주머니가 대답을 하고 나서 수도고속도로로 들어섰습니다. 도로가 정체로 꽉 막혀 있었습니다. 미쓰루는 잠자코 고개를 숙이고 있었으나 학교에 가까워질수록 얼굴이 창백해지는 것을 알 수 있었습니다.

교문 바로 앞에서 아주머니는 차를 세웠습니다. 자가용으로 통학을 하는 학생은 미쓰루 말고 여러 명 있었지만 모두 교문에서 떨어진 곳에 차를 세웠습니다. 하지만 미쓰루의 어머니는 값비싼 돌로 만들어진 교문 앞에 차를 바짝 대서 의식적으로 등교하는 학생들의 호기심 어린 시선을 끌었습니다. 미쓰루의 상처를 도려내듯이 일부러 싫어하는 짓을 하는 것입니다. 인사를 하는 나에게 아주머니가 말했습니다.

"시간 있으시면 외할아버지께 우리 가게에 놀러 오시라고 말씀드려라. 싸게 해드릴 테니까. 역 앞에 있는 '블루 리버'란다."

그때는 잘 몰랐지만 그 가게는 대중적인 룸살롱 체인점이었습니다.

"거기에는 분재가 있어요?"

"왜?"

"외할아버지는 여자보다 분재를 더 좋아하니까요."

나의 농담에 아주머니는 어리둥절해서 고개를 갸우뚱했습니다. 그녀가 무엇인가 말하는 듯했지만 미쓰루가 힘껏 문을 닫는 소리 때문에 들리지 않았습니다. 우산을 펴기 위해 멈춰선 나에게 미쓰루가 우산을 받쳐주었습니다. 도심에 들어서면서부터 빗줄기는 약간 가늘어져 있었습니다.

"우리 엄마 좀 괴짜지? 위압적이고. 나는 저런 사람은 딱 질색이야. 일부러 남이 싫어하는 소리를 골라서 하는 사람은 약한 인간이라고 생각하지 않니?"

미쓰루는 냉정한 어조로 말했습니다. 나는 고개를 끄덕였습니다. 하지만 나는 절대로 미쓰루의 어머니가 마음에 들지 않는다든가 약하다고는 생각하지 않았습니다. 다만 미쓰루에게 이상적인 어머니가 아니라는 것만은 잘 알 수 있었어요. 그것은 나도 마찬가지였습니다. 자식은 부모를 선택할 수 없습니다. 그러니까 미쓰루가 중등부 때의 따돌림 때문에 무장하고 있는 것은 동시에 어머니에 대한 무장이기도 했을 것입니다. 나는 미쓰루의 어머니를 만나고 나서 미쓰루를 좀 더 깊이 이해하게 되었습니다. 그런데 어머니가 자살한 그날 미쓰루의 어머니를 만난 것은 어떤 인연이기도 했습니다. 그것도 차차 얘기하겠습니다. 미쓰루가 걱정된다는 듯이 물었습니다.

"넌 어머니가 자살했는데 아무렇지도 않니?"

"아무렇지도 않아. 훨씬 전에 헤어진 느낌이니까."

나보다 키가 15센티미터나 작은 미쓰루는 우산 속에서 나를 올려다보았습니다.

"그렇구나. 사실 나도 엄마하고는 오래전에 결별했거든. 지금은 저렇게 이용하고 있을 뿐이야."

"알고 있어."

"넌 참 이상한 애야." 미쓰루는 한순간 내 얼굴을 보았으나, 자신에게 손을 흔드는 친구를 보고 그쪽으로 가려고 했습니다. "가봐야겠어."

"잠깐 기다려!"

나는 미쓰루의 교복 블라우스를 붙잡았습니다. 미쓰루가 돌아보았습니다.

"너는 따돌림을 당했을 때 무장했다고 했잖아, 어떻게 한 거니?"

"내 경우는." 미쓰루는 친구들에게 먼저 가라고 신호를 보냈습니다. "노트를 빌려줬어."

분명히 시험 때 내부 학생들이 복사한 노트를 돌리는 장면을 여러 차례 목격한 적이 있습니다. 도대체 누가 그런 기특한 일을 하고 있는 것일까 하고, 나는 내심 이상하다고 생각했습니다. 고등부에 입학한 애들은 자기 공부만 하는 것도 벅찼을 테니까요. 처음부터 경쟁을 통해 들어온 학생들이니 경쟁 상대를 도와주는 것 따위는 생각도 하지 않을 텐데 말입니다.

"하지만 그렇게 하면 네가 이용당하지 않니? 괴롭히는 애들에게 친절하게 대할 필요 없잖아."

미쓰루는 커다란 앞니를 손톱으로 톡톡 두드렸습니다.

"너에게만 알려주는 건데, 내가 모두에게 빌려주는 노트는 진짜 노트가 아니야."

"그게 무슨 말이니?"

"내 노트는 좀 더 충실한 편이지. 그러니까 이중 노트를 만든 거야. 애들에게 빌려주는 쪽은 중요한 것을 아주 조금만 써넣는 거야. 어차피 그 애들은 알아챌 수 없을 테니까."

미쓰루는 부끄러운 일을 고백하듯 소리를 죽였지만 그 목소리에는 여유가 감돌고 있었습니다.

"그 애들의 뻔뻔스러움은 정말 어처구니가 없어. 나를 괴롭히는 주제에 노트를 빌리는 게 당연하다고 생각하거든. 그렇게 염치없는 애들에게 대항하려면 거래를 해서라도 자기주장을 할 수밖에 없는 거야. 나는 노트를 빌려줄 테니 나를 괴롭히는 것을 그만두라고 조건을 제시했어. 그 애들은 이해가 빨라. 내가 일방적으로 괴롭힘을 당하는 나약한 애가 아니고 이용 가치가 있다는 걸 깨달은 순간, 타깃을 다른 애로 옮기더라고."

"그 애들이 고맙게 여기고 있는 노트는 네 진짜 노트가 아니란 말이지?"

나는 엉겁결에 웃음을 터뜨리고 말았습니다. 미쓰루는 애매하게 미소를 짓고 어깨를 으쓱했습니다.

"너는 중등부의 따돌림을 잘 모를 거야. 그건 처참해. 초등부에서 들어온 애들은 6년 동안 같은 반이어서 동료 의식이 강하고 뭉치고 싶어하거든. 그러니까 중등부에서 들어온 애들 가운데서 따돌릴 대상을 찾는 거야. 일단 타깃이 되면 그것으로 끝장이야. 지옥 같은 학교생활이 기다리고 있지. 나는 1년 동안 아무하고도 말하지 못했어. 내가 이야기를 나눌 수 있던 사람은 선생님과 구내매점의 아주머니뿐이었어. 중등부에서 들어온 애들도 함께 가세해 괴롭혔어. 왜냐하면 똑같이 외부 학생을 괴롭히고 있다는 것으로 내부 학생에 동화될 수 있거든."

예비종이 울렸습니다. 미쓰루에게 말을 건 동급생은 이미 보이지 않았습니다. 이제 곧 H.R.이 시작될 시간이었습니다. 우리는 교실을 향해 발걸음을 재촉했습니다. 하지만 나로서는 아무리 생각해도 이렇게 귀여운 미쓰루가 따돌림을 당한 이유를 알 수 없었습니다.

"넌 왜 타깃이 된 거니?"

"엄마가 수업 참관을 하러 왔었어." 미쓰루는 내 쪽을 보지 않은 채 퉁명스럽게 말했습니다. "엄마는 학부모회에서 이렇게 인사했어. 딸애가 염원하던 Q학원의 일원이 되어서 기쁩니다. 초등부도 시험을 보았

지만 떨어졌기 때문에 하다못해 중등부에라도 보내는 것이 제 꿈이었
거든요. 공부를 시킨 보람이 있었습니다. 여러분 부디 사이좋게 지내주
세요 하고 말이야. 이것만 들으면 극히 평범한 인사말이잖아? 하지만
다음 날부터 나는 타깃이 되었어. 아침에 학교에 갔더니 칠판에 엄마
그림이 그려져 있었어. 화려하고 새빨간 옷을 입고 다이아몬드 반지를
끼고 굽실거리고 있는 그림. 옆에는 'Q학원의 일원입니다' 하고 씌어
있었어. 그러니까 초등부 입학이건 중등부 입학이건 우리 집 같은 것은
결코 일원이 될 수 없다는 거야."

나는 허식을 던져버리고 체념한 미쓰루 어머니의 얼굴을 떠올렸습
니다. 따돌림으로 상처를 입은 것은 미쓰루가 아니라 어머니였던 것입
니다. 미쓰루의 어머니는 틀림없이 몰랐을 거예요. 이 조그만 사회에
도 엄격한 계급이 존재한다는 것을. 깨달았을 때에는 이미 때가 늦었겠
지요. 여지없이 먹잇감이 되어 모조리 먹혀버릴 수밖에 없는 것입니다.
미쓰루는 다행히도 두뇌로 살아남았지만 어머니는 만회할 기회를 부여
받지 못했습니다. 미쓰루의 어머니는 두 번 다시 학부모회에 얼굴을 보
이지 않았을 것입니다.

"잘 알았어."

"무엇을 알았는데?"

미쓰루는 비로소 내 얼굴을 쳐다보았습니다. 빨간 우산 탓에 미쓰루
의 얼굴이 연분홍으로 희미하게 물들어 무척이나 행복해하는 것처럼
보였습니다.

"네 엄마 말이야."

나는 그 후 '넌 어머니에게 정나미가 떨어졌겠구나' 하고 말하고 싶
었지만 미쓰루는 얼굴을 일그러뜨렸습니다.

"미안해. 어머니가 오늘 돌아가셨다며."

"괜찮아. 어차피 언젠가는 헤어지는 거니까."

"쿨하구나. 멋져."

미쓰루는 즐거운 듯이 웃었습니다. 나와 미쓰루 사이에, 우리밖에 모르는 미묘한 감정이 생겨난 것을 둘 다 알아차렸습니다. 나는 그날부터 미쓰루에게 어렴풋한 연정을 느꼈습니다.

동작이 느린 미쓰루보다 조금 일찍 교실로 들어간 나는 맨 먼저 가즈에를 찾았습니다. 가즈에는 약간 창백하고 긴장된 얼굴로 칠판을 노려보고 있었습니다. 나를 알아본 가즈에가 자리에서 일어나 여느 때처럼 어색한 걸음걸이로 내 자리로 다가왔습니다.

"안녕. 그 일 말인데 오늘 말할 작정이야."

"응, 힘내."

나는 가방의 물방울을 손수건으로 닦아내면서 시큰둥하게 대꾸했습니다. 내심 쇼 시간에 맞춰 온 것에 안도하고 있었습니다.

"너도 한마디 해줘."

가즈에는 내 눈을 들여다보았습니다. 검은 속눈썹이 짙게 난 작은 눈이 이쪽을 응시하고 있습니다. 가즈에의 눈을 마주보고 있으려니 가즈에가 점점 더 싫어졌습니다. 어쩌면 저렇게 고지식하고 바보스러울까? 가즈에는 언젠가 따돌림의 타깃이 될 거라는 생각이 들었습니다. 중등부의 어린애들이 하는 따돌림같이 극성스럽지는 않더라도 이 학교에서 생활하기 힘들어질 거라는 것만은 확실했습니다. 하지만 나는 말리고 싶지 않았습니다. 가즈에가 멀어지면 멀어질수록 나와 미쓰루는 다른 생활방식을 영유할 수 있었기 때문입니다. 그런 사고방식이 못마땅하다고 말씀하시는군요. 그러나 나에게 세상이란 그런 것이었습니다.

"좋아, 응원할게."

나는 마음에도 없는 소리를 했습니다. 가즈에는 안심한 듯이 눈을 번뜩였습니다.

"잘됐어. 넌 뭐라고 할 거니?"

"네가 말하는 것이 옳다고 하면 되잖아?"

"그럼, 내가 발언하고 나면 손을 들어줘."

가즈에는 어쩐지 마음이 놓이지 않는지 급우들을 휙 둘러보았습니다. 착실한 외부 학생들은 자리에 앉아서 담임 선생님이 오기를 기다리고 있고, 내부 학생들은 뒤에 모여 앉아서 수군수군 얘기를 나누고 있었습니다.

"좋아."

가즈에는 안심했지만 나는 가즈에를 응원할 생각은 전혀 없었습니다. 가즈에가 제멋대로 치어걸부에 들어가려고 하다가 상처받은 것이니까요. 나의 배신을 안 가즈에는 어떤 행동을 할까요? 나는 그 순간을 기대하면서 샤프심을 갈아 끼우고 있었습니다.

교실 문이 열리고 담임 선생님이 들어왔습니다. 담임 선생님은 고전 담당 교사로, 마흔이 다 된 독신 여성이었습니다. 언제나 남색이나 회색 계통의 정장에 흰 블라우스를 입고 목에는 가느다란 진주 목걸이를 하고 있었습니다. 짙은 녹색 가죽 표지 수첩을 반드시 휴대하고 뺨은 화장기가 없이 새하얬습니다. 물론 좋은 가문 출신에 Q초등부에서 대학으로 진학한 Q학원의 엘리트 교사였습니다. 가즈에가 황급히 자리로 달려갔습니다. 나는 가즈에에게서 눈을 뗄 수가 없었습니다.

"안녕하세요." 담임 선생님은 약간 코맹맹이 소리의 빠른 말투로 인사를 하고 느긋하게 밖을 바라보았습니다. 다시 빗발이 강해져서 폭풍의 양상을 띠고 있었습니다. "저녁때부터는 날이 갠다고 했는데 정말 그럴까요?"

가즈에가 커다란 호흡을 한 번 하고 일어서는 것을 나는 곁눈질로 확인했습니다. 담임 선생님은 의외라는 표정으로 가즈에를 보았습니다. 해. 말하라니까. 나는 가즈에의 등을 보이지 않는 힘으로 밀어주려고 계속 빌었습니다. 마침내 가즈에가 가래가 엉킨 목소리로 말했습니다.

"저어, 모두 함께 토론하고 싶은 것이 있습니다. 클럽에 대해서입니다."

이게 무슨 일인지 모르겠다는 듯 담임 선생님은 고개를 갸웃했습니다. 불안한 듯 가즈에가 내 쪽을 힐끗 엿보았으나 나는 모르는 체하고 손으로 턱을 괴었습니다. 그때 돌연 치어걸부의 학생이 담임 선생님 앞으로 뛰어나갔습니다. 가즈에는 어리둥절해서 멍하니 서 있었습니다. 학생은 담임 선생님 앞에 서서 노래를 부르기 시작했습니다.

"해피 버스데이 투 유."

곧장 합창이 이어졌습니다. 선창을 하고 있는 것은 주로 내부 학생들, 그것도 초등부에서부터 올라온 학생들이었습니다. 담임 선생님은 교단 앞에서 깔깔대고 웃었습니다.

"내 생일을 어떻게 안 거예요?"

펑펑 하고 폭죽이 울려 퍼졌습니다. 박수와 환성. 폭죽 소리에 맞기라도 한 듯이 가즈에는 털썩 주저앉았습니다. 무슨 일인지 상황을 파악하지 못한 외부 학생들도 덩달아 박수를 치고 있었습니다. 바깥쪽으로 컬이 들어간 머리를 한 귀여운 학생이 등 뒤에 숨기고 있던 장미꽃 다발을 담임 선생님에게 내밀었습니다.

"어머, 고마워라!"

"선생님의 마흔 번째 생신을 축하하며 함께 건배를 하려고 합니다."

어느 틈에 준비한 것일까요? 종이 봉지 안에서 캔 콜라를 꺼내서 한 개씩 나누어주었습니다.

"캔을 따주세요. 자아, 선생님, 축하합니다!"

이렇게 해도 괜찮은 건가 싶어 어리둥절한 학생도 없지는 않았겠지만, 모두 서로에게 뒤질세라 필사적으로 즐거운 표정으로 위장하고 있었습니다. 나는 끈적끈적한 액체는 딱 질색이지만 할 수 없이 마셨습니다. 둔탁한 기포가 혀 위에서 튀어 오르고 치아가 미끈미끈해졌습니다. 가즈에는 굴욕으로 얼굴을 일그러뜨리고 급식 때 싫어하는 우유를 마시는 어린애처럼 단숨에 캔을 비웠습니다.

"선생님, 한마디 해주세요!"

신이 난 학생이 재촉했습니다.

"깜짝 놀랐어요." 장미꽃 다발을 가슴에 안은 담임 선생님은 만족스러워 보였습니다. "여러분, 고마워요. 나는 오늘로 마흔 살이 됩니다. 아직 열다섯 혹은 열여섯 살인 여러분이 본다면 분명히 할머니로 보일 거예요. 나도 이 학교를 다녔습니다. 고등학교 1학년 때 담임 선생님이 놀랍게도 지금의 나와 똑같은 나이였지요. 나에게도 그 선생님은 완전히 할머니로 보였기 때문에, 여러분들도 나를 그렇게 볼 것이라고 생각하니 서글프네요."

"그렇게 안 보여요!" 하고 누군가가 외쳐서 반 아이들이 모두 큰 소리로 웃었습니다.

"고마워요. 이 반을 맡아서 무척 영광입니다. 자립과 자존심이라는 학교의 교훈은 여러분의 장래에 큰 도움이 될 것이라고 생각합니다. 여러분은 분명히 혜택 받은 사람들입니다. 그런 혜택을 받고 있기 때문에 독립을 할 수 있고 자존심도 키워나갈 수 있는 것입니다. 부디 이 학교에서 마음껏 학문에 힘써주세요."

믿을 수 없을 정도로 시시한 연설이었지만 일제히 박수를 치고 휘파람을 불었습니다. 무슨 일인가 하고 옆 반 선생님이 들여다보러 왔을 정도였습니다. 네, 아무도 진정으로 감동하지는 않았습니다. 담임 선생님은 학생들이 자신을 놀리고 우습게 보고 장난감 취급을 하고 있다는 것을 알아차리지 못하는 어수룩한 교사였던 것입니다. 하지만 그것이 이 학교에서 잘 지낼 수 있는 비결이었습니다.

미쓰루 쪽을 보자 미쓰루는 싱글벙글하면서 가슴 앞에 양손을 모은 채 담임 선생님을 응시하고 있었습니다. 내 시선을 느낀 미쓰루가 이쪽을 돌아보고 웃으라는 듯이 턱을 치켜들었습니다. 나는 미쓰루와 공범이 된 것 같은 느낌이 들어서 기뻤습니다. 가즈에는 한눈에 봐도 무참하게 풀이 죽어 있었습니다. 우연이기는 했지만 가즈에의 기개를 꺾어놓은 것은 결국 치어걸부였던 것입니다.

그날 방과 후 나는 집으로 돌아갈 준비를 하고 밖으로 나갔습니다. 아침의 폭풍이 마치 거짓말처럼 지나가고 푸른 하늘이 펼쳐져서 우산이 귀찮게 느껴지는 여름날의 저녁이었습니다. 나는 유리코가 곧 귀국한다는 것이 생각나 우울한 기분으로 역을 향해 걸어가고 있었습니다.

"기다려!"

돌아보자 가즈에가 쿵쾅거리면서 뛰어왔습니다. 가즈에는 남색 장화를 신고 있었는데 그 모습을 본 뒤쪽의 학생들이 팔꿈치로 서로 찌르면서 웃는 것이 보였습니다.

"얘, 오늘 나, 화가 치밀어서 죽을 뻔했어."

사실은 나도 실망이 이만저만이 아니었지만 잠자코 고개를 끄덕였습니다. 가즈에는 내 어깨를 두드렸습니다.

"오늘 바쁘니?"

"특별히 바쁜 건 없는데."

"실은 나도 오늘 생일이야."

가즈에는 내 귀에 대고 속삭였습니다. 끈적끈적한 땀 냄새가 났습니다.

"그래, 축하해."

"우리 집에 들렀다 가지 않을래?"

"왜?"

"우리 엄마가 누구든 Q여고 친구를 데려오라고 했거든."

초등학생 생일 파티 같은 얘기지만 또 어머니인가 하고 이상한 느낌이 든 것도 사실이었습니다. 그렇지 않아요? 어머니가 죽었다는 소식을 들은 날, 오전에는 미쓰루의 어머니를 만나고, 이번에는 가즈에네 집에서 가즈에의 어머니와 만나다니.

"그러니까 잠깐 들렀다 가란 말이야. 아무도 오지 않겠다고 했다고는 할 수 없잖아."

가즈에는 H.R. 시간 때의 굴욕이 생각났는지 씁쓸한 표정을 지었습니다. 가즈에가 클럽 가입 차별 문제를 제기하려고 했다는 것은 단지 아까 그렇게 말한 것만으로도 모두에게 충분히 알려졌습니다. 지금쯤 치어걸부에서 소문이 났을 테고 이제부턴 우습기 짝이 없는 사건으로 내부 학생들 사이를 떠돌아다니다가 전설이 될 것입니다. 본인은 제2의 미쓰루가 될지도 모르는데, 가즈에는 아직 미쓰루가 따돌림을 당했다는 사실조차 모르는 것입니다. 가즈에의 입에서 미쓰루의 이름이 나왔습니다.

"너, 미쓰루라는 애하고 친하잖아. 그 애를 부르면 어떨까?"

미쓰루는 아마 학원에 가 있을 것입니다. 재빨리 집으로 돌아갔거든요.

"안 돼. 그 애는 벌써 집에 갔어."

나는 쌀쌀맞게 말했습니다.

"그래, 우등생은 바쁘겠지."

가즈에는 유감스럽다는 듯 말했다.

"그런 게 아니라 그 애는 너를 싫어해서 그래."

나의 거짓말에 가즈에는 말문이 막혀서 고개를 떨어뜨리고 말았습니다.

"그럼 너도 오지 않아도 돼."

가즈에의 성격은 대단히 거셌습니다. 미쓰루와 나에게 거절당했다고 느낀 순간 감정을 적나라하게 드러냈습니다.

나도 오기가 나서 말했습니다.

"갈 거야."

살풍경한 집

가즈에는 플랫폼이 하나밖에 없는 조그만 전철역에서 내리더니 예상한 대로 주택가로 향했습니다. 큰 저택도 빈약한 아파트 숲도 보이지 않고 그만그만한 집들만 늘어서 있는 조용하고 평화로운 주택가였습니다.

어느 집에나 문기둥에 가로로 쓴 세련된 흰색 명패가 붙어 있고 작은 잔디밭이 딸려 있었습니다. 일요일이면 피아노 소리를 들으면서 그 뜰에서 골프 연습이라도 하겠지요. 그런 집들뿐이었습니다. 가즈에의 아버지는 샐러리맨이라니까 그 집 역시 틀림없이 30년 할부로 간신히 세다가야구 교외에 구입한 것이겠지요.

아무래도 가즈에는 억지로 따라온 내가 마음에 들지 않는 모양인지 부루퉁한 얼굴로 걷고 있었습니다. 그러나 걸어가면서도 저기는 자기가 졸업한 구립 중학교라든지, 저 낡은 집은 피아노 선생님 댁이라든지, 이것저것 설명을 했기 때문에 귀찮아서 죽을 뻔했습니다. 할 수 없이 나는 적당히 흘려들었습니다.

근처 학교에서 차임벨 소리가 들려왔습니다. 오후 5시였습니다. 아아, 저 곡이 무엇이었더라? 내가 다닌 초등학교 하교 시간에 흐르던 곡과 똑같은 〈귀로〉라는 곡이었습니다. 그리운 나머지 허밍을 하고 있는데, 가즈에가 맨 끝에 있는 집 앞에서 손짓으로 나를 불렀습니다.

"이번에는 뭔데?"

나는 귀찮은 듯이 물었습니다.

"여기가 우리 집이야."

가즈에는 자랑스러운 듯이 말했습니다. 군데군데 거무스름해진, 지저분한 돌담으로 에워싸인 큰 2층집이었습니다. 갈색 페인트가 칠해져 있고 무거운 기와가 올라간 지붕이 있었습니다. 뜰에는 무성하게 심어진 정원수가 있고 근처 다른 집들보다 몇 배는 오래되고 훌륭해 보였으며 대지도 훨씬 넓은 것 같았습니다.

나는 가즈에의 아버지가 30년 할부로 집을 손에 넣었을 거라는 추측을 취소했습니다. 선조 대대로 이곳에 살고 있는 지주거나 혹은 전셋집일지도 모른다고 생각했기 때문입니다. 독립심이 강한 나는 어릴 적부터 그런 것에는 눈치가 빠릅니다.

"훌륭한 집이구나. 전세니?"

가즈에는 내 질문에 가슴이 철렁한 모습이었으나 이내 가슴을 쭉 폈습니다.

"임대하긴 했지만 우리 집이야. 여섯 살 때부터 살고 있는걸."

응회석凝灰石으로 된 돌담에 통풍이 잘 되도록 마름모꼴 창이 나 있었습니다. 나는 그 구멍으로 가즈에네 집 뜰을 들여다보았습니다. 철쭉꽃과 수국 같은 흔해 빠진 정원수가 뜰을 뒤덮고 땅바닥 가득히 조그만 화분이 빽빽하게 놓여 있었습니다.

"아, 분재구나!"

나는 반사적으로 외쳤으나 자세히 보니 그것은 분재가 아니라 외할아버지가 말하는 '쩨쩨한 원예'였습니다. 네, 꽃가게 앞에 늘어서 있는 매리골드나 물망초, 데이지 같은 싸구려 화분 같은 것이었죠.

안경을 쓴 여자가 쭈그리고 앉아서 꽃을 손질하고 있었습니다. 벌레를 손으로 털어내고 시든 잎을 떼어내는데 그 솜씨가 능숙해 마치 원예가처럼 보였습니다.

"엄마."

가즈에가 부르자 아주머니가 돌아보았습니다. 나는 호기심을 갖고 아주머니의 얼굴을 보았습니다. 은테 안경에 가즈에와 똑같은 검고 뻣뻣한 머리카락을 뺨 옆에서 일직선으로 자른 단발머리를 하고 있었습니다. 얼굴 폭이 좁고 이목구비는 가즈에보다 단정했습니다.

"친구를 데리고 왔어."

가즈에의 어머니는 애교스럽게 웃었습니다. 그러자 안경테에서 눈썹이 높이 솟아오르고 뻐드렁니가 드러났습니다. 이런 모습을 한 물고기가 있었던 것 같은 느낌이 듭니다. 겉씨식물의 어머니는 물고기일까요? 그렇다면 아버지는 어떨까요? 나는 가즈에의 아버지가 돌아올 때까지 버텨봐야겠다고 생각했습니다.

"어머, 어서 와요."

"실례합니다."

아주머니는 표정을 바꾸지 않은 채 나에게 목례를 한 뒤 화분 쪽으로 다시 확 돌아앉았습니다. 인사에 정이 담겨 있지 않은 것으로 보아 어쩌면 저녁식사 시간에 나타난 나를 귀찮게 여긴 건지도 모릅니다. 생일이라고 했잖아? 아니면 거짓말? 나는 가즈에에게 물어보고 싶었으나, "들어가자"라며 가즈에가 내 등을 현관 쪽으로 떠밀었습니다. 힘 조절을 못하는 어린애처럼 난폭하게 밀었기 때문에 나는 그만 화가 울컥 치밀었습니다. 나는 타인과 몸이 닿는 것은 질색이거든요.

"내 방에 가지 않을래?"

"좋아."

집 안 어디에도 조명을 켜놓지 않았기 때문에 실내는 어두컴컴하고 음식 냄새도 나지 않았습니다. 텔레비전이나 라디오 소리도 들리지 않아 쥐 죽은 듯이 고요했지요. 어둠에 익숙해진 후 자세히 보니 훌륭하고 품격 있는 외부에 비해 집 안은 합판을 이용해 날림으로 지은 티가 역력했습니다. 그러나 깨끗하게 정리되어 있었고 복도와 계단에는 먼지 하나 없었습니다. 하지만 나는 알았습니다. 이 집 전체에서 절약의 냄새가 풀풀 풍기고 있다는 것을.

나는 외할아버지와 생활하면서 절약을 몸에 익혀왔기 때문에 퍼뜩 감이 왔습니다. 그런 집은 빈틈이 없고 꽉 차 있지만, 어딘지 모르게 '절도 없이 문란한' 공기가 감돌게 마련입니다. 절약하는 바지런함, 그 자체가 '절도 없는 문란'입니다. 절약하여 무엇인가에 대비하고 있는 것이 실은 절도 없이 문란한 것입니다.

예를 들면 우리 외할아버지는 분재를 하기 위해서 절약하고 있었습니다. 수세식 변소는 세 번에 한 번만 물을 내려야 하며 내가 화장지라도 살라치면 꾸짖기 일쑤였습니다. 길거리나 은행에서 공짜로 나누어 주는 포켓 티슈를 쓰라는 것이었습니다. NHK의 수금원이 찾아오면 텔레비전을 다른 곳에 숨기는 것은 예사고 신문도 받지 않았습니다. 3층에 혼자 사는 경비원 아저씨 신문을 빌려 읽기 때문이었습니다.

그 사람은 밤에 일을 해서 조간신문이 올 시간에는 퇴근을 하지 않았습니다. 그래서 일찍 일어나는 외할아버지가 경비원 집의 신문함에서 조간을 가져와 먼저 읽었습니다. 외할아버지는 조간을 꼼꼼히 읽은 뒤에 반드시 텔레비전 편성표를 광고지 뒷면에 베끼고, 경비원이 귀가하기 전에 다시 깨끗이 접어서 되돌려놓았습니다. 밤에는 밤대로 출근하는 경비원이 외할아버지에게 그날의 석간신문과 스포츠신문 등을 가져다쳤습니다. 그 대가는 경비원 집의 쓰레기 처리였습니다. 경비원이 집에 돌아오는 시간에는 벌써 쓰레기 수거가 끝났기 때문입니다.

그런데 가즈에네 집은 크고 훌륭한 데다 아버지가 일류 기업에서 근무하고 있음에도 불구하고, 왜 우리 집처럼 궁색한 낌새가 가득 차 있었던 것일까요? 나는 궁금해서 견딜 수가 없었습니다.

가즈에는 삐걱거리는 계단을 앞장서서 올라갔습니다. 2층에 있는 두 개의 방 중 현관 위의 커다란 방이 가즈에의 것이었습니다. 벽 가장자리에 침대가 바짝 붙어 있고 책상이 따로 놓여 있을 뿐, 텔레비전이나 오디오 세트도 없어서 마치 기숙사 같은 간소한 방이었습니다. 여기저기에 벗어던진 옷들이 널려 있어서 지저분했습니다. 침대 위도 흐트러져 있고 마구 구겨진 이불이 얹혀 있었습니다.

책꽂이에는 교과서나 참고서가 되는 대로 아무렇게나 꽂혀 있고 한 단짜리 선반에는 체육복이 구겨진 채 처박혀 있었습니다. 집과 뜰은 그처럼 깔끔하건만 가즈에의 방은 살풍경함과 난잡함으로 가득 차 있었습니다.

선 채로 신기한 듯 방을 구경하고 있는 나를 내버려두고 가즈에는 방바닥에 가방을 내던지고 책상 앞에 앉았습니다. 책상 앞 벽에는 표어를 적어놓은 종이가 붙어 있었습니다. 나는 큰 소리로 표어를 읽었습니다.

"승리는 내 손에. 자신을 믿어라. 노려라! Q여고를."

"입학 기념으로 붙여놓았어. 합격했으니까 성공의 증거라고 생각해서."

"넌 마치 인생에서 승리한 것처럼 말하는구나."

나는 엉겁결에 빈정거렸습니다. 그러자 가즈에는 화를 냈습니다.

"그래도 노력은 했단 말이야."

"난 표어 같은 건 쓰지 않았어."

"너는 이상한 애니까."

가즈에는 내 눈에 초점을 맞추고 빤히 들여다보았습니다.

"어디가 이상한데?"

"네 방식대로 하니까."

가즈에가 단언하듯이 내뱉었기 때문에 이야기는 이어지지 않았습니다. 나는 아까부터 지루했기 때문에 집에 돌아가고 싶어졌습니다. 어머니의 죽음으로 충격을 받은 외할아버지가 걱정되었습니다. 어쩌다가 이런 집에까지 오게 되었는지 후회스런 마음이 굴뚝같았습니다.

고양이가 계단을 올라오는 것같이 살금살금 다가오는 소리가 가까워지더니 밖에서 아주머니가 불렀습니다.

"가즈에, 잠깐 보자."

가즈에가 나갔습니다. 두 사람은 복도에서 소곤소곤 얘기를 했습니다. 나는 문에 귀를 대고 엿들었습니다.

"저녁은 어떻게 할 거니? 너무 갑작스러워서 저 아이 몫은 없어."

"하지만 아버지가 오늘은 일찍 퇴근할 테니까 친구를 데리고 오라고 했잖아요?"

"그럼, 저 아이가 너희 학년에서 1등 하는 애냐?"

"아뇨."

"그럼, 몇 등 하는데?"

목소리가 한층 더 낮아져서 들리지 않게 되었습니다. 뭐야, 하고 나는 생각했습니다. 생일이라는 것은 거짓말이고, 가즈에는 미쓰루를 아버지에게 보여주고 싶었던 것입니다. 나는 그 방편으로 이용당한 거지요. 공부를 잘하지 못하는 나는 이 집에서는 아무 가치도 없는 것 같았습니다. 저녁식사에 대한 의논이 끝났는지 가즈에의 어머니는 다시 발소리를 죽여 계단을 내려갔습니다. 자고 있는 누군가를 깨우고 싶지 않다는 듯이.

"미안해." 가즈에는 등으로 문을 닫았습니다. "저녁 먹고 갈 거지?"

나는 기죽지 않고 고개를 끄덕였습니다. 의논한 결과 초대할 필요가 없는 존재가 된 내게 과연 무슨 음식이 나올까 흥미가 생겼기 때문입니다. 가즈에는 거북한 모습으로 참고서를 거칠게 휙휙 들췄습니다. 페이지는 온통 시커멓고 깨알 같은 글씨가 가득 쓰여 있었습니다.

"넌 외동딸이니?"

내 물음에 가즈에는 손을 흔들었습니다.

"여동생이 있어. 내년에 고등학교에 들어가."

"Q여고에 들어갈 거니?"

가즈에는 어깨를 치켜들었습니다.

"그 애는 그럴 실력이 없어. 애처로울 정도로 노력은 하고 있지만 머리가 나만큼 좋지는 않은 모양이야. 아마 자기를 닮은 모양이라고 엄마는 말하곤 해. 우리 엄마는 여자대학 출신이니까, 아버지가 신경 쓰여서 그렇게 말씀하시는 거야. 하지만 그렇게 말은 해도 엄마는 여자대학 가운데서는 굉장한 곳을 나왔어. 나는 다행스럽게도 아버지를 닮았지. 우리 아버지는 도쿄대 출신이야. 네 아버지는 어느 대학 출신이니?"

"대학 같은 데는 가보지도 못한 것 같아."

나의 대답에 가즈에가 깜짝 놀라는 것을 알 수 있었습니다.

"그럼, 고졸이니?"

"잘 모르겠어."

아버지는 나에게 자신이 스위스에서 어떤 교육을 받았는지에 관해 전혀 알려주지 않았습니다.

"함께 사는 외할아버지는?"

"고등학교도 못 나왔어."

"어머니는?"

"고졸인 것 같아."

"그럼 네가 희망인 셈이구나."

"그게 무슨 말이니?"

도대체 무슨 희망이 있다는 것일까요? 나는 이해가 안 가서 고개를 갸웃거렸습니다. 가즈에는 갑자기 외계인을 보는 것처럼 나를 바라보았습니다. 그때까지는 내가 자신과 같은 욕구를 지닌 인간이라고 생각하고 있었음이 틀림없습니다. 하지만 가즈에는 자신과 타인의 차이를 깊이 생각하는 사람은 아니었습니다.

"노력하면 된단 말이야. 노력하면 반드시 붙잡을 수 있어."

"무엇을 붙잡는다는 거니?"

"성공이지 뭐야." 가즈에는 곤혹스럽다는 얼굴로 벽에 붙은 표어를 보았습니다. "나는 초등학교 때부터 꼭 Q여고에 들어가겠다고 결심했어. 정말로 폼 나는 일 아니니? 공부 잘하는 엘리트가 되어서 그대로 Q대학교로 진학할 수 있다는 거. 어떻게든 전교 10등 안에 들어서 Q대 경제학부에 갈 거야. 그리고 A학점을 많이 받아서 좋은 회사에 취직해야지."

"취직해서 뭐 할 건데?"

"당연히 일을 하지. 멋지지 않니? 지금은 여자도 적극적으로 사회 활동을 하는 시대란 말이야. 우리 엄마는 그게 불가능했던 시대에 자라서 나는 꼭 그렇게 하라고 말해. 엄마 세대에는 좋은 여대를 나와도 취직 자리가 전혀 없었대. 그게 분해서 견딜 수가 없었대. '내가 이렇게 집구석에 틀어박혀 있는 것도 모두 시대 탓이야'라고 말한다니까."

그래서 가즈에의 어머니는 무엇인가를 박탈당했다는 불만을 느끼고 있는 것일까요? 나는 뜰에서 화분을 손질하던 아주머니의 뒷모습을 생각해냈습니다. 아주머니의 뒷모습에는 외할아버지처럼 넘쳐나는 열정이 없었습니다.

아래층에서 가즈에를 부르는 아주머니의 목소리가 났습니다. 가즈에는 방을 나간 후 한참 뒤에 메밀국수의 국물 냄새를 팍팍 풍기면서 올라왔습니다. 칠이 벗겨진 배달용 쟁반 위에 나무찜통 메밀국수 두 그릇이 놓여 있었습니다.

"모처럼 친구가 와서 대접하는 거래. 우리 것밖에 시키지 않았으니까 여기서 먹자."

메밀국수가 대접용일까요? 나는 내키지 않았지만, 아무 말도 하지 않았습니다. 각 가정마다 대접의 정도는 다르니까요. 가즈에네 집은 먹는 것에 흥미가 없는 것 같았습니다. 집 안에 들어섰을 때 느낀 궁색한 기색을 다시 느꼈습니다.

가즈에가 어디에선가 의자를 가지고 왔습니다. 핑크색 방석이 얹혀 있는 의자는 학생용이 분명했으니 아마 여동생 것이었을 겁니다. 나는 그 의자에 앉았고, 우리 두 사람은 가즈에의 책상에서 나란히 메밀국수를 먹었습니다.

느닷없이 문이 열리더니 화난 목소리가 들려왔습니다.

"내 의자 어떻게 했어?"

가즈에의 여동생은 나를 보자 겁먹은 듯이 눈을 내리깔았습니다. 그리고 책상 위의 메밀국수를 힐끗 쳐다보았습니다. 그녀의 얼굴에는 자기 것은 없다는 데 대한 비난이 드러나 있었습니다. 그녀는 가즈에를 약간 축소시킨 것 같은 얼굴과 몸매를 가졌고 긴 머리카락을 늘어뜨리고 있었습니다.

"친구가 와 있으니까 잠깐 빌려줘. 먹고 나면 돌려줄게."

"학원 예습을 할 수 없잖아."

"다 먹고 나서 갖다 줄게."

"언니는 서서 먹어도 되잖아."

두 자매는 나의 존재 따위는 눈에 들어오지 않는 것처럼 싸워댔습니다. 여동생이 나간 뒤 나는 말했습니다.

"너, 동생 좋아하니?"

"별로 안 좋아해." 가즈에는 찰기 없는 메밀국수를 젓가락으로 어설프게 집었다가는 떨어뜨리고는 다시 집어 올리면서 대답했습니다. "저 애는 머리가 나빠서 나한테 열등감을 가지고 있어. 아마 내가 시험에서 떨어지기를 빌었을걸. 오늘 시험도 성적이 나쁘면 틀림없이 이 의자 탓으로 돌릴 거야."

국수를 다 먹은 가즈에는 시커먼 장국까지 몽땅 마셨습니다. 나는 왠지 모르게 식욕이 떨어져 나무젓가락을 봉지에 집어넣었다 빼었다 하면서 장난을 치고 있었습니다. 지저분하기 짝이 없는 가즈에의 방에서 메밀국수를 먹고 있는 것이 갑자기 더할 나위 없이 비참하게 느껴졌습니다. 대접을 받은 주제에 그런 생각을 하다니, 참으로 한심하지요? 그러나 그때의 내 기분은 어쩔 수가 없었습니다. 가즈에의 방은 며칠씩 청소를 하지 않았는지 먼지투성이였고, 동물이 사는 우리처럼 비린내가 났기 때문입니다. 그 동물이 사는 우리라는 발상이 유리코가 오늘 아침에 전화로 전한 어머니의 마지막 모습을 자꾸 연상케 하는 것이었습니다.

전등도 켜지 않은 채 어둠 속에서 눈을 부릅뜨고 있었다는 나의 어머니. 그 섬세한 신경을 혹시 내가 물려받은 것은 아닐까요? 유리코가 물려받았다면 고마울 텐데요. 하지만 유리코는 나와 비교했을 때 단순한 편이고, 지나치게 욕망에 충실했습니다. 역시 어머니를 닮은 것은 나라는 생각이 들어 우울해졌습니다. 가즈에가 나를 보더니 물었습니다.

"형제는 있니?"

"여동생 하나야."

유리코를 생각하고 있던 나는 씁쓸한 얼굴로 대답했습니다. 가즈에는 무엇인가를 물어보고 싶은 듯 침을 삼켰으나, 나는 가로막고 되물었습니다.

"얘, 원래 오늘 저녁식사 메뉴는 뭐였니?"

별걸 다 물어본다는 듯이 가즈에는 고개를 갸우뚱했습니다.

"그건 왜?"

"아니, 그냥 궁금해서 묻는 거야."

사실 가즈에의 어머니는 과연 어떤 음식을 만들 줄 알까 흥미가 있었습니다. 아주머니는 수국 잎사귀를 갈아서 만두에 섞어 넣거나 민들레 줄기를 물에 담그거나 하는 소꿉장난이라도 하고 있을 것 같았기 때문입니다. 얼빠진 상태에서 건성으로 집안일을 하는, 상식을 벗어난 어머니처럼 보였거든요.

"메밀국수는 우리와 아버지만 먹는 거야. 어머니와 동생은 남은 것을 먹겠다고 했어. 우리 집은 음식을 좀처럼 시켜먹지 않거든. 양도 얼마 안 되는 메밀국수가 3백 엔이라니 말이 안 되잖니? 정말 어처구니없어. 오늘은 네가 왔기 때문에 특별히 시킨 거야."

나는 차츰 어둠을 더해가는 것 같은 느낌이 드는 방의 조명을 올려다보았습니다. 누렇게 뜬 합판 천장 한가운데에 사무실에서 쓰는 형광등이 켜져 있는데, 치직치직 하고 벌레의 날개 소리 같은 희미한 소리가 나고 있었습니다. 그 빛은 가즈에의 얼굴 윤곽에 테두리처럼 검은 그림자를 두르고 있었습니다. 나는 참다못해 물었습니다.

"메밀국수는 왜 우리와 네 아버지만 먹는 거니?"

가즈에는 작은 눈을 번뜩였습니다.

"우리 집에는 서열이 있어. 왜, 가족들을 세워놓고 집에서 기르는 개를 놓아주면 누구에게 제일 먼저 달려가느냐 하는 실험 있잖아. 그런 느낌 같은, 이른바 잘난 순서야. 말로 하지 않아도 자연히 생겨난 거라 모두 지키고 있는 거지. 서열 순으로 욕실을 사용하고 맛있는 것을 먹을 권리가 있어. 첫째는 물론 아버지. 두 번째는 나. 전에는 엄마가 두 번째였지만, 내가 중학교 때 서열 점수 70을 넘고 나서부터는 내가 두 번째로 승격했어. 그러니까 아버지, 나, 엄마, 여동생 순서야. 잘못하면 동생이 엄마를 따라잡을지도 몰라."

"학교 서열에 따른 순번이니?"

"아니, 노력에 따른 순번이야."

"그럼, 네 어머니는 이제 시험을 치지 않으시니까 불리하잖아?"

어머니와 딸이 같은 줄에서 다투다니, 나는 어쩐지 우스워졌습니다. 하지만 가즈에는 진지했습니다.

"어쩔 수 없지. 엄마는 처음부터 아버지에게 지고 있었으니까. 우리 집에서는 아버지를 이길 수 있는 사람이 아무도 없는 것을 알았기 때문에 나는 어릴 때부터 공부를 열심히 했어. 성적을 올리는 것이 취미였지. 엄마를 추월하고 싶다는 생각은 옛날부터 했어. 그런데 말이야, 엄마는 일할 곳이 없었다고 말하지만, 사실 의사가 되고 싶었던 것 같아. 하지만 부모가 허락하지 않았고 의대에 갈 만한 머리도 아니었다고 서운해 하는 거야. 여자로 태어난 것이 비참하다고 지금도 히스테리를 부리는데, 그런 인생이야말로 불합리한 것 같아. 엄마는 자신이 여자라는 이유로 핑계를 대고 있는 것 같아. 여자라도 열심히 노력하면 되잖아?"

노력하는 신앙. 나는 지나치게 종교 냄새가 난다고 생각했습니다.

"무엇이든지 노력만 하면 된다는 얘기니?"

"당연하지. 노력하면 그 보답을 받게 된단 말이야."

하지만 네가 아무리 노력해도 보답 받지 못할 세계가 Q여고에는 있어. 아니, 이 세상은 노력하고 있음에도 불구하고 보답 받지 못하는 자들로 가득하단 말이야. 나는 가즈에에게 똑똑히 가르쳐주고 싶었습니다. 유리코처럼 괴물 같은 미모를 가진 여자를 보여준다면 가즈에도 노력이 중요하다는 바보 같은 말은 하지 않겠지요. 그러나 가즈에는 결연한 표정으로 벽에 붙은 표어를 바라보고 있었습니다.

"저것도 아버지가 하신 말이라 옳다고 생각하니?"

"가훈 같은 거야. 엄마도 그렇게 생각하고 학교 선생님들도 그렇게 말하잖아? 이것은 진실이야."

가즈에는 이상하다는 듯이 내 얼굴을 보았습니다. 조그만 눈동자에 나를 업신여기는 빛이 떠올랐습니다.

"어머니 말이 나왔으니 말인데, 오늘 나한테 무슨 일이 있었는지 아니?"

적당한 기회인 것 같았습니다. 나는 집으로 돌아가고 싶어 손목시계를 들여다보았습니다. 7시가 조금 지나 있었습니다.

"담임 선생님의 생일 정도밖에 생각나지 않는데."

가즈에는 웃으면서 대답했지만 이내 H.R. 시간의 굴욕적인 사건이 떠올랐는지 갑자기 얼굴이 굳어졌습니다. 나는 덧붙였습니다.

"우리 어머니가 죽었어."

깜짝 놀란 가즈에가 의자에서 벌떡 일어났습니다.

"어머니께서 돌아가셨어? 오늘?"

"그렇다니까. 정확하게는 어제 날짜로."

"집에 돌아가지 않아도 되는 거니?"

"이제 돌아가려고. 전화 좀 빌려줘."

가즈에는 잠자코 아래층을 가리켰습니다. 전등을 켜지 않아 어두운 계단을 삐걱삐걱 소리를 내며 내려가서 나는 빛과 텔레비전 소리가 희미하게 새어나오는 문을 노크했습니다.

"네."

짜증 섞인 목소리의 남자가 대답했습니다. 가즈에의 아버지가 계셨습니다. 나는 기대를 하고 문을 열었습니다.

침침한 조명 속에 합판 벽만 눈에 띄는 검소하고 좁은 거실에서 가즈에의 여동생, 어머니, 그리고 텔레비전 앞 소파에 걸터앉은 중년 남자가 일제히 나를 보았습니다. 정면에 있는 식기 찬장에는 슈퍼마켓에서나 팔 것 같은 식기밖에 없었습니다. 식탁과 의자와 소파 세트 모두 합판으로 된 싸구려였습니다. Q여고의 친구들이 보면 비웃을 것 같았습니다.

"전화 좀 써도 될까요?"

"그래라."

어머니가 손짓을 했습니다. 어두운 부엌 근처에 검은 구식 전화기가 있었습니다. 전화기 옆에 '10엔'이라고 쓴 작은 상자가 놓여 있었습니다. 두 사람 모두 모르는 체하며 돈은 필요 없다고 말해주지 않았습니다. 나는 교복 스커트 주머니를 뒤져서 간신히 찾아낸 10엔짜리 동전을 상자에 넣었습니다. 동전은 메마른 소리를 내면서 떨어졌습니다. 손님이라곤 좀처럼 찾아올 것 같지 않은 집인데도 요금을 받는 것은 어이없는 짓 아닐까요? 묵직한 다이얼을 돌리면서 나는 눈을 똑바로 뜨고 가즈에의 가족을 관찰했습니다.

식탁 앞에는 나에게 의자를 빼앗긴 가즈에의 여동생이 공책을 펼쳐놓고 무엇인가를 열심히 쓰고 있고 그 애의 어머니는 그것을 들여다보고 낮은 소리로 뭔가를 지시하고 있었습니다. 두 모녀는 나를 향해 힐끔 눈을 돌렸으나 이내 관심 없다는 듯 다시 공책으로 시선을 돌렸습니다. 가즈에의 아버지는 러닝셔츠와 파자마 바지를 입은 느긋한 모습으로 퀴즈 프로를 보고 있었는데, 그저 화면에 시선을 주고 있을 뿐 건성으로 보고 있음을 한눈에 알 수 있었습니다. 양다리를 채신머리없이 떨고 있었거든요. 나이는 사십 대 후반쯤 될까요? 작은 키에 검붉은 얼굴색, 머리카락은 숱이 적은 편이어서 얼핏 보기에는 시골 냄새가 풍기는 땅딸막한 아저씨였습니다. 나는 조금 실망했습니다. 우리 아버지가 외국인이고 나는 외할아버지와 살다 보니, 일본인 아버지란 존재가 궁금했거든요. 그리고 가즈에가 그처럼 존경을 담아서 말하는, 이 집에 군림하는 최고 서열의 인물이 어떤 사람인지 알고 싶어서 견딜 수 없었는데 이런 별 볼일 없는 중년 남자라니! 바로 그때 몇 번씩이나 울리던 신호음이 끊기고 누군가가 전화를 받았습니다.

"외할아버지?"

"너는 어디를 그렇게 쏘다니고 있는 거냐?" 전화를 받은 것은 외할아버지가 아니라 보험 아줌마였습니다. "큰일 났어. 외할아버지가 저녁때부터 혈압이 올라 누워 계신단다. 네 아버지와 동생이 서로 싸웠는지 몇 번씩 전화를 걸어서 난리를 쳤거든. 네 외할아버지는 사람이 좋은 분이잖아. 양쪽을 달래는 사이에 기운이 빠지신 거야. 네가 돌아올 생각을 안 해서 모두들 걱정하고 있던 참이야."

"미안해요. 외할아버지는 좀 어떠세요?"

"괜찮으시다. 관리인에게 전화를 받고 내가 달려왔더니 겨우 안심하시고 지금은 쿨쿨 주무셔. 어머니 일은 참 안됐지만, 이런 때를 위해 보험이 있는 거니까 이 기회에 너도 하나 들도록 해라. 등잔 밑이 어둡다는 말은 이런 때 하는 말인 것 같구나."

얘기가 길어질 것 같아서 나는 황급히 "돌아갈게요" 하고 말했습니다. 하지만 센다가야에서는 도쿄를 횡단하지 않으면 안 됩니다. 먼 길이지요.

"얼마나 걸리니?"

"1시간 반쯤요."

"그럼, 떠나기 전에 동생에게 전화를 해줘라."

"유리코네 집으로요? 서두르고 있던가요?"

"그래. 장의사에게 가야 한다고 초조해하고 있더라. 꼭 의논하고 싶은 일이 있대."

"하지만 여기는 남의 집이거든요."

"남의 집이면 어때? 국제전화도 요금만 지불하면 되잖아? 집에 돌아와서 걸면 너무 늦어."

"알겠습니다."

아버지와 유리코가 싸우고 있는 것은 무엇 때문일까요? 스위스에서 뭔가 엄청나게 나쁜 일이 일어나고 있다고밖에는 생각할 수가 없었습니다. 나는 가즈에의 어머니에게 부탁했습니다.

"죄송합니다만 스위스로 국제전화를 걸어도 될까요? 급한 용건이 생겨서 그래요."

"급한 용건이라니?"

가즈에의 어머니는 경계하듯이 은테 안경 속의 눈을 가늘게 떴습니다.

"어젯밤에 어머니가 돌아가셨는데 동생이 급하게 전화를 걸어달라고 해서요."

아주머니가 놀란 얼굴로 아저씨 쪽을 보자 아저씨가 홱 돌아보았습니다. 정면에서 본 아저씨는 약간 치켜 올라간 심술궂은 눈이 인상적이었습니다. 그 눈에는 누구든 굴복시키고 말겠다는 의지의 빛이 강하게 담겨 있었습니다. 대상을 끝까지 확인한 다음 엎어누르고 말겠다는 오만한 눈이었습니다. 그 눈이 어린애인 나를 뚫어질 듯이 응시하면서 값을 매기고 있다는 것을 느꼈습니다. 나는 그 시선에 질세라 가슴을 폈습니다. 아아, 이 사람에게는 나와 미쓰루가 갖고 있는 것과 공통된 의지가 있구나, 악의! 그것도 우리보다 훨씬 더 높은 끈적끈적하고 교활한 악의! 멋지다! 그 순간 나는 가즈에의 아버지가 이 집에서 유일하게 매력적인 인물이라고 인정하게 되었습니다. 아저씨는 갈라지고 간사한 목소리로 말했습니다.

"그것 참 큰일이구나. 하지만 100번교환원이 전화 상대와 연결해주고 통화 종료 후 통화 요금 및 통화 시간을 알려주는 서비스으로 걸어주겠니? 그쪽이 요금을 알기 쉽고 서로에게 도움이 될 테니까."

"감사합니다. 그렇게 하겠습니다."

처음으로 교환을 통해서 전화를 걸었습니다. 아버지는 아직도 당황하고 있었습니다.

"큰일 났어. 세상에! 경찰이 찾아와서 나를 조사하겠다는구나. 내가 없을 때 네 어머니가 죽은 것이 이상하다고. 하지만, 당연하지 않니? 어머니는 머리가 좀 이상했잖아? 난 아무 관계없다. 기분이 나빠서 내 안전을 호소했다. 세상에! 슬픈 것만으로도 괴로운데 의심까지 받으니 더 힘들구나."

"아버지, 내 안전이 아니고 내 결백이에요."

"결핵?"

"됐어요. 그런데 아버지는 어째서 의심을 받고 있는 거예요?"

"그것은 말하지 않겠다. 딸인 너에게도 아직은 말하고 싶지 않구나. 그런데 4시에 형사가 온대. 화가 몹시 나는구나."

"그럼, 장례식은 언제죠?"

"이틀 후 3시부터."

내뱉듯이 말한 아버지를 옆으로 밀쳐냈는지 돌연 유리코가 대답했습니다. 전화를 빼앗긴 아버지가 독일어로 욕하는 소리가 들려왔습니다.

"언니, 나는 장례식이 끝나면 곧장 일본으로 돌아가기로 했어. 글쎄, 아버지가 너무 심했다니까. 그 터키 여자가 충격으로 유산할 뻔했다면서 집으로 데려와 버렸어. 아직 어머니의 시신이 있는데. 그래서 내가 경찰에 말해주었어. 어머니가 죽어서 가장 득을 본 것은 아버지와 터키 여자라고. 형사가 오기로 했으니 쌤통이지 뭐야!"

"왜 그런 바보 같은 짓을 했니? 텔레비전 드라마에나 나올 법한 일이 벌어진 거잖아."

"그래도 이건 너무하잖아!"

유리코는 울음을 터뜨렸습니다. 두 부녀는 아침에 전화를 걸었을 때보다 더 혼란스러워하는 것 같았습니다.

"어머니가 갑자기 죽어서 아버지도 충격을 받은 거야. 그런 여자 한두 명쯤은 네가 꾹 참아주란 말이야. 아버지를 돌봐줄 사람이 있어서 오히려 잘된 것 아니니?"

"무슨 말을 하고 있는 거야! 머리가 어떻게 된 것 아니야?!" 유리코가 고함을 질렀습니다. "어머니가 죽었는데도 어떻게 그렇게 냉정할 수 있어? 언니는 여기 없어서 몰라. 언니는 정말 냉정한 사람이야. 어머니가 자살했는데 금세 다른 여자가 들어오고 몇 달 뒤에는 배다른 형제가 태어나다니, 나는 딱 질색이야! 어머니가 죽은 건 아버지에게 여자가 있었기 때문인지도 몰라. 아버지가 죽인 것이나 마찬가지야. 그 여자가 죽인 것이나 마찬가지란 말이야! 나는 아버지와 인연을 끊을 거야."

유리코의 앙칼진 목소리는 1만 킬로미터의 거리를 뛰어넘어 가즈에 네 집의 음침한 거실에 울려 퍼졌습니다.

"어머니는 자기 사정 때문에 자살한 거야." 나는 코웃음 쳤습니다. "너는 아버지와 인연을 끊겠다고 하지만 돈도 없잖아? 넌 일본에 돌아와도 살 집도 다닐 학교도 없단 말이야."

나는 필사적으로 유리코의 귀국을 저지하려 했습니다. 하지만 어머니가 죽은 날 임신한 여자를 집으로 끌어들이다니, 아버지는 도대체 어떤 사람일까요? 나도 놀라서 어찌할 바를 몰랐습니다. 문득 정신을 차려보니, 거실에 있는 가즈에의 가족들이 숨을 죽인 채 나를 응시하고 있었습니다. 가즈에 아버지와 눈이 마주쳤습니다. 그 눈은 우리 집 전화로 그런 얘기를 해서는 안 된다고 나를 비난하고 있었습니다. 나는 당황해서 전화를 끊으려고 했습니다.

"어쨌든 그 얘기는 나중에 하자."

"안 돼! 지금 결정해야 한단 말이야. 이제 곧 경찰이 올 거고 나는 어머니의 시신을 장의사에게 데려가기 위해 함께 가야 해."

"안 돼! 일본에는 돌아오지 마!"

나는 소리쳤습니다.

"언니에겐 안 된다고 말할 권리 없어. 나는 돌아갈 거야!"

"어디로?"

"외할아버지 댁이 죽어도 안 된다면, 좋아, 존슨 씨에게 부탁해 볼 거야."

"그럼 됐어. 꼭 부탁해 봐."

"언니는 너무 타산적이야!"

그 바보 같은 존슨 씨의 집이라면 유리코와 딱 어울리지 않아요? 나는 어깨의 무거운 짐을 내려놓게 되어서 맥이 탁 풀렸습니다. 유리코와 만나지 않아도 된다면, 귀국을 하든지 스위스에 남아 있든지 상관없었습니다. 나와 외할아버지는 평온한 생활을 지킬 수 있게 되었습니다.

"귀국할 때 연락해."

"어차피 관심도 없는 주제에, 바보!"

유리코의 막된 말을 듣고 나는 황급히 전화를 끊었습니다. 10분 이상은 떠들어낸 것 같은 느낌이 들었습니다. 가즈에의 가족은 눈을 내리깔고 요금을 알리는 전화벨이 울리기를 이제나저제나 하고 기다리고 있었습니다. 전화벨이 울리자 내가 받기 전에 아저씨가 놀랄 만큼 빠른 동작으로 수화기를 들었습니다.

"1만8백 엔. 8시가 지났더라면 할인이 되었을 텐데."

"죄송합니다. 지금은 돈이 없으니까 내일 가즈에에게 지불할게요."

"그렇게 하렴."

아저씨가 사무적으로 말했습니다. 나는 고맙다는 말을 하고 거실을 나왔습니다. 어두컴컴한 복도에서 가즈에 방으로 올라가는 계단을 올려다보는데 등 뒤에서 문이 열리는 기척이 났습니다. 아저씨가 나를 따라 나온 것입니다. 문틈 사이로 거실의 불빛이 가늘고 길게 새어나왔습니다. 그러나 소리는 전혀 나지 않고 우리 대화에 귀를 기울이려는 것처럼 고요하기만 했습니다. 나보다 키가 작은 아저씨가 전화 요금을 메모한 종이쪽지를 내 손에 쥐어주었습니다. 꼼꼼함이 느껴지는 필체로 '10,800엔'이라고 적혀 있었습니다.

"잠깐 너한테 할 얘기가 있는데."

"뭔데요?"

아저씨 눈 속에 상대를 굴복시키려고 하는 빛이 강해져서 나는 잠시 아찔했습니다. 아저씨는 처음에는 아첨하는 듯한 말투를 썼습니다.

"너는 Q여고에 들어갈 수 있었으니 우수한 아이겠구나."

"일단은요."

"공부를 어느 정도로 했니?"

"잊어버렸습니다."

아저씨는 미소를 지어 보였습니다.

"가즈에는 초등학교 때부터 오로지 공부밖에 몰랐단다. 다행히 공부를 좋아하고 머리도 좋은 애여서 여기까지 왔지만 나는 그것만으로는 부족하다고 생각할 때가 있어. 여자아이인 만큼 외모도 예쁘게 꾸몄으면 좋겠고, Q여고에 들어갔으니 좀 더 고상하게 행동해 주기를 바라거든. 그렇게 되면 저 아이는 다시 내 기대에 부응하게 될 테니까 정말로 괜찮아질 거야. 부모라고 무턱대고 딸을 과대평가하고 있는 것은 아니야. 어째서 이렇게 고분고분할까 하고 딸들이 무서워질 때도 있단다. 너는 우리 딸에 비해 여유가 있는 것처럼 느껴지는구나. 나는 대기업에서 일하고 있기 때문에 재능이 있거나 정말로 우수한 아이는 얼핏 봐도 알 수 있거든."

나는 어둠 속에서 멍하니 가즈에 아버지의 눈을 바라보았습니다. 이 사람의 논리와 가치관에 정복당해서는 안 된다는 마음과 정복당해 보고 싶다는 상반된 마음이 생겼습니다. 타인의 뜻대로 살아가는 것은 싫지만 그러나 그게 즐거울지도 모른다고 생각했거든요. 타인의 의지대로 사는 것은 내가 경험한 적이 없는 유일한 것이기 때문입니다.

"아버지는 무슨 일을 하고 계시지?"

가즈에의 아버지는 곁눈질로 내 얼굴을 엿보았습니다. 숨기려고도 하지 않는, 값을 매기는 눈이었습니다. 우리 아버지의 직업 따위는 이 사람 앞에서는 의미 없을 거라고 생각해서 나는 거짓말을 했습니다.

"스위스의 은행에서 근무하고 계세요."

그러자 가즈에 아버지의 눈이 번뜩였습니다.

"어디라고? 스위스 은행? 아니면 스위스 유니언이나 크레디트 스위스 아니냐?"

"아버지가 얘기하지 말라고 하셨어요."

왜 그러는지 전혀 알 수 없었기 때문에 어안이 벙벙했으나 나는 주의 깊게 대답했습니다. 아저씨는 응, 하고 고개를 끄덕였는데, 그 표정에 약간의 존경이 담겨있는 것 같기도 했습니다. 그리고 비루함조차 느껴지는 게 아니겠어요? 나는 기분이 좋아졌습니다. 그렇습니다. 웃음이 나온 것입니다. 사기꾼 외할아버지와 똑같은 짓을 나도 했으니까요. 그것은 나도 이 아저씨의 가치관에 맞추었다는 얘기가 됩니다. 이 사람만큼 가치와 무가치를 분명히 구분하는 사람은 없을 것입니다. 폭력적일 정도로 말이에요. 자기도 모르게 거기 영합해버리는 것은 마음의 메커니즘인 것입니다. 약하기 때문만은 아닐지도 모릅니다. 나는 거짓말을 한 것을 후회했습니다. 뭐라고 해도 당시 나는 겨우 열여섯 살이었으니까요. 가즈에 아버지가 어떤 회사에서 어떤 일을 하고 있는지는 몰랐지만 사회의 논리, 그것도 불공평하기 짝이 없는 성인 남자의 논리로 아이를 묶어버리는 것쯤은 식은 죽 먹기일 것이라고 무섭게 생각했던 것입니다.

"네가 가즈에에게 클럽의 일로 항의하라고 선동했다면서?"

"선동했다고 할까요, 제안했다고 할까요?"

나의 깜찍한 변명 같은 것은 아저씨 앞에서는 통용되지 않았습니다.

"우리 애는 진지하게 노력하는 스타일이라 무슨 말을 들으면 그대로 하는 순박한 애라는 것을 너도 잘 알고 있을 거야. 우리 애를 통제할 수 있는 것은 나뿐이야. 너는 앞으로 그러지 않아도 돼."

아무래도 가즈에의 아버지는 나의 본질을 꿰뚫어본 모양입니다. 어느 틈엔가 나와 아저씨는 가즈에에 대한 영향력을 놓고 싸우고 있었습니다.

"아저씨는 우리의 학교생활도 나와 가즈에의 관계도 잘 모르는데, 어떻게 그런 말씀을 하시죠?"

나는 큰맘 먹고 반격을 해보았습니다.

"너와 가즈에 사이에 우정 같은 것이 있다고 생각하니?"

"있습니다."

"하지만 너는 우리 집에는 어울리지 않아. 어머님이 돌아가신 것은 안됐지만 들은 바에 의하면 네 사정도 보통 가정하고는 다른 것 같더구나. 내가 Q여고를 선택한 것은 거기는 틀림없는 학교였기 때문이야. 그곳에선 좋은 친구들을 만날 수 있을 것이라고 생각했기 때문이지. 평범한 가정이어야 건전한 아이가 태어나니까."

이 사람은 우리 집을 평범한 가정이 아니라고 말하고 있었던 겁니다. 그것은 곧 나와 유리코는 건전하지 않다는 얘기였습니다. 만약 미쓰루가 왔다면 뭐라고 말했을까요?

"그건 아니라고 생각하는데요."

"됐어, 됐다니까."

아저씨는 격하게 내 말을 가로막았습니다. 위로 치켜뜬 조그만 눈에 분노의 불길이 타오르는 것이 느껴졌습니다. 그 분노는 아이에 대한 것이 아니라 가즈에를 해치려는 다른 세력에 대한 분노였습니다.

"잠깐 기다려. 너와 가즈에가 친구가 되는 것은 좋은 사회 공부가 되겠지만 가즈에게는 아직 이르고 너희 가정하고는 평생 인연이 없을 거야. 우리 집에는 가즈에 동생도 있으니 미안하지만 우리 집에는 이제 오지 말거라."

"알겠습니다."

"이런 말을 한다고 원망하지는 말고."

아저씨는 비로소 아양을 떨 듯 웃었습니다. 틀림없이 여직원들에게는 이런 얼굴로 대할 거라고 나는 생각했습니다.

"원망하지 않아요."

내가 어른에게서 이렇게 확실히 "너는 필요 없다"고 거절당한 것은 처음이었습니다. 충격이냐고 묻는다면 부정하지는 않겠지만, 나는 가즈에 아버지의 말투가 바로 가부장제의 껍질을 쓴 세상이라는 것을 알았습니다. 옳다든가 옳지 않다든가, 상처를 입었다든가 상처를 입지 않았다든가, 그런 것은 아무래도 좋습니다. 나는 집 안에서 세상의 가치를 구현하는 인간이 있다는 것을 알게 된 것이 놀라웠습니다.

우리 아버지는 일본에서는 소수 민족으로서의 권력이 있었지만 그걸 세상이라고는 할 수 없었습니다. 외할아버지는 소외되고 약한 사람이라서 내가 하라는 대로 했습니다. 굳이 말한다면 어머니가 세상의 대표였을지도 모르지만 영향력이 약해서 아버지조차 이길 수 없었습니다. 그래서 가즈에의 아버지처럼 세상의 가혹함이나 무가치함을 확고한 기준으로 표현하는 인간을 보는 것은 그야말로 감동이었던 것입니다. 왜냐하면 가즈에의 아버지는 세상의 가치 같은 것은 그다지 믿지 않았거든요. 하지만 살아가기 위한 무기로써 의식적으로 지니고 있을 뿐이라고 나에게 암시하고 있었습니다. Q여고의 내부 사정 따위는 가즈에의 아버지라면 틀림없이 신경도 쓰지 않겠지요. 가즈에의 아버지가 무기로 사용하고 있는 것은 밖에서 본 이미지, 결국은 세상의 견해 자체니까요. 그것이 당사자인 가즈에에게 얼마나 잔혹한지에 대해서는 이 아버지는 전혀 개의치 않는 것 같습니다. 제멋대로이고 강한 인간. 그 정도는 아직 여고생일 뿐이었던 나에게도 그대로 전해졌습니다.

하지만 가즈에와 가즈에 어머니, 여동생은 아저씨의 의도나 무기 같은 것을 평생 알아차리지 못할 것입니다. 그것을 느낄 수 있었다는 것만이 나에게는 가즈에에 대한 우월감으로 남아 있었습니다. 나나 미쓰루가 갈고닦은 악의를 이 사람은 좀 더 적용하기 쉬운 것, 좀 더 알기 쉬운 것으로 바꿔서 가족을 지키고 있었습니다. 가족을 지키는 것은 자신을 지키는 것이고, 그런 의미에서 나는 가즈에게 강한 아버지가 있다는 것이 무척이나 부러웠습니다. 아버지의 강한 의지에 물든 자식은 그 가치 기준이 옳다고 믿고 살아갈 수 있을 것이기 때문이지요. 지금 깨달은 일이지만 그것은 어쩌면 세뇌에 가까운 것 아닐까요? 노력하라는 신앙에 중독된 가즈에는 아버지에게 세뇌당하고 있었던 것입니다.

"조심해서 돌아가거라."

나는 아저씨에게 등을 떠밀린 기분으로 계단을 올라가기 시작했습니다. 아저씨는 내 뒷모습을 보고 나서 거실로 돌아갔습니다. 문이 쾅 하고 닫히자 복도의 어둠이 한층 더 짙어졌습니다.

"늦었구나."

방에서 기다리고 있던 가즈에가 불만스러운 듯 말했습니다. 책상 위에 연습장을 펼쳐놓고 낙서를 하면서 무료함을 달래고 있었는지 바통을 들고 미니스커트 차림으로 춤추는 치어걸 그림이 그려져 있었습니다. 내가 들여다보자 가즈에는 어린애처럼 양손으로 그림을 가렸습니다.

"국제전화를 걸고 왔어." 나는 아저씨가 직접 금액을 적어준 메모를 보여주었습니다. "이건 내일 줄게."

가즈에는 메모지를 힐끗 보았습니다.

"많이 나왔구나. 그런데 네 어머니는 왜 돌아가셨니?"

"스위스에서 자살했어."

가즈에는 고개를 숙이고 한참 동안 할 말을 찾는 듯하더니, 결심한 듯 얼굴을 들었습니다.

"너에게는 안됐지만 나로서는 조금 부러워."

"왜? 어머니가 죽었으면 좋겠니?"

가즈에는 "응" 하고 낮은 목소리로 대답했습니다.

"나는 어머니가 정말 싫어. 최근에 깨달은 건데 어머니는 아버지의 딸이 되고 싶어 하는 것 같아. 아버지는 딸들에게만 기대를 걸거든. 그래서 아내로 있는 것이 싫은가 봐."

가즈에는 자기만이 그 기대에 부응할 수 있다는 기쁨으로 가득 차 있었습니다. 그렇습니다. 가즈에는 착한 아이였습니다. 아버지의 기대에 부응하면서 살려는, 마음이 착하고 장한 아이였습니다. 아니, 착한 신도였던 것입니다.

"그렇다면 딸도 하나면 되겠네?"

"응, 동생도 필요 없어."

나는 엉겁결에 동의한다는 웃음을 지었습니다. 그러나 우리 집의 사정은 가즈에의 아버지한테 지적당할 것도 없이 보통 가정과는 크게 달랐습니다. 그것은 신도인 가즈에로서는 평생 알 수 없을 것이라고 나는 생각했습니다.

"잠깐 기다려라."

현관을 나와 어두운 주택가를 걷기 시작한 순간, 뒤에서 내 어깨를 조심스럽게 잡은 사람이 있었습니다. 가즈에의 아버지였습니다.

"너 거짓말했지? 아버지는 스위스의 은행원이 아니지?"

가로등 불빛이 조그만 눈에 희미하게 반사되고 있었습니다. 가즈에에게서 들은 모양입니다. 나는 아무 말도 하지 못하고 그 자리에 우뚝 서 있었습니다. 마음속으로는 호기심에 가즈에 집에 놀러간 것을 후회하고 있었습니다. 이런 중년 남자와 아는 사이가 되고 싶지 않다, 이런 남자에게 감화되면 좋겠다고 생각한 것 자체가 바보라고 생각하면서.

"거짓말을 해서는 안 돼. 나는 한 번도 거짓말을 한 적이 없단다. 거짓말쟁이는 사회의 적이야. 알겠니? 학교 측으로부터 경고를 듣고 싶지 않으면 두 번 다시 가즈에에게 접근하지 말거라."

"네."

내가 주택가의 모퉁이를 돌 때까지 아저씨는 틀림없이 내 등을 노려보고 있었을 것입니다. 4년 후 가즈에의 아버지는 뇌졸중으로 허망하게 이 세상을 떠났습니다. 나에게는 이때의 만남이 처음이자 마지막이었습니다. 아버지가 돌아가신 뒤 가즈에네 집은 급속히 무너져 내렸는데 나는 붕괴 직전에 가즈에네 집의 무상한 행복을 목격한 셈입니다. 내 등에는 아직도 그때의 아저씨의 시선이 총탄처럼 깊이 박혀 있는 것 같습니다. 그 아저씨가 대변하는 사회로부터 저격당한 상처가.

일주일 후 아버지에게서 장례식을 무사히 마치고 베른에 무덤을 만들었다는 통보 전화가 왔습니다. 그러나 유리코에게서는 아무 소식도 없었습니다. 유리코의 귀국 계획은 좌절된 것이 틀림없다고 멋대로 생각한 나는 마냥 들떠 있었습니다. 그런데 여름방학을 며칠 앞둔 무더운 어느 날 저녁, 뜻밖의 사람에게서 전화가 왔습니다. 존슨 씨의 부인 마사미 씨였습니다. 산장에서의 송년 파티 이래 3년 만이었습니다.

"안녕하세요, 아가씨? 나는 마사미 존슨이에요. 오래간만이네요."

말꼬리를 길게 늘이고 '사' 발음을 외국인처럼 발음하는 것은 마사미 부인만의 특이한 말투였습니다. 내 팔에 오싹 소름이 돋았습니다.

"정말 오래간만이에요."

"언니만 일본에 남아 있는 줄은 몰랐어요. 말을 해주었으면 도움이 되었을지도 모르는데, 너무했어요. 게다가 어머니 소식을 듣고 큰 충격을 받았어요. 남편도 슬퍼하고 있어요. 정말로 안됐네요."

아 네, 감사합니다. 나는 그런 말을 입속말로 중얼거렸습니다.

"유리코에 대한 이야기, 들었어요?"

마사미 부인이 대뜸 본론으로 들어갔습니다.

"무슨 일인데요?"

"중학교와 고등학교에 다닐 동안 유리코를 우리 집에서 맡기로 했어요. 방도 비어 있고, 유리코는 어렸을 때부터 우리가 좋아하는 아이였으니까요. 그래서 전학을 시켰는데 언니가 Q여고지요? 유리코도 가고 싶다고 해서 Q여자 중등부에 외국인 특별 전형을 시험 보게 했어요. 그랬더니 합격했더라고요. 조금 전에 합격 통지서가 왔어요. 기뻐해줘요! 유리코가 언니와 같은 학교에 들어가게 됐으니! 남편도 Q중등부라면 여기서도 가깝고 좋은 학교라고 기뻐하고 있어요."

이게 어찌된 일입니까?! 유리코에게서 도망치고 싶다는 일념으로 지독하게 공부해서 간신히 손에 넣은 환경이 또다시 유리코로 오염되어 버리다니. 나는 절망스러워서 한숨을 내쉬었습니다. 유리코는 둔하지만 그 미모가 있는 한 특별대우는 영원히 계속될 것입니다. 그것은 Q학원에서도 마찬가지였습니다.

"유리코는 지금 어디에 있어요?"

"여기에 함께 있어요. 잠깐 기다려요, 바꿔줄 테니."

"여보세요, 언니?"

말릴 사이도 없이 어머니가 죽은 직후와는 전혀 딴판인 유리코의 느긋한 목소리가 들려왔습니다. 존슨 부부에게 환대를 받고 미나토구의 호화 저택에서 사치스럽게 지내고 있을 터였습니다.

"Q여자 중등부에 전학한다면서?"

"응, 9월부터. 같은 곳이니까 잘 부탁해."

"언제 돌아왔니?"

"일주일 전인가. 아버지는 재혼한대." 자기만 좋으면 그것으로 됐다는, 노여움 같은 것은 느껴지지 않는 느긋한 말투였습니다. "외할아버지는 건강하셔?"

나는 수화기를 든 채 뒤를 돌아보았습니다. 외할아버지는 언제 아팠느냐는 듯 분재 손질에 여념이 없었습니다. 몸이 아팠던 것은 며칠뿐이었습니다.

"건강하셔."

응, 하고 유리코는 아무런 관심도 나타내지 않은 채 건성으로 대답했습니다.

"P구 같은 곳에 가지 않기를 잘했지. 이쪽에서 노력해볼 거야."

노력을 해보겠다고? 그럴 마음도 없는 주제에. 나는 진절머리가 나서 전화를 끊었습니다.

미녀의 숨겨진 삶

　지금까지 얘기한 것은 전부 내가 보아온 진실입니다. 나의 추억 속에 살아 있는 유리코와 가즈에, 그리고 가즈에 아버지의 모습이지요. 일방적인 이야기라고 이제 와서 말씀하셔도 오직 나만 살아남아 이렇게 건강하게 구청에서 근무하고 있으니 어쩔 수 없는 일이에요. 외할아버지는 아시는 바와 같이 알츠하이머에 걸려 시간도 장소도 분명치 않은 도원경에서 노닐고 계십니다. 자신이 분재에 열중했었다는 것 따위는 조금도 기억하지 못합니다. 그렇게 아끼던 떡갈나무나 잣나무는 팔아버리거나 이미 오래전에 시들어서 쓰레기통에 버렸습니다.

　분재 때문에 생각났는데 가즈에 아버지의 이야기에서 한 가지 잊은 것이 있습니다. 어머니가 자살한 그날, 내가 가즈에네 집에 들렀다가 가즈에 아버지에게 쫓겨난 일은 이미 얘기했습니다. 거기에서 국제전화 요금 1만8백 엔을 지불하지 않으면 안 될 처지에 놓였다는 것도요.

　마침 돈이 없던 나는 나중에 지불하겠다고 약속은 했지만 사실은 지불하기 매우 난처한 상황에 처해 있었습니다. 당시 내 용돈은 단돈 3천 엔이었습니다. 그것으로 공책이나 책을 샀으니까 여유가 있을 리 없었습니다. 아버지가 보내주는 송금액은 학비 외에 매달 4만 엔으로 정해져 있고 그것은 공동 생활자인 외할아버지에게 전부 건네주었습니다. 외할아버지는 그 와중에도 분재를 사들이거나 분재 손질에 드는 비용을 궁리했는지도 모릅니다만, 어쨌든 국제전화가 그렇게 비쌀 것이라고는 생각지도 않았던 나는 어떻게 지불해야 할지 몰라 머리를 싸매고 귀가했던 것입니다.

스위스에서 이따금 걸려오는 전화비용을 아버지가 부담한 것도, 우리 가족의 통화 시간이 매우 짧았기 때문입니다. 아버지에게 돈을 보내달라고 부탁한다 해도 송금하는 데 시간이 걸렸을 겁니다. 나는 외할아버지에게 빌릴 수밖에 없다고 생각했습니다. 하지만 혈압이 오른 외할아버지는 코를 골면서 깊이 잠들어 있었습니다. 간호를 하고 있던 보험 아주머니가 그 얘기를 듣고 나를 나무랐습니다.

"1만8백 엔이나 지불해야 한다고? 어째서 콜렉트 콜로 하지 않았니?"

"하지만 아주머니가 그 집에서 전화를 빌려서 걸라고 말했잖아요? 그때 가르쳐주었으면 좋았잖아요. 나는 콜렉트 콜이 뭔지 모른단 말예요."

"하긴 그래." 아주머니는 내 얼굴에 닿지 않도록 담배 연기를 옆으로 뿜었습니다. "그렇기는 하지만 너무 비싸다, 얘. 100번의 통화 요금을 물어본 건 누구니?"

"걔네 아버지요."

"설마 거짓말을 하는 건 아니겠지? 네가 고등학생이라서 속인 것은 아닐까? 속이지 않았다 하더라도 보통 그런 경우엔 어머니를 잃은 불쌍한 아이니까, 부조하는 셈치고 안 받겠다고 할 거야. 나 같으면 절대로 안 받았을 게다. 그건 마음의 문제야. 인간으로서 당연한 일이고."

돈에 인색한 보험 아주머니가 자신이 말하는 것처럼 실제로도 기특한 일을 해주리라고는 생각하지 않았으나, 내 가슴에 한 점 의혹이 솟구쳐 오른 것은 사실입니다. 가즈에의 아버지가 나에게 거짓말을 한 것은 아닐까. 그러나 증거는 없습니다. 나는 주머니 속에 넣어두었던 요금 메모지를 바라보았습니다. 아주머니가 굵은 손가락으로 메모를 채갔습니다. 점점 더 화가 났기 때문이겠지요.

"이런, 금액까지 써서 아이에게 건네주다니, 못됐다! 어머니가 갑자기 죽고 외할아버지까지 몸져누운 슬픈 상황에서……. 너는 임종도 지키지 못했는데. 얘, 그 영감, 어떤 일을 하고 있니? 어차피 네가 다니는 학교는 부자들밖에 없으니까 좋은 집안이겠지?"

"잘 모르겠어요. 대기업에 다닌다고 했고 집도 훌륭했어요."

"돈 많은 구두쇠로구나!"

"그렇게 보이지는 않던데요."

나는 가즈에네 집에 어딘지 모르게 감돌던 절약하는 분위기를 떠올리고 고개를 갸우뚱했습니다.

"대단한 수입도 없는 싸구려 샐러리맨이 허세를 부리면서 살고 있는 거겠지. 그렇지 않으면 인정을 모르는 녀석이거나."

그렇게 단정한 아주머니는 돈이라도 꿔달라고 하면 곤란하다고 생각했는지 서둘러 집으로 돌아갔습니다. 아주머니가 돌아가는 기척을 느낀 외할아버지가 몸을 뒤척이면서 중얼거렸습니다.

"슬프고 외롭구나. 모두들, 나를 놔두고 먼저 가지 말게나."

분명히 어머니는 나와 유리코를 놔두고 혼자서 훌쩍 사라져버렸습니다. 유리코는 일본으로 돌아왔고 나는 전화 요금을 지불하지 않으면 안 됩니다. 문제를 남겨두고 자기만 도망쳐버리다니, 약삭빠르잖아요. 나는 터뜨릴 곳 없는 분노를 느끼고 메모지를 벽에 던져버렸습니다.

다음 날 아침, 가즈에는 교실에서 나를 보자마자 다짜고짜 요금을 청구했습니다.

"아버지가 전화 요금 받는 걸 잊지 말라고 하셨어."

"미안해. 내일 꼭 줄게."

가즈에의 눈에 내 성실성을 의심하는 빛이 잠깐 돌았던 것이 기억납니다. 자기 아버지와 꼭 닮은 눈이었습니다. 하지만 내 눈빛도 같았을 거라고 생각합니다. 언제 갚을 수 있으려나, 하는. 그러나 빚은 빚이니 갚아야만 했습니다. 궁지에 몰린 나는 그날 조금 일찍 집으로 돌아와서 외할아버지의 분재 가운데 내가 들 수 있는 크기의 화분을 골랐습니다. 겨울이 되면 예쁘고 빨간 열매를 맺는데 그 색깔이 좋아서 말이야, 하고 외할아버지가 자랑하던 남천촉이었습니다. 녹색 이끼가 흙 위를 빈틈없이 덮고 있는 남천촉은 칙칙하고 푸른 유약이 칠해진 화분에 심어져 있었습니다.

외할아버지가 스모 중계를 보느라 방심한 사이에 나는 살그머니 화분을 들고 나왔습니다. 그리고 자전거 바구니에 넣고 서둘러 만수원으로 향했습니다.

해질녘에 만수원 입구에서 마침 손님을 배웅하고 있던 보호사 아저씨는 내가 화분을 갖고 온 것을 보고 깜짝 놀랐습니다.

"미안하지만 이것 좀 사주세요."

아저씨는 싫은 얼굴을 했습니다.

"외할아버지한테 부탁받은 거니?"

내가 고개를 옆으로 흔들자 아저씨는 히죽 웃었습니다. 나는 아저씨가 외할아버지에게 복수하고 싶어 한다고 느꼈습니다.

"그렇다면 비싸게 사줄게. 5천 엔 어떠냐?"

낙담한 나는 손가락 두 개를 내밀었습니다.

"2만 엔 주시면 안 돼요? 외할아버지가 이건 좋은 남천촉이라고 하던데요."

"얘야, 이건 그만한 값어치가 없단다."

"그렇다면 됐어요. 다른 사람에게 팔 거니까요."

보호사 아저씨는 그렇다면 만 엔을 주겠다고 곧 양보했습니다. 어쩌면 이 분재는 값이 좀 더 나가는 것일지도 몰랐습니다. 생각하는 척하더니 보호사 아저씨가 "무겁겠구나" 하고 간사한 목소리를 내면서 화분을 든 내 손 위에 자신의 양손을 겹쳤습니다. 잘 닦은 가죽처럼 딱딱한 피부가 이상하게 따스했습니다. 기분이 너무 나빠서 나는 엉겁결에 화분을 떨어뜨리고 말았습니다. 화분은 땅에 묻혀 있던 정원석에 부딪쳐 보기 좋게 깨지고, 남천촉의 가지는 부러져서 사방으로 흩어져버렸습니다. 만수원에서 막노동을 하는 젊은이가 놀라 이쪽을 바라보았습니다. 아저씨는 평정을 잃은 듯 몸을 웅크리고 깨진 화분을 주워 모으면서 쭈뼛쭈뼛 내 얼굴을 올려다보았습니다.

결국 그 화분은 깨졌음에도 불구하고 3만 엔에 팔렸습니다. 전화 요금을 주고 남은 잔금은 갑작스런 지출에 대비하기 위해 저금하기로 했습니다. Q여고에서는 문화제나 생일 파티 때에도 회비를 내라는 일이 많았고 그것을 아무렇지도 않게 생각하는 학생들뿐이었기 때문입니다. 자기 방어를 하기 위한 저금인 셈이지요. 외할아버지 말입니까? 네, 그날은 전혀 알아차리지 못했습니다. 이튿날, 외할아버지는 어머니의 일 따위는 까맣게 잊어버린 것처럼 원기를 회복했으나, 아침에 평소대로 베란다에서 분재 손질을 하더니 "아이고!" 하고 비명을 질렀습니다.

"남천촉, 너 어디로 가버린 거야!"

나는 시침을 뚝 떼고 도시락을 싸고 있었습니다. 외할아버지는 좁은 방 안을 뛰어다니면서 남천촉을 찾아다니셨습니다. 벽장을 열어 보고 두 평짜리 반침 위의 작은 벽장을 들여다보고 신발장 안까지 들여다보았습니다.

"그런 좋은 나무는 어디를 가도 없는데! 어디로 사라진 거냐? 제발 좀 나와다오, 남천촉아. 미안해, 내가 잘못했다. 너를 소홀히 생각한 것은 결코 아니야. 나 말이야, 딸애가 죽어버려서 너무 슬픈 나머지 드러누웠던 거야. 미안하다, 미안해. 그러니까 제발 다시 나와다오. 모든 것을 용서해다오."

외할아버지는 미친 듯이 돌아다녔으나, 이윽고 지친 모양이었습니다. 맥이 탁 풀린 듯 어깨를 떨어뜨리고 엉뚱한 곳을 바라보았습니다.

"딸아이가 저 세상으로 데려가 버렸나?"

외할아버지의 머릿속에는 사기를 쳐서 남을 속일지언정 나나 보험 아주머니나 경비원 아저씨 같은 가까운 사람을 의심하는 생각은 털끝만큼도 없었습니다. 이번에도 역시 이치에 안 맞는 사건으로 혼자 착각하고 끝낸 모양이었습니다. 나는 안심하고 학교에 갔습니다. 가즈에네 집 방문은 이런 사건까지 불러일으켰던 것입니다.

생각해보면 어머니의 갑작스런 자살은 우리 가족을 더욱더 뿔뿔이 흩어지게 만들었습니다. 나는 외할아버지와, 유리코는 존슨 부부와, 아버지는 스위스에 계속 남아 그 터키 여자와 새로운 가정을 꾸몄으니까요. 아버지에게 일본이라는 나라는 어머니의 죽음과 함께 기억에서 지워졌습니다. 나중에 알고 깜짝 놀란 일인데, 터키 여자는 나하고 단 두 살밖에 차이가 나지 않는다고 합니다. 아이도 아들만 셋을 낳았답니다. 맏아들은 스물네 살이 되었고 스페인 축구팀에 들어갔다는 소문이 들렸으나 만난 적도 없고, 축구에 관심이 없는 나에게는 먼 나라 일이기만 합니다.

하지만 나의 상상도 속에서 나와 유리코와 내 배다른 동생들은 소금기 많은 새파란 물속을 힘차게 헤엄치고 있었습니다. 내가 좋아하는 캄브리아기의 버제스 동물들로 비유하자면, 아름다운 얼굴의 유리코는 왕이기 때문에 다른 동물들을 잡아먹어야 합니다. 그래서 아노말로칼리스일 것입니다. 네, 대하 같은 튼튼한 다리를 가진 절족絕足 동물의 선조이지요. 그리고 중동의 피가 섞여서 눈썹이 짙은 것이 동생들은 틀림없이 퇴적물 속에서 살아가는 벌레거나 헤엄쳐 다니는 해파리들일 것입니다. 나 말입니까? 나는 틀림없이 일곱 쌍의 가시로 해저를 기어 다니는 머리빗처럼 생긴 할루키게니아입니다. 할루키게니아는 부식腐食 동물입니까? 나는 몰랐습니다. 시체를 먹고 살아간단 말이지요? 누군가의 시체 위에서 그 추억을 더럽히면서 살아가는 나는 할루키게니아 그 자체입니다.

나와 미쓰루는 어떻게 되었냐고요? 미쓰루는 계획대로 도쿄대 의학부에 합격했습니다. 하지만 미쓰루의 인생은 생각지도 못했던 방향으로 밀려가 버렸습니다. 건강한 것 같긴 하지만, 지금 교도소에 있으니까요. 검열이 잔뜩 된 연하장이 왔지만, 나는 답장을 쓴 적이 한 번도 없습니다. 그 이야기를 듣고 싶으십니까? 그럼, 이 다음에 반드시 이야기해드릴게요.

그건 그렇고, 요전에 깜짝 놀랄 만한 일이 있었습니다. 아무에게도 얘기할 생각은 없었지만, 이 이야기를 계속해 나가려면 어쩔 수 없이 소개할 수밖에 없네요.

1심의 첫 공판을 받기 일주일쯤 전의 일이었습니다. 덧붙여 말하면 이 두 사건은 '아파트 연쇄 살인사건'이라는 이름이 붙어 있었습니다. 처음에는 가즈에의 사건만 '엘리트 여사원 살인사건'이라고 부풀려져 매스컴에서 크게 떠들어댔지만, 유리코의 사건이 동일인의 범행이 아닐까 하는 소문이 떠돌고 나서부터는 이렇게 달라졌습니다. 살해당한 것은 유리코가 먼저였지만, 중년의 창녀 한 명이 살해당한 사건에 이름 같은 것은 붙이지 않거든요.

때아닌 태풍이 도쿄를 강타할 것이라는 일기 예보가 들리고, 뜨뜻미지근한 바람이 휘이잉 소리를 내면서 사납게 몰아치던 험악한 날이었습니다. 구청 창문으로 잎사귀가 찢겨나갈 정도로 바람에 흔들리는 플라타너스 나무와 경륜장의 자전거가 도미노의 말처럼 쓰러지는 것이 보였습니다. 마음이 흥분된다고 할까요, 왠지 모르게 공격적이고 난폭해지는 듯한 날이었습니다.

나는 여느 때처럼 보육원의 심사 접수계 창구에 앉아 있었으나, 찾아오는 입원 희망자도 없었고 마음은 진정되지 않았습니다. 태풍이 오기 전에 어떻게든 집에 돌아가고 싶다는 생각만 하고 있었기 때문입니다. 그때 눈앞에 중년 여인이 와서 섰습니다. 수수한 회색 드레스를 입고 은테 돋보기안경을 쓰고 있었습니다. 나이는 오십 대 중반일까요? 머리카락은 반백으로 아무렇게나 묶었는데 독일인 여성 같은 견실한 인상이었습니다. 이 창구는 아이를 동반한 젊은 어머니들 외에는 오지 않는 곳이기 때문에 손자의 입원 상담이라도 하러 온 모양이라고 추측한 나는 할 수 없이 건성으로 말을 걸었습니다.

"무슨 일로 오셨습니까?"

여자는 쿡 하고 웃음을 터뜨렸습니다. 치아의 모양이 어딘가에서 본 듯한 느낌이 들었습니다.

"나를 못 알아보겠어요?"

얼굴을 보아도 이름이 떠오르지 않았습니다. 그녀는 화장기가 전혀 없는 갈색 피부에 립스틱 하나 바르지 않았습니다. 화장기 없는 중년 여성은 마치 물고기의 얼굴 같아서 도저히 구분할 수가 없잖아요?

"나 마사미, 마사미 존슨이에요."

나는 깜짝 놀라서 소리를 질렀습니다. 마사미 부인이 이렇게 수수하고 검소한 여자가 되리라고는 생각지도 못했기 때문입니다. 내 추억 속의 마사미 부인은 영원히 그 자리에 어울리지 않을 차림을 하고 있을 것 같은 화려한 여자였습니다. 산길에서도 빛나던 다이아몬드 반지, 스키장에서의 새빨간 립스틱, 유리코에게 씌워주던 푹신푹신한 흰색 양모 모자, 어린애가 보면 무서워할 법한 표범의 얼굴이 프린트된 브랜드 티셔츠, 여봐란 듯 혀가 꼬부라진 영어 발음, 귀에 거슬리는 '사' 발음. 그래도 나는 보육원의 일로 찾아왔을 것이라고 생각했습니다. 서류를 꺼내면서 곤혹스러움을 감춘 채 말했습니다.

"이곳에 살고 계실 줄은 전혀 몰랐어요."

"여기 안 살아요." 마사미 부인은 진지한 얼굴로 대답했습니다. "지금은 요코하마에서 살아요. 재혼했거든요."

마사미 부인이 존슨 씨와 이혼했다는 것도 모르고 있습니다. 내 기억 속 마사미 부인과 존슨 씨는 두 번 다시 만나고 싶지 않은 사람들이었던 것입니다.

"전혀 몰랐네요. 언제 이혼하셨어요?"

"벌써 20년이나 됐어요." 마사미 부인은 순은로 보이는 명함 지갑에서 멋진 명함을 꺼내 나에게 주었습니다.

명함에는 개인 영어회화 교사 파견이라고 쓰여 있었습니다. 이름도 마사미 존슨에서 '마사미 바사미'로 바뀌어 있었습니다.

"이란인 무역상과 재혼했어요. 나는 지금까지의 인맥을 통해서 개인 영어 레슨을 관리해주고 있어요. 꽤 재미있는 일이에요."

나는 명함을 들여다보는 체하면서 줄곧 생각에 잠겨 있었습니다. 이 부인은 무엇 때문에 26년 만에 내 직장까지 찾아온 것일까, 그것도 하필이면 이런 궂은 날에. 이상하기 짝이 없었습니다. 그런데 마사미 부인은 반가운 듯이 싱글벙글하면서 내 얼굴을 바라보고 있었습니다.

"정말로 오래간만이에요. 마지막으로 얘기한 게 유리코의 중학교 일로 전화했을 때일 거예요. 벌써 20년이나 되었네요."

"네, 그렇군요."

"그동안 잘 지냈어요?"

"덕분에요."

덕분이라니요? 나는 의례적인 인사를 되풀이하면서 불쾌하게 여기고 있었습니다. 어째서 이런 곳에 마사미 부인이 나타났는지 이상했습니다. 설마 영어 개인 레슨을 하러 찾아온 것은 아니겠지요. 의아스러움을 숨길 수 없게 되었을 때, 마사미 부인이 내뱉듯이 말했습니다.

"전남편은 나하고 헤어진 뒤에 완전히 망해버렸어요. 날아가는 새도 떨어뜨리던 증권맨이 하잘것없는 영어 교사가 되었으니까요. 유리코도 살해당했고."

마사미 부인의 어조에 심상치 않은 감정이 서려 있었습니다. 그것은 증오였습니다. 의아한 얼굴을 한 나에게 마시미 부인이 말했습니다.

"몰랐어요? 나와 전남편이 이혼한 것은 유리코 때문이었어요."

나는 별장의 난로 앞에서 아직 초등학생인 유리코를 무릎에 기대게 하고 응석을 받아주던 존슨 씨의 얼굴을 떠올렸습니다. 진지한 표정으로 산길을 걷고 있을 때면 말을 붙일 수 없을 정도로 단정하고 엄격해 보였던 존슨 씨. 색 바랜 청바지와 흐트러진 다갈색 머리카락. 그러나 존슨의 단정한 용모도 유리코 앞에서는 불완전한 것이었습니다. 갑자기 존슨 씨와 유리코의 피가 섞인 아이의 얼굴이 떠올라 나는 그 이상함에 머릿속이 어지러워졌습니다. 유리코는 죽었는데, 아직도 내가 유리코의 지배를 받고 있다는 것이 불쾌해서 견딜 수가 없었습니다. 멍하니 있는 나에게 마사미 부인이 심술궂게 말했습니다.

"정말로 아무것도 모르고 있었나 보군요. 나는 내가 그처럼 귀여워하고 뒷바라지를 해주었던 유리코에게서 배신을 당했어요. 나도 충격을 받아서 얼마 동안 정신과 병원에 다녔을 정도예요. Q여중 동급생들에게 지지 않도록 매일 맛있는 도시락도 만들어주고 용돈도 주었다고요. 그 애가 속해 있던 치어걸부 회비는 어찌나 비싸던지 만약 돌려준다면 돌려받고 싶을 정도예요."

나에게 청구하려는 건 아닐까요? 나는 황급히 고개를 숙여 얼굴을 보지 않으려 애썼습니다.

"정말로 죄송합니다."

"당신에게 말해보았자 아무 소용없는 일이에요. 당신은 유리코와 사이가 나빴으니까. 그 애의 본성을 꿰뚫어볼 만큼 당신은 현명했던 거예요."

마사미 부인은 내가 선견지명이 있다는 듯이 칭찬을 하더니 커다란 가방 안에서 노트를 꺼내 내 앞에 놓았습니다. 표지에 소녀 취향의 흰 백합이 그려진 스티커가 붙어 있었습니다. 스티커는 벗겨지고 때가 묻어서 지저분했습니다.

"이게 뭐예요?"

"유리코의 일기라고 할까, 일종의 수기예요. 마지막까지 썼던 모양이에요. 미안하지만 기분이 나빴어요. 오늘 찾아온 것은 이것을 돌려주기 위해서예요. 당신이 갖고 있는 것이 제일 좋을 것 같아서요. 어찌된 영문인지 전남편이 이걸 갖고 있더군요. 일본어를 읽지 못해 소용없다고 하면서 얼마 전에 그가 나에게 보내줬어요. 유리코가 살해당해서 꿈자리가 사나워졌다고는 생각했겠지만, 자기 얘기도 쓰여 있으리라고는 생각지 못했겠죠."

마사미 부인은 입술의 양 끝을 내리고 경멸하듯이 말했습니다. 수수하고 견실했던 인상이 당장 수상쩍게 변했습니다.

"읽어보셨어요?"

"아니, 전혀요." 마사미 부인은 고개를 크게 흔들었습니다. "나는 다른 사람의 수기 같은 것에는 흥미가 없어요. 보나마나 지저분한 이야기들이 잔뜩 쓰여 있겠죠."

말의 앞뒤가 맞지 않았지만, 마사미 부인은 알아차리지 못했습니다.

"그렇다면 제가 맡겠습니다."

"다행이네요. 내가 경찰에 제출하는 것도 이상하잖아요. 이제 곧 재판이 시작된다고 해서 신경이 쓰였거든요. 그럼 분명히 맡겼습니다. 안녕히 계세요."

마사미 부인은 햇볕에 그을린 손을 나를 향해 흔들더니 힐끗 창밖으로 눈길을 주었습니다. 태풍이 오기 전에 돌아가고 싶다, 이런 기억하기도 싫은 땅으로부터 한시라도 빨리 떠나고 싶다, 유리코와 인연이 있는 여자하고는 얘기하기도 싫다는 불쾌한 얼굴을 하고 있었습니다.

"민원?" 마사미 부인이 아직 시야에서 사라지지 않았는데도 과장이 뒤에서 내 자리를 들여다보았습니다. "아니면, 무슨 난처한 일이라도 생겼어요?"

"아니, 그런 게 아닙니다. 아무 일도 아니에요."

"그래요? 어쩐지 그 부인은 보육원과는 관계가 없는 것처럼 보이더라니."

나는 순간적으로 유리코의 수기를 양손으로 감췄습니다. '아파트 연쇄 살인사건'의 공판이 시작되면 나는 다시 호기심 어린 눈에 노출될 것입니다. 과장도 내가 무엇인가 알고 있는 것이 아닐까 하고 기대하고 있을 거고요.

"아무 일 없다면 됐어요."

"저어, 과장님, 죄송합니다만, 오늘 조퇴를 해도 될까요? 외할아버지가 걱정이 되어서요."

과장은 아무 말도 하지 않고 고개만 끄덕이고는 창가의 자기 자리로 돌아갔습니다. 갑자기 높아진 습도 때문에 운동화가 마루를 스쳐대는 소리도 오늘은 투명하지 않았습니다. 과장의 허가를 받은 나는 자전거를 바퀴째 들어 올릴 것만 같은 강풍을 필사적으로 헤치면서 서둘러 집으로 향했습니다. 이제 곧 북풍이 부는 계절인데도 습도로 인해서 피부가 끈적거렸습니다. 하지만 기분이 좋지 않은 것은 날씨 탓이 아니었습니다. 유리코가 수기를 남겼다는 것이 더할 나위 없이 불쾌했던 것입니다.

초등학교에 다닐 때 유리코는 작문이라면 질색했기 때문에 언제나 나에게 부탁했을 정도였습니다. 더구나 호기심이라는 것이 없어서 주변의 일에는 늘 무심했습니다. 관찰력도 없는 무식한 애가 쓴 수기이니 보나마나 제멋대로이고 자화자찬으로 가득 차 있겠죠. 유리코가 문장을 쓸 수 있을 리가 없거든요. 문장이라면 질색하는 여자가 수기 같은 것을 쓸 수 있을까요? 참으로 이상합니다. 유리코를 사칭해서 누군가가 쓴 것이 아닐까요? 도대체 그 사람은 누구일까요? 그건 그렇다 치더라도, 이 안에는 무엇이 쓰여 있을까요? 나는 조금이라도 빨리 유리코의 수기를 읽고 싶어서 견딜 수가 없었습니다.

네. 이것이 유리코의 수기입니다. 솔직히 말씀드리지만, 보여드리고 싶지 않네요. 예상대로 너무나도 제멋대로고 시시하고 창피스러운 내용이기 때문이지요. 더구나 자신의 일뿐만 아니라, 나와 어머니에 대해서도 거짓말만 써놓았습니다. 어떻게 이런 엉터리 같은 내용을 쓸 수 있는지 어처구니가 없었습니다. 유리코의 글씨와 비슷하긴 하지만, 누군가가 필적을 흉내 내서 썼다고밖에 생각되지 않습니다.

　읽으시더라도 절대로 믿지 말아주세요. 정말로 전부 거짓말이니까요. 이 수기의 내용을 믿지 않겠다고 약속하신다면 보여드리겠습니다. 오탈자도 많이 있고 의미가 불분명한 곳도 많이 있었지만, 내가 고쳐놓았습니다.

GROTESQUE

3장

타고난 창녀
— 〈유리코의 수기〉

음탕한 피

9월 29일

오후 1시, 아직 자고 있는데 전화벨이 울렸다. 손님인가 싶어 상냥하게 받았더니 언니였다. 내 쪽에서 먼저 전화를 하는 일은 없는데, 언니는 일주일에 두세 번은 걸어온다. 꽤 한가한가 보다. "바쁘니까 나중에 걸어" 하고 매정하게 끊으려 하자 언니는 "그럼 밤에 다시 전화할게" 하고 매달리듯 말했다. 언니는 볼 일이 있어서가 아니라 내 방에 남자가 있는지 확인하기 위해 전화를 걸어온다. 그 증거로 반드시 마지막에 이렇게 묻는다.

"너 지금 혼자 있니? 누군가 있는 것 같은데."

단 한 번, 존슨이 방에 와 있을 때, 그 짓을 하고 있는 도중에 언니의 전화가 걸려온 일이 있었다. 언니는 부재중 전화에 장황하게 메시지를 남기고 있었다.

"유리코, 나야. 오늘 좋은 생각이 떠올랐어. 너하고 내가 함께 살면 어떨까? 함께 살면 서로의 일이 더 잘 되지 않을까? 나는 번역을 하니 온종일 사전과 씨름하면서 집에 있잖아. 그래도 내 일은 아침에 시작하면 저녁에는 끝나거든. 너는 밤일을 하니까 내가 일을 하는 동안 잠을 자고, 내가 자고 있는 사이에 돌아오면 되잖아. 그럼 얼굴을 마주치지 않아도 되고 집세도 절약되고 밥도 한꺼번에 많이 하면 훨씬 맛있단 말이야. 얘, 좋은 아이디어 아니니? 방은 어느 쪽이 좋은지 네 의견을 듣고 싶어."

존슨은 동작을 멈추고 전화 내용을 들었다.

"저 목소리, 언니지?"

"그래요. 보고 싶죠?"

나는 웃음을 참고 대답했다.

"우리를 맺어준 은인이라고."

존슨은 유창한 일본어로 말하고는 풋 하고 웃음을 터뜨렸다. 우리는 하던 짓을 멈추고 침대 위에서 배꼽을 잡고 웃었다.

"은인이라니, 무슨 소린지 모르겠네."

"언니는 번역가가 되었다면서?"

나는 고개를 저었다. 언니는 거짓말쟁이다. 복잡한 성격에 못생긴 언니. 존슨은 내가 그 얘기를 별로 하고 싶어 하지 않는다는 것을 알아차리고 입을 다물었다. 그리고 나의 감각을 다시 불러일으키기 위해 목덜미에 입술을 갖다댔다. 나는 고개를 옆으로 돌려 키스를 받으며 존슨의 우람한 어깨에 가득한 갈색 주근깨를 바라보았다. 온몸에 살이 올라 뚱뚱해지고 아름다웠던 머리카락은 거의 다 빠졌다. 존슨은 이미 쉰한 살이 된 것이다.

처음 만났을 때, 나는 아직 어린애였지만 이 남자가 나를 좋아한다는 것을 알 수 있었다. 존슨은 일본어를 할 줄 몰랐고 나도 영어를 몰랐지만, 서로 무슨 말을 하고 싶어 하는지 금세 통했던 것이다.

빨리 어른이 되렴.

어른이 되기만을 기다리고 있어요.

나는 언니에게 괴롭힘을 당할 때마다 존슨의 별장으로 달려가곤 했다. 존슨은 중요한 사업상 전화를 받거나 손님과 환담을 나누고 있더라도, 나의 방문을 기뻐하면서 환하게 웃었다. 언니는 우리의 공로자다. 심술을 부려 나를 존슨의 집으로 쫓아내 주었으니까. 귀찮은 것은 오히려 전직 에어 프랑스의 스튜어디스, 마사미의 친절이었다. 존슨의 아내인 마사미는 다섯 살 연하인 존슨에게 반해 있었고 존슨의 재산과 사회적 지위에 사로잡혀 있었으며 존슨에게 버림받는 것을 죽는 것만큼 두려워하고 있었다. 그래서 존슨이 나를 귀여워한다면 자신도 그렇게 하지 않으면 안 된다고 굳게 믿고 있었다. 달콤한 과자나 봉제 인형 같은 선물보다 마사미의 화장대에 놓여 있는 레브론 매니큐어가 갖고 싶었지만, 나는 마사미 앞에서는 어린애답게 행동했다. 그러는 편이 낫다는 것을 알고 있었던 것이다.

　언니와 대판 싸운 그다음 날, 존슨의 별장에서 자도 된다고 아버지의 허락을 받았을 때는 기뻤다. 신이 난 우리 둘은 상당히 아슬아슬한 짓도 서슴지 않았다. 마사미의 컵에 수면제를 넣어 그녀가 코를 골면서 자고 있는 동안 그 옆에서 존슨과 밤새 끌어안고 잔 적도 있으며, 마사미가 주방에서 고기를 굽고 있을 때 그 등 뒤에서 존슨에게 꽉 안겨서 텔레비전을 보기도 했다. 존슨의 손은 청바지 위이긴 하지만 나의 그곳에 놓여 있었다. 그리고 내가 딱딱해진 남자의 물건을 만져본 것도 그때가 처음이었다. 나는 존슨이 나의 첫 번째 남자가 될 것이라고 굳게 확신했다.

　일본 남자애는 상대가 되지 않을 것이라고 처음부터 생각하고 있었다. 그 애들은 혼혈 계집애에게는 처음부터 단념하고 접근해 오지 않았다. 그런 주제에 집단으로 뭉치기만 하면 심한 장난을 쳤다. 전철 안에서 남자 고등학생 무리를 만나는 건 최악이었다. 머리카락을 잡아당기는 것쯤은 참고 견뎌야 했다. 나를 에워싸더니 스커트를 들춘 적도 있었다. 나는 어린애 나름대로의 학습을 했다. 나에게 생존이란 남자와 어떻게 싸워나가느냐는 것이었다.

"이제 슬슬 일어나지 않으면 수업에 늦겠어."

존슨은 씁쓸한 얼굴을 하면서 내 좁은 침대보다 클 것 같은 커다란 몸을 구부리고 일어났다. 존슨은 오다큐선의 급행을 타고 한 시간 이상 걸리는 작은 읍의 역전에서 영어 회화를 가르치고 있다. 근처의 주부로만 열두 명을 채운 클래스라고 했다.

"쉰한 살의 영어 회화 선생은 인기가 없어. 모두들 젊고 잘생긴 남자를 좋아하거든. 일본에서 영어 회화를 배우는 것은 젊은 여자들뿐이니까. 내가 이런 시골에서 수업을 하는 것도 그곳까지 가지 않으면 학생이 없기 때문이야."

마사미와의 이혼 소송으로 존슨은 명예와 신용과 재산, 그리고 그때까지 갖고 있던 모든 것을 다 잃었다. 외국 자본의 증권 회사에서 파면당하고 막대한 위자료 때문에 가진 것을 몽땅 빼앗기고 미국 동부의 명문 친척들로부터는 완전히 따돌림을 당한데다 나와의 교제를 금지당했다. 마사미가 법정에서 나와의 관계를 모조리 털어놓았기 때문이다.

"남편은 배신자일 뿐만 아니라 범죄자입니다. 책임을 지고 맡아 기르던 열다섯 살 소녀에게 손을 대다니요. 제 눈을 피해서 두 사람은 우리 집에서 육체관계도 가졌어요. 어째서 오랫동안 알아채지 못했느냐고요? 저는 이 아이를 무척이나 귀여워했고 신경 써서 돌보아왔기 때문에 그런 것은 상상도 할 수 없었습니다. 전 남편에게도, 이 아이에게도 배신을 당한 것입니다. 지금의 제 심경을 이해하실 수 있겠습니까?"

그 뒤, 마사미는 어떻게 그 현장을 덮쳤는지, 나와 존슨이 어떤 음란한 행위를 했는지 시시콜콜한 것까지 죄다 보고해서 그녀의 발언을 들고 있던 판사와 변호사까지 얼굴을 붉히게 만들었을 정도였다고 한다. 그때 일을 생각하고 있는데 옷을 갈아입은 존슨이 내 뺨에 다정하게 키스했다. 우리는 시시덕거리면서 인사를 했다.

"그럼, 달링."

"허니, 안녕!"

나도 가게에 출근할 시간이 되었다. 나는 샤워로 존슨의 땀과 체액을 씻어내면서 나와 존슨의 엇갈린 운명에 대해서 생각했다. 그처럼 바랐는데도 존슨은 나의 첫 남자가 되지 못했다. 그 이유는 내게 남들보다 음탕한 피가 흐르고 있었기 때문이다. 나의 첫 남자는 아버지의 동생 카알이었다.

첫 남자, 카알 숙부

  이제 와서 깨달은 것이지만 소녀 시절의 나에겐 성인 남자들의 흥미를 끄는 무엇인가가 과하게 갖춰져 있었던 것 같다. 그건 롤리타콤플렉스를 환기시키는 마력일 것이다. 그러나 안타깝게도 어른이 되면서 그 마력은 서서히 사라져버렸다. 그래도 이십 대까지는 그런대로 좋았다. 남들보다 빼어난 외모라는 무기가 있었으니까. 하지만 서른여섯 살의 나는 나이에 비해서는 그런대로 아름다운 싸구려 호스티스, 혹은 창녀일 뿐이다. 그렇다. 나는 모든 의미에서 추해진 것이다.

  모든 연령대의 남자들이 경탄과 숭배의 눈길로 나를 바라보고, 어떻게든 말을 붙여보려고 필사적으로 노력하거나, 사귀게 될 만한 계기는 없을까 하고 머리를 굴리는 모습을 보는 기쁨. 나의 매끄러운 피부와 윤기 있는 머리카락, 부풀어 오르기 시작한 가슴을 황홀한 듯이 바라보고는 그 모습을 누군가에게 들킨 것은 아닐까 싶어 황급히 주위를 살펴보는 소심한 남자들을 보는 우월감. 소녀 시절 나에게는 남자들이 구하는 신성神性 같은 것이 갖춰져 있었던 것이다. 아름다운 소녀에서 그 마력을 상실하고 자꾸만 평범해져 가는 것, 그것이 나의 성장이었다.

그러나 나의 음탕한 피는 계속 남자를 구해 마지않았다. 평범해졌어도, 추해졌어도, 나이를 먹었어도, 살아 있는 한 끊임없이 남자를 구하지 않으면 안 되는 것이 나의 운명이었다. 남자가 나를 보고 감탄하지 않더라도, 원하지 않더라도, 경멸하더라도 나는 많은 남자와 섞이지 않으면 안 된다. 아니, 하고 싶은 것이다. 그것이 아무도 가질 수 없었던 신성에 대한 벌인 것이다. 그렇다면 나의 마력이라는 것은 죄에 가까운 것이었을까?

숙부 카알이 아들 앙리를 데리고 베른 공항으로 우리를 마중하러 왔을 때는 기온이 아직 영하인 3월 초였다. 카알은 검은색 코트를 입고 있었고, 앙리는 노란색 오리털 재킷에 부드러워 보이는 콧수염을 기르고 있었다. 카알은 금발에다 여윈 체격인 아버지를 전혀 닮지 않았다. 검은 머리카락에 우람한 체격. 더구나 아몬드 형으로 치켜 올라간 눈이 검은 머리카락과 어울려 동양인처럼 보이기도 했다. 카알은 아버지와 포옹하면서 재회를 기뻐한 후 어머니의 손을 잡았다.

"잘 오셨어요. 환영합니다. 아내가 빨리 집으로 놀러오라고 하더군요."

어머니는 애매하게 고개를 끄덕이는 카알의 손에서 재빨리 자신의 손을 빼냈다. 카알은 곤혹스러운 표정을 숨기지 못한 채 나를 향해 돌아서더니 얼굴을 보고 몇 걸음 뒤로 물러났다. 그때 나는 알았다. 카알이 존슨과 마찬가지인 것을.

존슨과 처음 만난 것은 내가 열두 살, 존슨이 스물일곱 살 때였다. 그래서 빨리 어른이 되라고 하는 존슨의 마음속 목소리가 전해져와도 즉각 응답할 수가 없었다. 그러나 카알을 만났을 때 나는 열다섯 살이 된 무렵이었다. 나는 카알의 눈초리 깊숙이 숨어 있는 음탕함을 제대로 이해했으며, 응답해도 좋다고 생각했다.

　나는 맨 먼저 나이가 비슷한 앙리와 친해졌다. 스무 살의 앙리는 나를 여러 장소에 데리고 다녔다. 영화관, 카페, 친구들의 집합 장소. 친구가 "그 애는 누구야?" 하고 물으면 "사촌 동생이야. 손대지 마라" 하고 대답했다. 나는 앙리와 외출하는 것이 귀찮아졌다. 앙리는 나이보다 유치했고 나의 아름다움을 그저 자랑만 하고 싶어 했기 때문이다.

　나는 이상한 점을 깨달았다. 내가 내 또래인 앙리나 다른 학생들에게 매력을 느끼지 못하는 것과 마찬가지로 그들에게는 성인 남자들에게 통하던 내 신통력이 먹히지 않았다. 그들에게 있어 나는 신성 같은 것이라곤 전혀 없는 한 소녀에 지나지 않았다. 환대를 받더라도 성인 남자의 눈에 나타나던 커다란 충격은 손에 넣을 수 없었다. 그것이 재미없어서 나는 어떻게든 카알과 둘이서만 있을 방법을 생각했다.

　어느 날 오후, 나는 약속 시간을 잘못 안 체하고 학교에서 돌아오는 길에 앙리네 집에 들렀다. 그 시간이라면 앙리가 아직 공장에 있다는 것을 알고 있었기 때문이다. 숙모 이본느는 부업을 하러 빵 가게에 가고, 앙리의 여동생은 고등학생이라 그들이 집에 없다는 것도 알고 있었다. 그리고 아버지를 통해서 오후에 자기 집에서 카알이 세무사와 면담을 한다는 것도 모두 알고 찾아갔다. 나를 보고 카알은 놀란 얼굴을 했다.

　"앙리는 3시가 조금 지나야 돌아오는데."

　"어머, 그럼 시간을 잘못 알았군요. 어떻게 하죠?"

　"들어와서 기다리렴. 커피라도 끓여주마."

　그의 목소리가 떨리고 있다는 것을 나는 놓치지 않았다.

　"하지만 방해가 되잖아요?"

　"괜찮아. 마침 일도 다 끝났으니까."

　카알은 나를 거실로 데리고 갔다. 회계 사무소에서 온 세무사는 막

일어나려던 참이었다. 천으로 만든 검소한 소파에 걸터앉아 있자 카알이 커피와 쿠키를 가져왔다. 숙모가 만든 쿠키는 너무 달아서 맛이 없었다.

"학교는 익숙해진 모양이지?"

"네, 숙부님."

"언어도 자연스러워진 것 같구나."

"앙리 오빠한테 배웠어요."

공장에서는 언제나 청바지를 입고 작업을 하는 카알이 그날만은 흰 셔츠에 회색 바지를 입고 검은 벨트를 차고 있었다. 실업가 같은 옷차림이 어울리지는 않았지만, 마흔다섯 살인 카알의 몸은 탱탱했다. 카알은 나의 건너편에 앉아 교복 미니스커트 아래로 뻗은 나의 다리에 눈길을 주거나 얼굴을 바라보곤 하면서 안절부절못하고 있었다. 어색하고 따분했다. 나는 카알을 어떻게 해보려고 생각한 스스로가 어리석게 느껴졌다. 손목시계를 보는 순간, 카알이 갈라진 목소리로 말했다.

"내가 앙리처럼 젊었으면 좋으련만."

"왜요?"

"유리코가 매력적이니까. 이제까지 너 같은 애는 만난 적이 없어."

"일본인의 피가 섞여 있어서요?"

"응, 처음 만났을 때 충격을 받았단다."

"난 숙부님이 좋아요."

"그건 안 되는 거야."

"뭐가 안 된다는 거예요?"

카알의 얼굴이 마치 고등학생처럼 빨개졌다. 나는 일어나서 존슨과 자주 했던 것처럼 카알의 무릎 위에 올라앉은 뒤 어깨에 손을 둘렀다. 딱딱해진 그것이 엉덩이에 닿았다. 존슨과 똑같았다. 저렇게 딱딱하고 기다란 물건이 정말로 내 속으로 들어가는 걸까? 틀림없이 아프겠지. "앗!" 상상한 순간에 엉겁결에 목소리가 새어나왔다. 그것이 신호였다. 카알은 다짜고짜 내 입술을 허겁지겁 빨기 시작했다. 떨리는 손으로 황급히 벗겨지는 교복 블라우스와 스커트. 구두와 양말도 그 근처에 내던져졌다.

카알은 속옷 차림이 된 나를 안고 침실로 데려갔다. 나는 카알 부부의 튼튼한 떡갈나무 침대에서 처녀를 잃었다. 그 행위는 예상보다 훨씬 더 큰 아픔을 수반했으나 나는 처음치고는 용이하게 쾌락을 손에 넣었고, 이것이 좋아서 견디지 못하게 될 것이라고 확신했다.

"아아, 이런 어린애를! 그것도 조카딸과 잘못을 저지르다니!"

카알은 나를 밀어젖히듯이 몸을 떼어내고는 괴로운 듯 중얼거리면서 양손으로 얼굴을 가렸다. 이렇게 황홀한 일인데, 무엇이 나쁘다는 것일까? 나는 회한에 사로잡힌 카알이 갑자기 현실로 돌아가 버린 것 같아서 왠지 불만스러워졌다. 하지만 카알도 마찬가지로 실망하고 있었다. 나는 카알의 눈빛 속에 있던 경외나 동경이 관계한 뒤에 사라진 것을 느꼈다. 나와 관계한 남자들은 누구나 다 뭔가를 상실한 듯한 표정을 짓는다는 것을 깨달은 것은 이때였다. 그렇다면 나는 영원히 새로운 남자를 구하지 않으면 안 된다. 지금 내가 창녀라는 직업을 갖고 있는 것도 그 때문이다.

카알과는 그 뒤에도 여러 번 가족들의 눈을 피해서 만났다. 언젠가는 카알이 학교에서 돌아오는 나를 차에 태운 뒤, 뒤도 돌아보지 않고 달리기 시작했다. 도착한 곳은 산기슭에 있는 카알 친구의 산장이었다. 계절이 지나서 아무도 사용하지 않은 그 집은 어두컴컴하고 물도 제대로 나오지 않았다. 우리는 카펫을 더럽히지 않기 위해 신문지를 깔고 그 위에서 포도주를 마시고, 빵 부스러기를 신경 쓰면서 살라미 샌드위치를 먹었다. 그리고 알몸이 된 나는 흰 덮개가 씌워진 더블 침대에서 여러 가지 포즈를 취해야만 했다. 카알이 카메라로 촬영을 했기 때문이다. 카알이 겨우 나를 끌어안았을 때, 내 몸과 마음은 차가워질 대로 차가워져 있었다.

"추워요, 숙부님."

"조금만 참아."

카알은 조카인 나를 계속 노리개처럼 가지고 놀았다. 신성 따위는 자고 나면 눈 깜짝할 사이에 없어져버린다. 섹스 상대 외에는 아무것도 아닌 게 되어버린 나는 나를 숭앙하고 있던 사내들에게 때때로 이런 수모를 당했다.

섹스 앞에서는 혈연관계 따위는 아무것도 아니라고 생각했지만 어찌되었건 우리는 혈연인 것이다. 우리의 관계를 절대로 알려선 안 되는 인물이 카알의 형이며 나의 아버지인 이상, 금기로부터 벗어날 수가 없었다. 카알은 나를 안은 뒤에는 반드시 겁을 먹었다.

"형님이 이 사실을 알게 되면 나는 살해될 거야."

남자들은 남자들끼리 만든 룰로 살아가고 있다. 그 룰 안에서 여자란 각 남자에게 속한 존재 외에 아무것도 아니다. 딸은 아버지에게, 아내는 남편에게. 여자의 욕망 따위는 남자들에게 거추장스럽기는 하지만 아무래도 상관없는 것이다. 욕망의 주체는 언제나 남자니까. 손을 대거나 손을 대는 것을 막거나. 결국 나는 일족의 남자에게 더럽혀진 여자였고 남자들의 룰에서는 있어서는 안 되는 금기이며, 그 때문에 카알은 겁을 먹었던 것이다.

나는 누구의 소유물도 되고 싶지 않다고 생각했다. 왜냐하면 나의 욕망은 남자들이 지킬 수 있을 정도로 작지 않았기 때문이다.

그러나 그날의 카알은 평소와는 조금 달라 보였다. 아버지 험담을 했던 것이다.

"형님은 말과 행동이 딴판이야. 회계 일에 밝다고 하더니 전혀 그렇지 않더라니까. 지적을 하면 고함만 지르고. 게다가 형수님에 대한 태도는 용서할 수가 없어. 마치 가정부처럼 다루잖아."

어머니는 가정부처럼 대해지길 바라는 거라고 말해보았자 카알은 이해하지 못할 것이다. 어머니는 스위스에 오고 나서부터 일본인이라는 것에 구애받기 시작했다. 매일 값비싼 일본 음식을 만들어도 아무도 먹지 않자 남은 음식을 냉동실에 보관했다. 냉동실 안에는 녹미채 삶은 것이나 고기 감자 조림 등을 넣은 그릇이 빽빽이 들어차 있었다. 나는 그것들이 어머니의 울결鬱結, 가슴이 꽉 막혀 답답함처럼 느껴져서 가슴이 섬뜩했다.

"숙부님은 아버지가 싫으세요?"

"아주 싫어해. 여기니까 하는 소린데, 형님은 터키 여자와 사귀고 있어. 나는 다 알고 있다고. 형님은 검은 머리카락과 검은 눈동자를 좋아하거든."

그 여성은 돈을 벌기 위해 독일에서 온 공장 노동자인데, 아버지에게 반했다는 것을 숨기지도 않고 언제나 뜨겁게 바라보고 있다고 했다.

"어머니가 알게 되면 어떻게 하지요?"

카알은 비통한 얼굴을 했다. 우리의 일도 어머니에게 알려지면 큰일이 벌어질 거라고 고민하고 있는 것이 분명했다. 나와 카알, 아버지와 터키인 여성. 어머니에게 숨겨야 할 것이 너무나 많았고, 모두 자연스레 어머니에게는 말을 걸지도, 청하지도 않게 되었다. 어머니에게 알리고 싶지 않은 비밀이 있었을 뿐만 아니라, 어머니 스스로 말을 배우려고도 하지 않고 언제까지나 자신의 껍질에서 나오지 않는 탓도 있었다.

"형수님에게는 절대로 알리고 싶지 않아."

"나는 알려져도 괜찮아요."

카알은 경악하면서 내 얼굴을 보았다. 나는 눈을 돌려 산장의 어두운 천장을 바라보았다.

어머니는 나를 미워하고 있었다. 자신과 전혀 닮지 않은 자식을 낳은 것에 어리둥절해 했고 평생 거기에 익숙해지지 못한 채 살아갔다. 그것은 내가 성장하고 난 이후로 더욱 심해졌다. 스위스로 이사한 것이 결정적이었는데, 가족 가운데 어머니만 동양인이었기 때문이다. 당연히 어머니의 마음은 서양인에 가까운 나보다는 일본에 두고 온 언니 쪽으로 향했다. 어머니는 늘 이렇게 말하면서 걱정하고 있었다.

"그 애가 걱정이다. 나에게 버림받았다고 생각하고 있을지도 몰라."

언니는 버림받은 것이 아니다. 나야말로 어머니에게 버림받은 자식이었다. 아무도 닮지 않아서 존재 자체가 꼴도 보기 싫은 자식. 나를 구하는 것은 남자들뿐이다. 남자들이 원해야만 존재의 의미를 가질 수 있었던 나. 그래서 나는 영원히 남자를 원한다. 숙제보다도, 다른 무엇보다도 먼저 하는 것이 남자와의 데이트였다. 왜냐하면 남자들은 내가 '지금 여기에' 살아 있다는 것을 증명해 주기 때문이었다.

어느 날 밤, 우리는 늦게 집으로 돌아왔다. 아파트 앞은 차를 들킬 우려가 있다며, 카알은 나를 뒷골목에 내려주었다. 나는 혼자 어두운 길을 터벅터벅 걸어서 집에 도착했다. 현관문을 열고 집에 들어가니, 아직 10시밖에 안 되었는데도 캄캄해서 이상하다는 생각이 들었다. 주방을 들여다보아도 음식을 한 흔적이 없었다. 어머니는 일본식 나물 반찬을 만들지 않는 날이 없었다. 이상하다고 생각하면서 침실 문을 조금 열고 안을 보았으나, 어두운 방에서 어머니가 자고 있는 것 같아 나는 부르지도 않고 살그머니 문을 닫았다.

30분 후 아버지가 돌아왔을 때, 나는 욕실에서 카알에게 죽도록 시

달린 몸을 씻고 있었다. 아버지가 욕실 문을 심하게 노크했기 때문에, 나는 카알과의 정사가 탄로 난 줄 알고 당황했으나 그렇지는 않았다. 아버지는 어머니가 이상하다고 나에게 말하러 온 것이었다. 가슴이 울렁거렸다. 나는 침실로 달려가면서 어머니는 훨씬 전에 죽었다고 마음속으로 생각했다.

일본에서는 아버지의 눈치를 보느라 언니 편은 한 번도 든 적이 없었는데, 스위스에서는 늘 언니를 걱정했던 어머니. 나는 어머니의 이런 나약함을 경멸하고 있었다. 또 어머니의 나태가 싫었다.

이런 일이 있었다. 나의 동급생 몇 명이 놀러 왔는데, 어머니는 주방에서 좀처럼 나타나지 않았다. 친구들을 소개하겠다고 내가 손을 잡아끌자 어머니는 내 손을 뿌리치고 등을 돌렸다.

"나를 가정부라고 말하렴. 너하고 전혀 닮지 않은 것을 설명하는 것이 귀찮아서 그래."

귀찮다. 이것은 어머니의 입버릇이었다. 독일어를 배우는 것이 귀찮다. 새로운 일을 하는 것이 귀찮다. 정을 붙이지 못한 베른에서 갈팡질팡하던 어머니의 인격은 급속하게 붕괴되어 갔다. 하지만 어머니가 죽으려고 생각한 계기는 알 수 없었다. 언제든지 죽고 싶다고 생각하고 있는 사람의 등을 살짝 미는 것은 사소한 사건일 뿐이다. 제대로 만들지 못한 요리라든가, 낫토 값이 비싸다든가. 혹은 터키인 여성과 아버지의 관계라든가, 카알과 나의 정사라든가. 나는 그 계기가 무엇인지는 알고 싶지도 않았다. 그 정도로 어머니에 대한 관심을 깨끗이 잃어버렸던 것이다.

하지만 이것만은 확실하다. 아버지와 카알은 어머니의 죽음에 안도한 일면이 있다는 것. 그리고 어머니가 자신들의 죄를 알고 죽은 것이 아닐까 하는 공포나 자책감과 싸우면서 앞으로의 인생을 살아갈 거라는 것.

그러나 내가 태어난 것은 어른들이 제멋대로 한 소행의 산물에 불과하다. 스위스인 아버지와 일본인 어머니가 만든 기적의 아이. 내 잘못이 아닌데도 책임을 지는 것은 나다. 그것만으로도 힘겨웠던 나는 어머니의 죽음에 대한 책임만큼은 절대로 짊어지고 싶지 않았다.

그렇기 때문에 아버지가 터키인 여성을 집으로 끌어들였을 때, 나는 오히려 안심이 되어서 일본으로 돌아가겠다고 주장했던 것이다. 나를 싫어하는 언니는 만나지 않으면 된다. 게다가 일본에서는 홍콩 근무를 마친 존슨이 내가 돌아오기를 기다리고 있었다. 어떻게든 존슨의 집에 들어갈 수는 없을까? 이미 처녀가 아닌 나는 존슨과 그것을 해보고 싶어서 견딜 수가 없었다. 나는 틀림없이 님포마니아_{nymphomania, 여성의 비정상적} _{성욕항진증}일 것이다.

요부에서 창녀로

님포마니아인 나에게 창녀는 천직이기도 하지만 절대로 어울리지 않는 직업이기도 하다. 나는 상대방이 아무리 난폭한 남자라도, 못생겼더라도, 그 순간만은 좋아할 수 있으며 온갖 창피스러운 요구에도 응할수 있다. 오히려 상대가 변태이면 변태일수록 좋아질지도 모른다. 상대방에게 응할 수 있다는 내 능력을 마음껏 실감할 수 있기 때문이다.

이것은 나의 장점이지만 동시에 커다란 결함이기도 하다. 나는 남자를 거절할 수 없다. 마치 버자이너vagina처럼. 그런 의미에서 나는 여자그 자체인 것이다. 나를 원하는 남자를 거절하는 것은 내가 나로 있을수 없게 되는 것이다.

그러나 일일이 기분 내키는대로 해서는 몸이 감당하지 못한다. 마음과 몸이 크게 찢겨 있는데도 창녀 일을 계속한다면 언젠가는 파멸할 것이 틀림없다. 파멸이 어떤 것인지 상상해 본 적이 여러 번 있다. 심장마비로 쓰러지든가, 병에 걸려서 고통을 당하든가, 아니면 남자에게 살해되든가, 이 세 가지다. 무섭지 않을 리가 없다. 하지만 그만둘 수가 없으니 결국 나라는 인간은 여자인 나 자신에게 파멸되고 말 것이다.

그날을 의식해서 나는 이 글을 쓰기로 결심했다. 일기도 아니고 수기도 아닌 나만의 기록. 여기에 쓴 내용은 모두 사실이다. 창작만은 내 능력이 아니기 때문이다. 누가 읽을지 모르겠지만 언제나 책상 위에 꺼내놓을 생각이다. '존슨에게'라는 메모를 첨부해서. 내 방 열쇠를 갖고 있는 것은 존슨밖에 없으니까.

존슨은 한 달에 네다섯 번, 내 방에 찾아온다. 내가 돈을 받지 않는 유일한 상대. 이처럼 오래 지속된 관계도 존슨뿐이다. 존슨을 사랑하는지 묻는다면 그렇다고 할 수도 있고 그렇지 않다고도 할 수 있고, 나로서는 잘 모르겠다. 다만 존슨이 나의 무엇인가를 지탱해 주고 있는 사람인 것만은 확실하다. 아버지라는 존재에 대한 갈망? 그럴지도 모른다. 존슨은 나를 사랑하는 것을 그만두지 않기 때문이다. 아버지처럼. 그러나 나의 진짜 아버지는 나를 사랑하지 않았다. 아니, 사랑하는 것을 중단했다.

아버지에게 일본으로 돌아가고 싶다고 말했을 때를 회상한다. 어머니가 죽은 지 일주일가량 지난 깊은 밤이었다. 주방의 수도꼭지에서 끊임없이 물이 뚝뚝 떨어지는 소리가 들려왔다. 어머니가 죽은 순간 수도꼭지가 헐거워졌는지, 아니면 본래 헐거웠던 꼭지를 어머니가 강하게 힘으로 옥죄고 있었던 건지 갑자기 물이 뚝뚝 떨어지게 되었다. 나는 어머니가 '나는 여기에 있다' 하고 주장하고 있는 것 같아서 무서워 견딜 수가 없었다. 더구나 아무리 부탁해도 바쁘다는 이유로 배관공이 오지 않았다. 나와 아버지는 물소리가 날 때마다 섬뜩해서 주방을 돌아보았다.

"네가 일본으로 돌아가고 싶은 이유가 나 때문이냐?"

아버지는 내 눈을 보지 않고 물었다. 아버지는 터키인 여성(웬일인지 우르술라라는 독일식 이름이었다)을 집에 데려온 것에 죄책감을 느끼고 있었음에 틀림없었다. 그러나 한편으론 경찰에 통보까지 한 나에게 화를 내고 있었다. 화가 난 그 순간, 아버지는 마음속으로 나와 어머니를 버리고 우르술라를 선택한 것이다.

내가 경찰에 연락한 것은 단순한 감정에 지나지 않았다. 어머니의 유해가 있는데도 임신한 여자를 집에 데려오는 무신경함. 하지만 나는 아버지를 의심한 적이 단 한 번도 없었다. 아버지는 범죄에 손을 댈 만큼 강하지 않았다. 범죄를 저지를 만큼 분수에 넘치는 커다란 욕망도 없었다. 그런 아버지이니 어머니가 무너져가는 모습을 옆에서 봐야 했을 때, 도저히 건너내지 못하고 도망친 것은 당연했다. 그리고 그렇게 택한 여자가 곤경에 처한 이상 떠맡지 않을 수가 없었을 것이다. 아버지는 소심했다.

"아버지 때문이라기보다는…… 아니에요."

"무슨 말이냐?"

아버지는 곤혹스러워하며 눈을 들었다. 엷은 푸른색 눈동자에 매우 난감해하는 빛이 역력했다.

"여기에 있고 싶지 않아요."

"우르술라 때문이냐?"

아버지는 목소리를 낮추었다. 우르술라는 손님용 침실인 옆방에서 자고 있었다. 절박유산_{임신 전반기에 질 출혈 등이 있는 경우}을 할 위험이 있으니 절대 안정을 취하라고 의사에게 주의를 받았던 것이다. 우르술라는 브레멘에서 혼자 일하러 온 노동자였으며, 아버지에겐 장기 입원을 시킬 만한 돈이 없었다.

"우르술라 때문이 아니에요."

우르술라는 아버지 이상으로 어머니의 죽음에 겁을 먹고 괴로워하고 있었다. 자신 때문에 어머니가 자살했다고 생각했던 것이다. 나와 겨우 세 살 차이였던 그녀는 대화를 해보니 어린애 같은 순박함과 단순함을 함께 지니고 있었다. 나는 우르술라 당신에 대해서는 화가 나지 않는다, 어머니의 죽음과 당신의 존재는 무관하다고 말한 것에 뛸 듯이 기뻐했으니까. 나의 대답에 아버지는 안심한 듯 숨을 내쉬었다. 그러나 아버지의 시선에는 아직도 의심이 담겨 있었다.

"그렇다면 괜찮지만, 내가 지은 죄가 커서 네가 용서해주지 않을 거라고 생각했다."

죄가 큰 것은 나도 마찬가지였다. 그러나 나는 카알과의 불륜과 어머니의 죽음을 계기로 급격하게 어른이 되어 있었다.

"용서하느냐 용서하지 않느냐의 문제가 아니에요. 나는 일본으로 돌아가고 싶어요."

"어째서?"

존슨을 만나고 싶으니까, 라는 이유만은 아니었던 것 같다. 나는 어머니를 사랑하고 있었다. 어머니가 없다면 스위스에 남아 있을 필요가 없었다.

겉모습은 서양인인 아버지를 더 많이 닮았음에도 불구하고 나는 어머니의 성격을 지니고 있었다. 타인을 모두 받아들이고 타인을 거울삼아서 자신의 존재를 인식한다는 점이 그랬다. 그리고 언니는 '전혀'라고 해도 좋을 정도로 아버지의 외모를 닮지 않았지만, 성격만큼은 아버지와 매우 비슷했다. 자기중심, 치밀한 관찰력, 두꺼운 방어벽. 물론 언니는 어머니와 꼭 닮은 외모였다. 이 아이러니. 가족의 사이가 좋다면 우스개로 끝났겠지만 우리 집에서는 서로의 증오를 키우는 원인이 되었다.

나는 어렸을 때부터 언니의 시선에 계속 노출되어 왔다. 놀 때나 공부할 때도 언니는 언제나 나를 감시했고 하는 일마다 모두 참견했고 나를 지배하려 들었다. 우리 자매는 외모가 다를 뿐만 아니라 성격도 엄청나게 달랐다. 아니, 외모가 현격하게 달랐기 때문에 성격도 다르게 형성된 것이다.

그 옛날 오두막집에서 있었던 일은 지금도 내 마음에 검은 얼룩 같은 증오를 남겨놓았다. 그때 난 깜깜한 겨울 산길을 5분 이상 걸어서 존슨의 별장으로 되돌아가야 했으니까. 언니가 같은 일을 당했더라면 아마 나를 저주해서 죽였을지도 모른다. 그날, 아버지는 화를 내며 언니를 때렸다. 언니가 나를 마음속으로부터 미워하고 있다는 것을 그날 뼈저리게 느꼈다.

"어머니가 돌아가신 이상 여기에 남아 있을 이유가 없어요."
"그래. 그럼, 일본인으로 사는 것을 선택했단 말이지?" 아버지는 애처로운 듯이 말을 더듬었다. "네 얼굴로는 고생할지도 모른다."
"그래도 나는 일본인이잖아요."
내 운명은 이때 정해진 것이나 마찬가지였다. "외국인, 외국인이다"라며 아이들에게 손가락질을 당하거나, 혼혈아는 예쁘기는 해도 금세 늙는다면서 뒤에서 수군거리는 소리를 듣거나, 남자 고등학생에게 희롱이나 당하면서 저 습기 많은 나라에서 일본인으로 생활하는 게 내 운명인 것이다. 그래서 나도 언니처럼 방어벽을 두껍게 할 필요가 있었다. 스스로를 방어할 수 없는 나는 그 벽이 존슨이어야 한다고 생각했다.
"어디로 갈 건데? 외할아버지와 함께 살 생각이냐?"
외할아버지는 언니에게 빼앗겼다. 언니는 일단 손에 넣은 것은 절대로 타인에게 넘겨주지 않았다. 외할아버지와 자신의 거처를 양팔로 감싸고 나를 들여보내 주지 않을 것이었다.
"존슨 씨 댁에서 하숙을 시켜주겠대요."

"그 미국인 말이냐?" 아버지는 씁쓸한 표정을 지었다. "나쁘지는 않지만 돈이 많이 들 게다."

"하숙비는 필요 없대요. 그러니까 허락해주세요."

나의 부탁에 아버지는 고개를 끄덕이지 않았다.

"언니는 허락해주셨잖아요."

아버지는 체념한 듯 어깨를 으쓱했다.

"그 애는 나를 따르지 않았어."

그것은 두 사람이 서로 닮았기 때문이었다. 우리는 입을 다물었다. 침묵 중에 뚝뚝 하고 수도꼭지에서 물이 떨어졌다. 아버지는 그 소리를 더 이상 참을 수 없다는 듯이 소리쳤다.

"알았다. 돌아가거라."

"아버지는 우르술라와 즐겁게 살면 되잖아요."

악담을 할 생각은 아니었지만 그 말을 들은 아버지는 슬픈 얼굴을 했다.

다음 날 아침, 나는 학교를 빼먹고 존슨의 회사에 전화를 걸었다. 아버지의 허락을 얻어냈지만 사실 존슨하고는 얘기를 하지 않았던 것이다. 존슨은 내 전화를 받고 기뻐했다.

"유리코, 오래간만이구나. 도쿄에서 근무를 하게 되어 만날 수 있으리라 생각했었는데, 스위스로 갔다고 해서 실망하고 있었단다. 모두들 안녕하시겠지?"

"어머니가 자살했어요. 아버지는 새 여자하고 재혼하겠대요. 나는 일본으로 돌아가고 싶지만 돌아갈 곳이 없어요. 일본에 있는 언니는 나랑 함께 살고 싶지 않대요. 정말로 난처하게 됐어요."

결코 동정심을 이끌어내려고 한 말은 아니다. 나는 존슨을 유혹하고 있었다. 겨우 열다섯 살 소녀가 서른 살 남자를 유혹한 것이다. 존슨은 황급히 숨을 들이키더니 이런 제안을 했다.

"그럼 우리 집에 오면 되지. 별장에서 그랬던 것처럼 말이야. 언니에게 괴롭힘을 당하는 아이는 우리 집에 오면 되는 거야. 언제까지나 있어도 괜찮아."

나는 가슴을 쓸어내리면서도 마사미에 대해서 물었다. 갓난애라도 태어났으면 있기 곤란할지도 몰랐다.

"하지만 마사미 부인은 뭐라고 할지 모르잖아요?"

"마사미도 환영할 거야. 그것은 내가 약속하지. 마사미는 귀여운 유리코를 끔찍이 좋아하니까. 그런데 학교는 어떻게 하지?"

"아직 정하지 못했어요."

"그렇다면 마사미에게 찾아보라고 할게. 유리코, 우리 함께 살자."

존슨의 속삭임은 유혹에 응답한 사내의 그것이었다. 나는 안도의 숨을 내쉬고 소파에 드러누웠다. 갑자기 시선을 느껴 고개를 들어보니 우르술라가 나를 쳐다보고 있었다. 그리고는 나를 향해 윙크를 했다. 말은 통하지 않지만 전화를 하던 말투에서 우르술라는 본능적으로 무엇인가를 알아차린 것이다. 나는 고개를 끄덕이고 웃었다. 당신과 마찬가지예요. 이제부터 나도 남자의 시중을 받고 살 거라고요. 우르술라는 미소를 짓더니 재빠른 동작으로 침실로 사라졌다. 수도꼭지의 물소리는 그날 이후 뚝 그쳐버렸다. 틀림없이 우르술라가 힘껏 잠갔을 것이다. 아버지가 없을 때의 우르술라는 마치 날아가기라도 하듯 걸었다. 절대로 안정 같은 것은 믿을 수 없다는 듯이.

나는 옷장 서랍을 열었다. 아버지가 보내온 크리스마스카드가 다발로 묶여 들어 있었다. 맨 위에는 올라와 있는 것이 작년에 받은 크리스마스카드다. 혼기를 넘긴 앙리가 가까스로 결혼식을 올렸을 때, 온 가족이 찍은 사진을 카드로 만든 것이었다. 아버지와 우르술라와 세 아들, 그리고 카알과 이본느, 앙리. 앙리의 아내와 그의 두 딸도 있었다. 앙리의 여동생은 영국으로 건너갔기 때문에 사진에는 없었다. 나는 카알을 응시했다. 베른을 떠난 뒤 한 번도 만나지 못한 나의 첫 남자. 카알은 뚱뚱하게 살이 찌고 풍성하던 검은 머리카락은 백발 되어 있었다. 예순여섯 살. 내가 정말로 이 노인과 그랬단 말인가?

　귀국하기 전날 오후, 아버지가 공장에 있는 것을 안 카알이 남몰래 나를 만나러 왔다. 카알은 인형들이 굴러다니고 있는 내 방에서 나의 입술을 오랫동안 탐했다.

"유리코와 만날 수 없게 되어서 슬퍼. 나를 위해 남아 있지 않을래?"

카알의 눈에는 초조함이 깃들어 있었다. 그리고 안도감도. 나의 귀국도 어머니의 죽음처럼 후회의 마음과 더불어 그만큼의 해방감을 느끼게 한 것이 틀림없었다.

"나도 슬프지만 그럴 수는 없어요."

"애, 지금 할 수 없겠니?"

카알은 청바지 벨트를 풀고 있었다.

"우르술라가 있어요."

"괜찮아. 들리지 않을 거야."

카알은 아직 정리하지 못해 침대 위에 있던 봉제 인형을 바닥에 떨어뜨리고 좁은 침대로 나를 밀어 넘어뜨렸다. 체중이 실리면 꼼짝을 할 수가 없었다. 노크 소리와 동시에 목소리가 들렸다.

"우르술라예요."

황급히 일어나서 옷매무새를 가다듬는 카알을 기다리지 않고 나는 문을 활짝 열었다. 우르술라가 히죽히죽 웃고 있었다. 카알은 흐트러진 머리카락을 손으로 누른 채 시침을 떼기 위해 창문으로 밖을 바라보았다. 거리 건너 쪽에는 그의 양말 공장이 있었다.

"왜 그래요, 우르술라?"

"유리코, 봉제 인형 중에서 필요 없는 것 있으면 나에게 줘요."

"좋아요, 줄게요. 마음에 드는 것 있으면 골라 가져요."

"고마워요."

우르술라는 방바닥에 널려 있는 코알라와 곰 인형을 줍고는 이상한 듯이 카알을 보았다.

"사장님, 어떻게 오셨어요?"

"유리코에게 작별 인사를 하러 왔어."

다 알아요, 하고 우르술라는 나의 눈을 보면서 윙크했다. 나와 우르술라는 공범이었다. 우르술라가 나간 뒤, 카알은 체념한 모습으로 청바지 뒷주머니에서 봉투를 꺼냈다. 열어보니 나의 나체 사진과 약간의 돈이 들어 있었다.

"예쁘지? 기념이 될 것 같아서. 돈은 위로금이니까 받아 둬."

"고맙습니다. 카알은 이 사진을 어디에 보관해 두세요?"

"공장 책상 뒤에 안 보이게 붙여놓았어." 카알은 그렇게 말하고 나서 사뭇 진지한 표정으로 말을 이었다. "돈을 모으면 일본으로 갈게."

그러나 그 뒤로 카알은 단 한 번도 일본에 오지 않았다. 나도 별로 생각해본 적이 없다. 첫 남자는 첫 손님이기도 했던 것이다. 그래도 그 사진만은 아직 갖고 있다. 그 친구의 별장에서 카알이 찍은 것이다. 나는 추위에 얼어붙은 표정으로 고야가 그린 〈나체의 마하〉 같은 포즈를 취한 채 렌즈를 보고 있었다. 시트 위에 드러누운 창백한 피부의 나. 넓은 이마, 도톰한 입술, 크게 뜬 눈동자에는 지금의 나에게는 없는 것이 있었다. 남자에 대한 두려움과 동경. 어째서 이런 꼴을 당해야 하는가에 대한 불안. 지금의 나는 두려움도, 동경도, 불안도 없다.

나는 화장을 하기 위해 거울 앞에 앉았다. 거울에 비친 것은 서른다 섯 살을 넘기고 나서부터 갑자기 늙어버린 나다. 눈가의 잔주름과 늘어 진 입가는 파운데이션을 여러 번 발라도 숨길 수 없게 되었다. 둥그렇 고 땅딸막한 체형은 할머니와 꼭 닮았다. 나이를 먹어가면서 나는 내 속에 있는 서양인의 피를 의식했다.

처음에는 모델 일을 했고 다음에는 아름다운 외국인 호스티스밖에 없는 클럽에서 오랫동안 일했다. 고급 콜걸이라고 불린 적도 있다. 그 리고 고급 클럽. 어느 쪽이나 보통 월급쟁이들은 들어갈 수 없는 술집 이었다. 가슴이 깊게 파인 드레스를 입는 것이 망설여지기 시작했을 즈 음 나는 좀 더 싼 클럽의 호스티스로 전락했고, 다시 유부녀와 중년 여 성 전문 술집으로 옮겨가지 않을 수 없었다. 또 싼값으로 몸을 파는 일 에 전념했다. 수입이 줄어들었기 때문만은 아니다. 조금 전에 나는 남 자가 나를 원하는 것에서만 존재의 의미를 찾을 수 있다고 썼다. 그러 니 나는 전락한 것이 아니라 이 세상에 살아 있는 의미를 좀 더 많이 구 하게 된 셈이다. 나는 거울을 들여다보며 윤곽이 흐릿해진 눈가에 검은 아이라인을 짙게 그렸다. 영업용의 화려한 얼굴을 만들기 위해.

남자에게
잡아먹히는 여자

언니는 밤에 다시 전화를 걸겠다고 했다. 전화가 오기 전에 방을 나가야지. 재수 없는 소리를 듣는 것은 딱 질색이다.

"유리코, 지금 뭘 하고 있니?"

언니야말로 뭘 하고 있는 것일까? 수상쩍은 일을 잇달아 갈아치우며 이어가고 있는 언니는 사실, 이상적으로 생각하는 직업이 있어서 그것을 지향하고 있기라도 한 것일까? 설마 창녀는 아니겠지? 나는 거울 앞에서 웃음을 참았다. 할 수 있다면 한번 해보시지. 황홀함과 그와 같은 크기의 공허함을 함께 안고 있는 직업. 이것을 언니가 할 수 있겠어? 나는 열다섯 살부터 창녀가 되었어. 남자 없이는 살아갈 수 없는 내 최대의 적은 남자라니까. 남자에게 부서지고 여자인 나 자신에 의해 망가지는 여자가 나야. 언니는 열다섯 살 때, 죽어라 공부만 하는 중학생이었잖아?

갑자기 의문이 떠올랐다. 어쩌면 언니는 처녀일지도 모른다. 창녀인 동생과 처녀인 언니. 사정이야 어쨌든 얘기가 너무나 그럴듯했다. 나는 호기심을 억제할 수 없어서 전화기의 통화 버튼을 눌렀다.

"여보세요, 여보세요? 누구세요? 유리코니? 여보세요, 누구세요?"

벨이 한 번 울렸을 뿐인데도 언니는 금세 전화를 받았다. 여보세요, 여보세요? 좀처럼 울리지 않는 전화를 걸어온 사람은 누구일까, 하고 언니는 필사적으로 상대방을 알아내려 했다. 언니의 고독이 수화기를 통해 감전이라도 될 듯 전해져 나는 수화기를 떨어뜨렸다. 수화기는 언니의 목소리를 울려대면서 굴러갔다. 언니가 처녀든 동성애자든 이미 그것은 내가 알 바 아니다.

나는 수화기를 제자리에 갖다놓고 가게에 무엇을 입고 갈지 생각하기 시작했다. 내가 살고 있는 곳은 부엌과 식탁이 놓일 만한 공간이 겨우 있는 원룸이다. 벽장을 개조한 옷장에 대단한 옷은 없다. 롯폰기에 있는 외국인 호스티스 가게에 다녔을 때에는 호화로운 의상을 많이 갖고 있었다. 한 벌에 수백만 엔씩 하는 발렌티노나 샤넬의 드레스며 수백만 엔이 넘는 기모노 같은 것들. 이것저것 번갈아가면서 아름다운 옷을 걸치고 다이아몬드를 유리알처럼 아무렇게나 달고 걸을 수도 없는 호사스러운 황금 샌들을 신었다. 그리고 발가락에 입을 맞추고 싶어 하는 손님을 위해 나는 언제나 맨발로 가게에 나갔다. 걷는 일은 거의 없었다. 맨션에서 가게까지는 택시를 타고 돌아올 때는 손님의 차를 타고 호텔로 향했다. 호텔에서는 다시 택시를 탔다. 나의 근육은 남자와 자기 위해서만 존재했다.

그러나 나의 전락과 동시에 내 옷은 어디에서나 파는 싸구려로 돌변했다. 실크에서 화학 섬유, 캐시미어 대신에 울 혼방. 그리고 잦은 폭음과 폭식으로 인해 생긴 아무리 관리해도 빠지지 않는 군살이 덕지덕지 붙은 다리는 바겐세일에서 산 스타킹에 감싸여 있었다.

가장 많이 변한 것은 손님이었다. 맨 처음 들어간 가게에서는 연예인이나 작가, 청년 실업가를 자칭하는 수상한 무리, 일류 기업의 사장, 외국인 VIP를 상대했다. 다음 가게에서는 기업의 돈을 마음대로 쓸 수 있는 비즈니스맨이 주요 고객이었다. 그리고 다음 단계에서는 싸구려 월급쟁이 샐러리맨들이었다. 현재 나의 상대는 이런 종류의 여자를 좋아하는 변태나 돈 없는 남자들로 바뀌었다. '이런 종류'란 조잡한 싸구려와 다르지 않다. 이 세상에는 극도로 황폐해진 아름다움이나 육성의 잔재만 즐기는 자도 있다.

괴물 같은 미모를 지니고, 괴물처럼 음탕한 나는 이제 진짜 괴물이 되려 하고 있다. 나이가 들수록 처참함도 가미되면서. 거듭 강조하지만 내가 초라하다고는 생각하지 않는다. 이것이 미소녀였던 나의 참모습인 것이다. 필시 언니도 나의 영락榮落을 즐기고 있을 것이다. 그래서 그것을 확인하기 위해서 자꾸 전화를 걸어오는 건지도 모른다.

존슨과의 이야기를 써야겠다.

나리타 공항으로 나를 마중 나온 것은 긴장한 얼굴의 존슨과 그와는 대조적으로 명랑해 보이는 마사미였다. 그날이 평일이었던 만큼 존슨은 검은 양복에 새하얀 와이셔츠를 입고 레지멘털 타이를 맨 모습으로, 초조한 듯이 집게손가락을 입술에 갖다 대고는 가볍게 두드리고 있었다. 처음 보는 모습이었다. 마사미는 햇볕에 그을린 피부를 돋보이게 하기 위해서인지 흰색 리넨 드레스에 금으로 된 액세서리를 귀며 목, 팔, 손가락에 잔뜩 달고 있었다. 눈가의 시커먼 아이라인이 너무 진하게 그려져 표정을 가늠하기 힘들 정도였다. 웃고 있는 것인지, 화를 내고 있는 것인지, 진지한 것인지, 장난치고 있는 것인지 알 수가 없었다. 그래서 마사미가 화장을 하면 나는 마사미가 하는 말은 물론이고 마사미의 눈매도 함께 가늠하며 판단해야 했다. 그때의 마사미는 과장되게 기뻐하고 있는 것처럼 보였다.

"유리코, 오래간만이야. 어머, 너, 많이 컸구나!"

많이 컸다.

이제 어른이에요.

나는 존슨과 눈을 마주쳤다. 열다섯인 나는 초등학생 때보다 키가 20센티미터 이상이나 자란 상태였다. 170센티미터에 50킬로그램. 그리고 이제 나는 처녀가 아니었다. 존슨은 가볍게 나를 포옹했다. 그 몸은 희미하게 떨고 있었다.

"다시 만나서 기쁘구나."

"존슨 씨, 감사합니다."

존슨은 "마크라고 불러"라고 말했으나 나에게는 존슨이라고 부르는 것이 더 익숙하고 가깝게 느껴졌다. 바보 존슨. 언니가 심술궂게 부를 때마다 나는 "착한 존슨"이라고 입 안에서 반박했었다. 그것은 내 나름대로의 변호였던 것이다.

"언니는 오지 않을 모양이지?"

마사미는 이상하다는 얼굴로 공항을 둘러보았다. 올 리가 없었다. 연락을 하지 않았으니까.

"알릴 틈이 없었어요. 게다가 외할아버지께서 몸져누워 계셔서요."

"응, 그래." 마사미는 내 대답을 건성으로 흘리고 반가운 듯이 내 팔을 잡았다. "오후부터 편입 시험이 있으니까 서둘러 돌아가야 해. 너는 Q학원 중등부의 외국인 특별 전형에 응시하는 거야. 통학하기도 편하고, Q학원이라면 나도 큰소리를 칠 수 있거든. 시험에 맞춰 와서 다행이구나."

Q학원이라면 언니와 같은 학교다. 나는 그런 곳에 가고 싶지 않았다. 그러나 허세 부리기를 좋아하는 마사미는 나를 억지로 그곳에 떠밀어 넣으려고 하는 것이었다. 나는 도움을 청하듯이 존슨을 올려다보았으

나 존슨은 고개를 가로저었다.

그 정도는 참아야지.

"좀 참아라." 숙부 카알이 나를 촬영하면서 했던 말과 똑같았다. 나는 입술을 지그시 깨물고 마사미에게 손을 잡힌 채 마사미가 몰고 온 대형 벤츠의 뒷좌석에 탔다. 존슨과 나란히 앉은 베이지색 가죽 시트에서 나는 존슨의 넓적다리가 청바지를 입은 내 넓적다리에 와 닿는 것을 느꼈다. 그곳만 뜨거워졌다. 별장에서의 사건. 존슨과 나만의 비밀. 쾌락을 재발견한 내 눈은 약동하고 있었을 것이다. 나는 아주 간단히 기쁨을 다시 발견했기 때문이다. 인생은 마음대로 되지 않아도 마음만은 자유라는 기쁨이었다.

존슨은 도중에 차에서 내려 회사로 돌아갔다. 나는 마사미와 함께 미나토구에 있는 Q학원의 중등부로 향했다. 정면에 오래된 석조 건물이 있고, 양쪽으로 근대적인 교사校舎가 펼쳐져 있었다. 고등부 건물은 오른쪽이라고 했다. 나는 나도 모르게 언니의 모습을 찾고 있었다. 3월에 헤어졌으니 넉 달 이상 만나지 못했다. 만일 내가 Q학원에 들어가게 된다면, 언니는 틀림없이 낙담해서 엄청나게 화를 낼 것이다. 나와 헤어지려고 열심히 공부해 Q여고에 합격한 것이니까. 나는 언니의 속셈 따위는 이미 예전부터 다 알고 있었다. 쓴웃음을 짓자 마사미가 감격한 듯이 말했다.

"유리코, 스마일, 스마일. 네 미소는 정말로 아름다워. 그렇게 웃고 있으면 꼭 합격할 거야. 필기시험 같은 것은 형식에 불과할 거야. 왜냐하면 너를 계속 보고 싶을 테니까. 내가 입사 시험을 볼 때에도 경쟁률이 엄청 높았지만 웃는 얼굴이 예뻐서 채용되었단다."

스튜어디스 채용 시험과 외국인 특별전형이 같다고는 생각되지 않았지만 귀찮아진 나는 계속 미소를 짓고 있기로 했다. 그러나 나까지 Q

학원에 다니게 된다면, 아버지는 아마 비용을 마련할 수 없을 거고, 그렇다면 학비의 태반은 존슨이 부담하게 된다. 나는 이것이 창녀의 일에 가깝다고 생각했다. 창녀는 돈을 받고 몸을 판다. 갈 곳이 없어진 중학생인 나는 생활비와 학비를 위해 존슨에게 나 자신을 판다. 똑같은 일 아니겠는가?

외국인 특별 전형에 응시한 수험생은 열 명쯤 되었다. 모두 해외에서 근무했던 기업인의 자녀들이었고 혼혈아는 나 한 사람뿐이었다. 시험 성적은 최악이었다. 나는 열심히 공부하지 않았고, 영어와 독일어는 일상 회화 정도는 하지만 제대로 된 어휘는 거의 몰랐다. 이대로 가다가는 언니와 동문이 될 수 있을 것 같지 않았다. 하긴 그러면 존슨은 쓸데없는 지출을 하지 않아도 될 것이므로, 나는 오히려 마음이 편해졌다.

마지막으로 면접을 보았다. 간신히 내 차례가 되어서 2층 교실로 들어갔을 때 나는 몹시 지쳐 있어서 미소 짓는 것을 까맣게 잊고 있었다. 무리도 아니었다. 만 하루 동안 비행기를 타고 도착하자마자 쉴 틈도 없이 편입 시험을 치고 있었던 것이다. 베른의 서늘한 공기에 비해 도쿄의 7월은 무더웠다. 시차 때문에 쏟아지는 졸음을 떨쳐내면서 나는 자리에 앉아서 하품을 참았다.

정면에는 면접관 교사 세 명이 나란히 앉아 있었다. 양 옆에는 중년 여성들이 앉아 있었는데, 그중 한 사람은 외국인이었다. 가운데에는 삼십 대 후반의 남자 교사가 앉아 있었다. 세 사람은 내 서류를 훑어보면서 좀처럼 얼굴을 들지 않았다. 나는 지루해서 여기저기를 둘러보았다. 창밖에 푸른 물을 담아놓은 50미터 풀장이 보였고, 검은 수영복을 입은 수영부 학생들이 평영을 하면서 묵묵히 수영장을 왕복하고 있었다. 지금 이 순간 수영을 할 수 있으면 좋으련만. 나는 무더위와 피로로 정신이 혼미해져 갔다.

필사적으로 버티면서 칠판 옆에 있는 넓은 수조로 시선을 옮겼다. 유리 안쪽에 달팽이 한 마리가 달라붙어 있었다. 달팽이의 점액을 띤 발자국이 유리에 묻어서 외광에 반사됐다. 수조 밑바닥에는 마른 나뭇조각과 모래가 깔려 있었다. 마른 표고버섯 같은 돔형의 등딱지를 가진 커다란 육지 거북이가 느릿느릿 다가왔다. 거북이는 의외의 빠른 동작으로 목을 쭉 빼더니 한순간에 달팽이를 잡아먹어 버렸다. 도중에 끊어진 발자국. 거북이의 입 안에서 깨지는 달팽이 껍데기. 나는 기분이 나빠졌다.

"괜찮아요?"

여교사의 말에 정신을 차린 나는 황급히 자리에서 일어나고 말았다. 교사는 위로하듯이 상냥하게 말했다.

"앉아 있어도 됩니다."

"죄송합니다. 너무 피곤해서요."

가운데 앉은 남자 교사가 나를 응시했다. 머리카락에 포마드를 발라 뒤쪽으로 빗어 넘겼기 때문에 얼굴의 절반이 이마로 보였다. 작은 금속 테 안경이 잘 어울렸다. 흰 폴로셔츠 위에 남색 상의를 걸친 그는 왼손 약지에 결혼반지를 끼고 있었다. 나는 미소 짓는 것도 잊은 채, 교사의 폴로셔츠 단추 옆에 묻은 작은 잉크 자국을 응시하고 있었다.

"학생은 이 거북이의 종류를 알고 있습니까?"

"육지 거북이잖아요."

"맞아요. 좀처럼 찾아보기 힘든 거북이죠. 마다가스카르 산입니다."

가운데 앉은 교사가 웃어 보였다. 내가 고개를 끄덕이자 면접은 그것으로 끝났다. 나중에 알게 된 사실이지만, 가운데 앉은 교사는 생물을 가르치는 기지마라는 사람이었다. 시험 성적이 나빴음에도 불구하고,

나는 학생 주임인 기지마의 마음에 들어서 Q학원에 입학할 수가 있었다. 육지 거북이를 알고 있었다는 것만으로. 아니, 그것이 아니었다. 기지마는 내가 마음에 들었던 것이다. 육지 거북이는 단지 구실에 지나지 않았다.

그날 밤, 나는 피로 때문에 열이 났다. 내 방은 니시아자부 세무서 뒤쪽에 있는 존슨의 저택 2층 끝이었다. 커튼과 침대 커버와 쿠션, 그리고 방의 모든 면제품은 꽃무늬로 통일되어 있었다. 마사미의 취미일 것이었다. 인테리어에 별 관심이 없는 나는 마사미의 취향이 성가시게 여겨졌지만 그런 것이 딱히 큰 문제가 되지는 않았다. 나는 침대 속에 들어가자마자 깊이 잠들었다. 밤중에 사람의 기척이 느껴져 잠에서 깼더니 티셔츠에 파자마 바지 차림의 존슨이 내 머리맡에 서 있었다. 존슨은 낮은 목소리로 물었다.

"유리코, 몸 상태는 어때?"

"피곤한 것뿐이에요."

존슨은 거대한 몸을 구부려 내 귓가에 속삭였다.

"빨리 건강해지렴. 겨우 붙잡았는데."

붙잡는다. 나는 육지 거북이에게 잡아먹힌 달팽이를 생각해내고는 몸을 떨었다. 입 안에서 깨지는 껍데기. 나는 수조에 넣어진 달팽이이기도 했던 것이다. 남자에게 잡아먹히는 여자. 이 운명을 향유하지 않는 한 행복해질 수 없는 것이다. 또다시 마음속의 자유라는 말이 뇌에 떠올랐다. 나는 열다섯에 단숨에 노파가 되었다.

이튿날 아침, Q학원 중등부에서 합격 통지서가 왔다. 마사미는 기뻐하며 존슨의 회사에 전화를 걸고 난 뒤 기분 좋게 나를 돌아보았다.

"합격 소식을 언니에게도 알려줘야지."

나는 고분고분하게 외할아버지 집의 전화번호를 마사미에게 알려주었다. 어차피 일본에 있는 유일한 혈육인 만큼 언니를 만나지 않으면 안 되었다. 그렇게 생각은 했지만 언니가 나를 싫어하는 것 이상으로 나도 언니가 싫었다. 닮지 않은 두 사람. 동전의 앞면과 뒷면. 언니는 내가 상상한 대로의 반응을 보였다.

"만약 학교에서 우연히 마주치더라도 절대로 말 걸지 말아줘. 너는 모두가 추켜세워서 신바람이 나 있겠지만, 나는 필사적으로 살아가고 있으니까."

필사적인 것은 나 역시 마찬가지였다. 그러나 언니에게 설명해도 소용없다. 나는 말을 삼켰다.

"흥, 넌 운이 좋은 편이야."

"외할아버지를 만나고 싶어."

"외할아버지는 너를 만나고 싶어 하지 않아. 왜 그런 줄 알아? 너를 굉장히 싫어하시거든. 너는 '기운'이 없대. 미칠 '광'이 없다는 거야. 이건 원예 용어야."

"기운이 뭐야?"

"바보. 넌 아이큐가 50밖에 안 될 거야!"

언니와의 대화는 이것으로 끝이었다. 학교에서 마주쳐도 언니는 모르는 체했고, 나는 고등학교 3학년 때 퇴학을 당해 Q학원과의 인연도 끊어졌다. 언니하고도 얼마 동안 만날 기회가 없었다. 그런데 요즘 들어 언니에게서 전화가 많이 걸려온다. 언니에게 무슨 일이 생긴 것일까.

아무런 인연도 없는 남의 집에 맡겨진 아이. 아니, 나는 자진해서 몸을 맡기긴 했지만, 그 아이가 앞으로 어떤 일을 겪게 될지 언니는 생각한 적이 없을 것이다. 언니는 한 핏줄인 외할아버지와 살고 있으니까. 어렸을 때 몇 번 만났을 뿐이지만, 나는 어딘지 모르게 생각이나 주장이 확실하지 못하고 들떠 있는 외할아버지가 좋았다. 그 외할아버지를 언니에게 빼앗긴 이상, 나는 나 혼자 살아나가야 했다.

혼혈아인 나는 예전부터 어디에도 누구에게도 소속되지 못한다는 불안감을 마음속에 품고 있었다. 부모님이 서로를 사랑하셨다면 그 품에 안겨 안심했을지도 모르지만, 우리 부모님에겐 자식의 불안감을 해소해줄 만한 애정이 부족했다. 그래서 나는 재빨리 부모님을 포기한 언니가 부러웠다. 내 새로운 가족은 이따금 오두막집에 갔을 때 만났던 존슨 부부였고, 그것도 존슨이 나를 원했기 때문에 가능한 관계였을 뿐이다. 이 위태로움 속에서 살아가는 내 심정을 언니는 이해할 리 없다.

손가락이 닮았다

10월 3일

어젯밤, 가게에서 젊은 손님이 집요하게 같은 질문을 했다. 공사판에서 일하는 이십 대 청년인 그는 동료와 함께 가게에 와서는 헐렁한 반바지를 입은 채 양다리를 크게 벌리고 앉아 주위를 바라보았다. 호기심이 일어 중년 여성 전문 술집에 들어오긴 했지만 그것을 크게 후회하는 눈치였다.

"당신, 얼굴이 어째 그 모양이야?"

"어디가 이상한가요?"

"이상하구말구. 성형수술에 실패한 얼굴 같아!"

손님은 그렇게 말하면서 웃었다.

"나는 태어나면서부터 이랬어요. 날 때부터 실패작이라고요."

손님은 입 안으로 중얼거리면서 옆을 보았다. 나의 외모로 보아 진득하지 못할 것을 느낀 것일까? 아니면 나의 내부에서 붕괴되기 시작한 나의 핵 같은 것이 질질 흘러나와서 이미 내 온몸을 뒤덮고 있었던 건지도 모른다. 나는 어느 틈엔가 매니큐어를 예쁘게 칠한 왼손의 가운

뎃손가락 손톱을 씹고 있었다. 초등학교 4학년 때까지 나는 손톱을 씹
는 버릇이 있었다. 어머니한테 아무리 주의를 들어도 고치지 못한 버
릇. 치아에 매니큐어 찌꺼기가 붙었다. 나는 손가락으로 치아에 붙은
찌꺼기를 떼어내 자세히 들여다보았다. 어쩐지 기분 나쁜 것을 보았다
는 듯, 불쾌한 얼굴로 나를 쳐다보는 손님의 시선을 깨닫고, 여기도 며
칠 있으면 못 나오겠구나 하고 생각했다. 또 다른 '전략'이 나를 기다리
고 있다.

　나는 어릴 때부터 언제나 어머니의 눈을 들여다보았다. 나는 누구를
닮았을까 하는 불안을 해소하기 위해서였다. 어머니랑은 얼굴이 달랐
다. 머리카락의 색깔도, 질감도, 피부 톤도 달랐다. 심지어 체형도 달랐
다. 꼭 닮은 것이라고는 눈 색깔뿐이었다. 나는 갈색이 섞인 어머니의
눈을 보고 있으면 안심이 되었다. 그런데 어느 날, 어머니는 내가 닮은
부분은 눈만이 아니라고 말했다.
　"네 손가락은 외할머니와 꼭 닮았구나."
　어머니는 내 손을 잡고 다정하게 쓰다듬어 주었다. 어머니의 손은 손
가락이 짧고 손톱도 작아 어린애처럼 아담했다. 나랑은 전혀 딴판이었
다. 한 번도 만난 적은 없지만 내 손가락이 외할머니를 닮았다면 그 피
가 확실히 나에게도 흐르고 있는 것이다. 기분이 좋아진 나는 손가락을
소중히 해야겠다고 생각해서 그날부터 손톱 깨무는 것을 그만두었다.
그리고 외할머니를 만나고 싶다고 졸라댔다.
　"외할머니를 만나고 싶어요. 외할아버지와 함께 살고 계시지요?"
　"지금은 안 계신단다."
　"어디에 가면 만날 수 있어요?"
　"외할머니는 천국에 가셨어."

나는 실망해서 물었다.

"왜 천국에 가신 거예요?"

"외할머니는 저지대 쪽으로 흐르는 커다란 강에 떨어지셨단다. 그 강물에 빠져서 돌아가신 거야."

"어째서 떨어지신 거예요?"

"글쎄, 왜 그랬을까……?"

어머니가 먼 곳을 응시하면서 얘기를 그만 끝내고 싶어 하시는 것으로 보아, 뭔가를 알고 있는데도 가르쳐주지 않는 것이라고 느꼈다. 어른들이 입을 다물어버리면 진실은 더 이상 알아낼 수 없었다. 어린 나는 낙담했고 강을 끔찍이 싫어하게 되었다. 그것은 지금도 그렇다. 보트에 타는 것도 무섭고 다리를 건널 때에는 밑을 보지 않은 채 종종걸음을 걷는다.

"너는 그 강의 다리 밑에서 주워왔대."

옆에서 얘기를 듣고 있던 언니가 끼어들었다. 그런 거짓말을 하면 안 되는 거야 하고 어머니가 꾸짖는 것을 곁눈으로 보면서도 나는 두려워졌다. 그게 사실일지도 모른다는 생각이 들자, 발밑이 흔들리고 어두운 땅 밑바닥으로 떨어지는 것 같았다. 그날 밤, 귀가한 아버지에게 나는 몰래 물어보았다.

"아버지, 나는 어머니의 친딸이에요?"

아버지의 안색이 달라지더니 금세 화를 내면서 고함을 치셨다.

"누가 그런 말을 하더냐?"

언니에게서 나는 다리 밑에서 주워온 아이라는 얘기를 들었다고 말했더니, 아버지는 즉각 언니를 불러들였다.

"동생에게 지어낸 이야기를 하다니, 부끄러운 줄 알아라. 네가 잘못했다는 것을 인정해라."

언니는 작은 목소리로 "잘못했어요" 하고 아버지에게 사과하고, 내쪽을 힐끗 돌아보더니 혀를 내밀었다. 그후 나와 언니는 대판 싸우게 되었는데, 언니가 나를 2층 침대 밑으로 밀어 넘어뜨렸다. 언제나 좋은 쪽을 차지하는 언니는 아래쪽 침대를 썼다. 나는 언니의 이불 위를 굴러 벽에 머리를 세게 부딪쳤다.

"고자질쟁이! 너 같은 건 꼴도 보기 싫어!"

나는 서둘러 일어났다.

"언니는 심술쟁이! 거짓말쟁이야!"

"거짓말이 아니야. 너는 어머니와 전혀 안 닮았잖아!"

"언니도 아버지와 하나도 안 닮았잖아! 다리 밑에서 주워온 건 언니라고!"

이번에는 언니의 얼굴이 창백해질 차례였다. 언니는 분한 듯이 한참 동안 고개를 숙이고 잠자코 있었으나, 이내 얼굴을 들고 나에게 말했다.

"네가 아무것도 모르고 있으니 내가 사실을 가르쳐주지. 모두 널 불쌍히 생각해서 말을 하지 않는 것뿐이야. 나는 목욕탕의 탈의 바구니 안에 버려진 채 다리 밑에서 울고 있는 너를 외할아버지와 외할머니가 주워왔다는 얘기를 들었단 말이야. 정말이야. 그 탈의 바구니에는 기저귀 세 개와 더러운 유아복이 있었고 편지가 놓여 있었대. 편지에는 '이 아이의 이름은 유리코. 누구라도 이 아이를 발견한 분이 키워주십시오. 낳은 엄마로부터'라고 적혀 있었대. 외할아버지와 외할머니는 그것을 읽고 우리 어머니에게 맡기기로 결심했다는 거야. 어머니는 자식이 나 하나밖에 없으니까 동생이 하나 있어도 괜찮겠다고 생각한 거지."

"탈의 바구니가 뭐야?"

"너 바보니?" 언니는 나를 경멸하듯이 웃었다. 언니는 나보다 단어를 많이 알고 있었다. "벗은 옷을 넣는 커다란 바구니야. 온천 같은 데 보면 많이 있잖아. 그거야."

나는 어이가 없어서 울기 시작했다. 언니의 거짓말이 하도 구체적이라 지고 말았다. 언니의 특기인 창작에 나는 감쪽같이 속은 것이다.

"유리코는 그때부터 붙은 이름이었어?"

"그래."

언니는 우쭐대면서 대답했다.

"하지만 아버지는 백합_{일본어로 유리}을 좋아해서 내 이름을 유리코로 지었다고 나에게 말해준 적이 있단 말이야."

언니는 한순간 얼굴이 굳었지만 즉시 반격에 나섰다.

"거짓말이야. 말을 맞춘 거라고. 너도 잘 알잖아? 아버지는 이치만 따진다는 것을."

나는 맥없이 2층 침대의 사다리를 올라가 이불 속으로 기어 들어가서 울었다. 그래도 납득이 가지 않는 점이 있었다. 나는 침대 위에서 아래를 내려다보면서 언니에게 물었다.

"그럼, 언니의 진짜 아버지는 어디에 있는 거야? 언니는 아버지랑 전혀 닮지 않았잖아?"

언니는 대답이 없었다. 언니는 지금도 그 대답을 필사적으로 창작하고 있음에 틀림없다.

사실 귀국하고 나서 꼭 한 번 외할아버지를 만나러 간 적이 있다. 8월의 어느 무더운 날이었다. 새파란 하늘 끝자락에는 하얀 소나기구름이 뭉게뭉게 피어오르고, 그 끝자락은 곧 내릴 소나기를 예고라도 하듯 검은색을 띠고 있었다. 나는 주소를 적은 종이를 쥐고 마사미가 가르쳐준 대로 전철을 탔다. 외할아버지가 사는 공영주택은 JR 고카센역에서 버스로 20분 거리라고 했다. 버스 정류장에서 내린 나는 눈앞에 펼쳐진 제방을 보고 당황하지 않을 수 없었다. 그 제방이 외할머니가 빠져 죽은 강이란 것을 직감으로 알아차린 것이다. 나와 똑같은 손가락을 가진 분이 죽어서 떠내려간 강. 나는 겁을 먹고 외할아버지 집으로 가야 할지 가지 말아야 할지 고민에 빠졌다.

젊은 여자가 제방에 서서 강을 내려다보고 있었다. 언니였다. 뒷모습만으로도 알 수 있었다. 이전에 본 기억이 있는 소매 없는 블라우스를 입고 있었다. 내 시선을 느꼈는지 언니가 뒤를 돌아다보았다. 나는 그늘에 숨어서 엿보았다. 언니를 못 본 지 겨우 다섯 달밖에 되지 않았는데도 언니는 전보다 더욱 어머니를 닮아 보였다. 둥그런 얼굴과 작은 입, 약간 튀어나온 이. 나도 모르게 화가 났다. 어머니를 닮은 언니가 부러웠던 것이다. 언니는 내가 괴물이라며 어릴 때부터 괴롭혀왔지만, 사실 난 아름다운 외모 따위는 아무래도 좋았다. 그것보다 언니처럼 어머니를 닮아서 피를 물려받았다는 사실을 눈으로 확인할 수 있는 쪽이 중요했다. 그날 외할아버지를 만나러 간 것도 어쩌면 우리 싸움의 원인이 되었던 주워온 아이에 관한 이야기를 확인하고 싶었기 때문일지도 몰랐다.

나는 언니에게 들키지 않도록 조심하면서 외할아버지 집으로 향했다. 몇 채씩 늘어선 연갈색의 고층 주택들과 그 주변의 낮은 집들. 아이들은 놀이기구가 없는 공원에서 놀고 있었고, 노인들은 그늘의 벤치에서 잡담을 하고 있었다. 그 분위기는 내가 살았던 베른의 서민 동네와 비슷했다. 하지만 내가 걸어가자 아이들이 모두 깜짝 놀란 얼굴로 수군거렸다. "외국인이야, 외국인."

벤치에 앉아 있던 할머니에게 다가가 외할아버지 집이 어딘지 물어보았다.

"일본어를 할 줄 아는구나, 잘됐어." 내가 말을 걸자 흠칫거리며 귀를 기울이던 할머니는 안심한 듯이 말하고 눈앞의 공영주택의 맨 끝 방을 가리켰다. "저기 분재가 많이 있는 집이야."

베란다를 올려다보자 화분이 빽빽이 놓여 있는 것이 보였다. 빨랫줄에는 언니 것 같은 흰 티셔츠와 외할아버지의 파자마가 널려 있었다. 나는 언니가 돌아오기 전에 외할아버지를 만나고 싶어서 계단을 뛰어 올라갔다.

"실례합니다."

"열려 있어요. 들어와요." 속옷 차림으로 방바닥에 누워 있던 외할아버지는 내 얼굴을 보더니, 급하게 일어나 바지를 입다 넘어질 뻔했다. 조그만 집 안은 분재 화분으로 뒤덮여 마치 식물원 같았다. 외할아버지는 상상하던 것보다 몸집이 작은 노인이었는데, 입맛을 다시는 버릇 때문에 교활하게 보였다.

"누구신지요?"

"외할아버지, 유리코예요."

"유리코라고?" 외할아버지는 의외라는 얼굴을 했다. "아니, 어른이 다 되어서 누군지 알 수가 있어야지. 언제 돌아온 거냐?"

"2주일 전에요. 언니가 말 안 했어요?"

외할아버지는 고개를 가로저었다. 외할아버지의 눈에서 삽시간에 눈물이 고여 넘쳐흘렀다.

"엄마 일은 참 안됐다. 하지만 뭐랄까, 역시 물이 맞지 않는다고나 할까, 외국에 간 것 자체가 잘못된 거였어. 네 아버지도 재혼한다지? 네가 있을 곳이 없었겠구나."

아버지를 꾸짖는 듯한 말투여서 나는 잠자코 듣고만 있었다. 그런 말을 들으니 아버지가 불쌍하다는 생각도 들고, 더구나 숙부인 카알과 관계한 나 자신도 불쌍하게 생각되었다. 내 속의 음탕한 피가 언젠가 나를 파멸시킬 것이다. 그런 예감이 들어서 나는 침묵했다.

"어서 들어와. 네 언니도 곧 돌아올 테니까."

외할아버지는 벽에 걸린 낡은 시계를 바라보았다.

"언니는 학교에서 만날 거라서 괜찮아요."

"유리코도 Q학원에 들어간 거야? 허어, 그것 참 대단하구나! 둘 다 아주 우수한 아이들이야!"

외할아버지는 나를 안쪽으로 들이면서 입속말로 몇 번씩이나 "대단하구나, 대단한 일이야" 하고 중얼거렸다. 보리차를 가져다주는 외할아버지의 얼굴을 나는 빤히 쳐다보았다.

"정말로 미인이로구나. 그야말로 자태가 아름다운 잣나무야."

"외할아버지, '기운'이 뭐예요? '기운'이 없어서, 외할아버지가 절 싫어하신다는 게 정말이에요?"

"글쎄" 하고 외할아버지는 고개를 갸우뚱했다. 그 모습을 보자 나는 언니가 내게 한 말이 모두 지어낸 것임을 깨달았다. 나는 이대로 현관문에 자물쇠를 걸어 언니를 이 집에서 쫓아내고 싶어졌다. 그러나 이 집은 언니의 손길로 깨끗하게 정리되어 있었고, 거실 구석에는 내 것이 아닌 언니의 책상이 놓여 있었다.

"외할아버지, 묻고 싶은 게 있어요."

"뭔데?"

외할아버지는 불안한 모습으로 안절부절못했다. 틀림없이 다른 사람이 자길 똑바로 쳐다보며 무언가를 딱 부러지게 묻는 것은 질색인 사람일 거라고 나는 생각했다.

"저어, 제가 다리 밑에서 주워온 아이라는 건 거짓말이죠?"

"물론 거짓말이지." 외할아버지는 치아가 없는 얼굴로 아하하하 하고 웃었다. "유리코야, 넌 아직도 어린애로구나. 그런 얘기를 곧이곧대로 들으면 어떻게 하니, 이렇게 다 자랐는데."

"그럼, 외할머니는 어떻게 돌아가셨어요?"

외할아버지는 얼굴색이 확 달라지더니 아주 힘없는 눈으로 나를 바라보았다.

"외할머니 말이냐? 그날은 오늘처럼 아주 더운 날이었어. 이 근처는 아직 매립되기 전이었지. 네 외할머니는 날씨가 더워지니까 갑자기 수영을 하고 싶다면서, 모두가 말리는데도 풍덩풍덩 하고 물속으로 뛰어들었어. 그땐 무언가에 씐 모양이야."

나는 Q학원 편입 시험을 치던 때를 떠올렸다. 면접을 보기 위해 앉아 있던 교실에서 보이던 풀장. 모든 것을 잊어버리고 헤엄을 치고 싶어졌던 순간. 아마 외할머니도 나와 같은 심정이었을지도 모른다. 인생은 자신이 마음먹은 대로는 되지 않는다. 마음속 외에는 자유가 없다. 나는 일어섰다.

"알았어요, 그럼. 이제 됐어요."

"잠깐 기다려라, 유리코."

외할아버지가 내 어깨에 손을 얹었다. 키가 작은 외할아버지는 까치발을 해야 했다.

"왜요?"

"넌 누구랑 함께 살기로 했니? 아버지가 아파트라도 마련해주던?"

"존슨이라는 사람의 집에 있어요. 옛날에 우리 오두막집 옆에 별장을 갖고 있던 사람이에요."

"네 언니도 그곳에 가고 싶어 하지 않을까?"

외할아버지는 근심스러운 듯이 말했다. 언니가 자신을 떠날까 봐 걱정인 것이었다. 언니에게 새로운 가족이 생겼다는 것을 깨닫고 나는 충격을 받았다.

"걱정 마세요, 그런 일은 없을 테니까요, 외할아버지."

"그러냐? 잘됐구나. 그럼, 건강히 잘 지내라. 너는 여배우가 되면 성공할 게다."

외할아버지는 그 이후로 한 번도 만나지 못했다.

장난감 소녀

　나를 맡았을 때, 마사미 부인은 존슨보다 다섯 살이나 많은 서른다섯이었다. 마사미는 존슨의 시중을 들며 자신을 향한 존슨의 애정을 유지하는 데 목숨을 걸고 있었다. 나는 존슨이 마음에 들어 하는 아이였으므로 마사미는 존슨에게 여봐란듯이 내 뒷바라지를 해주었다. 만에 하나 나에게 소홀히 대하기라도 하면 사랑이 식을지도 모른다고 생각한 것이리라.

　나는 마사미가 내 마음에 들지 않는 행동을 해도 절대로 존슨에게 이르지 않았다. 설사 일렀다 하더라도 존슨이 마사미에게 화를 내지는 않았을 것이다. 두 사람 모두 나의 주체성 같은 것은 아무래도 상관없다고 생각했다. 존슨의 집에서 나는 자녀가 없는 마사미의 애완동물, 아니면 존슨의 장난감 같은 존재에 지나지 않았으니까. 그렇다고 내 처지가 비참했느냐 하면 그렇지도 않았다. 나는 타인의 장난감이 되려고 태어난 것이다. 남자에게는 성애의 장난감, 언니에게는 괴롭힐 장난감.

　언니는 나를 나약한 동물처럼 다루면서 늘 변덕스럽게 굴었다. 관심 없다는 듯이 연락 한 번 하지 않는 날이 계속되는가 싶으면, 갑자기 집요하게 괴롭힐 때도 있었다. 마사미와 존슨에게는 괴롭힘을 당한 적은 없지만 칭찬을 받은 적도 없었다. 나는 다른 사람들과 함께 있을 때 내 안의 주체성을 억누르는 훈련을 일찍부터 시작하고 있었다. 마치 장난 감 인형 같은 나를 진심으로 소중하게 생각해줄 사람이 어디 있겠는가.

나는 마사미가 사준 옷을 기뻐하면서 입어야 했다. 그것이 주름 장식이 달린 천박한 분홍색 옷이나 브랜드 로고가 창피하게 마구잡이로 붙어 있는 제품이라도 상관없었다. 남들이 돌아봄 직한 이상한 옷이라도 억지로 입어야 했다. 마사미는 내게 눈에 띄는 옷차림을 시키고는 지나가는 사람들의 시선을 즐겼다.

그러나 왜 그런지 속옷이나 양말을 사준 기억은 없다. 마사미는 존슨의 눈에 띄는 물건밖에 살 필요가 없다고 생각했을 것이다. 그 때문에 얼마 안 되는 용돈으로 그런 것들을 사야 했던 나는 이따금 말을 걸어오는 남자를 따라가서 돈을 받았다.

원조 교제. 당시에는 그런 말도 없었다. 나는 단지 나 자신을 상품화했던 것에 지나지 않았다. 내게 말을 걸어오는 남자는 거의 모두 카알 같은 중년 남자였다. 그러나 카알보다 돈이 많았고, 중학생인 나와 자도 털끝만큼도 죄의식을 느끼지 않는 사람들뿐이어서 마음이 편했다.

마사미는 다루기 쉬운 사람이었다. 나를 보고 '예쁜 아가씨로군요' 라고 누가 칭찬을 하면 마치 자신이 어머니라도 된 듯한 얼굴을 하고 기뻐했다. 학교에서 보호자를 불러 면담했을 때도, 나에게 자기주장이 없는 것 같다는 말을 듣자 "어머니의 자살이라는 가혹한 일을 겪어서 그래요" 하고 독지가인 척하면서 변명했다. Q학원 친구들이 놀러 오면 스튜어디스 시절을 떠올린 것인지, 퍼스트클래스를 탄 손님을 서비스하듯 환대했다. 내가 고분고분하기만 하면 그것으로 모든 일이 해피엔딩이었다.

나는 마사미가 만든 요리는 모두 맛있는 척하며 먹었다. 슈거 파우더를 잔뜩 뿌린 도넛도, 일주일에 한 번 요리교실에 가서 배워오는 기름진 프랑스 요리도, 전날 밤부터 여봐란 듯이 만든, 음식이 가득 담긴 무거운 도시락도 싫다고 생각하지 않았다. 몇 번이나 말하지만, 마음속은 자유인 것이다. 그래서 나는 존슨과 함께 마사미를 기만하는 것에서 삶의 보람을 느꼈는지도 모른다.

　존슨은 충실하고 애정 어린 남편 역을 능숙하게 연기해냈다. 마사미와 함께 있을 때에는 항상 손을 잡고 허리를 껴안았고 식사를 한 뒤에는 반드시 설거지를 거들었다. 주말 밤에는 나를 남겨두고 둘이 외식을 하러 갔고, 그런 날에는 반드시 둘이서만 침실에 틀어박혔다. 마사미는 나와 존슨의 관계를 털끝만큼도 의심하지 않은 것 같았다. 적어도 그 일이 일어나기 전까지는.

　존슨이 나와 사랑을 나누는 것은 주로 이른 아침이었다. 마사미는 저혈압으로 일찍 일어나지 못했기 때문에 아침 식사를 만드는 것은 언제나 존슨의 몫이었다. 존슨은 아직 잠들어 있는 내 옆으로 조용히 들어왔다. 나는 아직 깨어나지 않은 몸을 존슨이 애무해 주는 것이 좋았다. 처음엔 손가락이나 머리카락 끝에서부터 서서히 시작됐다. 그리고 몸의 중심까지 오면 이번에는 거꾸로 불타올라서 어쩔 수 없을 지경이 되어, 신경 말단으로 그 불길이 퍼져 나갈 때까지 멈출 수 없게 되는 것이다. 행위가 끝나자 존슨은 내 머리카락을 쓰다듬으면서 말했다.

　"유리코, 어른이 되지 말아줘."

　"내가 어른이 되면 싫어할 거예요?"

　"모르겠어. 하지만 지금의 유리코가 제일 좋아."

　하지만 나는 성장했다. Q학원에 진학할 때쯤 키는 더 이상 자라지 않게 되었으나, 가슴이 커지고 허리가 잘록해지면서 소녀라기보다는 젊은 여자의 육체로 급속히 변화하고 말았다. 어른이 된 나는 존슨이 나에게 싫증을 느끼지 않을까 걱정했다.

그런데 그 반대였다. 존슨은 한밤중에도 내 방을 찾아오게 되었다. 내 육체가 그리워서 견딜 수 없었던 모양이다. 철저하게 다이어트를 하고 있던 마사미의 육체는 유행하는 드레스에는 잘 어울려도 존슨의 욕구를 충족시켜 주지 못했다. 여자로 성숙해져 가고 있던 내 육체는 중년 남자뿐만 아니라 젊은 남자들에게도 사냥감이 되었다. 통학하는 도중에도 그들은 몇 번씩이나 내게 접근했다. 하지만 나는 아무도 거부하지 않았다. 나의 의지는 결코 마음 밖으로는 나오지 않았다.

여름 방학이 끝나고 새 학기가 되자, 나는 Q학원 중등부 3학년 히가시東 반으로 첫 등교를 했다. 담임 선생님을 소개받았을 때 나는 놀라지 않았다. 담임은 생물 담당인 학생 주임, 기지마였다. 기지마도 나를 소유하고 싶었던 것이리라. 나는 기지마의 욕망을 꿰뚫어본 속내를 숨기고 여느 때처럼 멍한 얼굴로 인사를 했다. 나는 내 얼굴이, 정신이 결핍될수록 더 아름다워 보인다는 것을 잘 알고 있었다. 풀을 빳빳이 먹인 흰 가운을 단정하게 입은 기지마는 내 얼굴을 뚫어질 듯이 바라보고 말했다.

"빨리 익숙해져서 Q학원의 생활을 즐기길 바란다. 모르는 것이 있거든 무엇이든지 나에게 물어보고."

나는 금테 안경 속에서 빛나는 기지마의 눈을 마주보았다. 기지마는 겁먹은 듯이 뒷걸음질 치면서 물었다.

"언니가 여고에 재학 중이라는 게 사실이니?"

나는 고개를 끄덕이고 언니의 이름을 말했다. 기지마는 당장이라도 언니를 보러 고등부로 갈 것이다. 그리고 언니가 나와 닮지 않은 것에 낙담하고, 혹은 수상하게 생각하고, 나의 결점을 찾으려고 한층 더 애쓸 것이다. 우리가 서로 다른 외모를 지니고 있는 것이 타인들에게는 호기심의 대상이었다.

그날 아침 H.R.이 끝나자, 여러 학생들이(Q학원은 고등부부터 남녀의 반이 갈라진다) 노골적으로 호기심을 드러내면서 내 주위로 몰려왔다. 나는 초등학생 같은 그 애들의 순박함에 놀랐다. 집안이 좋다는 사실이 그 애들에게 의문의 대상과 정면으로 부딪칠 수 있게 하는 무례함을 부여하는 것이었다.

"어떻게 그렇게 예쁠 수 있니?" 하고 진지한 얼굴로 묻는 남학생도 있었다.

"도자기 인형의 피부 같아" 하고 내 뺨을 손등으로 살며시 비벼보던 여학생은 "마이센 인형18세기 독일의 도자기 인형이 바로 이런 색깔이야"라고 말했다.

내 손과 자신의 손을 겹쳐보는 아이, 머리카락을 만져보는 아이, 귀엽다고 소리치면서 나를 안으려고 하는 여학생도 있었고 교실 뒤쪽에 모여 서서 나를 열심히 쳐다만 보는 남학생들도 있었다. 하지만 남학생들은 아무리 멋을 부려도 모두 어린애처럼 보였다.

나는 이 학교에서 어린애처럼 행동하기로 결심했다. 면접 보던 날 나는 생각했다. 이제 겨우 열다섯 살인데도 마음이 할머니처럼 늙어버린 나는 줄곧 어린애로 살아가지 않으면 안 된다고. 그렇다고 내가 좋은 집안에서 태어난 아이들이 행사하는 특권 같은 호기심이나 무례한 태도를 지닌 것은 아니므로 아예 말을 안 하는 것이 좋을 것이라고, 나는 옆을 보면서 아무도 모르게 크게 한숨을 내쉬었다.

얼굴을 드니 내 대각선 앞쪽에 앉아 있던 단발머리 남학생과 눈이 마주쳤다. 눈썹 근처에 어른스러운 분위기와 비뚤어진 기색이 엿보였다.

그리고 날카로운 눈. 소년은 담임 선생님의 아들인 다카시였다.

다카시는 나를 원하지 않는 최초의 남자가 될 거라고 나는 직감했다. 나를 싫어하는 두 번째 인간. 첫 번째는 물론 언니다. 언니나 다카시 앞에서 나는 아무런 존재 의의도 없는 인간이 된다. 나는 나를 원하는 인간이 있어야 살아 있음을 실감할 수 있는 존재니까. 나는 다카시의 시선을 천천히 떼어냈다. 네 아버지는 나를 원해서, 나를 이 학교에 집어넣었어. 그러니 내가 여기에 있는 건 모두 네 아버지 때문이야. 다카시에게 그렇게 말해주고 싶었다. 좀처럼 타인에게 향하지 않는 나의 주체성은 이때 처음으로 벡터의 화살을 얻었던 것이다.

우연히도 우리 반 교실은 내가 면접을 봤던 방이었다. 칠판 옆 수조에 있는 육지 거북이가 보였다. 달팽이를 잡아먹은 육지 거북이는 오늘도 느릿느릿 수조 안을 돌아다니면서 먹이를 찾고 있다. 나는 육지 거북이에게 '마크'라는 이름을 붙였다. 마크는 존슨의 이름이다.

점심시간이 되자 학생들은 모두 어디로 나가서 좀처럼 돌아오지 않았다. 나는 마사미가 만들어준 도시락을 혼자 먹었다. 그러나 먹어도 먹어도 도시락은 줄어들지 않았다. 나는 교실을 둘러보면서 쓰레기통을 찾았다.

"화려한 도시락이구나. 파티라도 열 생각이니?"

머리 위에서 소리가 들렸다. 갈색으로 염색한 머리카락에 가볍게 컬을 넣은 여학생이 내 도시락을 들여다보고 있었다. 그 아이는 도시락에서 무스 한 조각을 손으로 집어먹으려고 했으나, 무스는 부서져서 책상 위에 떨어졌다. 새우와 블랙 올리브를 넣은 예쁜 무스는 안타깝게도 9월의 더위에 녹아버렸다. 그 아이는 떨어진 올리브를 주워 먹었다.

"조금 쌉쌀하네."

나는 그녀의 머리를 바라보았다. 갈색으로 물들인 머리카락의 뿌리

부분이 검은색이었다. 검은 머리카락을 지닌 일본인. 언니와 같은 종족. 문득 나는 우르술라를 생각했다. 우르술라도 이 아이처럼 아름다운 곱슬머리를 갖고 있었다. 그녀는 아마 오늘도 수도꼭지를 힘껏 잠그고 있을 것이다.

"괜찮으면 더 먹어."

"필요 없어. 맛이 없는걸."

나는 그 애가 내 웃는 모습을 보지 못하도록 고개를 숙였다. 다른 애들이 봤다면 아마 내가 상처를 받아 고개를 숙인 것으로 생각했을 것이다. 그러나 나는 마사미가 그 말을 들었다면 받았을 충격을 상상하면서 웃은 것이다.

그 아이는 모쿠미라는 이름 대신 '못쿠'라고 불리고 있었다. 유명한 간장 회사 사장의 딸로, 누구보다도 무례할 수 있는 특권을 갖고 있는 아이였다.

"네 아빠는 백인이니?"

"응."

"혼혈아가 너처럼 아름답다면 나도 혼혈아를 낳을 거야." 못쿠는 진지하게 말했다. "하지만 네 언니는 전혀 예쁘지 않더라. 우리 모두 조금 전에 고등부에 가서 보고 왔거든. 친언니니?"

"그래."

못쿠는 내게 양해도 구하지 않고 내 도시락 뚜껑을 닫았다.

"도저히 믿기지 않더라. 우리가 보러갔더니 굉장히 싫은 얼굴을 하더라고. 추녀인 데다 인상도 별로였어. 너에게는 어울리지 않아. 솔직히 말해서 너한테도 실망했고."

언니의 존재는 때로 나를 이런 식으로 난처하게 만들었다. 주위 사람들이 나를 보고 이러쿵저러쿵 멋대로 상상하기 때문이었다. 나는 바비

인형처럼 훌륭한 저택에서 살고 있으며, 멋진 아빠와 예쁜 엄마가 있고, 잘생긴 오빠와 아름다운 언니의 보호를 받을 거라고. 그런데 무뚝뚝하고 전혀 닮지 않은 언니를 보게 된 그들은 나라는 존재에 대해 환멸을 느꼈다. 그래서 나는 경멸당하고 모두의 장난감이 되는 것이다.

나는 교실을 둘러보았다. 아침에는 그렇게나 흥분했던 학생들이 모두 내 쪽으로는 고개도 돌리지 않은 채 자기 자리에 앉아 있었다. 못쿠가 말한 것처럼 분명히 나라는 존재의 수수께끼에 관해 하나의 답을 얻은 모양이다. 수상쩍은 계집애라고.

그때, 내 책상 위에 무엇인가가 부딪쳐서 굴러갔다. 둥글게 접은 종이쪽지였다. 나는 그것을 교복 주머니에 넣었다. 누가 던진 것일까? 통로 옆자리에는 착실해 보이는 여학생이 영어 교과서를 펼쳐놓고 있었다. 그 앞에 있던 다카시가 고개를 돌려 나를 보았다. 다카시였을까? 나는 종이쪽지를 꺼내 다카시에게 던져버렸다. 읽어 보지 않아도 내용은 뻔했다. 언니를 보러 간 다카시는 나를 자신과 같은 부류라고 여겼을 것이다.

방과 후에 못쿠가 와서 억지로 내 팔을 잡아끌었다.

"나랑 같이 가자. 너를 선배에게 보여주기로 약속했어."

못쿠는 나와 키가 비슷했다. 뻔뻔스러울 정도로 당당한 자세에 어릴 때부터 남들로부터 대접받는 데 익숙한 아이. 못쿠에게 끌려 복도에 나가자, 햇볕에 아름답게 그을린 한 학생이 기다리고 있었다. 눈은 가늘었지만 입이 컸고, 얼굴은 화려하고 자신감에 넘쳐흐르고 있었다.

"네가 유리코니? 나는 치어걸부 부장 나카니시야. 우리 부에 꼭 들어와 줘야겠어."

"치어걸 같은 건 해본 적이 없는데요."

나는 클럽 활동에 흥미를 느낀 적이 한 번도 없었다. 돈이 없다는 이유도 있었지만, 집단으로 무엇인가를 해서 얻는 성취감 같은 것은 느낄 수가 없었기 때문이다.

"금방 배울 수 있어. 너 정도면 인기도 얻을 거고, 고교부와 대학부도 기뻐할 거야."

기뻐한다라……. 나는 이미 장난감이 되기 시작한 것이다.

"자신 없어요."

나카니시는 내 말을 한 귀로 흘리고 교복 스커트 아래로 뻗은 내 다리를 바라보았다.

"아주 예쁘고 잘 뻗은 다리구나. 너는 완벽한 외모를 갖고 있으니 모두에게 보여줘."

머릿속에서 존슨의 말이 되풀이되었다. 유리코는 퍼펙트, 그곳도 퍼펙트. 달팽이를 잡아먹는 육지 거북이.

"치어걸부의 부장님이 직접 스카우트하러 왔을 때 거절한 애는 하나도 없었어."

나카니시의 뒤에 있던 못쿠가 위협하듯이 말했다. 반응이 둔한 내가 짜증스러웠는지 입술을 일그러뜨리고 있었다. 두터운 입술에는 핑크색 립글로스가 빛나고 있었다. 그래도 잠자코 있자 못쿠가 작게 웃었다.

"유리코, 너 혹시 머리가 나쁜 거 아니니?"

나카니시가 못쿠를 쿡 찔렀다.

"못쿠, 말이 너무 지나치잖아."

"그래도 너무 예쁘잖아요. 저 얼굴에 머리까지 좋다면 그건 도저히 용서할 수 없죠."

나카니시가 못쿠의 말을 이었다.

"너무 갑작스러운 제안이라 어리둥절했을 거야. 시간을 줄 테니까 생각해봐. 10월에는 시합이 엄청 많아서 우리도 무척 바쁘거든."

부장은 못쿠를 데리고 돌아갔다. 고등부인 부장이 왔다고 여기저기에서 '선배' 하는 어린 목소리가 튀어나왔다. 정치라고도 할 수 없는 아첨. 나는 귀찮은 것은 딱 질색이었다. 존슨에게 부탁해서 의사의 진단서라도 손에 넣어볼까 하고 생각해보았지만, 존슨은 내가 치어걸이 되는 것을 기뻐할 것이 틀림없다. 그때 내 앞을 커다란 그림자가 가로막아 섰다. 다카시였다.

"야, 너 왜 남의 편지를 읽지도 않고 돌려보낸 거야?"

첫 번째 뚜쟁이

다카시는 남자치고는 섬세하고 아름다운 얼굴을 하고 있었다. 잘 드는 칼날 같은 날카로운 눈에 매끈한 콧마루. 그러나 나의 미모가 나 자신의 지성과 의지를 숨겨버리는 것처럼, 다카시도 단정한 용모 때문에 손해를 보는 경우가 있었다. 덜함과 더함을 느끼게 하는 아름다운 외모를 지닌 다카시는 실제로 무엇인가가 결여되어 있었고, 다른 무엇인가는 과잉되어 있다. 아마 자존심과 자의식 같은 것이, 그리고 그 불균형이 다카시를 빈약하고 영리하게 보이게 했을 것이다.

"너, 왜 대답을 하지 않는 거야?"

다카시는 화를 내면서 입술을 일그러뜨렸다. 급우들에게 둘러싸인 나는 줄곧 애매한 미소로 고개를 끄덕이거나 간단한 대답을 하면서 수동적인 자세를 취했다. 다카시는 그 때문에 화가 났을 거라는 생각이 들었다.

"모르는 사람이 '너'라면서 반말하는 게 듣고 싶지 않아서."

내 말에 거절의 뜻이 있다는 것을 알고 다카시는 모멸에 찬 웃음을 지었다.

"'귀하'라는 소리라도 듣고 싶었냐? 네가 바보라는 걸 난 알고 있다고 말하려고 한 거야. 아빠가 가지고 온 서류를 몰래 훔쳐봤어. 네 수준으로는 도저히 Q학원에 합격 못 해. 얼간이지만 얼굴이 너무 예뻤기 때문에 합격한 거라고. 그걸 알고 있기나 한 거야?"

"누가 날 넣어주었는데?"

"학교가."

"아니, 학교가 아니야. 나를 입학시킨 건 네 아빠야. 기지마 선생님이라고."

내 말에 충격을 받아 다카시는 호리호리하게 큰 키가 구부정해져서 뒷걸음질 쳤다. 지금까지 내가 거역한 사람은 언니뿐이었지만, 지금 여기서 또 한 사람 늘어났다.

"네 아빠는 내가 마음에 들었나 봐. 집에 가서 한번 물어보지 그래? 너도 아버지가 담임 선생이라니 엄청 불쌍하구나."

다카시는 양손을 주머니에 넣은 채 고개를 떨어뜨리고, 불안한 듯이 몸을 좌우로 흔들어댔다. 나와 전혀 닮지 않은 언니가 내 이미지를 훼손하는 것처럼, 다카시도 아버지가 담임 선생님이라는 것 때문에 신용을 잃거나, 남들은 다 아는 소문을 듣지 못하는 등 교실에서 입장이 난처했던 것이다. 나와 다카시는 처지가 비슷했다. 한참 동안 생각에 잠겨 있던 다카시는 이윽고 얼굴을 들어, 해답을 알아냈다는 듯이 의기양양한 표정을 지었다.

"우리 집은 나비나 곤충들의 표본들이 가득해. 아빠가 생물 선생이니까. 아빠는 너라는 동물이 하도 신기해서 입학을 허락하신 거야. 진종珍種, 드물고 귀한 종류이니까."

"넌 진종도 아닌데 아버지에게 넣어달라고 했니?"

다카시는 급소를 찔린 듯한 반응을 보였다. 다카시의 아름다운 얼굴이 갑자기 확 새빨개지더니 노여움으로 창백해졌다.

"다들 그렇게 생각하고 있는 거야. 내가 공부를 못하는 것 가지고."

"그렇게 생각하고 있겠지. 세상이 들이대는 잣대가 그렇지 뭐."

"너도 그 잣대로 사람을 판단하는 거야?"

"너는 안 그래? 우리 언니를 보고 다른 애들과 함께 비웃었잖아?"

다카시는 할 말을 잊은 듯한 표정을 지었다. 나는 본래 언니처럼 공격적인 인간은 아니다. 그런데도 다카시에게만 명백히 분노의 의지를 드러내고 있는 것은 어찌된 영문일까? 이유는 간단했다. 언니와 마찬가지로 다카시도 나를 싫어했기 때문이다. 그래서 나도 다카시를 싫어했다. 나는 남자로부터 부탁을 받으면 거절한 적이 한 번도 없었다. 어떤 남자라도 그가 나를 원하는 순간이면 나의 몸과 마음에도 욕망이 가득찼다. 그러나 다카시에게는 욕망이 솟구치지 않았다. 다카시는 이 한 가지 점 때문에 내 생애를 통틀어 보기 드문 남자였다. 다카시가 동성애자일지도 모른다는 의심을 갖게 된 것은 상당한 시간이 흐른 뒤였다.

"그건 그렇고 조금 전에 보낸 편지는 왜 돌려보낸 거야? 내가 너에게 러브레터를 썼다고 생각한 거야? 남자라면 모두 너를 좋아할 줄 알아?"

"설마 그럴 리가 있겠니? 그런 건 생각해보지도 않았어." 나는 존슨의 흉내를 내면서 어깨를 으쓱했다. "너는 보나마나 내 성적에 대해서 썼을 거라고 생각했어."

"어떻게 알아?"

나는 고개를 옆으로 기울이며 내뱉듯이 말했다.

"네가 싫으니까."

단 반나절 만에 태도를 바꾼 급우들이며 나를 장난감으로 생각하는 학교 사람들의 태도가 너무나도 뻔해서 나는 오히려 Q학원에서 생활할 것이 기대되기 시작했다. 얼어붙은 듯이 우뚝 서 있는 다카시를 남겨놓은 채 복도를 빠르게 걸어가는 내 앞에 호기심에 가득 찬 얼굴들이 나타났다가 사라지기를 반복했다. 가는 곳마다 학생들이 교실 창문에 매달려 나를 쳐다보고 있었다.

"나도 네가 싫어."

다카시가 따라오더니 등 뒤에서 악마처럼 속삭였다. 귀찮아진 나는 대꾸도 하지 않았다. 그러고 보니 다카시는 귀가 삐죽 솟아나와 있어서 악마처럼 느껴지기도 했다.

"또 한 가지 물어보고 싶은 게 있어. 너는 뭐가 하고 싶은 거야? 여기서 하고 싶은 게 뭐냐고. 공부야? 클럽에서 재미있게 노는 거야? 아니면 둘 다?"

나는 멈춰 서서 다카시를 정면으로 노려보았다.

"아마 섹스가 아닐까?"

나의 대답에 다카시는 황당하다는 표정을 지었다.

"너, 그거 좋아해?"

"엄청 좋아해."

과연, 하고 다카시는 나의 얼굴과 몸을 관찰했다. 다카시의 눈에는 별 이상한 동물과 마주쳤다는 듯한 놀라움이 서렸다.

"그렇다면 친구가 되자. 서로 돕자고."

이게 무슨 말일까? 나는 다카시를 바라보았다. 깃을 세운 흰 셔츠. 단정하게 다림질을 한 회색 교복 바지. 옷차림에는 흐트러짐이 없지만 다카시는 어딘지 칠칠치 못한 인상을 주었다.

"내가 네 매니저가 되어줄게. 아니, 에이전시가 될게."

그것도 나쁘지 않을 것 같았다. 다카시의 아름다운 눈이 푸르게 빛났다.

"너는 벌써부터 치어걸부에게서 스카우트 제의를 받았잖아. 앞으로 더 많은 클럽에서 권유받을 것이 틀림없어. 널 남의 눈에 확 띄는 스타로 만들고 싶어. 너는 어디에 들어가는 게 나을지 모를 테니까 내가 대신 처리를 해주고, 어디와 어떻게 손을 잡는 것이 좋은지 조언해줄게."

다카시는 복도 구석에서 우리가 얘기하는 것을 멀찌감치 보고 있는 학생들을 돌아보았다. "저기 좀 봐, 쟤들 모두 클럽에 가입하라고 권유하러 온 거야. 아이스스케이트, 댄스, 요트, 골프 등 주요 클럽은 모두 와 있어. 저 애들은 너 같은 진종을 가입시켜서 남자부나 대학생뿐만 아니라 다른 학교 애들에게도 자랑하고 싶은 거야. Q학원에는 이렇게 예쁜 애도 있다고 말이야. 돈도 머리도 있지. 그럼 남는 게 뭐겠어? 아름다움이란 말이야."

나는 다카시의 말을 가로막았다.

"나는 어느 클럽에 들어가는 게 좋겠니?"

"섹스를 하고 싶다면…… 그래, 제일 화려한 치어걸부가 좋겠어. 게다가 나카니시가 직접 권유하러 왔으니 체면을 구기게 할 수도 없고."

장난감이 되는 것에 아무런 거리낌도 없는 나는 다카시가 왜 나와 관계를 형성하려 하는지 궁금해졌다.

"네가 좀 전에 한 이야기 말인데, 내가 너에게 무슨 도움이 되는 거야?"

"네 매니저가 되면 나는 잘난 체할 수 있거든." 다카시는 눈초리를 내리며 천박하게 웃었다. "나는 앞으로 반년 후면 남자부에 갈 거야. 그곳에서는 경쟁이 좀 더 심해질 테지. 외부 학생들도 들어올 거고. 공부뿐만이 아니야. 남자들 세계에는 온갖 경쟁이 다 있거든. 그래도 나는 틀림없이 이길 수 있을 거야. 왜냐하면 너 같은 애가 옆에 있기 때문이지. 남자부 애들은 모두 너하고 하고 싶어 할 거야. 여기 애들은 남자든 여자든 돈만 있으면 무엇이든지 살 수 있다고 생각해. 그러니까 내가 조정을 해줄게. 어때, 내 제안이?"

나쁘지 않았다. 나는 고개를 끄덕였다.

"좋아. 네 몫은?"

"나는 40퍼센트. 너무 높나?"

"상관없어. 단 조건이 있어. 우리 집에는 절대로 전화를 걸지 않기."

다카시는 신제품인 나의 학생 가방을 바라보았다.

"너는 미국인과 함께 살고 있다면서? 친척 아니니?"

아니야, 하고 고개를 흔들자 기지마는 주머니에서 수첩을 꺼냈다.

"애인이야?"

"그 비슷한 거야."

"언니는 너와 전혀 닮지도 않고 사는 것도 따로따로고. 넌 복잡한 애구나."

다카시는 수첩에 무엇인가를 적더니 그 페이지를 찢어서 나에게 재빨리 건네주었다.

"그렇다면 연락은 반드시 여기서 하기로 하자. 시부야에 있는 커피숍이야. 방과 후에 언제나 이곳에서 만나기로 해."

이렇게 해서 다카시는 나의 첫 번째 뚜쟁이가 되었다. 다카시가 남자 고등부로, 나는 여자 고등부로 진학해 헤어진 뒤에도, 다카시는 내게 각양각색의 고등학생과 대학생을 소개해주었다. 그것도 자신이 먼저 엄선한 다음에. 부장과 부부장에게 불려서 럭비부의 합숙소에 간 적도 있으며 요트부의 고문 교사와 잔 적도 있었다. Q학원의 남학생들뿐만 아니라 다른 학교의 남학생과 대학생, 졸업생, 교사 등 이 세상의 모든 남자들은 어리고 아름다우며 치어걸부의 스타인 나와 자고 싶어 했으니까. 그리고 다카시는 뒤탈이 생기지 않도록 능숙하게 그들을 정리해주었다. 다카시와의 거래는 내가 혼자 독립할 때까지 계속되었다.

그날, 거래를 튼 나와 다카시는 매점에서 콜라를 사와 풀장 앞 벤치에서 건배를 했다. 풀장에는 생긴 지 얼마 되지도 않은 수중 발레부가 외부에서 코치를 불러와 연습을 하고 있었다. 부원들이 한 투명한 코마개를 보고 다카시는 배꼽을 잡고 웃어댔다.

"코치는 올림픽 선수야. 레슨 한 번 하는 데에 5만 엔이나 받고 있어. 그게 일주일에 세 번이고. 믿어지니? 그뿐만이 아니야. 골프부의 부원들은 영국 오픈에 나갔던 일류 프로를 코치로 고용했어. 그 프로 코치는 Q학원에 연줄을 만들어두면 자기 애를 학교에 입학시킬 수 있지 않을까 싶어 계약을 했대."

"네 아버지는 그런 혜택이 없는 거니?"

"있어." 다카시는 내 시선을 피해 얼굴을 돌렸다. "몰래 여자 고등학생의 가정교사를 하고 있어. 전용 자가용이 데리러오는데 2시간짜리 수업을 해주고 5만 엔을 받아. 우리는 그 돈으로 하와이 여행을 갔다 왔어. 그런 건 학생들도 모두 다 알고 있지."

이곳 학생들은 돈으로 무엇이든지 살 수 있다고 생각한다고 다카시는 말했다. 나는 나이 어린 창녀로서는 상당히 많은 돈을 벌 수 있을지도 몰랐다. 나는 9월의 하늘을 올려다보았다. 늦더위가 기승을 부리는 도쿄의 하늘은 도심에서 방출된 열을 끌어안고 있기라도 한 것처럼 희미한 잿빛을 띠고 있었다.

콜라를 다 마신 다카시가 여고 운동장을 바라보고 있었다. 남색의 짧은 바지를 입은 여고생들이 우르르 몰려나왔다. 다카시가 내 어깨를 두드렸다.

"재미있는 걸 보여줄게. 따라와 봐."

"재미있는 거라니?"

"네 언니가 체육 시간에 나와."

"언니하고는 얘기하고 싶지 않아."

"글쎄, 한번 보라니까. 재미있단 말이야. 네 언니 반에는 유명 인사가 많아."

언니 반은 특이한 리듬체조를 시작하려는 참이었다. 트레이닝복 차림의 여교사가 한가운데에 서고 그 주위를 원 모양으로 학생들이 에워쌌다. 교사가 손에 든 탬버린을 격렬하게 울려대자 그 순간 리듬체조의 원이 이상한 움직임을 보이기 시작했다.

"발은 세 박자, 손은 네 박자."

학생들은 세 박자로 걸으면서 팔은 정해진 동작으로 리듬을 탔다. 체조라고도 무용이라고도 할 수 없는 우스꽝스러운 모습이었다. 굳이 표현하자면 움직임이 많은 전통 무용 같았다.

"저건 리듬체조라는 거야. Q학원 여자의 전통적인 장기지. 너도 어차피 체육 시간에 배워야 하니까 잘 봐둬. 저게 볼 만하단 건 누가 야심을 갖고 있는가를 금방 알 수 있기 때문이야."

"야심이라니?"

타인을 받아들이는 것밖에 생각하지 않는 내 마음에 야심 같은 것은 존재하지 않았다. 자유는 마음속에만 존재하는 것이니, 현세적인 욕망이 싹틀 리 없었다. 게다가 학교에서 어떤 야심을 품을 수 있다는 것인지, 나로서는 짐작도 할 수 없었다.

"좋은 성적을 받고 싶다는 야심. 그래야 대학에서 가고 싶은 학부에 들어갈 수 있어. 이 학교에서는 공부만 잘해서는 소용이 없어. 리듬체조도 1등을 하지 않으면, 종합 성적이 안 좋게 나오거든."

다카시는 그의 버릇대로 무릎을 채신없이 떨면서 귀찮은 듯이 말했다.

"그런 시시한 것이 야심의 대상이란 말이야?"

"이 세상의 거의 모든 애들은 너만큼 예쁘지 않으니까 다른 인생을 생각하는 거야."

요컨대 노력을 한다는 것이다. 노력이 무엇을 가져다주는가? 견딜 수 없을 정도로 오랜 시간의 인내 끝에 일시적인 자기만족을 얻는 것이 아닌가. 나는 노력 같은 것은 믿지 않는다.

언니에게도 야심이 있는지 어떤지가 궁금해져서 나는 학생들이 만든 원을 주시했다. 언니는 몇 바퀴 돌긴 했지만 다리를 헛디뎌서 탈락했다. 탈락한 학생은 원 밖에서 구경하고 있었다. 언니는 별로 관심 없다는 듯, 필사적으로 손발을 움직이는 학생들을 팔짱을 끼고 바라보고 있었다. 일부러 탈락한 게 틀림없었다. 나는 언니가 계산했다는 것을 알아차렸다.

"발은 일곱 박자, 손은 열두 박자."

동작이 한층 더 복잡해졌다. 순식간에 10여 명이 실수를 했다. 실수한 학생들은 줄줄이 원에서 나와 언니와 함께 서서 정확한 동작을 계속하는 학생들을 지켜보았다. 그러는 동안 구경하는 학생들의 수가 점점 많아졌다.

"저 두 애를 봐. 막상막하하잖아."

다카시가 노골적으로 짓궂게 혼잣말을 했다. 단 둘만 남게 된 무용수는 교사가 쉬지 않고 내놓는 말도 안 되게 어려운 요구를 곡예사처럼 연기하고 있었다. 다른 학년의 학생들과 중등부 학생들도 멀리서 바라보고 있었다. 나와 다카시는 언니에게 들키지 않도록 조심하면서 춤을 추고 있는 학생들에게 다가갔다.

"발은 여덟 박자, 손은 열일곱 박자."

둘 중 하나는 몸집이 작고 균형 잡힌 몸매를 가져 민첩해 보였다. 민을 수 없는 동작을 경쾌하게 소화해 내는 여유조차 느껴졌다.

"저 애 이름은 미쓰루야. 전교 1등이고 한 번도 그 밑으로 등수가 떨어진 적 없는 유명 인사지. 저 애가 의대를 지망하고 있다는 것은 누구나 다 알고 있어."

"저쪽 애는?"

나는 꼭두각시 인형처럼 어색한 동작을 하고 있는 호리호리한 소녀를 가리켰다. 검은 머리카락은 숱이 많아서 찌무룩하게 보이고, 얼굴과 동작에는 오래 전에 자신의 한계를 뛰어넘은 사람 특유의 애처로움이 담겨 있었다.

"저 앤 사토 가즈에라는 외부 학생이야. 치어걸부에 들어가려다가 거절당해서 소동을 일으켰대."

그 말이 들렸는지 호리호리한 소녀가 이쪽을 힐끗 돌아다보았다. 그리고 나를 보고 손발의 동작을 멈췄다. 그 순간 박수와 환성이 들려왔다. 미쓰루라는 소녀가 승리하는 순간이었다.

돌부처 옆의 창녀

12월 13일

창녀가 되고 싶다는 생각을 한 여자는 많을 것이다. 자신에게 상품 가치가 있다면, 하다못해 비쌀 동안 몸을 팔아서 돈을 벌고 싶다고 생각하는 사람. 섹스 같은 것은 아무런 의미도 없다는 것을 자신의 육체로 확인하고 싶은 사람. 자기는 보잘것없고 시시한 존재라고 비하한 나머지, 남자에게 위안이 됨으로써 자신의 존재를 확인하려는 사람. 난폭한 자기 파괴 충동에 사로잡힌 사람. 혹은 남을 돕고 싶어서 그 일을 생각한 사람까지. 그 이유는 여자의 수만큼 많겠지만 나는 그 어느 쪽도 아니었다. 남자가 하고 싶어 하는 것을 보면 쉽게 욕구를 느끼고, 성교가 좋아서 견딜 수 없는 나는 가능한 한 많은 남자들과 딱 한 번 성교를 하고 싶은 것이다. 요컨대 나는 깊은 인간관계에는 전혀 흥미가 없다.

사토 가즈에는 어째서 창녀가 되었던 것일까? Q학원에서 우등생이 되기 위해 노력하고, 치어걸부에 넣어주지 않는 것을 불공평하다고 화를 냈던 가즈에는 교내에서 손가락질을 받는 유명 인사인 동시에, 사사건건 무시당하는 양극단의 존재이기도 했다. 중학교 3학년 때부터 다카시를 뚜쟁이로 삼았던 창녀인 나와 가즈에 사이에 접점은 거의 없었다고 말해도 좋다. 그런 가즈에에게 무슨 일이 일어났던 것일까? 나는 조금 전부터 가즈에에 대해서만 생각하고 있다. 왜냐하면 어젯밤에 가즈에를 만났기 때문이다. 그것도 20년 만에 마루야마초의 호텔 거리에서.

지명해주는 손님이 완전히 사라져 수입이 줄어들자 생활이 어려워진 나는 직접 손님과 부딪쳐보기로 했다. 거리에 나가 손님과 교섭을 해보기로 한 것이다. 그러나 가게가 있는 신오쿠보 주변은 중남미나 동남아시아에서 돈벌이를 하러 원정 온 창녀들 때문에 구역 다툼이 심했다. 불과 몇 미터도 되지 않는 거리에 결코 넘어서는 안 되는 환상의 경계선이 수없이 존재했다. 경계선을 넘으면 몰매를 맞았다. 신주쿠에서는 거리의 창녀라는 것도 그렇게 간단히 할 수 있는 게 아니다. 과당경쟁過當競爭의 시대에 돌입한 것이다. 외톨이에 아무런 배경도 없는 내가 좀처럼 가지 않는 시부야까지 원정을 간 것은 그 때문이었다.

내가 선택한 장소는 가미이즈미역과 가까운 호텔 거리의 한 구획이었다. 모퉁이에 돌부처가 서 있는 어두컴컴한 그늘에서 나는 남자가 지나가기를 기다렸다. 북풍이 세게 부는 추운 밤이었다. 나는 은색의 초미니 드레스 위에 걸친 빨간 가죽 코트 앞을 여미었다. 추웠지만 미니 드레스 안에는 작은 속옷 하나만 입고 있었다. 바로 장사를 시작할 수 있도록 준비한 의상은 추위를 막아주지 못했다. 나는 떨면서 담배를 피우며 손님을 기다렸다. 목표는 망년회에서 돌아오는 취객이었다.

깡마른 여자가 북풍에 떠밀리다시피 하면서 싸구려 호텔 골목의 언덕을 뛰어내려 왔다. 허리까지 내려오는 길고 검은 머리카락이 등에서 흔들리고 있었다. 얄팍한 흰색 트렌치코트의 벨트를 꽉 조이고, 촌스러운 살색 스타킹을 신은 다리는 부러질 듯이 가늘었다. 여자를 색다르고 눈에 띄는 존재로 만든 것은 압도적이라고 할 정도로 빈약한 육체였다. 바람에 날아가버릴 것 같은 가냘픈 몸은 해골 위에 얇은 가죽을 씌워 놓은 것 같았다. 그리고 누가 봐도 가장행렬이라도 하나 싶어 처음에는 그저 웃긴, 그러다 시간이 지나면 정신병자가 아닐까 하는 의심을 하게 할 정도로 등골이 오싹해지는 짙은 화장. 시커멓고 굵게 그린 눈썹과 새파란 아이섀도. 빨간색 립스틱을 짙게 칠한 입술이 네온 불빛을 반사하여 번뜩였다. 여자는 나를 향해 주먹을 쳐들었다.

"누구 허락을 받고 거기 서 있는 거야?"

의외의 말에 나는 놀랐다.

"서 있으면 안 돼?"

나는 담배를 길가에 내던지고 흰 부츠 끝으로 밟아 껐다.

"그렇게 한가한 소리를 할 처지가 아닐 텐데?"

여자의 얼굴색이 변했다. 강경한 태도를 보아 야쿠자라도 끼고 있는 것 같아 걱정이 된 나는 까치발을 해서 길 건너를 보았다. 아무도 없었다. 그때 나를 쳐다보던 여자가 뭐라고 소리를 질렀다.

"유리코!"

저주처럼 낮은 중얼거림이었지만 내 귀에는 똑똑히 들려왔다.

"당신은 누구죠?"

낯이 익은 얼굴이었다. 하지만 어디에서 만난 누구인지 알 수가 없었다. 특징을 파악했는데도 누구와 닮은 것인지 바로 알아차릴 수가 없어 답답했다. 나는 여자를 자세히 관찰했다. 말라서인지 말상인 얼굴이 한층 더 두드러졌다. 까칠한 피부. 뻐드렁니. 새 다리처럼 힘줄이 불거진 손. 못생긴 여자였다. 나이는 나와 그다지 차이가 없어 보이는 중년 여자.

"모르겠어?"

여자는 즐거운 듯이 웃었다. 그러자 바짝 졸인 찌개 같은 낯익은 냄새가 여자에게서 풍겨왔다. 그 냄새는 건조한 겨울 공기에 한순간 멈췄다가 북풍에 날려 사라져버렸다.

"어느 가게에서 만났죠?"

"가게가 아니야. 그건 그렇고 너도 많이 늙었네. 얼굴도 주름투성이고 몸도 통통하게 살쪄서 처음에는 누군지 몰라볼 뻔했어."

옛날부터 나를 알고 있는 사람인 것일까? 나는 짙은 화장 밑에 가려진 얼굴을 생각해내려고 애썼다.

"20여 년쯤 지나니 이렇게 비슷해졌잖아! 어렸을 때는 하늘과 땅 차이였는데. 자아, 한번 비교해보자고. 지금은 어디가 다른지? 똑같거나 그 이하잖아. 그때의 친구들에게 보여주고 싶은걸."

여자는 빨간 입술로 고소하다는 듯이 내뱉었다. 번져나간 아이라인 밑에서 날래게 움직이는 검은 눈이 옛날에 학교 운동장에서 나를 돌아보던 누군가의 눈을 떠올리게 했다. 아무리 숨기려 해도 여유가 없는 것을 드러내 보이는 시선. 나는 이 여자가 나를 만나 긴장하고 있다는 것을 깨달았다. 놀라서 숨을 죽이고 얘기하는 말투. 가까스로 나는 눈 앞에 있는 괴물 같은 여자가 그날 필사적으로 리듬체조를 연기하던 학생이라는 것을 떠올렸다. 다시 몇 분이 지나고 나서야 그 이름이 '사토 가즈에'였던 것이 생각났다. 언니와 같은 반으로, 언니와 알고 지냈다는 특이한 여자. 가즈에는 나에게 이상한 관심을 갖고 스토커 비슷한 행동을 한 적도 있었다.

"당신 사토 가즈에죠?"

가즈에는 내 등을 양손으로 난폭하게 밀었다.

"맞아, 가즈에야. 알았으면 빨리 꺼져. 여기는 내 구역이니까, 손님을 받으면 가만두지 않겠어."

의외의 말에 나는 쓴웃음을 지으며 가즈에의 말을 따라했다. '내 구역'이라고.

"난 창녀란 말이야."

그 말에서 희미하게 자랑하는 듯한 울림이 느껴졌다. 나는 가즈에가 거리의 창녀가 된 것에 가벼운 충격을 느끼고 할 말을 잃었다. 틀림없이 나는 나 자신이 특별한 여자라고 생각하고 있었다. 철이 들었을 때부터 나는 타인과 다르다고 은밀히 생각하고 있었던 건지도 모른다. 어느 누구와도 다른 나에게 자부심이 없었다고는 할 수 없다.

"선배가 어쩌다가?"

"그럼, 넌 어쩌다가?"

가즈에는 즉각 반박했다. 나는 대답을 하지 못하고 가즈에의 긴 머리카락을 바라보았다. 싸구려 가발이었다. 남자들은 변장을 하고 창녀 짓을 하는 여자를 싫어한다. 가즈에에게 좋은 손님은 붙지 않을 것이라고 생각했다. 이미 나도 좋은 손님은 받지 못하지만 말이다. 말로 하지 않더라도, 손님의 얼굴색을 보면 마음에 들어 하지 않는다는 것쯤은 짐작으로 알 수 있었다. 젊었을 때의 융숭했던 대접과는 천지 차이였다. 젊은 여염집 아낙네가 창녀 흉내를 내는 세상이니, 나도 가즈에도 창녀로서의 가치는 거의 없었다. 가즈에가 말하는 것처럼 20여 년이라는 세월을 거치는 동안 우리는 같은 부류가 된 것이다.

"하지만 나는 너랑은 달라. 나는 낮에는 일을 하고 있으니까. 넌 잠만 자고 있을 테지." 가즈에는 주머니에서 무엇인가를 꺼내서 나에게 보여주었다. 어떤 회사의 사원증 같았다. 가즈에는 낯간지럽게 말했다. "나는 낮에는 커리어우먼이라고. 그것도 일류 회사의 종합직이야. 너 같은 애는 평생 할 수 없는 어려운 일을 하고 있어."

그럼 어째서 창녀 짓을 하고 있는 거지? 질문이 목구멍까지 올라왔지만 나는 그것을 삼켜버렸다. 물어보았자 창녀가 되고 싶은 여자의 이유가 또 하나 늘어날 뿐이었다. 나는 그런 것에 관심이 없었다.

"선배는 매일 밤마다 여기 오나 봐요?"

"주말에는 호텔 순회도 하고 있어서. 매일 오고 싶지만 그렇게 자주는 못 와."

가즈에는 무슨 꽃꽂이라도 배우러 다니는 것처럼 말했다. 그 말투에는 즐거움마저 묻어났다.

"그럼, 선배가 오지 않을 때는 내가 대신 서 있어도 될까요?"

나도 일할 구역이 필요했다. 열다섯 살 때부터 창녀 일을 해왔는데도 지금 나에겐 내 구역 하나 없고 도움을 주는 뚜쟁이도 없었다.

"여기에 서 있겠다고?"

"그래요, 부탁이에요."

"그렇다면 조건이 있어."

가즈에는 내 팔을 난폭하게 잡아당겼다. 손가락이라고는 도저히 말할 수 없을 만큼 가늘고 딱딱한 것이 꼭 젓가락에 집힌 것 같았다. 나의 두 팔뚝에 소름이 쫙 돋았다.

"우리 둘이서 이 장소에 교대로 서는 건 좋아. 하지만 그렇게 하고 싶으면 나하고 똑같은 모습을 해줘."

이유는 알고 있었다. 언제나 같은 장소에 서 있는 창녀에게는 단골손님이 붙는 경우도 있었다. 그렇다고 이런 추한 모습이 되어야 한단 말인가? 혐오감을 느낀 나의 동요 따위에는 아랑곳하지 않고, 가즈에는 길을 가는 두 명의 샐러리맨에게 말을 걸었다.

"오빠들, 차나 한잔 마시고 가요."

그 말을 들은 두 사람은 나와 가즈에를 몇 번씩이나 비교해보더니 얼른 도망갔다. 가즈에는 빠른 걸음으로 그 뒤를 쫓아갔다. 갑자기 달린 탓에 큰 소리로 말을 거는 목소리가 흐트러졌다.

"여기도 두 명이니까 각자 놀다가요. 싸게 해줄게요. 도중에 바꿔치기 해도 괜찮아요. 저 애는 혼혈이고 나는 Q대학 출신이에요."

거짓말이겠지, 하고 남자 하나가 조소했다. 정말이에요, 진짜라니까요. 가즈에는 사원증을 내보였으나 남자는 보려고 하지도 않고 귀찮은 듯이 가즈에를 떠밀었다. 가즈에는 비틀거리면서도 남자를 쫓아갔다.

"잠깐 기다려요. 기다리라니깐!"

단념한 가즈에는 내 쪽을 돌아보면서 히죽 웃었다. 직접 길거리에 나서 본 적이 없는 나는 다른 사람도 아닌 가즈에로부터, 내가 이제부터 걸어 나가야 할 길에 대해 배우고 있다는 느낌이 들었다.

그날 밤, 나는 아파트로 돌아오는 길에 가부키초에 있는 편의점에 들러 시커멓고 뻣뻣한 가발을 샀다. 가즈에의 것과 똑같은, 머리카락이 허리까지 내려오는 가발이었다.

나는 지금 검은 가발을 쓰고 거울 앞에 서 있다. 새파란 아이섀도를 칠하고 빨간 립스틱을 발랐다. 가즈에처럼 보일까? 보이지 않아도 괜찮다. 가즈에는 그 돌부처 앞에 서기 위해 이런 모습으로 치장했다. 나도 같은 분장을 하고 같은 장소에 서 있을 것이다.

전화벨이 울렸다. 손님일까? 신이 나서 받아보니 존슨이었다. 모레 내 방으로 오기로 약속했지만, 보스턴에 사는 어머니가 돌아가셔서 못 오게 되었다고 한다.

"장례식에 갈 거예요?"

"못 가. 돈도 없고 어머니하고는 인연을 끊었잖아. 집에서 장례를 치르기로 했어."

존슨이 말하는 '장례'란 그것을 하지 않는 것이었다. 이전에 아버지가 돌아가셨을 때에도 같은 말을 했었다.

"나도 장례에 참석하기를 바라는 거예요?"

"아냐, 유리코는 관계없어."

"확실히 저랑 관계는 없죠."

"그래, 유리코는 쿨하니까."

존슨은 서글픈 듯한 웃음소리를 냈다. 관계. 전화를 끊은 후, 나는 인간관계에 대해서 생각해보았다. 나는 조금 전에 깊은 인간관계를 갖는 것이 싫어서 창녀를 하고 있다고 썼다. 아버지와 언니 같은 혈연을 예외로 한다면 존슨만이 내게 유일한, 깊지는 않지만 오랜 인간관계다. 그러나 나는 존슨을 사랑하는 것은 아니다. 나는 한 번도 타인을 사랑한 적이 없으니, 인간관계를 가질 필요도 없다. 존슨이 예외인 것은 내가 14년 전에 존슨의 아이를 낳았기 때문이다. 그 사실은 우리 외엔 아무도 모른다. 아버지도, 언니도, 당사자인 그 아이도.

그 아이는 존슨이 키우고 있다. 중학교 2학년 학생인 사내아이. 이름을 들었으나 잊어버렸다. 존슨이 나와 계속 연락을 하고, 한 달에 네다섯 번 방으로 찾아오는 것은 둘 사이에 아이가 있기 때문이다. 존슨은 믿음을 갖고 있다. 내가 은근히 아이에게 애정을 느낄 것이 틀림없다는 믿음을. 나는 화가 나지만 부정도 긍정도 하지 않는다. 존슨이 아이 얘기를 하는 것을 잠자코 들을 뿐이다.

"유리코, 그 아이는 음악에 재능이 있는 것 같아. 학교에서 그런 얘기를 들었어. 기쁘지?"

"그 아이는 키가 많이 컸어. 거의 180센티미터쯤 된다니까. 굉장히 잘생겼는데 왜 한 번도 만나려고 하지 않는 거야?"

내가 아기를 낳은 것은 사실이다. 그러나 내게 피를 나눈 자식은 필요 없다. 그래서 존슨의 모성 신앙에는 난처해진다. 하지만 이처럼 오랫동안 창녀라는 직업을 갖고 있으면서도 임신한 적은 단 한 번밖에 없으니, 나와 존슨의 아이는 운이 좋은 편이다. 아니, 나쁜 것인가?

나는 열여덟 살이 되기 전에 Q여고에서 퇴학당했다. 3학년이 된 직후였다. 존슨과 내 관계가 마사미에게 들통났기 때문이었다.

그 무렵, 존슨은 위험한 줄 알면서도 매일 밤마다 내 방에 숨어들어왔다. 단순히 나를 안기 위한 것만이 아니었다. 내가 기지마의 소개로 관계를 맺고 있는 남자들의 이야기를 듣기 위해서였다.

"그 야구부 학생은 너를 안은 뒤에 뭐라고 말했어?"

"다시 만나준다면 홈런을 치겠다고 말했어요."

바보 같은 녀석이로군. 존슨은 웃으면서 나의 나체를 만족스러운 듯이 바라보았다. 자신의 소유물이 완벽하다는 것을 확인하는 기쁨. 존슨은 얘기만 하고 침실로 돌아가는 경우도 있었고, 자세한 이야기에 흥분해서 나를 안을 때도 있었다. 마사미가 자기 나이트캡nightcap에 남몰래 숨겨놓은 수면제처럼, 내 이야기를 듣기 전에는 존슨의 하루는 끝나지 않았던 것이다. 그날 밤 존슨은 회사에서 골치 아픈 일이 있었는지 피곤한 얼굴로 나에게 장황하게 이야기를 시키면서 침대 위에서 버번을 병째로 마셨다. 처음 보는 단정치 못한 모습이었다.

"좀 더 얘기해 봐."

얘깃거리가 없어진 나는 기지마의 아버지 이야기를 했다.

"나에게 관심이 있는 사람은 반드시 나에게 접촉하려고 해요. 하지만 관심이 있으면서도 한 번도 접촉하지 않는 사람이 있어요. 다카시의 아버지, 기지마 선생님이 그래요. 생물 선생님이죠."

"어떤 선생인데?"

자세히 보니 존슨의 눈은 맹금류의 눈과 비슷했다. 그 눈이 탁하게 흐려져 있었다.

몸 하나로
살아가는 삶

　존슨은 내 성적이나 치어걸부의 활동, 못쿠를 비롯한 교우 관계 등 나의 학교생활에는 전혀 흥미를 보이지 않았다. 이따금 내 방에서 일부러 치어걸 분장을 시키고는 청색과 금색의 스커트 주름살을 만져보면서 쓴웃음을 지었다. 유리코네 학교의 치어걸은 언뜻 보기에는 미국의 치어걸과 비슷해 보이지만 전혀 다르다고 하면서. 존슨은 일본의 소녀들에 대해서 전혀 관심을 갖고 있지 않았다. 아마 소녀로서의 나에 대해서도, 그리고 일본이라는 나라에 대해서도 마찬가지일 것이다.

　나는 존슨의 집에서 학교에 가고 돌아와 식사를 하고 밤에는 마사미의 눈을 피해 잠자리를 함께할 뿐이었다. 존슨의 딸도 아내도 아닌 이상한 존재. 굳이 말한다면, 성적 관계를 가진 수양딸 정도에 불과했으니 근친이 아닌 것은 당연했다. 더구나 존슨은 비도덕적인 인간이었다. Q학원에서 하고 있는 나의 아르바이트를 알고는 그걸 재미있어 하며 섹스의 흥분제로 삼았다. 비싼 학비를 절반이나 부담해준 것은 보나마나 나의 성적 봉사에 대한 대가임에 틀림없었다.

　"기지마라는 선생에 대한 이야기를 좀 해봐."

나는 지쳐서 자고 싶었다. 그러나 존슨의 취한 눈은 음탕하게 젖어 있었다. 기지마의 이야기에 흥분할 만한 소재가 묻어 있을 것이라고 느낀 모양이었다. 《천일야화》의 셰에라자드Scheherazade처럼 매일 밤마다 재미있는 이야기를 해서 존슨을 기쁘게 해줄 수 있다면 좋을 텐데, 하고 나는 생각했다. 그러면 얼른 잠을 잘 수 있을 테니까. 그러나 나는 언니처럼 이야기를 지어내는 것이 특기는 아니었다. 존슨이 내 말의 무엇에 흥분하는지 알 수가 없으니 그냥 있는 그대로를 전할 뿐이었다. 나는 침대에 벌렁 누워 뒹굴면서 주섬주섬 이야기를 하기 시작했다.

"나를 Q학원에 입학시켜 준 선생님이에요. 면접 날, 내가 들어간 교실에는 커다란 갈색 거북이가 있었죠. 나는 귀국한 지 얼마 안 되어서 지쳐 있었고, 시험 결과도 나빴기 때문에 편입 시험에서 틀림없이 떨어질 것이라고 생각해 우울했어요. 그래서 거북이를 바라보고 있었어요. 그 수조의 유리벽을 달팽이가 느릿느릿 기어가고 있었는데, 거북이는 내가 보는 앞에서 목을 빼내 그것을 잡아먹어 버렸어요. 그러자 기지마 선생님이 나에게 거북이 이름을 물었어요. 나는 육지 거북이라고 대답해 답을 맞혔고 생물 담당인 기지마 선생님은 그 대답에 만족해 나를 마음에 들어 했던 거예요."

존슨이 풋 하고 웃음을 터뜨리는 바람에 입 가장자리로 버번이 흘러내렸다.

"육지 거북이든 녹색 거북이든 상관없었을 거야. 그 사각형 물건은 뭐냐고 물었을 때 '책상입니다' 하고 대답했더라도 유리코는 들어갈 수 있었을 거야."

존슨은 나를 바보에 섹스를 좋아하고 공부를 전혀 못하는 아이라고 생각하고 있었다. 기지마의 아들, 그리고 언니가 나를 보는 것과 마찬가지로. 누가 나를 깔보더라도 좀처럼 화를 내지 않는 나였지만 갑자기 존슨에게 대들고 싶어졌다. 존슨이 내 시트에 버번의 갈색 얼룩을 묻혔기 때문이다. 마사미에게 꾸지람을 들을 것은 존슨이 아니라 나인 것이다.

"그 육지 거북이 이름을 마크라고 지었어요."

존슨은 과장되게 어깨를 으쓱했다.

"나 같으면 달팽이를 마크라고 하고 거북이에게는 유리코라는 이름을 붙여주었을 거야. 남자를 잡아먹으면서 살아가는 여자니까. 그 기지마라는 선생도 유리코에게 잡아먹히고 싶어서 수조에 들어간 거야."

술에 취한 존슨은 여느 때와 달리 신랄했다. 내가 존슨과 마음 편한 관계를 유지할 수 있었던 건 감정을 노출시키지 않았기 때문인데.

"기지마는 왜 너에게 말을 걸지 않는 거지? 너는 선생들하고도 장사를 하고 있잖아?"

"기지마 선생님의 아들이 내 매니저거든요."

존슨은 소리가 새나가지 않도록 커다란 손바닥으로 입을 가리면서 배꼽이 빠지도록 웃었다.

"그래서 할 수 없다는 거야? 완전히 코미디군 그래!"

웃을 일이 아니었다. Q여고에 진학한 나는 고등학교의 생물을 담당하고 있는 기지마 선생님과 종종 마주쳤다. 그때마다 기지마 선생님은 곤혹스럽게 경직된 얼굴로 나와 인사를 나누었다. 그러나 기지마 선생님의 진지한 얼굴 저편엔 나를 깊이 배려하는 따뜻한 무언가가 있다고 나는 확신하고 있었다.

고등학교 2학년을 마쳤을 때, 이런 일이 있었다. 기지마 선생님이 나를 보자마자 힘찬 손짓으로 불렀다. 변함없는 흰 가운 차림이었고 교과서를 든 기다란 손가락에 분필 가루가 묻어 있었다.

"이상한 소문을 들었는데, 우선 너에게 묻겠다. 물론 아니라는 대답을 듣길 바란다."

"왜요?"

"너에게 수치스러운 일이기 때문이지." 기지마 선생님이 괴로운 듯이 말했다. "너를 욕되게 하고, 네 평판을 나쁘게 하는 최악의 소문이야. 나는 절대로 믿지 않지만 말이다."

나는 어째서 기지마 선생님이 믿고 싶어 하지 않는 건지 알 수 없었다. 아무리 정교하고 치밀한 소문이라 하더라도 당사자의 마음을 정확하게 전하지는 못한다. 아니, 사람의 마음속은 타인이 쉽게 알 수 있는 간단한 것이 아니다. 그렇다면 기지마 선생님이 한 말은 처음부터 쓸데없는 것일 뿐이고, 자기 자신이 그것을 믿고 싶다는 욕망이 노출된, 멋대로의 추측일 뿐이었다.

"어떤 소문인데요?"

기지마 선생님은 고개를 옆으로 돌리며 입술을 일그러뜨렸다. 온화한 기지마 선생님에게 혐오스러운 표정은 어울리지 않았다. 그 순간, 기지마 선생님이 낯선 남자로 보였고, 성적 대상으로 느껴졌다. 나는 그때 기지마 선생님이 매력적이라고 생각한 것이다.

"네가 돈을 받고 학생들과 자고 있다는 소문이다. 사실이라면 넌 퇴학이야. 학교 쪽에서 조사하기 전에 어떻게든 처리해야 할 것 같다. 그 소문은 거짓말이지?"

나는 망설였다. 거짓말을 하면 구제받을 수 있을지도 몰랐다. 그러나 나는 치어걸부와 같은 반의 여학생들에게도 진절머리가 나 있었다.

"거짓말이 아닙니다. 하지만 저는 제 의지로 좋아서 하고 있어요. 제 부업일 뿐이니까 상관하지 마세요."

기지마 선생님은 동요해서 얼굴이 빨개졌다.

"내버려둘 수 없어. 네 영혼이 더럽혀지니까. 그런 짓을 해서는 안 돼."

"영혼은 매춘 같은 것으로는 더럽혀지지 않아요."

매춘이라는 말을 듣자 기지마 선생님의 목소리가 분노로 떨렸다.

"깨닫지 못하는 것뿐이야. 더러워지는 거라고. 네 영혼은 더럽혀졌단 말이야!"

"그럼, 선생님이 가정교사를 해서 2시간에 5만 엔을 받고, 그 돈으로 하와이로 가족 여행을 가는 것과는 어떻게 다른 거죠? 그건 창피하지 않나요? 선생님의 가족은 더럽혀지지 않나요?"

기지마 선생님은 아연실색하여 내 얼굴을 쳐다봤다. 어떻게 내가 그런 것까지 알고 있는지 상상도 하지 못했을 것이다.

"그것은 확실히 부끄러운 일이지만, 영혼이 더러워지지는 않아."

"어째서요?"

"노동의 대가이기 때문이지. 나는 일을 하기 위해 노력하고 있다. 하지만 몸을 파는 일은 해서는 안 되는 거야. 네가 여성인 것은 네가 선택하고 노력해서 된 것이 아니야. 너는 우연히 아름다운 여성으로 태어난 것뿐이야. 그것을 이용해서 살아가면 영혼이 더럽혀지게 돼."

"이용하고 있는 게 아니에요. 선생님의 아르바이트와 똑같은 것이란 말이에요."

"똑같지 않아. 왜냐하면, 네가 하는 일은 너를 좋아하는 사람에게 상처를 입히는 일이거든. 아무도 너를 사랑하지 않게 되고, 너도 사랑할 수 없게 될 거야."

새로운 생각이었다. 내 몸은 나의 것이지 다른 누구의 것도 아니다. 나를 사랑하려는 사람은 내 몸까지 지배하지 않으면 만족하지 못하는 것일까? 사랑이 그처럼 부자유스러운 것이라면 나는 평생 몰라도 된다.

"저는 사랑 같은 것은 필요 없어요."

"그런 오만한 말을 잘도 하는구나. 너는 도대체 어떤 인간인 거지?"

기지마 선생님은 짜증스럽다는 듯이 손가락에 묻은 분필 가루를 보았다. 미간에는 깊은 주름살이 잡혀 있고, 빗어 넘긴 머리카락 한 가닥이 이마에 늘어져 있었다. 놀랍게도 기지마 선생님은 내 육체를 갖고 싶은 것이 아니라, 나라는 인간의 마음속을 알고 싶은 것 같았다. 나의 마음. 결코 밖으로 드러내지 않는 나의 마음을 알고 싶어 하는 사람은 처음이었다.

"선생님, 선생님은 저를 사지 않을 거예요?"

기지마 선생님은 대답하지 않고 한동안 잠자코 있더니, 이윽고 얼굴을 들어 단호하게 말했다.

"필요 없다. 나는 교육자고 너는 내 제자니까."

그렇다면 공부를 못하는 나를 이 학교에 넣어준 이유는 뭐냐고 물어보려다가 퍼뜩 알아차렸다. 기지마 선생님은 나의 내면에 흥미가 있을 뿐만 아니라 갖고 싶었던 것이다. 장난감 인형과도 같은 나의 내면. 아무도 관심을 갖지 않는 것을 구하고자 하는 인간도 있다. 카알도, 존슨도 아닌, 기지마의 아버지가 나를 좋아한다는 것이 내 마음을 한층 황홀하게 했다. 나는 감동한 것이다. 하지만 감동했더라도 욕구는 일어나지 않았다. 욕구가 생기지 않으면 나도 존재하지 않는다. 존재하지 않는 나는 무엇인가. 굳이 그것을 확인할 필요도 없다. 나를 원하는 이들은 언제나 있기 때문이다.

"선생님이 저를 사지 않겠다면 저도 선생님이 필요 없어요."

기지마 선생님의 빨간 얼굴색이 순식간에 창백하게 변해 가는 모습을 나는 관찰하고 있었다.

"게다가 선생님의 아들이 제 뚜쟁이라고요. 선생님은 그런 소문 못들었나요?"

기지마 선생님은 한참 동안 침묵하더니 크게 숨을 내쉬었다.

"그건 몰랐단다. 미안하게 되었구나."

기지마 선생님은 나에게 머리를 숙였다. 교실로 걸어가는 선생님의 등을 보면서, 얼마 안 있어 기지마 선생님이 나와 자기 아들을 퇴학시킬 거라고 생각했다. 그 일은 존슨에게는 알리지 않았다.

아니나 다를까, 고등학교 3학년이 된 지 얼마 지나지 않은 5월에 교문을 나서자 다카시가 나를 기다리고 있었다. 다카시는 교복 아래로 새빨간 실크 셔츠와 금목걸이를 한 차림으로 검은색 푸조의 운전석에 앉아 있었다. 전부 나와 함께 벌어들인 돈으로 기지마 선생님 모르게 산 물건이었다. 다카시는 4월생이라 운전면허를 빨리 땄던 것이다.

"유리코, 빨리 타."

나는 몸을 낮춰 푸조의 좁은 조수석에 앉았다. 하교하던 여학생들이 우리를 힐끗 곁눈질했다. 선망의 눈초리였다. 그녀들은 푸조나 다카시의 존재가 부러운 것이 아니라, 나와 다카시가 학교 밖 혹은 학교 안에 감춰져 있던 쾌락을 발견한 것이 부러운 것이었다. 그중에서도 필두는 어젯밤에 만난 사토 가즈에 같은 애였다. 다카시는 화를 억누르려는 듯이 담배에 불을 붙여 연기를 뿜어내고는 이렇게 말했다.

"대체 우리 아버지에게 무슨 말을 한 거지? 큰일났어. 너하고 나는 퇴학을 당할 지도 몰라. 우리 문제는 연휴 때 회의에서 결정된대. 어젯밤에 아버지한테 얘기를 들었어."

"네 아버지도 그만두시는 것 아니니?"

"그럴지도 몰라."

다카시는 찡그린 표정을 하고 고개를 옆으로 돌렸다. 그 표정이 기지마 선생님과 똑같았다.

"앞으로 어떻게 할래?"

"글쎄, 나는 모델이 되어서 살아갈 거야. 얼마 전 스카우트 제의를 받았을 때 명함을 받아 두었거든. 아니면 창녀가 되든가."

"너한테 붙어 있어도 될까?"

좋아, 하고 나는 고개를 끄덕이면서 앞쪽으로 걸어가는 여학생들을 바라보았다. 한 아이가 고개를 돌려 나를 보았다. 언니였다. 바보. 마음 속으로 이 말을 내뱉었다. 바보, 바보, 바보 하고.

갑자기 존슨이 내 몸 위로 올라와서 목을 조르려고 했다. 그만둬요, 하고 나는 소리치면서 존슨의 무거운 몸에서 빠져나오려고 발버둥 쳤다. 존슨은 사지로 내 몸을 꽉 누르고 귓가에 대고 외쳤다.

"기지마라는 선생이 너를 좋아하는 거지?"

"아마도."

"너 같은 여자와 관계를 가지려고 하다니, 미쳤어. 형편없는 바보라고."

"그래요. 하지만 기지마 선생님도 나도 더 이상 학교에 다니지 못하게 될 거예요."

"무슨 소리야?"

존슨은 힘을 빼고 나에게 물었다.

"들켰거든요. 나도 기지마 선생님의 아들도 틀림없이 퇴학당할 거예요. 기지마 선생님도 그만둘 것 같아요."

"나와 마사미를 망신시킬 작정이야?"

존슨은 비번의 취기와 거친 분노에 벌겋게 물들어 있었다. 나는 하던 대로 존슨에게 몸을 맡겼다. 여기서 살해된다 하더라도 할 말이 없다고 생각했다. 내 육체를 갖고 싶어 하는 남자들이 어째서 내 마음에까지 눈을 돌리려 하는 건지 알 수 없었다. 그것도 일시적인 기분으로. 술병이 침대 위에 쓰러져 버번이 콸콸 쏟아지면서 시트에 얼룩이 퍼져나갔다. 시트뿐만 아니라 매트리스까지 젖었다. 나는 마사미한테 꾸중을 들을 것이 무서워서 손으로 병을 얼른 밀어냈다. 그러다 술병이 마룻바닥에 떨어져 쨍 하고 깨지면서 커다란 소리를 냈다.

"너는 마음이 텅 빈 창녀야. 질 나쁜 창녀란 말이야. 나는 네가 싫어."

존슨이 나를 범하면서 속삭였다. 이것도 존슨의 새로운 유희인가, 하고 나는 천장을 올려다보았다. 그 순간에는 쾌감을 느끼지 못할 것 같았다. 아니, 어쩌면 앞으로도 계속. 열다섯의 나이에 노파가 된 나는 열일곱의 나이에 불감증이 될지도 모른다고 생각했다.

그때 갑자기 문을 격하게 노크하는 소리가 들렸다.

"유리코, 괜찮아? 누가 있는 거니?"

대답할 사이도 없이 문이 열리고 잔뜩 겁을 먹은 마사미가 골프 클럽을 들고 주춤거리면서 들어왔다. 그녀는 벌거벗겨진 채 범해지고 있는 나를 보고 비명을 지르더니, 날 범하고 있는 남자가 자신의 남편이라는 것을 알고 나선 방바닥에 구겨지듯 주저앉았다.

"여보, 이게 무슨 짓이에요?"

"당신이 본 그대로야."

침대 옆에서 서로에게 욕설을 퍼붓고 있는 존슨 부부를 곁눈질로 바라보면서 나는 여전히 전라인 상태로 천장을 보고 있었다.

내가 존슨의 집에서 지낸 3년이 채 못 되는 기간은 Q학원의 학생이었던 시기와 일치한다. 나는 고등학교 3학년으로 올라가자마자 퇴학을 당했다. 다카시도 함께였다. 기지마 선생님은 아들의 불상사에 대한 책임을 지고 학교를 그만두고, 가루이자와에 있는 어떤 기업의 기숙사 관리인이 되었다고 한다. 지금도 그곳에서 태평하게 곤충 채집을 하고 있다고 하는데 나는 그후로 두 번 다시 그를 만나지 못했다.

다카시와는 퇴학을 당한 뒤에 우리의 아지트인 시부야의 커피숍에서 만났다. 한쪽 구석에서 다카시가 내게 손을 들어 보였다. 한 손에는 담배를 들고 스포츠 신문을 펼쳐놓고 있는 것이 아무리 보아도 고등학생이라기보다는 패거리에서 떨어진 젊은 사내처럼 보였다. 다카시는 신문을 접으면서 나를 보았다.

"나는 다른 학교에 갈 거야. 요즘은 고등학교도 제대로 나오지 못하면 남자 구실을 못하는 세상이니까. 넌 어떻게 할래? 존슨은 뭐라고 하든?"

"나 좋을 대로 하래."

요컨대 나는 아무런 배경이나 연줄도 없이, 그저 몸 하나로 살아가야 했던 것이다. 지금까지와 마찬가지로. 그러니까 달라진 것은 아무것도 없었다.

GROTESQUE

4장

일그러진 청춘

Q여고의 먹이사슬

　내 이야기도 좀 들어주세요. 유리코가 이런 거짓말만 늘어놓은 이상, 나도 한마디하지 않을 수가 없습니다. 그래야 공평하잖아요, 안 그래요? 유리코의 수기는 너무나도 불결해서 구청에 근무하는 성실한 나로서는 견딜 수가 없습니다. 그러니까 약간의 부연 설명을 하겠습니다.

　유리코는 내가 일본인인 엄마를 닮아서 못생겼다고 써놓았지만, 누가 어떻게 보더라도 나는 혼혈아잖아요? 이 피부색을 좀 보세요. 황색이 아니라 크림색을 띠고 있잖아요? 그리고 이 얼굴 생김새. 코가 크고 눈이 쑥 들어가 있잖아요? 약간 땅딸막한 체형은 유감스럽게도 어머니를 닮은 것입니다. 내가 동양인처럼 보인다 하더라도 앞에서 말한 것처럼 그것은 나의 개성인 거죠.

　거듭 강조하지만, 내 몸에는 확실히 스위스인 아버지의 피가 흐르고 있습니다. 이것은 유리코가 외모만으로 나를 판단하도록 강요하고 있는 것이라고밖에 생각할 수 없습니다.

　그건 그렇고, 누가 유리코를 사칭해서 이 수기를 쓴 것일까요? 처음부터 여러 차례 말한 것처럼 유리코는 제대로 된 문장을 쓸 수 있는 두뇌의 소유자가 아닙니다. 작문은 그야말로 유치한 수준이었거든요. 여기 유리코가 초등학교 4학년 때 작문한 것이 있으니 보여드리겠습니다.

"어저께 나는 언니랑 금붕어를 사러 갔다. 금붕어 가게가 일요일이라서 문이 안 열려 있었다. 빨간 금붕어를 살 수 없는 것이 싫어서 나는 울었다."

초등학교 4학년인데도 이 정도입니다. 내용이 유치한 데 비해서 글씨는 어른스럽다고나 할까요? 설마 내가 쓰고 유리코의 작문이라고 거짓말하고 있다고 말씀하시려는 것은 아니겠지요? 물론 아니고말고요. 이건 얼마 전에 외할아버지의 소지품을 정리할 때 벽장에서 찾은 것입니다. 이런 엉망진창인 문장을 하나하나 손봐준 내가 얼마나 여동생의 나쁜 머리와 성격을 감싸주려 했는지 잘 알 수 있을 것입니다.

그나저나 가즈에의 Q여고 시절에 대해서 다시 한 번 이야기해야 할 것 같습니다. 왜냐하면, 앞에서 소개한 유리코의 수기에 가즈에에 대한 이야기가 쓰여 있었기 때문이죠. 유리코가 중등부에 편입했을 때, Q여고에서는 한바탕 소동이 일어났습니다. 그 소동은 당연히 나에게도 영향을 끼쳤고, 난 무척이나 많은 피해를 입었기 때문에 지금도 잘 기억하고 있습니다.

처음 유리코에 대해서 물은 것은 미쓰루였습니다. 점심시간에 미쓰루는 한 손에 참고서를 들고 내 자리까지 왔습니다. 나는 도시락을 막 먹고 난 참이었습니다. 그날 반찬은 전날 외할아버지께서 만든 무와 유부를 졸인 것이었습니다. 국물이 흘러서 영어 노트에 커다란 갈색 얼룩이 생겼기 때문에 그런 것까지 모두 기억하고 있지요. 그런 일이 종종 있었기 때문에, 외할아버지가 만든 졸인 음식을 반찬으로 싸온 날은 아주 우울했습니다. 미쓰루는 젖은 손수건으로 열심히 노트를 닦고 있는 나를 애처로운 듯이 바라보고 있었습니다.

"네 여동생이 중등부로 편입했다면서?"

"그런 모양이야."

나는 얼굴을 들지 않은 채 말했습니다. 미쓰루는 나의 냉담함에 놀라서 고개를 갸웃거렸습니다. 종종걸음과 잽싼 동작에 동그란 눈. 미쓰루는 역시 다람쥐 같았습니다. 나는 그런 미쓰루가 귀엽다고 느끼기도 했지만, 그와 동시에 기껏해야 작은 동물과 닮은 것뿐이니 바보 같다고 생각하기도 했습니다.

"그런 모양이라니, 재밌는 반응이네? 동생의 일인데도 전혀 관심이 없는 것 같아."

미쓰루는 그 커다란 앞니를 보이면서 다정하게 웃었습니다. 나는 노트를 닦던 손을 멈추고 이렇게 말했습니다.

"그 애한테는 전혀 관심 없어."

미쓰루는 또다시 눈을 동그랗게 떴지요.

"어째서? 예쁘게 생겼다고 하던데?"

"누구한테 들었니?"

나는 되물었습니다.

"기지마 선생님이 말씀하셨어. 네 여동생이 기지마 선생님의 반이래."

미쓰루는 손에 든 참고서를 내 눈앞에 내밀어 보였습니다. 생물 참고서였는데 저자 이름에 '기지마 다카구니'라고 적혀 있었습니다. 기지마 선생님은 중등부 담임이면서 우리의 생물 교사이기도 했습니다. 칠판에 마치 자로 잰 것처럼 또박또박 글자를 쓰는 신경질적인 교사였지요. 단정하다고 하면 단정하다고도 할 수 있는 품위 있는 얼굴 생김도 내 마음에는 들지 않았습니다. 나는 그 교사를 끔찍이도 싫어했습니다. 미쓰루는 내가 물어보지도 않은 말을 했습니다.

"나는 기지마 선생님을 존경해. 박식하고 신경도 많이 써주시고, 굉장히 좋은 선생님이야. 중등부의 합숙 때도……"

나는 추억담을 이야기하려고 하는 미쓰루를 가로막았습니다.

"기지마 선생님이 뭐라고 하셨는데?"

"너희 반에 유리코라는 전학생의 언니가 있다면서? 모르겠는데요, 하고 말했더니, 그럴 리가 없다는 거야. 자세히 물어보니까 바로 너지 뭐야. 깜짝 놀랐다니까."

"왜 깜짝 놀랐는데?"

"너에게 여동생이 있다는 것을 까맣게 모르고 있었으니까."

영리한 미쓰루는 유리코가 나를 닮지 않고 괴물 같은 미모를 갖고 있기 때문이라고는 결코 말하지 않았습니다. 그때 우리는 복도에서 애들이 술렁거리고 있다는 것을 깨달았습니다. 수많은 여학생들이 복도와 교실 입구에서 주춤거리면서 우리 교실을 들여다보고 있었습니다. 중등부 학생들이 분명했습니다. 뒤쪽에는 남학생들까지 끼어 있었습니다.

"무슨 일이니?"

내가 복도 쪽을 바라보자 학생들은 한순간에 쥐 죽은 듯이 조용해졌습니다. 그 가운데서 곱슬머리를 갈색으로 염색한 덩치 큰 여학생이 마치 대표자인 양 앞으로 나서서 교실로 들어섰습니다. 그 당당한 태도와 자신감을 보니 내부 학생이 분명했습니다. 내부 학생인 급우들이 친근하게, "못쿠, 무슨 일이니?" 하고 물었습니다. 못쿠라고 불린 학생은 그 물음에는 대답하지 않은 채 내 앞에 와서 섰습니다.

"선배가 유리코의 언니가 맞나요?"

"그래."

나는 먼지가 들어가는 것이 싫어서 도시락 뚜껑을 닫았습니다. 미쓰루는 생물 참고서를 가슴에 안은 채 불안해하는 것 같았습니다. 못쿠는 영어 노트에 번진 얼룩을 힐끗 보았습니다.

"오늘 반찬은 뭔데요?"

"무와 유부 졸임. 왜?"

대답한 것은 내 옆에 있던 학생이었습니다. 모던 댄스부에 속해 있는 그 학생은 마음보가 고약해서 매일같이 내 도시락을 체크하고는 비웃거나 얼굴을 찌푸리곤 했습니다. 못쿠는 흥미 없다는 듯 그 학생을 무시하고 내 머리카락을 관찰하면서 말했습니다.

"유리코하고는 친자매인가요?"

"그래, 사실이야."

"미안하지만 믿을 수가 없네요."

"믿지 않아도 상관없어."

건방진 아이하고는 얘기하고 싶지 않았습니다. 나는 자리에서 일어나 못쿠의 눈을 똑바로 바라보았습니다. 못쿠는 겁이 났는지 조금 뒤로 물러났습니다. 못쿠의 커다란 엉덩이가 앞쪽 책상에 부딪쳐서 소리를 내자, 교실 안의 모든 애들이 우리를 보았습니다. 그러자 키가 못쿠의 어깨까지밖에 안 되는 미쓰루가 못쿠의 팔을 잡고 조금 날카로운 어조로 타일렀습니다.

"쓸데없는 말 하지 말고 빨리 네 교실로 돌아가."

못쿠는 미쓰루에게 팔을 붙잡힌 채 복도를 돌아보고는 어깨를 으쓱하더니, 발소리도 거칠게 교실을 나갔습니다. 그 순간 학생들 사이에서 실망했다는 듯 커다란 한숨 소리가 들려왔습니다.

고소했습니다. 나는 어릴 때부터 유리코를 억지로 끌어내리는 것이 재미있어 견딜 수가 없었거든요. 사람은 누구나 아름다운 사람을 보면 큰 기대를 거는 법입니다. 자신의 손이 닿지 않는 사람이기를 바라고,

그 모습 그대로이면 안심하고 더욱 동경하게 되지요. 그러나 의외로 엉성하고 뛰어나지 못하다는 것을 알게 되면 감탄은 멸시로, 선망은 질투로 바뀌는 것입니다. 나는 어쩌면 유리코의 가치를 역전시키기 위하여 태어났는지도 모릅니다.

"그 애까지 올 줄은 몰랐어. 어처구니없다니까!"

미쓰루의 목소리를 들은 나는 정신을 차렸습니다.

"누군데?"

"기지마 다카시. 기지마 선생님의 아들이야. 그 애도 기지마 선생님 반이래."

아무도 없는 복도에 아직도 한 남학생만 남아서 교실 입구에서 나를 쳐다보고 있었습니다. 기지마 선생님을 꼭 닮은 아담한 얼굴을 한, 선이 가는 남자. 예쁘다고도 할 수 있는 단정한 용모. 기지마 선생님의 아들의 날카로운 시선과 내 시선이 마주치려는 순간 그 애가 먼저 시선을 돌렸습니다.

"저 녀석, 문제아래."

미쓰루는 가슴에 안고 있던 생물 참고서에 기지마 다카쿠니라고 써진 부분을 손가락으로 쓰다듬었습니다. 그 손길에 애정이 있다는 것을 느낀 나는 미쓰루에게 심술궂은 말을 하고 싶다는 충동에 사로잡혔습니다.

"어차피 비뚤어진 녀석이겠지."

미쓰루는 놀라서 다시 물었습니다.

"네가 그걸 어떻게 아니?"

"보면 알 수 있어."

기지마 선생님의 아들과 나에게는 공통점이 있었습니다. 기지마 선생님의 아들은 기지마 선생님의 평판을 훼손하는 자, 나는 유리코의 인기를 떨어뜨리는 자. 양쪽 모두 마이너스인 존재. 기지마 선생님의 아들은 너무나도 화려한 유리코의 외모에 의심을 품고 나를 보러 왔을 것입니다. 그리고 나를 알게 되었으니 이제 유리코를 경멸할 것입니다. 하지만 기지마 선생님의 아들은 남자입니다. 자칫 잘못하면 아름다운 유리코를 동정하게 될지도 모릅니다. 나는 골치 아픈 사태가 일어난 것에 진절머리가 났습니다. 이 학교에서 어떻게든 살아나가지 않으면 안 되는데, 유리코의 출현으로 내 상황이 더욱 곤란해졌기 때문입니다. 나는 기지마 선생님의 아들처럼 이곳에서의 생활을 마이너스의 존재로 끝내고 싶지 않았습니다. 그날, 나는 언제든 기회가 생기면 유리코를 쫓아내야겠다고 결심했습니다.

"얘, 얘, 무슨 일이니?"

다정한 목소리에 돌아보니 사토 가즈에가 매우 친한 사이라는 듯이 미쓰루의 어깨에 손을 얹고 서 있었습니다. 어떻게든 미쓰루에게 접근하고 싶어 하던 가즈에는 언제나 미쓰루에게 말을 걸 기회를 엿보고 있었습니다. 지나치게 가느다란 다리를 더욱 강조하는 어울리지 않는 미니스커트, 만져보면 울퉁불퉁한 뼈밖에 없을 것 같은 마른 체구, 귀찮을 정도로 숱 많은 머리카락. 여전히 양말에는 빨간색 자수가 놓여 있었습니다. 가즈에는 그 살풍경하고 음침한 방에서 양말에 부지런히 폴로 마크를 흉내 낸 자수를 놓고 있는 걸까요?

"유리코 여동생 얘기야."

미쓰루는 어깨에 놓인 가즈에의 손을 살며시 치웠습니다. 가즈에는 상처를 입은 듯 얼굴색이 약간 달라졌으나, 평정을 가장하고 물었습니다.

"여동생이 어떻게 되었는데?"

"중등부에 편입했대. 기지마 선생님 반에."

가즈에의 얼굴에 금세 초조한 빛이 떠올랐습니다. 나는 가즈에와 꼭 닮은 동생이 생각나 잠자코 있었습니다.

"중등부에 편입하다니 대단하구나. 네 여동생은 머리가 엄청 좋은 모양이지?"

"별로야. 외국인 특별 전형이거든."

"외국에 살다 온 애들은 유리하다면서? 공부를 그리 잘하지 못해도 입학할 수 있다는 게 사실일까?" 가즈에는 한숨을 내쉬었습니다. "우리 아빠도 해외 근무를 했으면 좋았을 텐데."

"얘네 여동생은 그뿐만이 아니야. 엄청나게 예쁘다니까."

미쓰루는 틀림없이 가즈에를 싫어하는 것 같았습니다. 앞니를 톡톡 두드리면서 가즈에에게 말했습니다. 그러나 나와 얘기할 때와는 다르게 건성으로 두드리고 있었습니다.

"예쁘다니, 그게 무슨 뜻인데?"

어떻게 네 여동생이 예쁘지? 너는 조금도 예쁘지 않은데? 그렇게 말하고 싶은 듯 가즈에는 얼굴을 일그러뜨렸습니다.

"굉장한 미인이래. 그래서 조금 전에 중등부 애들이 얘를 만나러 왔던 거야."

가즈에는 자신은 아무것도 갖지 못했다는 것을 깨달은 것처럼, 공허한 눈으로 자신의 손을 보았습니다.

"내 동생도 이 학교를 목표로 하고 있는데."

"그만두는 편이 낫지 않을까?" 하고 나는 짓궂게 말했습니다. 가즈에의 얼굴이 빨갛게 달아오르고 뭔가를 말하고 싶은 것처럼 입술이 튀어나왔습니다. "내부 학생이 심술을 부리는 바람에 들어가고 싶은 클럽에도 들어가지 못했잖아?"

빈정대는 내 말에 가즈에는 헛기침을 했습니다. 가즈에는 아이스스케이트부에 들어가 있었습니다. 그러나 아이스링크 대여료를 지불하는 것이 버거운 모양이라고 클럽 내에서 험담을 듣는 것을 나는 알고 있었습니다. 아이스스케이트부는 올림픽 출전 경력이 있는 코치를 고용하거나, 링크를 빌려서 연습을 하기 때문에 돈이 많이 들어갔습니다. 그 때문에 아무리 서투른 학생이라도 입부 후에는 부비部費를 납부해야 한다고 들었습니다. 이 학교의 학생들은 자신들의 즐거움을 위해서라면 다른 학생에게 어떤 피해를 입혀도 개의치 않았습니다.

"말해두지만, 아이스스케이트부는 치어걸부 다음으로 들어가고 싶었던 클럽이라서 난 만족하고 있어."

"한 번이라도 얼음을 타보았니?"

적절한 말이 좀처럼 생각나지 않았는지, 가즈에는 한참 동안 혀로 입술을 핥고만 있었습니다.

"돈을 많이 내는 내부 학생들이나 예쁘고 귀여운 선배가 링크를 독점하고 있는 건 아니니? 올림픽에도 나갔다는 그 코치는 그런 학생의 개인 레슨도 하고 있을 테니까 편애하는 것은 당연할 거야. 그렇지 않다면 재능을 인정하는 학생밖에 가르치지 않겠지. 고교생의 아이스스케이트 놀이 같은 건 어이가 없어서 차마 보고 있을 수도 없을 거야. 어차피 부잣집 아가씨들의 심심풀이일 테니까."

나는 가즈에에게 상처를 줘야겠다고 생각했으나, 놀랍게도 '부잣집 아가씨의 심심풀이'라는 말에, 가즈에는 기쁜 듯이 미소를 짓는 것이 아니겠습니까? 그렇습니다. 가즈에는 속물이기도 했던 것입니다. 공부도 잘하고, 아이스스케이트도 탈 줄 아는 '아가씨'로서 모두에게 인정받고 싶은 마음도 남들보다 훨씬 강했던 것입니다. 그것은 가즈에 아버지의 절실한 소망이기도 했으며, 순전히 노력만으로 Q여고에 들어온 외부 학생들과 그 부모들 대부분의 소망이기도 했을 것입니다. 나는 한 술 더 떠서 말해주었습니다.

"너는 링크 청소나 스케이트 손질이나 하고 있는 것 아니니? 아니면 근육 트레이닝이라는 이름하에 기합을 받는 건 아니야? 얼마 전에는 기온이 35도나 되었는데도 운동장을 몇 바퀴씩이나 돌았잖아. 그때 헉헉대는 것이 꽤 괴로워하는 것처럼 보이던데. 그것도 돈 많은 아가씨의 심심풀이니?"

나에게 압도당한 가즈에가 간신히 입을 열었습니다.

"기합이 아니야. 기초 체력을 향상하기 위한 트레이닝이라고."

"기초 체력 같은 걸 늘려서 뭘 할 건데? 올림픽에라도 나갈 생각이니?"

미리 말해두지만, 이것은 결코 짓궂은 짓이 아닙니다. 가즈에같이 노력만이 전부라고 철석같이 믿는 둔감한 사람에게는 언제가 됐든 누군가 사실을 똑똑히 가르쳐주고 재교육을 해야 하는 것입니다. 세상 물정을 모르는 가즈에에게 세상의 이치를 가르쳐주는 것은 나의 즐거움이었습니다. 그리고 그것은 가즈에를 오염시키고 있는 그 아버지에 대한 반발이기도 했습니다.

주위를 둘러보니 옆에 있던 미쓰루는 창가에서 잡담을 하던 그룹에 합류해 있었습니다. 나와 미쓰루의 눈이 마주쳤습니다. 미쓰루는 아무 말도 하지 않고 가볍게 어깨를 으쓱해 보였습니다. 의미 없는 짓을 해보았자 헛수고야. 미쓰루는 틀림없이 그렇게 말하고 싶었을 것입니다.

"지금은 올림픽에 나갈 생각이 없지만, 아직 열여섯밖에 되지 않았으니까, 죽자 사자 노력하면 올림픽에 나가지 못할 이유도 없다고 생각해."

나는 어처구니가 없었습니다.

"넌 정말로 남에게 속기 쉬운 애야. 그럼, 네가 지금부터 테니스를 죽자 사자 연습하면 윔블던에 나갈 수 있겠니? 네가 예뻐지려고 죽자 사자 노력한다고 해서 미스 유니버스가 될 수 있겠어? 네가 죽자 사자 공부를 했다고 해서 학년에서 1등이 될 수 있난 말이야? 미쓰루를 이길 수 있겠니? 그 애는 중학교 1학년 때부터 줄곧 학년에서 1등을 하고 있잖아. 한 번도 자리를 내준 적이 없다는 건 일종의 천재라는 소리야. 노력? 노력은 아무리 해도 한계라는 것이 있어. 왜냐하면 너는 천재가 아니니까. 노력한 것만큼 닳아서 무지러지는 삶도 있는 거야."

점심시간은 거의 끝나가려고 하는데, 나는 어느 틈엔가 진지해져 있었습니다. 중등부 학생들이 나를 동물원 원숭이처럼 구경하러 왔기 때문에 신경이 곤두섰던 모양입니다. 구경거리가 되어야 할 존재는 가즈에였습니다. 와서는 안 될 장소에 와서, 해서는 안 되는 짓을 태연히 하고 있는 가즈에. 그러나 가즈에는 꽤 강했습니다. 가즈에는 나를 사뭇 깔보듯이 말했습니다.

"잠자코 듣고 있었지만, 네가 말하는 것은 패배자의 사상이라고 생각해. 아무 노력도 해본 적이 없는 사람들이 그런 표현을 쓰거든. 나는 계속 노력할 거야. 물론 올림픽이나 윔블던은 못 나가겠지만, 전교 1등이 되는 것은 불가능하지 않아. 너는 미쓰루가 천재라고 말했지만 나는 그렇게 생각하지 않아. 그냥 노력가일 뿐이야."

서열 점수에 의해 순위가 정해져 있다는 가즈에 집의 얘기를 생각해 낸 나는 경멸의 미소를 지었습니다.

"너, 괴물을 본 적 있니?"

가즈에는 가지런하지 않은 눈썹을 치켜뜨고 미심쩍은 얼굴을 했습니다.

"괴물이라니?"

"인간이 아닌 사람들 말이야."

"천재를 가리키는 거니?"

나는 말을 꿀걱 삼켰습니다. 천재만이 아닙니다. 괴물이란 무엇인가를 일그러뜨리며 성장을 계속하고, 그 일그러진 것이 지나치게 커져버린 사람을 가리킵니다. 나는 잠자코 미쓰루를 손가락으로 가리켰습니다. 조금 전까지 담소를 나누던 미쓰루는 이제 곧 시작될 오후 수업에 대비해 자리로 돌아가 있었습니다. 자리에 앉은 미쓰루는 매우 독특한 분위기에 감싸여 있었습니다. 미쓰루가 수업에 임할 때 신변에 감도는 분위기라는 것은 말로 제대로 설명할 수가 없었습니다. 예를 들면, 겨울의 기색을 알아채는 다람쥐라고 할까요? 아무도 알아차리지 못하는 사이에 서서히 육박해 오는 뭔가의 정체를 알고 혼자 대비하고 있다고나 할까요? 이 본능이 있기 때문에 미쓰루는 그다지 많은 노력을 하지 않고도 공부를 잘할 수 있었습니다. 그 힘은 Q여고에서 몸을 지키는 방패이자, 적을 베어 쓰러뜨릴 수 있는 칼이기도 했습니다. 그러나 미쓰루는 그 힘을 너무 많이 소진시켰습니다. 사실은 나는 그 즈음부터 미쓰루를 무서워하게 되었던 것입니다. 가즈에는 내가 말문이 막혔다고 생각한 모양입니다.

"나는 노력해서 위로 올라갈 거야."

"한번 해보렴."

"굉장히 불쾌한 말투구나." 가즈에는 대답하기 곤란한 듯, 말을 골라가면서 계속했습니다. "우리 아빠는 네가 괴짜래. 어린 학생답지 않다고. 어쩌면 비뚤어진 시선으로 바라보고 있는 게 아닐까? 예쁜 여동생이나 공부를 잘하는 애나 우리 집처럼 아버지가 건재한 샐러리맨 가정 같은 것에 대해서 말이야."

가즈에는 자기 자리로 돌아갔습니다. 자기 아버지의 의견을 스스럼없이 나에게 던지다니. 나는 가즈에의 뒷모습을 바라보면서 가즈에가 말하는 그 노력이란 것을 끝까지 지켜봐주겠다고 결심했습니다.

교실 안은 조용하기 짝이 없었습니다. 손목시계를 보자 벌써 오후 수업이 시작될 시간이었습니다. 나는 책상 위에 놓여 있던 도시락을 가방 안에 넣었습니다. 문이 열리고 흰 가운을 입은 기지마 선생님이 근엄한 표정으로 교실로 들어섰습니다.

　까맣게 잊고 있었으나 오늘은 일주일에 한 번 생물 수업이 있는 날이었습니다. 유리코, 나를 노려보던 기지마 선생님의 아들, 그리고 기지마 선생님. 어쩌면 그토록 인연이 얽힌 날이었을까요? 나는 서둘러 생물 교과서를 찾아 책상 위에 올려놓았으나 허둥대는 바람에 책받침이 바닥에 떨어져 조용한 교실에 시끄러운 소리가 울렸습니다. 한순간 기지마 선생님이 미간을 찌푸리는 것이 보였습니다.

　기지마 선생님은 양손을 교단에 짚고 교실을 한번 빙 둘러보았습니다. 나를 찾고 있는 것이 틀림없었습니다. 나는 들키지 않도록 얼굴을 숙이고 있었지만, 기지마 선생님의 시선이 내 쪽에 머무는 것을 느꼈습니다. 그래요, 나는 아름다운 유리코를 훼손시키는 못생긴 언니입니다. 하지만, 당신의 아들도 당신을 훼손시키고 있을 거예요. 나는 고개를 들어 기지마 선생님을 정면으로 바라보았습니다.

　나의 시선을 받아들이고 있는 기지마 선생님의 얼굴은 아들과 매우 닮아 있었습니다. 넓은 이마와 가느다란 콧마루. 날카로운 눈매. 그 얼굴에 잘 어울리는 은테 안경이 기지마 선생님을 학구적으로 보이게 했습니다. 하지만 그는 언제나 무엇인가 한 가지 흐트러진 모습이었습니다. 미처 깎지 못한 수염이라든가 이마에 늘어진 한 가닥의 머리카락, 흰 가운에 묻은 얼룩 등등. 그 한 점의 흐트러짐은 아마 말을 안 듣는 아들의 존재 때문일지도 몰랐습니다. 닮은꼴인 아버지와 아들은 눈의 표정만 서로 달랐습니다. 앵돌아진 눈을 한 아들과 달리, 기지마 선생님은 대상물을 똑바로 봤습니다. 그 시선이 고정되는 일 없이 윤곽을

덧그리거나 얼굴 생김새를 하나하나 꼼꼼히 바라보는 것에서 기지마 선생님이 나를 관찰하고 있다는 것을 알 수 있었습니다. 기지마 선생님은 입을 열지 않고 한동안 나를 관찰했습니다. 나와 유리코의 생물학적인 유사점을 발견하기라도 한 걸까요? 나를 변종 곤충처럼 보지 말라고요. 나는 타오르는 듯한 분노에 차 기지마 선생님의 시선을 빨아들이고 있었습니다. 기지마 선생님은 한참 만에 나에게서 눈을 떼더니 느긋한 어조로 말했습니다.

"오늘은 공룡의 낙원이 끝난 곳에서부터지요? 지난 시간에 공룡이 겉씨식물의 꽃을 모두 먹어치워 버렸다는 이야기를 했지요. 기억하고 있나요? 공룡의 목이 길어진 것도 높은 곳에 있는 꽃을 먹기 위해서였습니다. 생물은 환경에 적응한다는 재미있는 이야기였습니다. 그래서 알게 된 것은 겉씨식물은 바람에 의존한 생식만이 가능했기 때문에 모조리 먹혀버렸다는 점입니다. 그에 비해서 속씨식물은 곤충을 매개체로 이용함으로써 살아남을 수 있었던 것입니다. 여기까지 질문 있나요?"

미쓰루는 꼼짝도 하지 않은 채 기지마 선생님을 응시하고 있습니다. 나는 기지마 선생님과 미쓰루 사이에 두 사람만의 밀도 높은 공기가 있다고 생각했습니다. 미쓰루는 기지마 선생님을 좋아했던 것일까요? 나는 그 공기 덩어리가 보이지는 않을까 하고 눈을 부릅떴습니다.

이전에 내가 미쓰루에게 연정을 품고 있었다고 말씀드렸지요? 어쩌면 그것은 정확한 표현이 아닐지도 모릅니다. 나와 미쓰루는 지하 수맥으로 연결되어 있는 산속의 깊은 호수 같은 것이었다고 생각합니다. 산속에 따로 떨어져 있어서 찾아오는 사람도 없는 쓸쓸한 호수지만, 지하로 연결되어 있으니 수위는 언제나 똑같았습니다. 내가 내려가면 미쓰루도 내려가고, 내가 가득 채워지면 미쓰루도 가득 채워졌습니다. 같은 마음으로 연결되어 있었던 것이지요. 그런데도 미쓰루에게는 기지마 선생님이라는 다른 세계가 보이는 건지도 몰랐습니다. 나는 기지마 선생님의 존재가 방해된다고 생각했습니다.

더구나 기지마 선생님은 유리코를 마음에 들어 하고 있는 것이 틀림없었습니다. 나에게 관심을 가졌다는 것은 유리코라는 여자에게 흥미가 있기 때문이니까요. 내 말이 틀린 것일까요? 분명히 나는 연애를 해본 적이 한 번도 없습니다. 하지만 좋아하는 사람이 있으면 그 사람의 식구들에게도 흥미를 갖는 것은 당연한 일이잖아요? 그렇지 않으면 기지마 선생님은 생물 교사로서 나와 유리코의 생물학적 관계에 흥미를 느낀 것일까요?

기지마 선생님이 칠판에 글자를 썼습니다. '꽃과 포유류, 새로운 파트너의 탄생'

"교과서 78쪽을 펴세요. 쥐는 겉씨식물의 열매를 먹고 배설물을 통해 사방으로 씨앗을 흩뿌립니다."

사각사각 하고 반 아이들 전부가 일제히 노트에 필기하는 소리가 났습니다. 나는 필기를 하지 않고 멍하니 생각에 잠겼습니다. 유리코는 속씨식물. 나는 겉씨식물. 속씨식물은 아름다운 꽃과 꿀로 곤충이나 동물을 유혹한다. 기지마 선생님은 동물일까? 동물이라면, 어떤 동물일까? 기지마 선생님이 고개를 돌려서 나를 보았습니다.

"자아, 복습을 해볼까요? 거기 학생, 공룡은 어째서 멸종했는지 알고 있습니까?"

기지마 선생님의 손가락이 나를 가리키고 있었습니다. 다른 생각을 하고 있던 나는 어리둥절하고 부루퉁해졌습니다. 기지마 선생님이 엄한 목소리로 재촉했습니다.

"일어나봐요."

나는 의자를 드르륵 밀어내고 천천히 일어섰습니다. 미쓰루가 고개를 돌려서 내 얼굴을 바라보았습니다.

"거대 운석 때문입니다."

"그런 이유도 있지요. 식물과의 관계는?"

"잘 모르겠습니다."

"그럼, 거기 학생이 대답해볼까요?"

미쓰루는 소리도 없이 일어나서 유창하게 대답했습니다.

"식물을 모조리 먹어치우고 나면 다른 곳으로 이동할 뿐, 식물을 번식시키지 못했기 때문입니다. 그렇게 되자 공룡의 생존을 지탱해 주고 있던 숲이 소멸되었습니다. 그에 반해서, 속씨식물과 동물의 관계는 일대 일입니다. 파트너십에 의해서 서로가 공존한 것이죠."

"맞았어요" 하고 기지마 선생님은 고개를 끄덕이고 칠판에 미쓰루가 대답한 것을 그대로 써 나갔습니다. 가즈에가 고소하다는 듯이 나를 보고 어깨를 으쓱해 보였습니다. 밉살스러운 계집애. 나는 가즈에에게도 미쓰루에게도 기지마 선생님에게도 적의를 품었습니다.

생물 시간이 끝난 후에는 체육 수업에서 리듬체조를 배웠습니다. 체육복으로 갈아입고 운동장에 집합해야 했지만 내 발걸음은 무거웠습니다. 생물 시간의 굴욕에서 아직 완전히 벗어나지 못했던 것입니다. 기지마 선생님은 반 애들 앞에서 나를 망신 주려고 한 것이 틀림없었습니다. 유리코의 언니라는 이유로. 아닙니다. 아름다운 유리코에게 나 같은 언니가 있다는 것을 용서할 수 없었던 것입니다. 그런데 그 반대로 생각하는 인물도 있다는 사실에 나는 놀라지 않을 수 없었습니다. 바로 가즈에였습니다.

리듬체조는 아시는 바와 같이 Q학원 여자부 체육의 필수과목이었습니다. 손과 발을 따로따로 움직여서 뇌의 활동을 활성화하는 운동이라고 하는데, 집에서 전혀 연습을 하지 않는 나는 그것이 딱 질색이었습니다. 그렇기는 하지만 처음부터 틀려버리면 반 아이들 사이에서 너무 튀어버리고 말았습니다. 중간까지는 어떻게든 버텨야 한다고 필사적으로 춤을 추던 나는 유리코가 기지마 선생님의 아들과 함께 우리를 바라보고 있다는 것을 알았습니다.

유리코는 얼마간 만나지 못한 사이에 변해 있었습니다. 흰 블라우스 속 가슴은 터질 듯이 부풀어 올랐고, 보기 좋게 봉긋한 엉덩이가 타탄 체크 스커트를 살짝 들어 올리고 있었습니다. 똑바로 뻗은 다리는 완벽한 모양을 갖추고 있었습니다. 그리고 그 얼굴. 흰 피부에 갈색 눈동자. 언제나 무엇인가 묻고 싶고, 우수조차 느끼게 하는 아름다운 얼굴. 정교하게 만든 인형도 이처럼 귀여울 수 없을 것입니다. 몸은 성인 여자보다 풍만한데도 얼굴은 천진난만하니, 이 얼마나 교활한 사람이란 말입니까! 우리는 정말로 자매일까요? 적령기를 맞은 유리코의 아름다움은 언니인 나로서도 믿기지 않을 정도였습니다.

유리코의 성장에 놀란 나는 금세 동작을 틀리고 말았습니다. 실수를 한 학생은 원 밖으로 나가야 했습니다. 예정보다 빨리 틀린 게 유리코 탓이라는 생각이 들자, 나는 느긋한 얼굴로 춤을 구경하고 있는 유리코가 괘씸해서 견딜 수가 없었습니다. 저쪽으로 가라고 마음속으로 욕을 하고 있는데, 옆에서 다른 친구가 비웃는 소리가 귀에 들어왔습니다.

"가즈에를 좀 봐. 저 낙지 같은 춤을!"

미쓰루에게 질세라 가즈에가 필사적으로 춤을 추고 있었습니다. 노력 같은 것은 소용이 없다고 말한 내게, 그게 아님을 뼈저리게 느끼게 하려고 버티고 있는 것이 틀림없습니다. 그에 반해서 미쓰루는 즐거운 얼굴로 팔을 좌우로 흔들며 발레라도 추는 듯이 경쾌한 발걸음으로 유유히 스텝을 밟고 있었습니다. 유리코를 본 가즈에가 망연자실한 표정으로 동작을 멈추었습니다. 드디어 괴물을 본 것입니다. 나는 가즈에의 얼굴에 나타난 충격을 보고 엉겁결에 회심의 미소를 지었습니다.

"아까는 미안했어." 수업이 끝나자마자 가즈에가 달려왔습니다. "모두 잊고 사이좋게 지내자."

나는 가즈에의 변화를 시큰둥하게 생각해 대꾸하지 않았습니다.

가즈에는 이마에서 뚝뚝 떨어지는 땀을 닦으려고도 하지 않은 채 나에게 물었습니다.

"네 여동생, 이름이 뭐니?"

"유리코야."

가즈에는 선망도, 감탄도, 질투라고도 할 수 없는 특이하게 열띤 목소리로 중얼거렸습니다.

"어머, 이름도 예쁘다, 애! 나하고 똑같은 여자라고는 도저히 믿기지가 않아."

그렇습니다. 괴물 같은 미모를 지닌 유리코와 우리가 여자라는 같은 생명체라는 사실이 도저히 믿기지 않는 것이었습니다. 타고난 모습과 외모가 이 정도로까지 다르다는 것을 실제로 보게 되면, 미추美醜라는 상대적인 판단은 아무래도 상관이 없어졌습니다. 단 하나뿐인 절대적인 미와 평범한 그 밖의 것이라는 상황을 인식하지 않을 수 없게 되는 것입니다. 유리코 앞에서 우리는 너무나도 하잘것없어, 단순히 생물학적인 의미로만 존재하는 여자 외에 아무것도 아니게 되어버렸습니다. 괴물은 본인 이외의 인간을 전부 무가치한 존재로 만들어버릴 정도의 힘을 가지고 있었습니다.

솔직히 말씀드리겠습니다. 개성이나 재능 같은 것은 범상한 종족이 어떻게든 경쟁에서 살아남기 위하여 비축하고 연마하는 무기 외에 아무것도 아닌 것입니다. 내가 악의, 미쓰루가 두뇌, 그리고 다른 애들이 재능을 연마하여 Q여고에서 어떻게든 살아남으려고 했던 것도, 자태와 외모가 타인을 압도하여 힘을 봉쇄해 버릴 정도의 괴물이 아니었기 때문입니다. 동물들도 그렇지 않을까요? 보험 아주머니가 기르고 있는 몰티즈는 주변에서 커다란 개를 만날 때마다 꼬리를 말고 몸을 움츠렸습니다. 거대한 존재 앞에서는 누구나 위축되는 법입니다. 그것이 동물의 본성 아닐까요?

"나는 오늘 처음 보았지만 얼굴도 예쁘고 몸매도 예쁘고 이름도 예쁘고! 더 이상 말할 필요가 없는 애야. 저런 것을 보고 완벽하다고 말하는 걸까?"

열에 들뜬 것처럼 웅얼웅얼 넋두리를 늘어놓는 가즈에의 몸에서 시큼한 땀 냄새가 확 풍겨왔습니다. 그 강한 냄새가 가즈에가 유리코에 대해 갖는 관심의 크기를 말해주는 것 같아서 나는 무의식중에 얼굴을 돌렸습니다. 유리코라는 괴물을 본 이상 가즈에의 세계는 조금씩 변해갈 것이 틀림없었습니다. 어릴 때부터 유리코와 생활해 온 나와 마찬가지로요. 나는 언제나 나 자신이 유리코라는 키 크고 햇볕을 가득 쐬고 있는 커다란 식물의 그늘에서 말라 죽는 나무라고 생각하고 있었으니까요.

유리코는 기지마 선생님의 아들과 함께 학교 운동장을 떠나려던 참이었습니다. 비뚤어진 성격의 기지마가 유리코에게 딱 붙어 다니는 것은 틀림없이 뭔가 나쁜 일을 꾸미고 있기 때문이었겠지요. 조금 전 수업 시간에 당한 모욕을 저 바보들에게 분풀이해 주는 것도 괜찮겠지, 하는 생각이 들었습니다. 나는 기지마 부자와 유리코를 이 학교에서 빨리 내쫓아버리고 싶다고 생각했습니다. 아무것도 모르는 맑고 시원스런 얼굴로 멀어져 가는 유리코의 뒷모습을 많은 아이들이 호기심과 찬탄에 가득 찬 시선으로 쫓고 있었습니다.

그때 내가 남몰래 '기린 아가씨'라고 부르는 같은 반 아이가 다가오더니, 가즈에의 머리 위에서 들으라는 듯이 말했습니다. 기린 아가씨는 무슨 생각을 하는지 알 수 없는 명한 표정을 하고 있는 아이인데, 키가 180센티미터 가까이 될 정도로 커서 농구부 소속이었습니다.

"치어걸부에서 저 애를 재빨리 스카우트 하러 갔대. 그것도 부장이 직접. 저 정도로 예쁘면 영락없이 스타가 될 테니까. 틀림없이 모두들 쟁탈전을 벌일 거야. 재미있을 것 같지 않니?"

중등부에서 올라온 기린 아가씨는 가즈에의 반응을 떠보고 싶어서 말한 것입니다. 나도 같은 마음이었습니다. 가즈에는 황급히 시선을 내리깔았으나, 나는 그 조그만 눈에 오기가 번뜩이는 것을 확인했습니다. 기린 아가씨는 다시 덧붙였습니다.

"어느 클럽이 저 애를 손에 넣을지 흥미진진하다, 애!"

"어머, 나는 거절당했는데, 그건 너무 불공평하지 않니?"

예상했던 반응에 만족한 기린 아가씨는 무거운 눈꺼풀을 반쯤 뜨고 웃음을 터뜨렸습니다.

"치어걸부는 특별하잖아? 남자를 꾀는 것밖에 생각하지 않는 애들의 집합체니까. 남자들은 멍청해서 Q여고의 치어걸부 부원이라는 것만으로 우상시하고 법석을 떨거든. 양쪽 다 마찬가지야. 넌 거절당하는 게 당연해."

"나는 그런 걸 생각하고 입부 지원서를 낸 게 아니란 말이야."

가즈에는 벌컥 화를 내면서 항의했습니다.

"그렇겠지. 넌 다만 미니스커트 밑으로 팬티를 보여주고 싶었을 테니까."

기린 아가씨는 짓궂게 한마디 내뱉고는 웃으면서 가버렸습니다.

"뭐라고? 저능아 같은 목소리에 영어 발음도 엉망인 주제에! 잘도 중등부부터 입학했다, 얘!"

가즈에는 화를 가라앉히지 못한 채 분한 듯이 쏘아붙였지만 물론 기린 아가씨의 귀에는 그 소리가 미치지 않았습니다. 그녀는 기다란 목으로 리듬을 타며 친구들 쪽으로 가버렸습니다.

"내가 남자애들한테 호감을 사고 싶어 하는 것처럼 보이니?"

가즈에는 나를 돌아보며 물었습니다. 물론 아니야. 너는 Q여고의 일원이라는 증거를 남기기 위해 치어걸부에 들어가고 싶었겠지. 나는 그렇게 생각했지만, 입에 담지 않은 채 미쓰루 쪽을 바라보았습니다. 리듬체조에서 이긴 미쓰루는 사십 대의 체육 여교사와 담소를 나누는 중이었습니다. 미쓰루는 교사에게서 탬버린을 건네받아 발로 리듬을 밟으면서 탬버린을 찰랑찰랑 흔들다가, 내 시선을 느끼곤 손을 멈춘 채 웃었습니다.

"얘, 내 말 듣고 있는 거니?"

화가 난 가즈에가 날카로운 목소리로 내가 무시하는 것을 못마땅해하면서 자신에게 주의를 돌리게 하려고 팔을 붙잡았습니다. 가즈에의 손바닥은 땀으로 흥건히 젖어 있었습니다. 나는 가즈에의 땀 냄새가 생각나서 팔을 뿌리쳤습니다.

"듣고 있냐고! 나는 특별히 남자에게 호감을 사고 싶어서 치어걸부에 들어가려고 한 게 아니라고 했단 말이야!"

"알고 있다니까."

"정말이야? 나는 그저 치어리더가 되고 싶었을 뿐이야. 동경하고 있었거든."

"그래, 알았어."

나는 가즈에와 얘기하는 것이 짜증났습니다. 그래요, 나는 가즈에의 얘기 상대가 되면 늘 싫증이 났습니다. 가즈에가 어떤 식으로 무엇을 생각하고 있는지 정도는 쉽게 상상할 수 있으니까요. 가즈에만큼 다른 사람이 알기 쉬운 여자는 없지 않을까요?

그런데 뜻밖에도 이때 가즈에의 본심은 나의 상상을 초월한 다른 곳에 있었습니다. 지금부터 얘기해 드릴게요.

그로부터 며칠이 지난 뒤, 나는 가즈에로부터 편지를 받았습니다. 하교 길에 등 뒤로 다가온 가즈에가 내 손에 작은 봉투를 쥐어주는 것이 아닙니까. 전철 안에서 펼쳐보았더니 제비꽃이 그려진 소녀 취향의 편지지 두 장에 예쁘기는 하지만 개성 없는 글씨가 빽빽이 쓰여 있었습니다.

앞부분의 생략을 용서하길 바란다.

나도 너도 똑같은 외부 학생이잖아. 넌 우리 집에 놀러와 주었고 우리 부모님도 만났으니까, 어쩌면 내가 Q여고에서 가장 사이좋게 지낼 수 있는 애가 아닐까 하고 생각해. 우리 아버지가 가정환경이 다른 너하고는 사귀지 말라고 말했지만, 편지라면 아버지에게도 들통 나지 않을 거야. 때때로 이렇게 편지를 주고받지 않을래? 서로의 고민을 털어놓거나 공부에 대해서 의논하면 좋을 것 같아.

내가 너를 오해하고 있었던 것 같은 느낌이 들어. 넌 똑같은 외부 학생인데도 왠지 차분해서 옛날부터 이 학교에 다니던 애 같았으니까. 게다가 미쓰루와 자주 얘기를 나누고 있어서 접근하기도 약간 어려워서 멀리하고 있었어.

Q여고의 학생들(특히 내부 학생)은 무슨 생각을 하고 있는지 이해가 안 가서 아직도 친해질 수가 없어. 하지만 나는 나 자신을 부끄럽게 생각하지 않아. 내가 초등학교 때부터 목표로 삼았던 Q여고에 들어올 수 있었던 것은

내 노력의 성과라고 생각하거든. 그래, 나는 자신 있어. 내가 믿고 해온 일이 제대로 열매를 맺고 좋은 결과가 나와서, 정말로 행복한 인생을 걷기 시작했다고 생각해.

하지만 나도 어떻게 하면 좋을지 모를 때가 있어. 누군가에게 의논을 하고 싶어서 엉겁결에 펜을 들었어. 나는 어떤 일로 고민하고 있는데, 그 일에 대해서 네가 부디 의논 상대가 되어주기 바란다.

— 사토 가즈에로부터

서두에 '앞부분의 생략을 용서하길 바란다'는 말은 어른들이 쓰는 편지 형식을 흉내 낸 걸 겁니다. 그걸 쓰고 있는 모습을 상상하니 웃겨서 참을 수 없었지만, 가즈에의 고민이란 게 도대체 무엇일지 신경이 쓰여서 견딜 수가 없었습니다. 고민 상담 같은 것은 떠맡고 싶지 않았지만, 그 내용이 뭔지는 알고 싶었습니다. 다른 사람의 고민만큼 흥미로운 것도 드물 것입니다.

덧붙여 말하면, 나는 지금까지 살아오면서 고민 같은 것은 해본 적이 거의 없습니다. 그것은 지금도 마찬가지입니다. 나는 고민하기 전에 결론을 내리고 그 결론에 따라 행동하기 때문입니다. 인간은 쉽게 결론을 내릴 수 없어서 고민하는 거라고 말씀하시는 겁니까? 결론을 내리는 것은 너무나도 간단한 일 아닌가요? 자신의 눈높이에 맞는 것이 무엇인지 항상 생각하는 사람에게는 고민 같은 것이 생기지 않습니다. 햇빛이 모자라서 광합성을 하지 못하면 그 식물은 말라 죽을 수밖에 없습니다. 숨죽이는 운명에 처하고 싶지 않으면, 빛을 차단하는 키 큰 식물을 쓰러뜨리거나 광합성을 하지 않아도 살 수 있는 무언가로 자신의 존재를 변화시킬 수밖에 없습니다.

그날 밤, 나는 그런 것들을 한참 생각하면서 영어 예습을 하고 있었습니다. 그때 저녁 식사를 준비하시던 외할아버지가 부엌에서 이렇게 물었습니다.

"'블루 리버' 체인점이 너하고 같은 반 학생의 집이라면서?"

"그래요. 미쓰루라는 애의 어머니가 하고 있어요."

나는 머리 손질도 안 하고 지저분한 청바지 차림이던 미쓰루 어머니를 생각해냈습니다. 외할아버지는 즐거운 듯이 계속 말했습니다.

"나도 깜짝 놀랐단다. 이 근처에서 Q여고에 다니는 아이가 있는 집은 우리 집밖에 없을 거라 생각했거든. 그런데 얼마 전에 역전의 '블루 리버'에서 경비 일을 하는 녀석을 만났지 뭐냐. 그 녀석은 관리인하고 동급생이라는데, 관리인과 친한지 관리실에 놀러 왔더라고. 내가 '블루 리버'에 정원수 손질을 해주러 다닌다고 했더니, 그곳의 주인아줌마 딸도 Q여고 학생인데, 어쩐지 같은 반 같다고 말하지 않겠니? 같은 학교의 학부형이라는 인연이 생겼으니 한번 마시러 가볼까 하는 생각이 들었단다. 그런 생각을 하니까 살아 있는 게 즐거워지더구나."

"한번 가보세요. 미쓰루의 어머니께서도 외할아버지께 놀러 오시라고 했으니까요."

"정말이냐? 나 같은 사람이 가면 오히려 폐가 될 텐데. 늙은이니까 말이다."

"손님이라면 누구든 좋아할 거예요. 분재를 좋아하신다고 전에 말해두었으니까 꽤 기뻐하실 거예요."

나는 건성으로 대답했으나 외할아버지는 그 말을 곧이곧대로 들었는지 신바람이 나서 소리 나게 쌀을 씻기 시작했습니다.

"'블루 리버'는 술값이 상당히 비쌀 게다. 젊은 여자들밖에 없을 테고. 술값을 조금은 깎아주겠지?"

아마 그럴 거예요, 하고 나는 건성으로 대답했습니다. 가즈에의 편지에 마음이 사로잡혀 있었기 때문입니다. 나는 가즈에의 편지를 꺼내 영어 교과서 위에 놓고 다시 한 번 읽어보았습니다. 그리고 내일 물어봐야지, 하고 결심했습니다.

"편지 잘 읽었어. 고민이라는 게 뭐니?"
"아무도 없는 곳에서 얘기하고 싶어."
거드름을 피우던 가즈에는 진지한 얼굴로 팔짱을 낀 채 비어 있는 계단식 교실로 들어갔습니다. 가끔 생물이나 지리 수업에 쓰이는 계단식 교실은 보통 교실보다 넓고 중앙에 있는 교단을 에워싸는 반원형으로 되어 있었습니다. 교단 바로 뒤에는 슬라이드나 16밀리 영화를 상영하기 위한 하얀 스크린이 걸려 있었습니다. 가즈에는 마치 수업 중인 교사처럼 계단 중간에서 나를 돌아보았습니다. 여유가 없는 조그만 눈에 복잡한 막이 쳐져 있었습니다. 나에게 이 말을 해도 될까 안 될까 하는 망설임과 누군가에게 속을 털어놓고 싶다는 욕망이 서로 싸우고 있을 터였습니다.

"남에게는 좀처럼 말하기 어려운 일이야."
"하지만 말하고 싶은가 보지?"
나는 계단 맨 위에 있는 의자에 걸터앉았습니다. 밖은 쾌청한 날씨였지만 방과 후의 교실은 쥐 죽은 듯이 조용하고 어두컴컴해서 기분이 나빠질 정도였습니다.

"그럼, 큰맘 먹고 말할게." 가즈에는 수줍어하듯 뺨에 손을 대고 띄엄띄엄 말을 골라가며 했습니다. "저, 나 말이지. 그 다카시를 좋아해. 알고 있지? 기지마 선생님의 아들 기지마 다카시 말이야. 그래서 다카시가 유리코와 어떤 교제를 하고 있는지 알고 싶어. 나, 다카시랑 유리코가 함께 있는 것을 본 다음부터 마음에 걸려서 제대로 잠을 잘 수도 없었다고."

무슨 이런 일이 다 있단 말입니까! 나는 흥분되는 마음을 필사적으로 달래면서 냉정하게 물었습니다.

"기지마 선생님의 아들이라면, 중등부의 학생 아니니?"

"그래, 중등부 3학년이야. 네 여동생과 같은 반이야."

"분명히 얼굴은 멋있다고 생각하지만……."

나는 기지마 선생님 아들의 파충류를 연상케 하는 체형과 비뚤어진 눈매를 떠올리며 말했습니다.

"난 그런 얼굴을 좋아한다니까. 남자인데도 섬세하고 예쁜데다 키도 크고 쿨해서 첫눈에 반해버렸어. 처음 본 건 여름 방학 전이었지. 학교 앞 서점에서 보고 그냥 멋있는 아이라고 생각했는데, 기지마 선생님의 아들이라는 얘기를 듣고 깜짝 놀랐어. 그래서 그 부자에 관해서 여러 가지로 조사를 해보았어. 옛날부터 덴엔조후에서 살아왔고, 기지마 선생님도 Q학원 출신이라는 것, 동생이 초등부에 다닌다는 것 등등. 기지마 선생님은 여름 방학에는 반드시 가족 여행을 가는데, 아이들에게 곤충 채집을 돕도록 한대."

나는 앗, 하고 소리를 질렀습니다. 가즈에가 리듬체조에서 미쓰루에게 진 이유를 그제야 알았기 때문입니다. 아니, 그뿐만이 아니라, 겉씨식물이라고 생각했던 가즈에가 직접 곤충이나 동물을 찾아내려고 애쓰고 있는 것에 놀랐던 것입니다. 어쩌면 그토록 자신의 분수를 모를까요? 그것도 기지마 선생님의 불량스러운 아들을 좋아하다니! 이 세상은 어째서 이처럼 아이러니한 것들을 자꾸 만들어서 내 앞에 내미는 것일까요? 나는 웃음을 참느라 고생했습니다.

"그랬구나. 잘 되면 좋겠네."

"그러니까 네가 유리코에게 물어봐 주지 않을래? 유리코가 너무 예뻐서 다카시가 걔를 좋아하게 된 것은 아닌지 걱정되어서 밤에도 잠을 잘 수가 없단 말이야. 그렇긴 해도 나도 가능성은 있다고 생각해. 이전에 내 쪽을 보고 웃어준 일이 있거든."

기지마 선생님의 아들은 가즈에의 우스꽝스러움에 실소를 한 것이 틀림없었습니다. 유리코나 기지마 부자를 이 학교에서 추방하고 싶은 나의 책략에 이 웃긴 이야기를 이용할 수는 없을까요? 나는 이것저것 생각하기 시작했습니다.

"유리코에게 살짝 물어봐 줄게. 유리코와 다카시는 어떤 관계인지, 그리고 다카시는 어떤 여자를 좋아하는지."

가즈에는 숨을 죽이며 고개를 끄덕였습니다. 나는 불안해하는 가즈에를 보고 이렇게 덧붙였습니다.

"그런데, 네가 다카시를 좋아한다는 걸 말해도 괜찮니?"

가즈에는 당황한 모습으로 양손을 흔들면서 계단을 뛰어 올라왔습니다.

"안 돼, 안 돼. 아직 안 된단 말이야. 나는 신중하게 사귀고 싶어. 고백은 훨씬 뒤에 할 거야."

"알았어."

"하지만 이건 아무렇지도 않다는 듯이 넌지시 물어봐 줘." 가즈에는 흘러내린 남색 긴 양말을 무릎 바로 아래까지 끌어올리면서 말했습니다. "다카시가 한 살 연상이라도 좋아할지 어떨지 말이야."

"여자가 연상이고 아니고는 관계없지 않을까? 그 유명한 기지마 선생님의 아들이라면 틀림없이 나이 같은 것에는 신경 쓰지 않는 똑똑한 아이일 거야."

나는 가즈에의 연정을 부채질해주기로 했습니다. 가즈에는 조그만 눈에 동경을 담아 크게 뜨더니 소리 높여 말했습니다.

"그래, 맞아. 그 선생님도 멋있어. 나는 기지마 선생님의 생물 수업도 좋아해."

"그럼, 오늘 유리코에게 전화를 걸어서 넌지시 물어봐 줄게."

나는 거짓말을 했습니다. 나는 존슨의 주소는 물론이고 전화번호조 차 몰랐거든요. 하지만 가즈에는 걱정되는지 고개를 숙였습니다.

"잘 좀 말해줘. 네 동생, 혹시 수다쟁이는 아니지?"

"우린 둘 다 입이 무거우니까 걱정 마!"

"그래, 잘됐다, 얘." 가즈에는 손목시계를 들여다보았습니다. "이제 슬 슬 클럽에 가봐야겠어."

"그래, 스케이트는 타봤어?"

가즈에는 애매하게 고개를 끄덕이고는 클럽에서 지급받은 남색 스포 츠 가방을 집어 들었습니다.

"의상을 만들면 타게 해주겠다고 해서 만들었어."

"어디 한번 보여줘."

가즈에는 마지못해 가방 안에서 아이스스케이트 의상을 꺼냈습니다. Q학원의 컬러인 남색과 금색을 사용한, 치어걸부의 의상과 똑같은 디 자인이었습니다.

"내가 직접 스팽글을 붙였어."

가즈에는 가슴 앞에 의상을 갖다 댔습니다.

"치어걸 같아."

"그래?" 가즈에는 약간 싫어하는 기색이었습니다. "너 혹시 내가 치어 걸부에 떨어진 것 때문에 그것과 똑같은 의상을 만들었다고 생각하는 건 아니지?"

"나는 아니지만 그렇게 생각하는 애들이 있을지도 몰라."

나의 솔직한 의견에 가즈에는 한순간 얼굴을 찌푸렸으나 이내 자신에게 타이르듯 중얼거렸습니다.

　"어쩔 수 없어. 이미 다 만들어버렸으니까. 나는 Q학원의 색채 배합이 마음에 들어서 사용한 것뿐이거든."

　가즈에는 이런 식으로 자신을 속이는 법을 알고 있었습니다. 현실과 즉각 타협하고 뻔뻔스럽게 살아가는 가즈에. 나는 가즈에의 이런 점이 싫었습니다.

　"다카시는 어느 클럽을 좋아할까? 아이스스케이트를 싫어하면 어떻게 하지? 다른 경박한 남자애들처럼 치어걸을 좋아하면 안 되는데."

　어머나, 이럴 수가! 기린 아가씨와 똑같은 말을 하고 있잖아. 나는 우스꽝스럽다고 생각했지만 상냥하게 미소를 지어 보였습니다.

　"아이스스케이트도 화려하니까 틀림없이 좋아할 거야. 적어도 농구부보다는 낫지 않겠니? 아마 공부를 잘하는 애도 좋아할 거야."

　"너도 그렇게 생각하지? 나는 다카시를 좋아하고 나서부터 공부하는 게 즐거워졌어."

　가즈에는 행복한 듯 이렇게 말하고는, 책상 위에 의상을 펼치고 아무렇게나 접어 가방에 넣었습니다. 가즈에는 행동이 털털하고 엉성하기 때문에 꼼꼼한 일은 서툴렀습니다.

　"이제 가봐야겠어. 늦으면 선배의 스케이트 날을 갈아줘야 하거든. 그럼, 내일 봐."

　가즈에는 의상과 스케이트가 든 가방을 들고 분주하게 뛰어갔습니다. 홀로 남은 나는 계단식 교실의 딱딱한 의자에 계속 걸터앉아 있었습니다. 가을날은 해가 짧아서 점점 어두워져 갔습니다. 엉덩이가 아프기 시작했습니다. 책상의 가장자리에 유성 펜으로 해놓은 낙서가 보였습니다.

'LOVE LOVE·JUNJI·사랑해'라는 낙서를, 나는 나도 모르게 'LOVE LOVE·TAKASHI·사랑해', 'LOVE LOVE·KIJIMA·사랑해'로 바꿔 생각해보았습니다. 미쓰루와 기지마 선생님 사이의 뜨거운 공기 덩어리가 떠올라 나는 한숨을 내쉬었습니다.

나는 지금까지 한 번도 남자를 좋아해 본 적이 없습니다. 남자와의 사이에 공기 덩어리 같은 것을 느끼지 않아도 되는 거지요. 그것은 더할 나위 없이 편하고 좋은 것입니다. 가즈에도 같은 부류일 텐데, 어째서 그걸 알지 못하는 걸까요?

9시가 조금 지나 내가 목욕을 끝낸 후 텔레비전을 보고 있던 때였습니다. 현관문이 열리고, 나와 엇갈리듯 외출했던 외할아버지가 돌아왔습니다. 술을 마시고 온 건지 얼굴이 새빨갰고 헉헉대고 있었습니다.

"늦으셨네요. 밥은 먼저 먹었어요."

나는 밥상에 놓인 외할아버지 몫의 반찬을 가리켰습니다. 고등어조림과 나물 무침과 단무지. 외할아버지가 외출하기 전에 준비해놓고 간 것이었습니다. 외할아버지는 아무 말도 하지 않은 채 휴우 하고 숨을 한번 크게 내쉬었습니다. 외할아버지는 내가 지금까지 한 번도 본 적 없는, 갈색에 굵은 검은색 줄무늬가 들어간 화려한 양복을 입고 있었습니다. 안에는 연한 황색의 반소매 셔츠를 입고 목 언저리에 루프타이 같은, 칠보 세공으로 만든 특이한 것을 달고 있었습니다. 외할아버지는 남자치고는 작은 손으로 루프타이 끈을 풀다가 무엇인가 떠오르셨는지 웃었습니다. '블루 리버'에 간 것이 틀림없었습니다.

"외할아버지, 미쓰루네 엄마의 가게에 갔다 오신 거죠?"

"응."

"미쓰루네 엄마는 계시던가요?"

"응."

평소에 말수가 많은 외할아버지치고는 이상할 정도로 과묵한 것이 마음에 걸렸습니다.

"어땠어요?"

"굉장히 좋은 사람이더구나."

외할아버지는 혼잣말처럼 진지하게 중얼거리더니 나랑 그다지 얘기를 하고 싶지 않은지, 밖에 내놓은 분재를 보러 베란다로 나가버렸습니다. 평소 같으면 분재를 밤이슬에 방치하지는 않았을 텐데 다소 이상한 느낌이 들었습니다.

그날 밤, 나는 무척 이상한 꿈을 꾸었습니다. 태고의 바다 속에서 나와 외할아버지가 둥실둥실 떠다니는 꿈이었는데, 이미 돌아가신 어머니와 터키인 여자와 살고 있다는 아버지도 함께 있었습니다. 우리는 해저의 검은 바위 위에 앉거나 꺼슬꺼슬한 모래밭에 누워서 쉬거나 했습니다. 나는 어렸을 적에 즐겨 입던 녹색 끈이 달린 스커트를 입고 스커트의 주름을 매만지면서 예쁘다는 생각을 하고 있었습니다. 외할아버지는 '블루 리버'에 입고 갔던 멋쟁이 차림으로 물속에서 장신구를 흔들고 있었습니다. 아버지와 어머니는 언제나 집에서 입고 있던 평상복 차림이었지요. 부모님의 옛날 모습을 보니 두 분 모두 먼 추억 속 존재가 되었구나 싶어, 어린애의 모습으로 돌아가 있던 나는 꿈속에서 감상에 젖어 있었습니다.

물속에는 플랑크톤이 많이 떠다니고 있었는데, 자세히 보니 마치 가느다란 눈발이 쏟아져 내리는 것 같았습니다. 올려다본 수면 위로 푸른 하늘이 비치고 우리 가족은 바다 속에서 조용히 생활하고 있었습니다. 어쩌면 그렇게 이상하면서도 마음이 편안해지는 꿈일 수 있는지! 하지만 유리코는 없었습니다. 나는 그것에 안도하면서도 언제 유리코가 나타날까 싶어 가슴을 두근거리며 기다렸습니다.

새카만 머리카락의 가즈에가 치어걸 모습을 한 채 진지한 얼굴로 헤엄쳐 왔습니다. 입고 있는 살색 타이츠는 틀림없이 아이스스케이트용 의상일 겁니다. 가즈에는 열심히 리듬체조를 했지만 유감스럽게도 물속에서는 움직임이 느려져 우스웠습니다. 나는 웃음을 터뜨리고는 혹시 미쓰루는 없을까 하고 여기저기를 둘러보았습니다. 미쓰루는 아무래도 해저로 침몰한 폐선 안에서 공부를 하고 있는 모양이었습니다. 폐선의 갑판에는 존슨과 마사미가 있었는데, 내가 그쪽으로 가려는 순간, 갑자기 주위가 어두워졌습니다. 커다란 사람 그림자가 빛나는 수면을 덮어 가리고 있었습니다. 나는 놀라서 위를 보았습니다.

마침내 유리코가 찾아왔습니다. 나는 어린애 모습 그대로인데, 유리코는 여신처럼 새하얀 의상에 어른의 얼굴과 몸매를 하고 있었습니다. 풍만한 젖가슴이 흰 의상 속으로 비쳐 보였습니다. 긴 다리와 긴 팔. 유리코는 아름다운 얼굴로 화사하게 미소를 지으면서 가족들이 있는 곳으로 헤엄쳐 왔습니다. 물속을 둘러보는 빛이 없는 눈. 나는 겁을 먹고 바위 뒤에 숨으려고 했지만 유리코가 나를 끌어내려고 그 우아한 모양의 팔을 뻗는 것이었습니다.

잠에서 깨어보니 자명종 시계가 울리기 5분 전이었습니다. 나는 황급히 알람을 끄고 그 꿈을 생각했습니다. 유리코가 온 다음부터 미쓰루와 가즈에와 외할아버지가 갑자기 이상해진 것에 대해서도요. LOVE LOVE·KIJIMA·사랑해. 미쓰루는 기지마 선생님에게, 가즈에는 기지마 선생님의 아들에게, 외할아버지는 미쓰루의 어머니에게 모두들 마음을 빼앗겨버린 것 아닐까요? 연애만큼은 내 마음에 작용하지 않는 화학 변화이기 때문에 잘 알 수는 없었지만, 어떻게든 그걸 저지해서 미쓰루와 외할아버지만큼은 내 편으로 다시 데려오지 않으면 안 된다고 생각했습니다.

유리코는 악성 전염병의 신神. 어릴 때부터 줄곧 생각하고 있던 말이 되살아났습니다. 성장하여 예전보다 한층 더 아름다워진 유리코는 혐오스러운 열선熱線을 발사해서, Q여고의 학생들과 내 주변 사람들을 위협하려 하고 있었습니다. 모두 열에 들떠서 이상하게 되는 거지요. 내가 유리코와 싸울 수 있을까요? 아니, 싸우지 않으면 안 된다고 나는 굳게 결심했습니다.

점심시간이 되자 마치 준비하고 기다렸다는 듯이 가즈에가 내 자리로 다가왔습니다. 빈자리에 도시락을 올려놓더니 시끄러운 소리를 내면서 의자를 끌어당겼습니다.

"같이 먹어도 되지?"

허락도 안 했는데 벌써 앉으려고 하다니. 나는 화가 나서 가즈에를 응시했습니다. 추녀. 되게 못생겼다. 바보. 욕을 퍼붓고 싶어질 정도로 가즈에는 괴상한 모습이었습니다. 컬 클립으로 머리카락을 말아 올렸는지, 평소에는 헬멧처럼 머리에 달라붙어 있던 머리카락이 삿갓을 쓴 것처럼 옆으로 길게 퍼져 있었습니다. 컬은 바깥으로 말아 올렸으나, 컬 클립 자국이 또렷이 남아 있었습니다. 가즈에는 평소 하는 짓이 털털하고 손놀림도 엉성하더니 머리를 마는 것마저도 서툴기 짝이 없는 것 같았습니다. 더구나 조그만 눈에는 졸린 듯 쌍꺼풀이 생겨 있었습니다.

"너, 눈 어떻게 한 거니?"

가즈에는 살며시 눈가로 손을 가져갔습니다.

"이거, 엘리자베스 아이리드야."

그것은 눈꺼풀에 풀을 묻혀서 쌍꺼풀을 만드는 것입니다. 내부 학생 몇 명이 화장실에서 사용하고 있는 것을 훔쳐본 적이 있거든요. 가즈에가 이쑤시개같이 생긴 작은 두 갈래의 플라스틱 막대로 쌍꺼풀을 만드는 모습을 상상하니 속이 메스꺼워졌습니다. 스커트의 길이는 더욱 짧아져 넓적다리가 절반이나 드러나 보였습니다. 필사적으로 멋을 부려도 여전히 촌스러운 것은 우스꽝스러움을 넘어서 애처로울 지경이었습니다.

반 애들이 가즈에를 보고 팔꿈치로 서로 찔러대면서 노골적으로 웃고 있는데도 불구하고, 가즈에는 자신이 조롱거리가 된다는 것조차 모르고 있는 듯했습니다. 어쩌면 가즈에는 현실 인식 능력이 완전히 결여되어 있는지도 모릅니다. 나는 가즈에와 사이좋게 보이는 것조차 고통스러웠습니다. 단지 '공부벌레'일 뿐이라면 그런대로 참아줄 수 있지만, 가즈에는 유리코의 영향으로 더욱더 이상한 모습이 되어버렸으니까요.

"가즈에, 부탁할 게 있는데, 좀 들어줄래?"

같은 반의 아이스스케이트 부원 두 명이 가즈에 옆으로 다가왔습니다. 두 아이 모두 내부 학생이지만, 한쪽은 다른 아이의 비서라고 불리고 있었습니다. 두 애의 아버지가 어느 나라 대사여서 사이는 좋지만 파견된 나라에서 서열이 다르다고 했습니다. 그것이 두 아이의 권력 관계로 나타난 것입니다.

"뭔데?"

가즈에가 기분 좋게 얼굴을 돌렸습니다. 가즈에의 쌍꺼풀을 본 두 사람의 얼굴에 웃음이 떠올랐고 그것을 필사적으로 숨기려고 하는 것이 내 두 눈에 똑똑히 포착되었습니다. 하지만 가즈에는 그것을 알아차리지 못한 채 자신의 헤어스타일을 봐달라는 듯이 손가락으로 컬을 만졌습니다. 두 아이는 시선을 머리카락으로 옮기더니 마침내 킬킬거리며 웃음을 터뜨렸지만, 가즈에는 가만히 있었습니다.

"클럽에서 중간고사 대책위원회를 만들기로 했는데, 우리가 간사를 맡았어. 미안하지만 네 영어와 고전 노트를 좀 복사해도 될까? 공부는 네가 제일 잘하니까."

내부 학생이 가즈에에게 부탁했습니다. 나는 어처구니가 없었으나, 가즈에는 "좋아" 하고 자랑스러운 듯이 승낙하고 말았습니다.

"그럼 현대 국어와 지리도 좀 빌려줄 수 있니? 모두들 기뻐할 거야."

"어려울 것 없지."

두 아이는 가즈에의 답변을 듣자 재빨리 교실에서 나갔습니다. 복도에서 폭소를 터뜨리고 있을 것이 틀림없습니다.

"넌 바보구나. 대책위원회 같은 건 뻔한 거짓말이라고."

쓸데없는 짓이라는 걸 알면서도 나는 나도 모르게 끼어들었습니다. 하지만 가즈에는 '제일 잘하니까' 하는 말에 만족한 모습이었습니다.

"서로 도와주면서 지내야지."

"성인군자 나셨네. 넌 그 애들한테 무슨 도움이라도 받은 적 있어?"

"나는 스케이트를 잘 못 타니까, 기술이라든가 그 외에 여러 가지를 배우고 있어."

"넌 스케이트도 못 타면서 클럽에 들어간 거야?"

가즈에는 곤혹스러운 모습으로 도시락을 열었습니다. 도시락 안에는 작은 주먹밥 한 개와 토마토뿐이었습니다. 나도 외할아버지가 남긴 고등어조림을 싸와야 하는 처지였지만 가즈에의 빈약한 도시락을 보고는 놀라지 않을 수 없었습니다. 가즈에는 정말 맛이 없다는 듯이 주먹밥을 먹기 시작했습니다. 가즈에의 주먹밥은 안에 아무것도 들어 있지 않은 소금 주먹밥이었습니다.

"스케이트를 타지 못한다고 한 적은 없어. 아버지하고 여러 번 스케이트를 타러 갔었단 말이야."

"그럼 의상은 만들어서 어떻게 하겠다는 거야? 말짱 헛일 아니야?"

"너랑은 상관없잖아."

화를 낸 뒤에야 가즈에는 나에게 했던 부탁이 생각났는지, 감정을 드러낸 것을 숨기려는 듯 토마토를 먹었습니다. 그런데 힘이 너무 들어갔는지 가즈에의 입에서 빨간 즙이 튀어 옆 책상을 더럽혔습니다. 가즈에는 다른 애의 책상에 튄 토마토 얼룩을 알아차리지 못한 채, 고행이라도 하는 것처럼 계속 입을 움직였습니다. 어지간히 먹기 싫은 모양이었습니다.

나는 집요하게 물었습니다.

"의상이나 링크를 빌리는 데 돈이 많이 들 텐데 네 아버지는 아무런 불평도 하지 않니?"

"불평을 할 리 없지." 가즈에는 입술을 삐죽 내밀었습니다. "우리 집은 여유가 있으니까."

여유가 있을 턱이 없지요. 나는 살풍경한 가즈에의 방이나 가즈에의 아버지가 청구한 국제전화 요금을 씁쓸하게 떠올렸습니다.

"내 클럽에 관한 것은 아무래도 좋아. 그보다 유리코에게 그거 물어봤니?"

"아아, 그거?" 나는 젓가락을 놓고 입술을 핥았습니다. "바로 전화해서 물어봤는데, 안심해도 좋아. 유리코는 다카시에게 학교 안내를 부탁한 것뿐이래."

"아아, 역시 그랬구나."

가즈에는 안도한 표정으로 토마토 즙으로 더러워진 손가락을 도시락을 싸온 손수건으로 닦았습니다.

"그리고 다카시는 지금 여자 친구가 없는 것 같더래."

"그래, 그것 참 잘됐다!"

가즈에는 손뼉을 치면서 기뻐했습니다. 나는 거짓말을 하는 것이 너무 재미있었습니다.

"연상에 대해서는 뭐라고 하든?"

"유리코의 의견이긴 하지만 상관없을 것 같대. 다카시는 연상의 여배우도 좋아하는 것 같더래."

"어머, 누구?"

"오하라 레이코라든가."

나는 머릿속에 떠오르는 대로 말했습니다. 그 당시에 오하라 레이코를 좋아하는 사람들이 많다는 얘기를 들었기 때문입니다. 가즈에는 "오하라 레이코란 말이지" 하고 낙담한 얼굴로 허공을 쳐다보았습니다. 아무리 그래도 오하라 레이코에게는 당할 수 없다고 생각한 것 같았습니다. 네, 가즈에를 속이는 것은 정말 즐거웠습니다. 나는 오래간만에 어린 유리코에게 이런저런 거짓말을 해서 속이던 때를 생각해내고 기분이 좋아졌습니다. 하지만 유리코는 마음속으로는 나를 신뢰하지 않았기 때문에 반격을 해오는 만만치 않은 구석도 있었습니다. 멍청한 아이라도 그 나름대로 이것저것 생각을 하는 모양인데, 가즈에만큼은 내 거짓말에 감쪽같이 속아 넘어갔던 것입니다. 아버지로부터 세뇌당한 가즈에는 틀림없이 어딘가 모자라는 데가 있었던 것입니다. 그런 의미에서는 천진무구한 여자였지요.

"그런데, 어떻게 생각해? 나에게 승산이 있을 것 같아?"

자만심이 강한 가즈에는 이내 자신감을 되찾았는지 곁눈질로 나를 보았습니다.

"당연하지." 나는 단언했습니다. "넌 공부를 꽤 잘하는 편이잖아. 다카시는 똑똑한 여자를 좋아하는 것 같아. 다카시는 미쓰루를 동경하고 있는 것 같더래."

"미쓰루를?"

충격을 받았는지 가즈에는 미쓰루 쪽을 똑바로 바라보았습니다. 미쓰루는 점심으로 싸온 샌드위치를 벌써 다 먹고 양장본 책을 읽고 있었습니다. 영어로 된 소설 원서 같았습니다. 미쓰루를 바라보는 가즈에의 옆모습에서 뜨거운 질투가 느껴졌습니다. 넌 상대가 안 돼. 미쓰루는 괴물이니까. 나는 가즈에의 옆모습을 짓궂게 바라보았습니다.

미쓰루가 시선을 느꼈는지 이쪽을 돌아보았으나, 그 눈에는 어떤 관심도 나타나 있지 않았습니다. 나는 어젯밤에 외할아버지가 '블루 리버'에 갔던 것에 대해서 미쓰루가 아무런 얘기도 하지 않는 것을 이상하게 생각했습니다. 미쓰루의 어머니는 우리 외할아버지가 가게에 간 것을 말해주지 않은 것일까요? 그런 생각을 하고 있는데, 얘, 하고 가즈에가 물었습니다.

"다카시는 또 어떤 여자를 좋아할까?"

"남자들은 역시 예쁘고 귀여운 여자를 좋아하지 않겠니?"

"예쁜 여자? 그렇겠지?" 가즈에는 주먹밥을 먹다 지쳤는지 한숨을 쉬었습니다. "유리코처럼 되고 싶어. 그런 얼굴로 태어난다면 얼마나 좋을까? 그런 애는 어떤 인생을 살까? 그 얼굴에 머리까지 좋다면 최고일 거야."

"그 애는 괴물이라니까."

"공부 같은 건 못해도 좋으니, 괴물이 되고 싶을 때가 있단 말이야."

가즈에는 진심으로 중얼거리고 있었습니다. 그래요, 결국 이 친구는 마지막에 진짜 괴물이 되어버렸답니다. 하지만 나는 그때, 장래 같은 것은 전혀 생각해보지도 않았습니다. 네? 나중에 나타난 가즈에의 기이한 행동이 이때의 내 행동 때문이라고 말씀하시는 겁니까? 나에게 책임이 있다고요? 설마 그럴 리가 있겠어요? 모든 행동의 원인은 그 사람을 형성하고 있는 유전자 같은 것에 존재하는 것 아닐까요? 가즈에가 변해 버린 원인은 가즈에 자신에게 있었다고 생각합니다.

분명히 나는 도시락을 다 먹은 가즈에에게 이런 말을 한 것이 기억납니다. 그것은 작위作爲라고까지는 할 수 없는, 단순히 악의적인 발언이었다고 생각합니다. 악의가 있었다면 그건 곧 작위라고 말씀하시는군요. 그렇게 생각한다면 그럴지도 모릅니다. 하지만 내 질문은 그야말로 단순한 호기심 외에 아무것도 아니었습니다.

"너, 너무 소식하는 거 아냐? 아침을 많이 먹은 거야?"

가즈에는 고개를 저었습니다.

"아냐. 난 아침에는 우유 한 병밖에 안 마셔."

"왜? 전에는 메밀국수 국물까지 몽땅 마시더니?"

가즈에는 부루퉁해져서 나를 노려보았습니다.

"그런 건 벌써 그만뒀어. 식사 제한을 하기로 했거든. 모델처럼 예뻐지고 싶어서."

가즈에는 다이어트를 하고 있었던 것입니다. 나는 그때 아주 잔인한 생각을 했습니다. 가즈에가 지금보다 더 말라버린다면, 지금보다 훨씬 추해져서 아무도 가즈에를 좋아하지 않게 될 것이라고. 그래서 이렇게 권했던 것입니다.

"그래, 넌 체중을 좀 더 줄이는 편이 좋을 것 같아."

"그렇지? 그렇게 생각하지?" 가즈에는 부끄러운 듯이 스커트를 아래로 끌어내렸습니다. "난 다리도 굵으니까. 스케이트도 날씬해야 가벼워서 더 잘 탈 수 있대."

"그래, 조금만 더 노력하면 될 거야. 다카시도 날씬하니까."

가즈에는 내 말에 고개를 끄덕였습니다.

"내가 더 날씬해지고 예뻐지면 다카시와 잘 어울리는 한 쌍이 될지도 몰라."

가즈에는 즐거운 듯이 그렇게 말하고 빈 도시락을 토마토 즙으로 더러워진 손수건으로 다시 쌌습니다. 어느 틈엔가 옆구리에 책을 낀 미쓰루가 다가와서 내 어깨를 툭 쳤습니다.

"유리코가 왔어. 너에게 볼일이 있대."

유리코가? 내가 있는 곳에는 그토록 찾아오지 말라고 당부했는데도 왔단 말이야? 나는 깜짝 놀라서 복도를 보았습니다. 교실 입구에서 유리코와 기지마 선생님의 아들이 나란히 이쪽을 들여다보고 있었습니다. 나는 아직 두 사람이 와 있다는 것을 모르는 가즈에의 등을 떠밀었습니다.

"다카시야."

그때의 가즈에의 반응을 보여주고 싶습니다. 어떻게 하지, 어떻게 한담, 아직은 너무 일러, 어떻게 하지, 어떻게 하면 좋지? 하며 볼에 홍조를 띤 채 당황하기 시작한 가즈에를 말이지요. 나는 벌떡 일어서며 말했습니다.

"걱정 마. 저 애들은 나에게 볼일이 있어서 온 거야."

"하지만 넌 유리코에게 내가 다카시를 좋아한다고 말했잖아?"

"아직 얘기 안 했어."

거짓말, 거짓말 하며 안절부절못하는 가즈에를 버려두고 나는 두 사람이 있는 곳으로 빠르게 걸어갔습니다. 유리코가 긴장한 탓인지 미간을 찌푸린 채 진지한 표정으로 나를 바라보고 있었습니다. 분하게도 키가 더 자라서 나보다 10센티미터는 커 보이는 통에 괜히 화가 났습니다. 반소매 블라우스에서 뻗어 나온 팔은 가늘고 길어 완벽한 모양을 하고 있었습니다. 손가락도 아름다워서 어떤 반지나 다 잘 어울릴 것만 같았습니다. 나와 다른 얼굴과 몸매를 가진 동생. 너는 누구를 닮은 거지? 괴물. 어릴 때부터 가졌던 마음이 또다시 마그마처럼 내 속에서 분출되는 것을 느꼈습니다.

"무슨 일이니?"

나의 퉁명스러운 말투에 기지마의 아들이 움찔하는 것을 알 수 있었습니다. 와, 무서운데! 속으로 틀림없이 그런 말을 했겠지만, 내게는 들리지 않았습니다.

"언니, 담임 선생님이 가정 조사표를 제출하라고 하는데, 어떻게 쓸까? 언니가 쓴 것과 다르면 이상할 것 같아."

"너는 존슨과 마사미를 쓰면 되잖아?"

"하지만 존슨은 가족이 아니잖아."

나는 의혹을 입에 담았습니다.

"가족 이상일 수도 있겠지?"

그러자 기지마의 아들이 희죽 웃으면서 유리코의 얼굴을 쳐다보았습니다. 그 순간, 유리코의 뺨이 빨갛게 달아오르고 눈동자에 빛이 비쳤습니다. 분노라는 감정이 만들어내는 의지. 의지를 갖게 되면 유리코의 눈에도 빛이 비치는 모양이었습니다. 나는 유리코에게는 의지 같은 것이 필요 없으니, 그 애의 감정 자체를 부정하고 싶다고, 아니 짓밟아주고 싶다고 생각했습니다. 그러지 않으면 신성한 그 미모에 내가 질 것 같은 생각이 자꾸 들었거든요.

"나는 아버지와 언니를 쓸 테니까, 선생님이 뭐라고 하시면 언니가 알아서 해."

"마음대로 하렴." 나는 기지마 선생님의 아들을 보았습니다. "그런데 너, 기지마 선생님의 아들이라면서?"

"그래요. 그런데 그게 뭐……?"

기지마 다카시는 놀란 눈으로 나를 바라보았습니다. 자신이 기지마 선생님의 명예를 훼손시키는 존재인 것을 알고 있으니 교사인 아버지를 들춰내는 것이 가장 싫겠지요.

"기지마 선생님은 좋은 분이셔."

"집에서도 좋은 아버지예요."

다카시는 받아넘겼습니다.

"유리코와 늘 붙어 다니는 것 같은데, 둘이 사이가 좋은 모양이지?"

"저는 애 매니저예요."

다카시는 농담 삼아 말하고는 교복 바지에 양손을 찔러 넣고 어깨를 으쓱했습니다. 네가 뭘 알겠냐는 듯이 나를 냉정하게 거부하는 낌새가 강하게 전해져 왔습니다. 이 둘 사이에는 무엇인가 음모가 있을 겁니다. 나는 그게 뭔지 알고 싶어서 견딜 수가 없었습니다.

"무슨 매니저?"

"여러 가지로요. 아 참, 유리코는 치어걸부에 들어가기로 결정했어요."

저런! 나는 아이러니를 느끼면서 뒤를 돌아보았습니다. 가즈에는 이쪽에는 관심 없다는 듯 고개를 숙이고 있었지만, 우리에게 주의를 집중하고 있는 것은 분명했습니다.

"다카시, 저 애를 어떻게 생각하니?"

다카시는 힐끔 가즈에를 보더니 아무런 관심도 없다는 듯이 고개를 갸우뚱했을 뿐입니다. 유리코가 지루하다는 듯한 표정을 짓더니 다카시의 팔을 잡아끌었습니다.

"다카시, 빨리 가자."

나는 그때 깨달았습니다. 유리코는 이미 나에게서 떠났다는 것을. 유리코는 이미 눈이 쌓인 길에서 필사적으로 내 뒤를 쫓아오던 그 여동생이 아니었습니다. 바로 6개월 전 스위스로 떠날 때만 해도 말은 하지 않았지만, 나와 헤어지는 순간 안타까워하는 얼굴을 하고 있었는데.

"유리코, 너 스위스에서 무슨 일 있었지?"

나는 유리코의 팔을 잡고 힐문했습니다. 체온이 낮아서인지 유리코의 팔은 차가웠습니다. 내 질문의 의도가 궁금하세요? 당연하지만 그것은 천박하고 짓궂은 질문이었습니다. 남자와의 첫 경험 같은, 그런 유의 질문이니까요. 하지만 유리코는 의외의 말을 했습니다.

"내가 제일 좋아하는 사람이 죽었어."

"누구?"

"벌써 잊었어?" 유리코의 눈 속에 담긴 빛이 한순간 불타오르는 듯 강해졌습니다. "누구긴 누구야, 어머니지."

유리코는 나를 경멸하듯 내려다보더니 얼굴을 돌리면서 대답했습니다. 유리코는 얼굴을 일그러뜨리거나 눈에 빛이 생기면 슬픈 표정이 되곤 했습니다. 나는 그 얼굴을 더욱 추하게 만들어주고 싶어졌습니다.

"어머니랑 전혀 닮지 않은 주제에."

"그게 무슨 의미가 있는데?"

내뱉듯이 말한 유리코는 다카시의 어깨를 잡았습니다.

"다카시, 이제 됐어. 어서 가자."

다카시는 유리코에게 끌려가듯이 발걸음을 되돌렸지만 이상하다는 듯이 내 얼굴을 바라보았습니다. 아마 내가 왜 그렇게 화를 냈는지 알고 싶었겠지요. 그렇습니다. 나는 '닮음'이라는 것에 줄곧 얽매어 살고 있었기 때문입니다. 그것은 지금도 마찬가지입니다.

"얘, 너희들 무슨 얘기를 그렇게 오래 했니?"

자리에 앉으려고 하는데, 가즈에가 달려와서 물었습니다.

"여러 가지. 네 얘기는 하지 않았어."

가즈에는 억지로 쌍꺼풀을 만들어 어색해진 눈을 내리깔고 생각에 잠겼습니다.

"어떻게 하면 나의 존재를 다카시에게 알릴 수 있을까?"

"편지를 쓰면 되잖아."

내 제안에 가즈에의 얼굴이 환해졌습니다.

"그게 좋겠다. 편지 다 쓰면 좀 봐줄래? 객관적인 의견을 듣고 싶거든."

객관. 나는 입술을 일그러뜨리고 웃어버렸습니다. 나중에서야 난 그 웃음이, 아까 봤던 유리코의 표정을 흉내 낸 것이라는 사실을 깨달았습니다.

연애라는 전염병

　그날 밤, 내가 무엇을 했을 것이라고 생각하십니까?

　닮음. 그것에 사로잡혀 있다는 것을 깨달은 나는 외할아버지를 끝까지 추궁해보기로 결심했습니다. 내 아버지는 도대체 누구인가 하는 것을 말이지요. 내가 혼혈아임은 틀림없습니다. 일본인 어머니와 어느 다른 나라 사람과의 혼혈이라고 믿고 있습니다. 이 피부를 황색이라고 할 수는 없잖아요? 그렇지요?

　다만 나의 친아버지가 유리코의 아버지인 저 스위스 남자가 아닌 것만은 정말로 확실했습니다. 우선 닮은 구석이 없으니까요. 게다가 그 평범한 남자에게서 어떻게 나 같은 명석한 아이가 태어날 수 있었겠어요? 그런 일은 있을 수 없습니다. 아버지가 왠지 모르게 나에게 거리를 두고 있었으며, 일단 야단을 치기 시작하면 애정이라고는 전혀 느껴지지 않는 방식으로 학대했다는 것도 증거 중 하나입니다.

　어릴 때부터 유리코는 무슨 일만 있으면 우리의 외모 차이에 대해 언급하면서 나를 괴롭혀왔습니다. 내가 유리코에게 괴롭힘을 당했다는 것이 믿기지 않나요? 왜 믿지 못하는 거죠? 유리코가 아름다워서요? 천만의 말씀입니다. 저래 보여도 유리코는 나보다 더 심술궂고 사악함으로 똘똘 뭉쳐 있었습니다. 내 마음을 도려내는 짓쯤은 아무런 주저 없이 했습니다. "그럼 언니 아버지는 어디 있어? 아버지를 전혀 안 닮았잖아." 이것이 그 애의 가장 강력한 무기였습니다. 아무리 아이들끼리 하는 싸움이라 해도 말해서는 안 되는 것이 있잖아요? 하지만 유리코는 나를 이길 자신이 없다 싶으면 반드시 최후에 이 폭탄을 떨어뜨렸습니다. 유리코만큼 성격이 드세고 못돼먹은 여자는 없을 거예요. 이것은 사실입니다.

내가 스위스인 아버지가 진짜 아버지가 아니라는 사실을 알게 된 것은 유리코의 존재 때문입니다. 유리코는 부모님 중 어느 누구와도 닮지 않았지만 분명히 서양인과 동양인이 섞인 혼혈아 특유의 외모를 가진 데다 머리가 나쁜 것만은 부모를 빼닮았기 때문입니다. 나는 누구와도 닮지 않았지만 유리코와 달리 동양인 냄새가 풍기는 얼굴이고 머리가 우수합니다. 그렇다면 나는 어디에서 온 것일까요? 나는 철이 들었을 때부터 내 존재가 이상해서 견딜 수가 없었습니다. 내 아버지는 과연 누구일까 하고요.

어떤 때는 이과 수업이 내 의문에 해답을 주었습니다. 돌연변이. 그래, 나는 틀림없이 돌연변이야 하고 거의 납득할 뻔했지요. 그러나 그 마법도 금세 풀려버렸습니다. 왜냐하면 스위스인도 일본인도 닮지 않은 괴물같이 아름다운 유리코가 오히려 돌연변이의 정도가 강하다고 생각했기 때문입니다. 그것은 싸움에 진 것처럼 분한 일이었습니다. 그 이후부터 나는 해답을 발견하지 못하고 있습니다. 그것은 지금도 마찬가지입니다. 그리고 유리코가 일본으로 돌아오면서 내 궁금증은 더 증폭되었습니다. 가즈에의 연애 소동 같은 것은 더 이상 내 관심을 끌지 못하게 된 것이지요.

외할아버지는 저녁때부터 어딘가로 외출했는지 집에 없었습니다. 저녁 식사 준비도 해놓지 않아서 하는 수 없이 내가 쌀을 씻어 밥을 짓고 냉장고에 있던 두부로 된장국을 만들어야 했습니다. 반찬은 아무것도 없었지만 외할아버지가 뭐라도 사오겠지 싶어 그냥 기다리기로 했습니다. 그러나 외할아버지는 아무리 기다려도 돌아오지 않았습니다. 가까스로 현관문이 열린 것은 밤 10시가 거의 다 되어서였습니다.

"늦으셨네요."

내 불만스런 말투에 외할아버지는 꾸중 들은 듯 고개를 숙여보이더니 익살을 부렸습니다. 어라, 외할아버지의 키가 커져 있었습니다! 나는 깜짝 놀라 현관까지 나갔습니다. 외할아버지는 한 번도 본 적 없는 갈색 구두를 벗어서 시멘트 바닥에 놓았는데, 그 아담한 구두는 여자 구두처럼 굽이 높았습니다.

"이 구두는 뭐예요?"

"응, 키높이 구두라는 거야."

"이런 걸 어디서 팔아요?"

"너무 꼬치꼬치 캐묻지 마라."

외할아버지는 겸연쩍은 듯이 머리를 긁적거렸습니다. 외할아버지의 어깨 근처에서 포마드 냄새가 강렬하게 풍겨왔습니다. 외할아버지는 멋쟁이라서 집에서도 포마드를 빼놓지 않고 바르긴 합니다만, 그날 밤의 냄새는 장난이 아니었습니다. 나는 코를 막고 외할아버지를 관찰했습니다. 외할아버지는 내가 처음 본 사이즈가 맞지 않는 갈색 양복에 경비원 아저씨에게 빌린 푸른색 와이셔츠를 입고 있었습니다. 이전에 경비원 아저씨가 그 옷을 자랑했던 기억이 있어 금세 알 수 있었지요. 게다가 외할아버지는 그 아저씨보다 왜소했기 때문에 양복 소매 아래로 와이셔츠 소매가 길게 나와 있어, 빌려 입은 옷이라는 것을 금방 알 수 있었던 겁니다. 그리고 화려한 은색 넥타이를 매고 있었습니다.

"미안하다. 배고팠겠구나."

기분이 좋아 보이던 외할아버지는 나에게 나무상자 도시락을 건네주었습니다. 장어구이의 향기로운 냄새가 포마드 냄새와 섞여 감돌자 현기증이 났습니다. 도시락은 국물이 스며 나와 축축이 젖어 있었습니다. 나는 양손으로 도시락을 들고 한참 동안 잠자코 있었습니다. 외할아버지의 모습이 분명히 이상했기 때문입니다. 외할아버지는 분재 사기詐欺에서 손을 뗐는데, 어떻게 새로운 양복이나 물건을 하나씩 살 수 있는 것일까요? 외할아버지는 어디서 돈을 조달하고 있는 것일까요? 나는 마침내 입을 열었습니다.

"외할아버지, 그 양복 새것이죠?"

"역전의 '나카야'에서 샀단다." 외할아버지는 옷감을 만지작거렸습니다. "약간 크기는 하지만, 이걸 입으니까 건달처럼 보이지? 난 아무래도 사치 병에 걸린 것 같구나. 넥타이도 권해서 샀단다. 이런 양복에는 은색 넥타이가 어울린다고 했거든. 자세히 보면 이 바탕 무늬가 뱀 비늘 같기는 한데, 점원 말이 요게 때때로 빛나서 멋있게 보인대. 구두는 역 건너편에 있는 '기타무라 상점'까지 가서 샀단다. 난 키가 작잖아. 그래서 가끔은 다른 사람을 내려다보고 싶어서 산 거야. 이것저것 돈을 많이 썼기 때문에 반성하는 차원에서 와이셔츠는 그 녀석에게서 빌렸단다. 이 색깔이 양복에 어울리잖아. 사실은 커프스를 달아야 하지만 커프스가 없어서 이번에 살까 생각했는데, 우선 와이셔츠가 먼저 있어야 할 것 같아서."

외할아버지는 아쉬운 듯이 소매를 쳐다보았습니다. 확실히 소매가 축 늘어져서 남자치고는 아담한 손가락까지 덮고 있었습니다. 나는 도시락을 가리키면서 따졌습니다.

"그럼, 장어는 어떻게 된 거예요? 누가 사주던가요?"

"아아, 그래. 빨리 먹어라. 도시락 반찬으로 쓰려고 조금 많이 사왔다."

"전 누구에게 얻었냐고 물었어요."

"누구에게라니, 내가 내 용돈으로 산 거야."

외할아버지는 노기를 품은 목소리로 대답했습니다. 나의 내부에 있는 악의와 의혹을 겨우 깨달은 모양이었습니다. 하지만 그것이 과잉 반응이었다는 것을 내가 알아차리면 곤란해질 것이 분명했습니다.

"미쓰루네 어머니 가게에 갔었죠?"

"갔다. 왜, 안 되냐?"

"어제도 갔잖아요? 돈이 많은가 보죠?"

외할아버지는 드르륵 소리를 내면서 베란다 문을 열고는 잠깐 잊고 있었던 분재를 바라보았습니다. 그러나 어젯밤처럼 서둘러 손질을 하는 것이 아니라 가을의 밤바람을 맞으면서 멍하니 서 있었습니다. 불길한 예감이 들어서 베란다로 나가 보니, 분명히 분재 화분이 두세 개가 사라지고 없었습니다.

"외할아버지, 분재를 팔았어요?"

외할아버지는 아무 말도 하지 않은 채 커다란 잣나무 화분을 들어 올려 뾰족한 솔잎에 사랑스럽다는 듯이 뺨을 갖다 댔습니다.

"내일은 그걸 팔 건가요?"

"아냐, 이것은 죽어도 팔지 않는다. 만수원 같으면 3천만 엔 정도의 값을 쳐줄지도 모르지만."

만수원에 있는 보호사 아저씨의 얼굴이 머리에 떠올랐습니다. 그렇다면 내가 팔아볼까, 내가 파는 쪽이 더 비싼 값을 받을지도 모른다고 한순간 생각했지만, 외할아버지가 말하는 가격은 믿을 수가 없었습니다. 그러나 이대로 내버려두었다가는 외할아버지의 분재는 하나 둘씩 팔려나가서, 그 수익이 '만수원'과 '블루 리버'에 전부 흡수되어 버릴 것 같았습니다. 나는 우리 생활이 위기에 처하게 될 것 같아 초조해졌습니다.

"미쓰루네 엄만 계시던가요?"

"있더라."

"둘이서 무슨 얘기를 하셨어요?"

"그 사람은 바빠서 나만 상대해 주고 있을 수가 없더구나."

그 사람. 외할아버지의 입에서 나온 그 말은 지금까지 들어본 적이 없는 동경으로 가득 차 있는 단어였습니다. 외할아버지의 몸에서 무엇인가 정체를 알 수 없는 부드럽고 강한 힘이 나오고 있었습니다. 모든 사람을 이상하게 만드는 유리코의 영향인 것 같아서, 나는 눈과 귀를 틀어막고 싶었습니다. 외할아버지가 고개를 돌려서 나를 보았습니다. 그 얼굴에 두려워하는 기색이 서려 있었습니다. 외할아버지는 내가 당신의 연애를 싫어한다는 것을 알아차린 것 같았습니다.

"미쓰루네 엄마와 무슨 얘기를 했냐니까요?"

"별로 얘기할 시간이 없었다니까. 그 사람은 사장이니까."

"그래서 밖에 나가서 장어를 먹은 거죠?"

나의 추측은 영락없이 들어맞았습니다.

"응. 종업원에게는 비밀로 하고 잠깐 나가자고 하더니, 강 건너에 있는 어떤 비싼 집으로 데리고 가더구나. 그렇게 비싼 장어집은 처음이어서 나도 모르게 움츠러들 정도였단다. 뱀장어 간을 끓인 국이라는 것도 처음 먹어보았다. 정말로 맛있더라. 너한테도 맛보이고 싶다고 해더니 혼자 집을 지키고 있는 것이 불쌍하다면서, 그 사람이 도시락을 사준 거야. 얼마 전에 어머니가 돌아가셨다는데도 혼자서 기특하게 잘 지내고 있다고 칭찬하면서. 정말로 마음씨가 고운 사람이더구나."

"어머니가 자살했으니 자식도 난처하겠군."

운전석에서 돌아보면서 내뱉듯이 말하던 미쓰루 어머니의 쉰 목소리가 떠올랐습니다. 그 사람은 외할아버지에게는 다정할지 모르겠지만, 우리 어머니의 죽음에 대해서는 아무것도 느끼지 않았을 것입니다. 외할아버지의 입을 통해 전해지는 미쓰루 어머니는 어째서 이렇게 선녀처럼 단아하고 얌전해 보이는 것일까요? 미쓰루도 자기 어머니를 이렇게 말했잖아요?

"우리 엄마 좀 괴짜지? 약한 척만 하고. 나는 저런 건 딱 질색이야. 일부러 남이 싫어하는 소리를 골라서 하는 사람은 약한 인간이라고 생각해. 그렇지 않니?"

그런 생각이 들자, 나의 내부에 미쓰루 어머니에 대한 반감이 가득 차서 폭발해 버릴 것 같았습니다. 나는 부루퉁한 얼굴로 말했습니다.

"그럼 얻어온 거잖아요?"

"얻어왔다는 말투가 마음에 걸리는구나."

외할아버지가 정색하면서 화를 내는 것에는 아랑곳하지 않은 채, 나는 단호하게 쏘아붙였습니다.

"하지만 미쓰루네 어머니는 외할아버지가 교도소에 들어갔었다는 것을 알면 충격을 받을 거라고요."

외할아버지는 잠자코 양복을 벗었습니다. 미간에 주름이 잡혀 있었습니다. 나는 외할아버지가 난처해할 법한 말을 해주고 싶어서 견딜 수가 없었습니다. 지금껏 나와 함께 즐겁게 살아온 외할아버지가 나와 분재를 내버려두고, 유리코와 마찬가지로 혐오스러운 세계로 들어가려하고 있으니까요. 배신자. 가즈에의 연애는 재미 때문에 부추겼다 하더라도, 외할아버지가 연애를 하는 것만은 무슨 일이 있어도 막아야 했습니다.

"그 일은 언젠가 내가 얘기해 줄 생각이다."

외할아버지는 그렇게 말하고 한숨을 크게 내쉬었습니다. 그때 균형을 잃고 바짓가랑이를 밟아 휘청거리며 넘어질 뻔했습니다. 굽이 높은 구두에 맞춰서 바지의 길이도 길게 한 탓이겠지요. 가랑이가 사무라이의 하카마일본식 주름잡힌 하의처럼 헐렁헐렁했습니다. 나는 가즈에의 쌍꺼풀이 생각나서 엉겁결에 웃음을 터뜨렸습니다. 연애를 위해서라면 인간은 피에로가 되어버리는 것입니다. 다른 사람들이 보면 비웃을 일에 열중해서는 자신이 놀림 받고 있다는 것도 깨닫지 못하게 되는 것이지요. 이 힘을 유리코가 전부 총괄하고 있습니다. 그리고 내가 사는 세계에 침투해 들어오는 것입니다. 나는 증오심과 초조함으로 미쳐버릴 것 같았습니다.

"외할아버지, 그 사람에게는 '기운'이 있나요?"

"뭐라고?" 하고 되묻는 외할아버지에게 나는 짜증이 나서 거칠게 말했습니다.

"미쓰루네 엄마에게 '기운'이 있느냐고 묻고 있잖아!"

"아아, 있지. '기운'으로 가득 차 있더구나."

시시해! 나는 갑자기 외할아버지에게 실망했습니다. 분재 손질을 하면서, '미칠 광이 있다'느니 '기운'이니 하고 떠들어대던 외할아버지가 그런 쓸모없는 아주머니에게도 '기운'이 있다고 말하니까요. 그것은 결국 이전에 외할아버지가 유리코는 지나치게 아름다워서 '기운'이 없다고 말했던 것도 믿을 수 없다는 얘기 아닙니까? 내 마음속에서 외할아버지에 대한 애정이 줄어드는 것을 느꼈습니다. 그것은 커다란 낙담을 수반했습니다. 이 세상에서 내가 유일하게 좋아하는 사람이 외할아버지였으니까요. 나는 경직된 목소리로 외할아버지에게 말을 걸었습니다.

"그건 그렇고, 외할아버지, 여쭤볼 게 있어요."

외할아버지는 양복을 옷걸이에 조심스레 걸고 나서 얼굴을 들었습니다.

"뭐냐, 새삼스럽게?"

"제 아버지는 누구죠? 어디에 있어요?"

"누구냐니, 스위스인인 그 녀석이지. 그런데 너 지금 무슨 소리를 하는 거냐?" 외할아버지는 기분이 나쁘다는 듯 벨트를 풀었습니다. "그 녀석밖에는 아무도 없단다."

"거짓말. 그 사람은 내 아버지가 아니란 말이에요."

"너 참 맹랑하구나." 외할아버지는 바지를 벗고 지친 모습으로 바닥에 털썩 주저앉았습니다. "뭔가 꿈이라도 꾸고 있는 것 아니야? 네 어머니는 내 딸이고, 네 아버지는 그 스위스인이다. 내가 반대했지만 네 엄마가 결혼하겠다고 막무가내로 우겨댔으니 틀림없다고."

"하지만 전 아무하고도 닮지 않았잖아요."

"닮는 것이 뭐 그렇게 중요하냐? 전에도 말했지. 우리 집안은 서로 그다지 닮지 않았다고."

외할아버지는 어째서 그런 것에 구애를 받느냐며, 이상하다는 듯이 내 얼굴을 쳐다보았습니다. 나는 실망해서 아직 손에 들고 있던 도시락을 방바닥에 내던지고 싶을 정도였습니다. 그 충동을 가까스로 억누르다가, 문득 끔찍한 생각이 떠올랐습니다. 어머니는 그 비밀을 가슴에 품고 죽어간 것이 아닐까 하는.

"호적을 봐라, 호적을. 제대로 쓰여 있을 테니까 말이다."

외할아버지는 넥타이를 풀어 주름을 열심히 문지르면서 중얼거렸습니다. 그런 것은 믿을 것이 못 됩니다. 나의 아버지는 틀림없이 아름답고 머리도 좋은 백인일 거예요. 프랑스인이나 영국인이면 좋겠는데. 그 사람은 어머니와 나를 버리고 방랑의 여행길을 떠나버렸을 것입니다. 어쩌면 이미 죽었기 때문에 연락이 안 되거나, 아니면 내가 다 클 때까지 기다렸다가 찾아올 심산일지도 몰랐습니다. 그렇다면 좋을 텐데. 나는 커튼을 치지 않아 창문에 비치는 내 모습을 눈을 똑바로 뜨고 계속 바라보았습니다.

나와 아버지 사이에는 아무리 해도 메워지지 않는 이상한 거리감이 계속 이어지고 있었습니다. 그것이 무엇인지는 모르겠지만 우리는 죽이 맞지 않는다고밖에 표현할 수 없는 사이였습니다. 아버지도 유리코하고는 자연스럽게 얘기를 하는데도, 나를 대할 때에는 긴장이 고조되는 것을 느낄 수 있었습니다. 아버지는 긴장하게 되면 입술 가장자리에 주름이 생기기 때문에 금세 알 수 있었습니다. 얼굴을 마주하고 있어도 특별히 내세울 화제도 없고 그렇다고 해서 일부러 화제를 찾는 것도 귀찮다 보니, 나는 아버지가 거실에 있으면 얼른 방으로 들어오곤 했습니다.

이따금 퇴근하여 집에 돌아온 아버지가 나를 나무랄 때도 있었습니다. 그런 때는 주로 저기압이기 때문에 주의를 했지만, 나는 나대로 그런 아버지와 싸우고 싶다는 기분이 들어 일부러 거기 남아 있는 경우도 있었습니다. 그러면 아버지의 공격은 대충 이런 식으로 시작됐습니다.

"형편없이 말라서는, 급식은 남기지 않고 제대로 먹는 거냐?"

아버지의 잔소리는 대개 그런 하찮은 일에서부터 시작하는 것이었습니다. 아버지는 급식비를 지불한 이상, 자식들이 급식을 전부 먹고 오지 않으면 용서하지 않았습니다. 하지만 거짓말을 하면 무사히 넘어갈 수 있었습니다. 뭐야, 겨우 그런 것 가지고? 나는 내심 코웃음을 치면서, 친구에게서 빌린 만화책에서 눈을 떼지 않은 채 대답했습니다.

"다 먹고 있어요."

"책을 내려놓고 내 눈을 똑바로 봐라." 아버지는 내 손에서 만화책을 빼앗고 화를 냈습니다. "대답할 때까지 책을 돌려주지 않겠다!"

"빌려온 책이에요. 돌려주세요."

내 항의에 비로소 아버지는 만화를 자세히 살펴봤습니다. "시시한 책이로군!" 아버지의 얼굴이 일그러지는 것을 알 수 있었습니다. 아버지는 교양이 없고 머리도 나쁜 사람이었지만, 일본 만화나 텔레비전 프로가 사람들을 바보로 만든다고 경멸했습니다. 아버지의 목소리가 노여움으로 떨렸습니다.

"이런 책을 읽다니, 부끄럽다고 생각지도 않느냐?"

"그렇게 생각하지 않아요. 돌려주세요."

내 손을 뿌리치고 아버지는 책을 북북 찢어서 휴지통에 던져버렸습니다. 나는 감정이 폭발한 아버지를 앞에 두고 마음을 굳게 먹었습니다. 적은 의외의 곳에서 공격해 올 거라고 안이하게 생각한 데 대한 반성이었습니다. 조금 전까지 텔레비전을 보고 있던 유리코는 나와 아버지 사이에 전쟁이 시작되었다는 것을 알아차리고 벌써 방으로 사라졌습니다. 그렇습니다. 유리코는 바보 같아 보여도 요령이 좋고 발도 빨랐습니다.

"아버지, 이 책, 어떻게 해요? 변상해야 한다고요."

내가 애꿎은 책을 가리키면서 비난해도 아버지는 완고하게 우겨댔습니다.

"네 친구를 위해서도 좋지 않아. 네 친구 부모님에게는 내가 전화로 사정을 설명할 테니까, 책은 단념해라. 변상할 필요는 전혀 없어."

급식에 대한 화제는 어느새 만화로 옮겨가 있었습니다. 사후 처리를 하기 위해 뛰어다니는 사람은 어머니였습니다. 내 말을 듣고 얼굴이 새파래진 어머니는 새 만화책을 사서 나에게 건네줬습니다. 잃어버려서 새 책을 샀다고 말하라고 하면서요. 어머니는 어머니대로 마음이 약한 면이 있기 때문에, 서점에서 그 책을 찾지 못해 한바탕 소동이 벌어진 적도 있었습니다. 이처럼 부모님의 정반대의 태도에 희생되는 것은 언제나 나였습니다. 정말로 우습기 짝이 없는 일 아닙니까? 어머니의 당황해하는 모습이 지금도 생각나서 나는 무척이나 불쾌해졌습니다.

부모님이 말다툼을 하기라도 하면 도저히 집에 있을 수가 없었습니다. 하지만 유리코는 태연한 얼굴로 계속 텔레비전을 봤습니다. 나와 아버지가 싸울 때에는 도망치는 주제에, 그럴 땐 전혀 개의치 않는 것을 보면, 그 아이는 둔한 것일까요? 아니면 나와 아버지의 싸움이 그토록 괴로웠던 것일까요?

부모님의 말다툼은 주로 생활비 때문이었습니다. 우리 집은 아버지가 가계를 관리하고, 어머니는 아버지로부터 돈을 받아 매일매일 반찬거리를 사고 있었습니다. 앞에서도 말했지만 아버지는 인색한 데다 아무도 깨닫지 못하는 것까지 좀스럽게 확인하는 것이 습관이었습니다.

"시금치는 어제 샀으니 또 살 필요가 없잖아."

냉장고를 열고 내용물을 점검하던 아버지가 슈퍼 영수증을 쥔 채 어머니를 닦달했습니다.

"세일을 해서요. 평소엔 138엔 하던 것이 98엔이었기 때문에 산 거예요."

"40엔이 싸다고 해서 같은 야채를 살 필요는 없어. 어제 남은 것을 먹으면 되잖아?"

어머니는 별로 득 될 것 없는 반론을 시도했습니다.

"당신은 시금치를 삶으면 양이 어느 정도나 되는지 알고는 있어요?"

"알고말고."

데치면 겨우 이 정도라고요. 어머니는 손바닥에 있지도 않은 시금치를 얹어서 보여줬습니다. 아니, 이 정도는 될 거야. 아버지는 커다란 손바닥에 가득 얹었습니다. 무슨 소리를 하는 거예요? 당신은 음식을 만들지 않으니까 알 턱이 없어요. 이렇게 적어진다고요. 그걸 네 등분으로 나누니까 하루 만에 없어지는 게 당연하지요. 그럼 이틀로 나누면 되잖아. 음식을 데치니까 금세 없어지는 거야. 당근과 섞어서 소테sauté, 적은 기름이나 버터를 발라 살짝 튀긴 요리를 만들면 되잖아. 그건 고기에 곁들이는 거잖아요? 우리 집 식단에는 맞지 않아요. 밥이라고 하지만, 생활 습관이 다른 내가 얼마나 양보하고 있는지 당신이 알기나 해?

이런 식으로 헛된 말다툼이 장황하게 이어졌습니다. 어머니가 조금 더 머리가 좋았다면, 데쳐서 냉동실에 넣으면 문제없다든가, 그렇다면 당신이 쇼핑과 조리를 담당하라든가 얼마든지 다른 표현을 했겠지만, 슬프게도 어머니는 힘없는 반론을 되풀이할 뿐이었습니다. 아버지에게는 어머니의 가정 경영이 무척이나 허술하게 보였을 겁니다. 그뿐만이 아닙니다. 아버지는 가족 모두에게도 하나씩 불만을 품고 있었습니다. 나는 말을 듣지 않는다는 이유로, 유리코는 자신의 의견을 내놓지 않는다는 이유로. 나는 자신만이 옳다고 믿고 미쳐 날뛰는 아버지가 유리코 다음으로 싫었습니다. 요컨대 나는 가족 중에서 좋아하는 사람이 한 명도 없는, 고독한 어린 시절을 보냈던 것입니다. 불행한 일 아닙니까? 내가 틀린 건가요? 그래서 나는 사토 가즈에가 아버지의 가치관을 무조건적으로 답습하고 있는 것이 무척이나 이상했던 것입니다. 아버지의 착한 딸이 되려는 가즈에를 이해할 수 없을 뿐만 아니라 경멸까지 했습니다.

유리코의 수기에 나와 아버지의 성격이 비슷하다는 기술이 있었지요. 나는 그 대목을 읽었을 때, 정말로 소름이 끼칠 정도로 화가 났습니다. 나와 아버지는 닮은 점이 전혀 없습니다. 왜냐하면 나는 다른 사람의 자식이니까요. 그 사람의 유전자는 절대로 물려받지 않았으니까요.

초등학교 6학년 때, 나는 러시아인의 피를 물려받은 발레리나의 만화를 읽고 이런 작문을 쓴 적이 있습니다. 내용이 궁금하시다면 대충 생각나는 대로 적어 보겠습니다.

멀고먼 러시아 땅

눈이 쌓인 평원에 벽돌로 지은 집이 한 채 서 있다. 지금은 눈에 덮여 있지만, 여름만 되면 집 옆에 서 있는 커다란 사과나무의 푸릇푸릇한 잎들이 그 집을 부드럽게 감싼다. 그 집에 사는 노파는 사과로 만든 잼을 뜨거운 홍차에 넣고, 페치카러시아식 벽난로 앞으로 가서 무언가를 가만히 떠올리고 있다. 그렇다, 일본에 놓아두고 온 손녀딸을 떠올리는 것이다. 그 아이에게 편지를 쓰자. 노파는 떡갈나무로 만든 테이블에 앉아 연필에 침을 묻히면서 편지를 쓴다.

안나, 잘 있었니? 네 아버지는 모스크바에 가서 돌아오지 않는구나. 볼쇼이 극장에서 공연이 있단다. 하지만 편지가 없는 것은 건강하다는 증거라니까 안심해도 된다. 네 아버지와 발레 공연을 하는 사람은 러시아가 자랑하는 미녀 파블로바라고 한다. 〈백조의 호수〉라고 하는데, 네 아버지는 자신의 창작 발레를 하고 싶다며 신바람이 나 있단다. 네 아버지의 창작 발레는 일본을 테마로 하고 있지만, 〈벚꽃 벚꽃〉이나 〈꽃〉 같이 학교에서 배우는 노래는 하나도 나오지 않는단다. 대신에 차이콥스키가 만든 곡과 같은 훌륭한 발레 음악을 쓴다고 하더구나. 사진이 나오면 너에게도 보낼 테니까 기대하고 있어라.

일본에서 혼자 살아가는 것은 무척이나 외로울 거야. 너를 그런 가족들에게 맡기고 온 것을 네 아버지는 굉장히 후회하고 있어. 하지만 망명 중에 일어난 사건이라 어쩔 수가 없었단다. 그러지 않았다면, 네 목숨은 없어졌을지도 모르지. 그래서 부탁한다만, 열심히 공부해서 하루 빨리 훌륭한 어른이 되어주기 바란다. 너는 금발의 아버지와 흑발의 우랄Ural 미인 사이에서 난 아름다운 딸이다. 네가 어른이 되면 찬란하게 빛나서 네 동생의 미모 정도는 아무 문제도 되지 않을 것이다.

이런 내용이었다고 생각합니다. 유리코의 작문은 갖고 있으면서, 어째서 자기 것은 없냐고 말씀하시는 겁니까? 글쎄요, 어째서일까요? 저도 잘 모르겠습니다. 그런 것은 아무래도 좋지 않습니까? 어쨌든 내 어린 시절은 이런 느낌이었던 것입니다. 나에게 글 쓰는 재주가 있었다는 것도 지금에 와서는 이미 아무 상관없는 것이 되었습니다.

어쨌든 Q여고에 다니던 시절 내가 아버지와 떨어져 살 수 있었던 것은 정말 다행이었습니다. 그것은 지금도 변함이 없습니다. 그 사람과 나는 아마 완전한 타인일 것입니다. 마음도 맞지 않았고, 평생 만나는 일만 없다면 그걸로 충분합니다. 나에게 영향을 미친 남자요? 가즈에에게 있어서 아버지와 같은 존재 말입니까? 그런 사람은 전혀 없었습니다. 아버지와의 관계는 지금까지 얘기한 대로였으며 나는 남자를 좋아한 적도, 육체관계를 맺은 적도 없습니다. 나는 유리코 같은 님포마니아가 아니니까요.

나는 오히려 남자라는 동물이 너무 싫어서 견딜 수가 없습니다. 살과 뼈는 딱딱하고, 피부는 더러운 데다 온몸에 꺼끌꺼끌한 털이 돋아난, 무르팍도 못생긴 사내들은 딱 질색입니다. 목소리는 굵고, 몸에서는 기름 냄새가 나고, 행동거지는 난폭하고, 머리는 조잡합니다. 그래요, 나 보고 남자에 대한 악담을 하라고 하면 끝이 없을 것입니다. 구청 아르바이트를 하며 정말 좋다고 느끼는 것은 통근 시간에 전철을 타지 않아도 된다는 것입니다. 매일 그런 냄새나는 샐러리맨들과 콩나물시루가 되어 다니는 일은 절대로 할 수 없습니다.

그렇다고 내가 동성애자인 것은 아닙니다. 그런 추접스러운 짓은 절대로 하지 않습니다. 분명 고등학생 때 미쓰루를 조금 좋아하긴 했지만, 그것은 존경에 가까운 것이었고 금세 사라져버린 담담한 감정이었습니다. 미쓰루도 두뇌라는 무기를 갈고닦고 있다는 것을 깨달은 내가 제멋대로 연대감을 느껴 다소 동경했던 것뿐입니다. 왜냐하면 고등학교 1학년이 끝나갈 무렵, 미쓰루는 생물 교사인 기지마를 좋아하게 되었으며, 실은 그 이전에도 어떤 사건을 계기로 나와 미쓰루 사이가 틀어져버렸기 때문입니다.

외할아버지가 '블루 리버'에 다니기 시작한 몇 주 후의 일입니다. 외할아버지는 술집에 다닐 돈을 마련하기 위해 분재를 계속 팔았고, 나는 하나 둘씩 분재들이 사라져가는 베란다를 보며 슬프면서도 한심하고 불쾌하기 짝이 없는 감정에 빠져 있었습니다. 그런 울적한 마음이 지속되던 어느 날이었습니다.

예술 시간이 끝났을 때였습니다. 서예를 선택한 나는 서예 수업을 하는 별채의 계단식 교실에서 원래 교실로 돌아왔습니다. 그날은 자신이 좋아하는 글자를 마음대로 쓰라는 선생님 말씀에, '기운氣韻'이라고 휘갈겨 쓰고 나오던 길이었습니다. 그러자 먼저 교실로 돌아와 있던 미쓰루가 나를 보더니 손에 든 악보를 흔들며 신호를 보냈습니다. 미쓰루는 음악을 선택했거든요. 교복 블라우스에 튄 먹물 얼룩 때문에 우울했던 나는 흥분한 미쓰루의 목소리가 약간 번거롭게 느껴졌습니다. 미쓰루는 다음 주부터 시작될 중간시험 때문인지, 수면 부족으로 눈이 충혈되어 있었습니다.

"잠시 할 얘기가 있는데 괜찮겠니?" 미쓰루의 흰자위에 복잡한 무늬를 만들고 있는 가느다란 혈관을 보면서 나는 고개를 끄덕였습니다. "우리 엄마가 너랑 네 외할아버지랑 함께 식사를 하자고 하시는데, 어떠니?"

"왜?"

나는 시침을 뚝 뗐습니다. 미쓰루는 앞니를 톡톡 손톱으로 두드리고 고개를 갸웃거렸습니다.

"엄마는 네가 마음에 드는 모양이야. 서로 이웃이기도 하니, 한번 차분히 얘기를 나누어보고 싶대. 괜찮다면 우리 집에 와도 좋고, 아니면 어디 다른 곳으로 가서 맛있는 음식이라도 먹지 않겠느냐는 거야."

"나 같은 것이 끼는 것보다 네 어머니와 우리 외할아버지 단둘이만 먹는 쪽이 더 좋을 것 같은데?"

불합리한 것을 싫어하는 미쓰루가 마치 수수께끼를 풀려는 듯이 눈을 번뜩였습니다.

"그게 무슨 말이니?"

"네 어머니한테 물어보렴. 나는 사양할래."

미쓰루가 화를 내는 것을 그때 처음 보았습니다. 미쓰루의 얼굴이 새빨갛게 변하고 눈초리는 날카로워졌습니다.

"너, 무슨 말을 그렇게 함부로 하는 거야? 이유가 있다면 똑똑히 말하는 것이 어때? 나는 그런 것을 좋아하지 않으니까."

눈물 섞인 목소리를 듣고 나는 미쓰루가 상처받았다는 것을 알았습니다. 미쓰루는 어머니에 대한 얘기를 듣는 것이 고통스러운 것이었습니다. 하지만 나는 전부터 생각하고 있던 것을 그대로 얘기했습니다.

"그럼, 말할게. 네 어머니에게 우리 외할아버지가 홀딱 반한 것 같아. 그건 뭐, 아무래도 좋아. 나하고는 관계없으니까. 하지만 나를 끌어넣는 것만은 제발 그만두었으면 좋겠어. 나는 남의 연애에 미끼로 이용당하고 싶지 않으니까."

"그건 또 무슨 얘기니?"

미쓰루의 얼굴이 순식간에 창백해졌습니다.

"우리 외할아버지가 네 어머니의 술집에 매일같이 다니고 있단 말이야. 돈이 없으니까 분재를 팔아서. 외할아버지의 분재니까 나하고는 상관없어. 하지만 네 어머니가 어떤 생각으로 우리 외할아버지와 사귀고 있는지 이상하게 생각될 때는 있어. 우리 외할아버지는 이제 곧 예순일곱이 되는데 네 어머니는 아직 쉰도 안 되었잖아? 물론 연애에 나이 같은 건 관계없다고 생각해. 하지만 나는 음란한 분위기라면 딱 질색이야. 내 동생 탓일지도 모르지만 최근엔 너도 외할아버지도 다 이상해졌어. 유리코가 돌아오고 나서부터 여러 사람들이 무너져가는 것을 보는 것이 싫단 말이야. 알겠니?"

"모르겠어." 냉정을 되찾은 미쓰루는 천천히 고개를 저었습니다. "네가 무슨 소릴 하고 있는 건지 모르겠어. 하지만 한 가지만은 알아들었어. 너는 우리 엄마와 네 외할아버지가 사귀는 것을 묵인할 수 없다는 거잖아."

묵인할 수 없는 것보다 훨씬 더 나쁘다고 생각했습니다. 나는 연애를 하는 인간들은 배신자라고 부르며 증오하고 있으니까요. 내가 입을 다물자 미쓰루는 이렇게 말했습니다.

"너는 참 유치한 애구나. 나는 우리 엄마가 무엇을 해도 상관없지만, 네가 놀린 입으로 우리 엄마가 추잡해지는 것은 참을 수가 없어. 너랑은 이제 얘기도 안 할 거고 친하게 지내지도 않을 거야. 알겠니?"

"어쩔 수 없지, 뭐."

나는 어깨를 으쓱했습니다. 이렇게 해서 반년 만에 미쓰루와의 교류는 끝이 났습니다.

잔인한 친절

　이제 그만 사토 가즈에의 이야기로 돌아가지 않으면 안 되겠군요. 우리 외할아버지와 미쓰루네 어머니의 구질구질한 연애 이야기 같은 것은 별로 듣고 싶지 않겠지요. 하지만 이 이야기에는 우스꽝스러운 후일담이 있습니다. 예정대로 도쿄대학 의학부에 합격한 미쓰루가 Q대학 문학부 독일어과에 진학한 나에게 연락을 해서 서로의 소식을 알게 된 것입니다. 그 일과 동시에 여러 가지 사건이 일어났습니다. 유리코와 가즈에의 이야기와는 직접적인 관련은 없지만, 시간이 있으면 그 일도 차차 얘기를 하겠습니다. 기대하세요.

　사토 가즈에의 기이한 행동이 눈에 띄게 된 것은 대체 언제부터였을까요? 우리가 2학년이 막 된 시점일지도 모릅니다. 중등부를 졸업하고 Q여고에 입학한 유리코를 가즈에가 끈질기게 따라다니고 있다는 소문이 귀에 들어왔습니다. 요즘 말로 하면 스토킹이 되겠지요. 끔찍한 일입니다. 가즈에는 유리코의 교실을 엿보고 체육 수업을 훔쳐보는 걸로도 모자라, 유리코가 치어걸로 나가는 시합에까지 따라가서는 마치 주인의 뒤를 따라다니는 개처럼 행동했다고 합니다. 어쩌면 존슨의 집까지 따라갔을지도 모르겠어요. 그도 그렇지만, 일단 유리코를 만나면 마치 홀린 것처럼 그 모습을 눈으로 쫓고 있었다고 합니다. 가즈에는 무슨 생각으로 스토커가 되었을까요? 나로서도 도저히 상상이 되지 않습니다.

앞에서도 말씀드렸지만, 유리코의 괴물 같은 미모는 보는 사람을 불안하게 만듭니다. 어째서 이런 아름다운 인간이 이 세상에 존재하고 있는가, 그에 비해 자신은 무슨 의미가 있는가, 하고 유리코의 존재를 두려워하는 자는 반드시 자신에게 되돌아오는 의문에 대답하지 않으면 안 됩니다. 그 괴로운 자문자답을 견딜 수 있는 인간만이 유리코를 진심으로 아름답다고 인정할 수 있습니다. 그래서 유리코 주변이 항상 시끌시끌한 것이었습니다. 중등부 시절에 언제나 함께 있던 기지마 선생님의 아들은 시내에 있는 Q학원의 남자 고등학교로 진학했기 때문에, 그 대신 그 건방진 소녀가 금붕어의 똥처럼 유리코에게 달라붙어 있었습니다. 네, 맞아요. 못쿠라는 간장 회사 사장의 딸 말입니다.

못쿠는 치어걸부의 매니저를 맡고 있었기 때문에 보디가드로서 유리코와 함께 행동하며 온갖 유혹이나 시기와 질투로부터 유리코를 지켜주고 있었습니다. 유리코는 치어걸부의 마스코트였습니다. 그럴 수밖에 없었을 거예요. 운동 신경도 떨어지고 머리도 둔한 애니 아무리 해도 치어걸의 어려운 기술을 소화해 낼 수 없었겠지요. 유리코는 Q여고 치어걸부의 미적 수준을 나타내는 광고탑 역할을 수행하고 있었을 뿐이었습니다.

키가 큰 유리코와 못쿠가 교내를 걸어가고 있으면, 모든 애들은 그 모습에 압도되어 시선을 돌릴 수가 없었습니다. 나는 그 우쭐거리는 모습을 어처구니없어 하고 있었지만요. 유리코는 무표정한 얼굴로 여왕처럼 조금 앞서 걸어가고 못쿠는 시녀처럼 따라갔습니다. 그리고 그 뒤를 가즈에가 필사적으로 쫓아가는 것입니다. 정말 웃기는 광경이었습니다.

가즈에가 방금 먹은 도시락을 화장실에서 토하는 모습은 종종 목격되었습니다. 말이 도시락이지 변변한 음식도 아니었습니다. 작은 주먹밥 한 개와 토마토나 과자 따위가 전부였습니다. 가즈에는 특히 고카보_{참쌀을 쪄서 물엿 등으로 막대 모양으로 굳혀 콩가루 따위를 묻힌 과자}라는 콩가루 과자를 좋아했는지 자주 싸왔습니다. 하지만 그 과자를 먹고 나면 심하게 후회가 되는지, 반드시 화장실로 뛰어 들어가 토했습니다. 반 애들 모두 그 사실을 알았기 때문에 가즈에가 살금살금 고카보 봉지를 꺼낼 때면 서로 팔꿈치로 찌르면서 웃곤 했습니다. 어떤 때는 그녀가 먹지 않고 며칠씩이나 갖고 다녀 검게 썩은 바나나를 억지로 먹는 것을 본 학생이 소문을 퍼트리기도 했습니다. 그래요, 가즈에는 거식증에 걸렸던 것 같습니다. 하지만 당시 그런 병이 있는 줄도 몰랐던 우리는 가즈에의 편식이나 먹은 다음에 토하는 버릇을 끔찍하게 싫어할 뿐이었습니다.

아이스스케이트부에서도 평판은 매우 나빴던 것 같습니다. 몇 번씩 청구를 해야 링크 대여료를 낸다든가, 연습 날에 멋대로 의상을 입고 태연하게 스케이트를 타곤 해서 퇴부가 권고되는 것은 시간문제라고 했지만, 이상하게도 그렇게 되지는 않았습니다. 왜냐하면 가즈에는 시험 때만 되면 노트를 제공하는 귀한 몸이었기 때문입니다. 그러나 무료로 노트를 빌려주는 것은 클럽의 동료들뿐이고, 반 애들한테는 돈을 받았습니다. 그래요, 한 과목당 100엔 정도는 받았던 것 같습니다. 그때부터 가즈에는 돈에 엄청 집착하는 구두쇠라는 험담도 듣게 되었습니다.

가즈에의 이런 변화는 모두 고등학교 1학년 후반부터 시작되었습니다. 처음에는 Q여고의 유복한 환경에 적응하려고 온갖 노력을 기울였지만, 그해 겨울 그 모든 것이 갑자기 무너져버린 것입니다. 대학생 시절에 아버지가 돌아가신 탓에 사람이 변한 것 아니냐는 소리도 있었지만, 내가 아는 한 가즈에의 변모는 이미 고등학교 2학년 때부터 시작되고 있었습니다.

내가 목격한 것은 교사에게 집요하게 질문을 되풀이하는 가즈에의 비정상적인 열성이었습니다. 공부에 대한 비정상적인 집념. 가즈에는 아마 자신에게는 공부밖에 없다는 것을 깨달은 모양이었습니다. 질문을 받던 교사가 오히려 지쳐서, "다음으로 넘어갑시다" 하고 말하며 보라는 듯 손목시계를 들여다보아도 가즈에는 금방 울음이 터질 듯한 얼굴로, "선생님, 잘 모르겠습니다" 하고 호소했습니다. 반 애들 전체가 곤혹스러운 얼굴을 해도 아랑곳하지 않았습니다. 네, 가즈에는 주변의 반응 같은 것은 거들떠보지도 않았던 거죠. 현실 인식이 점점 더 결여되어 갔던 것입니다. 그런데도 문제를 풀었을 때는 혼자 손을 들고 잘난 체하거나 답안을 쓸 때에는 한 손으로 가리는 등 공부에 관해서는 마치 초등학생 공부벌레로 되돌아간 것 같았습니다. 이 무렵 내려진 가즈에에 대한 학급의 평가가 결정적이었습니다. 그것은 '이상한 애'였습니다. 가즈에는 절대로 아무 하고도 관계를 갖고 싶어 하지 않는 '괴짜'가 되어버린 것입니다.

하지만 그것은 내가 계획한 일이기도 했습니다. 아시겠지요? 가즈에는 생각대로 되지 않는 인간관계를 깨닫게 되었고, 그로 인해 재기 불능 상태에 빠진 것입니다. 기지마 다카시의 일 말입니다. 나는 기지마 다카시에 대한 가즈에의 연정을 풍선처럼 부풀리기 위해 온갖 음모를 다 동원했었으니까요. 가즈에는 나의 조언대로 다카시에 보낼 편지를 여러 통 써서 나에게 보여주러 왔습니다. 나는 그것을 첨삭해서 가즈에에게 돌려주었습니다. 그러면 가즈에는 그 편지를 다시 몇 번씩이나 고쳐 쓰고는 다카시에게 보낼 것인가 말 것인가를 망설이고 또 망설이는 것이었습니다. 편지를 보고 싶다고요? 그럼, 보여 드리지요. 어떻게 그 편지를 갖고 있는지 궁금하세요? 일단 첨삭을 한 뒤에 그 내용을 노트에 옮겨 적은 다음 가즈에게 돌려주었기 때문입니다. 그것이 아직도 남아 있습니다.

　앞부분을 생략하니 용서해 주세요.

　갑작스럽게 편지를 드리는 무례를 용서해주세요. 우선 제 소개를 하겠습니다. 저는 Q여고 1학년 B반의 사토 가즈에라고 합니다. 장차 경제학부로 진학하여 경제 문제를 연구하려고 생각하고 있습니다. 그 때문에 매일 면학에 힘쓰는 저 자신이 자랑스러울 만큼 착실한 학생입니다. 소속 클럽은 아이스스케이트부예요. 아직 대회에 나갈 만한 솜씨는 아니지만, 언젠가 나갈 수 있게 되기를 꿈꾸며 열심히 하고 있습니다. 자주 넘어지기 때문에 연습 뒤에는 멍투성이가 되곤 하지만, 그것도 일종의 과정이라 생각하라고 선배가 말해주었습니다. 그렇다면 저는 상당한 연습 벌레라고 할 수 있겠지요.

　취미는 수예와 일기 쓰기입니다. 일기는 초등학교 때부터 빼놓지 않고 쓰고 있습니다. 지금은 쓰지 않으면 기분이 찜찜해서 잠을 이룰 수 없을 정도입니다. 다카시 군은 어느 클럽에도 속해 있지 않다는 소문을 들었습니다. 취미가 뭔지 궁금하네요.

　저는 지금 기지마 선생님께 생물을 배우고 있습니다. 기지마 선생님은 어려운 내용을 쉽게 풀어서 가르쳐주시는 좋은 선생님입니다. 능숙한 수업과 고결한 인격 때문에 무척이나 존경하고 있습니다. 제가 Q여고에 진학하기를 잘 했다고 절실히 느낀 것은 기지마 선생님 같은 우수한 선생님들이 많이 계시기 때문이에요. 다카시 군은 기지마 선생님의 아들로서 Q학원의 훈도를 어렸을 때부터 받아왔다고 들었습니다. 얼마나 훌륭한 일입니까!

부끄럽지만 고백하겠습니다. 저는 1년 선배면서도 다카시 군을 동경하고 있습니다. 전 여동생밖에 없기 때문에 남자에 대해서는 잘 모릅니다. 혹시 괜찮다면 답장 주시지 않겠어요? 펜팔을 할 수 있으면 좋겠다는 꿈같은 기대를 하고 있습니다. 그럼, 또 편지 드리겠습니다. 중간시험 잘 보길 바랍니다.

　—사토 가즈에 올림

이것이 첫 번째 편지였습니다. 두 번째 편지를 보여주었을 때, 나는 엉겁결에 웃음을 터뜨릴 뻔했습니다. '제비꽃 피는 길'이라는 시였기 때문입니다. 가즈에는 가수인 반바 히로후미에게 노래를 부탁하고 싶다고 하면서 이것을 나에게 보여주었습니다.

제비꽃 피는 길

들판의 제비꽃 한 송이
그대의 발자취가 이어지는 길
넘쳐나는 제비꽃을 따면서
그대의 뒤를 따라갈 거예요
들판의 제비꽃 피는 길
그대의 마음이 넘쳐나는 하늘을
높이 우러러보고 울면서
그대와 반대로 돌아오는 길
들판의 제비꽃이 보이지 않네요
그대의 사랑을 찾을 수가 없어서
나는 당황하고 두려워하고 있어요

밤의 산길, 옆에는 낭떠러지

이때, 가즈에는 히지가타 도시조의 구절이라고 하는 하이쿠_일본 고유의 짧_
_은 시 형식_ 같은 것을 보여주었습니다. 분명히 '알면 망설이고 알지 못하면
망설이지 않는 연애의 길'이었던 것 같습니다. 가즈에는 "이게 내 심정
이야"라며, 이 구절을 편지지에 꼼꼼히 베껴 쓴 다음 네 번 접어 지갑
안에 챙겨 넣었습니다. 공부할 때는 남을 밀어젖히고 끝까지 밀고 나가
는 애였지만 연애에 관해서는 느리고 조심스러웠습니다.

"넌 어떻게 생각하니? 이 편지 보내도 괜찮을까?"

가즈에가 내 눈을 들여다보면서 물었습니다. 나는 덜컥 겁이 났지만
또 한편으로는 통쾌하게 생각하면서, 일주일의 간격을 두고 두 통 모두
다카시의 자택으로 보내게 했습니다. 두렵다고 생각한 것은 사랑에 빠
진 인간은 어리석은 짓을 한다는 것을 깨달았기 때문입니다. 대단한 재
능이 없는데도 이것저것 창조해버리니 어찌 두렵지 않겠습니까? 가즈
에는 편지를 받은 쪽도 곤혹스러워할 것이 틀림없는, 억지로 밀어붙이
기 식의 편지도 쓰고 소녀 취향의 시도 거침없이 써댔습니다. 자신의
무지나 부족한 재능을 폭로하는 꼴밖에 되지 않는데도 태연히 글을 써
대고, 앞뒤 돌아보지도 않고 자신의 치부를 상대방에게 모조리 노출해
버리고 말았습니다. 내가 연애를 혐오하는 것은 이런 일 때문이기도 합
니다.

당연히 다카시에게서는 답장이 오지 않았습니다. 보통 사람 같으면
이 시점에서 상대방이 자신에게 마음이 없다는 것을 깨닫겠지만 가즈
에는 혼란스러운 모양이었습니다.

"어째서 답장이 오지 않을까? 혹시 편지가 배달되지 않은 게 아닐
까?"

가짜 쌍꺼풀을 한 눈을 크게 뜨자, 가즈에의 눈동자가 이글이글 빛나고 있는 것이 보였습니다. 그리고 전보다 야윈 몸에서는 이상한 아우라가 나와 몸 전체에서 발광하고 있는 것이, 꼭 탁해진 늪이 발하는 기체 같았습니다. 도깨비 같았습니다. 이런 추한 여자라도 사랑을 하는 것입니다. 나는 가즈에가 무서워서 그 모습을 똑바로 바라볼 수가 없었습니다. 그러다 문득 가즈에가 나에게, "얘, 얘!" 하고 말하는 것이 들렸습니다.

"얘, 얘, 어떻게 생각하니? 어떻게 하면 좋겠니?"

가즈에의 집요함에 나는 소름이 끼쳐서 이렇게 대답했습니다.

"중등부에 가서 다카시를 불러내 직접 물어보면 되잖아?"

"어떻게 그런 일을 할 수 있겠니?"

가즈에의 얼굴이 이내 침울해졌습니다.

"크리스마스 때 선물을 주면서 물어보면 어떨까?"

내 제안을 들은 가즈에의 얼굴이 갑자기 환해졌습니다.

"목도리라도 떠 줄까?"

"그래, 남자애들은 손으로 직접 만든 것에 약해진다잖아."

나는 교실 안을 둘러보았습니다. 11월이 되자, 교실 안에서는 남자 친구를 위해 스웨터나 목도리를 뜨는 아이들이 하나 둘씩 눈에 띄기 시작했습니다. 개중에는 남의 것까지 부탁받아 두세 개씩 뜨개질을 하고 있는 애들도 있을 정도였습니다. Q여고 학생들은 타 학교 남학생들에게도 인기가 있어서 두세 다리를 걸치고 있는 애들도 상당히 많았습니다.

"고마워. 그럼, 그렇게 해볼게."

불안을 숨기면서도, 새로운 목표를 잡은 가즈에는 일단은 안정을 되찾은 모습이었습니다. 이윽고 그 얼굴에 자신감이 넘쳐흐르는 것을 알 수 있었습니다. 나도 그 정도는 할 수 있단 말이야. 가즈에는 그렇게 생각한 것이 틀림없었습니다. 그러나 가즈에의 자신감이라는 것은 언제나 역겹기 짝이 없어서, 나는 그것을 느낄 때마다 어떻게든 가즈에를 납작하게 만들 방법은 없을까 하고 생각했습니다. 더구나 그 옆모습은 그 남자와 꼭 닮았습니다. 네, 가즈에의 아버지 말입니다. 우리 어머니가 돌아가신 날, 앞으로는 가즈에와 사귀지 말라고 잘난 체하면서 명령하던 미스터 속물. 그래서 나는 또 다른 계획을 세웠습니다.

크리스마스가 가까워왔을 때, 가즈에가 다카시를 위해 뜬 목도리는 1미터 이상이나 되었습니다. 황색과 흑색의 얼룩덜룩한 가로무늬가 꿀벌의 궁둥이처럼 보기 흉한 목도리였습니다. 나는 이 목도리를 목에 두른 다카시를 상상하고 터져 나오는 웃음을 참느라 고생했습니다.

어느 겨울날의 해 질 녘, 나는 기지마의 집에 전화를 걸었습니다. 기지마의 아버지는 직원회의가 있어서 아직 귀가하지 않은 것을 확인했기 때문입니다. 전화를 받은 것은 의외로 시원시원하고 활기찬 다카시 본인이었습니다. 다카시는 학교와 가정에서 서로 다른 인격을 갖고 있는 것이 틀림없었습니다. 어쩐지 기분 나빴습니다.

"네, 여보세요? 기지마입니다."

"전 유리코의 언닌데요. 다카시죠?"

"네. 닮지 않은 언니시군요. 저에게 무슨 볼일이라도 있습니까?"

기지마는 금세 상냥했던 목소리를 바꾸고 톤을 낮추었습니다.

"언제나 유리코가 신세를 지고 있다면서요. 실은 부탁이 있어서요."

다카시는 경계하는 눈치였습니다. 다카시의 불손한 눈초리를 생각하니 나는 빨리 용건을 끝내고 싶어서 이렇게 말을 꺼냈습니다.

"전화로는 말하기 곤란한 일이지만, 저도 가만히 보고만 있을 수가 없어서 큰맘 먹고 말하는 거예요. 얼마 전에 우리 반의 사토 가즈에라는 친구한테 편지를 받았지요?"

다카시가 놀라서 숨을 죽이는 기척이 전해졌습니다.

"그 편지, 돌려주지 않겠냐고 물어봐 달라더군요. 부끄러워서 죽어버리고 싶은 심정이라면서요."

"왜 본인이 말하지 않는 거죠?"

"도저히 전화 걸 용기가 안 난다면서 울어대기에 내가 건 거예요."

"울고 있다고요?"

의외로 다카시는 쥐 죽은 듯이 고요해졌습니다. 자칫 잘못하다가 생각한 대로 일이 진행되지 않으면 어떻게 한담. 내 마음속에서 불안이 고조되었습니다.

"가즈에는 댁에게 편지 보낸 것을 굉장히 후회하고 있어요."

다카시는 한참 동안 침묵하고 있더니 겨우 이렇게 대답했습니다.

"그래요? 그래도 꽤나 감동했는데. 특히 그 시가 좋았어요."

"어디가요?"

"신선하고 순진해서요."

"거짓말하지 말아요."

역겨운 나머지 나는 엉겁결에 소리치고 말았습니다. 설마 그럴 리가 없었습니다. 그런 하찮은 시를 다카시가 마음에 들어 하다니, 말도 안 되는 소리였습니다. 하지만 다카시는 여유롭게 대답했습니다.

"정말이에요. 왜냐하면 전 유리코하고 순정과는 전혀 관계없는 짓만 하고 있으니까요."

"그건 또 무슨 말인데요?"

나의 레이더는 즉각 유리코와 다카시가 발하는 비밀스런 열기를 포착했습니다. 어렴풋이 사악한 냄새도 풍겼습니다. 가즈에의 일 같은 것은 이미 염두에서 사라지고 말았습니다. 나는 다카시가 한 말의 의미를 생각하기 시작했지만 다카시는 당황했는지 재빨리 얼버무리려 하고 있었습니다.

"아무러면 어때요? 그건 저와 유리코의 아르바이트예요. 선배와는 관계없는 일이잖아요."

"그래요, 그런데 둘이서 무슨 아르바이트를 하고 있는데요? 가르쳐주지 않을래요? 그래도 난 일단 유리코의 언니잖아요."

나는 단단히 벼르며 물었습니다. 유리코와 다카시가 무엇인가로 돈을 벌고 있는데 그것이 '순정과는 전혀 관계없는 짓'이라잖아요. 나는 얼마 전에 힐끗 본, 유리코의 목에서 빛나던 가느다란 금목걸이와 교복 블라우스 밑으로 비치던 화려한 레이스로 장식된 브래지어, 빨간색과 녹색 리본이 보란 듯이 붙어 있던 구두를 떠올렸습니다. 그것은 분명히 이탈리아의 고급 브랜드 제품이었습니다. 학비나 생활비를 거의 받지 못하는 유리코가 어떻게 Q학원에 어울리는, 아니 그 이상의 복장을 할 수 있는지 이상하게 생각했습니다. 아무리 무슨 사정이 있다 하더라도 존슨이 여고생에게 돈을 쏟아 부을 리는 없었습니다. 관대해 보여도 존슨은 구두쇠가 틀림없었으니까요. 이번에는 이 수수께끼를 풀지 않으면 안 됩니다. 어떻게 하면 알 수 있을까요? 나는 수화기에서 귀를 떼고 비밀을 알아낼 계획을 세우기로 했습니다.

어지간히 넋을 놓고 있었던 모양입니다. "여보세요, 여보세요?" 하고 부르는 소리에 나는 정신이 들었습니다. 다카시의 조롱하는 듯한 목소리가 들려 왔습니다.

"여보세요, 왜 그러십니까?"

"아무것도 아녜요. 그런데 둘이서 하는 아르바이트가 뭔데요?"

"그것보다 사토 씨의 편지는 어떻게 할까요?"

다카시는 화제를 바꾸었습니다. 깊이 추궁해 보았자 대답할 리가 없었습니다. 나는 단념하고 가즈에의 얘기로 돌아갔습니다.

"어쨌든 가즈에는 부끄러워 죽겠대요. 전 그것을 전해 달라는 부탁을 받은 것뿐이니까, 그렇게 해줘요."

"이상한 얘기네요. 편지는 받은 사람에게 속하는 것 아닙니까? 어째서 다시 돌려주지 않으면 안 되는 거죠?"

"그러니까, 가즈에는 외골수라 깊이 생각하는 타입이라고요. 돌려주지 않으면 면도칼로 손목을 그어버릴지도 몰라요. 수면제를 먹어버릴지도 모르고요. 그런 꼴을 보고 싶지 않으면 빨리 돌려줘요."

"알았습니다." 귀찮다는 듯이 다카시가 대답했습니다. "내일 학교로 갖고 가겠습니다."

"안 돼요!" 나는 큰 소리를 쳤습니다. "가즈에네 집으로 보내줘요."

"우편으로 보내도 괜찮겠습니까?"

의아해하는 다카시의 질문을 무시해 버리고 나는 지시했습니다.

"괜찮다니까요. 주소와 이름만 쓰고 봉투째로 되돌려주라고요. 그밖에는 아무것도 넣지 말고요. 그리고 가능하면 빠른우편으로 보내세요."

나는 하고 싶은 말만 하고 탕 하고 전화를 끊었습니다. 자아, 이것으로 됐다! 가즈에는 반송되어 온 러브레터를 보고 하얗게 질려버릴 것이 틀림없었습니다. 그리고 운이 좋으면 이 사실을 안 가즈에의 아버지가 분노할 것입니다. 게다가 좀 더 운이 좋다면 유리코와 다카시의 음모도 알아낼 수 있을 것입니다. 나는 학교에 가는 것이 즐거워서 견딜 수가 없었습니다.

3일간 학교를 쉰 가즈에가 등교하던 날 아침은 정말 볼만했습니다. 교실 입구에 우뚝 멈춰 선 가즈에는 우울한 눈으로 교실 안을 둘러보았습니다. 이제 머리카락을 말아 올리지도 않았으며, 엘리자베스 아이리드로 억지로 쌍꺼풀을 만들지도 않았습니다. 예전의 수수하고 촌스러운 우등생 사토 가즈에로 돌아온 것입니다. 그러나 목에는 놀랄 만큼 화려한 목도리가 몇 겹씩이나 감겨 있었습니다. 황색과 흑색의 얼룩무늬. 가즈에는 다카시를 위해 뜬 목도리를 목에 감고 있었습니다. 목도리는 배가 고픈 큰 뱀이 가즈에의 야윈 목을 꽉 조이고 있는 것처럼 보이기도 했습니다. 가즈에의 모습을 본 반 애들 중 몇 명은, 보아서는 안 될 것이 시야에 들어왔다는 듯 당황해서 눈을 내리깔았을 정도입니다. 그러나 그런 것은 개의치 않고 아이스스케이트 부원이 가즈에의 노트를 빌리려는 속셈으로 달려왔습니다.

"가즈에, 무슨 일 있었니?"

가즈에는 눈이 부시다는 듯 그 애를 쳐다보았습니다. 겁먹은 것 같은 얼굴이었습니다.

"시험 치기 전인데 3일씩이나 빠지면 어떻게 해?"

"미안해."

"영어와 고전 좀 빌려줄래?"

가즈에는 심약한 눈을 하고 몇 번 고개를 끄덕이더니 앞줄 학생의 책상 위에 털썩 하고 자기 가방을 내려놓았습니다. 당연한 일이지만, 이미 자기 자리에 앉아 있던 앞줄 학생은 싫은 기색이 역력했습니다. 내부 학생이라 스타일이 좋은 그 애는 케이크나 쿠키를 잘 만들기로 유명했습니다. 마침 과자 만드는 책을 펼쳐놓고 보고 있던 참이었습니다.

"얘, 남의 책상 위에 멋대로 물건을 놓지 않았으면 좋겠어. 나는 이 책을 보면서 과자를 만든단 말이야. 지저분해지잖아?"

"미안해."

가즈에는 몇 번씩이나 머리를 숙여 사과했습니다. 가즈에의 몸 전체에서 발하던 그 불가사의한 아우라는 벌써 사라지고 없었습니다. 가즈에는 과즙을 짜고 남은 과일 찌꺼기처럼 비참하고 추했습니다.

"이것 좀 봐, 여기에 흙이 묻었잖아? 넌 정말 덜렁대는구나!"

그 학생은 일부러 보란 듯이 책에서 흙을 털어냈습니다. 가즈에의 가방은 학교에 오는 길에 전철역이나 보도 위에 놓아두었는지 밑바닥이 더러워져 있었던 것입니다. 그 소리를 들은 학생들 중 몇 명은 킬킬거리며 웃고, 그 밖의 학생들은 무관심한 체하고 있었습니다. 노트를 빼앗기고 반 애들로부터 비웃음을 당한 가즈에는 비틀거리며 자기 자리로 갔습니다. 그리고 도움을 청하기라도 하듯 나를 돌아다보았습니다. 나는 반사적으로 얼굴을 돌렸지만, 여전히 가즈에의 상념이 엉겨 붙어 왔습니다. '살려줘' 하는 목소리. 저쪽으로 꺼져. 나는 예전에 밤길에서 유리코를 떠밀어버렸을 때를 생각해냈습니다. 싫다는 애를 우격다짐으로 떠밀고 싶은 거친 충동. 그리고 그 뒤의 상쾌함. 가즈에에게도 똑같이 그렇게 하고 싶어서 견딜 수가 없었습니다. 꿈틀거리는 마음을 억누른 채, 나는 그럭저럭 1교시 수학 수업을 끝냈습니다. 언제나 집요한 질문을 되풀이해서 선생님을 괴롭히던 가즈에도 그날은 이상하게 조용했습니다.

"애, 애, 내 얘기 좀 들어봐."

방과 후, 가즈에에게 접근할 기회조차 주지 않던 내 등 뒤로 가즈에의 애처로운 목소리가 들려왔습니다. 나는 2층 복도를 걸어가고 있던 참이었습니다.

"도대체 어떻게 된 거니?"

획 돌아본 내 시선을 정면으로 받은 가즈에는 괴로운 듯이 눈을 내리깔았습니다.

"다카시에 관한 거야."

"그 애한테서 답장이 왔니?"

"그래." 가즈에는 담담한 모습으로 대답했습니다. "4일 전에 왔어."

"어머, 잘됐다, 얘! 뭐라고 쓰여 있든?"

나는 흥분하는 체했지만, 가즈에가 뭐라고 대답할지 너무 궁금했습니다. 역시 실패였어. 더구나 나는 아빠에게 들통이 나서 몹시 꾸지람을 들었고. 이제 어떻게 하면 좋지? 죽고 싶어. 나는 머릿속으로 내 맘대로 시나리오를 쓰면서 기뻐하고 있었습니다. 하지만 가즈에는 입술을 핥으면서 잠자코 있었습니다. 적절한 변명거리를 찾고 있는 모양이었습니다. 나는 안달이 나서 물었습니다.

"얘, 다카시가 뭐라고 써 보냈는데?"

"나하고 사귀고 싶대."

거짓말쟁이. 나는 아연실색해서 가즈에를 쳐다보았습니다. 그러나 가즈에는 수줍은 듯이 야윈 뺨을 물들이는 것이 아니겠어요?

"이렇게 쓰여 있었어. 저도 당신의 존재를 전부터 눈치 채고 있었습니다. 아버지의 수업을 칭찬해줘서 기쁩니다. 연하인 저라도 괜찮다면 펜팔부터 시작합시다. 취미에 대해서든, 무엇이든 물어봐 주십시오, 라고."

"그게 정말이니?"

나는 반신반의했습니다. 그럴 수밖에 없잖아요? 다카시가 편지를 되돌려 보내겠다고 말을 했지만 그것을 확인할 방법이 없고, 다카시는 그 하찮은 시를 마음에 들어 하기도 했으니까요. 그러니까 가즈에의 말이 진실일지도 모르는 것입니다. 아니면, 다카시도 악질이라, 마음이 없는데도 가즈에를 놀려주기로 한 것일까요? 나는 내 계획이 실패했다고 생각하고 당황했습니다.

"그 편지 좀 보여줄래?"

내가 내민 손을 바라보더니, 가즈에는 망설이듯 시선을 이리저리 보냈지만, 이내 분명하게 고개를 흔들었습니다.

"안 돼. 다카시가 남에게는 보여주지 말라고 부탁했으니까. 이것만은 아무리 너라도 보여줄 수 없어."

"그럼, 어째서 네가 목도리를 하고 있니? 그건 다카시에게 선물하기로 한 거잖아?"

가즈에는 움찔하면서 목께로 손을 가져갔습니다. 겉뜨기와 안뜨기를 한 코씩 교대로 짠, 10센티미터 폭으로 되풀이되는 황색과 흑색. 자아, 어떻게 된 것인지 솔직하게 말을 해보시지. 나는 가즈에를 손가락으로 쿡쿡 찔러주고픈 욕망과 싸우면서, 심술궂게 가즈에의 반응을 엿보고 있었습니다. 얘, 뭐라고 변명을 좀 해봐.

"내 기념으로 삼을까 해서."

그것 봐, 탄로가 났잖아. 나는 뛸 듯이 기뻐했습니다.

"그럼, 내가 갖다줄까? 편지뿐만 아니라 선물도 하면 더욱 기뻐하지 않을까?"

내가 목도리를 움켜쥐자 가즈에는 손을 밀쳐냈습니다.

"건드리지 마, 그 더러운 손으로!"

낮게 위협하는 듯한 목소리였습니다. 나는 얼어붙어서 가즈에의 눈을 노려보았습니다. 순식간에 가즈에의 얼굴이 붉게 물들었습니다.

"어머, 미안, 미안해. 그럴 생각은 아니었어."

"괜찮아. 내가 잘못했어."

나는 발길을 돌렸습니다. 화난 것처럼 행동해서 철저히 닦달하려고 생각한 것입니다.

"기다려! 미안해. 사과할게."

가즈에가 쫓아왔으나 나는 뒤도 돌아보지 않은 채 걸었습니다. 사실은 이 일을 어떻게 수습해야 좋을지, 백전노장인 나도 혼란스러웠던 것입니다. 도대체 진실은 어디에 있는 것일까요? 가즈에는 정말로 다카시하고 펜팔을 하게 된 것일까요? 아니면, 거짓말일까요? 방과 후의 교내는 학생들의 웃음소리와 뛰어다니는 소리로 시끌시끌했습니다. 하지만 내 등 뒤를 쫓아오는 가즈에의 발소리와 거친 숨소리, 짧은 스커트가 가방에 스치는 소리만큼은 분명히 구분해서 들을 수가 있었습니다.

"사과한다니까! 기다려줘. 의논할 사람이 너밖에 없어."

우는 소리가 들린 것 같아서 나는 섰습니다. 가즈에가 눈물로 범벅이 된 얼굴을 일그러뜨리면서, 어머니한테 버림받은 어린애 같은 표정으로 내 앞으로 다가왔습니다.

"미안하다니까. 용서해줘."

"어째서 그런 식으로 말하는 거니? 나는 그저 호의로 말한 것뿐인데."

"알고 있어. 하지만 네 말투가 뭔가 심술 맞은 것 같은 느낌이 들어서 그만 화를 냈던 거야. 그래서 그런 말이 튀어나온 거지, 본심으로 한 말이 아니야."

"그러니까 너희 둘이 잘 풀릴 것 같단 말이지? 그럼, 나에게 화풀이할 것 없잖아."

나의 말에 가즈에는 어리둥절한 표정을 지었습니다. 이윽고 그 얼굴에 광기라고도 할 수 있는 기묘하고도 밝은 빛이 비쳤습니다.

"그래. 우리는 잘만 하면 뜨거운 사이가 될 것 같아."

"데이트나 잘 해보라고."

응, 하고 고개를 끄덕인 가즈에가 '앗' 하고 외치더니 얼어붙은 듯 그 자리에 서버렸습니다. 복도 창문으로 교문을 향해 걸어가는 유리코와 다카시의 뒷모습이 보였던 것입니다. 나는 서둘러 창문을 열었습니다.

"잠깐, 무슨 짓을 하는 거니?"

나는 창백해져서 도망치려 하는 가즈에의 목도리를 붙잡고, 가즈에의 목에서 그것을 벗겨냈습니다. 그만둬, 그만둬 하고 매달리는 가즈에를 복도 벽에 힘껏 밀어붙이고, 나는 큰 소리로 불렀습니다.

"다카시."

다카시와 유리코가 동시에 이쪽을 올려다보았습니다. 나는 창문에서 목도리를 잡은 양손을 힘껏 흔들어댔습니다. 검은 더플코트를 입은 다카시는 의아하다는 듯이 나를 쳐다봤지만, 이내 유리코의 어깨를 끌어안듯이 하곤 교문 밖으로 나갔습니다. 멋진 남색 코트를 걸친 유리코가 비난하는 눈으로 나를 노려보았습니다. 미친 거 아냐, 언니?

"넌 정말 잔인한 짓을 한 거야!"

가즈에는 복도에 웅크리고 앉아서 울고 있었습니다. 오가는 학생들이 호기심에 몰려와 우리를 바라보고는, 수군수군 속삭이면서 멀어져 갔습니다. 나는 가즈에에게 목도리를 돌려주었습니다. 가즈에는 목도리가 부끄러운 물건인 것처럼 등 뒤에 감췄습니다.

"저 녀석, 아직도 유리코와 함께 있잖아? 너 왜 거짓말을 하는 거니?"

"거짓말이 아니라 정말로 답장이 왔단 말이야."

"그럼, 다카시가 네 시에 대해서 뭐라고 했는데?"

"좋은 시라고 했어, 정말이야."

"그럼, 자기소개 편지는?"

"순박해서 좋았대."

"선생님이 리포트에 대해 쓴 감상문 같잖아!"

나는 화가 나서 고함을 쳤습니다. 가즈에의 빈곤한 상상력이란, 너무나 조잡스러워서 얘기가 되지 않을 정도였습니다. 좀 더 독창적인 거짓말을 해보란 말이야. 나는 달래듯 물었습니다.

"네 아버지가 뭐라고 하셨어?"

가즈에는 갑자기 입을 다물었습니다. 네, 그렇습니다. 그날부터 가즈에는 점점 더 망가지기 시작했습니다.

밤에 걸려온 전화

　그날 밤, 우리 집엔 세 통의 전화가 걸려왔습니다. 이상한 일이었습니다. 외할아버지가 아직 심부름센터를 하긴 했지만 보험 아주머니가 일거리를 직접 가져왔고, 내게는 전화를 거는 친구가 한 사람도 없었으니까요.

　첫 번째 전화는 외할아버지와 둘이서 〈태양을 향해 짖어라!〉를 보고 있을 때 걸려왔습니다. 전화벨 소리에 외할아버지는 황급히 일어나다가 고타쓰_{나무로 만든 상에 이불이나 담요 등을 덮은 일본의 온열기구}에 발이 걸려 넘어질 뻔했습니다. 나중에 안 것이지만, 외할아버지는 미쓰루 어머니의 연락을 기다리고 있었던 것입니다. 그러나 그런 것을 알 리 없는 나는 외할아버지가 당황해하는 모습을 보고 엉겁결에 웃고 말았습니다. 외할아버지는 가래가 엉킨 목소리로 "아, 여보세요?" 하고 전화를 받은 뒤 곧 부동자세가 되었습니다. 사기꾼이면서도 외할아버지에게는 마음이 여리고 정직한 구석이 있었습니다.

　"정말로 신세를 많이 지고 있습니다. 공부요? 아닙니다, 어림도 없지요. 공부를 하면 좋겠지만, 입을 벌리고 앉아서 멍하니 텔레비전만 보고 있습니다. 네, 그렇습니까? 우리 아이가 댁에 찾아간 적이 있다고요? 참으로 고마운 일입니다. 그래요, 국제전화까지 걸었다고요? 우리 아이가 아무 말도 하지 않아서 저는 몰랐습니다. 그것 참 폐를 많이 끼쳤군요."

외할아버지는 하지 않아도 될 쓸데없는 소리를 늘어놓은 다음, 몇 번씩이나 굽실대며 머리를 숙였습니다. 그 모습은 타인에게 필요 이상으로 비굴해지는 어머니와 꼭 닮았습니다. 생김새는 닮지 않더라도 인간의 근본은 똑같기 마련이라고, 나는 냉담한 기분으로 그런 외할아버지를 바라보고 있었습니다. 미쓰루 어머니와의 연애 사건 이후로, 나는 외할아버지에게도 마음을 닫아걸었던 것입니다. 이윽고 이마에 식은땀을 줄줄 흘리던 외할아버지가 나에게 수화기를 건네주었습니다.

"텔레비전을 보고 있다고? 여유만만이구나. 다음 주부터 시험이라던데?"

가즈에의 어머니였습니다. 물고기처럼 생긴 가즈에의 어머니. 나는 살풍경한 그 집을 떠올리면서 쌀쌀맞게 인사를 했습니다. "그런 것은 아무래도 좋으니, 용건만 빨리 밝히시죠."

가즈에 아버지의 숨죽인 목소리가 들렸습니다. 어머니 옆에서 안달나 있겠지요. 나는 성공했다고 생각했습니다. 내 작전에 보기 좋게 걸려든 불쌍한 가족. 어머니가 죽은 날 받았던 굴욕을 씻어낼 절호의 기회였습니다. 미쓰루의 대역에 불과했던 나. 가즈에와 사귀지 말라고 위협당했던 일. 국제전화 요금. 이런 것들은 깔끔하게 처리하지 않으면 안 됩니다. 가즈에 어머니는 머뭇거리며 나에게 물었습니다.

"요즘 우리 가즈에는 좀 어떠니?"

"어떠냐고 물으시면 답하기 곤란하죠. 저더러 가즈에와 만나지 말라고 말씀하셨기 때문에 잘 모르겠어요."

"어머, 그게 무슨 말이지? 나는 처음 듣는 얘기인데."

가즈에의 어머니가 곤혹스러운 목소리를 낸 순간, 아버지에게로 전화가 넘겨졌습니다. 여전히 단도직입적이고 고자세이고 오만했습니다.

"이봐, 가즈에가 기지마 다카시라는 남학생과 아직도 사귀고 있는지 좀 가르쳐줬으면 한다. 조용히 알아내려고 했는데, 내가 그만 고함을 쳐버렸거든. 아직 고등학교 1학년인데 너무 이르다, 남 보기에 창피한 짓을 해서는 안 된다고 말이야. 그랬더니 울기만 하고 입을 전혀 열지 않아. 혹시 가즈에가 상스러운 짓을 하고 다니는 것은 아니겠지?"

말꼬리가 노여움에 떨리고 있었습니다. 어쩌면 가즈에의 아버지는 다카시라는 존재를 질투하는 건지도 몰랐습니다. 이런 남자는 틀림없이 가즈에의 생활 전반에, 그것도 평생 동안 영향을 미치는 절대자로 군림하고 싶어 할 테니까요. 이럴 때, 내 머리에는 악마 같은 지혜가 하나 하나 솟아오르는 것이었습니다. 그래요, 나는 가즈에의 자립을 방해하기로 결심했던 것입니다.

"아니에요, 그럴 리가 있겠어요? 다른 학생들은 러브레터를 쓰거나 목도리를 짜거나 교문 뒤에 숨어서 남학생을 기다리기도 하지만 가즈에는 그런 상스러운 일은 하나도 하지 않아요. 아버님의 오해라고 생각합니다."

아버지는 원래 의심을 잘 하는 사람인지 좀처럼 납득을 하지 않았습니다.

"그럼, 그 요란한 목도리는 누구에게 주려고 뜬 거지? 아무리 다그쳐도 전혀 말을 하지 않는구나."

"자기 것이라고 하던데요."

"자기가 쓰려고 귀중한 시간을 쪼개서 뜨개질을 한단 말이야?"

"가즈에는 시간 활용을 잘 하니까요."

"반송된 편지는? 그건 완전히 러브레터던데?"

"현대 국어 수업에 창작 과정이 있어요. 아마 그 수업 시간에 쓴 걸 거예요."

"다카시라는 학생은 선생님의 아들이라면서?"

"네. 그러니까 창작을 위한 가공의 상대로는 나무랄 데가 없다고 판단한 거겠죠."

"창작?" 역시 아버지는 나의 터무니없는 설명을 좀처럼 믿으려고 하지 않았습니다. "그래도 부모 입장에서는 걱정이 되는 법이야. 이대로 가다가는 기말시험에 지장이 있을 테니까. 그 아이는 경제학부 지망생이라 절대로 성적이 떨어져서는 안 되거든."

"가즈에라면 문제없어요. 아버님을 존경한다고 늘 말했어요. 도쿄대 출신인 아버지처럼 살겠다고요. 가즈에는 반에서 인기도 많아요."

아버지는 내 말에 감격한 모양이었습니다.

"그래, 그래, 내가 항상 말하고 있거든. 대학만 가면 남자는 얼마든지 사귈 수 있다고. Q대생이 되면 마음대로 골라잡을 수 있지."

글쎄요, 정말 그럴까요? 나는 대학생이 된 가즈에의 변함없이 촌스럽고 바보 같은 행동을 상상하고 웃음을 터뜨릴 뻔했습니다. 노력을 믿는 부류의 사람들은 어째서 이토록 즐거운 일을 자꾸만 뒤로 미루는 것일까요? 이미 때가 늦어버릴지도 모르는데요. 그리고 어째서 남의 말을 그처럼 간단히 믿어버리는 것일까요?

"학생의 말을 듣고 안심했어. 그럼, 시험 잘 보도록 해. 앞으로도 가즈에랑 사이좋게 지내고."

어머, 요전에는 가정환경이 다르다고 만나지 말라고 했잖아요? 나의 분노는 아랑곳하지 않은 채, 안심한 가즈에의 아버지는 재빨리 전화를 끊어버렸습니다. 옆에서 듣고 계시던 외할아버지가 경박하게 자랑했습니다.

"나도 제대로 전화를 받았지? Q학원의 학부형은 조금도 무섭지 않아."

나는 무시하고 텔레비전 드라마를 다시 보았으나 중요한 장면은 벌써 끝난 뒤였습니다. 화가 나서 신문을 펼치는데, 또 전화벨이 울렸습니다. 다시 외할아버지가 재빨리 수화기를 집어 들더니 이번에는 즐거운 듯이 외쳤습니다.

"유리코냐, 오래간만이구나. 잘 있었느냐?"

나는 유리코와 더 대화를 나누고 싶어 하는 외할아버지에게서 수화기를 빼앗았습니다.

"왜 전화했니? 빨리 말해봐."

퉁명스러운 내 태도에 유리코는 높고 맑은 웃음소리를 냈습니다.

"친절하게 전화까지 해서 가르쳐주려고 했는데 여전히 심술궂네. 언니, 오늘 왜 다카시를 큰 소리로 불렀어? 깜짝 놀랐잖아."

"그것보다, 뭘 가르쳐주겠다는 거니?"

"다카시에 대한 것. 언니, 다카시를 좋아하고 있는 거야? 그렇다면, 괜히 헛다리짚지 마!"

"왜, 걔가 너를 좋아하니?"

"틀렸어. 그 애는 아무래도 동성애자 같아서 그래."

"동성애자!" 나는 정말 놀랐습니다. "그걸 어떻게 알았어?"

"글쎄, 그 애는 나를 조금도 갖고 싶어 하지 않으니까. 그럼, 안녕!"

어쩌면 저렇게 자신만만하고도 혐오스러운 말투를 쓰는지 모르겠어요. 화가 났지만 한편으론 납득이 간 나는, "역시" 하고 중얼거렸습니다. 나를 엿보던 외할아버지가 눈치를 보면서 끼어들었습니다.

"애야, 유리코의 전화를 너무 쌀쌀맞게 받지 말거라. 단둘뿐인 자매 아니냐?"

"유리코는 내 동생이 아니에요."

외할아버지는 뭔가 반박하려는 듯이 입술을 오므리더니, 내 불만스러운 얼굴을 보고 입을 다물었습니다.

"요즘 들어 너는 굉장히 무서워졌어. 내게도 쌀쌀맞고. 무슨 일 있었니?"

"무슨 일이 있어서가 아니라 모두 외할아버지 때문이에요. 미쓰루 어머니에게 돈을 몽땅 바치다니 너무해요. 불결하다고요. 요전에 미쓰루가 자기 어머니와 외할아버지와 나까지 네 사람이서 식사라도 같이 하자고 이상한 소리를 해서 미쓰루하고도 사이가 틀어져버렸어요. 유리코가 돌아온 순간부터 모두들 호색가가 돼버렸다고요. 정말 최악이에요!"

외할아버지는 몸이 오그라든 것처럼 주눅이 들어서 방구석에 늘어선 분재를 바라보았습니다. 이제 세 그루밖에 남지 않았습니다. 잣나무와 떡갈나무와 단풍. 그 세 개가 팔려 나가는 것도 시간 문제였습니다. 나는 그것도 마음에 들지 않았지요.

세 번째 전화벨이 울렸습니다. 의기소침해진 외할아버지가 움직이려고 하지 않아, 이번에는 내가 받았습니다. 쉰 듯한 여자 목소리가 다짜고짜 외할아버지의 이름을 불렀습니다.

"야스지 씨?"

미쓰루의 어머니였습니다. 나랑 얘기할 때는 개구리가 찌부러진 것 같은 일그러진 목소리로 상스럽게 떠들어대더니, 외할아버지의 이름은 마치 성모님처럼 우아하게 부르더군요. 나는 아무 대답도 하지 않은 채 외할아버지에게 수화기를 불쑥 내밀었습니다. 외할아버지의 얼굴이 순식간에 빨개지더니 내 손에서 수화기를 낚아챘습니다. 외할아버지는 약간 긴장한 채 얘기했습니다. "거기는 매화 필 때가 좋은 것 같더군요."
둘이 온천에라도 갈 계획인 모양이었습니다. 나는 고다쓰에 들어간 채
똑바로 누워서 곁눈질로 외할아버지를 관찰했습니다. 외할아버지는 내
시선을 느꼈는지 태연스레 행동했지만 목소리는 들떠 있었습니다.

"아뇨, 아직 안 자고 있었어요. 저는 늦게 잠드는 편이거든요. 당신은
뭘 하고 있었나요?"

두 사람의 대화에서 눈에 보이지 않는 끈적끈적한 액체가 흘러나오
는 느낌이 들었습니다. 외할아버지의 옆모습은 기쁨으로 빛나고 있었
습니다. 이 세상엔 억누르려고 해도 억누를 수 없는 기쁨 같은 것이 존
재하는 것일까요? 내가 평생 경험한 적이 없는 기쁨. 아니, 경험하고 싶
지도 않은 기쁨. 모두들 그 기쁨을 맛보려고 나에게서 도망쳐가는 것입
니다. 그래서 외롭냐고요? 설마요. 나는 내가 언제나 평상심을 유지한
다는 것을 자랑으로 생각하기 때문에 분노를 느끼는 것입니다. 동지라
고 생각했던 외할아버지의 행동은 나에 대한 배신이었습니다. 하지만,
하고 나는 생각했습니다. 곁에 없으면 외로울 것 같은 사람은 도망치지
못하게 하면 되고, 옆에 있어서 진절머리 나는 인간은 떠나도록 만들어
주면 되는 것입니다. 외할아버지와 미쓰루는 도망치게 해선 안 되는 사
람이고, 미쓰루의 어머니와 유리코는 더욱 멀리하고 싶은 사람이었습
니다.

그런데 가즈에는 어느 쪽에 들어갈까요? 어린애처럼 아버지를 좋아
하고, 노력이 통한다고 믿는 바보스러운 계집애. 그런 아둔한 여자애는
곁에 두고 괴롭혀야 한다는 것이 나의 결론이었습니다. 이미 가즈에는
존재 자체만으로도, 가혹하다고 해도 좋을 Q여고 생활에 지친 나와 친
구들에게 안성맞춤인 먹잇감이었으니까요.

이튿날 아침, 바보 같은 가즈에가 나에게 고맙다는 인사를 했습니다.

"어젯밤에 아버지에게 그 일을 끝까지 숨겨주어서 정말 고마워. 아버지가 화를 내서 난처했는데, 네 덕분에 그럭저럭 수습되었거든."

"아버지가 용서해주셨니?"

"응, 이제 괜찮아."

이로써 가즈에는 아버지의 주술에 묶인 것처럼 당분간은 도망칠 수 없을 것입니다. 어쩌면 평생토록. 그쪽이 더 재미있을 것입니다. 스스로 도망칠 절호의 기회를 만들어준 다음 내 손으로 그걸 파괴해 버린 나는 너무나 기뻐서 득의의 미소를 지었습니다. 그렇습니다. 가즈에를 보고 있으면, 어리석은 인간을 조종하는 신이 된 듯한 기분이 들었습니다.

내가 이렇게 가즈에를 괴롭혔기 때문에 가즈에가 이상해졌다고 생각하세요? 아니, 그렇지 않아요. 거듭 강조하지만 가즈에의 내부에 항상 존재했던, 아버지의 착한 딸로 남고 싶다, 좋은 학교에 다니는 것으로 세상으로부터 존경받고 싶다는 마음이 너무나도 유치하고 순박했던 겁니다. 이전에 가즈에는 현실 인식이 부족하다고 말한 것 같은데, 그 결핍이 결정적으로 가즈에를 이렇게 만든 거죠. 가즈에는 주변을 보지 않는 것만이 아니었습니다. 자기 자신도 보지 못했습니다. 사실 우리끼리니까 하는 얘기지만, 가즈에는 자신의 외모에 은근히 자신감을 갖고 있었습니다. 이것은 사실이에요. 나는 거울을 들여다보는 가즈에의 모습을 여러 차례 목격했었는데, 그때마다 가즈에는 거울 속 자신에게 웃어 보이며 황홀한 표정을 떠올렸거든요. 자아도취에 빠져 있었던 거죠.

가즈에도 가즈에의 아버지도, 자신과 비슷한 능력을 가진 사람이 무수히 많다는 사실을 절대로 인정하려고 하지 않았습니다. 또한 가즈에와 동등한 능력을 지닌, 혹은 능력은 다소 떨어지더라도 외모나 스타일이 가즈에보다 몇 배나 아름다운 여자가 가즈에보다 더 가치가 있다는 사실을 끝까지 인식하지 못했습니다. 거꾸로 말하자면, 무척이나 행복한 인생 아닙니까? 무엇이든 꿰뚫어보고 객관화해버리는 나와 비교해 보면 잘 알 수 있을 것입니다.

나와 미쓰루가 살아남기 위해서 각자 타고난 재능을 갈고닦으려고 노력하는 데 반해서, 가즈에는 자신을 너무나도 모르고 있었습니다. 자신을 모르는 여자는 타인의 가치관을 거울로 삼아서 살아갈 수밖에 없습니다. 하지만 도저히 세상에 자신을 적응시킬 수 없었던 것입니다. 그러니 언젠가는 필연적으로 망가질 수밖에 없었던 거죠.

내가 왜 웃느냐고요? 정말 우습잖아요? 그런 뻔한 이치를 가즈에가 몰랐다는 것이 너무 이상하기 때문입니다. 분명히 나는 가즈에에게 냉정했습니다. 괴롭혔습니다. 지금도 냉정합니다. 가즈에가 살해됐다고 들었을 때에도 특별히 아무 감정도 느끼지 못했습니다. 하지만 평생에 단 한 번 나는 가즈에에게 감사했던 적이 있습니다.

그것은 가즈에가 어떤 발견을 했기 때문입니다. 유리코와 다카시의 스토커가 된 가즈에가 두 사람의 베일에 싸인 방과 후 생활을 알아냈던 거죠. 어느 날, 가즈에는 나를 불러 세우고 이렇게 알려주었습니다.

"기지마는 네 동생을 계속 누군가에게 소개해주고 있었어. 그것도 언제나 대학의 체육 클럽 부장이나 부부장들에게만. 그렇게 해서 무슨 짓을 하고 있는가 봐. 난 이상해서 견딜 수가 없지만."

'순정과 전혀 관계없는' 아르바이트. 그것은 매춘임에 틀림없었습니다. 유리코는 남자를 좋아하고 다카시는 동성애자입니다. 그러므로 두 사람의 취미와 실익을 짜맞추면 지저분한 아르바이트라는 결론이 즉각 성립됩니다. 나의 직감은 날카로웠습니다. 나는 가즈에를 이용해 보고서를 작성하게 했고, 2년 후 마침내 기지마 부자와 유리코를 이 학교에서 쫓아내는 데 성공했던 것입니다. 그것은 이미 알고 계시겠지요.

　　그러고 보니 유리코의 수기에는 깜짝 놀랄 만한 일이 쓰여 있었습니다. 기억하고 계세요? 유리코와 존슨 사이에 남자아이가 있다는 것 말이에요. 소식통인 나조차 금시초문이었습니다. 벌써 고등학생이 되었겠지요. 그렇게 장성한 아들이 있었다니, 어처구니가 없습니다. 나는 어차피 그 수기가 진실인지 아닌지를 확인하러 가야 할 것입니다. 네, 꼭 확인하러 가야 합니다. 그게 사실이라면 유리코의 아들이 어떤 얼굴인지 내 눈으로 확인하지 않고는 마음이 놓이지 않을 테니까요. 내 어머니의 나약한 유전자와 스위스인 아버지의 방자한 유전자 사이에서 태어난 유리코와 앵글로 색슨인 존슨 사이에서 태어난 아이! 아아, 상상만 해도 가슴이 두근거립니다.

GROTESQUE

5장

살인자의 회한
—〈장제중의 진술서〉

매춘부 살인사건의
전말

재판장 당신은 중화인민공화국 사천성 보흥현 대선촌 출신, 1966년 2월 10일생인 장제중입니까?

피고인 네, 그렇습니다.

재판장 주소는 도쿄도 시부야구 마루야마초 4초메 5번지, 마토야 빌딩 404호, '드리머'의 종업원이 틀림없습니까?

피고인 틀림없습니다.

재판장 통역은 필요 없다고 들었습니다. 괜찮겠습니까?

피고인 네, 저는 일본어를 잘합니다. 괜찮습니다.

재판장 그렇다면 검찰관, 기소장을 낭독해 주십시오.

〈기소장〉

상기 피고 사건에 대하여 공소를 제기한다.

2000년 11월 1일

도쿄 지방 검찰청

검찰관 검사 노로 요시아키

도쿄 지방 재판소 귀중

국적: 중화인민공화국

주거: 도쿄도 시부야구 마루야마초 4초메 5번지, 마토야 빌딩 404호

직업: 호텔 종업원

생년월일: 1966년 2월 10일생

성명: 장제중

공소 사실 1

피고인은 신주쿠구 가부키초 소재의 중화요리점 '샹그리라香格里拉'의 점원으로 근무하던 지난 1999년 6월 5일 오전 3시경, 신주쿠구 오쿠보 5초메 12번지 '호프 하이츠' 아파트 205호실에서 히라타 유리코(당시 37세)의 목을 양손으로 졸라서 살해한 뒤, 그곳에 있던 피해자의 지갑에서 2만 엔을 빼내고, 피해자가 목에 착용하고 있던 18K 금목걸이(시가 7만 엔 상당)를 강탈했다.

공소 사실 2

또한 동 피고인은 2000년 4월 9일 오전 0시경, 시부야구 마루야마초 4초메 5번지의 미도리 장 아파트 103호실에서도 사토 가즈에(당시 39세)의 목을 양손으로 졸라 살해하고, 그곳에 있던 피해자의 지갑에서 4만엔을 강탈했다.

재판장 지금부터 검찰관이 낭독한 공소 사실에 대하여 심리하겠습니다. 그전에 미리 피고인에게 말해두겠습니다. 피고인은 묵비권을 행사할 권리가 있기 때문에 본 법정에서 답변을 거부할 수 있으며, 질문에 따라 대답하지 않을 수도 있습니다. 그러나 대답할 경우, 답변은 그 내용에 따라 피고인에게 유리하거나 불리하게 작용할 수 있으니 주의해주십시오. 이상을 전제로 하여 묻겠습니다. 검찰관이 낭독한 공소 사실에 대한 피고인의 의견은 어떻습니까?

피고인 저는 히라타 유리코를 살해한 것은 인정하지만 사토 가즈에는 죽이지 않았습니다.

재판장 공소 사실 1은 인정하지만, 공소 사실 2는 인정할 수 없다는 것입니까?

피고인 그렇습니다.

재판장 재물 강탈은요?

피고인 히라타의 돈과 목걸이는 훔쳤지만 사토의 것은 훔치지 않았습니다.

재판장 변호인의 의견은 어떻습니까?

변호인 피고인과 같습니다.

재판장 그러면 검찰관, 모두진술을 읽어주십시오.

〈검찰 측 모두冒頭진술 요지〉

—공소 사실 1에 대하여

제1. 피고인의 신상 경력 등

피고인은 1966년 2월 10일, 중화인민공화국 사천성에서 농부인 아버지 장샤오니우(당시 68세)와 어머니 장시우란(당시 61세)의 삼남으로 태어났다. 장형 안지(당시 42세), 차형 전더, 누이 메이화(당시 40세), 여동생 메이준 등 5남매였으나 차형 전더는 어렸을 때, 여동생 메이준은 1992년에 사고사했다. 12세에 마을 초등학교를 졸업한 뒤 가업인 농업을 도왔다.

피고인은 타향에서 돈을 벌기로 결심하고 1988년, 여동생 메이준과 함께 광동성 광주시로 열차를 타고 갔다. 광주 시내에서 일자리를 얻어 둘이 함께 일했으며 1991년, 광동성 심천시로 이주했다.

여동생 메이준은 1992년, 복건성에서 밀항선으로 우리나라에 불법 입국을 시도했으나 도중 익사했다. 피고인은 동년 2월 29일, 이시가키지마로 불법 입국했다. 그후 신분을 숨긴 채 빌딩 청소, 조리장 조수, 공사장 노동 등 다양한 직업을 전전하다가 1998년부터 신주쿠구의 선술집 '노미스케', 1999년부터는 신주쿠구의 '샹그리라'에서 일했다. 동년 7월에 무사시노시 기치조지혼초에 있는 러브호텔, '드리머'의 종업원으로 취직해 지금까지 일하고 있다. 피고인은 미혼이며, 주소지에서 중국 국적의 선이, 후앙, 드래곤 등과 살고 있었다.

피고인은 전기前記한 불법 입국으로 인해 2000년 6월 30일, 도쿄 지방재판소에서 징역 2년, 집행 유예 4년의 유죄 판결을 받은 바 있다(동년 7월 20일 확정).

제2, 피해자 히라타 유리코의 신상 경력 등

피해자 히라타 유리코(이하 '히라타'라 한다)는 현재 스위스의 슈미트 방적 회사에 근무 중인 아버지 얀 마하(스위스 국적)와 어머니 히라타 사치코의 차녀로, 1962년 5월 17일에 태어났다.

부모와 히라타는 1976년, 시나가와구 기타시나가와에서 스위스 베른 시로 이주했다. 동년 7월, 그곳에서 어머니가 사망하자 히라타는 아버지 얀과 헤어져 혼자 귀국했다. 장녀는 외할아버지와 함께 거주하고 있었고, 히라타는 미국인 지인 집에서 기숙하면서 Q학원 중등부에 편입했다. 히라타는 그 후 Q여고에 진학했으나 3학년 때 품행 불량으로 퇴학 처분을 받았다.

히라타는 고교 중퇴 후, 미국인 지인 집에서 나와 혼자 생활하면서 모델 클럽에 소속되어 광고나 잡지의 모델로 활동하다가, 1985년부터 롯폰기 '마로드'의 클럽 호스티스가 되었다. 1989년에 롯폰기의 '잔느'로 소속을 옮겼고 그 이후로도 여러 클럽을 전전했다. 히라타는 호스티스를 하면서 신주쿠, 시부야 등지에서 매춘을 시작했다.

제3, 범행 경위 등

피고인은 전술한 대로, 신주쿠구 가부키초의 음식점 '샹그리라'에서 웨이터로 일하고 있었으나, 시급이 낮고 가게에는 복건성 출신의 중국인들이 많았으므로 소외감이 강했다. "촌놈 주제에 상해 출신 행세를 하고 있다"며 동료들 사이에서 평판이 나빠, 이 업소에서 개인적인 교제는 거의 없었다.

또한 서빙을 할 때 음식을 손가락으로 집어 먹거나 병에 남은 맥주나 위스키 등을 페트병에 담아서 가져가는 장면도 여러 차례 목격되었으며 가게 주인에게 여러 번 주의를 받았다.

한편, 근무 태도는 성실하여 무단결근이나 지각을 한 적은 없었다. 본국에 송금한다는 이유로, 오후 10시 근무가 끝난 뒤에도 근처의 유흥업소 '후토모모코'의 쓰레기 처리나 타월 세탁 등을 하는 아르바이트를 했다. 아르바이트가 끝난 뒤에는 막차로 시부야구 마루야마초의 자기 집으로 귀가하기 위해 급히 뛰어가는 일이 많았다.

피고인은 '샹그리라'에서 정오부터 오후 10시까지 수요일을 제외하고 매일 근무했다. 시급 8백 엔 및 교통비 6천5백 엔을 지급받았으며 다른 유흥업소 아르바이트에서는 두 시간에 2천 엔을 받았다.

마루야마초의 마토야 빌딩 404호실의 월세는 1개월에 6만5천 엔이었으나, 동거하는 선이, 후앙, 드래곤 등 세 명으로부터 3만5천 엔씩 받아, 차액 4만 엔을 부수입으로 삼았다.

본국에 있는 부모의 집을 신축하기 위해 3백만 엔을 송금해야 한다고 동료들에게 늘 이야기했으나, 금팔찌를 차거나 백화점에서 5만 엔 상당의 가죽점퍼를 사는 등 화려한 복장과 값비싼 물건을 선호했다.

제4. 범행 상황

1999년 6월 4일 오후 10시경, '후토모모코'로 서둘러 가던 피고인은 가부키초 2초메 오쿠보 공원 앞에서 우산을 들고 서 있던 히라타를 보았다. 오쿠보 공원에 창녀가 서 있다는 것은 알고 있었지만 피고인인 히라타를 본 것은 그날이 처음이었다. 일본을 경유해 미국으로 건너갈 계획이던 피고인은 혼혈아인 히라타를 미국인이라고 착각해 흥미를 느꼈다.

히라타의 첫마디가 "당신은 잘생겼군요"였기 때문에 미국인이 아닌 것을 알고 낙담했으나, 칭찬을 들은 피고인은 관계를 맺어도 좋겠다고 생각했다. 그러나 멋대로 결근을 하면 해고를 당할까 봐 그저 손을 들고 웃기만 했을 뿐, '후토모모코'로 가서 평소대로 일했다.

피고인은 히라타의 존재가 마음에 걸려서 돌아갈 때도 오쿠보 공원 앞으로 지나가야겠다고 결심했다. 일을 마치고 오전 0시 5분경 오쿠보 공원 앞으로 가보니, 히라타는 여전히 빗속에 서 있었다.

히라타가 피고인을 향해 "당신을 기다리느라 몸이 차가워졌어요" 하고 기쁜 듯이 말을 걸었기 때문에 피고인은 히라타와 성교하고 싶은 욕구를 강하게 느꼈다.

히라타는 화대를 3만 엔이라고 했으나, 이때 피고인이 소지하고 있던 돈은 2만2천 엔 정도였으므로 피고인이 교섭을 단념하려고 했다. 그러나 히라타는 "1만5천 엔도 괜찮아요"라고 값을 깎아주었으므로 피고인은 히라타와 함께 부근의 호텔에서 투숙하기로 결심했다. 그런데 히라타가 "근처에 사용할 수 있는 방이 있어요" 하고 먼저 말을 꺼내, 피고인은 돈을 쓸데없이 쓰지 않아도 된 것에 안도하고, 히라타를 따라갔다.

도중에 히라타는 오쿠보의 편의점에 들러 캔 맥주 4개와 봉지에 든 땅콩, 팥빵 2개를 샀으며, 대금 1575엔은 히라타가 지불했다.

히라타가 안내한 방은 오쿠보 5초메의 호쿠신 신용조합 빌딩 뒤편에 있는 2층짜리 목조 맨션 '호프 하이츠'였다. 호프 하이츠는 1층에 다섯 개실, 2층에 다섯 개실이 있으며, 본건 현장인 205호실은 동 건물의 북쪽 끝부분이고, 바깥 계단으로 올라가서 제일 안쪽에 있다.

동실은 히라타 유리코의 명의로 1996년 12월 5일부터 월세 3만3천 엔에 계약되었으며, 월세는 매월 26일 히라타의 은행 계좌에서 인출되고 있었다. 히라타는 이 방을 매춘 목적으로 사용하고 있었던 것으로 보인다. 동실은 현관과 3평짜리 일본식 방 사이에 부엌과 세면대, 화장실 등이 있다. 가구는 거의 없으며 방에는 요와 이불이 개어져 있었다.

피고인과 히라타는 일본식 방에서 캔 맥주 2개씩 마신 뒤 성교를 했다. 그대로 잠을 자려고 한 피고인은 히라타로부터 빨리 돌아가라는 재촉을 받고, 전철이 끊긴데다 비도 내리고 있으니 그냥 자고 가게 해달라고 간청했으나 히라타에게 거절당했다.

거기에 히라타는 자신의 방을 사용한 대가로 최소 2만 엔은 받아야 하며, 편의점에서 산 맥주와 그 밖의 대금도 지불할 것을 강력히 요구했다. 이에 피고인은 그러려면 수중의 돈을 모두 털어야 하며, 빗속을 걸어서 시부야까지 돌아가는 것은 싫다고 히라타의 요구를 거절했다. 이를 두고 히라타가 심하게 비난하자 피고인은 갑자기 살의를 느껴서, 6월 5일 오전 3시경 목을 졸라 히라타를 살해한 뒤, 동실에서 오전 10시까지 잠을 잤다.

오전 10시경, 피고인은 히라타의 핸드백 속 지갑에서 2만 엔을 훔치고, 동녀가 목에 걸고 있던 18K 금목걸이(시가 7만 엔 상당)를 빼앗아 자신의 목에 걸고, 시체를 방치한 채 동실의 자물쇠를 걸지 않고 도주했다.

제5, 범행 후 상황

출근 시간인 정오보다 1시간 일찍 '샹그리라'에 도착한 피고인은 가게 주인에게 그날 안으로 퇴직하고 싶다고 전했다. 주인이 이를 승낙하지 않자, 피고인은 급료의 잔액 지불 등의 의논도 하지 않고, 가게 사물함에 넣어두었던 구두와 옷 등 개인 소지품을 종이봉투에 챙겨서 나와버렸다.

'샹그리라'에서 나온 피고인은 출근하던 동료 A와 만나 이야기를 나누었다. 피고인은 A에게 가게를 그만두었다는 사실을 털어놓고 야스쿠니 쪽으로 걸어갔다. 그때 A는 피고인의 가슴에 이전에 본 기억이 없는 금목걸이가 걸려 있는 것을 보고 그가 사치스럽다고 생각했다.

그 뒤, 피고인은 '샹그리라'를 나와 JR 야마테선을 타고 시부야역에서 하차하여, 걸어서 마루야마초 4초메의 마토야 빌딩 404호실로 돌아갔다.

피고인이 거주하고 있던 마토야 빌딩 404호실은 1998년 4월에 피고인이 밀항선에서 알게 된 첸이라는 남자가 빌린 것으로, 첸이 이사 간 뒤에는 피고인이 빌려 살고 있었다. 월세 3만3천 엔은 첸의 계좌에 피고인이 입금하는 형식으로 지불되고 있었다. 마토야 빌딩은 철근 4층짜리 건물로 엘리베이터는 없고 대지와 건물은 야마모토 후미가 소유하고 있다. 404호 실에는 세 평과 한 평 반 크기인 일본식 방 두 개와 부엌, 목욕탕이 있고 한 평 반짜리 방을 피고인이 혼자서 사용하고 있었다.

6월 5일 오전 0시경, 404호실에는 드래곤이라는 이름으로 자칭하는 남 자와 후앙이라 불리는 남자가 자고 있었다. 산이라고 자칭하던 남자는 신 고이와에 있는 슬롯머신 가게로 출근한 상태였다. 드래곤, 후앙, 선이 세 사람은 모두 피고인이 도쿄에서 알게 된 중국인들로 서로의 신원이나 직 업에 대해 전혀 알지 못했다.

드래곤과 후앙은 피고인이 돌아와서 소리를 내는 바람에 일어났고 어 느 틈엔가 외출했다. 동일 저녁에 피고인이 일어나자 선이가 돌아왔고 두 사람은 외출하여 시부야역 동쪽 입구에 있는 라면가게 '호류'에서 식사를 했다. 식사 후, 시부야 회관에 있는 볼링장에서 볼링을 친 뒤, 오후 11시경 에 방으로 돌아왔다.

며칠이 지나도 시체가 발견됐다는 뉴스가 나오지 않자, 피고인은 선이 에게 새 일자리를 부탁했다. 선이는 피고인에게 슬롯머신 가게 등을 소개 했으나 피고인이 시끄럽다는 것을 이유로 거절하여 다시 찾아보기로 약속 했다.

제6. 히라타의 시신 발견 및 그 이후 상황

히라타의 시신은 범행 열흘 후인 6월 15일, 옆방의 한국인 K가 이상한 냄새가 난다며 집주인에게 신고한 후, 집주인이 자물쇠가 잠겨 있지 않은 것을 깨닫고 205호의 문을 열었다가 발견되었다. 시체는 티셔츠만 입혀진 채, 머리 위에서부터 이불이 덮여져 있었다.

히라타의 시체는 부패가 진행되고 있었으나, 목 부위에 부정형의 압박
흔이 있었고, 경부 연부 조직, 갑상선 피막 아래에서 출혈이 확인되었다.

히라타의 시체가 발견되었다는 뉴스를 들은 피고인은 '샹그리라'에 미
청산 급료를 받으러 가는 것을 단념했고, 히라타에게서 갈취한 목걸이도
증거품이 될 거라고 생각하여 소지품인 여행 가방의 주머니에 감추었다.
또한 경제적 궁핍으로 인해 선이가 가져오는 일자리는 무엇이든 받아들이
기로 결심했다.

선이는 피고인에게 무사시노시 기치조지혼초 1초메에 있는 러브호텔
'드리머'의 청소 아르바이트를 소개했고, 피고인은 이를 받아들여 동년
7월부터 근무하기 시작했다.

〈검찰 측 모두진술 요지〉

—공소 사실 2에 대하여

제1. 피해자 사토 가즈에의 신상 경력 등

피해자 사토 가즈에(이하 '사토'라고 한다)는 G건설 주식회사에 근무하는
아버지 요시오와 어머니 사토코의 장녀로, 1961년 4월 4일에 태어났다.
사토가 초등학교 1학년 때, 일가는 사이타마현 오미야시에서 세타가야구
호쿠초야마로 이사했다. 사토는 그 고장의 초등학교과 중학교를 거쳐 Q여
자고등학교로 진학했고, 그 후 Q대학 경제학부에 입학했다.

사토가 대학 2학년에 재학 중일 때 부친이 병사하여 사토는 가정교사
나 학원 강사 아르바이트 등을 하며 학비를 조달했다.

1984년 3월 Q대학을 졸업한 사토는 그해 4월 아버지가 근무하던 G건설 주식회사에 입사했다. G건설은 업계에서 규모가 가장 큰 회사이고 'G 가족주의'라는 말이 생겨날 정도로 사원들의 결속력이 견고한 것으로 알려졌으며, 사원들의 자녀를 적극적으로 고용하고 있었다. 성적이 우수한 사토는 G건설이 설립된 이래 처음으로 여자 종합직에 고용된 선구자적인 존재로, 장래를 촉망받았다.

동사에서 사토는 종합연구소 조사실에 소속되었으며, 1995년 부실장으로 승진했다. 동 연구소는 건축업에서의 경제적 영향을 연구하거나 소프트웨어를 개발하는 부서로, 사토는 주로 고층 빌딩의 경제적 효율 등을 연구했다. 사토의 논문은 사내에서 높은 평가를 받았으며, 일하는 태도도 진지하고 한결같았다.

그러나 상사나 동료들과 술을 마시러 가는 일도 없고 사내에서 개인적인 교제가 없었기 때문에 사토의 퇴근 후 사생활은 알려지지 않았다. 사토는 미혼으로 어머니와 여동생과 함께 셋이서 생활했으며 부친이 사망한 후 사토가 주로 가계를 담당했다.

사토는 1990년 29세의 나이로 G건설 계열의 자회사인 공학연구소에 잠시 파견되었다. 그 무렵 거식증에 걸려 입원을 했으며, 고등학교 2학년 때도 거식증 진단을 받아 의사의 진찰을 받은 적이 있었다.

사토는 1991년 5월경부터 퇴근 후 클럽 호스티스 아르바이트를 시작했으며, 1994년경부터는 호텔 터키탕에서 일을 하고 1998년경부터 시부야 부근에서 매춘을 하게 되었다.

공소 사실 1의 피해자인 히라타 유리코와 본건의 피해자 사토는 같은 Q여고 출신이나 학년이 달라 재학 중에나 졸업 후에도 특별한 교우 관계는 없었다.

제2, 본건에 이르는 피고인의 생활 상황

공소 사실 1의 사건 후 '샹그리라'와 '후토모모코'를 그만둔 피고인은 무사시노시의 러브호텔 '드리머'의 종업원이 되었으나, 거주지는 변함없이 시부야구 마루야마초 4초메 5번지 마토야 빌딩 404호실이었다. 404호실에는 드래곤, 후앙, 선이 등 세 명의 동거자 외에 니우후, 아우라는 중국 국적의 사람이 시종 출입했다.

'드리머'에서 피고인은 화요일을 제외한, 매일 정오부터 오후 10시까지 근무했으며, 객실을 청소하고 시트와 타월 등을 세탁하는 것이 주요 업무였다.

1999년까지는 충실하게 근무하던 피고인이 2000년 1월경부터는 차츰 근무 태도가 나빠지고, 지각이나 조퇴, 결근이 눈에 띄게 많아졌다. 객실 청소는 2인 1조로 하는 일이기 때문에 피고인과 함께 일하던 이란 출신의 동료에게서 업무 교대에 지장이 있다는 불평이 터져 나왔다. 더구나 "빈 방에서 빈둥거리며 누워 있다", "비누나 샴푸, 타월 등을 집에 가져간다", "성인용 비디오를 보고 있다"라며 직장에서의 평판이 나빴다.

동년 2월 피고인이 '드리머' 근처의 초밥가게에서 기르던 고양이에게 호텔 창문으로 피임 도구를 던지는 것을 이웃사람이 목격하여 경영자는 피고인의 해고를 결심하게 되었다.

'드러머'에서의 시급은 750엔으로, 피고인은 한 달 평균 17만 엔 가량의 급료를 지급받고 있었다. 교통비가 지급되지 않아 '샹그리라'에서 일하던 때에 비해 수입이 줄어든 피고인은 동거인인 드래곤, 후앙, 선이로부터 각각 10만 엔, 4만 엔, 6만 엔을 빌렸다. 고향의 어머니가 입원하여 송금할 액수가 늘어났다는 것이 이유였다.

좁은 방에 니우후나 아우를 이따금 묵게 한 것도 니우후와 아우에게서 돈을 빌렸기 때문이었다. 그럼에도 불구하고 드래곤, 후앙, 선이에게도 방값으로 매달 3만5천 엔을 꼬박꼬박 받아냈기 때문에 세 사람과 피고인의 사이는 나날이 악화되어 갔다. 세 사람 가운데 비교적 사이가 좋았던 선이에게도 피고인은 '드러머'에서 근무하는 것에 대한 불만을 계속 늘어놓아서, 일자리를 소개한 선이의 비위를 상하게 했다.

2000년 3월 25일, 이 날이 피고인의 월급날이라는 것을 안 드래곤, 후앙, 선이 등이 빌려간 돈을 조급히 돌려달라고 독촉했다. 피고인은 각자에게 반액씩 갚겠다고 제안했으나 피고인이 자물쇠로 잠근 여행 가방 속에 현금 24만 엔을 숨기고 있는 것을 알고 있던 세 명은 이를 받아들이지 않았고, 피고인의 집세 차액 수입에 대해서도 명렬히 비난했다.

세 사람은 또한 빚 외에도 각자에게 10만 엔씩 지불하도록 요구했다. 심하게 닦달당한 피고인은 그 요구를 들어주지 않을 수 없게 되어, 급료와 숨겨두었던 돈으로 세 명에게 빚을 갚고, 집세 차액 분으로 5만 엔씩을 돌려주었다.

그 결과 피고인은 다음 월급날까지 6만 엔으로 생활해야 했으며 이로 인해 피고인과 드래곤, 후앙, 선이 사이는 악화되었다.

그 무렵, 첸이 피고인에게 마토야 빌딩 404호실을 4월 중에 비워달라고 요청했다. 그 요청은 1월부터 해왔으나 갈 곳이 없다는 피고인의 청으로 첸은 4월 말까지 기한을 연장하는 대신, 마토야 빌딩 북쪽에 인접해 있는 시부야구 마루야마초 4초메 5번지 미도리 장 103호실을 대체 물건으로 소개함으로써 방을 비워줄 것을 강요했다. 또한 첸이 그 소개료와 지금까지 베푼 사례금 명목으로 피고인에게 10만 엔을 요구함에 따라 피고인은 경제적 곤경에 직면하게 되었다.

한편, '드리머'의 이란 출신 동료는 피고인이 빚을 내서라도 돈을 모으려고 하는 진짜 이유가 "여권을 살 돈이 모이는 즉시 미국으로 떠날 생각"이라고 하는 말을 들었다.

제3. 미도리 장 103호실의 상황

피고인과 드래곤, 후앙, 선이 등이 살고 있던 시부야구 마루야마초 4초메 5번지 마토야 빌딩은 게이오 이노토선의 신센역 북쪽 출구 앞의 폭 4.7미터의 일방통행로에서 북쪽으로 100미터 떨어진 곳의 우측에 있는 4층짜리 철근 빌딩이다.

본건 현장인 동번지 소재의 미도리 장은 동빌딩의 북쪽에 인접해 있다. 미도리 장은 목조로 된 지하 1층, 지상 2층 규모로 상가 복합 건물이다. 두 건물 모두 야마모토 후미가 소유하고 있다.

미도리 장은 1, 2층에 각각 세 개의 방이 있으며, 본건 현장인 103호실은 일방통행로의 맞은편 서쪽 끝에 있다. 102호실은 빈 방이며 101실은 하라 키미오가 거주 중이었다. 건물의 서쪽에 2층으로 통하는 철제 바깥 계단이 있다. 지하 1층은 103호실의 바로 아래에 해당되며, '요리의 권위자'로 알려진 도코로 나나후쿠가 사용하고 있었다.

남쪽은 각 방의 출입구로 통하는 콘크리트 통로로 되어 있으며, 본건의 범행 현장인 103호실의 남쪽에는 통로로 통하는 출입문과 허리 높이의 창문이 있다. 동실의 남쪽은 부엌이고 안쪽은 3평짜리 일본식 방이며 현관과 방 사이에 화장실이 있다.

첸은 친척으로부터 야마모토 후미를 소개받고, 마토야 빌딩 404호실을 4만4천 엔에 빌려서, 다시 6만5천 엔을 받고 피고인에게 빌려주었다. 첸의 친척은 사이타마현 신자시에 개점한 중화요리점의 종업원을 입주하게 하기 위해 빨리 404호실을 비워달라고 첸에게 요청했다.

첸은 갈 곳이 없다고 호소하는 피고인을 위해 야마모토 후미에게 부탁하여 미도리 장 103호실을 빌릴 준비를 했고, 방을 보고 싶다는 피고인의 희망으로 2000년 1월 28일, 피고인에게 야마모토에게서 빌린 미도리 장 103호실의 열쇠를 건네주었다.

미도리 장 103호실은 1999년 8월 18일까지 가키다니 시즈가 거주하고 있었으나, 사망한 후에는 빈 방이 되어서 동년 9월에 가스, 동년 10월에는 전기 공급이 중지되었다.

동실의 열쇠는 한 개뿐이며 야마모토 후미가 이것을 소유하고 있었다. 1월 28일에 피고인이 빌릴 때까지 그 열쇠를 사용하여 동실을 이용한 자는 없었다.

제4. 피고인과 피해자의 관계

피고인은 1998년 11월경, 동거인 후앙으로부터 "길에서 만난 일본인 여성과 어둠 속에서 섹스를 하고 왔다"는 말을 들었다. 야위고 머리카락이 긴 여성이라는 말을 듣고, 때때로 이 근처에서 만나는 여성일 것이라 확신했다. 다음 달 중순경, 피고인은 귀가할 때 사토를 만났다.

후앙의 이야기를 떠올리며 사토를 보고 있는데 사토가 "놀고 가지 않을래요?"라고 말을 걸어와 피고인은 망설였다. 사토가 "방에 가도 괜찮아요?"라고 물어서 피고인은 "친구가 있어"라고 거절했으나 사토가 "몇 사람 있어요? 다 같이 해도 돼요"라고 말해서 피고인은 마토야 빌딩 404호로 사토를 데리고 왔다.

그때 동실에는 드래곤과 선이뿐이었으므로 피고인과 드래곤, 선이 등 세 명은 사토와 차례로 성교했다.

한편 피고인은 이듬해인 1999년 1월경, 후앙과 함께 걷던 중 시부야구 마루야마초의 길에서 사토를 스쳐 지나갔다. 피고인은 후앙에게 "네가 잔게 저 여자지?" 하고 물었다. 후앙이 고개를 끄덕이자, 피고인은 자신도 사토와 성교했다는 사실을 밝혔다. 후앙은 1998년 12월경에 피고인, 드래곤, 선이 등 세 명이 마토야 빌딩 404호실에서 사토와 관계를 가졌다는 것을 드래곤에게 들어서 알고 있었기 때문에 그 말을 했고, 피고인은 후앙에게 "사실 사토와는 1년쯤 전부터 알고 있었다"고 말했다.

제5, 범행 상황

2000년 4월 8일 토요일 오후 4시경, 사토는 행선지를 말하지 않고 자택에서 나왔다. 오후 6시, 이전부터 교제를 하던 회사원과 시부야역 하치동상 앞에서 만나 시부야구 마루야마초의 호텔로 들어갔고 그때 상대방에게서 4만 엔을 받았다. 오후 9시 직전 도겐자카 위에서 회사원과 헤어져 신센역 쪽으로 향했다.

동일, 피고인은 '드리머'에 출근하여 오후 10시에 야간반 직원과 근무를 교대했다. 피고인은 오후 10시 13분발 교오이노토선 시부야행 전철을 타고 귀갓길에 올라 오후 10시 40분경, 신센역에 도착하여 마토야 빌딩으로 향했다. 동역에서 마토야 빌딩까지는 도보로 2분 거리다.

피고인은 마토야 빌딩 부근에서 사토와 마주쳐 성교를 하려고 했다. 그러나 마토야 빌딩 404호실에는 드래곤, 선이, 후앙 등이 있었고, 그들과의 사이가 좋지 않았던 피고인은 사토와 함께 돌아가는 것을 꺼렸다. 앞서 말한 바 있듯 미도리 장 103호실의 열쇠를 소지하고 있던 피고인은 동실로 사토를 데리고 갔다. 피고인은 미도리 장 103호실에서 사토와 성교를 했다.

사토는 손님과 들어갔던 호텔에서 비치품이던 피임기구를 무단으로 들고와 소지하고 있었다. 그 가운데 하나인 호텔 '유리의 성'의 피임기구를 사용하여 피고인과 성교했고, 사용한 피임기구는 남쪽 통로에 버렸다.

피고인은 전술한 대로 경제적으로 힘든 상황에 있었기 때문에, 돌아갈 준비를 하기 시작한 사토에게서 금품을 갈취하고자 결심했다.

9일 오전 0시경, 사토가 코트를 입고 몸치장을 완전히 끝냈을 때, 피고인은 사토가 소지하고 있던 갈색 가죽 핸드백을 빼앗으려고 했다. 그러나 사토가 저항하자 사토의 안면을 구타한 후 목을 양손으로 압박하여 사토를 살해했다.

그 과정에서 사토의 핸드백에 달린 금도금 자물쇠가 부서져, 피고인은 핸드백 안에 들어 있던 지갑에서 적어도 4만 엔 이상의 현금을 탈취했으며, 사토의 시체를 방치하고 동실을 자물쇠로 잠그지 않은 채 마토야 빌딩 404호실로 도망쳐 돌아갔다.

4월 9일, 사토의 어머니 사토코는 지금까지 한 번도 무단으로 외박한 적이 없던 딸이 새벽이 되어도 귀가하지 않은 것을 걱정하고 있었다. 사토코는 4월 10일, 사토가 회사에 출근하지 않았다는 것을 알고 수색원을 제출했다.

제6, 범행 후의 상황

피고인은 다음 날 9일, 평소대로 '드리머'에 출근했다. 당일 퇴근길에 동료 두 명과 함께 이노토 공원에서 꽃구경을 하며 캔 맥주를 마시고, 오후 11시 반경, 이노토 공원 역에서 마토야 빌딩으로 돌아왔다.

다음 날 10일, 근무가 끝난 뒤, 피고인은 선이와 시부야역에서 만나 동쪽 입구의 라면가게 '호류'에 갔고, 그 뒤 시부야 회관에서 볼링을 친 다음, "미도리 장은 마토야 빌딩 404호실보다 좁기 때문에 이사를 가지 않겠다"는 말을 했다. 또 피고인은 "오사카로 일하러 갈 결심을 했다"고 말했다.

동월 11일, 휴무였던 피고인은 사이타마현 신자시로 가서 첸을 만났다. 피고인은 현금 10만 엔을 건네주면서, 미도리 장에는 이사를 가지 않겠다는 의사를 전함과 동시에, 미도리 장 103호실의 열쇠를 되돌려주었다.

첸은 그날 밤, 103호실 열쇠를 스기나미구에 거주하는 야마모토 후미의 집에 돌려주러 갔다. 야마모토는 그 열쇠를 미토야 빌딩과 미도리 장의 관리 회사를 경영하는 장남 야마모토 아키라에게 건네주었다.

제7. 시체 발견 상황

동년 4월 18일, 야마모토 아키라는 마토야 빌딩 1층에 있는 지인 집에 들러 미도리 장 103호실의 현관문이 잠긴 것을 확인하려고 했다. 동인이 동실 현관의 창을 보니 틈새가 벌어져 있고, 안방에서 자고 있는 사람의 상반신이 보여 첸의 친구나 첸의 가게 관계자인 중국인이 숙박하고 있는 것으로 생각했다.

야마모토 아키라가 큰 소리를 내며 현관문을 열어보니 문은 잠겨 있지 않았고, 현관 바닥에는 여성용 구두가 가지런히 놓여 있었다. 아키라는 자고 있는 사람이 여성이라고 생각해서 놀라게 하는 것은 좋지 않을 것 같아서, 방 안에서 이상한 냄새가 난다는 것을 깨달았음에도 더 이상 부르지 않고 밖에서 문을 잠그고 그곳을 떠났다. 미도리 장 103호실의 현관문은 열쇠를 사용하지 않아도 안쪽의 도어 버튼으로 잠글 수 있다.

동년 4월 19일, 야마모토 아키라는 미도리 장 103호실에 누워 있던 인물이 마음에 걸려서, 만일 아직도 동일인이 머물고 있다면 싫은 소리를 해야겠다고 마음먹고, 열쇠를 지참하여 동실로 다시 갔다. 이상한 냄새도 마음에 걸렸다.

창으로 들여다보니, 인물은 전날과 똑같은 자세로 누워 있었다. 야마모토 아키라는 현관문을 열고 실내로 들어가 사토의 시체를 발견했다.

사토의 시체는 목 부분에 압박흔이 있는 것 외에도 머리, 안면, 사지 등에 둔기로 맞아 생긴 것으로 보이는 찰과상, 타박상이 있었고, 경부 조직, 갑상선 피막 등에 실질적인 출혈이 있었다.

제8. 시체 발견 후 피고인의 행동 등

피고인은 동년 4월 19일 밤, '드리머'에서 마토야 빌딩 404호실로 돌아온 정황에 대해, 부근에서 탐문 수사를 하던 경찰관의 심문을 받았다.

드래곤, 후앙, 선이 등 세 명은 아직 직장에서 돌아오지 않았다. 거주지, 근무처 등에 대해 상세히 질문을 받은 피고인은 경찰관이 돌아간 뒤, 즉각 세 명에서 연락을 취하려 시도했다.

피고인은 시부야구 도겐자카의 '갈비하우스 BAN'에서 일하는 선이에게 휴대전화로 연락해, "경찰이 여러 명 찾아와서 모르는 여자의 사진을 보여주었다. 경찰이 다시 오겠다고 했으니, 집으로 돌아오면 불법 체류가 발각되어 체포당할지도 모른다"고 전했다.

이것을 들은 선이는 후앙의 근무처인 스기나미구 고엔지 남쪽의 '미라주 카페'에 전화를 걸어 집으로 돌아오지 말고 도주하는 것이 좋겠다고 전하려고 했으나, 후앙은 이미 근무를 끝내고 귀갓길에 오른 뒤였다. 신이는 신주쿠 가부키초 2초메의 '미란루'에서 근무하는 드래곤을 찾아가 상황을 전하고, 두 사람은 그날 밤 드래곤의 지인의 집에서 숙박했다.

후앙은 사건을 모른 채 마토야 빌딩으로 귀가하는 도중 경찰관의 심문을 받았고, 피해자의 사진을 본 뒤, 피해자를 본 적이 있다는 것과 미도리 장의 열쇠는 피고인이 소지하고 있었다는 것 등을 얘기했다.

한편 피고인은 동일 밤에 마토야 빌딩 404호실에서 나와 시부야구 도겐자카의 캡슐 호텔에 숙박했다. 다음 날인 20일에는 경찰관에게 근무처를 알려주었기 때문에 '드리머'에 가지 않고 종일 호텔에서 지냈다.

그다음 날인 21일, 피고인은 캡슐 호텔에서 사이타마현 신자시에 있는 첸의 집으로 가서 첸에게 범행일 전날인 4월 8일에 미도리 장 103호실의 열쇠를 반환했다. 그때 10만 엔의 현찰을 건네주었다고 경찰에 증언해줄 것을 부탁했다. 그러나 첸은 이미 경찰관으로부터 사정 청취를 당했기 때문에 이를 거부했다. 또한 첸은 경찰이 미도리 장 103호실의 열쇠를 소지하고 있던 피고인을 찾고 있으니 출두하는 것이 좋을 것이라고 권했으나 피고인은 이를 거부했다.

첸을 만나고 돌아오는 길에 돈이 궁해진 피고인은 직장을 그만두겠다는 것과 지금까지의 급료를 계산해달라는 것을 부탁할 생각으로 무사시노 시의 '드리머'에 갔다.

　　경영자의 통보로 경찰관이 '드리머'를 방문해서 사정 청취를 한 결과, 피고인의 불법 입국 및 불법 체류가 발각되었다. 피고인은 출입국관리법 및 난민인정법위반혐의에 의해서 동일 체포되었고, 상기 사실에 의해 동년 6월 30일 유죄 판결을 받았다.

　　그 후 히라타 유리코의 살해 현장인 '호프 하이츠' 205호실에서 채취된 지문이 피고인의 것과 일치했다는 것, 히라타의 금목걸이를 소지하고 있었다는 것 등으로 미루어 신중한 조사가 진행된 결과, 경찰은 히라타 사건과 사토 사건을 같은 범인의 소행으로 보고 동시에 기소했다.

태어날 때부터
정해진 운명

장제중 진술서 : '내가 저지른 나쁜 짓'

(원문은 중국어. 본 진술서는 경찰 내 도장에서 마네킹 인형을 사용한 범행 재현 실험이 행해진 뒤, 취조관의 권유로 쓴 것이다.)

형사 다카하시 선생님으로부터 제가 지금까지 살아왔던 과정이나, 행했던 나쁜 짓 등을 숨기지 말고 있는 그대로 쓰라는 권고를 받았습니다. 저는 무아몽중無我夢中, 어떤 일에 열중하여 자신을 잊음으로 살아왔기 때문에, 지난 생을 돌이켜 생각해본 적이 한 번도 없었습니다. 또한 먼 옛날의 일이라서 생각해낼 수 없게 된 것도, 슬픈 나머지 잊어버리려고 기억의 항아리 속에 봉인해 버린 것도, 너무 분해서 내동댕이쳐 버린 기억도 수없이 많습니다.

하지만 다카하시 선생님께서 주신 이 기회를 통해 꼭 저 자신에 대해서 써보고 싶다는 생각을 했습니다. 제 어리석은 삶의 방식과 돌이킬 수 없는 실패에 대해서도 말입니다. 그리고 저에게 사토 가즈에를 살해한 혐의가 있다고 들었습니다. 그 억울함에 대해서도 이 글을 통해 호소해 보고자 합니다.

중국인은 흔히 태어난 장소에 의해서 운명이 정해진다고 말하곤 하는데, 저는 그 말이 맞다고 생각합니다. 제가 사천성의 산속이 아니라 상해나 북경, 홍콩 같은 도시에서 태어나 자랐더라면, 제 인생은 보다 희망으로 가득 찬 밝은 것이 되었을 것이라고 확신합니다. 이국땅에서 이러한 어리석은 행위도 절대로 하지 않았을 것이라고 생각합니다.

제가 태어난 사천성도 그렇지만, 중국의 내륙부內陸部에는 총 인구의 거의 9할이 살고 있습니다. 하지만 경제적인 부는 중국 전체의 1할밖에 소유하지 못하고 있습니다. 그 반대가 상해나 광주 같은 연해부沿海部입니다. 연해부에 사는 사람들의 수는 중국 인구의 1할에 채 미치지 않는데도, 중국의 부의 9할을 손에 넣고 있습니다. 연해부와 내륙부의 경제 격차는 자꾸만 커져갈 뿐입니다.

우리 내륙부의 주민들은 자신의 손이 결코 닿을 수 없는 곳에 있는 지폐 냄새나 황금의 광채를 느끼며 이를 갈면서 살 수밖에 없었습니다. 좁쌀이나 피볏과의 한해살이풀를 먹고, 얼굴과 머리카락이 먼지투성이가 된 채로 밭에 매달려 살아야 했던 것입니다.

저는 어릴 때부터 부모님과 형제들이 "제중이는 마을에서 제일 머리가 좋다"고 하는 소리를 들으면서 자랐습니다. 이것은 자랑도 아무것도 아닙니다. 다만 제 상황을 알리기 위해서 말씀드리는 것뿐입니다. 분명히 저는 아이치고는 상당히 영리한 소년이었습니다. 읽기와 쓰기도 어느 틈엔가 스스로 깨쳤으며, 돈 계산도 금세 할 수 있었습니다. 저는 머리를 쓰는 일이 하고 싶어 상급 학교에 가서 좀 더 공부를 하고 싶었지만, 가난한 우리 집에선 저를 초등학교밖에 보낼 수가 없었습니다. 꿈이 이루어질 수 없다는 것을 알게 된 아이는 비뚤어진 나무뿌리처럼 마음속으로 어두운 시기나 추악한 질투를 키워가는 건지도 모릅니다. 저는 그런 환경에서 태어나고 자란 것이 제 운명이라고 생각하고 있습니다.

돈을 벌려고 외지로 나와서 광주나 심천에서 일을 했을 때는 원래 거기서 살던 사람들처럼 풍요롭게 살 만큼의 돈을 모으고 싶어 필사적이었습니다. 하지만 일본에 온 다음부터는 그런 생각도 자꾸 공허하게만 느껴졌습니다. 왜냐하면 일본의 풍요로움은 중국의 연해부 도시와 비교조차 되지 않기 때문입니다.

만일 제가 중국인이 아니라 일본인이었다면 지금 저의 괴로움은 존재하지 않았을 것입니다. 일본인은 세상에 태어날 때부터 맛있는 음식이 썩어나갈 정도로 쌓여 있고, 수도꼭지를 돌리면 안심하고 마실 수 있는 깨끗한 물이 콸콸 쏟아져 나오고, 목욕도 하고 싶으면 언제든지 할 수 있고, 이웃 도시나 마을에 갈 때도 걸어가거나 언제 올지도 모르는 버스를 기다리는 것이 아니라 3분 간격으로 오는 전철을 타면 되지 않습니까? 하고 싶은 만큼 공부할 수 있고, 자신이 원하는 직업을 가질 수 있으며 멋있는 양복을 입고 휴대전화나 자가용도 가질 수 있고 우수한 의료 혜택을 받으면서 즐거운 일생을 끝마칩니다. 지나치다고 하면 지나칠 정도로 심하게 차이 나는 이 나라의 모습에 저는 괴로움을 느꼈습니다.

그런데도 저는 질투와 선망을 느낀 자유와 경이의 나라, 일본에서 죄인의 몸이 되고 말았습니다. 이런 아이러니가 또 있겠습니까? 참으로 한심스러운 일입니다. 가난한 고향에서 제 소식을 일일여삼추—日如三秋의 심정으로 기다리고 계신 어머니에게 이 일이 알려지게 된다면, 저는 살아갈 수가 없을 것입니다.

경찰 취조관 여러분 및 재판장님께 부탁드리고 싶습니다. 히라타 유리코를 살해한 죄를 갚고 나면 부디 제가 태어난 고향으로 돌아갈 수 있게 해주십시오. 돌아갈 수만 있다면 전 척박한 땅을 경작하며 내 인생은 무엇이었던가, 나의 죄는 무엇이었던가를 생각하면서 생애를 마감할 것입니다. 부디 제게 관용을 베풀어주시기를 바랍니다. 삼가 엎드려 부탁드립니다.

〈황토지黃土地〉라는 영화를 보신 적이 있습니까? 저는 일본에서 알게 된 한 여자로부터 무척 좋은 영화니까 한번 보라는 권유를 받고, 그 영화를 비디오 대여점에서 빌려 그 사람과 함께 보았습니다. 그 여자는 돈을 벌기 위해 대만에서 왔는데 저에게 친절하게 대해주곤 했습니다.

그러나 영화가 시작되는 것과 동시에 저는 가슴이 답답해져서 앉아 있을 수도 서 있을 수도 없었습니다. 영화는 1937년 무렵의 설정이었지만, 무대가 된 고장의 모습과 인물들의 생활이 제가 태어난 고향과 너무나도 똑같았기 때문입니다. 우리 집은 60여 년 전의 이야기와 다를 바 없이 아직도 가난 속에서 벗어나지 못하고 있습니다. 그것이 쓰라리고 슬퍼서 참을 수가 없었던 것입니다.

영화 속 풍경은 혹독했습니다. 메마른 갈색 산에는 초목 한 그루도 자라지 않았습니다. 제 고향의 산들은 영화보다 더욱 험준하고 산꼭대기도 뾰족했지만, 사람이나 노새가 걸어가는 가느다란 길이 민둥산으로 연연히 이어져 있는 것은 똑같았습니다. 그래도 바위산에 뚫린 동굴을 이용해서 만든 우리 집보다 영화 속의 집이 훨씬 더 풍요로워 보였습니다. 저는 건축 자재로 지은 집에 동경심을 품고 있었고, 한 번이라도 좋으니 사람의 손으로 만들어진 집에서 살아보고 싶다고 생각했었기 때문입니다.

주인공 소녀와 마찬가지로, 저와 여동생은 편도로 3킬로미터 떨어진 강으로 물을 길러 가야만 했습니다. 한겨울에 물 긷는 고통은 도저히 말로 표현할 수 없습니다. 산의 능선에서 불어 닥치는 강한 바람에 흔들려 물통을 엎는 일은 다반사였습니다. 저와 여동생은 심한 동상 때문에 항상 손가락과 발가락이 짓물러 있었습니다.

"처참한 곳이군요. 저런 곳에 태어난다면 난 죽어버릴 거야."

그 여자가 그렇게 말했을 때 전 저도 모르게 비디오를 꺼버렸습니다. 그녀는 화를 내면서 제 손에서 비디오 리모컨을 빼앗아 다시 켰습니다.

"왜 끄는 거예요?"

그녀의 물음에 저는 대답을 할 수 없었습니다. 말해보았자 소용이 없을 것이라고 생각했기 때문입니다. 아마 그녀는 제 얼굴을 보고 우리 집의 지독한 가난을 알았을 것입니다. 경멸하는 표정으로 "당신은 형편없는 시골 사람이군요"라고 말했으니까요. 저는 잠자코 고개를 숙였습니다. 그래서 저는 상쾌하고 즐거운 할리우드 영화 외에는 잘 보지 않습니다.

지금까지 저는 언제나 바보 취급을 받아왔습니다. 우리 집은 마을 안에서도 특히 가난했고 집도 동굴이었기 때문에 마을 사람들에게 한층 더 천대를 받았습니다. 아버지에게 가난을 불러오는 귀신이 씌웠다는 소문을 퍼뜨리는 사람도 있었습니다. 결혼식이나 제사에 불려 가면 아버지는 얼굴도 들지 못한 채 말석에서도 맨 끝자리에 앉아 있어야 했습니다.

아버지는 하카客家, 중국의 광동성 동부에 사는 한족의 일파 출신으로, 어렸을 때 할아버지를 따라서 복건성의 화안현이라는 곳에서 사천성으로 옮겨와 이 마을 한 구석에서 살기 시작했다고 합니다. 마을 사람들이 한족인 데다 하카 출신은 한 사람도 없었으므로, 처음에는 집을 짓는 것도 허용하지 않아서 동굴 생활을 시작했던 것 같습니다.

할아버지는 점쟁이였습니다. 처음에는 꽤나 번성한 모양이지만 할아버지가 점을 치면 불길한 예언밖에 나오지 않는다며 찾는 사람이 줄어들기 시작했고, 차츰 손님이 줄어들면서 우리 집은 가난의 구렁텅이로 빠져들었습니다. 할아버지는 어느 누가 부탁을 해도 점을 치지 않게 되었으며, 집에서도 입을 다물어버렸습니다. 입을 열면 너나없이 모두가 경계하고 진심으로 점을 쳐도 결국 미움을 받았기 때문에 아무 말도 하고 싶지 않았을 것입니다.

이윽고 할아버지는 좀처럼 움직이지도 않게 되었고, 머리카락과 수염도 한껏 자라서 달마 대사처럼 보일 정도였습니다. 제가 기억하는 할아버지의 모습은 동굴 가장 안쪽의 어둠 속에 앉아 아무도 신경 쓰지 않은 채 살았다는 것 정도입니다. 식사 때면 어머니는 할아버지 앞에 밥공기를 놓아두었습니다. 그것이 어느 틈엔가 줄어들어 있는 것을 보고 할아버지가 살아 계시긴 하다는 것을 알았습니다. 할아버지가 돌아가셨을 때에도 처음 얼마 동안은 아무도 알아차리지 못했을 정도였습니다.

언젠가 집에 아무도 없을 때, 할아버지가 초등학생인 저에게 말을 걸어온 적이 있었습니다. 할아버지의 목소리를 들은 적은 거의 없기 때문에 저는 깜짝 놀라서 뒤를 돌아보았습니다. 할아버지는 안쪽의 어둠 속에서 눈을 커다랗게 뜨고 제게 이렇게 말했습니다.

"집에 살인자가 있다."

"할아버지, 지금 뭐라고 말씀하셨어요? 누가 살인자라는 거예요?"

제가 다시 물어보았지만 할아버지는 두 번 다시 아무 말씀도 하지 않았습니다. 영리하다느니, 요령이 좋다느니 하고 칭찬만 들었던 저는 반쯤은 돌아가신 상태인 것 같은 할아버지의 말을 믿지 않았습니다. 그리고 그 일은 곧 잊어버렸습니다.

우리 집은 단 한 마리의 야윈 소로 산 중턱에 있는 밭을 경작했습니

다. 양도 두 마리 있었는데, 작은형 전더가 양들을 돌봤습니다. 농작물
은 잡곡뿐이었습니다. 아버지와 어머니와 형들이 햇볕에 시커멓게 탄
채 이른 새벽부터 어두워질 때까지 일을 했으나, 가족 전원이 먹을 식
량을 그 밭에서 수확하는 것은 애초부터 무리였습니다. 몇 번인가 한발
가뭄을 맡고 있다는 귀신이 찾아오고, 일가족이 허기를 참아야 하는 날이 몇 개월
이나 계속된 적도 있습니다. 저는 어른이 되면 흰 쌀밥을 배가 터질 만
큼 실컷 먹을 거라고 진지하게 다짐했습니다.

그랬기 때문에 저는 철이 들었을 때부터 어른이 되면 이 집을 떠나
아직 가본 적이 없는 대도시로 일하러 가야겠다고 결심했습니다. 집은
큰형인 안지가 물려받게 될 것이고, 누이인 메이화는 열다섯 살에 이웃
마을로 시집을 갔습니다. 저와 작은형 전더, 그리고 막내 여동생 메이준
은 이 밭의 수확과 몇 마리의 양만으로는 먹고살 수가 없었던 것입니다.

저와 큰형 안지는 여덟 살 터울이 납니다. 작은형 전더와는 세 살 터
울입니다. 제가 열세 살 때, 큰 사건이 일어났습니다. 안지가 전더를 죽
인 것입니다. 저는 할아버지의 예언이 적중한 것에 놀라 여동생 메이준
을 끌어안고 떨었습니다.

말다툼이 벌어져서 큰형 안지가 전더를 때린 다음 확 밀쳐버리고 말
았습니다. 전더는 동굴의 바위에 머리를 부딪치더니 움직이지 않았습
니다. 경찰관이 조사하러 왔지만 아버지는 사실을 숨긴 채, 전더가 혼
자 뒤로 넘어져서 머리를 바위에 부딪친 것이라고 신고했습니다. 만일
안지에게 동생을 살해한 죄를 묻게 되면, 안지는 교도소에 가야 할 상
황이었습니다. 그렇게 되면 밭을 경작하는 일손이 줄게 되고, 형을 살
고 난 안지는 평생 독신으로 지내게 될 것이 뻔했습니다.

우리 마을에는 남자가 남아돌았습니다. 이웃 마을에서는 네 명의 남
자가 공동으로 한 명의 신부를 맞아들였다는 이야기조차 있을 정도였

습니다. 그 정도로 모두들 가난했습니다. 이때 형제 싸움의 원인도 색시 문제였습니다. 전더가 안지를 집요하게 놀려댔던 것입니다.

"형이 부인을 얻으면 좋겠다. 그럼 나하고 제중은 고생해서 색시를 얻지 않아도 될 테니까. 제발 빨리 얻어라."

이웃 마을의 예를 빗대서 빈정거린 것뿐이었지만, 가난한 안지에게 시집올 여자가 없다는 것은 온 동네에 소문이 났을 정도였기 때문에 안지로서는 더할 수 없이 화가 났을 것입니다. 고지식한 안지는 전더의 천박한 농담을 견딜 수 없었습니다. 전더는 마을의 젊은이들 가운데서도 게을러빠져서 누구도 상대해 주지 않는 애들하고만 어울려 다녔습니다.

"그런 바보 같은 농담은 하지 말란 말이야!"

평소에는 온화한 안지에게 그런 분노가 잠재해 있으리라고는 상상도 하지 못했습니다. 저는 인간이라는 존재는 알 수 없는 것이라는 사실을 뼈저리게 느꼈습니다. 물론 저 자신도 포함해서 말입니다. 안지는 전더를 죽인 뒤, 사람이 완전히 달라졌습니다. 할아버지와 마찬가지로 어느 누구하고도 말을 하지 않게 되어버렸습니다. 안지는 결혼도 하지 못한 채, 가족과 함께 마을에서 살고 있습니다.

제 가족은 저주를 받은 건지도 모릅니다. 격정에 사로잡힌 결과라고는 하지만 저와 형이 살인자가 되어버렸으니까요. 그 벌로 형은 평생 동안 고독과 궁핍을 감내하는 생활을 해야 하고, 저는 이국의 감옥에서 속죄하지 않으면 안 되게 되었습니다. 가장 사랑하던 여동생도 일본으로 오는 도중에 비명非命의 최후를 맞았습니다. 저에게는 이제 남아 있는 것이 아무것도 없습니다.

할아버지가 고향인 복건성을 떠나야 했던 것도, 지금 생각해보면 할아버지의 점이 지나치게 불길해서 사람들로부터 추방당했기 때문일 것입니다. 할아버지에게는 틀림없이 우리 가족의 어두운 미래가 보였겠지요. 그래서 동굴 한 구석에서 말하지 않는 장식품이 되어서 죽은 것입니다.

그렇지만 할아버지가 하다못해 "살인자는 바로 너다. 장차 조심해라"라고 충고만 해주었더라면 저는 조심하면서 주의 깊게 살았을 것입니다. 일본에도 오지 않았을 것이라고 생각합니다. 그랬으면 히라타 유리코와 만나지도 않았을 것이고, 여동생도 죽지 않았을 것이고, 사토의 살해 혐의도 받지 않고, 고향에 있는 공장에 취직해서 1위안밖에 안 되는 일당에도 만족하고 살다가 일생을 끝마쳤겠지요. 제 어리석은 일생을 생각하면 슬퍼서 견딜 수가 없습니다.

히라타에게도 미안해서 뭐라고 사과를 해야 좋을지 모르겠습니다. 제 하잘것없는 목숨이라도 좋다면 언제라도 바치고 싶습니다.

그러나 겨우 열세 살인 제가 그런 미래를 상상할 수 있을 리가 없었습니다. 당시에는 안지가 어떻게 그런 끔찍한 일을 저질렀을까 하고 가라앉힐 수 없는 분노에 사로잡혀 있을 뿐이었습니다. 부모님의 한탄, 마을 사람들의 매정한 소문, 그런 것들을 생각하면 가만히 있을 수가 없어서 안지를 비난한 적도 있었습니다. 하지만 인간의 감정이라는 것은 참 이상합니다. 마음속으로는 안지를 깊이 동정하고 있었거든요.

무리도 아니었습니다. 작은형 전더는 분명히 저도 무척 싫어하는 어떤 성질을 갖고 있었습니다. 전더는 놀기를 좋아하고, 여자에게 무르고, 아버지가 버는 잔돈푼을 훔쳐서 술이나 마시는 변변치 못한 사내였습니다. 양을 상대로 수간하는 것을 마을 사람이 목격해서 아버지가 망신을 당한 일도 있습니다.

솔직하게 말씀드리자면 저는 집안의 망신거리인 전더가 죽고, 아버지의 밭을 물려받을 안지가 교도소에 가지 않고 무사히 위기를 넘겼단 사실에 안도하고 있었습니다. 안지가 교도소에 들어가 버리면 밭은 제가 물려받지 않으면 안 됩니다. 그것은 고맙기는 하지만 사실은 난처한 일이었습니다. 몇 평 안 되는 땅에 얽매여서 문명이 무엇인지도 모른 채 평생 가난하게 살아야 하기 때문입니다.

중국 내륙부의 가난한 농민들에게도 꼭 한 가지 좋은 점이 있었습니다. 그것은 자유입니다. 아무도 관심 갖지 않는 사람들은 자유만은 손에 넣을 수 있습니다. 어디를 가든, 무엇을 하든, 어디서 객사를 하든 자기 마음대로인 자유. 저는 그때 이미 도시로 나가는 것밖에 생각하지 않았습니다.

형의 사건 이후, 저는 전더의 뒤를 이어서 양을 몰고 다니라는 아버지의 지시를 받았습니다. 그러나 열여덟 살이 되었을 때, 근처에 생긴 밀짚모자와 밀짚 베개를 만드는 공장에서 일을 하게 되었습니다. 어머니가 위장병에 걸려서 치료비를 마련하기 위해 양을 팔아버렸기 때문입니다. 밀짚 부스러기를 온통 둘러써야 하는 공장 근무는 양치기나 농업보다 편하기는 했지만, 임금이 짜서 하루에 단돈 1위안밖에 벌지 못했습니다. 그러나 그 벌이도 현금 수입이 없는 우리 집으로서는 귀중한 돈이었습니다.

그 무렵부터 공장 근처에 사는 농가의 차남과 삼남은 모두 연해부의 도시로 돈을 벌러 나가게 되었습니다. 가족 전원이 먹고 살기에는 경지 면적이 모자라서, 농촌에서는 압도적으로 노동력이 남아돌았습니다. 젊은 남자들은 일자리도 결혼 상대도 없기 때문에 전더처럼 마을에서 빈둥거리면서 소소한 나쁜 짓만 저지르곤 했습니다.

제 어렸을 적 친구인 지안펑이라는 녀석도 나중에 경제 특구가 된 광동성의 주해라는 도시로 돈을 벌러 떠났습니다. 그 친구가 하는 일은 공장 건축 현장에서 시멘트를 섞거나 재목을 운반하는 것이었지만, 지안핑의 집은 그가 보내는 풍족한 돈으로 텔레비전이나 오토바이를 사면서 사치스럽게 살고 있었습니다. 그것이 부러워 견딜 수가 없었던 저는 언젠가 돈벌이를 위해 떠나야겠다고 결심하게 됐습니다. 지안핑이 저에게 보낸 편지에는 아가씨와 데이트를 하고 영화를 보았다든가, 처음으로 레스토랑에서 햄버거를 먹었다든가 하는 꿈같은 이야기가 빽빽이 적혀 있었으니까요.

저는 한시라도 빨리 도시로 나가고 싶어서 견딜 수가 없었지만 하루 1위안이라는 벌이로는 멀리 가는 기차 요금도 마련할 수 없었습니다. 저금을 하기 시작했으나 기차 요금은 도저히 가망이 없어서 빚이라도 얻지 않는 한 무리였습니다. 그러나 마을에는 돈을 빌릴 수 있는 상대도 없었습니다. 어떻게든 돈을 마련해 지안핑처럼 연해부의 도시로 돈을 벌러 떠나는 것은 저의 유일무이한 꿈이 되었습니다.

1988년, 천안문 사건이 일어나기 한 해 전의 일이었습니다. 갑자기 지안핑이 죽었다는 소식이 마을에 전해졌습니다. 지안핑은 주해시에서 바다 건너에 있는 마카오로 밀입국하려다 바다에 빠져 죽었습니다. 그 사실을 알려준 사람의 편지에는 지안핑이 머리 위에 옷과 돈을 끈으로 단단히 묶은 다음, 날이 저물기를 기다렸다가 주해시 교외로부터 마카오 반도를 향해 헤엄쳐 갔다고 적혀 있었다고 합니다.

시커먼 바다를 몇 킬로미터씩이나 헤엄쳐서 밀입국을 하다니, 일본인에게는 도저히 상상도 하지 못할 만용으로 보일 것입니다. 하지만 저는 지안핑의 심정을 뼈아플 정도로 이해할 수 있었습니다.

주해와 마카오는 지연地緣 관계에 있습니다. 주해의 길거리에서는 마카오의 길거리가 보입니다. 같은 민족이 사는 다른 나라가 펼쳐져 있는 것입니다. 거기에는 카지노가 있어서 돈이 흘러넘치고, 돈만 있으면 어디든지 갈 수가 있고, 이 세상의 온갖 자유가 있는데도, 국경에는 경비병이 보초를 서고 있으며 높은 담엔 고압 전류가 흐르고 있다고 합니다. 얼마나 잔혹한 일입니까?

만일 붙잡히면 교도소행이 틀림없습니다. 교도소의 비참한 상황에 대해서는 저도 들은 적이 있었습니다. 바퀴벌레가 기어 다니는 좁은 방에 갇혀서, 동물처럼 똥으로 범벅된 화장실을 차지하기 위해 쟁탈전을 벌이는 생활을 한다는 것입니다.

하지만 바다에는 높은 담이 존재하지 않습니다. 자유를 차단하는 것이 파도밖에 없다면, 저도 헤엄을 쳐서 마카오로, 아니 홍콩까지 가려고 했을 것입니다.

중국인은 태어난 장소에 의해서 운명이 정해집니다. 정말 그렇습니다. 지안핑은 목숨을 걸고 정해진 운명을 바꾸려고 했던 것입니다. 이 사건이 제 마음을 바꾸었습니다. 지안핑 대신에 제가 바다 건너 쪽의 자유로운 나라, 돈을 얼마든지 벌 수 있는 나라로 가겠다고 저는 결심했습니다.

그해 말에 여동생인 메이준에게 혼담이 들어왔습니다. 가난한 우리집 입장에서는 조건이 좋은 혼담이었습니다. 상대방은 같은 마을에 사는 남자였는데 우리 집보다는 돈이 있는 농가였습니다. 다만 나이 차이가 많이 났습니다. 메이준은 열아홉 살인데, 상대방은 서른여덟 살이나 되었습니다. 마치 해방 이전의 이야기 같지만 사실입니다. 상대방 남자는 키가 작고 못생긴 사람이었습니다. 그래서 서른여덟 살이 될 때까지 시집을 처녀가 없었던 것입니다. 저는 메이준에게 물었습니다.

"너 시집갈 거지? 지금보다는 유복한 생활을 할 수 있을 테니까."

메이준은 즉각 고개를 흔들었습니다.

"절대로 안 갈 거야. 난 그렇게 못생긴 원숭이 같은 사람은 너무 싫어. 키도 작고, 우리 집보다 돈이 조금 많다고 해서 무시하고 있잖아. 설사 시집을 간다 해도 할 일은 밭을 경작하는 것뿐이야. 나는 언니처럼 폭삭 늙고 싶지 않아."

저는 무리도 아니라고 생각하면서 메이준을 보았습니다. 제 누나는 저보다 여섯 살 위인데, 시집을 간 곳이 우리 집과 비슷할 정도로 가난한 데다 차례차례로 아이가 생기자, 노파처럼 완전히 쭈그러들어 버렸습니다.

그에 반해 메이준은 형제라도 반할 정도로 귀여운 처녀였습니다. 얼굴이 통통하고 코는 가늘고 몸매도 날씬하여 화려함이 감도는 미인이었습니다. 사천성은 본래 미인의 고장으로 알려져 있습니다. 사천성의 처녀는 어느 도시에 가도 환영을 받는다고 들었습니다. 제 동생은 떠돌이의 핏줄이지만, 주변의 어느 집 처녀보다도 훨씬 아름답고 의지가 강했습니다.

"나는 오빠 같은 사람이 나타나면 시집갈 거야." 메이준은 진지한 표정으로 중얼거렸습니다. "지안핑네 집의 텔레비전을 보았는데, 오빠라면 어떤 배우한테도 뒤지지 않을 것 같아."

자기 자랑을 하는 것 같아서 창피하지만, 저 자신이 미남 부류에 들어간다고 생각한 적이 실은 없지 않았습니다. 그러나 좁은 마을 안에서의 일이고, 도시에 나가면 저보다 잘생긴 남자가 얼마든지 있을 것이라고 생각했습니다. 하지만 이때 동생의 말로 확실히 자신감을 느끼게 되었습니다. 일본에 오고 나서도 저는 '가시와바라 다카시_{영화 〈러브레터〉 등에 출연했던 배우}'라는 배우와 닮았다는 소리를 자주 듣곤 했습니다. 메이준은 은근히 기분이 좋아진 저를 보더니 이렇게 말했습니다.

"오빠, 우리 남매는 얼굴이나 체형이 모두 좋으니까 둘이 텔레비전이나 영화에 출연해서 부자가 되자. 이런 시골에 처박혀 있다가는 그런 기회도 오지 않을 거야. 이대로라면 차라리 죽는 편이 낫겠어. 오빠, 우리 같이 광주로 가자."

메이준은 동굴 속에 자리 잡은 우리 집을 둘러보았습니다. 어둡고 춥고 언제나 습기가 찬 집. 밖에서 조의 씨 뿌릴 시기를 의논하는 큰형 안지와 어머니의 음울한 목소리가 들려왔습니다. 아아, 죽도록 싫다, 이런 곳은. 저는 안지의 목소리에 귀를 막았습니다. 메이준도 같은 생각이 들었던 모양인지, 제 손을 잡고 부추겼습니다.

"그러니까 오빠, 우리 둘이 나가서 콘크리트로 지은 집에서 살자. 수도가 있어 물을 길어오지 않아도 되고, 전선은 벽 속에서 연결되고 화장실과 욕실도 있는 따뜻한 집에서 텔레비전과 냉장고와 세탁기도 사서 즐겁게 살자고."

우리 집에 전기가 들어온 것은 불과 2년 전의 일이었습니다. 그것도 훔친 전선으로 제가 가까운 전신주에서 멋대로 전기를 끌어온 것입니다.

"나도 가고 싶어. 하지만 돈이 없으니까 우선 저축을 해야지."

메이준은 어이없다는 듯 제 얼굴을 보았습니다.

"무슨 소리야? 오빠가 돈을 모을 때쯤이면 나는 할머니가 되어 있을 거야. 그리고 우물쭈물하고 있다가는 기차 요금도 오를 텐데?"

그 소문은 곳곳에서 들렸습니다. 이듬해 구정이 지나면 기차 요금이 인상된다는 것입니다. 무슨 일이 있어도 그 전에 마을을 떠나고 싶은 마음이 굴뚝같았지만, 두 사람 분의 기차 요금을 어떻게 마련해야 할지 아무리 궁리해도 뾰족한 수가 없었습니다. 메이준이 속삭였습니다.

"오빠, 결혼을 하겠다고 하면, 그 사람이 결납금結納金, 약혼 선물로 주는 돈을 가져올 거야. 그 돈을 쓰면 어떨까?"

당치도 않은 얘기였지만, 둘이 마을에서 탈출하려면 그 방법밖에 없었습니다. 저는 마지못해 승낙을 했습니다.

여동생이 결혼을 승낙했다는 얘기를 듣고, 상대방은 뛸 듯이 기뻐하면서 그동안 모은 돈을 가지고 왔습니다. 전부 500위안이었습니다. 우리 집의 연간 수입보다 더 많은 금액이었습니다. 저와 동생이 아버지가 기뻐하면서 장롱에 넣어둔 그 돈을 쉽게 훔쳐내, 마을을 뒤로한 것은 음력 정월이 지난 다음이었습니다. 우리는 사람들의 눈을 피해 새벽 첫차를 타려고 해가 뜨기도 전에 마을 밖 정류장으로 서둘러 갔습니다.

그런데 버스가 만원인 것이 아닙니까? 모두 기차 요금이 인상된다는 소문을 듣고 황급히 앞 다투어 도시로 가려고 했던 것입니다. 저와 동생은 겨우 버스를 타고, 무거운 짐을 든 채 이틀 낮밤을 꼬박 서 있어야만 했습니다. 하지만 이 정도 고생으로 꿈에 그리던 광주에 갈 수만 있다면 다행이라고, 저는 동생을 격려하면서 웃어 보였습니다. 가까스로 버스가 종점인 시골 역에 도착했을 무렵, 진눈깨비가 내리고 있었습니다. 지칠 대로 지친 저는 비를 피할 장소가 없을까 해서 밖을 내다보고는 깜짝 놀란 나머지 동생의 손을 꽉 움켜잡았습니다.

역 앞에 수많은 사람들이 비에 젖은 땅바닥에 주저앉아 있었습니다. 그 수가 수천 명은 되어 보였습니다. 빗속에서 젊은 남녀가 옷을 잔뜩 껴입어 뚱뚱해진 몸으로 가마솥이나 의류를 쑤셔 넣은 비닐 포대를 마치 보물단지처럼 들고 오로지 열차가 도착하기만을 기다리고 있는 것이 보였습니다. 이 상태라면 두 집밖에 없는 여관도 초만원일 터였습니다. 가게도 없는 한산한 역 앞에는 사람들밖에 보이지 않았습니다. 비에 흠뻑 젖은 사람들이 내쉬는 숨과 열기로 하얀 수증기가 뭉게뭉게 피어오르고 있었습니다.

더구나 종착역에는 우리가 타고 온 버스만 있는 것이 아니었습니다. 차례차례로 만원 승객들을 태운 버스가 들어오는 것이었습니다. 우리 마을보다 더 먼 오지에서, 우리와 똑같이 가난한 농민들을 싣고 왔습니다. 사람들이 자꾸만 늘어났습니다. 버스에서 내린 농민들은 역전 근처엔 가지도 못하고 그 주변에서 서로 밀고 당기고 있었습니다. 여기저기에서 말다툼과 소동이 벌어져서 공안이 달려왔으나, 어떻게 할 도리가 없었습니다.

이래서는 기차를 타기는커녕 차표도 살 수 없을지도 몰라, 저는 망연자실해 있었습니다. 결납금을 훔쳐 떠나온 이상 마을에는 두 번 다시 돌아갈 수가 없었습니다. 콧대가 센 메이준도 기가 죽었는지 울상이 되었습니다.

"어떻게 하면 좋지? 이러다가는 기차에 탈 때까지 일주일도 더 걸릴 거야. 그동안 사람들은 더욱 늘어날 거고 기차 요금도 오를 거야."

"어떻게든 해볼게."

동생을 위로하면서 저는 될 수 있는 대로 역에 가까이 선 사람들 속으로 제 몸을 우격다짐으로 밀어 넣었습니다. 당연히 "줄을 서!", "뒤로 가!" 하는 고함이 터져 나왔지만 저는 소리가 나는 쪽을 노려볼 뿐이었습니다. 개중에는 불량스러운 자도 끼여 있어서 싸움이 벌어질 뻔했으나, 동생이 남자들에게 애처로운 목소리로 애원했습니다.

"몸이 아파서 죽을 것만 같아요."

남자들은 하는 수 없이 약 15센티미터 정도 되는 공간을 비워주었습니다. 저는 그곳에 우선 다리를 밀어 넣었습니다. 젖은 땅바닥에 가마솥을 내려놓고 그럭저럭 주저앉는 데 성공하자, 여동생을 무릎 위에 앉혔습니다. 여동생은 제 어깨에 얼굴을 파묻고 자못 몸이 아픈 것처럼 축 늘어져 있었습니다. 우리는 틀림없이 서로를 돌보는 사이좋은 부부로 보였을 것입니다. 하지만 저와 여동생은 심장이 터질 정도로 마음이 초조해서, 아무것도 생각할 수 없을 정도로 흥분해 있었습니다. 그러나 무작정 열차를 기다리는 것 외엔 다른 방법이 없었습니다. 주위의 상황을 둘러본 여동생이 저에게 속삭였습니다.

"오빠, 여기에 줄을 서 있는 사람들은 모두 차표를 갖고 있어. 차표를 사야 하는 게 아닐까?"

차표를 파는 곳은 벌써 봉쇄되어 있었습니다. 저는 동생의 어깨를 누르며 그 말을 가로막았습니다. 이 정도로 혼잡하다면 차표 같은 것은 살 필요가 없을 테니까요. 그보다는 목숨이 붙어 있느냐 없느냐, 타인에게 절대로 밀리지 않겠다는 의지가 계속되느냐 안 되느냐가 문제였습니다. 저는 사람들을 밀어내고서라도 기차에 꼭 타겠다고 결심을 굳혔습니다.

기다리기를 6시간. 그러는 동안에도 농촌에서 올라온 구직자들은 점점 더 불어났습니다. 단선인 시골 역에 1만 명 이상의 사람들이 모여 있었으니, 전원이 기차에 탈 수 없는 것은 자명한 이치였습니다. 더구나 다른 역에서도 같은 수의 사람들이 기차를 기다리고 있을 것입니다. 개중에는 기차 타는 것을 포기하고 돌아가는 사람들도 있었습니다만, 대부분의 농민들은 저와 마찬가지로 자신들만은 무슨 일이 있어도 기차를 타겠다고 눈에 핏발을 세우고 있었습니다.

이윽고 "기차가 온다!" 하는 외침이 어디에선가 들려왔습니다. 땅바닥에 앉아 있던 농민들은 술렁거리며 일제히 일어섰습니다. 역 측에서는 한꺼번에 밀어닥칠 사람들이 두려워 벌써부터 개찰을 중지하고 있었습니다. 수십 명의 공안들이 플랫폼 주위를 경비하고 있었지만, 우리는 총도 무서워하지 않고 조금씩 조금씩 플랫폼으로 밀고 들어갔습니다.

거대한 인간 울타리에 밀려난 공안들의 얼굴이 차츰 경직되면서, 엉덩이를 뒤로 빼는 것을 알 수 있었습니다. 기차가 느릿느릿 플랫폼으로 들어왔습니다. 흥분한 군중들 사이에서 커다란 한숨이 새어 나왔습니다. 초콜릿 색의 열차 창이 새하얗게 흐려 있어서 안을 전혀 들여다 볼수 없었기 때문입니다. 승강구에는 사람들의 팔이나 다리, 짐 등이 삐져나와 있었습니다. 기차는 이미 초만원이었던 것입니다.

"이 상황에선 아무리 기다려보았자 이 역을 떠날 수 없어. 무슨 일이 있더라도 이 손을 놓아서는 안 돼. 죽어도 이 기차를 타는 거야."

저는 여동생의 손을 힘껏 붙잡았습니다. 둘이서 짐을 몸 앞에 끌어안고 전력을 다해 사람들 사이를 비집고 앞으로 나갔습니다. 제 짐 속에 들어 있는 쇠 냄비가 등에 닿았는지 바로 앞에 있던 사내가 입을 삐쭉 내밀며 돌아보았는데, 그 사이 다리가 걸렸는지 옆으로 털썩 넘어졌습니다. 당장 사람들의 울타리가 무너지고, 몇 사람이 따라 넘어졌습니다. 그러나 저는 상관하지 않고 남의 등이나 손발을 짓밟으면서 기차로 다가갔습니다.

군중에 두려움을 느낀 공안들과 역무원들은 발 빠르게 도망쳐버렸습니다. 그것을 보자마자 우리는 단숨에 우르르 몰려 들어갔습니다. 사람들을 떠밀고 떠밀리고, 앞으로 고꾸라질 뻔하면서도, 모두들 기차에 올라타려고 필사적이었습니다.

"오빠, 오빠!"

동생의 비명 소리가 들려 왔습니다. 누군가가 머리카락을 잡아당겨 뒤로 넘어질 뻔한 것입니다. 여기서 넘어지면 밟혀 죽을지도 몰랐습니다. 저는 안고 있던 짐을 버리고 여동생을 부축하며, 머리카락을 잡고 놓지 않는 여자의 얼굴을 때렸습니다. 여자는 코피를 흘렸지만 아무도 그런 것에는 상관하지 않았습니다. 그만큼 필사적이었습니다.

그때의 제 행동을 비난한다면 저는 할 말이 없습니다. 일본인들은 상상도 할 수 없는 일이겠지요. 엄청나게 많은 사람들이 단 한 대의 기차에 타기 위해 서로 다투는 모습은 우스꽝스럽게 보일지도 모릅니다. 그러나 우리에게는 그 한 순간에 목숨이 걸려 있었습니다. 이 기차를 타지 못한다면, 차가운 빗속에서 또 며칠씩 노숙할 수밖에 없었으니까요. 게다가 저와 여동생은 결납금을 훔쳐 마을에서 도망쳐 나왔으니, 동생의 약혼자가 쫓아올 거라고 생각하면, 다리가 오그라드는 것만 같았습니다.

저와 여동생은 어떻게 해서든 열차 옆까지는 접근할 수 있었지만, 이번에는 열차에 먼저 타고 있던 사람들이 누구 한 사람 들여놓지 않으려고 우리에게 몽둥이를 휘둘러대면서 위협하고 있었습니다. 제 앞에 있던 남자가 관자놀이를 맞고 쓰러졌을 때, 기차가 움직이기 시작했습니다. 초조해진 저는 옆에 있던 거친 사내들과 함께, 몽둥이를 휘두르고 있는 사내를 끌어내렸습니다. 그리고 마침내 떨어진 사람을 발판 삼아 여동생과 함께 열차를 타는 데 성공했습니다. 그러자 우리의 뒤를 이어서 사람들이 필사적으로 올라타려고 했습니다. 이번에는 제가 몽둥이를 들 차례였습니다. 지금 생각하면 정말 소름이 끼칩니다. 지옥 같은 광경이었습니다.

기차가 움직이기 시작한 후에도 저와 여동생은 흥분이 가라앉지 않아 땀을 줄줄 흘리며 서로의 얼굴을 쳐다보았습니다. 동생의 머리카락은 마구 흐트러져 있었고, 얼굴 여기저기에 진흙이 묻고 상처가 나 있었습니다. 저도 형편없는 몰골이 되어 있었을 것입니다. 말은 하지 않았지만 우리는 똑같은 생각을 했을 것입니다. 이젠 살았다, 운이 좋았다고.

한참 있다가 정신을 차려보니 우리는 여전히 옷을 두껍게 껴입은 사람들로 가득한 통로에 서 있었습니다. 눕기는커녕 앉을 수도 없는 상태로 반나절 뒤에는 중경, 그다음에는 다시 이틀 동안 광주로 가는 것입니다. 마을 밖으로 한 발자국도 나간 적이 없던 우리가 버스나 기차 같은 생애 최초의 교통수단을 타고 낯선 고장으로 가고 있었습니다. 이 체력으로 과연 버틸 수 있을까, 앞으로 어떻게 될까 생각하니 또다시 불안에 휩싸였지만, 여기까지 온 이상 앞으로 전진할 수밖에 없었습니다.

"목말라 죽겠어."

제 가슴에 머리를 기대고 있던 여동생이 하소연했으나, 가지고 온 물과 식량은 버스 안에서 벌써 떨어졌습니다. 게다가 역에서 자리를 빼앗길까 두려워 물과 식량을 구하지 못한 채 그대로 기차를 탔기 때문에 어쩔 수가 없었습니다. 저는 여동생의 헝클어진 머리카락을 손가락으로 풀어주었습니다.

"참아."

"알고는 있지만, 이렇게 서서 갈 수밖에 없는 거야?"

여동생은 주위를 둘러보았습니다. 통로에 서 있는 사람들 중에는 한 손으로 능숙하게 물을 마시거나 만두를 먹는 이들도 있었습니다. 놀랍게도 갓난애를 안고 있는 여자도 있었습니다. 중국의 농민은 정말 억척스럽습니다.

아무리 봐도 열여섯, 열일곱밖에 안 되어 보이는 네 명의 소녀들이 통로 구석에 자리 잡고 있었습니다. 모두들 한껏 멋을 내고 빨간색이나 분홍색 리본으로 머리를 묶고 있었지만, 햇볕에 그을린 둥근 얼굴이나 동상으로 부어 오른 빨간 손은 오랫동안 농사일을 해온 시골 소녀의 것이었습니다. 제 여동생은 저 소녀들과 비교가 안 될 정도로 아름답다고, 저는 여동생을 자랑스럽게 생각했습니다.

그런데도 그 못생긴 소녀들은 기차가 흔들릴 때마다 괴성을 지르면서 주위의 남자들에게 매달리고 있었습니다. 여동생이 경멸에 찬 표정으로 노려보았습니다. 그러자 한 소녀가 '네스카페'의 빈 병에 담은 차를 자랑이라도 하듯이 마시기 시작했습니다. 외국제 인스턴트커피는 우리에게 대단한 사치품이었고 우리 마을에서는 부잣집에서밖에 본 적이 없는 병이었습니다.

여동생이 부러운 듯이 그 병을 보자, 소녀는 더욱 신이 난 듯 이번에는 귤을 꺼내 껍질을 벗기기 시작했습니다. 크기는 작았지만 통로에 귤의 새콤달콤한 냄새가 퍼졌습니다. 아아, 그때의 냄새. 저는 지금도 그 생각을 하면 눈물이 나옵니다. 가진 자와 갖지 못한 자의 격차는 한없이 커서, 인간의 인생을 비뚤어지게 만듭니다. 그런 것을 모르는 일본인은 정말로 행복한 겁니다.

돌연 귤의 향기를 지워버리는 악취가 코를 찔렀습니다. 화장실 문이 열린 것입니다. 모두 돌아보고 눈을 내리깔았습니다. 얼핏 보기에도 불량배처럼 보이는 사나이가 나타났기 때문입니다. 대부분의 사람들은 지저분한 인민복을 걸쳤는데, 그 사나이는 보기 드문 회색 양복 차림이었습니다. 그는 빨간 자라목 스웨터에 헐렁한 검은 바지를 입고, 목에는 흰 목도리를 두르고 있었습니다. 좋은 옷을 입고 있었지만 전더 형과 꼭 닮은 날카로운 눈매를 보니 비뚤어진 인간임에 틀림없었습니다. 화장실 안에는 그와 비슷한 사내들 두 명이 담배를 피우고 있었습니다.

"저놈들이 화장실을 점거하고 쓰지도 못하게 한다니까." 제 옆에 있던 저보다 머리 하나쯤 키가 작은 사나이가 화가 난다는 듯이 중얼거렸습니다.

"그럼, 어디에서 볼일을 보지?"

"그냥 바지에다 싸는 거지 뭐."

저는 놀라서 발밑을 보았습니다. 분명히 기차 바닥은 축축하게 젖어 있었습니다. 탈 때부터 이상한 냄새가 난다고 생각했더니 승객의 배설물 냄새였던 것입니다.

"대변은 어떻게 하지?"

"글쎄" 사나이는 한 개밖에 없는 앞니를 드러내며 웃었습니다. "나는 비닐봉지를 갖고 왔으니까 문제없다고."

그러나 비닐봉지가 가득 차면 바닥에 버릴 것이 분명했습니다. 결국은 마찬가지입니다. 뒤쪽에 있던 얼굴에 여드름이 난 젊은 사나이가 끼어들었습니다.

"당신, 손으로 받는 건 어때?"

주위의 승객들이 웃긴 했지만 절반은 자포자기한 것 같았습니다. 저는 한심스러워졌습니다. 아무리 우리 집이 가난하고 동굴에서 살았다고는 하지만, 남녀가 같은 장소에서 대소변을 본다는 것은 생각도 해본 적이 없었습니다. 그것은 인간이 사는 환경이 아닙니다.

"다른 차량도 그런가?"

"마찬가지야. 누구나 기차에 타면 우선 확보해야 할 것은 좌석이 아니라 화장실이라고. 만일 화장실이 비어 있다 하더라도 기차 안은 어차피 초만원이야. 화장실까지 가는 것은 불가능해. 화장실을 점령하면 다소 냄새는 나겠지만 판자를 갖고 있으면 앉을 수 있고 잠도 잘 수 있어. 그리고 아무도 들여보내지 않고 일행끼리 문을 닫고 있을 수도 있고 말이야."

저는 목을 빼서 차량 안을 둘러보았으나, 4인 좌석이나 통로 할 것 없이 사람들이 빽빽이 서 있어서, 보이는 거라곤 검은 머리들 뿐이고 앉아 있는 사람은 보이지 않았습니다. 선반에도 어린애나 젊은 여자들이 드러누워 있었습니다. 어설프게 좌석에 앉아 있다가는 움직일 수도 없고, 모두가 보는 앞에서 볼일을 보지 않을 수 없게 될 것입니다.

"남자는 그래도 괜찮지만, 여자가 불쌍하지."

"그 녀석들에게 돈을 내면 돼."

"돈을 낸다고?"

"그래. 화장실을 빌려주면서 장사를 하고 있는 거지."

저는 몰래 불량배를 보았습니다. 따분했던 것인지 밖으로 나온 그는 4인조 소녀들을 찬찬히 살펴보더니, 갓난애에게 젖을 먹이고 있는 어머니를 쳐다보았습니다. 소녀들은 모르는 체하고 옆을 보고 있었습니다. 그는 제 여동생을 보았습니다. 저는 걱정이 되어서 남자의 시선으로부터 여동생을 숨기려고 했습니다. 여동생 메이준이 걱정됐던 것입니다. 남자가 저를 노려보았으나 저는 아래만 내려다보았습니다. 남자가 커다란 목소리로 외쳤습니다.

"화장실 한 번에 20위안이다. 쓸 사람 없나?"

20위안은 일본 돈으로 치면 3백 엔쯤 될 것입니다. 도저히 믿을 수 없는 가격이었습니다. 제가 공장에 근무를 할 때는 하루에 단돈 1위안을 받았으니까요.

"너무 비싸네요."

귤을 먹고 있던 소녀가 용기를 내서 항의했습니다.

"그럼, 화장실을 안 쓰면 되잖아?"

"그랬다간 죽어버린다고요."

"죽든 말든."

남자는 내뱉듯 말하고 화장실 문을 닫았습니다. 비좁은 화장실에 커다란 어른들 여러 사람이 어떻게 서 있는지는 모르겠지만, 그래도 통로에 서 있는 것보다는 훨씬 나을 것이 틀림없습니다.

"오빠, 나는 갓난애가 되고 싶어. 기저귀를 차고 젖을 빨면 근심 걱정도 없을 테니까."

여동생은 어머니에게 안겨 자고 있는 갓난애를 바라보면서 중얼거렸습니다. 여동생의 얼굴은 검푸르고 눈 밑에는 기미가 뚜렷이 나타나 있었습니다. 무리도 아닙니다. 기차에 타기 전에도 이미 이틀이나 버스에서 선 채로 흔들려 오다 보니 피로가 극에 달한 것입니다. 저는 여동생에게 제게 몸을 기대고 눈을 붙이라고 말했습니다.

얼마나 시간이 지났는지 몰랐습니다. 사람들 머리 너머로 조금 보이는 창으로 노을 진 하늘이 보였습니다. 사람들은 열차의 흔들림에 몸을 맡긴 탓에 같은 방향으로 몸이 흔들리고 있었습니다. 자고 있던 여동생이 잠을 깼습니다.

"오빠, 앞으로 얼마나 더 가야 중경에 도착해?"

저는 시계를 갖고 있지 않아서 알 수가 없었습니다. 조금 전에 앞니가 빠진 사나이가 새어나오는 숨소리와 함께 대답했습니다.

"앞으로 2시간쯤 있으면 중경에 도착하겠지만 그곳에서도 사람들이 또 탈거야. 어떻게 될지 걱정이군그래."

"아니, 조금만 참으면 되잖아. 그래도 고향에서 가난하게 사는 것보다야 낫지. 내일 먹을거리를 걱정하거나 날씨를 신경 쓰는 것보다 이렇게 실려 가는 쪽이 낫다니까."

여드름 얼굴이 말했습니다. 저도 같은 심정이었습니다. 기차 안은 지옥이었지만, 그 앞에는 대도시라는 새로운 세상이 기다리고 있었습니다. 자유가 있는 것입니다. 돈만 벌 수 있다면, 무엇이든 할 수 있는 자유가. 시골에 있으면 돈을 벌 수 없습니다. 더구나 지안핑은 더 큰 자유를 추구하다가 죽은 것 아닙니까? 외국이라고 하는 자유. 기차에 탄 사람들이 이 가혹한 상황을 꾹 참고 견디는 것은 모두 고향으로 돌아가는 것보다는 훨씬 낫다고 생각했기 때문입니다.

돌연 쫄쫄쫄 하고 병에 물을 담는 소리가 났습니다. 4인조 소녀들이 계면쩍은 듯이 웃고 있었습니다. 그중 한 소녀가 친구들에게 에워싸인 채 쭈그리고 앉아 소변을 보고 있었던 것입니다. 여동생이 웃었습니다.

"네스카페 병도 꼴이 말이 아니군!"

"너는 괜찮겠니?"

여동생은 창백한 얼굴로 허공을 쳐다보았습니다. 이제 슬슬 볼일을 봐야 했습니다. 저는 어쩔 줄 몰라 화장실을 돌아보았지만 문은 열리지 않았습니다.

"화장실에 갈래?"

여동생은 이를 악물고 말했습니다.

"싫어. 한 번에 20위안은 너무 비싸. 도착할 때까지 둘이 몇 번 갔다 오면 내 결납금이 전부 날아가 버릴 거야. 저런 놈들에게 돈을 주면 안 돼."

"그럼, 어떻게 할 건데?"

"여기서 그냥 싸버릴래."

그것도 어쩔 수 없는 일이라고 저는 생각하면서 천장을 올려다보았습니다. 밤이 되어서 천장에는 오렌지색 조명이 한 개 켜져 있을 뿐이었습니다. 이렇게 컴컴하면 눈에 띄지 않을지도 몰랐습니다. 여동생이 슬며시 오줌을 누기 시작했습니다. 저는 옆 사람들의 주의를 돌려보려고 뒤에 있던 남자에게 물었습니다.

"중경에서는 물이나 먹을 것을 살 수 있을까요?"

제 질문에 앞니가 빠진 사나이는 코웃음을 쳤습니다.

"무슨 허황된 소리를 하고 있는 거야. 일단 내리면 두 번 다시 탈 수 없어. 그래서 모두들 먹을 것과 물만은 단단히 건사해 갖고 있는 거야."

"누군가 물을 좀 나누어주지 않겠습니까?"

"좋아" 하는 소리가 들려서 반갑게 그쪽을 바라보자, 누덕누덕 기운 인민복을 입은 남자가 물이 든 지저분한 폴리에틸렌 병을 흔들어댔습니다. "한 모금에 10위안이야."

"너무 비싸."

"그렇다면 그만두게. 내 몫도 모자라니까."

저는 아연해서 동생의 얼굴을 보았습니다. 동생은 결연한 표정으로 외쳤습니다.

"두 사람 마시는 데 10위안으로 해줘요!"

"할 수 없군. 그렇게 하지."

그러자 같은 차량의 구석에 있던 젊은 여자가 조그만 귤을 내밀었습니다.

"이것 한 개에 10위안은 어때?"

"물을 마시고 나서 생각해볼게."

퉁명스러운 여동생의 대답에 귤을 든 여자는 혀를 찼습니다. 저는 여러 사람들 앞에서 소변을 본 여동생이 안쓰러워 견딜 수 없었으나, 여동생은 태연한 얼굴을 하고 눈을 반짝였습니다. 여동생은 자기 앞으로 온 물병을 기쁜 듯이 끌어안더니 흰 목을 뒤로 젖히고 물을 마셨습니다. 실컷 마시고 난 뒤에 저에게 병을 건네주면서 속삭였습니다.

"오빠, 나도 이젠 요령이 생겼어. 기왕이면 실컷 마셔. 10위안이나 줬으니까."

"그래, 맞아."

저는 여동생의 변모에 놀라면서 병을 입에 갖다 댔습니다. 물은 뜨뜻미지근하고 녹슨 쇠 맛이 났지만, 반나절만의 수분 공급이었습니다. 한 번 마시기 시작하자 멈출 수가 없었습니다. 사나이가 애가 타서 "이제 그만 마셔!" 하고 고함을 쳤지만, 제 알 바 아니었습니다.

"이것이 내 한 모금이라고."

제가 그렇게 말하자 주위 사람들이 사나이더러 장사를 잘 못한다고 놀려댔습니다.

"빨리 돈 내놔."

저는 주머니에서 돈을 꺼냈습니다. 고무줄로 묶은 지폐 뭉치를 보고 주위 사람들이 술렁거리는 소리가 고통스러울 정도로 크게 들려왔습니다. 물론 저도 남들이 보는 앞에서 돈을 꺼내고 싶지는 않았지만, 몸을 움직일 수가 없어서 어쩔 수 없었습니다.

돈을 계산하는 제 손을 모두 일제히 까치발을 하고 들여다보았습니다. 저는 손이 떨려서 제대로 셀 수가 없었습니다. 남들이 쳐다봐서가 아니라, 10위안이라는 큰돈을 한꺼번에 지불한 적이 한 번도 없었기 때문입니다. 여동생도 긴장했는지 꿀꺽 하고 침 삼키는 소리를 냈습니다.

물 한 모금을 마신 것만으로 이런 큰돈을 지불해야 하는 불합리함에 대해 그때 저는 기절초풍했고, 근처의 물웅덩이에서 퍼왔을지도 모르는 정체불명의 물로 돈을 받아내려고 하는 사람의 무자비함에 충격을 받았습니다. 그러나 그것은 좋은 경험이었습니다. 왜냐하면 이건 시작에 불과했으며, 도시에 도착하고 나서는 보는 것, 듣는 것 모두 놀라움의 연속이었기 때문입니다. 특히 일본에서 아무렇지도 않게 돈을 물 쓰듯 쓰는 사람들을 봤을 때, 천벌을 받아 마땅한 그 행태에 분노하지 않을 수 없었습니다.

어쨌든 저는 가까스로 1위안짜리 지폐를 10장 세어서 사나이에게 건넸습니다. 그러자 사나이가 밉살스럽다는 듯이 고함을 쳤습니다.

"촌스러운 옷을 하고 있는 주제에 부자로군. 빌어먹을, 좀 더 많이 받아낼걸!"

조금 전에 귤을 팔려고 했던 젊은 여자가 즉각 야유를 보냈습니다.

"너무 욕심 부리지 말라고요. 그건 당신에게 장사할 머리가 없기 때문이니까요. 이 시골 오빠를 탓하기 전에 자신의 텅 빈 머리를 때리는 편이 나을걸요. 조금은 좋아질지도 모르니까."

그러자 주위 사람들이 와 하고 웃음을 터뜨렸습니다.

"이 두 사람은 재벌이라고. 500위안쯤 갖고 있으니까!"

앞니가 한 개밖에 없는 남자가 큰 소리로 차 안에 광고를 하자 모두들 감탄했습니다. 4인조 소녀들이 입을 쩍 벌리고 저를 쳐다보았습니다.

"이봐, 쓸데없는 소리 하지 말라고."

저의 항의에 그는 흥 하고 코웃음을 쳤습니다.

"당신은 세상을 모르는 철부지로군. 현금은 작게 나누어서 갖고 다녀야지. 그리고 남들 앞에서 절대로 꺼내 보여서는 안 되는 법이야."

"그래, 맞아!" 하고 무책임하게 주위 사람들이 동조했습니다. 앞니의 사나이가 저를 놀려댔습니다.

"어지간히 후미진 시골에서 온 것이 틀림없어. 지갑이라는 것도 모른단 말인가? 당신네 마을은 너무 가난해서 시집올 여자도 없을걸."

"당신도 시골 사람이죠? 냄새가 나서 견딜 수가 없다고요. 목욕이라는 것을 해본 적 있어요? 아니면 질질 싸대는 것이 보통 생활이었나요, 아저씨? 제발 부탁이니까 내 엉덩이에서 그 더러운 손을 좀 치워달라고요!"

여동생이 반박하자 열차 안에 폭소가 터져 나왔습니다. 앞니가 하나뿐인 남자는 얼굴이 빨개지며 고개를 숙여버렸습니다. 저는 여동생의 손을 잡았습니다.

"메이준, 말 한번 잘했다!"

"오빠, 지지 마. 이런 놈들은 언젠가 우리 발밑에 무릎을 꿇을 놈들이야. 우리는 누구나 우러러보는 스타가 되어서 큰 부자가 될 거니까."

여동생은 강한 어조로 말하고 제 옆구리를 팔꿈치로 쿡 찔렀습니다. 그렇습니다. 저는 언제나 재치 있고 당당한 여동생의 도움을 받으면서 살아왔습니다. 그러니 이미 이 세상 사람이 아닌 메이준이 없이 혼자, 이 낯선 나라 일본에서 얼마나 막막한 마음으로 살아왔을지 조금은 이해할 수 있을 것이라고 믿습니다.

"그런데 당신들, 귤은 안 살 거예요? 어쩔 거예요?"

물을 파는 남자를 닦아세웠던 여자가 말을 걸어왔습니다.

"이젠 필요 없어요."

"그럼 목이 마르거든 말해요. 저는 잔뜩 갖고 있으니까."

"고마워요."

이번에는 다른 사람이 제의를 해왔습니다.

"수수 만두는 어때요? 10위안에 한 개 줄 테니까. 갈증이 해소되면 배가 고플 차례 아닌가?"

만두라는 말을 들은 순간 제 배는 옆 사람에게 들릴 정도로 커다란 소리를 냈습니다. 주위 사람들이 다시 웃었습니다. 제 앞에 서 있던 중년 남자가 돌아보면서 놀려댔습니다.

"다 들었네, 들었다니까, 배가 꾸르륵거리는 소리를. 무엇이든 좋으니까 먹고 싶은 거겠지?"

저와 여동생은 버스에서도 계속 서서 왔기 때문에 역전에서 무엇인가 먹고 쉴 생각이었지만, 역전은 혼잡해서 그런 한가한 일을 할 수 있는 상황이 아니었습니다. 그래서 거의 이틀 밤낮으로 먹지도 마시지도 못한 상태였습니다. 모두가 주목하고 있었기 때문에 여동생도 얌전하게 아무 말도 하지 않았지만, 주린 배를 참고 있는 것이 틀림없었습니다. 만두를 파는 남자가 목청을 높였습니다.

"수수 만두는 맛이 최고라고. 우리 어머니는 만두 만드는 명인이야. 안에 설탕이 잔뜩 든 소를 넣어서 만들었거든. 당신들 둘이라면 열 개는 금방 먹어 치울 거야. 어떤가, 열 개라면 90위안에 주겠네."

저는 쓴웃음을 지었습니다. 아무리 그래도 90위안은, 제 석 달치 월급이었습니다. 그런데도 수수 만두를 10개밖에 안 주다니, 지나친 폭리였습니다.

"비싸요. 저는 수수 만두 같은 것은 두 개에 5각을 주고 샀단 말입니다. 어째서 서른 배나 받는 거죠?"

각은 원의 10분의 1이니, 5각은 일본 돈으로 10엔 정도 됩니다. 그 남자는 대꾸할 말이 궁한지 입을 다물었습니다. 승객들이 우리의 대화를 즐기고 있는 듯 떠들썩해졌습니다. 저처럼 물도 식량도 없이 기차에 탄 사나이가 현금을 많이 갖고 있다는 것이 알려졌기 때문입니다. 우리가 좋은 봉이라고 판단한 것 같았습니다.

"너무 비싸요. 폭리란 말입니다. 사람의 어려움을 이용하려드는 것은 악인이나 하는 짓이라고요."

제가 계속 항의하고 있는데, 주위가 갑자기 조용해졌습니다. 이상하다고 생각하는 순간 뒤쪽에서 한 남자의 굵은 목소리가 들려왔습니다.

"어쩔 수 없는 거야, 형씨. 당신이 배가 고파서 음식을 꼭 먹고 싶다면 돈을 내지 않으면 음식은 손에 들어오지 않아. 물건을 갖고 있는 놈은 그것을 필요로 하는 놈에게 팔아서 돈을 벌거든. 수요와 공급의 관계지. 그것이 바로 자본주의라는 거야."

놀랍게도 그 화장실에 틀어박혀 있던 불량배가 저에게 훈계하고 있었습니다. 빌어먹을! 저는 불쾌해서 견딜 수가 없었습니다. 연결 발판에 서 있던 여자가 "옳소!" 하고 맞장구를 치고 나서 코웃음을 쳤습니다. 여자는 이십 대 후반쯤 되어 보이는데 짙은 화장을 하고 젊은 사내의 팔에 매달려 아양을 떨고 있었습니다.

"댁이 사지 않으면 다른 누군가가 사게 되는 거라고요. 아저씨, 나에게 다섯 개를 30위안에 팔아요."

"다섯 개라면 45위안은 주어야죠."

"35위안."

"42위안."

"37위안."

제 머리 위에서 재빨리 흥정이 이루어졌습니다. 수수 만두 장수는 난처한 표정을 지었지만 결국 동의한 모양입니다. 여자는 비닐봉지에 든 노란 수수 만두를 사내와 함께 나누어 먹기 시작했습니다. 곁눈질로 보니, 만두는 찌부러졌지만 맛있어 보였습니다. 제 배가 또다시 커다란 소리를 냈습니다. 여동생은 잠자코 아래를 보고 있었습니다.

"누구 화장실 사용할 사람 없소? 한 번에 20위안. 비싸다고 생각하면 바지에 그냥 싸든지!"

불량배가 소리를 질렀습니다. 그는 시간을 재고 있다가 적당한 때에 나타나 장사를 하고 있었습니다. 갓난애를 안은 여자가 마침내 손을 들었습니다. 뒤이어 4인조 소녀들 중 하나도 손을 들었습니다. 여자는 갓난애를 남편에게 맡기고 남편에게서 지폐를 건네받아 주었고, 소녀는 주머니에서 돈을 꺼냈습니다. 얼마 남지 않은 돈이었겠지만, 설마하니 남들 앞에서 대변을 볼 수야 없었겠지요. 두 여자는 승객들을 헤치고 화장실로 향했습니다. 불량배가 돈을 받고 종이를 건네주었습니다.

"이것으로 닦아. 그 근처에 똥을 묻히지 말라고. 우리의 거처니까!"

불량배의 동료들이 화장실에서 나왔습니다. 두 사람 다 불량배 남자와 비슷한 차림이었습니다. 스웨터에 양복을 걸치고 색깔이 다른 긴 목도리 두르고 있었는데 한 사람은 렌즈가 검은 선글라스를 쓰고 있었습니다. 불량배의 부하인지 그들은 불량배의 뒤쪽에 엉거주춤 섰습니다. 세 사람 모두 나이는 저와 별로 차이가 안 나 보였습니다. 여자들이 볼일을 끝내자, 이번에는 남자 몇 명이 화장실로 향했습니다. 저는 여동생의 손에 지폐를 쥐어주었습니다.

"너도 가렴."

동생은 처음에는 싫다는 몸짓을 했지만 이내 승객들을 헤치고 화장실로 향했습니다. 저는 불량배가 여동생에게 못된 짓을 할까 봐 걱정이 되어 감시했습니다.

"어디서 왔지?"

　불량배가 여동생에게 말을 걸었습니다. 여동생은 제 쪽을 손가락으로 가리키면서 뭐라고 설명을 했습니다. 불량배가 저를 힐끗 보더니 흰이를 드러내며 웃었습니다. 저게 네 오빠란 말이지? 그렇게 말하는 것이겠지만, 저는 공연히 화가 나서 눈을 내리깔았습니다.

"화내지 마. 저놈들은 특권 계급이거든."

　여드름 얼굴이 저에게 속삭였습니다.

"특권 계급?"

"그래. 화장실을 갖고 있는 특권 계급이지. 자본주의는 무슨, 웃기지 말라고 그래. 덩샤오핑에게 놀아나고 있는 우매한 바보들이라고. 나는 광주의 사범대학에 가는 길이야. 저놈들은 글씨도 쓸 줄 모르는 쓰레기들이지."

"쓰레기인지는 모르지만, 당신도 화장실엔 갈 거 아냐?"

"나는 죽어도 안 갈 거야. 저놈들에게는 땡전 한 푼도 주지 않을 작정이야."

　저는 너도 비닐봉지에 대변을 볼 셈이냐고 말해주고 싶었으나, 아무 말도 하지 않았습니다. 그때의 제 느낌은 참으로 유치한 것이었습니다. 이 세상에는 별의별 인간이 다 있다고 생각했습니다. 인구 4백 명의 마을이 세상의 전부였던 저는 이 기차 안에서 처음으로 진짜 세상이라는 것을 공부했습니다. 그것은 여드름 얼굴이 말하는 것처럼, 또 불량배가 가르쳐준 것처럼 분명히 자본주의라는 것이었습니다.

"오빠도 가야지?"

여동생이 돌아와서 말했습니다.

"괜찮아, 아직 참을 수 있으니까. 저 녀석들은 광주에 가기 전에 내릴지도 몰라."

여동생은 고개를 흔들었습니다.

"저 사람들도 광주까지 간대. 게다가 생각했던 것보다 친절해. 내가 돈을 주니까 필요 없다고 하더라니까. 무료로 일을 보게 해줬어. 틀림없이 오빠도 무료로 해줄 거야."

"무슨 짓이야!"

저는 화가 나서 여동생의 어깨를 잡았습니다. 여동생은 제 손을 살며시 치웠습니다.

"내가 마음에 들었나 봐."

"네가 그 녀석과 시시덕거리며 얘기를 나눠서 그런 것 아냐?"

저는 질투를 드러내며 말했습니다. 그러나 여동생은 그런 제가 딱하다는 듯이 바라보았습니다.

"무슨 소리야, 오빠? 이용할 수 있는 것을 이용하지 못하면 앞으로 살아갈 수 없어. 내 결납금을 몽땅 써버릴 생각이야?"

저는 영문을 모른 채 기차의 천장을 올려다보았습니다. 저와 동생은 사이가 좋았지만, 동생은 저와 다른 생각을 갖고 있습니다. 그것이 어째서 기분 나쁘게 느껴지는지 저는 이해할 수 없었습니다.

그때 '쿵' 하는 둔탁한 충격 때문에 승객들이 비틀거렸습니다. 기차가 갑자기 속도를 줄였던 것입니다. 차창으로 높은 건물에 켜진 조명등과 전신주가 보였습니다. 도시다! 저는 흥분했습니다. 중경에 도착한 것입니다. 중경이야, 중경! 승객들 사이에서 기대와 불안에 가득 찬 한숨 소리가 새어나왔습니다. 아까 여동생에게 핀잔을 듣고 나서부터 주눅 들어 있던 앞니의 사내가 등 뒤에서 말했습니다.

"당신들은 차표가 없을 거야. 나는 당신들이 새치기해서 탔다는 것을 다 알고 있다고."

그리고 분홍색 차표를 흔들어 보였습니다.

"이거 없는 놈은 즉시 기차에서 끌어내려져서 교도소로 끌려가."

여동생이 움찔하면서 제 얼굴을 보았습니다. 그때 기차가 플랫폼으로 미끄러져 들어갔습니다. 중경은 대도시고 더군다나 남쪽으로 향하는 기차의 시발역이었습니다. 우리가 탄 기차에 지선에서 환승하는 농민들이 타는 모양이었습니다. 플랫폼은 엄청난 수의 농민들로 꼼짝 할 수 없을 것입니다.

승객들을 밀어젖히면서 불량배들이 다가왔습니다. 손에 굵은 몽둥이를 들고 있었습니다. 겁을 주어서 아무도 태우지 않을 작정인 것 같았습니다. 불량배가 저에게 몽둥이를 건네주었습니다.

"너도 도와."

저는 하는 수 없이 뒤를 따라갔습니다. 미처 자세도 취하기 전에 문이 열렸습니다. 플랫폼에는 아무도 없었습니다. 맥이 빠져서 서 있는데 소총을 든 젊은 공안이 역무원과 함께 나타났습니다. 저는 깜짝 놀라서 몽둥이를 옆에 내려놓았습니다. 공안이 고함을 쳤습니다.

"검표를 할 테니 차표를 꺼내라. 없는 자는 내려!"

승객들은 분홍색 차표를 높이 들었습니다. 저와 동생은 밑을 내려다보고 있었습니다. 빽빽이 들어찬 승객들 중 차표를 갖지 않은 사람은 저와 여동생뿐이었습니다.

"너는 차표가 없나?"

공안이 질문했습니다. 저는 표를 살 수 없었던 상황을 설명하려 했으나, 불량배가 얼른 손으로 가로막았습니다.

"얼마면 살 수 있습니까?"

공안이 즉시 옆의 역무원의 귓가에 대고 뭐라고 말하자 역무원이 근엄한 얼굴로 대답했습니다.

"광주까지 200위안."

터무니없는 가격이었습니다. 정규 요금은 1인당 30위안 정도였습니다. 차액은 공안과 역무원 둘이 착복하는 것이 틀림없습니다. "값을 깎아!" 하고 차 안에서 여드름이 말했습니다. 저는 용기를 내서 값을 깎았습니다.

"두 사람에 200위안?"

"내려라!" 하고 역무원이 고개를 옆으로 흔들었습니다. "무임승차로 체포하겠다!"

공안이 저에게 총을 갖다 댔기 때문에 다급해졌습니다. 저는 황급히 값을 올렸습니다.

"두 사람에 300위안."

"두 사람 분이라면 400위안이다."

"그렇다면 아까와 마찬가지 아닙니까? 두 사람에 350위안은 어떻겠습니까?"

역무원과 공안은 잠시 의논을 했습니다. 저는 제정신이 아니었습니다. 이윽고 역무원이 근엄한 얼굴로 고개를 끄덕였습니다. 제가 주머니에서 돈을 꺼내 내밀자, 역무원은 얇은 차표 두 장을 제 손에 쥐어주고는 문을 닫았습니다.

이렇게 저와 여동생은 승객들로부터 물과 음식을 사먹으며 그럭저럭 굶주림과 갈증을 해결하고 무작정 광주로 향했습니다. 이제 사람들 앞에서 돈을 셀 때에도 제 손은 떨리지 않게 되었습니다만, 그렇게 많던 돈이 얼마 남지 않게 된 것이 두고두고 분해서 참을 수가 없었습니다.

기차에 타기 전에 음식과 물을 조달해 두었더라면, 동생의 귀중한 결납금을 쓸 일도 없었을 것입니다. 농촌 구직자가 대거 도시로 올라오고 싶어 한다는 사실을 몰랐던 저는 참으로 어리석었습니다. 이번 일은 좋은 교훈이 되었습니다. 광주에 도착해서 남은 돈을 세어보니, 500위안 중 100위안밖에 남지 않았습니다.

그러나 저는 돈만 있으면 살 수 있다는 궁극의 진실을 배웠습니다. 불량배에게 일부러 배운 것은 아니지만, 이 가혹하고도 기나긴 여행이 시골 놈인 저에게 온갖 방법으로 가르쳐주었던 것입니다. 좁은 기차 안에서의 수요와 공급의 관계. 이것은 우리가 생존하려고 하는 현실 자체의 모습이었습니다.

그렇기는 하지만 돈이 모든 것을 좌우한다는 것은 얼마나 비참한 현실입니까? 현금 수입이 거의 없는 농민은 대체 어떻게 하면 좋단 말입니까? 산의 경사면을 열심히 경작해도 돈은 밭에 묻혀 있지 않습니다. 자신들이 먹을 조촐한 먹을거리를 얻을 뿐입니다. 하지만 밭이 있으면 그래도 나은 편이었습니다. 밭이 없는 사람은 울며불며 돈벌이의 세계로 돌입할 수밖에 없었습니다.

중국의 농촌은 2억7천만 명의 노동력을 갖고 있다고 하지만, 경작 면적이 부족하기 때문에 농업으로 먹고 살 수 있는 수는 단 1억 명뿐입니다. 나머지 1억7천만 명 가운데 '향진鄉鎭 기업'이라고 불리는 지방 산업으로 가는 것이 약 9천만 명, 나머지 8천만 명은 도시로 막벌이 노동을 나가는 것 외에는 살 방법이 없습니다. 이 잉여 노동력의 흐름을 당시 중국에서는 '맹류盲流'라고 불렀습니다. 현재는 '민공조民工潮'로 호칭이 바뀌었지만, 어둠 속에서 뛰쳐나와 돈이라는 빛을 향해 흘러가는 백성들에게, '맹류'라는 말은 안성맞춤일지도 모릅니다.

이런 것들은 전부 제 뒤에 비스듬히 서 있던 여드름 얼굴이 지루한 나머지 저에게 가르쳐준 것들입니다. 여드름의 이름은 동전이라고 했습니다. 그는 큰 키에 비쩍 말랐고 옷걸이처럼 떡 벌어지고 치켜 올라간 어깨를 하고 있었습니다. 얼굴은 노란 고름이 삐져나오는 커다란 여드름으로 뒤덮여 있었는데, 저보다 세 살 아래인 스무 살이었습니다. 동전은 못생기긴 했으나 유식했습니다. 그는 티베트 자치구에 가까운 도시에서 광주 사범대학에 입학하기 위해 멀리서 기차를 갈아타면서 가는 중이었습니다. 동전은 이렇게 말했습니다.

"알고 있나, 제중? 구정이 끝나고 나면 사천성에서 광주까지 얼마나 많은 사람들이 이동할 것이라고 생각해?"

저는 고개를 갸웃거렸습니다. 인구 4백 명이 전부인 마을 출신이다 보니 사람들이 많이 모여드는 모습 자체가 머리에 떠오르지 않았습니다. 또 사천성 전체라고 해도 지도를 본 적이 없으니까 전혀 감이 잡히지 않았습니다.

"모르겠는데."

"약 90만 명이야."

"그렇게 많은 사람들이 어디로 가는데?"

"자네처럼 광주나 주강 삼각주로 가는 거야."

한 도시로 90만 명의 사람들이 모이는데도 일자리가 있다는 것이 믿기지 않았습니다. 저는 버스와 기차에 실려 온 처지라 대도시가 어떤지 전혀 가늠할 수 없었습니다.

"일자리는 어디에 가면 찾을 수 있지?"

동전은 코웃음을 쳤습니다.

"자네는 바보군그래. 자력自力 구직이라는 슬로건을 모르나? 일자리는 스스로 찾아야 하는 거야."

그 말을 듣고 경험이 없는 저는 낙담했습니다. 비록 학교에 다닌 적은 없지만 저는 스스로를 상당히 재치 있고 영리한 인간이라고 생각했습니다. 하지만 제가 그때까지 해본 일이라고는 양치기와 밀짚모자 공장 일밖에 없었습니다. 어떤 종류의 일이 있는지도 모르는 것이었습니다. 저는 지안핑이 공사장에서 일하고 있다는 얘기를 생각해내고 물어보았습니다.

"공사장은 어떨까?"

"그 일은 누구든지 할 수 있어서 경쟁률이 높아."

동전은 물통의 물을 마시면서 대답했습니다. 제가 부러운 듯이 바라보자, "마실래?" 하고 한 모금 마시게 해주었습니다. 물은 비린내를 풍기며 썩어가고 있었지만, 돈을 내지 않아도 된다는 사실만으로 저는 안도의 숨을 내쉬었습니다. 차량 안에서 대학에 간다는 승객은 단 한 사람, 동전뿐이었습니다. 인텔리라면 보나마나 농민을 얕잡아볼 것이라고 생각했는데 얘기를 해보니 뜻밖에 싹싹하고 친절한 사람이었습니다.

"노동 시장은 어디에든 있으니까 거기 가서 기다리는 거야. 삽 같은 도구를 갖고 가면 훨씬 고용되기 쉽다는 얘기를 들었어."

"여동생에게는 어떤 일자리가 있을까?"

"여자라면 우선 애 보기, 청소, 병원의 세탁부, 시트 빨래, 시체 안치소에서 시체 씻기는 일, 화장터의 안내인, 다방 종업원, 무엇이든 있지만 전부 밑바닥 직업이지."

"자네는 어떻게 이렇게 박식할 수 있지?"

"이 정도로 박식하다고는 할 수 없어." 동전은 분홍색 잇몸을 드러내면서 웃었습니다.

"이 정도는 상식이지. 자네야말로 어째서 아무것도 모르는 거지? 도시로 막노동을 나갔던 놈들이 떠들어대지 않던가? 입에서 입으로 온갖 정보가 눈 깜짝할 사이에 퍼져 나가잖아. 중국인은 입소문이 생명이니까. 자네 마을에도 도시로 나갔던 사람이 틀림없이 있었을 거야. 아니면, 자네는 마을에서 따돌림이라도 당한 것 아닌가?"

저는 드러낼 수 없는 분노를 다시 한 번 느꼈습니다. 우리 가족들은 마을 사람 누구에게라도 할 것 없이 따돌림을 당했기 때문입니다. 그 이유가 우리 집의 그 유례를 찾아볼 수 없는 지독한 가난 탓만은 아니었던 것 같습니다. 할아버지의 불길한 점괘나, 둘째형을 죽인 큰형의 소문이 나돌았기 때문이지요. 물에 빠져 죽은 지안펑만이 유일한 제 친구였습니다. 생각에 잠긴 제 귀에 대고 동전이 의미심장한 말을 속삭였습니다.

"하지만 자네 여동생은 내가 말한 것 같은 시시한 일은 싫어할 걸세."

저는 조금 전에 화장실에 간 여동생이 아직도 돌아오지 않은 것을 깨닫고 그쪽으로 얼굴을 돌렸습니다. 여동생은 활짝 열려 있는 화장실 문 앞에서 문제의 불량배 세 명과 친근하게 얘기를 나누고 있었습니다. 무엇이 그렇게 재미있는지 웃음을 터뜨리는 바람에 승객들은 일제히 네 사람을 돌아다보았습니다. 저는 불량배를 쳐다보는 여동생의 눈초리에 교태가 담긴 것 같은 느낌이 들어서 불쾌해졌습니다. 동전이 제 옆구리를 쿡 찔렀습니다.

"자네 여동생은 깡패 녀석들과 친해진 것 같군그래."

"그런 게 아니야. 화장실 사용료를 지불하는 것이 아까워서 저런 식으로 연기를 하고 있는 거야."

"연기치고는 꽤 친한 것 같은데. 저런, 저 녀석을 때리고 있잖아."

여동생은 무엇인가 놀림을 받은 건지, 웃으면서 불량배의 팔을 몇 번씩이고 때리고 있었습니다. 불량배는 장난치듯 과장되게 아파하는 시늉을 했습니다.

"그냥 내버려두라고."

저의 분노를 알아차린 동전이 놀려댔습니다.

"자네 태도는 남매라기보다는 연인 같군!"

저는 얼굴을 붉혔습니다. 동전이 말한 것은 사실이었기 때문입니다. 부끄러운 일이지만 저는 동생이 좋았습니다. 제가 일하던 밀짚모자 공장에는 남자 노동자 외에도 아직 소녀티 나는 여성 노동자가 열 명쯤 고용되어 있었는데, 그녀들은 저에게 자꾸 말을 걸어오거나 제 뒤를 쫓아다니곤 했습니다. 그러나 전 그녀들에게는 흥미가 없었습니다. 여동생을 능가할 정도로 예쁜 여자는 없었기 때문입니다.

"하지만 저 모습을 보니 자네 여동생은 저 불량배들을 따라갈지도 모르겠는걸."

"메이준은 그런 어리석은 짓은 하지 않을 거야."

그때의 동전의 말이 현실이 되리라고는 생각지도 못했습니다. 기차가 가까스로 광주 역에 도착했을 때, 플랫폼으로 뛰어내린 여동생이 시원하다는 표정으로 이렇게 말했습니다.

"오빠, 역 앞에서 헤어져도 괜찮지?"

저는 깜짝 놀라서 진심이냐고 여동생에게 몇 번씩이나 물어보았습니다.

"응, 나는 벌써 일자리를 찾았어."

여동생은 자랑스러운 듯이 말했습니다.

"어떤 일인데?"

"일류 호텔의 객실 담당이래."

저는 이틀 밤낮이 걸린 여행의 피로가 겹쳐서 플랫폼에 그만 주저앉고 말았습니다.

"저 사람들이 소개해 준다니까, 저 사람들과 함께 갈 거야."

여동생이 가리킨 방향에는 불량배 3인조가 서 있었습니다. 저는 3인조가 있는 곳으로 가서, 중경에서 저에게 몽둥이를 건네주며 도와달라던 남자를 가리키면서 고함을 쳤습니다.

"내 여동생에게 뭐라고 바람을 넣은 거야?"

"당신이 제중인가? 나는 진룽이라고 해. 자네 여동생이 일자리를 찾고 있다고 해서 소개해줬어. '백천 아빈관'의 객실 담당이야. 모두들 서로 하고 싶어 하는 일이니까 운이 좋다고 생각하라고."

진룽은 흰 목도리를 유유히 감으면서 대답했습니다.

"백천 아빈관이 어디 있는 호텔인데?"

"사면이라는 옛날 외국인 거주지에 있는 일류 호텔이야."

"사면이 뭐지?"

"시골 사람에게 말해보았자 모르기는 마찬가지지!"

진룽이 두 친구를 돌아보면서 폭소를 터뜨렸습니다.

그러자 여동생도 합세해서 저를 비웃었습니다. 저는 그때 깨달았습니다. 여동생은 아무것도 모르고 기차에 타서, 400위안 가까운 돈을 낭비해 버린 저에게 화를 내고 있다는 것을요. 저는 화가 나서 여동생의 어깨를 움켜잡았습니다.

"네가 어떤 꼴을 당하게 될지 알기나 해? 이놈들은 불량배들이야. 일류 호텔 같은 것은 다 거짓말이고 넌 몸을 파는 처지가 될지도 모른단 말이야."

여동생은 약간 망설이는 듯했으나, 진룽은 코 옆을 긁으면서 귀찮은 듯이 대답했습니다.

"정말이라니까. 나는 그 호텔의 주방장과 친구라 끗발이 있단 말이야. 걱정되면 나중에 호텔로 와보면 될 것 아냐?"

여동생은 그 말을 듣고 저에게 손을 내밀었습니다.

"오빠, 남은 돈을 반으로 나눠줘."

하는 수 없이 저는 100위안을 여동생과 절반씩 나누었습니다. 돈을 주머니에 재빨리 챙겨 넣은 여동생은 신이 나서 제 얼굴을 보았습니다.

"오빠, 만나러 와!"

여동생은 자신의 물건이 든 작은 보따리를 들고 진롱 일행과 함께 역 구내를 빠져나가 버렸습니다. 확실히 저는 여동생을 보호하고 있다고 말하긴 했지만, 실은 여동생에게 의존하고 있었던 것 같습니다. 저는 갑자기 한쪽 날개가 떨어져 나간 것 같은 느낌이 들어서 그 자리에 우뚝 서버리고 말았습니다. 그런 저를 밀어젖히며 긴 여행에 지친 농민들이 출구를 향해 발 빠르게 지나갔습니다.

"놀랐는걸! 자네 여동생은 행동파로군!"

곁에서 보고 있던 동전의 목소리가 들렸습니다.

"홀딱 빠졌다니까."

저의 처량한 말에 동전이 안됐다는 듯한 표정을 지으면서 말했다.

"하여간 어쩔 수 없는 일이야. 처음에는 혼자 헤쳐 나가는 수밖에 없어."

농민 구직자들은 대부분 동료와 함께 도시로 올라와 동향 사람에게 의지해 일자리를 찾거나 그 방에 임시로 얹혀삽니다. 그러나 저에겐 동료가 없으니 여동생이 유일하게 의지할 사람이었습니다. 창피한 얘기지만 여동생이 떠나고 나니 이제 광주에서 어떻게 해야 좋을지도 알 수 없었습니다.

"어딘가에 가서 삽이라도 사도록 해."

동전은 그렇게 말하고 어깨를 으쓱해 보이더니 사람들 사이로 사라졌습니다. 정신을 차려보니 저는 흠뻑 땀을 흘리고 있었습니다. 2월 초인데도 광주는 사천성에 비해 열대 지방처럼 무더웠습니다. 잔뜩 껴입은 웃옷을 하나씩 벗으면서, 저는 사람들에게 떠밀려 역의 출구로 향했습니다. 밖에는 강렬한 햇볕이 내리쬐고 있었습니다. 섭씨 20도 정도는 될 것 같았습니다. 그것은 우리 고향의 6월 날씨였습니다. 그리고 저는 눈앞의 광경에 아연실색했습니다.

역전 광장은 이미 사람들로 꽉 차 있었습니다. 중국 내륙부에서 올라온 수천 명의 농민 구직자들이 마땅히 갈 곳이 없어 역전 광장에 그대로 주저앉아 있었던 것입니다. 어느 얼굴이나 모두 햇볕에 타 갈색이었고 영양실조로 부실해진 몸에 엉성한 옷을 껴입은 채 가지고 온 이불이나 가마솥 위에 앉아 있었습니다. 개중에는 갓난애를 안은 여자도 있었습니다.

나는 여기 모인 사람들과 어디에 가서든 경쟁할 수밖에 없다는 것을 알았습니다. 다른 사람을 앞지르지 않으면 살아남을 수 없는 것입니다. 여동생은 재빨리 연줄을 만들어서 제1관문을 빠져나갔습니다. 저는 과연 이 무리로부터 빠져나갈 수 있을까요? 현기증이 날 뻔했습니다. 그러나 동전의 말이 생각났습니다. 삽을 사서 노동 시장으로 가라.

저는 광주 역을 뒤로하고 걷기 시작했습니다. 역 앞의 넓은 길을 여러 대의 자동차가 달려가고 있었습니다. 버스나 트럭, 승용차나 오토바이 말입니다. 한 번도 본 적 없는 자동차들뿐이었습니다. 사람들은 모두 세련되고 자신만만해 보였습니다. 건물은 성처럼 커서 저를 압도했고 건물 유리에 반사된 햇빛에 눈이 아팠습니다. 자동차가 다니는 넓은 길을 어떻게 건너야 좋을지 몰라 허둥대고 있는데, 한 노파가 자못 깔보는 듯한 모습으로 계단이 있는 다리를 가리켰습니다. 많은 사람들이 그 위를 걸어서 도로를 건너고 있었습니다. 저도 다리로 올라가서 도로를 건넜지만, 피로와 공복 때문에 무릎이 흔들리더니 멈추지를 않았습니다. 저는 광주시에, 아니 도시에 압도당했던 것입니다. 이럴 때 여동생이라도 있으면 좋으련만 저는 어쩐지 마음이 안 놓였습니다. 그러나 한편으로는 저를 배신한 여동생에게 심한 노여움을 느꼈던 것도 사실입니다.

갑자기 공안 하나가 제 앞을 가로막았습니다. 중경 역에서 이미 경험한 저는 얼른 5위안을 건네주고 물었습니다.

"노동 시장에 가고 싶은데 어디에 있습니까?"

공안은 재빨리 돈을 주머니에 집어넣고 뭐라고 대답했습니다. 그러나 저는 전혀 알아들을 수 없는 광동어였습니다. 저는 당황했습니다. 같은 중국이라도 말이 다르다는 것을 잊고 있었던 것입니다. "노동 시장, 노동 시장!" 하고 몇 번씩 외치면서 필사적으로 삽으로 땅을 파는 시늉까지 했으나 공안은 역전 광장을 가리킬 뿐이었습니다.

마침내 저는 이해했습니다. 역전에 있는 농민 구직자들은 그냥 앉아 있는 것이 아니라 그곳에서 일자리를 찾고 있었던 것입니다. 고용주가 역전으로 찾아와서 노동자를 골라가는 모양이었습니다. 그러나 저는 역전으로는 돌아가고 싶지 않았습니다. 그 정도의 인원이 버티고 있다면, 일자리를 구하는 것은 기적에 가까운 일입니다. 기다리는 동안, 있는 돈을 몽땅 까먹고 구걸을 할 수밖에 없을 것입니다. 그리고 저는 앞으로 앞으로 나가고 싶은 인간이라 잠자코 무엇인가를 기다리는 것은 절대로 할 수 없는 성격이었습니다.

저는 일자리를 찾을 때까지 노숙하는 사람들이 비를 기원하는 고향의 농민들의 모습과 자꾸 겹쳐서 견딜 수가 없었습니다. 모든 것을 하늘에 맡기고 자신의 운명을 신에게 의탁한 사람들. 하지만 나는 스스로 길을 찾을 거라며 자신을 타이르고, 역전의 군중에게서 도망치고 싶다는 일념으로 자동차나 오토바이가 달리는 도로가를 걷기 시작했습니다.

이윽고 좀 더 조용한 거리가 나왔습니다. 플라타너스 가로수가 끝없이 이어지고 그 양쪽으로 페인트가 벗겨져가는 닮은꼴의 낡은 집들이 빈틈없이 늘어서 있었습니다. 어느 집이나 폭은 좁았지만 2층 창문에 양쪽으로 열리는 목제 블라인드가 달려 있는, 고향에서는 본 적 없는 선명한 색채의 남국풍의 구조였습니다. 그 길을 걸어가는 동안 저 자신이 광주 사람이 된 것 같은 기분이 들었습니다. 겨울에도 따뜻하고 가로수가 많은 번화가에서 사는 나 자신.

이전에는 연해부 사람들만 풍요롭게 사는 것이 샘이 나서 견딜 수가 없었습니다. 그런데도 이렇게 거리를 방황하며 걷는 동안 그 거리가 저에게 다가와 마음을 열어주는 것 같은 느낌이 들었습니다. 차츰 제 마음속에 힘이 생겼습니다. 저는 젊고 체력도 있고 몸과 얼굴과 머리도 나쁘지 않았습니다. 그렇다면 이 거리에서 성공하여 이런 아름다운 집에서 사는 것도 꿈은 아니었습니다. 기회가 있으면 저는 무엇이든지 할 수 있을 것입니다. 자력 구직. 동전이 참으로 좋은 것을 가르쳐주었다고 생각하면서 저는 미소를 지었습니다.

저는 몇 개의 모퉁이를 돌아서 옷을 잘 차려입은 사람들이 오가는 번화가로 들어섰습니다. 아이스크림을 먹으면서 걸어가는 긴 머리카락의 아가씨. 타이트한 청바지를 멋지게 차려입은 청년. 금빛으로 반짝이는 목걸이를 진열해놓은 쇼윈도 앞에서 저는 발을 멈추었습니다. 그리고 양복이나 셔츠 등 멋진 옷을 팔고 있는 가게 앞에서 쇼핑을 하는 젊은 이들과 쌓여 있는 상품을 넋을 잃은 채 바라보았습니다. 유서 깊어 보이는 고풍스러운 식당 앞에는 굵직한 물고기나 커다란 새우가 헤엄치고 있는 수조가 놓여 있었습니다. 식당에서는 사람들이 쇠고기나 생선 요리를 맛있게 먹고 있었습니다. 어느 요리나 모두 제가 본 적 없는 여러 가지 식재로 만들어져서 무척이나 맛있어 보였습니다. 그들은 그것을 혼자서 몇 접시나 주문해서 계속 먹어댔습니다.

날이 저물기 시작했습니다. 저는 도시의 엄청난 자극에 지쳐서 골목구석에 무거운 엉덩이를 내려놓았습니다. 목이 바짝 마르고 배가 고파서 견딜 수가 없었지만, 헛된 돈은 일절 쓰고 싶지 않았습니다. 저는 불과 50위안밖에 남지 않은 돈에서 이미 5위안을 헛되이 써버렸던 것입니다. 자전거를 탄 소년이 지나가면서 빈 주스 병을 길가에 버렸습니다. 저는 서둘러 병을 주워 남은 주스를 몽땅 마셨습니다. 나중에 알았지만 그것은 코카콜라라는 음료였습니다. 병 밑바닥에 남은 아주 적은 양밖에 먹지 못했지만 달콤하면서 씁쌀한 그 맛은 잊을 수 없을 정도로 맛있었습니다. 병에 수돗물을 넣어 남은 맛이 사라질 때까지 입을 갖다 대고 있었을 정도였습니다.

돈을 벌어서 이 음료를 매일 질리도록 사 마시고 아까 본 가게에 가서 청바지를 사 입자. 그리고 맛있는 요리를 배가 터지도록 먹고 저 아름다운 집에서 살자. 저는 그렇게 결심하고는 다시 걷기 시작했습니다. 그러다 보니 어느새 빌딩 건설 현장이 보였습니다. 쉬는 시간인지, 농민 출신으로 보이는 더러운 복장을 한 사내들이 빙 둘러앉은 채 담소를 나누고 있었습니다. 저는 그들에게 노동 시장이 어디인지 물어보았습니다. 그러자 한 사내가 더러운 손가락으로 한 방향을 가리켰습니다.

"중산로로 되돌아가서 동쪽으로 걸어가면 주강이라는 커다란 강이 나오는데, 그 강가에서 노동 시장이 열린다네."

저는 그에게 고맙다는 인사를 하고는 사내들이 다시 동료들과 얘기를 나누는 사이에 삽을 한 개 훔쳐서 도망쳤습니다.

노동 시장이 열린다는 곳은 금세 알 수 있었습니다. 콘크리트 둑으로 된 막다른 길목이 나타났는데 그 너머로 커다란 강이 보였습니다. 그것이 주강이었습니다. 거기에는 저처럼 일자리를 구하려는 농촌 구직자들이 이미 2, 30명 모여 있었습니다. 시장 주변에는 노동자들이 사는 곳인지 폐자재나 시멘트 부대로 지은 판잣집들이 늘어서 있고 음식을 파는 노점도 있었습니다. 한가한 사람들은 빙 둘러앉아서 소리 높여 떠들어대거나 지친 모습으로 웅크리고 앉아 있었습니다. 저는 해바라기 씨를 까먹고 있는 젊은 남자에게 말을 걸었습니다.

"여기가 노동 시장입니까?"

"그래요."

젊은이는 퉁명스럽게 대답하고는 손바닥에 얹은 씨를 소중한 듯이 한 알씩 입으로 가져갔습니다. 그러고는 곁눈질로 제 삽을 보더니 부러운 듯한 표정을 지었습니다. 저는 빼앗기지 않으려고 삽을 단단히 움켜잡고 그에게 물었습니다.

"저도 여기에 줄을 서도 되나요?"

"먼저 온 사람에게 우선권이 있으니까 아무도 시비는 걸지 않을 겁니다. 이 근처에 자리를 잡지 않으면 일자리를 얻지 못하니까 말이죠."

그것은 이 사내는 오늘 일자리를 얻지 못했기 때문에 앞쪽에 앉게 되었다는 얘기였을 것입니다. 잃으면 얻을 수 있고, 얻은 것은 언젠가 잃기 마련입니다. 여기서도 다른 사람을 앞지르지 않으면 일자리는 손에 들어오지 않을 것이란 생각이 들었습니다.

"시장은 아침 몇 시에 열리나요?"

"시간 같은 건 정해져 있지 않아요. 시장이라고 해봤자 트럭이 와서 노동자를 모아 금세 가버리니까 멍청하게 있다가는 끝나버려요."

저는 그의 바로 뒤에 자리를 잡았는데, 어영부영 시간을 보내는 사이에 여행의 피로 때문인지 삽을 끌어안은 채 잠들어버렸습니다.

추위와 사람들의 얘기 소리에 잠에서 깼습니다. 아침 해가 떠오르고 있는 푸른 하늘이 맨 먼저 눈에 들어왔습니다. 놀랍게도 저는 저녁때부터 다음 날 아침까지 차가운 둑 위에 앉은 채 잠이 들었던 것입니다. 저는 황급히 일어났습니다. 이미 수백 명의 사람들이 모여서 이제나저제나 시장이 시작되기를 기다리고 있었습니다. 저는 눈을 비비고 병에 든 물을 마셨습니다. 그때 트럭이 맹렬한 속도로 달려왔습니다.

"교량 공사, 삼태기 지기, 50명!"

짐칸에 탄 사나이가 크게 소리를 지르자, 사람들이 앞을 다투어 손을 들며 앞으로 뛰어나갔습니다. 그것을 긴 막대기로 제지하더니 사나이가 소리쳤습니다.

"삽, 곡괭이를 가진 사람!"

저는 서둘러 앞으로 뛰어나갔습니다. 사나이는 제 체격과 손에 든 삽을 보고 고개를 끄덕이더니, 트럭에 타라고 턱으로 신호했습니다. 그러나 그다음에는 사나이가 저지하거나 말거나 트럭을 에워쌌던 사람들이 앞을 다투어 짐칸으로 기어오르기 시작했습니다. 짐칸이 크게 흔들리더니 몇 사람인가가 끌어내려졌습니다. 기차와 마찬가지였습니다. 노동자들로 가득 차서 더 이상 사람을 실을 수 없게 되자 트럭은 출발했습니다. 트럭이 흔들리면서 몇 사람이 떨어졌으나 아무도 신경 쓰지 않았습니다. 저는 삽을 빼앗기지 않으려고 필사적으로 가슴에 끌어안은 채 차가운 아침 바람을 정면으로 맞고 있었습니다. 또다시 여기에서의 생존 방법을 배운 것입니다. 다른 사람을 밀어내더라도 어쨌든 트럭에 올라타기만 하면 됩니다. 저는 최초의 자력 구직에 성공한 것입니다.

건축 공사 일은 3개월간 했습니다. 일은 간단했지만 육체적으로 무척 힘이 들었습니다. 새벽부터 경쟁해서 운 좋게 일거리가 있으면 아침 7시부터 저녁 5시까지, 현장에서 시멘트를 섞거나 철근을 운반했습니다. 열심히 일하고 받는 임금은 하루에 17위안이었습니다. 그것으로는 부족하다면서 공사장 일이 끝나면 거리 청소나 고물 줍는 일을 해서 돈을 더 버는 사람도 있었지만, 저는 충분히 만족스러웠습니다. 일당이 밀짚모자 공장의 17배나 되었기 때문입니다. 저는 고향과 비교도 되지 않을 정도로 많은 임금을 받을 수 있는 것이, 기뻐서 견딜 수가 없었습니다.

돈을 모으기 위해, 현장에 갈 때마다 나무 조각이나 비닐 등을 주워 모아서 노동 시장 옆에 조그만 바라크baraque, 임시 건물를 짓고 살았습니다. 그렇게 하면 언제 어느 때 트럭이 찾아와도 바로 달려갈 수 있기 때문이었습니다. 저처럼 바라크에서 거주하던 동료들은 친절해서 꿀꿀이죽 같은 것을 만들어 나누어주거나 술자리에도 불러주었습니다. 그러나 그것도 사천성 출신자에 한해서였습니다. 우리 중국인들은 동향 사람, 즉 같은 언어로 말하는 사람밖에 신뢰하지 않습니다.

돈이 1000위안 정도 모이자 공사장 일을 그만두고 싶어졌습니다. 욕실도 화장실도 없는 바라크 생활이 더할 수 없을 정도로 싫증이 난 까닭도 있지만, 이따금 시내에 놀러갔을 때 제 또래 남자들이 여자들과 즐겁게 노는 모습을 보며 부러워했던 이유가 컸습니다. 저도 빨리 시내에서 편하고 번듯한 일을 하고 싶다고 생각했습니다. 그러나 농촌 출신 구직자가 할 수 있는 일은 도시의 일자리 가운데서도 최하급의, 요즘 말로 '3D 업종'뿐이었습니다. 그런 점은 일본에서도 마찬가지였습니다. 저는 앞으로의 일자리를 의논하기 위해 일단 여동생을 만나러 가기로 했습니다. 그때까지 동생을 찾아가지 않았던 것은 버림받았다는 저의 오기 때문이었습니다.

저는 여동생을 만나기 위해 중산로까지 가서 새 티셔츠와 청바지를 샀습니다. 여동생은 일류 호텔에서 근무하고 있으니 제가 너무 초라한 모습으로 찾아가면 부끄러워할 것이라고 생각했기 때문입니다. 게다가 저는 육체노동 때문에 햇볕에 탔고 건장한 체구가 되어 있었습니다. 사나이답게 변하고 세련된 옷을 입은 저를 보면 여동생도 조금은 기뻐할지도 모른다고 생각했습니다. 사실 전 여동생을 데려간 진롱에게 대항의식을 불태웠습니다. 그래서 진롱이 체격이 좋은 사내라는 것을 한시도 잊지 않았던 것입니다.

6월 초의 무더운 어느 날, 저는 여동생에게 선물하기 위해 산 분홍색 티셔츠 봉투를 들고 주강에 면한 황사 대로를 걸어서 동생이 근무하는 백천 아빈관으로 향했습니다. 호텔은 사면의 주강 쪽에 우뚝 솟아 있었습니다. 지상 30층쯤 되는 멋진 호텔이었습니다. 저는 하얀 벽 건물을 올려다보고, 메이준이 이런 훌륭한 호텔에서 일하고 있구나 싶어 여동생이 자랑스러워졌습니다. 하지만 저는 건물이나 주변을 지나가는 외국인 관광객에게 압도당해서 좀처럼 현관 정면으로 다가갈 수 없었습니다. 연지색 제복을 입은 건장한 남자 네 명이 서 있었는데, 저를 수상하다는 눈으로 노려보았습니다. 그들은 의기양양하게 택시에서 내리는 손님을 안내하거나, 산책을 하고 돌아온 외국인 숙박 손님에게 영어로 인사를 했습니다. 그들은 저를 상대해줄 것 같지도 않아서 저는 현관 옆의 잔디 깔린 뜰을 청소하고 있는 남자에게 말을 걸었습니다. 그 사람의 옷차림과 태도로 보아 농촌에서 온 사람이라는 것을 알 수 있었기 때문입니다.

"여기서 장메이준이라는 아가씨가 객실 담당으로 일하고 있는데, 어디로 가야 만날 수 있습니까?"

사나이는 동북부의 사투리가 섞인 북경어로 이야기했습니다.

"물어보고 오죠."

그는 친절하게도 빗자루를 내려놓고 물어보러 갔습니다. 그러나 한참을 기다려도 그는 돌아오지 않았습니다. 저는 점점 커져가는 불안감을 억누르면서 햇빛을 받아 반짝반짝 빛나는 주강을 바라보고 있었습니다. 이윽고 뒤에서 누군가가 어깨를 두드렸습니다. 아까 그 사나이가 동정 어린 얼굴로 말했습니다.

"장메이준이라는 이름을 가진 객실 종업원은 없어요. 다른 부서 사람들한테도 물어봤지만 이 호텔에는 없는 것 같군요."

저는 아연실색했으나, 내심 역시 그랬구나 하고 생각했습니다. 좋은 일자리는 그렇게 쉽게 얻을 수 없다는 사실을 3개월 동안 일하면서 깨달았으니까요. 여동생은 진롱에게 속은 것입니다. 지금쯤 여동생이 어디서 무슨 일을 당하고 있을까 생각하니 걱정이 되어 견딜 수 없었지만, 저로서는 어찌할 도리가 없었습니다. 여동생은 광주라는 거대한 도시에 먹혀버린 것입니다. 제가 쓸데없는 오기를 부리는 바람에 여동생을 잃어버리고 말았습니다. 이제 두 번 다시 메이준을 만날 수 없을 것이라고 생각하니 눈물이 앞을 가렸습니다.

"그렇다면 불량배처럼 생긴 진롱이라는 남자는 있습니까? 주방장의 친구라고 하던데요."

"성은 뭐죠? 호텔의 어떤 레스토랑입니까?"

"몰라요" 하고 저는 고개를 좌우로 흔들었습니다.

"이곳의 주방장들은 모두 비싼 급료를 받고 있어요. 그러니까 불량배와 친구가 될 리 없죠."

그는 세상 물정을 모르는 저를 비웃는 듯 어깨를 으쓱해 보이고는 자기 일을 하러 돌아갔습니다. 저는 낙담한 채 호텔 옆의 사면을 향해 걸어갔습니다. 사면은 주강이라는 큰 강이 두 개로 갈라지는 북안 쪽에 자연스럽게 생겨난 모래톱입니다. 해방 전에는 중국인은 한 발자국도 들어갈 수 없는 조계지19세기 후반에 영국·미국·일본 등 8개국이 중국을 침략하는 근거지로 삼았던 개항 도시의 외국인 거주지였다고 하는데, 이제는 공원이 되어서 누구나 들어갈 수 있었습니다. 사면에 온 것은 처음이었습니다. 양옥집이 늘어서 있는 넓은 도로 한가운데는 그린벨트였기 때문에 새빨간 샐비어와 히비스커스가 만발해 있었습니다. 늘어선 건물들은 제가 언젠가 살고 싶다고 바랐던 광주의 조그만 집들과 비교되지 않을 정도로 훌륭하고 아름다웠습니다. 저는 위로 올라가도 그보다 높은 상류층이 있다는 사실에 한숨지으면서 벤치에 앉아 깊은 생각에 잠겼습니다. 그리고 어떻게 하면 메이준의 행방을 알아낼 수 있을까 싶어 절망에 빠졌습니다. 그때 어떤 사람이 저를 부르는 것이었습니다.

"야, 너 이리 좀 와봐!"

공안처럼 오만한 말투였기 때문에 체재 증명서도 노동 증명서도 갖고 있지 않은 저는 가슴이 철렁 내려앉았습니다. 남색 양복 차림으로 보아 정부 쪽 관리처럼 보였습니다. 체격은 빈약했지만 말투하며 거만한 태도로 볼 때 상당한 지위에 있는 사람인 것 같았습니다. 저는 잘못 걸려들었다고 생각하고 우둔한 촌놈 행세를 했습니다.

"저는 나쁜 짓은 아무것도 안 했어요."

"알고 있어. 아무래도 좋으니까 잠깐 와봐" 하고 사나이는 제 팔을 붙잡고 서양관 옆에 서 있는 검은 자동차를 가리켰습니다.

"저기에 타."

도망칠 수도 없어서 저는 사나이에게 팔을 잡힌 채 차 앞으로 따라갔습니다. 차는 대형 벤츠였습니다. 선글라스를 쓴 운전사가 저를 보고 히죽 웃었습니다. 저는 뒷좌석에 강제로 태워졌습니다. 조수석에 앉은 양복 입은 사나이가 제 쪽을 돌아보더니 말했습니다.

"일자리를 소개해주겠다. 단, 입 밖에 내지 않는 것이 조건이다. 지킬 수 없을 것 같으면 지금 당장 내려."

"어떤 일입니까?"

"가보면 알아. 싫으면 내리라니까!"

저는 무서워서 견딜 수 없었지만, 어쩌면 제 운명이 바뀔지도 모른다는 예감이 들어서 차에서 내릴 수 없었습니다. 공사장 생활은 이미 싫증이 났으며, 사랑하는 여동생과는 생이별을 했습니다. 될 대로 되라 하는 마음이 생긴 것이 사실입니다. 저는 고개를 끄덕였습니다.

저를 태운 벤츠는 제가 두 번 다시 찾아갈 일이 없을 거라고 생각했던 백천 아빈관으로 되돌아갔습니다. 정면 현관에 도착하자 조금 전에 저를 못 본 체했던 남자가 달려와서 정중하게 문을 열어주었습니다. 그들은 벤츠에서 내리는 저를 보고 놀란 얼굴을 숨기지 않았습니다. 저는 왠지 굉장히 기분이 좋아져서, 앞으로 어떤 지독한 일을 당하더라도 이 기분을 맛보았으니 그것으로 괜찮지 않겠냐고 생각했습니다. 그 정도로 노동자들은 연해부에서 편하게 사는 도시인들을 미워했습니다.

저는 양복 입은 남자를 따라서 난생 처음 호텔 안으로 들어갔습니다. 아름다운 복장의 부유해 보이는 사람들이 넓은 로비에 가득했습니다. 엉겁결에 넋을 잃고 멈춰 서자, 사나이가 제 팔을 난폭하게 잡아끌었습니다. 저는 엘리베이터에 태워져서 최상층인 26층에서 내리도록 지시를 받았습니다. 불안해진 저는 내리는 것을 망설였습니다. 여기서 내리면 두 번 다시 이전 생활로 돌아가지 못할 것 같은 느낌이 들었습니다.

여동생을 닮은 창녀

"왜 그래? 빨리 내려."

망설이는 저를 사나이가 재촉했습니다.

"저는 역시 그만두겠습니다. 허가증이 없으니 곧 고향으로 돌아가겠습니다. 용서해주십시오."

제 애원에도 불구하고 사나이는 말없이 제 팔을 난폭하게 움켜쥐었습니다. 저는 우격다짐으로 엘리베이터에서 끌어내려져서 함께 걸어야 했습니다. 그가 너무나도 강제적이라서 뭔가 엄청나게 큰일에 말려드는 것 같은 기분이 들었습니다. 제 다리는 공포로 후들후들 떨렸습니다. 사나이는 저를 잡아끌 듯이 하며 아무도 없는 어두컴컴한 복도 안쪽을 향해 똑바로 걸어갔습니다.

복도에는 베이지색의 두터운 양탄자가 깔려 있었습니다. 여기저기에 수련이나 봉황 같은 무늬를 짜 넣어 밟기가 송구스러워지는 고급 양탄자였습니다. 희미한 조명이 똑같은 간격으로 켜져 있고 어디에선가 아름다운 음악이 낮게 흘렀습니다. 복도 전체에 좋은 향기가 감도는 탓에 저는 이상하게도 공포를 느끼면서도 한편으로는 넋을 잃고 안도했습니다. 시골에서 살았더라면 이 세상에 이토록 아름다운 곳이 있다는 것도 모른 채 죽었겠지요.

사나이가 가장 안쪽 방문을 노크했습니다. "네" 하고 여자의 새된 목소리가 들리더니 즉시 문이 열렸습니다. 남색 양장에 립스틱을 짙게 바른 앙칼진 얼굴의 젊은 여자가 서 있었습니다. 여자는 "들어와!" 하고 명령조로 말했습니다. 주뼛주뼛 방 안을 들여다본 저는 안도의 한숨을 내쉬었습니다. 저 같은 젊은 남자들이 세 명 있었습니다. 역시 저처럼 어디서 끌려온 모양이었습니다. 겁에 질렸는지 불안해 보이는 모습으로 소파에 앉아서 텔레비전을 보고 있었습니다.

저는 기다란 소파 끝에 어정쩡하게 걸터앉았습니다. 젊은 남자들이 모두 저처럼 돈을 벌기 위해 올라온 농민이라는 것은 복장만 보아도 알 수 있었습니다. 그들도 저처럼 낯선 남녀와 호화스러운 방에 압도당하고, 무슨 짓을 당하게 될지 몰라 잔뜩 긴장하고 있었습니다.

"저기서 기다려."

사나이는 내뱉듯 말하고 옆방으로 들어갔습니다. 사나이는 한참 동안 나오지 않았습니다. 립스틱을 짙게 바른 여자는 일체 입을 열지 않은 채 우리와 함께 텔레비전 화면에 시선을 보냈습니다. 저는 여자의 날카로운 눈매 때문에 공안이나 정부 기관에 근무하는 여자가 아닐까 지레짐작을 했습니다. 막벌이 생활을 3개월쯤 하고 나면 고압적이고 마구 으스대는 관리들을 금세 알아볼 수 있게 됩니다.

텔레비전 화면에 나오고 있던 것은 소요 사건이었습니다. 젊은이들이 피를 흘리며 무엇인가 외치고, 탱크가 오가고, 사람들이 사방으로 도망치고 있었습니다. 마치 내전이 일어난 것 같았습니다. 북경에서 천안문사건이 일어난 다음 날이었던 것입니다. 저는 이 사건을 전혀 몰랐기 때문에 무의식적으로 화면을 응시했으나, 앙칼진 얼굴의 여자가 손에 든 리모컨으로 꺼버렸습니다. 젊은 남자들은 불안한 모습으로 여자에게서 눈을 돌려 서로를 쳐다보았습니다.

수십 명이라도 숙박할 수 있을 것 같은 커다란 방이었습니다. 로코코라고 하나요? 서양풍의 호화로운 소파 세트에 대형 텔레비전이 있었고 구석에는 바도 있었습니다. 커튼을 활짝 열어젖힌 창문으로 오후의 햇빛을 반사하는 주강이 보였습니다. 화물선이 오가고 그 항적이 퍼져서 작은 배가 흔들리는 모습이 보였습니다. 밖은 무더웠지만 에어컨을 틀어놓아서 실내는 서늘했습니다. 얼마나 쾌적한지 말로 다 표현할 수 없었습니다.

여자가 엄한 눈으로 저를 노려보았으나, 저는 아랑곳하지 않고 일어나서 창 쪽으로 가 경치를 바라보았습니다. 오른쪽 끝에 제가 바라크를 짓고 살았던 노동 시장이 보였습니다. 구질구질한 모습이었습니다. 저곳에는 이제 두 번 다시 돌아가지 않을 거야. 이런 아름다운 곳이 있다면 바라크 같은 것은 사양하겠다고 저는 단호히 생각했습니다. 천안문사건은 먼 북경에서 일어난 일이라 저에게는 남의 일처럼 느껴졌습니다.

옆방의 문이 조용히 열리더니 저를 데려온 사나이가 얼굴을 내밀었습니다. 사나이는 저를 가리켰습니다.

"너만 이리 들어와. 나머지 사람들은 돌아가도 좋아."

기다리고 있던 젊은이들은 안심하면서도 무엇인가를 놓친 것 같은 복잡한 표정으로 돌아갔습니다. 저는 뭐가 뭔지 영문을 모른 채 옆방으로 들어갔습니다. 처음 보는 커다란 침대가 중앙에 놓여 있고, 여자가 담배를 피우면서 침대 옆 의자에 앉아 있었습니다.

여자는 키가 작고 단단하게 살이 붙은 건장한 체격이었으나, 머리카락을 갈색으로 염색하고 분홍색의 커다란 안경을 쓰고 새빨간 가운을 걸쳐 매우 요란스러운 모습이었습니다. 나이는 마흔 전후 같았습니다.

"이쪽으로 와."

의외로 귀여운 목소리로 여자가 조그만 2인용 소파에 앉으라고 권했습니다. 저를 데려온 사나이는 어느 틈엔가 방을 나갔고, 정신을 차려 보니까 저는 여자와 단둘이 마주앉아 있었습니다. 여자는 저를 관찰했습니다. 대체 무슨 일이 일어나는 것일까 하고 저도 여자를 마주 바라보았습니다. 여자가 저에게 물었습니다.

"나를 어떻게 생각하나?"

"무섭습니다." 저의 솔직한 대답에 여자는 입을 일그러뜨렸습니다.

"모두들 그렇게 말하더군."

여자는 일어나서 침대 옆에 놓여 있는 작은 금고를 열었습니다. 금고에서 꺼낸 것은 한 숟가락의 차였습니다. 여자는 마디가 굵은 손을 익숙하게 움직여 작은 찻잔에 포트의 뜨거운 물을 붓고 저를 위해 차를 끓여주었습니다.

"맛있지?"

저는 콜라가 훨씬 맛있다고 생각했지만, 동의하지 않으면 여자가 화를 낼 것 같았기 때문에 몇 번씩이나 고개를 끄덕였습니다. 여자는 자랑스러운 듯이 말했습니다.

"이건 최고급 우롱차야. 운남성에 있는 우리 밭에서 따온 것인데, 1년에 이 정도밖에 나오지 않아."

여자는 손으로 축구공 정도의 크기를 나타내 보였습니다. 내가 고급 우롱차를 마신 것은 이때가 처음이었습니다.

"이름이 뭐지?"

몸집이 왜소한 여자는 차를 홀짝이면서 품평이라도 하듯 제 얼굴을 바라보았습니다. 그 눈매가 부드러운 것 같으면서도 험악해 제 심장은 바짝 오그라들었습니다. 영문을 알 수 없는 이런 인물을 만난 적이 없었기 때문입니다.

"장제중입니다."

"시시한 이름이구나. 나는 러오전이다. 가사歌詞를 만드는 일을 하고 있지."

저는 가사를 만드는 것이 어떤 일인지 전혀 몰랐지만 러오전이라는 여자가 보통 인물이 아닌 것만은 지금까지의 경위나 이 호화스러운 호텔 방만으로도, 아무리 세상 물정 모르는 촌놈이라 할지라도 충분히 예상할 수 있었습니다. 가사를 만드는 일만 하는 여자가 남의 손을 빌려서 저 같은 사내들을 모을 수 있는 것일까요? 그것도 무엇을 위해서? 혹시 어쩌면 이 여자는 범죄 조직의 일원일지도 모릅니다. 다리가 다시 후들후들 떨리기 시작했습니다. 당치도 않은 의심을 받고 있는 건지도 모른다고 생각한 것입니다. 그러나 러오전은 아주 귀찮다는 듯이 말하는 것이었습니다.

"자네가 내 연인이 되어주었으면 좋겠어."

"연인이라면, 어떤 일을 하는 것입니까?"

"나하고 자는 거야."

여자가 제 눈을 보고 똑똑히 말했기 때문에 저의 뺨은 굴욕으로 새빨개졌습니다.

"저는 못 합니다."

"할 수 있어!" 여자가 태연스럽게 말했습니다. "그 대신 돈을 많이 주지. 자네는 돈이 필요해서 돈벌이를 하러 온 거 아냐?"

"그렇기는 하지만 저는 노동으로 돈을 벌고 있습니다."

"이것도 노동이잖아?"

여자는 자신의 말이 우습다고 생각했나 봅니다. 자신이 부끄럽다는 듯이 빙긋 웃었습니다. 여자가 교양이 있는 건지 없는 건지, 저로서는 전혀 분간할 수가 없었습니다.

"돈은 어느 정도나 받을 수 있습니까?"

"내가 만족하게 되면 얼마든지 주지. 어때, 괜찮은 얘기지?"

저는 얼른 대답할 수 없었습니다. 마음속에서 아무리 그래도 남창 짓을 할 수는 없다는 심정과 더 이상 공사 현장에서 일하는 것은 싫으니 즐기면서 돈을 벌자는 심정이 싸웠습니다. 결국 저는 돈에 눈이 뒤집혔습니다. 귀여운 여동생도 지금쯤 속아서 몸을 팔고 있을 것이 틀림없었습니다. 그렇다면 나도 그렇게 할 테다. 저는 천천히 고개를 끄덕였습니다. 러오전은 만족했는지 저의 찻잔에 다시 차를 따라주었습니다.

사실, 이 이야기를 솔직하게 쓰는 데에는 상당한 용기가 필요했습니다. 재판장님께 제출하는 진술서에 이런 것까지 쓰는 것이 망설여졌지만, 이 기회에 반생을 되돌아보고 싶었습니다. 부디 경멸하지 마시고 읽어주시길 부탁드립니다.

이런 이유로 저는 러오전이라는 부유한 중년 여자에게 돈을 받고 몸을 팔게 되었습니다. 제 입장에서 말하면 몸을 빼앗긴 것과 마찬가지였지만, 러오전은 저에게 약간의 연애 감정을 느꼈던 것 같습니다. 말은 언제나 난폭하게 했지만, 귀여운 개를 사랑하듯이 저를 보았기 때문입니다. 게다가 네 명의 청년들 가운데서 저를 고른 이유가 제 얼굴이 러오전이 원한 이상형에 가까웠다는 것과 텔레비전을 보지 않고 혼자 일어나서 주강을 바라본 것이 좋았다는 것인데, 저의 내부에 있는 무엇인가가 러오전의 마음을 끌었던 모양입니다. 저는 모르고 있었지만, 우리가 대기하고 있던 방에는 러오전의 방에서 볼 수 있는 투명 거울이 있었다고 합니다.

저는 러오전의 방에서 살도록 명령을 받았습니다. 그곳에서의 생활은 보는 것, 듣는 것 모두가 제가 알지 못하던 것들이었습니다. 서양식

식사와 예법, 침대에서 아침 식사를 하는 방종함, 옥상의 풀장. 저는 산속에서 자라서 헤엄을 칠 줄 몰랐습니다. 풀 사이드에서 피부를 태우는 저를 거들떠보지도 않은 채 러오전은 멋진 크롤로 풀장을 왕복했습니다. 풀장은 회원제인데, 그곳에서 시간을 보내는 사람들은 돈 많은 중국인이나 외국인뿐이었습니다. 저는 스타일이 좋은 서양 여자를 동경했고 못생긴 러오전과 함께 있는 것이 창피하다는 생각이 들기도 했습니다.

저는 술도 마셨습니다. 맥주에 위스키, 브랜디에 와인. 러오전은 비디오로 미국 영화를 보는 것을 좋아했지만 뉴스 같은 것은 거의 보지 않았습니다. 저는 천안문사건이 그 뒤로 어떻게 되었는지 알고 싶었지만, 신문이 없었기 때문에 알 수 없었습니다. 러오전은 저에게 젊었을 적에 미국에 갔었다고 말했습니다. 당시 중국인으로서 외국에 나갈 수 있었던 자는 정부 관계자나 유학생 정도였으니, 러오전의 출신 성분이 점점 더 커다란 수수께끼가 될 뿐이었습니다. 그러나 저는 아무것도 묻지 않은 채 연하의 젊은 애인 역할을 계속하기로 결심했습니다. 왜냐하면 저는 천국과 같은 백천 아빈관의 스위트룸 생활을 마음껏 즐겨야겠다고 생각했기 때문입니다.

러오전은 고약한 사람이었습니다. 제가 조금이라도 자기주장을 하면 당장 화를 냈습니다. 다른 이의 주장이라면 무엇이든 오만하게 거절했습니다. 그때마다 저는 실망했고, 이 여자에게서 도망쳐 어딘가에 가서 자유롭게 살고 싶다는 생각을 했습니다. 그럴 수밖에 없었던 것이 저의 활동 범위는 26층의 스위트룸과 풀장뿐이었으니까요. 호텔 안을 자유롭게 돌아다니는 것도 외출도 금지 당했습니다. 보수가 적었던 것도 실망의 원인이어서, 저는 채 일주일이 지나지 않아 불만을 품게 되었습니다.

천안문사건으로부터 열흘쯤 지난 어느 날이었습니다. 아침에 침대 옆의 전화벨이 울리더니, 러오전은 드물게 표정이 굳은 채 전화를 받았습니다.

"그런데 어떻게 하면 되겠어? 당장 돌아가는 것이 좋을까?"

전화를 끊은 뒤에도 러오전은 초조한 모습으로 저에게 몸을 기대었습니다. 저는 러오전에게 등 뒤에서 끌어안긴 채 뒤를 돌아다보았습니다.

"북경에서 골치 아픈 일이 일어나고 있는 것 같아."

"러오전과 관계가 있는 일인가요?"

러오전은 일어나서 담배를 물고 아무 대답도 하지 않았습니다.

"덩샤오핑이 주제넘게 나서서 그렇지."

그중얼거림으로 러오전의 출신을 어렴풋이나마 알게 되었습니다. 러오전은 아마 공산당 간부의 자녀였을 것입니다. 천안문사건이 일어난 뒤, 러오전의 아버지에게 무슨 문제가 생겼는지도 모릅니다. 그날 러오전은 하루 종일 저기압이었습니다. 계속 전화가 걸려왔고 그때마다 의기소침해지거나 격앙해 고함을 쳤지만, 저에게는 내막을 알려주지 않았습니다. 그래서 저는 태평스럽게 미국 영화를 보고 있었는데 러오전이 말했습니다.

"제중, 나는 북경으로 돌아가야 할 것 같아. 넌 여기서 기다리고 있어."

"함께 따라가면 안 되나요? 나는 북경에 가본 적이 없거든요."

"안 돼!"

러오전은 사내처럼 고개를 저었습니다.

"그렇다면 호텔 안을 조금 돌아다녀 봐도 될까요?"

"그건 어쩔 수 없지. 대신에 그 녀석을 붙여놓을 거야."

러오전은 마지못해 승낙했습니다. 그 녀석이란 저를 여기 데려온 러오전의 보디가드를 말했습니다.

"나에게 아무 말도 하지 않고 어딘가로 가면 안 돼. 바람을 피워도 안 되고. 배신하면 즉각 교도소행일 줄 알아!"

러오전은 저에게 이렇게 다짐을 주고 북경으로 향했습니다. 러오전의 수행원은 앙칼진 얼굴의 여자였습니다. 그 여자는 러오전의 비서인데, 같은 층에 살았습니다. 그 여자는 저를 경멸하는지 결코 눈을 마주치려고 하지 않아서 울화가 치밀었습니다. 또 보디가드나 운전사는 러오전이 언젠가는 저에게 싫증 낼 것이라고 예상하는지, 러오전이 없을 때엔 저를 개 취급했습니다. 그런 하찮은 일들이 모두 젊은 저에게 충격을 주었고 굴욕감을 더욱 키웠으며 무엇인가 앙갚음을 해주고 싶게 만들었습니다.

러오전과 비서가 북경으로 떠난 이튿날, 저는 보디가드의 감시를 받으면서 호텔 안을 배회하기로 했습니다.

"이봐, 러오전은 누구의 딸이지?"

저는 엘리베이터 안에서 남자에게 물었습니다. 처음 데리고 왔을 때는 겁을 잔뜩 집어먹고 있던 저의 태도가 시건방지게 변했기 때문에 보디가드는 불쾌한 것 같았습니다. 그는 잠자코 옆을 바라보았습니다.

"러오전이 돌아오면 자네와 비서가 관계하고 있다는 것을 일러바칠 거야. 담배와 술을 훔쳐서 암시장에 팔고 있다는 것도."

내가 대충 짐작으로 협박하자 보디가드의 얼굴색이 싹 달라졌습니다.

"고자질당하고 싶지 않으면 러오전의 아버지가 누군지 말해!"

보디가드는 미간을 찌푸렸습니다.

"말해보았자 일자무식인 너는 알지도 못하는 이름이야."

"괜찮으니까 말해봐."

"리퉈민李拓民이다."

저는 너무 놀란 나머지 바닥에 주저앉을 뻔했습니다. 리뤄민이라면 중국 공산당의 넘버 투 아닙니까? 다들 현 국가 주석이 정권을 잃게 되면 그다음에 주석이 되는 것은 리뤄민이라고들 말했습니다. 러오전은 제가 도망치면 교도소에 집어넣겠다고 협박하고 갔는데 그건 농담이 아닌 것 같았습니다. 엄청나게 높은 여자와 관계되었다고 생각하니 공포심 때문에 무릎에서 힘이 쭉 빠져나가는 것만 같았습니다.

"그 말이 사실이야?"

저는 보디가드의 어깨를 움켜잡았으나 그는 난폭하게 떨쳐냈습니다.

"러오전은 리뤄민의 장녀야. 운이 좋은지 나쁜지는 자네 태도에 달렸어. 전에 있던 녀석들은 바보들이었지. 사치스러운 생활에 눈이 멀어서, 진흙탕에 발을 담그고 있다는 것을 금세 잊어버린 거야. 그럴 때 러오전은 무섭다고. 자신이 어떤 신분의 인간인가를 뼈저리게 느끼게 만들거든."

"잘못 기어오르다가는 지독한 벌을 받는다는 얘기인가?"

보디가드는 대답하지 않은 채 히죽 웃었습니다. 호랑이의 위세를 빌린 혐오스러운 놈. 저는 엘리베이터가 아래층에 도착하기 전에 두들겨 패주려고 자세를 취했지만 이내 발바닥에 가벼운 진동이 느껴지더니 로비에 도착해버렸습니다. 그리고 문 밖은 별천지였기 때문에 저는 러오전 따위는 까맣게 잊어버렸습니다.

티셔츠 차림으로 한가하게 걸어 다니는 가족이나 빠른 걸음의 비즈니스맨, 은근무례한 호텔 직원들. 러오전의 방에 갇혀 있던 내가 바깥 세계에 나온 것은 실로 2주 만이었습니다. 등이 환히 보이는 드레스를 입은 서양 여자가 나와 눈이 마주치자 미소를 지었습니다. 아, 세상은 얼마나 넓고, 또 각양각색의 사람들이 있는 것일까요? 저는 넓은 로비의 여기저기를 걸어가는 사람 모두에게 눈을 빼앗겼습니다. 풍요로운 부를 만끽하고 있는 평화로운 사람들. 나도 이렇게 되고 싶다, 아니 반드시 되어야 한다. 또다시 부에 대한 동경이, 그리고 자유에 대한 희구가 제 마음을 점령해서 저는 괴로움을 느꼈습니다. 바로 얼마 전까지는 무슨 일이 있어도 러오전의 방에 머물면서 사치를 만끽하려고 생각했던 주제에 이번에는 러오전의 방으로 돌아가지 않으면 안 된다는 것을 깨닫자 우울해서 견딜 수가 없었습니다. 저는 이대로 도망치고 싶은 심정이었습니다. 그러자 제 마음을 읽기라도 한 듯 보디가드가 귓가에 대고 속삭이는 것이었습니다.

"공연한 생각하지 않는 게 좋아. 네가 입고 있는 옷과 구두 모두 러오전 여사의 거야. 네 물건이라고는 아예 생각도 하지 말라고. 네가 여기서 도망친다면 절도죄로 처넣을 거야."

"시끄러워!"

"이 촌놈이."

"너도 마찬가지잖아?"

"나는 북경 출신이야."

우리는 작은 소리로 욕지거리를 주고받으면서도 표면상으론 아무 일도 없는 체하며 로비 여기저기를 돌아다녔습니다.

분명히 저는 러오전이 마련해 준 흰 폴로셔츠와 청바지를 입고 있었습니다. 폴로셔츠는 프레드 페리라는 영국제, 청바지는 리바이스, 신발은 검은 가죽에 흰 선이 들어간 나이키였습니다. 당시 나이키 신발을 신을 수 있었던 중국인이 대륙에 도대체 몇 명이나 있었을까요? 그것을 사주었던 당시, 저는 너무나 기뻐서 매일 신발 손질을 게을리 하지 않았을 정도입니다. 제가 복장을 흐트러짐 없이 단정히 하고 있었기 때문에 사람들은 존경의 눈길을 보냈습니다. 저 사람은 젊지만 부자구나 하고. 저와 비슷한 또래로 보이는 보이가 부러운 듯이 제 나이키를 바라보았습니다. 그때 저는 깨달았습니다. 지금까지의 저는 러오전의 사치스러움에 놀라고, 그 부를 맛보는 것이 고작이었습니다. 하지만 부가 부로 더욱 빛나는 것은 찬사를 받기 때문입니다. 타인의 시선이 없다면 부의 가치는 반감합니다. 그렇게 생각한 저는 역시 러오전에게서 도망쳐야겠다고 결심했습니다.

저는 제 모습을 차분히 감상하기 위해 구석에 있는 소파에 앉기로 했습니다. 그곳의 커다란 유리창에 온몸이 비쳤습니다. 보디가드는 제가 제 옷을 만족스러운 듯이 쳐다보는 것을 보고는 냉소했습니다.

"옷이 날개로군! 하지만 네 옷은 전부 전에 있던 녀석이 입던 거야."

저는 깜짝 놀랐습니다. 새 것이 아닌 것 같다는 생각은 했지만, 설마 전에 있던 녀석이 입던 옷일 줄이야!

"그 녀석은 어떻게 되었는데?"

"그 녀석은 흑룡강성에서 온 놈이었는데 러오전이 보물처럼 아끼는 차를 제멋대로 마셨지. 그 전의 녀석은 내몽고 자치구 놈이었는데 러오전의 루비 반지를 끼고 풀에서 수영을 하다가 루비를 빠뜨렸어. 물속에서 빨간 보석이 어떻게 보이는지 실험하고 싶었다고 핑계를 대더군. 말도 안 되는 변명이지. 그래서 내가 말했어. 모두 사치에 익숙해지면 자신의 신분을 잊어버리고 정신을 못 차리게 된다고. 녀석들은 지금쯤 교도소에서 바퀴벌레와 함께 살고 있을걸."

그 말을 듣고 저는 무서워졌습니다. 이제부터 저를 기다리고 있을 운명 같다는 느낌이 들었습니다. 왜냐하면 러오전과 알게 된 지 이제 2주 일밖에 지나지 않긴 했지만, 러오전이 저에게 열을 올리는 데 비해 저는 러오전을 전혀 좋아하지 않았기 때문입니다. 저는 앞으로 러오전에게서 도망치는 것만을 생각하게 될 것입니다. 그것도 러오전의 물건을 조금 갖고 말입니다.

군이 항변하게 해주신다면, 그때의 저는 러오전으로부터 무엇을 빼앗는 것이 절도죄가 된다는 의식 같은 것은 전혀 없었습니다. 왜냐하면 노동의 정당한 보수를 받지 못하고 있다는 불만이 뿌리 깊게 박혀 있었기 때문입니다. 러오전은 제게 돈을 지불하겠다고 했지만, 하루에 20위안 정도밖에 주지 않았습니다. 제 불평에 대하여 러오전은 이렇게 반박했습니다.

"하지만 자네의 숙박비와 식비를 빼서 그렇지, 사실은 하루에 100위안을 지불하고 있는 거야. 술과 담배는 내가 접대하는 거고."

저는 억지로 끌려와서 26층의 방에 갇힌 채 러오전에게 실컷 몸을 희롱당하고 있는데, 그것은 함바집의 논리와 똑같잖습니까? 아무리 사치를 맛보더라도 저는 러오전의 논리만은 도저히 납득할 수가 없었습니다.

"이제 슬슬 돌아가자고."

보디가드가 제 팔을 쿡쿡 찔렀습니다. 할 수 없이 일어난 저는 이래서는 죄수와 다를 바가 없다는 생각에 기분이 우울해졌습니다. 당 간부의 딸에게 납치된 불쌍한 농민 말이지요.

"저기 좀 봐." 보디가드가 저에게 말했습니다. "유모차의 어린애 말이야."

미국인 같은 백인 부부가 조그만 유모차를 밀고 로비의 분수를 보고 있었습니다. 아기를 데리고 해외여행을 왔나 보다 하고 생각하면서, 저는 행복한 듯 웃고 있는 부부를 응시했습니다. 남자는 반바지에 티셔츠를 입었고 여자는 똑같은 티셔츠에 청바지를 입고 있었습니다. 건강한 백인들이었습니다. 그러나 유모차 안에 있는, 간신히 목을 세울 정도의 갓난애는 동양계였습니다. 기특한 외국인이 가난한 중국인 고아를 양자로 삼은 모양이었습니다.

"그게 어쨌다는 건데?"

보디가드가 은밀히 다른 곳도 손으로 가리켰습니다. 로비에는 비슷한 유모차를 밀고 있는 백인 부부가 여러 쌍이나 있었던 것입니다. 갓난애는 모두 중국인이었습니다. 사내아이, 계집아이, 한결같이 새 옷이 입혀져 있었습니다.

"고아 알선이야."

"누가?"

보디가드는 잠자코 천장을 가리켰습니다.

"러오전이 하고 있단 말이야? 러오전은 작사가라고 했잖아?"

"그렇게 말하고는 있지만, 자네는 러오전이 노래하는 걸 들어본 적 있나?"

제가 고개를 흔들자 보디가드는 코웃음을 쳤습니다.

"고아 알선이 본업이라고. 여기서 자선 사업을 하고 있는 거야."

자선 사업이라는 것은 사실일까요? 사치스런 러오전이 돈벌이와 무관한 사업을 하리라고는 도저히 생각되지 않았습니다. 하지만 저는 진실을 알지 못하니 쓸데없는 것은 쓰지 않겠습니다. 제가 쓰고 싶은 것은 그런 것이 아니니까요.

요컨대 저는 유모차 안에서 천진난만하게 잠들어 있는 갓난애에게도 질투를 느꼈던 것입니다. 아무것도 모르는 사이에 미국으로 건너가서 미국인으로 살아갈 수 있는 행복에 대해서 말입니다. 저의 조국은 저를 낳고 키워주었지만 자라고 나서부터는 아무것도 해주지 않았습니다. 시골에서 태어나면 평생을 시골에서 살아야 합니다. 도시에서 살려면 허가증이 필요하고, 해외에도 갈 수 없습니다. 우리 구직 노동자들은 법망을 피해서 억척스럽게 돈을 벌 수밖에 없습니다. 제가 그런 것을 생각하고 있는데, "이봐, 돌아가자고" 하고 보디가드가 제 팔꿈치를 붙잡았습니다. "그리고 내 이름은 위웨이야. 잘 기억해 둬."

　나중에 위웨이에게서 들은 바로는 러오전이 황급히 북경으로 돌아간 것은 동생이 천안문사건으로 한쪽 팔이 부러지는 중상을 입은 데다 체포까지 당했기 때문이었습니다. 러오전에게는 나이 차이가 많이 나는 배다른 동생이 둘 있는데 한 명은 판화가로 상해에서 살고, 다른 한 명은 북경에서 동료와 록 밴드를 결성했다고 합니다.

　체포된 것은 록 밴드를 결성한 동생이었습니다. 그의 록 밴드는 젊은 이들 사이에서 인기가 높았고 천안문 광장에 모여든 학생들의 텐트 안에서 여러 차례 연주를 했다고 합니다. 그러는 동안 그 열광에 도취된 학생들이 노동자들과 함께 연좌데모를 했다니, 어리석기 짝이 없는 일 아닙니까? 부모에 대한 반항심도 있었겠지만, 그건 그렇다 치더라도 혜택을 받은 사람일수록 체제에 반항하고 싶어지는 모양이라고 저는 생각했습니다. 우리는 반항을 하고 싶어도 우선 돈을 버는 것이 더 중요합니다. 돈이 없으면 살 수가 없으니까요. 데모나 연좌 농성 같은 것을 하고 있다가는 굶어 죽습니다.

　러오전의 북경 체류가 길어지고 있는 것은 동생을 구해 낼 수 없었기 때문이었습니다. 아버지의 권력을 동원하면 즉각 석방될 수 있지만, 동생의 공연 모습이 뉴스에 방영되는 바람에 세간의, 아니 전 세계의 주목을 끌게 되어 누구도 함부로 손을 쓸 수가 없었던 것입니다. 동생을 석방했다가는 난리가 날 것이므로 이렇게 된 이상 거꾸로 엄벌에 처하는 것이 좋다고 위웨이는 주장했습니다. 위웨이는 러오전의 동생을 좋게 생각하지 않는 모양인지 눈을 가늘게 뜨고 밉살스럽다는 듯이 말했습니다.

　"감옥에 처넣어 버려야 해. 그래야 녀석도 정신을 좀 차리지."

　리튀민의 세 자녀들은 모두 미국 유학을 다녀온 후 풍족한 경제력을 지닌 채 각자 좋아하는 도시에서 폼 나는 서양식 직업을 갖고 있었습니다. 이 얼마나 혜택 받은 삶입니까! 공산 당원이라고는 하지만, 권력을 가지면 그 힘을 개인적으로도 무한대로 행사할 수가 있는 것입니다.

그러나 그 얘기를 들은 저는 분노를 느꼈다기보다는, 또다시 훨씬 더 강한 선망을 느꼈습니다.

"중국인은 태어난 장소로 그 운명이 결정된다." 이 말은 천안문사건의 영웅, 우얼카이시吾爾開希, 위구르족 출신의 학생 지도자가 했다고 하는데, 사실 아닙니까? 저도 당 간부의 아들로 태어났더라면 지금 이런 죄를 저지르지 않아도 되지 않았을까요? 정말로 분하기 짝이 없습니다.

러오전은 2주가 지나도 좀처럼 돌아오지 않았습니다. 북경에서 동생의 석방을 위해 분주히 뛰어다니고 있는 모양이었습니다. 저 같으면 배다른 동생의 일 따위는 아무래도 좋다고 생각할 텐데, 러오전 같은 혜택 받은 사람에게는 친족이 잘못되는 것을 빤히 보면서 가만히 있는 것 자체가 생각할 수 없는 일이겠지요. 게다가 동생들의 어머니가 러오전의 동급생이었다는 얘기를 듣고 저는 정말 놀라지 않을 수 없었습니다. 러오전의 어머니는 옛날에 사망했는데, 러오전의 아버지가 아직 여고생이던 러오전의 친구에게 반했다는 것입니다. 권력자는 탐욕스럽고 음탕하다는 것 또한 저로서는 신선한 발견이었습니다.

러오전은 매일 위웨이에게 전화를 걸었습니다. 위웨이는 러오전과 얘기를 하면서 제게 눈짓을 하거나 부러 얼굴을 찡그리곤 했기 때문에 저는 웃음을 참으려고 필사적이었습니다. 저는 어느 사이엔가 위웨이와 사이가 좋아져서 러오전이 없을 때 둘이서 텔레비전을 보거나 러오전의 술을 멋대로 마시면서 놀았습니다. 우리 둘의 화제는 뭐니 뭐니 해도 천안문사건이었습니다. 위웨이는 지명수배가 내린 젊은 여성 활동가의 얼굴을 보고 제게 말했습니다.

"저 여자는 악당이야, 제중. 저런 여자에게 걸려들면 피해를 입기 십 상이라고. 나는 눈매를 보면 알 수 있거든."

"바이지에는 어떤데?"

저는 놀려댔습니다. 바이지에는 눈매가 날카로운 러오전의 비서였습니다.

"그 여자는 조심하는 게 좋아. 그 여자와 운전사 양은 당원이야."

"하지만 자네는 바이지에하고 그렇고 그런 사이잖아?"

위웨이는 아무 말도 하지 않았습니다. 어쩌면 위웨이는 바이지에한 테 반해버린 건지도 모릅니다. 그러나 그 무렵 저는 한 번도 연애를 해 본 적이 없었기 때문에 위웨이의 심정을 알 수 없었습니다.

"위웨이, 자네도 당원인가?"

"말도 안 돼. 나는 그냥 보디가드야. 교육도 받지 못했고 글자도 쓸 줄 모르니까."

위웨이는 서른두 살이었습니다. 북경 출신이라고 말했지만, 사실은 근교의 농가 출신이었습니다. 위웨이의 어머니가 리뤄민가에서 오랫동 안 가정부를 했기 때문에 위웨이도 고용된 것 같았습니다.

위웨이는 악당이었습니다. 어디에서 조달했는지 싸구려 위스키와 러 오전의 고급 위스키의 내용물을 바꾸거나, 휴지통에서 러오전이 쓰다 버린 편지 같은 것을 주워서 보관했습니다. 편지는 무슨 일이 생겼을 때 협박의 용도로 쓸 것이라고 했습니다. 또 러오전의 책상 서랍을 열 어서 금고 열쇠를 찾기도 했습니다. 저는 만에 하나 탄로가 났을 때엔 모든 것을 제가 뒤집어쓰게 될 것 같아서 불안하기 짝이 없었지만 위웨 이는 그런 저를 겁쟁이라고 비웃었습니다.

드디어 내일 러오전이 돌아온다는 연락을 받은 날, 저와 위웨이는 옥 상의 풀장으로 갔습니다. 위웨이는 풀에 들어가는 것이 금지되어 있었습니다.

"천국이 따로 없군그래, 제기랄!"

위웨이는 내뱉듯이 말했습니다. 25미터인 풀장의 맑은 물에 바닥에 칠한 푸른색 페인트가 흔들흔들 햇살에 흔들리고 있었습니다. 옥상에 부는 바람은 뜨겁고 거리의 소음 같은 것은 전혀 들리지 않았습니다. 손님은 10명이 채 안 되었는데 헤엄치는 사람은 아무도 없었고 서로에게 관심도 갖지 않은 채 각자 일광욕을 즐기고 있었습니다.

구석에 조그만 바가 있는데 어디로 들어왔는지 젊은 여자가 누군가를 기다리는 얼굴로 칵테일을 마시고 있었습니다. 긴 머리카락을 허리까지 늘어뜨리고, 멋진 선글라스에 조그만 비키니를 입고 있었습니다. 이 풀장에 혼자 오는 여자는 돈 많은 남자를 찾는 창녀임에 틀림없었습니다.

"어차피 우리 같은 건 상대도 하지 않겠지."

제 말에 위웨이는 타월 밑에 숨긴 지폐 뭉치를 보여주었습니다.

"이것만 있으면 만사 오케이야."

"어디서 훔친 거야?"

러오전의 돈이라는 것은 틀림없었습니다. 위스키라면 속일 수 있어도 현금은 무리였습니다. 저는 창백해졌습니다.

"위험하잖아? 내 탓으로 돌리면 어떻게 할 거야?"

"걱정하지 마." 위웨이는 귀찮다는 듯이 말하고 담배에 불을 붙였습니다. "저 여자를 낚아챈 다음에 오늘 밤 안으로 갖다놓을게."

저는 어처구니가 없어서 위웨이의 얼굴을 보았습니다.

"자아, 가자고!"

위웨이는 지폐 뭉치에서 몇 장을 뽑아 손에 들었습니다. 여자는 자신에게 다가가는 우리를 보지 못한 채 빨대를 입에 물고 옆을 보고 있었습니다. 날씬하고 긴 손발에 조그만 계란형 얼굴을 한 굉장히 스타일이 좋은 여자였습니다.

"아가씨!"

그 소리에 돌아본 여자가 멈칫하더니 갑자기 뭐라고 소리를 지르면서 선글라스를 벗었습니다. 여자의 커다란 눈에 순식간에 눈물이 넘쳐나는 것을 저는 멍하니 바라보았습니다.

"오빠!"

"뭐라고?"

위웨이는 의아하다는 얼굴을 했습니다.

"내 여동생이야."

"과연, 남매란 말이지? 꼭 닮았군그래."

위웨이의 얼굴에 우선 경악이, 그리고 경멸이 나타나는 것을 저는 무척이나 화가 난 채로 관찰하고 있었습니다. 마음속으로 우리를 매음 남매라고 생각하는 것이 틀림없었습니다. 메이준은 겉보기에도 창녀 같은 모습을 하고 있었습니다. 풀장에 온 것 치고는 지나치게 화려한 화장과 밝은 갈색으로 물들인 머리카락이 메이준을 천박한 창녀로 보이게 했습니다. 재회는 기뻤지만 저는 씁쓸한 마음을 떨쳐버릴 수 없었습니다. 넌 광주 역에서 나를 버리고 갔기 때문에 타락한 거야, 내가 말한 대로 됐잖아 하고 말하고 싶은 심정을 떨쳐버릴 수 없었습니다. 게다가 자신만 아름답고 도시적으로 변신한 메이준이 밉살스럽기도 했습니다. 그러나 마음 한편으론 저와 재회하여 눈물을 흘리는 메이준이 몹시 애처롭게 느껴지기도 했습니다. 저는 복잡한 심정을 어떻게 해야 좋을지 몰라서 한동안 멍하니 있을 수밖에 없었습니다. 메이준이 위웨이의 어깨를 손가락으로 찔렀습니다.

"아저씨, 미안하지만 자리 좀 비켜줄 수 없어요? 우리는 오래간만에 만났거든요."

위웨이는 부루퉁한 얼굴로 어깨를 으쓱해 보이고는 맥주를 사와 저만치 떨어진 의자에 앉아 신문을 펼쳐 들었습니다. 그가 가고 나자 메이준이 어리광을 부리는 듯한 목소리로 얘기하기 시작했습니다.

"오빠, 만나서 기뻐. 저어, 나를 데리고 도망쳐줘. 진룽은 마음이 시키면 뱀 같은 놈이란 말이야. 나에게 손님을 받게 하고는 돈을 전부 빼앗고 불평하면 때려. 지금도 아래층 로비에서 나를 기다리고 있어. 나는 풀장에서 손님을 끌게 하고."

그렇게 말한 뒤, 메이준은 겁먹은 눈으로 주위를 살폈습니다. 언제나 자신감에 넘치고 재치 있던 영리한 메이준이 이런 표정을 짓는 것을 보고 저는 충격을 받았습니다. 하지만 러오전이 돌아오면 저도 애완동물이 됩니다. 남매가 몸을 팔고 있다는 것은 굴욕 외에 아무것도 아닙니다. 나보다 더 거대한 존재에 뒤덮여서 도저히 항거할 수 없는 괴로움. 경험해보지 못한 사람은 그것을 알 수 없습니다. 그래도 저는 도망치는 것에 찬성할 수 없었습니다. 왜냐하면 러오전이 무서웠기 때문입니다.

"도망친다고 해도 어디로 가면 좋지?"

저의 애매한 표현에 반해서 메이준은 똑똑히 대답했습니다.

"심천深圳으로 가자."

또다시 메이준이 제 운명의 다음 행선지를 정해버린 것입니다. 심천. 저도 경제 특구인 심천에 대해서는 여기저기에서 소문을 들었습니다. 일자리가 얼마든지 있고 급료도 좋다나요. 일본어로는 '신센'이라고 발음합니다. 전철을 타고 가다가, "다음 역은 신센"이라고 하는 방송을 들을 때마다, 저는 그날의 일이 생각나 이상야릇한 감상에 젖게 됩니다.

"그건 좋은데, 어떻게 도망을 치냔 말이야?"

저는 하늘을 우러러보았습니다. 제가 도망친 것을 알게 되면, 러오전은 막강한 권력을 동원해 제 행방을 찾으려 할지 모릅니다. 저는 교도소만은 가고 싶지 않았습니다. 망설이는 제 팔을 붙잡고 메이준은 발을 동동 굴렀습니다.

"오빠, 빨리 결심해. 지금밖에 도망칠 기회가 없단 말이야!"

뒤를 돌아보니 위웨이가 우리를 응시하고 있었습니다. 무엇인가 의혹을 느낀 모양이었습니다. "빨리 빨리!" 하고 메이준은 독촉했습니다.

"오빠는 내가 평생 창녀로 살아도 좋아?"

정신을 차린 저는 고개를 크게 가로저었습니다. 다른 사람들은 이때의 제 심경을 이해하지 못할지도 모릅니다. 함께 자란 메이준은 소중하고 귀여운 존재였지만, 그 애에게 버림받은 이후부터 저의 내부에는 검은 증오도 생겼던 것입니다. 증오는 무서운 것입니다. 메이준은 얼마간 괴로운 꼴을 당해도 싸다는 잔혹한 마음이 들었습니다. 그런데 그것으로 속이 시원해지느냐 하면 그렇지도 않았고, 괴로워하는 메이준을 보고 나면 나도 틀림없이 상처를 입게 될 것을 알고 있으면서도, 그래도 계속 상처를 입히고 싶다는 마음이 들었습니다. 그런 감정의 밑바닥에는 무엇이 있는 것일까요? 저는 악마일까요? 마침내 제가 메이준과 함께 도망칠 결심을 한 것은 단 한 가지 이유 때문이었습니다. 메이준이 다른 남자에게 안기는 것이 싫다는 질투 때문이었습니다. 제 소유물이 더럽혀지는 것 같은 느낌이 들어서 견딜 수가 없었던 것입니다.

"어떻게 하면 좋을까? 나는 위웨이한테 감시당하고 있어."

제가 제 상황을 대충 얘기해 주었더니 메이준은 염려하지 말라는 듯이 말했습니다.

"간단해. 내가 저 남자와 자고 싶어 한다고 얘기해 주면 돼. 우리 둘이서 연기를 하는 거야."

저는 메이준의 팔을 잡고 위웨이가 있는 곳으로 갔습니다.

"위웨이, 내 여동생이 네가 마음에 든대."

위웨이는 얼굴에 웃음을 띠면서 의자에서 일어났습니다.

"그런가? 자네가 얘기를 잘 해주었나 보군."

의기양양하게 걸어가는 위웨이를 선두로 우리 셋은 방으로 갔습니다. 메이준은 러오전의 사치스러움에 놀랐는지 부러운 눈으로 저를 보았습니다.

"오빠, 여기서 살았어? 우리가 꿈꾸던 생활이잖아? 에어컨에 텔레비전에 룸서비스."

위웨이가 비웃는 듯한 미소를 억지로 참았습니다. 화가 난 저는 위웨이에게 바가지를 씌웠습니다.

"위웨이, 내 여동생은 좀 비싸. 1000위안. 그것도 선불이야."

위웨이는 아무런 불평도 하지 않은 채 풀에서 자랑해 보이던 돈을 여동생에게 건네주었습니다. 러오전의 금고에서 훔친 돈이었습니다. 곤혹스러워진 저는 그 돈을 책상 위에 놓았습니다. 돈이 없어진 것이 제 탓이라고 생각하면 곤란했기 때문입니다. 위웨이가 러오전의 방에 에어컨을 틀러 간 사이에 메이준이 저에게 속삭였습니다.

"저 작자가 욕실에 들어가면 도망칠 거야. 오빠도 준비하고 여기서 기다려."

메이준은 위웨이의 손을 끌고 러오전의 침실로 사라졌습니다. 샤워 소리가 들렸습니다. 저는 너무 불안해서 몇 번씩이나 일어났다 앉았다 하며 안절부절못했습니다. 그때 메이준이 뛰쳐나왔습니다.

"오빠, 빨리!"

저는 그 손을 끌고 러오전의 방을 뒤로했습니다. 메이준은 복도를 달리면서 "꼴좋다!" 하고 웃었지만 저는 뒷일이 걱정되어 제정신이 아니었습니다.

엘리베이터 안에서 저는 이전에 메이준에게 선물로 주려고 산 분홍색 티셔츠 봉지를 그대로 놓고 온 것을 깨닫고 소리를 질렀습니다. 그러나 메이준은 돈을 세고 있었습니다.

"이렇게 많이 받은 것은 처음이야!"

메이준은 저에게 돈을 자랑해 보였습니다. 내가 책상 위에 올려놓은 돈이었습니다.

"그걸 왜 가져왔어? 그건 위웨이의 돈이 아니란 말이야."

"아무러면 어때? 자금이 없으면 도망칠 수 없어."

메이준은 브랜드 핸드백에 돈을 챙겨 넣고 반박했습니다.

"내가 훔친 게 된단 말이야."

제가 중얼거리는 것을 메이준은 들은 체도 하지 않았습니다. 메이준은 변했습니다. 저는 사랑하는 여동생의 옆모습을 바라보았습니다. 약간 들창코, 약간 젖혀진 도톰한 입술이 귀여운 얼굴. 왈칵 끌어안고 싶은 호리호리한 몸매. 아름다워지기는 했으나 메이준의 마음은 야비해졌습니다. 광주에 온 지 4개월밖에 되지 않았는데, 그간의 사건이 여동생을 이렇게까지 바꿔놓았던 것입니다. 저는 곤혹스러움을 감출 수 없었습니다.

게다가 저는 러오전이 없는 사이에 금품을 훔쳐 달아났다고 틀림없이 누명을 뒤집어쓰게 될 터였습니다. 그것이 마음을 우울하게 만들었습니다. 생각해보면 분홍색 티셔츠는 제가 잃어버린 것의 상징이었는지도 모릅니다. 저와 메이준의 순진함 말입니다. 우리는 러오전의 방에 그것을 놔둔 채 잊어버리고 이제 두 번 다시 갖지 않겠다고 결심한 것입니다.

로비를 빠른 걸음으로 빠져나올 때 소파에 앉아서 담배를 피우던 알로하셔츠 차림의 사나이가 당황한 얼굴로 이쪽을 보았습니다. 진룽이었습니다. 선글라스를 썼지만 틀림없었습니다. 진롱이 일어나서 쫓아오는 것을 곁눈질로 보면서, "택시!" 하고 저는 보이에게 고함쳤습니다. 우리는 이렇게 해서 간신히 광주를 탈출했던 것입니다.

지금 형사인 다카하시 선생님께서 쓸데없는 것을 장황하게 쓰지 말라고 꾸짖으셨습니다. 생면부지의 여성을 살해해 버린 저의 어리석음을 반성케 하기 위해 글을 쓸 기회를 베풀어주셨는데, 무심결에 보잘것없는 저의 자라온 환경과 창피한 행실 등을 쓰고 말았습니다. 쓸데없는 이야기를 들려드린 것을 다카하시 선생님과 재판장님께 사과드립니다.

그러나 조국에서 일어난 일들을 쓴 것은 제가 이제까지 아무 나쁜 짓도 하지 않았고, 그저 오로지 돈을 조금 벌어서 자유롭게 살고 싶다는 일념뿐이었다는 것을 이해해 주셨으면 하는 마음에서였습니다. 그런데도 지금은 감옥에 갇혀서 매일 형사들에게 심문을 당하고, 제 소행이 아닌 사토 가즈에의 살해 혐의까지 받고 있는 것은 아무래도 납득이 가지 않습니다. 몇 번씩이나 말씀드립니다. 저는 사토 가즈에의 살해에 관해서는 무고합니다. 그러니까 사토 가즈에에 대해서는 아무것도 쓸수가 없습니다. 다카하시 선생님께서 이 사건에 대해 빨리 쓰라고 독촉을 하시기 때문에 서두르겠습니다.

심천시로 들어가는 데는 허가증이 필요합니다. 저흰 아무것도 갖고 있지 않았기 때문에, 우선 동완시라는 경제 특구 바로 옆에 있는 도시에 주거를 정하고 일자리를 찾았습니다. 그곳은 제2국경이라고 불리는 지대인데, 심천시에서 일하는 중국인들이 쓰는 돈 때문에 번성하고 있는 장소였습니다. 재미있는 것은 홍콩에 사는 중국인은 심천시의 물가가 싸다고 이곳으로 쇼핑을 하거나 놀러 오고, 심천시의 중국인은 같은 목적으로 동완시에 가는 것입니다. 경제 특구에 가까운 도시는 이렇게 경제 격차를 이용함으로써 이익을 취했습니다. 메이준은 호스티스 자녀들을 돌보는 베이비시터로 일자리를 찾고, 저는 강철판을 만드는 공장에서 일하기로 했습니다.

이 무렵이 가장 행복했던 것 같습니다. 우리는 사이좋은 부부처럼 서로 도와가면서 생활했습니다. 그리고 2년가량 피땀 흘려 모은 돈으로 허가증을 사서 심천시로 이사했습니다. 1991년의 일입니다.

우리는 심천시에서 가장 큰 가라오케 클럽에서 일자리를 얻는 데 성공했습니다. 메이준은 호스티스로, 저는 어시스턴트 매니저로 고용됐습니다. 제가 직업을 갖게 된 데는 메이준의 힘이 컸습니다. 스카우트된 메이준이 제 취직을 전제 조건으로 달았던 것입니다. 그러나 저는 메이준이 호스티스가 되는 것이 조금 싫었습니다. 창녀로 쉽게 되돌아갈 것 같은 느낌이 들어서 걱정이 되었습니다. 메이준은 메이준대로, 제가 가게의 다른 호스티스에게 마음을 줄까 싶어 불안해했습니다. 우리는 한 가라오케 클럽에서 서로를 감시하는, 기묘한 관계의 남매였습니다.

어째서 일본에 왔는가? 이 질문을 반드시 하실 거라고 생각합니다. 둘 중에 일본으로 가자고 먼저 말을 꺼낸 것은 메이준이었습니다. 여동생은 언제나 제 운명을 결정했습니다. 솔직히 말하면, 저는 미국을 계속 동경해왔습니다. 메이준은 이렇게 주장했습니다. 미국에서는 중국인을 시급 1달러 정도로 싸게 고용하기 때문에, 일본 쪽이 돈을 더 모을 수 있고 일본에서 돈을 모아서 미국으로 가도 늦지 않다는 것이었습니다. 그 말이 맞다고 생각했습니다. 메이준의 합리주의는 언제나 우유부단하고 내성적인 저를 혼란스럽게 만들었지만, 최후에는 저를 결심하게 만드는 힘을 발휘했습니다. 그래서 저는 여전히 메이준에게 말발이 서지 않았던 것입니다.

그러던 어느 날, 즉각 일본행을 결정하지 않을 수 없었던 사건이 일어났습니다. 클럽의 경영자가 저를 불러 제가 줄곧 두려워하던 질문을 한 것입니다.

"광주에서 온 어떤 자가 사천성 출신의 장이라는 남자를 아는지 여기 저기 물어보고 다니는 것 같은데, 혹시 자네 아닌가?"

"동성동명인 사람은 많이 있습니다." 저는 시침을 뚝 떼고 지나가는 말처럼 물었습니다. "어째서 그 자를 찾고 있다고 합니까?"

"글쎄, 현상금이 붙어 있다더군, 천안문사건과 관계가 있을지도 모르지."

"어떤 사람들이 찾으러 다닌답니까?"

"남녀 한 쌍이라는군. 눈매가 고약한 호리호리한 남자와 앙칼진 얼굴의 여자라고 하더라고."

말썽을 싫어하는 경영자는 저를 의심스러운 눈으로 보았습니다. 그렇습니다. 러오전의 명령으로 위웨이와 바이지에가 심천까지 저를 찾으러 온 것입니다. 저는 얼굴이 새파랗게 질려서 평온을 위장하는 데 애를 먹었습니다. 현상금이 걸려 있다면 어차피 누군가가 밀고할 것이 틀림없었습니다. 심천에서 일하는 자들은 돈에는 약삭빠릅니다. 그날 밤, 방으로 돌아와서 메이준에게 의견을 구하자, 그 애도 미간을 찌푸렸습니다.

"사실 오빠에게는 말하지 않았지만 얼마 전에 역전에서 진롱을 닮은 남자를 봤어. 언제 가게로 찾아올지 걱정되어서 견딜 수가 없어. 아무래도 이곳은 위험할 것 같아."

우리가 일하던 가라오케 클럽은 비싸기로 유명했습니다. 대륙의 중국인들이 놀러 오는 클럽이 아니라, 홍콩이나 일본 손님들을 주로 상대했기 때문입니다. 진룽이 가게에 찾아오는 일은 없을 것 같았지만, 좁은 거리 안에서 언제 만나게 될지 몰랐습니다. 위험이 도사리고 있었습니다.

그 이튿날부터 저는 일본으로 건너가기 위해 방법을 찾기 시작했습니다. 상해로 갈 수 있다면 진룽에게서는 도망칠 수 있을지도 모르지만, 러오전의 손에서는 벗어날 수 없을 것이었습니다. 남동생이 상해에 있다고 들었으며, 국가 권력을 배경 삼고 있는 인간하고는 애당초 싸움이 되지 않을 것이기 때문입니다. 다행히 우리는 밀입국을 도와주는 사람을 소개받을 수 있었습니다. 저는 즉각 전화로 일본행을 신청했습니다.

우리가 업자에게 지불한 돈은 두 사람의 위조 여권 대금 중에서 100만 위안뿐이었습니다. 나머지 돈은 일본에 가서 일을 해 갚기로 했습니다. 1인당 200만 위안씩, 도합 400만 위안이니까, 빚이 300만 위안이나 되었습니다. 저는 한숨을 지었으나 쫓기고 있는 이상 어쩔 수가 없었습니다.

1992년 2월 9일, 그날은 평생 잊지 못할 것입니다. 바로 우리가 일본을 향해 출항한 날이기 때문입니다. 우연하게도 그날은 저와 메이준이 고향을 떠난 날과도 같았습니다. 그 괴로운 항해에 대해 자세히 적는 것은 저와 똑같은 수단으로 입국한 동포들을 위험에 빠뜨릴 수 있고, 또한 동생의 죽음을 떠올려야 하는 것이라 저에게는 정말 쓰라린 일입니다. 그렇기 때문에 아무에게도 말하고 싶지 않습니다만 간단히 개요만 적겠습니다.

우리는 총 49명이었습니다. 대부분 복건성 출신의 젊은 남자들이었고, 그들 중에는 메이준과 같은 나이 또래의 젊은 여자도 몇 명 타고 있었으나 남편인 듯한 남자 옆에 조용히 앉아 고개를 떨어뜨리고 있었습니다. 여자들은 목숨을 건 항해에 임하면서 될 수 있는 한 남자에게 방해가 되지 않도록 긴장하고 있었던 것 같습니다. 하지만 메이준만은 신바람이 나서 짙은 갈색의 위조 여권을 즐거운 듯이 몇 번씩 어루만지고 있었습니다. 평생 손에 넣지 못할 것이라고 생각했던 여권이었기 때문입니다.

우리는 처음에는 작은 어선의 갑판에 올라타 장락항을 떠났습니다. 출항할 때는 날씨도 좋고 기온도 높았기 때문에 안도의 숨을 내쉬었습니다. 그러나 먼 바다로 나가자 바람이 강해지고 배는 거친 파도에 흔들리기 시작했습니다. 이윽고 멀리서 한 척의 화물선이 모습을 드러냈습니다. 그러자 선장이 우리에게 1인당 한 개씩 드라이버를 나눠주고는 옮겨 타라고 고함을 쳤습니다. 드라이버를 어디에 사용할지 알지도 못한 채, 우리는 흔들리는 어선에서 화물선으로 옮겨 탔습니다. 우리가 들어간 곳은 좁은 컨테이너였습니다. 컨테이너는 금세 캄캄해졌습니다. 안에 사람이 들어가 있다는 것을 모르도록 완전히 닫아버린 것입니다. 49명이나 되는 사람들이 들어가 있으니까 차츰 숨이 답답해져 왔습니다.

"드라이버로 벽에 구멍을 뚫어!"

누군가가 소리쳤습니다. 그러자 여기저기서 탕탕 하고 구멍을 뚫는 소리가 울려 퍼졌습니다. 저도 필사적으로 구멍을 뚫었습니다. 아무리 힘을 들여서 뚫어도 구멍은 불과 몇 밀리미터밖에 되지 않았습니다. 그곳에 입을 갖다 대고 공기를 들이마셔서 어떻게든 살아남지 않으면 안 되는 것입니다. 질식의 공포가 사라지자 이번에는 어수선한 분위기가 되어갔습니다. 처음에는 컨테이너 구석에서 볼일을 보던 우리는 이틀째에 들어서자 바지에 그냥 싸기 시작했습니다. 그 씩씩하던 메이준도 갇힌 순간부터 제 손을 붙잡고 놓지 않았습니다. 메이준은 폐소공포증이 있었던 것입니다.

먼 바다로 나간 지 4일째 되던 날의 일이었습니다. 배의 엔진이 멈추고 선원들이 황급히 갑판 위를 뛰어다니는 기척이 났습니다. 대만에 기항한 것입니다. 그러나 아무도 그곳이 어디라고 말해주지 않았기 때문에 우리는 틀림없이 일본에 도착한 것이라고 믿어버렸습니다. 뱃멀미와 폐소공포증으로 힘없이 누워 있던 메이준이 엄청난 힘으로 내 웃옷을 움켜잡았습니다.

"일본에 도착했어?"

"아마 그런 것 같아."

확실치 않았기 때문에 저는 고개를 갸웃거렸으나, 메이준은 기뻐하며 벌떡 일어나서 머리를 빗기 시작했습니다. 불빛이 있으면 화장까지도 마다하지 않았을 정도로 흥분해 있었습니다. 그런데 만 하루가 지나도 배는 계속 정박해 있고, 아무 일도 일어나지 않았습니다. 초조해진 메이준이 일어나더니 컨테이너 벽을 주먹으로 쾅쾅 때리기 시작했습니다.

"여기서 빨리 나가게 해줘요!"

암흑 속에 웅크리고 앉은 복건성 남자들이 조그만 목소리로 저에게 말했습니다.

"서두르지 말라고. 아직 대만이야."

메이준은 대만이라는 말에 충격을 받고, "대만이라도 좋으니까 밖으로 나가고 싶어. 이젠 더 이상 못 참겠어. 누가 살려줘요!" 하고 미친 듯이 컨테이너 벽을 두드리면서 울부짖었습니다.

"이봐, 여자를 어떻게 좀 하라고! 소리가 밖으로 새어나가면 발각된단 말이야!"

그때 좀 더 다정하게 대했더라면 좋았을 텐데. 제 등 뒤로는 밀항자 47명의 날카로운 시선이 못 박혀 있었습니다. 다급해진 저는 할 수 없이 몸부림을 치는 메이준의 뺨을 때려서 진정시켰습니다. 얻어맞은 순간, 메이준은 줄이 끊긴 꼭두각시 인형처럼 털썩 하고 쓰러져버렸습니다. 그리고 배설물과 토사물이 말라붙은 더러운 바닥에 드러누운 상태로 암흑 속에서 눈을 크게 부릅떴습니다. 저는 메이준의 이상한 모습에 불안감을 느꼈지만, 메이준 때문에 다른 밀입국자들을 위험에 빠뜨릴 수는 없었습니다. 조용해진 것이 다행스러워서 그냥 내버려두었을 뿐입니다. 그 뒤에 일어난 비극을 생각하면, 제가 때린 것 때문에 메이준의 강한 생명력이 사라진 것은 아닌가 하는 생각이 자꾸만 듭니다.

화물선은 다음 날, 가까스로 대만을 출항하여 거친 겨울 바다를 가르며 천천히 일본으로 향했습니다. 메이준은 음식도 먹지 않고 말도 하지 않고 병자처럼 계속 누워만 있었습니다. 그리고 6일째, 마침내 컨테이너의 문이 열렸습니다. 확 하고 밀려들어온 바다의 바깥 공기가 어찌나 차가운지 얼어붙을 것 같았으나, 컨테이너 안의 썩은 공기와 냄새가 씻겨나가는 느낌이 들어서 저는 숨을 크게 들이마셨습니다. 메이준은 쇠약해져 있었지만 자기 힘으로 일어나서 저에게 미소를 지어 보였습니다.

"정말로 힘들었어."

이것이 메이준의 마지막 말이 되리라고는 그때는 상상도 하지 않았습니다. 사고는 그 20분 뒤에 일어났습니다. 어둠을 틈타 화물선에서 일본에 상륙하기 위한 작은 배로 옮겨 탈 때였습니다. 어찌된 일인지 메이준이 작은 배에 발을 놓는 순간, 그때까지 잔잔하던 해면이 갑자기 솟구쳐 오르면서 커다란 파도가 덮쳐왔습니다. 메이준은 맥없이 바다에 빠졌습니다. 먼저 작은 배에 탄 제가 메이준의 손을 붙잡으려 했으나 잡을 수가 없었습니다. 제 손은 공허하게 허공을 휘저었고, 바다에 떨어진 메이준은 몹시 놀란 얼굴로 저를 올려다보더니 눈 깜짝할 사이에 파도 사이로 사라져갔습니다. '안녕!'이라고 말하듯이 메이준의 손이 나풀나풀하는 것을 저는 망연히 바라볼 뿐이었습니다. 도와주고 싶었지만 저는 헤엄을 칠 줄 몰랐습니다. 큰 소리로 여동생의 이름을 불렀지만, 아무도 어떻게 할 수 없어서 밤바다만 응시할 뿐이었습니다. 제가 가장 사랑하는 여동생은 그처럼 꿈에 그리던 일본을 눈앞에 두고 한겨울의 차가운 바다에 빠져 죽었습니다.

저의 긴 이야기도 이제 결말에 가까워지고 있습니다. 다카하시 선생님, 재판장님, 부디 마지막까지 읽어주시길 부탁드립니다. '내가 저지른 나쁜 짓'이라는 제목으로 제 성장 과정과 지금까지의 나쁜 행동에 대해서 쓰고 반성하라고 다카하시 선생님이 명령하셨는데, 여러 가지 일이 생각나서 저는 몇 번이나 후회의 눈물을 흘렸습니다. 저는 정말로 구제할 길 없는 최하의 인간입니다. 메이준을 구해내지 못했고, 히라타 유리코를 죽였는데도 이렇게 저 자신은 뻔뻔스럽게 살아 있습니다. 고향을 떠나올 때 저와 여동생은 희망에 불타서 우리의 미래는 풍요롭고 밝을 것이라고 믿어 의심하지 않았습니다. 그러나 지금 제 손 안에 남아 있는 것은 죄뿐입니다. 저는 이국에서 처음 만난 여자를 살해한 짐승만도 못한 죄를 저질렀습니다. 제가 이러한 나쁜 인간이 된 것은 메이준이라는 저의 영혼을 잃은 탓이라고 생각합니다.

일본에 상륙하고 나서부터의 일은 다카하시 선생님께 얘기한 대로입니다. 저는 밀입국자이다 보니 항상 남의 눈에 신경을 쓰면서 도둑고양이처럼 살금살금 살아왔습니다. 중국인은 출신지에 따라 뭉쳐서 서로 도와가면서 살아가는 습성이 있습니다. 동포가 없는 저는 일자리와 방을 구하는 것도 쉽지 않았습니다. 그리고 여동생을 잃은 것을 한탄할 상대도 없었습니다. 3년이나 걸려서 간신히 빚진 도항渡航 비용을 갚은 뒤에는 돈을 벌려는 기력조차 상실한 나날이 계속되었습니다. 일본에서 알게 된 동료 모두 고향에 남기고 온 처자식을 위해 일하는 모습이 제 눈에는 부럽게만 비쳤습니다.

그럴 때 가부키초에서 일하는 대만인 여성을 만났습니다. 서두 부분에서 썼습니다만, 저와 함께 〈황토지〉라는 영화를 본 사람입니다. 그녀는 저보다 열 살이나 연상이고, 자녀 둘을 고국에 남겨두고 왔다고 했습니다. 클럽의 얼굴 마담을 하면서 일본어 학교에 다니고, 자녀의 양육비를 벌었습니다. 그녀는 마음씨가 착한 사람이었습니다. 자칫 자포자기하려는 저를 매우 다정하게 대해 주었습니다.

그러나 아무리 다정한 사람이라 하더라도, 태생이나 자라난 환경이 다르면 이해하지 못하는 일도 많이 생기는 법입니다. 제 태어난 고향의 가난함이나 돈을 벌러 나와서 겪은 고생, 여동생을 잃은 슬픔은 완전히 함께 나누어 가질 수 없었습니다. 결국 그런 연유로 저는 그녀에게서 위화감을 느끼게 되었습니다. 그래서 그 여자와 헤어지고 혼자서 미국으로 건너갈 것을 최종 목표로 삼게 되었습니다.

낙오자는 낙오자로서 살아갈 수밖에 없습니다. 신센에서 함께 살던 동료들도 모두 낙오자가 되어서 혼자 사는 자들뿐이었습니다. 그러나 선이와 후앙이 탈옥자라는 것은 다카하시 선생님께서 말씀해 주실 때까지는 몰랐습니다. 그들이 범죄자라는 것을 알았다면 저는 절대로 가까이하지 않았을 것입니다. 함께 사는 동료들과 사이가 나빴던 것은 제가 은밀히 뉴욕으로 갈 준비를 했기 때문이지, 결코 돈 문제와는 관계가 없습니다.

제가 동료들에게서 집세를 많이 받아내고 제 몫을 내지 않았다고 다카하시 선생님께서 저를 비난하셨지만, 제가 그들을 대표해 진 씨에게서 방을 빌린 이상, 언제나 그 방을 깨끗이 해놓아야 하고 전기세도 지불해야 하니 당연한 일 아니겠습니까? 도대체 동료들 중 누가 화장실 청소를 했겠습니까? 쓰레기를 버리는 것도, 이불을 말리는 것도 제 몫이었습니다. 모든 일을 다 제가 했던 것입니다.

이번에 저는 동료들의 배신으로 큰 상처를 받았습니다. 특히 후앙이 말한 것은 전부 거짓말입니다. 사토 가즈에와 제가 옛날부터 아는 사이였다는 것, 사토 가즈에와 셋이서 관계를 가졌다는 것 등은 완전한 허위입니다. 후앙은 저에게 죄를 뒤집어씌워서 득을 보는 뭔가가 있는 것 아닐까요? 다시 한 번 생각해주십사 다카하시 선생님과 재판장님께 부탁드립니다. 몇 번이고 말씀드리지만, 사토 가즈에를 만난 적은 없습니다. 그 건에 관해서 저는 무죄입니다.

히라타 유리코를 만난 것은 서로에게 불행이었습니다. 다카하시 선생님으로부터 히라타가 옛날에는 굉장히 미인이었고 모델 일을 했다고 들었습니다. "지금은 늙어서 창녀 같은 것을 하고 있지만" 하고 다카하시 선생님께서 말씀하셨지만, 저는 지금도 아름다운 사람이라고 생각합니다.

가부키초에서 만났을 때에도 저는 그 아름다움에 가슴이 두근거렸습니다. 그래서 저는 시간이 없는데도 불구하고, '후토모모코'에서 돌아오는 길에 일부러 들렀던 것입니다. 히라타가 빗속에서 저를 기다렸다는 것을 알았을 때에는 너무나도 기뻤습니다. 히라타가 저를 보고 미소 지으면서 이렇게 말했으니까요.

"오래 기다렸더니 몸이 얼어버렸어요."

그 비 오는 날 밤에 일어난 일은 모두 기억합니다. 우산을 받친 히라타의 등에 늘어뜨려진, 허리께까지 닿을 것 같은 기다랗고 검은 머리카락은 메이준과 너무나 똑같아서 저는 가슴이 철렁했습니다. 게다가 히라타의 옆모습도 메이준과 꼭 닮았습니다. 그것이 히라타에게 끌린 가장 큰 이유입니다. 저는 언제나 메이준의 모습을 찾고 있었던 것입니다. 네 여동생은 죽었으니 잊어버리라고 메이준에게 벌어진 일을 알고 있던 동료가 말했지만, 저는 언젠가 이 세상에서 다시 메이준을 만나리라는 환상을 지울 수 없었습니다.

분명히 메이준은 바다 속으로 사라졌습니다. 하지만 어쩌면 지나가던 어선에 구조되어 살았을지도 모른다, 어느 섬으로 헤엄쳐 갔을지도 모른다는 희망이 부풀어 오르곤 하는 것입니다. 메이준은 저와 마찬가지로 산골 출신이라 헤엄을 칠 줄 몰랐지만 광주에 있었을 때 수영을 배웠을지도 모릅니다. 아무튼 메이준은 머리도 요령도 좋은 여자였으니까요. 갑자기 메이준이 나타나서 광주의 풀장에서 재회했을 때처럼 눈에 눈물을 가득 담고 "오빠"라고 불러주지 않을까 하고 기대하면서 저는 언제나 거리를 방황했습니다.

"아저씨, 미남이시네요!"

히라타가 제 외모를 칭찬해 주었기 때문에 저도 히라타에게 이렇게 말했습니다.

"당신은 내 여동생과 꼭 닮았어. 여동생은 미인이었거든."

"여동생은 몇 살인데요?"

히라타는 함께 걸으면서 물웅덩이에 담배를 버리고 고개를 들었습니다. 저는 히라타의 얼굴을 정면으로 바라보고 이 사람은 역시 메이준이 아니라는 것을 깨닫고 낙담했습니다.

"벌써 죽었어."

"죽었다고요?"

히라타는 어깨를 으쓱해 보였습니다. 그것이 슬퍼하는 것처럼 보여서 히라타에게 호감을 가졌던 것입니다. 이 사람에게라면 저 자신의 일을 털어놓을 수 있을지도 모른다고 생각했습니다. 그때 히라타가 말했습니다.

"그 이야기, 천천히 들려줘요. 내 방이 가까우니까 맥주라도 마실래요?"

다카하시 선생님은 "창녀가 그런 말을 할 리 있나?" 하고 저의 이 진술을 믿어주지 않았습니다. 하지만 사실입니다. 저는 창녀인 히라타를 만났다기보다는 메이준과 헤어스타일과 옆모습이 많이 닮은 여성을 만난 것입니다. 이 말이 사실이라는 것은 그 뒤 편의점에서 맥주와 팥빵을 샀을 때, 히라타가 대금을 지불한 것으로도 증명되는 것 아닐까요? 히라타는 제게 호의를 품었다고 생각합니다. 물론 저는 히라타와 가격 흥정을 했습니다. 하지만 히라타가 3만 엔을 1만5천 엔으로 깎아준 것을 보더라도 저와 히라타 사이에 어떤 교감이 있었던 것이 확실하다고 생각합니다.

히라타는 오쿠보의 아파트 방으로 들어가자 저를 돌아보았습니다.

"자아, 어떻게 하면 좋겠어요? 당신이 원하는 대로 할 테니까 말해봐요."

저는 몇 번씩이나 마음속으로 되풀이하던 말을 털어놓았습니다.

"눈물을 가득 담고 나를 응시하면서, 오빠 하고 말해주었으면 좋겠어."

히라타는 그대로 해주었습니다. 저는 엉겁결에 히라타를 힘껏 끌어안았습니다.

"메이준, 보고 싶었어!"

히라타와 성교하면서 저는 무척이나 흥분했습니다. 하지만 저는 저 자신을 확인한 것입니다. 저는 여동생을 남매로서가 아니라 한 사람의 여자로서 사랑한 것이라는 걸요. 그리고 여동생이 살아 있다면 우리는 이렇게 하고 싶었을 것이라 생각했습니다. 히라타는 다정한 사람이었습니다. 몸이 떨어지자 또다시 재촉했습니다.

"또 어떻게 해주면 좋겠어요?"

"정말로 힘들었어, 하고 말하고 나를 바라봐줘."

저는 "정말로 힘들었어"라는 중국어를 히라타에게 가르쳐주었습니다. 히라타는 그럴듯하게 발음했습니다. 그런데 놀랍게도 히라타의 눈에 진짜 눈물이 담겨 있었습니다. 틀림없이 "정말로 힘들었어"라는 말이 히라타의 마음속에 있는 무엇인가를 이끌어낸 것이라고 저는 생각했습니다. 우리는 히라타의 이불 속에서 눈물을 흘리면서 한참 동안 서로를 껴안고 있었습니다. 물론 저에게 살의 같은 것이 생겨날 리 없었습니다. 그 반대였습니다. 민족이 달라도, 환경이 달라도, 서로를 이해할 수 있었습니다. 대만인 여성에게는 통하지 않았던 것이 그날 밤 처음 만난 히라타와 통했던 것입니다. 저는 이상해서 견딜 수가 없었습니다. 히라타도 똑같은 생각이었는지, 저에게 안겨 눈물을 뚝뚝 흘렸습니다. 그리고 목에 걸고 있던 금목걸이를 저에게 걸어주었습니다. 어째서 히라타가 그렇게 했는지는 알 수 없습니다.

왜 히라타를 죽였는지 저도 잘 모르겠습니다. 히라타가 모자를 벗는 것처럼 아주 간단히 가발을 벗어버린 탓인지도 모릅니다. 가발 아래로 드러난 것은 흰머리가 섞인 다갈색 머리카락이었습니다. 히라타는 메이준과는 전혀 닮지 않은 외국인 같은 여자였습니다.

"게임은 이제 끝났어요."

히라타가 갑자기 차가운 표정을 지어서 저는 깜짝 놀랐습니다.

"게임이었던 거야?"

"당연한 거 아니야. 나는 이걸로 장사를 하고 있는 거야. 당신, 빨리 돈이나 내놔."

저는 흥이 깨진 기분이 들어 주머니에서 현금을 꺼냈습니다. 이때 지불을 둘러싸고 말다툼이 일어난 것은 사실입니다. 히라타가 제가 갖고 있던 2만2천 엔을 전부 놓고 가라고 했기 때문입니다. 이유를 묻자 히라타는 짜증스럽다는 듯이 대답했습니다.

"당신의 근친상간 게임에 동참해 주었으니 1만5천 엔 이상은 내야 해."

근친상간 게임이라니, 무슨 말을 그렇게 합니까? 저는 화가 치밀어서 히라타를 이불 위로 확 밀어버렸습니다.

"무슨 소리를 하는 거야?"

히라타는 악귀처럼 화를 내면서 덤벼들었습니다. 우리는 심하게 몸싸움을 했습니다.

"이런 구두쇠! 중국 놈하고는 상대를 하지 말아야 한다니까!"

제가 화를 낸 것은 돈 문제 때문이 아니었습니다. 저는 소중한 메이준이 더럽혀진 것 같은 느낌이 들었던 것입니다. 아닙니다, 저와 메이준이 고향을 탈출하면서부터 구축해 온, 이제까지의 괴로운 이야기 때문일지도 모릅니다. 그것은 이루지 못한 꿈이었습니다. 이루지 못한 꿈은 쉽게 증오로 바뀝니다. 메이준이 그처럼 꿈꾸던 일본. 하지만 저만 홀로 살아남아서, 메이준이 상륙하지 못한 나라의 추악한 부분을 짊어지고 살고 있는 것입니다. 그리고 메이준을 닮은 여자를 찾아 헤매면서 살아가고 있는 현실. 간신히 찾아낸 여자는 돈을 받기 위해 게임을 하고 있던 것인데도, 그것을 파악하지 못했던 저의 어리석음. 그것들이 급류처럼 넘쳐서 저는 그만 정신이 나가버렸습니다. 정신을 차렸을 때, 저는 히라타의 목을 조르고 있었습니다. 금품을 강탈하려는 마음은 없었습니다. 저는 돌이킬 수 없는 잘못을 저질렀습니다. 히라타의 명복을 빌고, 저의 일생을 걸고 속죄할 생각입니다.

— 2000년 6월 10일

장제중

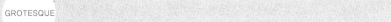

GROTESQUE

6장

발효와 부패

전락한 천재

　내가 구청을 쉬면서까지 '아파트 연쇄 살인사건'의 제1회 공판에 간 것이 그토록 의외입니까? 재판소라는 곳은 어느 곳이나 똑같은 구조더군요. 하지만 이 법정은 개중 가장 컸고, 방청권 추첨까지 해서 꽤 놀랐습니다. 방청권을 구하려고 2백 명가량이 줄을 섰다는 얘기를 듣긴 했지만, 모두들 유리코와 가즈에 사건에 꽤 흥미가 있는 모양이더군요. 매스컴 관계자들도 많이 왔다고 하던데, 텔레비전 카메라도 들어가는 걸까요? 그러고 보니 과장도 내가 결근계를 내러 가자 무엇인가 물어보고 싶은 듯 입을 우물거렸습니다.

　나는 이전에 장이라는 중국인이 유리코와 가즈에를 살해했는지의 여부에 대해서 전혀 흥미가 없다고 말씀드린 적이 있습니다. 그것은 지금도 변함이 없습니다. 두 사람 다 창녀였으니 변태를 만나거나 운이 나쁘면 살해될 수 있다는 것을 충분히 알았을 거라고 생각합니다. 그래서 다음 손님은 어떤 사람일까, 오늘은 살아서 돌아갈 수 있을까 하고 아슬아슬 두근두근 아득해지는 스릴을 느꼈던 것이 아닐까요? 무사하면 무사한 대로 안도의 숨을 내쉬며 잠자기 전에 그날 번 돈을 세어보고,

위험한 지경에 처하면 처하는 대로 지혜를 짜내서 살아남는 것이야말로 살벌한 하루하루를 살아가며 얻을 수 있는 삶의 의미였을 것입니다.

내가 낯선 남자를 만날 때마다 이 남자와 나 사이에 아기가 생긴다면 어떤 아기가 태어날까 하고 상상하며 즐기는 것과 같은 것이었을지도 모릅니다. 하지만 나는 머릿속으로 상상도를 그리는 것뿐이니, 살해된 두 사람의 입장에서는 목숨도 걸지 않은 주제에 똑같이 취급하지 말라고 항의하겠지요.

내가 오늘 재판정에 나간 것은 다카하시라는 형사로부터 장이 쓴 '진술서'의 사본을 얻어서 읽었기 때문입니다. '내가 저지른 나쁜 짓'이라는 제목의 엄청나게 길고 지루한 내용의 진술서였습니다. 중국에서 어떠떠한 고생을 했다든가, 귀여운 여동생이 무엇을 했다든가, 아무 상관없는 일들이 장황하게 쓰여 있는 시시한 것이었습니다. 나는 그런 부분은 거의 전부 건너뛰고 읽었지만요.

그 가운데서 장이 자기 자신에 대해 '얼굴과 머리가 좋다'느니, '가시와바라 다카시를 닮았다'느니 하고 반복해서 쓰고 있기에, 어떤 사내일까 하고 궁금해서 보러온 것입니다. 살해된 날 유리코가 장에게 "아저씨, 미남이시네요!" 하고 말했다고 하는데, 미모로 이름을 떨친 유리코에게 그런 말을 하게 만든 사내의 얼굴이 한번 보고 싶어지는 건 당연한 일 아닌가요?

내 머릿속에서는 오두막집에서 존슨의 무릎에 기대던 초등학생 유리코의 모습이 사라지지 않습니다. 유달리 아름다운 남자와 계집아이. 두 사람은 아름답기 때문에 서로에게 끌리고, 평생 헤어질 수 없었던 겁니다. 아니, 나는 결코 질투하는 게 아닙니다. 미모의 자석 효과라고나 할까요? 미모는 서로를 끌어당겨 착 달라붙은 채로 하나의 극을 이루는 거죠. 나는 혼혈하면서도 유감스럽게도 극을 이룰 정도의 미모를 타고

나지 못했기 때문에, 미모를 소유한 인간을 관찰하는 자로 계속 남아 있겠다고 생각할 뿐입니다.

나는 오늘을 위해 《인상학人相學》 책을 빌려서 읽고 왔습니다. 그래요, 장의 골격과 인상을 관찰하려고 생각했던 것입니다. 둥근 얼굴은 '육후질'이어서 원만하지만, 자질구레한 것에 구애받지 않는 대신 결단력이 부족하고 싫증을 내기 쉽다고 합니다. 네모진 얼굴은 '근육질'이어서 체격도 근육질이고, 남에게 지기 싫어하고 완고한 탓에 인간관계에 문제가 있습니다. 역삼각형의 얼굴은 '섬세질'이어서 몸은 근사하지만, 신경질적인 예술가 타입이라고 합니다. 또한 얼굴을 위에서부터 아래로, '상류上留', '중류中留', '하류下留'로 나누어 운명을 본다고 합니다. 나는 섬세질이어서 우아하고 미적 감각이 뛰어난 예술가 타입이라고 할 수 있을 것입니다. 사교성이 결여되었다는 것도 딱 들어맞습니다.

다음에는 '오구五具'라고 해서 눈썹, 눈, 코, 입, 귀의 다섯 부분을 봅니다. 주목해야 할 것은 안광眼光인데, 날카로우면 날카로울수록 기력이 충실하다고 합니다. 높은 코는 자존심이 높고, 커다란 입은 적극적이고 의지가 강하다고 합니다.

얼굴이나 몸으로 성격이나 운명을 알 수 있다면, 아름다운 유리코는 어째서 비운을 타고났을까요? 얼굴이 예쁜 것 외에는 바보였던 유리코. 그렇다면 그 얼굴에 무엇인가 커다란 결함이 존재하고 있었음이 틀림없습니다. 나는 그렇게 생각하다가 엉겁결에 "앗!" 하고 소리를 질렀습니다. 그것은 '완벽'이라는 이름의 커다란 결함이었다는 것을 생각해냈기 때문입니다.

"괜찮으십니까?"

정의의 사도답게 내 옆에 앉아 있던 젊은 검사가 내 얼굴을 들여다보았습니다. 갈색 안경테 속의 눈이 나를 불쌍한 피해자의 언니라고 일방적으로 단정하는 듯했습니다. 네, 하고 나는 애매하게 고개를 끄덕였습니다.

"이제 시작하니까 오른쪽 앞줄로 가시지요."

처음부터 특별 대우였던 나는 추첨을 하지 않고 먼저 법정으로 들어갔습니다. 유리코의 관계자라곤 나 하나뿐이니 당연한 것입니다. 외할아버지에게는 유리코가 죽었다는 소식을 전하지 않았습니다. 몇 번씩이나 말했지만, 외할아버지는 지금 '미소사자이 하우스'에서 간호를 받으면서 과거의 꿈을 뒤쫓고, 또 과거의 악몽에 쫓기느라 현재의 일 같은 것은 머릿속에서 몽땅 지워버렸습니다. 나와 외할아버지가 함께 살았던 검소하지만 행복했던 나날은 참으로 짧은 시간이었습니다. 외할아버지는 내가 대학생이 되는 것과 동시에 미쓰루의 어머니와 동거하기 시작했기 때문입니다. 그렇다면 미쓰루의 어머니가 치매에 걸린 외할아버지의 뒷바라지를 해주었으면 좋았으련만, 미쓰루의 어머니는 외할아버지가 치매에 걸리자마자 헌신짝처럼 버리고 말았습니다. 그런 것은 어떻든 상관없는 일입니다.

개정 시간이 되자 방청인들이 뛰어 들어와서 좌석 쟁탈전을 벌였습니다. 나는 피해자의 관계자답게 맨 앞의 맨 구석 자리에서 고개를 떨어뜨리고 있었습니다. 긴 머리카락이 양 뺨을 덮어서 내 얼굴은 방청석에서는 보이지 않을 것입니다.

이윽고 문이 열리고 수갑을 찬 남자가, 양 겨드랑이를 뚱뚱한 법원 직원에게 끼인 채 모습을 드러냈습니다. 장제중이었습니다. 아아, 어찌된 일입니까? 어디가 '가시와바라 다카시'를 닮았다는 것일까요? 나는 어안이 벙벙해서 그 지저분한 사내를 바라보았습니다. 땅딸막한 체구에 머리는 벗겨지기 시작하고 있었습니다. 둥근 얼굴에 눈썹은 굵지만 짧고, 더군다나 주먹코였습니다. 주목해야 할 것은 안광이었습니다. 가느다란 눈이 둔탁한 빛을 발하면서 두리번두리번 방청인들을 힐끗거리는 모습이 아는 얼굴이라도 있으면 살려달라고 애원이라도 할 것 같았습니다. 입은 조그맣고 반쯤은 열려 있었습니다. 인상학으로 말하자면 장은 데면데면한 성격으로 싫증을 내기 쉽고 완고하며 인간관계에 문제가 있고 더군다나 의지가 약합니다. 나는 실망해서 방청석에서 한숨을 크게 내쉬었습니다.

내 한숨의 파동이 전해진 것일까요? 피고인석에 정좌하고 있던 장이 내 쪽을 힐끔 쳐다보았습니다. 아마도 내가 유리코의 관계자라고 누가 미리 귀띔해 준 모양이었습니다. 내가 마주 노려보자 힘없이 눈을 돌렸습니다. 당신이 유리코를 죽였어. 나는 눈에 그런 의미를 담고서 노려보았습니다. 장은 시선을 느꼈는지 몸을 추스르며 침을 삼켰습니다.

아닙니다, 노려보았다고 해서 내가 장의 죄를 비난한 것은 아닙니다. 뭐라고 설명하면 좋을까요? 내가 어렸을 때부터 줄곧 괴롭힘을 당하고 인생이 좌지우지될 정도의 열등감을 느낀 미모의 여동생, 유리코. 우리 자매를 행성으로 비유하자면 태양이 비치는 면은 언제나 유리코고, 나는 반대쪽인 밤이었습니다. 내가 태양이 비치는 방향으로 돌아가면 행성은 즉각 빙그르르 자전해서 유리코에게 해가 비치게 되는 것입니다. 정말로 그렇지 않습니까? 나는 유리코의 지배로부터 도망치듯 Q여고에 들어갔는데, 유리코가 전학해 온 탓에 또다시 유리코의 언니로 비교될 운명에 처해 버렸으니까요. 뼈에 사무칠 정도로 미운 유리코가 이런 지저분한 사내한테 허무하게 살해돼버리다니 어처구니가 없습니다. 그렇습니다, 나는 살해당한 유리코를 마음속으로부터 경멸했습니다.

재판은 지체 없이 끝났고 장은 다시 수갑을 차고 법정에서 끌려 나갔습니다. 나는 무엇엔가 홀린 것 같은 느낌이 들어서 좀처럼 방청석에서 일어설 수가 없었습니다.

장이라는 사내는 왜 '우리 남매의 얼굴은 잘생겼다'든가, '자신은 가시와바라 다카시를 닮았다'는 새빨간 거짓말을 늘어놓았을까요? 혹시 희대의 거짓말쟁이는 아닐까요? 장은 가즈에를 죽였다는 건 억울한 누명이라고 주장했는데, 그 때문에 오히려 나는 장이 가즈에를 죽였다고 확신했습니다. 안 그렇습니까? 자신의 얼굴이나 모습을 객관적으로 파악하지 못할 뿐만 아니라 자신이 아름답다고 믿고 있는 인간은 머리가 좀 이상한 거짓말쟁이인 것이 틀림없으니까요.

　"죄송합니다만, 잠시 실례해도 되겠습니까?"

　나는 법정의 복도에서 얼굴색이 검푸른 젊은 여자에게 붙잡혔습니다. 얼굴색이 검푸른 것은 신장이 나쁘기 때문이라고 인상학 책에 나와 있었기 때문에 염려스러웠는데, 여자는 텔레비전 방송국 직원이라고 조금 우쭐대며 말했습니다.

　"히라타 씨 언니 되시지요? 공판에 대한 감상을 좀 여쭈어보고 싶은데요?"

　"저는 피고에게서 시선을 떼지 않았습니다."

　"네, 네" 하고 여자는 의기양양한 얼굴로 메모를 했습니다.

　"단 하나뿐인 동생의 목숨을 빼앗아간 장이 밉습니다."

　내 말을 끝까지 듣지도 않고 여자가 질문했습니다.

　"저어, 히라타 씨 사건은 피고인이 자백을 했습니다. 문제는 사토 가즈에 씨 사건이라고 생각합니다. 큰 회사에서 근무하던 엘리트 여성이 창녀였다는 것에 대해서 어떻게 생각하십니까? 듣자니까 당신은 사토 씨와 동급생이었다고 하던데요?"

　"저는 가즈에의, 아니 가즈에 씨의 경우도 어쩐지 아슬아슬하고 두근거리는 사랑을 추구하며 그것을 양식 삼아 살아가고 싶다고 생각했던 것 같기는 합니다만, 그 상대가 피고라면 그 사람은 '육후질'이라서 조금 맞지 않는 듯한 느낌도 들고 뭐가 뭔지 잘 모르겠습니다."

내가 횡설수설 얘기를 하고 있는 동안, 여기자는 난처한 얼굴이 되어 메모를 하는 시늉을 하며 고개만 끄덕이더니 이윽고 딴청을 피웠습니다. 세간에서는 유리코의 사건엔 별로 관심이 없다는 것을 나는 또다시 깨닫게 되었습니다. 모든 사람들의 관심은 사토 가즈에가 대기업의 직원이었다는 것에만 있었습니다. 이런 식으로 주목을 받는 것도 자못 가즈에답지 않습니까?

문득 정신을 차리니 여기자의 모습은 벌써 사라지고 잘 닦인 복도에 나 혼자 남아 있었습니다. 그 대신 깡마르고 이상하게 눈만 큰 여자가 내 앞에 나타났습니다. 여자는 내가 혼자가 될 기회를 엿보고 있었는지 주의 깊게 주변을 둘러보면서 아무도 없다는 것을 확인했습니다. 기다랗고 뻣뻣한 머리카락을 늘어뜨리고 인도의 사리 같은 의상을 몸에 걸치고 있었습니다. 하지만 그것은 실크는 아니고 무명의 뻣뻣한 천이었습니다. 여자는 미소를 지으면서 내 얼굴을 뚫어지게 응시했습니다.

몸의 외견, 모양과 동작으로 그 사람의 운명을 짐작하는 것이 인상학이라는데, 그것으로 보면 여자의 얼굴 모습은 지적이고 우아했습니다. 그러나 아무리 그래도 지나치게 깡마른 것과 괴상한 의상이 마음에 걸렸습니다. 나는 암기할 정도로 열심히 읽은 인상학 책의 내용을 생각해내려고 안간힘을 썼습니다.

"왜 그래, 나 모르겠니?" 여자는 가까이 다가와, 내게 풍선껌 냄새가 감도는 숨결을 뿜어냈습니다. "나, 미쓰루야."

나는 깜짝 놀라서 그 자리에 우뚝 서버렸습니다. 그도 그럴 것이 미쓰루의 근황은 신문보도를 통해 아는 바가 있었기 때문입니다. 미쓰루는 어떤 종교 단체에 들어가 간부가 되었는데, 그 종교 단체가 테러를 일으켜서 아마 복역하고 있을 터였습니다.

"미쓰루, 벌써 출소한 거야?"

나의 말에 미쓰루의 뺨이 굳어졌습니다.

"응, 나에 대해 모르는 사람이 없는 모양이구나."

"그래, 난 다 알고 있어."

미쓰루는 난처한 얼굴로 복도를 돌아보았습니다. 보도진도 벌써 돌아갔는지 법정 앞 복도에는 아무도 남아 있지 않았습니다. 미쓰루는 천장을 올려다보았습니다. 나도 따라 쳐다보았지만 파르께한 형광등이 달렸을 뿐이었습니다.

"도쿄 지방재판소는 잊을 수가 없어. 나는 406호 법정으로 공판 때문에 수십 번이나 나갔거든. 나에게는 아무도 찾아오지 않았고 내 편이라고는 변호사뿐이었어. 그 사람도 실은 마음속으로 나를 비난했고 조금도 이해해 주지 않았지만. 나는 빨리 끝났으면 좋겠다는 생각만 했지."

회고하는 듯 중얼거린 미쓰루는 내 팔을 가볍게 잡았습니다.

"함께 차라도 마시지 않을래? 너하고 할 얘기가 있어."

나는 사리 위에 검은 반코트를 걸친 특이한 모습의 미쓰루와 함께 걷는 것이 싫었지만, 미쓰루가 기뻐하는 모습을 보니 매정하게 거절할 수도 없어 하는 수 없이 승낙했습니다.

"여기 지하에 있는 카페라도 괜찮겠니? 아아, 내가 자유의 몸으로 법원의 카페에 갈 수 있다니 얼마나 즐거운지 모르겠어." 미쓰루는 흥분한 목소리로 말하는가 싶더니, 불안한 듯이 몇 번이고 등 뒤를 돌아보았습니다. "나는 요원한테 미행당하고 있어."

"큰일이구나."

"무슨 말을 그렇게 하니? 네가 더 큰일 아니니?"

미쓰루는 엘리베이터를 타자마자 동정하는 얼굴로 내 손을 잡았습니다. 나는 땀에 젖은 미쓰루의 손이 기분 나빠서 살며시 뺐습니다.

"어째서?"

"하여간 유리코, 참 안됐어. 그런 일이 일어나다니 믿기지가 않아. 가즈에 사건도 정말 깜짝 놀랐어!"

엘리베이터가 지하에 도착해서 밖으로 나가려고 하다가 미쓰루의 몸과 세게 부딪쳤습니다. 미쓰루가 부끄러운 듯이 사과했습니다.

"어머, 미안해! 난 아직 바깥 사회에 익숙하지 못해."

"언제 나왔는데?"

"두 달 전에. 나, 6년이나 들어가 있었어."

미쓰루는 내 귓가에 대고 중요한 비밀이라도 털어놓듯이 속삭였습니다. 나는 미쓰루의 뒷모습을 관찰했습니다. Q여고 시절 공부 잘하고 상냥했던 미쓰루의 모습은 더 이상 찾아볼 수 없었습니다. 영리한 다람쥐처럼 똑똑했던 미쓰루는 지금은 줄칼처럼 가늘고 꺼슬꺼슬하게 여위어 있었습니다. 그 모습이 미쓰루의 어머니와 아주 닮아 보였습니다. 솔직하고 어딘가 애처로워 보이는 미쓰루의 어머니. 하지만 외할아버지를 배신한 여자. 미쓰루가 그 종교 단체에 들어간 것은 어머니와 의사인 남편의 권유 때문이었다고 들었는데, 그게 사실일까요?

"남편은 어떻게 되었니?"

"남편은 아직 안에 있어. 나, 아들이 둘인데, 그 애들을 시댁에 맡겨두어서 교육이 걱정이야."

미쓰루는 커피를 홀짝거렸습니다. 입술에서 커피가 줄줄 흘러내려 사리의 가슴께를 적셨으나 미쓰루는 신경 쓰지 않았습니다.

"안이라니?"

"구치소 말이야. 그이는 아마 사형을 선고받을 거야. 뭐 사형을 받아도 싸지." 미쓰루는 엉겁결에 솔직한 감정을 말해버린 자신이 부끄러웠는지 갑자기 얼굴을 들었습니다. "그것보다 너도 참 안됐다, 얘. 유리코가 이렇게 되다니 도무지 믿기지가 않아. 가즈에도 마찬가지고. 설마 그 애가 그런 짓을 했을까 싶다니까. 걔, 노력가였다면서? 노력하다가 지쳐버린 것일까?"

미쓰루는 조리 주머니처럼 생긴 백에서 담배를 꺼내 불을 붙였습니다.

미쓰루는 담배를 피우는 게 익숙하지 않아 보였습니다. 담배를 든 손도 어색하고 연기를 빨아들일 때에도 실로 괴로워 보였습니다. 과장이 흡연 코너에서 한 대 피울 때의 더없이 행복한 표정과 너무 대조적이어서, 미쓰루가 담배를 억지로 피우는 모습은 마치 수행의 일부인 것처럼 보였습니다.

"너희 종교는 담배를 피워도 괜찮니?"

나는 그렇게 묻고 나서 '아차!' 하고 생각했습니다. 그래요, 나도 양식은 있는 사람이라, 지금의 날카로운 지적이 출소한 지 얼마 안 되는 미쓰루의 약점을 날카롭게 찔렀다는 것을 금세 깨달았습니다. 아니나 다를까 미쓰루는 쓴웃음을 지으며 연기를 내뿜었습니다. 미쓰루의 커다란 앞니가 보였습니다. 그립다고 생각한 것도 잠시 뿐, 치아 틈새로부터 담배 연기가 새어 나오는 것을 보니 틈새가 많이 벌어진 모양입니다.

"우리도 이젠 나이를 꽤 먹었나 봐. 네 치아 틈새가 벌어진 것을 보니 말이야."

미쓰루는 그래, 하고 복잡한 얼굴을 하고는 앞니를 손톱으로 똑똑 두드렸습니다. 그리고 이렇게 말하는 것이 아니겠어요?

"너도 늙었다, 얘. 게다가 악의가 가득 찬 얼굴이 되었어."

악의가 가득 찬 얼굴이라는 것은 인상학 책에는 실려 있지 않았습니다. 분류를 하자면 '근각질'이 될지도 모르지만, 나는 '섬세질'이라서 틀린 말입니다. 어쩌면 종교적인 분류일지도 모르지요. 나는 미쓰루의 그 말을 듣고 조금 전에 법정에서 본 장제중을 떠올렸습니다. 그의 얼굴이야말로 악의가 가득 찬 얼굴이 아닐까요? 거짓말쟁이 악당의 얼굴 말입니다. '진술서'는 거짓말로 도배한 것이 틀림없습니다. 그 사람은 중국에서 많은 사람을 죽이고서 돈을 빼앗고, 여동생도 범한 다음 죽이고, 유리코와 가즈에도 살해한 것이 아닐까요? 문득 정신을 차리자, 미쓰루가 곤혹스러운 듯이 내 얼굴을 보고 있었습니다. 나는 미쓰루에게 물었습니다.

"악의로 가득 찬 얼굴이란 건 나쁜 업으로 뒤덮여 있다는 뜻이야? 내업보는 어떤 건데? 너라면 설명할 수 있잖아."

미쓰루는 그 순간 담배를 끄고 어두운 얼굴이 되었습니다. 그러고는 미행자가 있는 것처럼 재빨리 주위를 살피고 나더니 목소리를 낮추었습니다.

"나는 이미 탈퇴했으니까 이상한 소리 하지 마. 그래서 그 증거로 담배를 피우고 있는 거야. 하지만 너는 내가 믿던 교의를 곡해하고 있어. 매스컴 보도를 전부 그대로 믿는 태도는 종교를 진지하게 믿는 사람을 바보 취급하는 거라고 생각해."

"어머, 너, 악의가 생긴 것 아니니?"

나는 미쓰루의 뜻하지 않은 반응에 어처구니가 없었습니다. 나는 단순히 인상학적 견지에서 벗어난 개념에 대해서 얘기하고 싶었던 것뿐이니까요. 미쓰루는 황급히 비쩍 마른 손을 가로저었습니다.

"미안해. 내가 잘못했어. 출소하고 나서부터는 늘 이렇다니까. 왜 그런지 자신감이 없어지고, 어떻게 행동해야 좋을지 모르겠어. 아니, 잊어버렸다고나 할까? 사실은 사회 적응 훈련을 받아야 하지만, 여기에 오면 너를 만날 수 있을 것 같아서 온 거야. 유리코와 가즈에의 재판을 재회의 장소로 이용하는 것은 동창회 같아서 싫다는 생각을 하면서 말이야."

긴 말을 단숨에 내뱉은 미쓰루는 지친 모양인지 커다란 한숨을 다시 한 번 내쉬더니, 꼼짝 않고 손톱만 바라보았습니다. 미쓰루의 작고 가느다란 손은 온통 건조하게 터 있었고, 손톱 옆에도 거스러미가 생겨 스타킹을 신을 때 걸릴 것만 같았습니다. 하지만 어차피 스타킹 같은 것은 신지 않으니까 괜찮을 거라고 생각하면서 나는 미쓰루를 관찰했습니다. 사리 밑은 맨살이었고 학생용 같은 긴 남색 양말을 신고 있었습니다. 신발은 때가 낀 운동화였습니다.

미쓰루가 생각났다는 듯이 얼굴을 들었습니다.

"저어, 옥중에서 보낸 내 편지 받아보았니?"

"그래, 네 통 받았어. 연하장하고 문안 편지."

"그런 곳에서 연하장을 보내는 건 괴로운 일이야. 섣달 그믐날 밤에 라디오에서 홍백가합전을 하는 거야. 나는 좌선을 한 채 그것을 들으면서 울었어. 내 인생이란 대체 무엇인가 하고 말이야. 그러고 보니 너는 답장도 보내지 않았잖아. 너도 우등생인 내가 이런 꼴이 되니까 기쁘지 않든? 무베나루카나 하고 생각하는 사람, 많이 있을 거라고 생각해."

"무베나루카나라니, 그게 무슨 뜻이니?"

"역시나, 라는 의미야." 미쓰루는 목청을 높였습니다. "그러니까 내가 보기 좋게 좌절했다고 생각하고 세상 사람들이 기뻐했을 거란 얘기지."

Q여고 시절의 미쓰루는 사리에 맞지 않는 말이나 남에게 상처 주는 말은 절대로 하지 않았습니다. 무엇인가 말하고 싶을 때에는 언제나 앞니를 두드리면서 상대방에 대해서 여러 가지로 생각한 뒤에 발언하는 신중한 애였기 때문에 나는 이렇게 내뱉고 말았습니다.

"미쓰루, 너, 어머니를 닮아가는 것 아니니?"

미쓰루의 어머니는 일단 발언을 하고 나서 자신이 내뱉은 말 때문에 타격을 받는 면이 있었습니다. 그리고 언덕에서 굴러 떨어지는 것처럼 점점 더 쓸데없는 말을 해서 뜻하지 않은 곳으로 가버리는 것입니다. 거짓말쟁이인 장과 정반대라고, 나는 또다시 공판에서 본 장의 교활한 얼굴을 떠올리며 생각했습니다.

"글쎄."

미쓰루는 곤혹스러워했습니다.

"네 어머니의 자동차를 얻어 탄 적이 있잖아? 우리 어머니가 자살했다는 연락을 받은 날 아침에. 네 어머니는 우리 어머니의 자살 원인이 갱년기 탓이라고 했잖아."

사과라도 할 줄 알았더니, 미쓰루는 눈을 가늘게 뜨고 애절한 표정을 짓는 게 아니겠어요?

"아아, 그랬었지. 그때로 다시 돌아가고 싶어. 아무것도 모른 채 살았던 그때로 다시 돌아갈 수만 있다면, 돌아가서 처음부터 다시 시작하고 싶어. 공부벌레가 되지 않았으면 좋았을걸. 다른 애들처럼 놀러만 다니고 멋도 부리고 치어걸부나 골프부나 아이스스케이트부에라도 들어가서 남자애들과 데이트를 하면서 청춘을 즐겁게 보낼걸 그랬어. 너도 그렇게 생각할 때가 있지?"

나는 과거로 돌아가고 싶다는 생각 같은 것은 털끝만큼도 한 적도 없습니다. 만일 내가 되돌아가고 싶은 나날이 있다면, 분재를 좋아하는 외할아버지와 함께 지낸 평온한 생활일 것입니다. 하지만 외할아버지는 유리코가 발산하는 음탕한 파동으로 미쓰루의 어머니와 연애를 하면서 변해버렸으니, 되돌아가고 싶은 과거 따위는 나의 내부에는 이미 존재하지 않습니다. 미쓰루는 나와 살아남는 재능을 서로 확인했던 것을 잊어버린 것일까요? 나는 유리코의 둔함에 느끼던 짜증 비슷한 것을 미쓰루에게서도 느꼈습니다. 나에게는 그 감정이야말로 그리운 것이었습니다.

"뭘 그렇게 생각하고 있는 거니?"

미쓰루는 불안한 듯이 내 표정을 살폈습니다.

"옛날 일이야. 네가 돌아가고 싶다는 먼 옛날 일. 유리코가 속씨식물이고 내가 겉씨식물이었을 때의 일. 유리코는 말라 죽어버렸지만 말이야."

미쓰루는 의아스러운 표정을 지었지만, 나는 구태여 설명하지 않았습니다. 내가 아무 말도 하지 않자, 미쓰루는 갑자기 부끄러워하면서 얼굴을 돌렸습니다. 그것이야말로 여고 시절의 미쓰루의 특징적인 표정이었습니다.

"미안해. 내가 좀 이상하지?" 미쓰루는 조리 주머니를 꽉 움켜쥐더니 몸을 움츠렸습니다. "왜 그런지 내가 열심히 해온 일이나 믿어온 일들이 전부 거짓이 되어버린 것 같은 느낌이 들어서 견딜 수가 없어. 교도소 안에서 될 수 있는 한 생각하는 것을 자제했더니, 출소하고 나서 한꺼번에 우르르 생각들이 몰려들어서 공황을 일으켰어. 물론 우리가 해온 일은 큰 실수였지. 죄 없는 사람들을 그렇게 죽여서 어쩌겠다는 거야? 하지만 어쩔 수 없었어. 마음을 조종당하고 있었으니까. 교조教祖가 생각을 모두 읽고 있어서 도망칠 수가 없었어. 나는 이제 모든 것이 끝장났다고 생각해. 남편은 틀림없이 사형당할 텐데 아이들을 데리고 어떻게 살아야 좋을지 모르겠어. 남아 있는 내가 정신을 바짝 차리고 아이들을 키워야 하는데 정말로 자신이 없어. 노력해서 열심히 공부만 들이파서 도쿄대에 들어가 의사가 되었지만, 6년이라는 공백은 절대로 되찾을 수 없을 거야. 게다가 나를 받아줄 직장은 아무 데도 없다고."

"'국경 없는 의사회' 같은 데 들어가면?"

나는 무책임하게 말했습니다.

"너한테는 다 남 일이지." 미쓰루는 어두운 목소리로 중얼거렸습니다. "남 일이라고 하니까 하는 말인데, 유리코와 가즈에가 창녀였다고 모두들 깜짝 놀란 것 같지만, 나는 믿어 의심치 않아. 그 사람들은 반항하고 있었던 거야, 이 세상에 대해서 말이야. 특히 가즈에는 그랬다고 생각해."

미쓰루도 조금 전의 신장이 나쁜 듯한 여기자와 똑같은 말을 하는 것 같았습니다. 모두들 유리코에게는 관심이 없고, 가즈에만 화제로 삼았습니다.

미쓰루의 눈에는 옛날에 있었던 지성의 번뜩임이나 고독의 그림자는 찾아 볼 수 없고, 그저 공허만 펼쳐져 있었습니다.

웨이트리스가 와서 커피 잔을 치우고 잔에 물을 채우고 갔습니다. 하관이 튀어나온 사각형의 얼굴. 전형적인 '근각질'입니다. 눈썹과 눈썹 사이에 붙어 있는 불상에 있는 것 같은 커다란 사마귀는 무슨 의미가 있는 것일까요? 나는 의미를 생각하면서 물을 마셨습니다. 카페는 텅비어 있고 자리에 앉아 있는 것은 우리 두 사람뿐이었습니다.

"아이들은 지금 어디서 어떻게 지내고 있어?"

미쓰루는 다시 담배에 불을 붙이더니 연기에 눈살을 찌푸렸습니다.

"시부모님 댁에 있어. 큰애는 고등학교 2학년이고 작은애는 중학교 졸업반이야. 작은애는 Q학원에 들어가고 싶어 하지만 절대로 안 될 거야. 학력 문제 때문이 아니야. 그 아이들은 평생 우리 부부의 자식이라는 낙인이 찍힌 채 살아가야 할 테니까."

낙인 같은 것은 문제 될 것이 없잖아요? 나도 괴물 같은 외모를 지닌 유리코의 언니라는 낙인이 찍힌 채 살아왔으니까요. 나는 그 아이들이 보고 싶어 견딜 수가 없었습니다. 미쓰루의 아이들은 어떤 얼굴을 하고 있을까요? 주워온 나무 열매를 땅 속에 파묻어두는 영리한 다람쥐일까요? 아니면 재빨리 야산을 뛰어다니는 여우일까요? 미쓰루의 말처럼 짊어진 운명이 가혹하다면, 그 아이들은 어떤 재능을 연마하여 생존해 나갈 생각일까요? 나는 미쓰루가 아니라, 그 아이들에 대해서 생각해보려고 했습니다. 생물은 진화합니다. 나는 유전자가 어떤 식으로 전해지고 상처를 받고 변해 가는가에 흥미를 느낍니다. 그러자 미쓰루가 의외의 말을 꺼냈습니다.

"네가 우리 어머니를 원망하고 있다는 걸 알고 있어."

"내가 왜?"

"네 외할아버지를 버렸으니까."

나는 놀라서 다시 물었습니다.

"우리 외할아버지가 네 어머니에게 버림을 받은 거니?"

그래, 하고 미쓰루는 대답하고는 잠시 동안 말이 없었습니다. 하지만 나는 외할아버지가 미쓰루의 어머니에게 버림을 받든 사랑을 받든, 어느 쪽이든 상관없었습니다. 외할아버지는 분재를 대신해 주는 것을 발견한 것뿐이며, 미쓰루의 어머니에게서 '광'이나 '기운'을 발견해서 행복했을 테니까요.

"믿을지 모르겠지만, 어머니는 틀림없이 네 외할아버지 때문에 그 종교 모임에 들어간 거야. 어머니는 끝까지 버텨보겠다고 하면서 아직 탈퇴하지 않고 있어. 지금도 수행을 하면서 남아 있는 신자들의 뒷바라지를 하고 있지."

외할아버지가 이 말을 들으면 얼마나 놀랄까요? 그렇지 않습니까? 미쓰루와 그 남편은 그 종교 단체에서 유명한 엘리트 의사 부부였습니다. 두 사람은 그 모임의 광고탑처럼 이용되었고, 미쓰루는 참의원 선거에 입후보했을 정도입니다. 두 사람이 신앙의 길에 들어선 것은 미쓰루 어머니의 강력한 권유 때문이었다고 합니다. 그런데 그 어머니가 신앙에 입문한 원인이 외할아버지라니. 인과因果는 돌고 돈다고 하더니 설마 이런 일이 있을 줄은 생각지도 못했습니다.

"어머니는 네 외할아버지의 인생을 망쳐놓은 것이 평생을 두고 후회스럽다고 했어. 아니, 네 외할아버지뿐만 아니라 너와 네 외할아버지의 생활을 바꾸어버린 것이 전부."

외할아버지는 내가 Q대학에 진학하자 미쓰루의 어머니와 동거하겠다고 선언하고 공영주택에서 나갔습니다. 미쓰루의 어머니가 근처에 새로 지은 아파트를 구입했으니 둘이서 살자고 외할아버지에게 졸랐기 때문입니다. 그 집에 한 번 가본 적이 있는데, 당시로서는 보기 드문 자동 잠금장치가 있었습니다. 외할아버지는 그것이 자랑스러워 견딜 수가 없었던 것 같습니다. 그러나 아이러니하게도 외할아버지가 치매 기미가 있다는 것을 안 것은 잠금장치 덕분이었습니다. 외할아버지는 외출할 때마다 열쇠를 잊고 다른 집의 인터폰을 누르고는, "나다, 나야!" 하고 소리쳤기 때문입니다.

"나도 너도 어머니와 외할아버지의 연애 때문에 혼자 살 수밖에 없었잖아? 그런데도 어머니는 도망쳤지. 어머니는 주위를 엉망진창으로 만들어놓고 도망친 거야. 그 때문에 어머니는 자신을 용서할 수 없어서 수행의 길로 들어선 거라고 했어."

"수행을 하면 용서를 받는다는 거니?"

"아니야." 미쓰루는 단호히 고개를 흔들었습니다. "그렇지 않아. 해탈의 길을 선택한 거야. 다시 말하면, 어머니는 어째서 인간이 그러한 제멋대로의 번뇌를 갖게 되는지 인간 세계의 법칙을 알고 싶었던 거야. 나와 남편은 그 무렵, 인간의 생사에 대해 고민하고 있었어. 인간은 죽어서 어디로 가는가? 전생은 있는가? 의사인 이상 죽음에 직면하는 것은 피할 수 없는 일이지만 납득할 수 없는 경우가 있거든. 그랬더니 어머니가 교조의 얘기를 한번 들어보는 것이 어떻겠느냐고 권해서 입회하게 된 거야."

나는 왠지 얘기를 듣는 것이 따분해서 시선을 돌렸습니다. 결국 자기만 행복해지고 싶은 사람이 종교를 찾아가는 것 아니겠습니까? 내 말이 틀렸나요?

"외할아버지는 이제 그런 건 신경 쓰지 않아. 완전히 치매에 걸려서 줄곧 누워 계시니까."

미쓰루가 깜짝 놀라며 나를 보았습니다.

"외할아버지, 아직도 살아 계시니?"

"살아 있고말고. 아흔이 넘었지만."

"저런, 나는 벌써 오래전에 돌아가신 줄 알았어."

"네 어머니도 그렇게 생각하고 있겠지?"

"이야기의 앞뒤가 잘 맞지 않는구나." 미쓰루는 얼버무리고는 부러질 것 같은 고개를 갸웃거렸습니다. "내가 사회로 완전히 복귀하지 못해서 그런가 봐."

나는 웨이트리스의 이마에 있는 점을 바라보고 있었습니다.

"나는 출소하고 나서 아무도 만나지 않았어. 변호사가 사람들을 만나지 말라고 했거든. 그래서 외출도 거의 하지 않아. 하지만 얘기를 하고 싶어 미칠 지경이야. 내 이야기를 해도 되겠니?"

나는 이미 싫증이 나 있었지만 고개를 끄덕일 수밖에 없었습니다. 미쓰루는 짧아진 담배를 비벼 끄고는 얘기를 하기 시작했습니다.

"너도 잘 알고 있겠지만, 학창 시절 나는 공부로 승부를 걸었어. 성적으로 압도하리라 결심했거든. 중학교 다닐 때, 어머니의 학부모회의 인사 건으로 왕따를 당했기 때문이야. 쓰라린 체험이었지. 어디에도 갈곳이 없고 누구에게도 말을 할 수 없어서 죽고 싶었어. 그런 일을 당하면 어떻게 해서든 성공해서 모두에게 멸시당한 치욕을 갚겠다고 생각하는 것이 당연하잖아. 나는 열심히 공부했어. 전교 1등을 유지하기 위해 그야말로 필사적이었어. 특히 너희 외부 학생들이 들어온 고등부부터는 1등을 빼앗기는 것이 아닐까 걱정돼서 밤에 잠을 자지 못할 정도였어. 너하고 사귀게 된 것도 그런 시기였어. 네가 공부를 못하는 것을 알고 친구가 될 수 있겠다고 생각해 기뻤어. 그런데 너 야구 선수 오치아이라는 사람, 알고 있지?"

놀랍게도 미쓰루가 야구 선수의 이름을 꺼냈기 때문에 나는 어리둥절했습니다. 미쓰루의 머리는 괜찮은 것일까요? 공부와 수행을 지나치게 많이 해서 합선되어 버린 것은 아닐까요?

"들은 것 같기도 한데."

말은 그렇게 했지만 자신은 없었습니다. 나는 얼굴이 예쁜 운동선수에게만 흥미가 있고, 이름도 외우지 못합니다.

"오치아이 히로미쓰 선수 말이야."

"그 사람, 잘생겼니?"

"그렇지 않아." 미쓰루는 중요한 얘기를 하려던 참에 나 때문에 말이 끊겨서인지 짜증을 내며 고함을 쳤습니다. "왜 그런 쓸데없는 말을 하니? 얼굴 같은 건 아무 상관없어."

어머, 하고 나는 이상하게 생각했습니다. 이전의 미쓰루는 신중했을 뿐만 아니라 대단히 인내심이 많고 사려 깊고 화난 얼굴 같은 것을 보이지 않는 학생이었습니다. 성급함은 미쓰루의 어머니에게도 없던 형질입니다. 미쓰루의 내면의 변화를 느낀 나는, 사람이란 나이를 먹으면 어떻게 변할지 알 수 없는 존재란 것을 새삼스럽게 느껴졌습니다. 미쓰루는 핸드백에서 역전에서 나누어주는 포켓 티슈를 꺼내 이마의 땀을 부지런히 닦았습니다.

"아아, 지겨워. 핫 플래시폐경기에 일시적으로 열이 나는 것야. 옥중에서 생리가 멎어버렸어. 아직 마흔도 안 됐는데 갱년기 장애가 온 걸까? 넌 독신이지? 이렇게 된 적 없니?"

나는 초조해하는 미쓰루가 우스워서 웃음을 터뜨리고 말았습니다.

"넌 옥중이라는 말을 좋아하는구나."

나를 힐끗 쳐다보는 미쓰루에게서 어렴풋하게 혐오감이 느껴졌습니다.

"넌 정말로 악의로 가득 차 있는 것 같아."

기분이 상한 우리는 서로 침묵한 채 탁자 위를 응시했습니다. 나는 커피도, 물도 벌써 오래전에 다 마셔버렸습니다. 한시라도 빨리 자리를 뜨고 싶었지만, 미쓰루는 기분을 새로이 한 듯 힘주어 얘기하기 시작했습니다.

"미안해. 내가 말하고 싶은 건 그런 것이 아니야. 그러니까 나는 오치아이 선수처럼 자신이 노력하고 있다는 것을 남이 알아채지 못하게 하는 것을 좋아했다고 말하려 한 거야. 그 사람은 연습하지 않는 천재라고 불렸지만, 사실은 밤늦게 혼자서 방망이를 휘두르는 연습광이었던 모양이야. 정말 멋있지 않니! 그래서 나는 밤새도록 공부를 하고도 안약을 넣어 충혈된 걸 없애거나 약을 먹어서 공부를 하지 않는 체했어. 그런 시시한 일에도 나는 커다란 노력을 기울여 끝까지 해냈던 거야. 어쨌든 Q여고에서의 내 취미는 공부였고, 특기는 공부벌레라는 것을 알아차리지 못하게 행동하는 것이었어. 그리고 목표는 1등 유지, 최종 목표는 최고의 난관이라는 도쿄대 의학부에 재수하지 않고 합격하는 것이었어. 모든 것이 내 희망대로 됐지. 그래서 의기양양하게 대학교에 들어갔는데, 한 번 몸에 밴 습성이 사라지지 않는 거야. 이번에는 클래스에서 톱이 되는 것이 내 목표가 되었어. 그리고 다음은 내가 선택한 이비인후과에서 수석. 그다음은 대학 병원, 그다음은 연수를 하러 간 병원. 그랬더니 점점 더 눈에 띄지 않게 되어버린 거야." 미쓰루는 공허한 눈을 했습니다. "눈에 띄지 않게 되었다는 게 뭐냐면, 내가 수석이라는 사실이야. 안 그렇겠니? 의사 일이란 시험 점수로 평가되는 것이 아니니까. 환자의 생명을 구하는 것이 최우선이라는 것은 알고 있지만, 이비인후과에는 생명에 관계되는 중병은 그다지 없거든. 매일매일 찾아오는 것은 알레르기성 비염 환자들뿐이었어. 단 한 번 악성 종양에 걸린 환자를 발견한 적이 있는데 신이 났던 때는 그때뿐이었던 것 같아. 그래서 허망해지더라고. 하지만 종교는 수행하면 할수록 단계가 올라가거든. 나에게 맞다고 생각했어."

나는 커다랗게 한숨을 지었습니다. 어째서 이런 일에 시간을 낭비하고 있는 것일까 하는 초조감이랄지, 노여움이랄지, 그런 새까만 상념이 내부에서 소용돌이쳐서, 나는 앉아 있을 수도 서 있을 수도 없었습니다. 그렇지 않겠어요? 나는 미쓰루에게 연정을 품었던 적도 있습니다. 그런데 그 미쓰루가 단지 천재인 체하는 것이 멋있어 보여서 그랬노라고 고백하고 있는 것입니다. 내가 악의를, 그리고 미쓰루가 두뇌를 연마했던 것은 멋있어 보여서가 아니라, Q여고에서 살아남기 위한 무기였기 때문인데 말이에요. 그러자 미쓰루가 자신 없다는 듯이 내 얼굴을 쳐다보았습니다.

"내가 뭔가 이상한 소리를 했니?"

나는 검은 상념을 조금씩 토해내기로 했습니다. 그렇게라도 하지 않으면 감옥에서 돌아온 미쓰루는 영원히 모를 것이라고 생각했기 때문입니다.

"너는 대학에 들어가서도 계속 1등을 했니?"

미쓰루는 잠자코 세 개비째 담배에 불을 붙였습니다. 나는 손으로 연기를 날려버리고 미쓰루의 대답을 기다렸습니다.

"그런 걸 왜 묻는데?"

"그냥 호기심에서."

"솔직하게 말할게. 사실은 그렇지 않았어. 나는 아마 중간 정도였을 거야. 아무리 노력해서 수업을 듣고 밤새도록 공부를 해도 이길 수 없는 사람들이 있었어. 그거야 당연하지. 전국에서 나처럼 공부로 남을 물리쳐온 학생들이 모여든 곳이니까. 그곳에서 1등을 한다는 것은 노력을 하지 않더라도 원래 우수한, 천재적 두뇌를 가진 사람이 아니면 할 수가 없는 거야. 너니까 솔직하게 말하는 건데, 난 대학에서는 별 볼 일 없었어. 몇 년쯤 지나 내가 1등은커녕 20등에도 들지 못한다는 것을 깨달았을 때, 나는 아연실색하지 않을 수 없었어. 이건 왕년의 미쓰루가 아닌 거야. 그야말로 정체성의 위기였지. 그래서 내가 어떻게 했는지 알아?"

"상상도 못 하겠어."

"천재적 두뇌를 가진 사람과 결혼하기로 한 거야. 그 사람이 바로 내 남편이야, 다카시라고 하는."

다카시라는 이름에서 나는 다시금 배우 가시와바라 다카시를 떠올렸습니다. 신문에서 미쓰루의 남편이 찍힌 사진을 본 적이 있지만, 미쓰루의 남편도 가시와바라 다카시와는 전혀 닮지 않은 깡마르고 안경을 낀, 진지해 보이는 연구원 타입의 남자였습니다. 아무리 천재적 두뇌를 갖고 있다 하더라도 저는 딱 질색인 얼굴입니다. 인상학적으로 보더라도 귀가 악마처럼 뾰족하고 입이 작기 때문에 중류와 하류가 모두 시원치 않습니다. 중년기에서 노년기까지 비참한 운명을 맞이할 얼굴입니다. 그의 운명을 생각하면 인상학이 딱 들어맞잖아요?

"네 남편 얼굴이라면 본 적 있어."

"그렇겠지. 그 사람, 유명 인사니까 말이야."

"너도 그렇고."

나의 야유에 미쓰루는 다시금 핫 플래시에 사로잡혔는지 얼굴이 붉게 달아올랐습니다. 미쓰루는 신자를 여러 번 납치했습니다. 도주한 신자를 방에 감금하고 입회식이라는 것을 하면서 약물을 사용해, 결국 약물 과잉 복용으로 죽음에 이르게까지 했습니다. 그러나 그 사건은 미쓰루의 남편이 세스나기에서 독가스를 살포해 농업 종사자나 어린이들을 다수 살해한 사건과 비교하면 그래도 죄가 그다지 크지 않은 셈이었습니다. 미쓰루의 남편은 피해망상에 사로잡힌 교조의 명령으로, 교단 본부 설치를 반대하는 농민의 밭에 머스터드 가스를 살포했습니다. 그때 하필이면 야외 수업을 받기 위해 나가 있던 초등학생이 말려드는 바람에 열다섯 명이나 사망하고 말았던 것입니다. 미쓰루는 갑자기 화제를 바꾸었습니다.

"그런데, 너 삼투압이라는 것 아니?"

정말이지 귀찮은 여자라고 생각하면서 나는 고개를 옆으로 가로저었습니다.

"어머, 그래? 가장 알기 쉬운 예를 들면, 말린 청어 알의 염분을 뺄 때, 해수랑 비슷한 수준으로 염분이 녹아 있는 물에 집어넣잖아. 그러면 염분이 농도가 진한 쪽에서 엷은 쪽으로 이동하는 거야. 해본 적 있지?"

가난한 나는 말린 청어 알 같은 것을 10여 년이 넘도록 먹어본 일이 없습니다. 미쓰루는 말이 없는 나를 힐끔 보더니 좀 더 알기 쉬운 예를 생각해냈는지 목소리에 힘을 주었습니다.

"그럼, 민달팽이에 소금을 뿌린 적은 있니?"

내가 영문을 몰라 어리둥절해하자 미쓰루가 부끄러운 듯이 말했습니다.

"그러니까, 나는 결혼을 통해 남편의 우수한 두뇌와 내 두뇌가 비슷해지지 않을까 하고 생각했단 거야. 두뇌의 삼투압이지."

말을 하면서 공기 빠진 풍선처럼 미쓰루의 몸이 움츠러드는 것을 알 수 있었습니다. 깡마른 몸이 더욱더 홀쭉해지고, 담배를 든 손에 몇 줄기 추한 힘줄이 도드라졌습니다. 미쓰루는 결혼으로 남편 두뇌의 힘을 빌려 자신을 돋보이게 하려고 했던 것일까요? 나는 어처구니가 없어서 미쓰루의 비어 보이는 머리를 물끄러미 쳐다보았습니다. 그처럼 현명했던 미쓰루가 이런 비과학적인 바보가 되어버리다니, 대체 어떻게 된 일일까요?

"그 무렵이야. 우리 어머니가 네 외할아버지와 헤어지고 관념을 끊어버리고 싶다면서 교단에 들어간 것은. 관념이라는 것은 이 세상의 번뇌를 말하는 거야."

"끊어버릴 수 있었다면 잘된 일 아니니? 외할아버지의 일 같은 건 신경 쓰지 말라니까."

나도 모르게 목청을 높여서 말했더니 미쓰루가 아부하듯 말했습니다.

"너도 나를 용서할 수 없는 모양이구나. 내가 살인 교단에 있었다고 무시하는 거니?"

나는 고개를 갸웃했습니다.

"아니, 무시하는 게 아니야. 너, 머리가 좀 이상해진 것 같아."

"어머, 무슨 그런 무례한 말을 하는 거야! 사실은 나도 널 그렇게 생각하고 있어!" 미쓰루는 오만하게 고개를 들었습니다. "너도 옛날부터 외모에 대해서 굉장히 신경을 쓰는, 머리가 좀 이상한 애였잖아. 걸핏하면 얼굴 얘기만 했지. 유리코가 예뻐서 콤플렉스를 갖는 것은 이해했지만, 그래도 넌 좀 비정상적이었어. 너도 고등학생 때부터 네가 혼혈아라고 자랑했잖아? 모두들 뒤에서 웃었다고. 너는 분명히 예쁘지는 않아. 하지만 몸매 같은 것은 정신의 단련 여하에 따라서 얼마든지 초월할 수 있는 거야."

나는 미쓰루의 입에서 허위로 가득 찬 악담이 나올 것이라고는 생각지도 않았습니다. 너무나도 어처구니가 없어서, 악의의 전문가인 나도 반론을 하지 못한 채 입을 쩍 벌리고 있었습니다. 미쓰루는 6년 동안이나 교도소에 들어가 있었으니 이 정도의 오해는 어쩔 수 없는 것인지도 모릅니다. 그런데 미쓰루는 흥분해서 멈추지 않고 계속 떠들어댔습니다.

"유리코에 대한 너의 증오는 비정상이야. 질투라고 할까? 유리코는 같은 혼혈이라도 예쁘니까 언니로서 곤란한 일이 많았을지도 모르지만, 그렇게 못살게 굴 것까지는 없었잖아. 난 다 알고 있어. 네가 유리코와 기지마를 학교에 밀고했다는 것. 유리코가 남자부의 학생하고 어떤 식으로 사귀든 그런 건 너하고는 관계없잖아. 유리코는 스타고 우상이었어. 그런데 매춘을 한다고 일러바쳐서 친동생을 퇴학당하게 하다니 지나친 증오였다고. 안됐지만 너의 업보를 없애지 않는 한 네 혼은 영원히 환생할 수 없을 거야. 너는 다시 태어난다면 땅바닥을 기어 다니는 벌레 따위가 될 테지."

나는 화가 나서 반박했습니다. 세뇌당한 미쓰루에게 이런 말까지 듣고 잠자코 있을 수가 없었기 때문입니다.

"미쓰루, 너도 사실은 바보였던 거야. 뭐가 전교 1등이고 뭐가 도쿄대 의학부야! 삼투압 얘기를 듣고 난 정말 깜짝 놀랐어. 넌 영리한 다람쥐일 거라 생각했는데 사실은 민달팽이에 불과했던 거야. 넌 허세를 부린 것에 지나지 않아. 가즈에랑 다를 것이 없다고."

"너도 변했어. 지금 네 얼굴에는 악의밖에 남질 않았다고! 너에게 진실이란 게 있긴 한 거니? 너는 앞으로도 거짓말만 하면서 살아갈 게 뻔해. 설마 지금도 혼혈이라고 자랑하고 다니는 건 아니겠지? 너는 그저 유리코가 되고 싶어서 어찌할 바 모르는 여자일 뿐이야!"

나는 화가 나 자리를 박차고 일어섰습니다. 그 기세가 너무나 거셌기 때문에 내가 앉아 있던 의자가 뒤로 넘어질 뻔했을 정도입니다. 문득 정신을 차려 보자, 어느 틈엔가 웨이트리스들이 멀리서 서로에게 소리를 질러대는 우리를 바라보고 있었습니다. 흥분을 가라앉힌 미쓰루가 황급히 얼굴을 가렸습니다. 나는 미쓰루에게 영수증을 내밀었습니다.

"이제 가봐야겠어. 잘 먹었어."

미쓰루가 영수증을 되밀었습니다.

"절반씩 내자."

"네가 하고 싶은 말만 실컷 해놓고 돈을 나누어 내자니 말도 안 돼. 어차피 나는 유리코에 대해 콤플렉스를 갖고 있어. 하지만 그 유리코의 재판 날에 그런 말을 들으면, 피해자 유족이라는 내 입장은 어떻게 되겠니? 마음의 상처는 어떻게 할 거니? 보상해 달란 말이야."

"어째서 내가 보상을 해야 하는데?"

"네 집은 부자였잖아. 어머니는 카바레를 몇 개씩 갖고 있었고 네 허영심 때문에 미나토구에 호화 아파트도 빌렸지. 외할아버지와 동거한다고 네 어머니는 강변에 자동 잠금장치가 있는 아파트도 샀잖아. 근데 나는 아르바이트나 간신히 하고 있을 뿐이라고."

그러자 미쓰루가 시원시원하게 내뱉었습니다.

"너는 네가 불리한 순간에만 아르바이트나 간신히 하고 있다고 하는 구나. 평소에는 자신만만하게 독일어 번역자가 되겠다고 큰소리를 쳤던 주제에. 네 영어 점수는 형편없었잖아. 그것만 봐도 혼혈아답지 않다고. 말해두지만 우리 집에 돈 같은 건 없어. 집과 가게를 판 3억 엔과 자동차 두 대와 키요리에 있는 별장 전부를 교단에 바쳤으니까."

나는 마지못해 탁자 위에 돈을 놓았습니다. 미쓰루가 잔돈을 세면서 말했습니다.

"나는 다음 번 공판 때도 올 거야. 내가 사회 복귀를 하는 데 좋은 요법이 될 것 같거든."

마음대로 하시지, 하는 말을 꿀꺽 삼키고 나는 뒤도 돌아보지 않고 성큼성큼 걷기 시작했습니다. 그러자 탁탁탁 하고 미쓰루가 운동화 발소리를 내며 쫓아왔습니다.

"얘, 중요한 걸 깜빡했어. 기지마 선생님한테 편지가 왔어."

미쓰루가 백에서 봉투를 꺼내 내 앞에 들어 보였습니다.

기지마 선생님. 얼마나 그리운 이름입니까? 뒘뒘이가 나쁜 아들 때문에 학교를 사직해야만 했던 기지마 선생님. 넓은 이마와 가느다란 콧마루를 가진 학구풍의 생물 선생님. 미쓰루의 첫사랑인 남자. 하지만 나는 나와 유리코의 생물학적 차이에 흥미를 가진 기지마 선생님이 굉장히 싫었습니다. 물론 그 아들도.

"언제 왔는데?"

"감옥에 있을 때도 여러 통 받았어. 선생님은 나를 무척 걱정해주셨어. 우리는 편지를 주고받았거든."

편지를 보여주며 미쓰루는 자랑스러운 듯이 말했습니다. 나는 기지마 선생님의 소식은 아무것도 듣지 못했기 때문에 죽었을 거라고 생각하고 있었습니다. 설마 남몰래 미쓰루에게 편지를 보냈을 줄이야.

"굉장히 친절도 하시구나."

"제자의 불상사에 마음 아파하고 계셔. 내가 환자를 걱정하는 것과 같다고 생각해."

"네 환자는 불상사 같은 건 일으키지 않잖아."

"아직 사회에 완전하게 적응하지 못한 나는 네 악의가 정말 견디기 힘들어."

미쓰루는 크게 숨을 내쉬면서 말했습니다. 그러나 나는 미쓰루에게 진절머리가 나서 벌써 흥미를 잃은 지 오래였습니다. 악의의 문제가 아닙니다. 이래서는 유리코와 가즈에의 공판이 동창회가 되어버릴 것 같습니다. 조용히 살아왔던 나는 잊었던 사람이 갑자기 나타나거나 과거에 알고 지내던 사람의 소식을 듣는 데 피로를 느꼈던 것입니다. 그것도 나 때문이 아닌, 창녀가 된 유리코와 가즈에가 대중들의 흥미를 끌만한 방식으로 살해되었기 때문이라니.

"너에 관한 내용도 있어서 보여주려고 가져온 거야. 빌려줄 테니까 다음 공판 때 반드시 돌려줘야 해."

미쓰루는 내 손에 두꺼운 봉투를 건네주었습니다. 읽고 싶지 않은 편지를 건네받은 나는 바로 미쓰루에게 돌려주려고 했으나, 미쓰루는 벌써 후들거리는 발걸음으로 저만치 걸어가고 있었습니다. 나는 미쓰루의 옛 모습을 찾아보려고 그 뒷모습을 바라보았습니다. 테니스를 잘 쳤던 미쓰루. 경쾌하게 리듬체조를 추던 미쓰루. 나는 무엇이든 잘하던 미쓰루의 운동신경이나 우수한 두뇌가 어쩐지 두려워서 괴물이라고 생각한 적도 있었습니다.

그러나 현재의 미쓰루는 일상생활도 제대로 못 해낼 것 같았습니다. 미쓰루는 요원과 형사를 두려워한 나머지 시종 뒤를 돌아보며 주변에 사람이 없는가를 확인했는데, 그때마다 앞쪽에서 오는 사람과 쾅 하고 정면으로 부딪치곤 했습니다. 상대방이 부딪치지 않으려고 오른쪽으로 왼쪽으로 피해도, 미쓰루는 보기 좋게 같은 방향으로 가서 반드시 부딪쳐버렸습니다. 같은 극인 자석이 서로 끌어당기는 것을 보는 것 같아 재미는 있었지만, 미쓰루는 정상이 아닌 것처럼 보일 정도로 둔해져 있던 것이었습니다. 부딪친 사람은 어쩐지 기분 나쁜 듯이 미쓰루의 얼굴을 보고는 개성이 있는 듯 없는 듯한 괴상한 복장을 아래위로 훑어보았습니다. 미쓰루는 다른 이의 시선도 느끼지 못하는 채 엘리베이터에 다다랐습니다. 그리고 한참 후에야 버튼의 위치를 파악했습니다.

Q여고 시절의 미쓰루는 학교라는 잔혹한 숲에서 생기 넘치게 생활하던 다람쥐였지만, 지금은 사회에 적응하지 못하는 민달팽이가 돼버렸습니다. 미쓰루는 틀림없이 젖은 잎사귀 뒷면에서밖에 살 수 없을 겁니다. 옛날의 그녀를 알았던 사람이라면 멍청하게 변해 버린 미쓰루가 아무래도 믿기지 않겠지요. 텅 비어버린 미쓰루는 또 다른 괴물로 새롭게 태어난 것입니다.

Q여고 시절, 나와 미쓰루는 우리가 지하 수맥으로 이어진 산속의 호수라고 느낀 적이 있었습니다. 미쓰루의 수위가 내려가면 나도 내려갔습니다. 우리의 감정은 호응했고, 사고의 방향도 완전히 같았습니다. 그러나 이제 그 수로는 없어졌고, 우리는 각자 독립된 외로운 호수가 되었습니다. 더구나 미쓰루의 호수는 이미 말라서 금이 간 밑바닥을 드러내고 있잖아요? 나는 미쓰루를 만나지 않았으면 좋았을 거라고 생각했습니다.

"히라타 씨의 언니분 되시죠?"

그때 누군가가 내 이름을 불렀습니다. 나는 기지마 선생님의 편지를 얼른 주머니에 넣고 얼굴을 들었습니다. 낯익은 남자가 서 있었습니다. 자못 비싸 보이는 갈색 양복을 입은 사십 대 남자는 백발이 섞인 턱수염을 길렀고 오페라 가수처럼 뚱뚱했습니다. 정말 맛있는 것만 먹을 것 같은 '육후질'의 남자였습니다. 남자는 낭랑한 목소리로 나에게 말을 걸었습니다.

"죄송한데, 시간 좀 내주시겠습니까?"

이 남자를 어디서 보았는지 생각해보았으나 알 수가 없었습니다. 고개를 갸웃거리는 나에게 그 남자가 자기소개를 했습니다.

"잊으셨습니까? 저는 장제중 씨의 변호사 다무라입니다."

다무라는 내가 조금 전에 나온 카페로 나를 안내했습니다. 미간에 점이 있는 웨이트리스와 또 만나게 되지 않을까 싶어서, 나는 다무라의 반들반들한 양복 자락을 잡았습니다.

"선생님, 저는 여기서 얘기하고 싶은데요."

다무라는 마지못해 고개를 끄덕였습니다.

"좋습니다. 우연히 마주쳐서 제가 말을 건 것뿐이니까요. 안 그래도 나중에 전화를 걸려고 생각했습니다."

다무라는 귀찮은 듯 복도 구석으로 갔습니다. 우리가 서 있는 구석 바로 옆에는 식당이 있었습니다. 점심시간이 끝나 문을 닫은 식당 안에서는 종업원이 테이블을 옮기거나 맥주를 운반하며, 누군가의 파티를 준비하고 있었습니다. 법정에선 타인의 운명을 결정하면서 지하에서는 술을 마시고 흥청대다니 세상은 참 야박합니다. 나는 피고만은 되지 말아야겠다고 생각했습니다.

"선생님께선 어떻게 생각하고 계신지 모르겠지만, 저는 장이 가즈에도 죽였다고 직감했습니다."

제 말에 다무라는 말문이 막힌 듯이 겨자색 넥타이의 매듭을 고치는 척했습니다.

"유족 분들 심정이야 이해합니다만, 제 직감으로는 억울하게 누명을 쓴 것이 아닐까 싶습니다."

"설마요. 인상학적으로 보더라도 장은 천생 악인이 틀림없어요."

다무라는 난처한 표정을 지을 뿐, 내 주장에 대해서는 아무런 반론도 하지 않았습니다. 피해자의 유족이니, 무슨 말을 하더라도 어쩔 수 없다고 생각했겠지요. 하지만 나는 피해 의식에 좌우되는 그런 감정적이고 어리석은 여자가 아닙니다. 나는 인상학적 견지에서 논해야겠다고 생각하고 말을 하려고 침을 꿀꺽 삼켰습니다. 그런데 다무라가 목소리를 낮춰 이렇게 말하는 것이었습니다.

"실은 언니 분께 여쭈어보고 싶은 건, 유리코씨와 가즈에씨가 최근에 서로 만났는지 하는 것입니다. 검찰도 증명할 수 없는 것 같지만, 저도 아무리 생각해도 우연의 일치라고는 생각되지 않습니다. 그도 그럴 것이 당신의 여동생과 동급생 가즈에 씨가 1년도 채 안 되는 사이에 살해되지 않았습니까. 우연치고는 너무 이상하잖아요? 언니 분은 두 사람한테 아무 말도 듣지 못했습니까?"

유리코의 수기가 머리를 스쳤으나, 내가 어째서 그런 것까지 일부러 가르쳐주어야 하는 것일까요? 다무라가 스스로 조사해 보면 되잖아요? 그래요, 변호사는 비싼 수임료를 받고 있다는 것도 알고 있습니다. 나는 모르는 체했습니다.

"저는 몰라요. 누가 뭐라 해도 저는 유리코하고도 가즈에하고도 전혀 접촉이 없었으니까요. 두 사람 모두 단지 운이 나빴던 것 아닐까요? 인상학적으로 말하자면, 장은 근각질과 육후질이 뒤섞인 창녀를 좋아했어요. 장은 가즈에도 살해했어요. 틀림없다고요."

다무라는 황급히 나를 가로막았습니다.

"아아, 알았습니다. 이제 됐습니다. 장에 대한 것은 심리 중이니 말하지 말아주십시오."

"왜 그러세요? 저는 귀여운 여동생을 잃은 피해자 가족이라고요!"

"그 심정은 누구보다도 잘 알고 있습니다."

"무엇을 알고 있다는 거예요?"

나는 이 변호사를 못살게 구는 것이 점점 재미있어졌습니다. 그러나 이마에서 땀을 비 오듯 흘리던 다무라는 손수건이라도 꺼내려는지 주머니 여기저기를 뒤지면서 능숙하게 화제를 돌렸습니다.

"그러고 보니 그 이단 종교의 간부도 와 있더군요. 그분도 동급생이라면서요? 당신의 학교는 뭐라고 할까, 상당히 특이했나 보죠?"

"네, 오늘은 꼭 동창회 같았어요."

"이런 커다란 공관은 뿔뿔이 헤어졌던 사람들을 모이게 하거나, 소식을 알 수 없던 사람에게서 연락이 오게 하기도 하지요. 그녀는 현관에서 카메라와 사진 기자, 그리고 주간지 기자들에게 쫓겨 다니더군요."

미쓰루는 요원이 아니라 매스컴에 붙잡힌 모양입니다. 나는 함께 돌아가지 않기를 잘했다고 생각하면서 안도했습니다.

"미쓰루는 섬세질이지만 안광에 힘이 없는 게 기력이 떨어진 것 같아요."

그러자 다무라는 "실례합니다" 하고 나에게 인사를 하고는 황급히 카페로 들어갔습니다. 좀 더 얘기를 나누고 싶었는데, 하고 생각하면서 그의 살찐 등을 노려보았습니다. 그건 그렇고, 특이하다는 것은 또 무슨 말입니까? 화가 나잖아요? 또한 내 머릿속에서는 조금 전에 미쓰루가 한 말이 빙글빙글 소용돌이치고 있었습니다.

"너는 분명히 예쁘지는 않아."

나는 무척 상처를 받았습니다. 이제 곧 마흔이 되는 여자가 다른 사람의 말에 상처를 받으면 어떻게 하냐고 말씀하시겠지요? 하지만 나는 오랜 시간이 흐른 뒤, 갑자기 나타난 미쓰루에게서 그런 비난을 받으리라고는 생각도 못 했습니다. 그래서 이중으로 상처를 받은 것입니다. '예쁘지 않다'는 말뿐만 아니라, 그것이 사이가 좋았다고 믿었던 옛 친구의 입에서 내게 상처를 줄 목적으로 튀어나왔다는 사실이 주는 두 가지 상처 말입니다.

나는 살아남기 위해서 내 악의를 연마해 왔지만 타인의 악의에 대해서는 취약합니다. 내 악의는 잘못 튀겨진 튀김의 두껍기만 한 밀가루 튀김옷에 지나지 않는 걸까요? 미쓰루의 악의라는 짙은 장국 속에 풀어져버린 너덜너덜한 튀김옷에 지나지 않는 걸까요? 그렇다면, 튀김의 알맹이는 무엇일까요?

나는 갑자기 자신이 없어졌습니다. 나로서는 드문 일이었습니다. 이럴 때 외할아버지가 계셨더라면 위로를 해주었을 텐데 싶어 나는 처음으로 내 고독한 처지를 슬프게 생각했습니다. 나를 둘러싼 심술궂은 세계 때문에 더욱 열심히 심술을 연마하여 내가 상처받기 전에 먼저 상대에게 상처를 주어 굴복케 하려고 노력했는데, 지금의 나는 약해져버린 것일까요?

어느새 도착한 공영주택의 방은 차디찼고, 온 집안에 배어든 된장국 냄새가 코를 찔렀습니다. 나는 석유난로에 불을 붙이고 방 안을 둘러보았습니다. 참으로 초라한 방입니다. 베란다에 빽빽이 분재가 놓여 있던 그때, 우리는 가난했지만 행복했습니다. 유리코도 일본에 없었고 Q여고에 들어갔으며 핏줄로 이어진 외할아버지를 지키면서 둘이서 살아가겠다는 의욕에 불타 있었기 때문입니다. 외할아버지가 사기 사건을 일으킨 범죄자라서 외할아버지를 좋아했던 것인지도 모릅니다. 그건 나보다 약한 인간이라는 뜻이니까요. 그래요, 나답지 않아서 이상하지요? 나답지가 않습니다. 나는 '동창회' 때문에 기분이 침울해진 것입니다.

기지마 선생님의 편지는 밤이 되어서야 마지못해 억지로 읽었습니다. 이것이 바로 그 편지입니다. 노인인 만큼 떨리는 손으로 쓴 글씨는 읽기도 힘들고, 내 예상대로 설교만 늘어놓았지만, 읽고 싶으시다면 읽어보세요. 상관없으니까요.

미쓰루에게

미쓰루야, 잘 지내고 있니? 시나노 오이와케의 겨울은 특히 추워서 뜰의 흙이 서릿발로 들떠 있단다. 이대로 모든 것이 꽁꽁 얼어붙을 것 같은 기나긴 겨울이 다가오고 있구나. 나도 이제 예순일곱이니까, 인생의 겨울을 맞이한 셈이야.

나는 여전히 N화재 해상보험의 기숙사 수위로 일하고 있단다. 벌써 정년이 지났기 때문에 곧 해고될 것이라고 생각했지만, 매년 찾아오는 전무의 호의로 그냥 계속 일하고 있어. 전무도 Q대학 출신이거든.

우선 출소한 것을 축하한다.

이제부터 너와 주고받는 편지는 검열이라는 불쾌한 절차를 거치지 않아도 되겠구나. 오랜 복역 생활, 정말로 수고했다. 남편과 시댁에 맡겨놓은 아이들을 걱정하는 네 마음을 이해한다.

하지만 미쓰루는 아직 마흔밖에 안 되었잖아? 미래는 지금부터야. 이제 세뇌의 악몽에서 깨어났으니까, 희생당한 사람들에 대한 사죄와 진혼(鎭魂)의 마음을 잊지 않고 현세에서 올바르게 살도록 노력한다면, 반드시 좋은 일이 있을 것이라고 믿는다. 내가 도와줄 수 있는 일이 있다면 무엇이든 말해라.

너는 내 제자들 중 가장 우수해서 네 미래에 대해서는 어떤 걱정도 하지 않았단다. 하지만 이런 실수도 있을 수 있구나 싶어 다시금 마음을 다지고 있다. 네 범죄 행위는 좀 더 세심히 신경 쓰지 못한 나에게도 책임이 있는 거야. 나도 너와 함께 죄를 갚아나가기로 결심했다.

솔직히 말하면 네가 소속되어 있던 교단의 범죄 행위가 드러난 이후로 나는 마음이 편치 않은 나날을 보냈단다. 그리고 재작년과 작년에 일어난 비극이 한층 더 나를 견딜 수 없게 만들었어. 너도 알다시피, 히라타 유리코와 사토 가즈에가 살해된 사건 말이다. 동일범이라는 소리가 들리는 것 같은데, 나에게는 세간이 떠들어대는 소문보다는 두 사람이 무참하게 죽임을 당하고 버려졌다는 사실이 가혹해서 견딜 수가 없구나. 나는 지금도 두 사람을 기억하고 있으니까 말이다.

특히 사토 가즈에의 경우는 '낮에는 엘리트 여사원, 밤에는 창녀'라는 식의 흥미 중심으로 대서특필되었단다. 그렇게 착실한 노력가였던 학생의 최후가 분별없는 매스컴의 먹이라니! 가족들의 억울함을 생각하면 나는 그 댁에 찾아가서 엎드려 빌고 싶을 정도란다. 선생님이 왜 그래야 하느냐고 말할지도 모르지만, 내 아들을 포함해서 나는 아버지로서도, 교육자로서도 잘못된 길을 걸어온 것이 아닐까 하는 생각을 떨칠 수가 없구나.

원래 Q여고는 여성의 자립과 높은 자존심을 교육 이념으로 내걸어 왔단다. 그러나 Q여고 출신자의 이혼, 미혼, 자살률이 타교보다 높다는 통계가 있어. 혜택 받은 환경에서 긍지를 갖고 면학에 힘써온 우수한 여학생들이 어째서 타교생보다 더 불행해질 수밖에 없었을까? 그건 실제 사회가 냉엄하기 때문이라기보다는 우리가 학교를 지나치게 고립된 유토피아로 만들었기 때문인지도 몰라. 아니면 학교와는 많은 차이가 있는 실제 사회에서 몸을 지키는 방법을 가르치지 않아서인지도 모른다는 생각을 지울 수 없구나. 아니, 그것은 우리 교사들도 마찬가지야. 우리도 오만했고, 세상에 대해 너무나 무지몽매했다고 반성한다.

혹독한 자연 속에서 기숙사 수위라는 남의 눈에 띄지 않는 일을 하고 있으면 숙연해진다. 자연 앞에서 벌거벗은 인간은 무력하단다. 과학을 몸에 익힌 우리는 과학이 없으면 살아나갈 수 없지만, 반대로 과학만으로 살아갈 수도 없는 거란다. 마음에도 무엇인가가 필요한데, 우리가 가르친 것은 과학뿐이었던 것 같아서 부끄럽고 창피하구나. 네가 믿는 신앙에 그런 가르침은 없니?

나는 교육의 의미를 다시 한 번 생각해보아야 한다고 믿고 있다. 그러나 그걸 간신히 깨달은 나는 이미 나이를 먹었고 현역 교육자도 아니지. 그뿐만 아니라 아들의 불상사 때문에 교사직을 그만둔 실격 교사고. 그 회한과 미쓰루가 자행한 일, 그리고 히라타와 사토에게 일어난 참혹한 사건이 만년의 나를 괴롭히는구나. 그렇다고 해서 네가 한 일을 책망하고 있는 것은 아니야. 그것은 네가 앞으로 남은 일생 동안 보상하고 생각해나갈 일일 테니까.

나는 기숙사 수위라는 일도 하고 있지만, 기지마 코쿠누스토모도키의 개체군 연구를 필생의 사업으로 삼고 있다. 기지마 코쿠누스토모도키는 투구벌레의 일종인데, 뒤쪽에 있는 숲에서 우연히 발견한 것이기 때문에 명예롭게도 내 이름을 붙이게 되었단다. 내 이름을 붙인 이상, 평생 연구의 테마로 삼아야 한다고 절반은 의무처럼, 절반은 권리처럼 연구를 계속하고 있다는 것은 너도 잘 알 것이다.

생물의 개체군이라는 것은 매우 재미있단다. 먹을 것과 생활환경만 갖추어지면 개체의 수는 자꾸만 늘어나지. 이렇게 개체 밀도가 높아지는 것을 개체군 성장이라고 한다는 것은 너도 잘 알고 있을 거야. 개체 밀도가 포화상태를 넘어서면, 이번에는 개체 간의 경쟁이 심해져서 결국에는 출생률이 저하되고 사망률이 증가해. 개체 밀도가 높아지면 종종 개체의 발육이나 형태, 생리 등에 영향을 미친다는 것은 생물학의 상식이란다.

내가 연구하고 있는 기지마 코쿠누스토모도키에서도 변종이 발견되었단다. 다른 것보다 날개가 길고 다리가 짧지. 이것은 틀림없이 개체 밀도가 높아졌기 때문에 이동력을 늘리려고 곤충이 형질 변화를 일으킨 것으로 생각된다. 나는 이 변종이 어떻게 될지 끝까지 지켜보고 싶지만 그때까지 살수 있을 것 같지는 않구나.

너랑 관계없는 얘기라고 생각하지 말거라. 나는 이 연구를 하며 너희들의 삶을 떠올렸단다. 어쩌면 너의 신앙도, 히라타의 창녀 일도, 사토의 이중생활도 개체의 형질 변화가 아닐까 하고 말이다. 개체 밀도가 높아졌다기보다는 동일한 생활환경 속에 머물러야 하는 숨 막힘이라고나 할까, 그 괴로움이 형태 변화를 낳은 것이라는 생각이 자꾸만 드는구나. 그것은 가혹하고 쓰라린 경험이었겠지. 그 경험만큼은 우리가 가르칠 수 없었던 것이다.

하지만 단지 그뿐이 아니다. 내가 행한 좀 더 잔인한 실험이 이러한 결과를 이끌어냈다고 하지 않을 수 없구나. 우수한 너도, 내가 무슨 말을 하고 있는지 잘 모를 테니까 좀 더 솔직하게 쓰겠다.

히라타 유리코의 사건을 신문을 통해 알았을 때, 나는 네 사건과 마찬가지로, 아니 그 이상으로 충격을 받았다. 내가 내 아들과 히라타의 퇴학을 결정한 것이 20년 뒤 이런 사건을 일으킨 것이 아닐까 하고 생각됐기 때문이란다. 히라타의 언니(이름은 잊어버렸다. 너하고 같은 반인 눈에 띄지 않는 학생이었지)에게서 유리코가 내 아들과 매춘 행위를 하고 있으니 어떻게 하면 좋겠느냐고 의논해왔을 때 나는 "용서할 수 없다. 아마 퇴학시켜야 할 것이다" 하고 즉각 단언했다.

그때의 내 심정을 솔직히 말하면, 나는 내 아들 이상으로 히라타를 용서할 수 없다고 생각했다. 이것은 교사에게 있어서는 안 되는 사적 감정이라고밖에 할 수 없구나. 참으로 부끄러운 일이지만 있는 그대로 쓰도록 하마. 그러나 고백 게임은 아니다. 내 결정에 교육적 배려, 더 나아가서는 인간으로서의 신중함이 부족했다는 것에 대한 깊은 반성이니까.

아이러니하게도 히라타 유리코의 Q학원 중등부 전입을 결정한 사람은 나란다. 히라타는 스위스에서 귀국한 지 얼마 안 되었기 때문에 전입 시험 성적이 좋지 않았기 때문이야. 특히 국어와 수학 점수가 나빠서, Q학원 수준에는 미치지 못한다는 것이 다른 교사의 의견이었다. 그러나 내가 억지로 전입시켰단다. 그 이유가 몇 가지 있는데, 우선 첫 번째는 히라타의 아름다움이 내 마음을 움직였기 때문이야. 아름다운 것을 언제까지나 관찰하고 싶다는 소망이 나 같은 중년 교사에게도 있었다. 그리고 가장 큰 이유는, 동일

한 개체 종 속에 이종異種을 집어넣으면 어떻게 될까 하는 생물학적 실험을 하고픈 모험심 때문이었다.

그 두 가지 동기가 나를 배신하고 내 직업을 잃게 하는 결과를 초래했어. 역시 그렇게 빼어난 미모의 소유자를 동일 개체군 속에 집어넣어서는 안 되는 것이었다. 그 파문이 너무 컸단다. 아이러니하게도 내 아들이 히라타의 뚜쟁이 짓을 하여 더러운 돈을 벌었다는 치욕이 나를 괴롭혔어. 또한 일시적인 기분으로 히라타를 입학시켰다가 퇴학시킨 것이 그녀를 타락시키고 죽음에 이르게 한 것이 아닐까 하는 불안으로부터 도망칠 수가 없구나.

히라타를 퇴학시킬 때, 히라타가 신세지고 있던 존슨 부부를 불러서 얘기를 들었다. 부인 쪽은 무척 화가 나서 히라타를 집에서 내쫓아 버리겠다고 말한 것이 기억난다. 나 역시 히라타에게 화가 나 있었기 때문에 그 의견에 동조했다. 그러나 히라타가 무슨 짓을 저질렀다 하더라도, 그 책임은 미성년인 히라타가 아니라 생활환경의 문제에 있는 것이야. 나는 그것을 알면서도 히라타에 대해서 분노를 느꼈던 것이란다.

히라타의 언니도 히라타가 퇴학한 뒤부터는 신바람이 나기는커녕 순식간에 생기를 잃어버렸다고 들었다. 학교 안에서 두 자매의 반목은 내가 만들어냈다고 해도 과언이 아니란다. 언니는 실력으로 입학했지만, 여동생 유리코는 내가 호기심만으로 입학시킨 거니까. 인간은 생물 실험의 대상이 아니거든.

그리고 사토 가즈에도 마음에 걸린다. 사토가 Q여고 내에서 왕따를 당했다는 사실. 나는 그 원인도 애당초 히라타 유리코의 입학에 있었던 게 아닐까 하는 생각을 지울 수 없구나. 사토가 히라타를 동경했고 히라타와 함께 있던 내 아들을 연모했으며, 그 때문에 히라타의 언니에게 심하게 냉대를 받았다는 얘기가 귀에 들어오지 않았던 것은 아니지만 나는 보고도 못 본 체했단다. 사토에게는 열심히 노력해서 겨우 들어온 Q여고에서의 생활이 무척이나 가혹한 것이었을 게다. 그런데도 개체 간의 경쟁은 어쩔 수 없다고 나는 수수방관했던 거야.

노력은 개체 밀도가 높아짐에 따라 발육하거나, 형태와 생리가 변화하는 것과는 관계가 없다. 오히려 무익하지. 왜냐하면 변화는 개체가 멋대로 만들어내는 것이기 때문이다. 그 무익한 일을 우리들 교사가, 아니 교육 자체가 사토에게 강요했기 때문에 사토는 대학과 사회에서 계속 버티다가 결국 부서진 것이고, 그 결과 가까스로 형태의 변화를 일으킨 것이겠지. 하지만 그 변화는 남자의 욕망에 맞추는 잔혹한 것이었어. 자립과 자존심의 이념과는 정반대되는 변화를 낳은 것은 실은 내 일시적인 생각 때문인지도 모른다. 나로서는 자꾸만 그렇게 생각된다. 만일 히라타가 입학하지 않았더라면, 사토는 거식증에 걸리지도 않고 학교생활도 잘했을지도 모른다고 말이다.

밀도가 낮아지면 생물은 단독 생활을 하는 고독상이 되고, 밀도가 높아지면 형태에 변화를 일으키면서 집단으로 사는 군생상이 된다. 하지만 여학생들은 고독상이 될 수 없다는 느낌이 자꾸만 든다. 생존 경쟁이 심하기 때문이야. 성적, 성격, 경제적 기반뿐이라면 또 모를까, 무엇보다도 타고난 외모라는 어쩔 수 없는 것이 더해지기 때문이다. 이것들이 복잡한 양상으로 뒤엉켜서 하나에서 이기면 다른 것에서는 지는 치열한 경쟁이 일어나는 곳에 내가 직접 히라타라는 슈퍼급 여학생을 집어넣은 거야. 남자부에서도 히라타를 둘러싸고 갖가지 다툼이 일어났다는 얘기를 들은 것은 내 아들과 히라타가 퇴학하고 난 뒤였어. 내가 계속 간과하거나 방치한 결과 20년 후에 일어날 갖가지 사건의 동기를 싹트게 한 것이다. 이제 내가 책임을 느낀다고 말한 것의 의미를 이해하겠니?

미쓰루야, 너처럼 뛰어난 머리를 가진 학생도 이 싸움에서 초월해 있었다고는 나는 생각하지 않는다. 아마도 다른 사람에게는 보이지 않는 노력을 겹겹이 쌓았기에 계속 이겼겠지. 너는 외모도 빼어나고 뛰어난 성적을 올리고 있었다. 하지만 그 빠른 전진의 이면에는 틀림없이 너에게 그렇게 하도록 강요하는 어떤 힘이 작용하고 있었을 것이다. 그 힘이 패배를 두려워한 까닭에 생긴 어떤 것이었다고 한다면, 그것을 느끼지 않게 된 시점에 목적을 상실했을 테고. 그때 손을 쓰지 않아 넌 괴물이 되어버린 거야.

나는 그것을 꿰뚫어보지 못했다. 그 점이 교육자로서 패배한 원인이라고 생각하지 않을 수 없구나. 그리고 누구에게나 있는 '패배'라는 부분을 건져내는 교육을 했어야 했다고 후회하지만 모두 이미 때를 놓쳐버렸어. 몇 사람이 목숨을 잃고, 너는 성숙의 기반을 다져야 할 중년기에 감옥에 갇혀 있어야 했다. 그것이 유감스럽기 짝이 없구나. 하다못해 히라타의 언니에게만이라도 이 심정을 전하고 싶지만, 미안하게도 그녀의 이름이 기억나지 않아. 그렇다. 그때 난 교사면서도 히라타의 매력에 사로잡혀 친아들에게까지 질투를 느꼈으니 참으로 부끄러운 일이다.

아들 다카시하고는 인연을 끊었단다. 지금 어디서 무엇을 하며 살아가고 있는지 그 생사조차 나는 일절 모른다. 풍문으로는 퇴학 후에도 같은 일을 계속하고 있다고 들었다. 다카시는 쉽게 돈을 벌 수 있다는 달콤한 독에 빠져서(그것도 여성을 이용하는 저급한 독이지) 그 늪에서 평생 헤어나오지 못할 거야. 아내는 나 몰래 그 애와 연락을 취했을지도 모르지만, 나에게는 전혀 그 소식을 전하려고 하지 않았다. 그 정도로 내 노여움이 크고 깊단다.

너에게 이미 알려준 것처럼 아내는 3년 전에 암으로 사망했다. 둘째 아들 일가와 장례를 치렀을 뿐이니, 다카시가 어머니의 죽음을 알고 있는지 어떤지는 모르겠다. 아무것도 모른 채 학교생활을 하던 둘째 아들도 다카시의 퇴학과 나의 퇴직을 계기로 전학했기 때문에 다카시와는 인연을 끊은 상태란다.

아내는 다카시를 귀여워했으니 필시 분하고 원통했을 것이라고 생각한다. 하지만 나로서는 아무래도 용서할 수 없었단다. 도대체 그런 일이 말이 되느냐 말이다. 동급생 여학생을 손님에게 소개하고 소개료를 받다니. 더구나 대학의 운동부나 교사에게까지 몸을 팔게 하고 매니저처럼 행동했다고 하지 않니? 다카시가 한 짓은 치욕 그 자체여서 내 허용 범위, 아니 가치관을 훨씬 넘어선 짓이었다. 다카시가 나 자신을 파멸케 했다고 해도 과언이 아니야.

학교 측의 조사에 의하면 다카시가 번 돈은 수백만 엔에 달했다고 한다. 다카시는 그 썩은 돈으로 면허를 따서 외제 차를 몰고 나 몰래 호화로운 생활을 즐겼다는구나. 그 액수가 히라타에게 지불하는 금액의 절반이었다고 하니, 말하자면 다카시는 히라타의 몸과 마음에 상처를 입혀서 자신의 재산을 모은 짐승만도 못한 행위를 했던 것이다. 어리석게도 나와 아내는 자식의 행실을 전혀 알아차리지 못했다. 한집에 살면서 어떻게 모를 수 있냐고 생각하겠지만, 다카시는 그 일을 비밀로 부치고 집에서는 전혀 그런 내색을 하지 않고 철저하게 이중생활을 했단다.

지금 생각해보면, 그때 다카시의 내부엔 나에 대한 반감이나 복수심이 있었던 것 같구나. 나는 다카시의 아버지면서 같은 학교 교사였고, 또한 히라타에 대해서 형용하기 곤란한 감정을 지니고 있었으니까. 만약 다카시가 히라타에 대해서 나와 똑같은 감정을 느끼고 있었다면, 결코 뚜쟁이 짓은 하지 않았을 테지. 그렇기 때문에 그런 냉혈 인간이나 할 만한 '비즈니스'를 생각해낸 것이 아닐까 싶어 몸서리가 난다. 다른 사람에 대한 사랑이나 상상력이 결핍된 그 애를 생각하면서 나는 또다시 상처를 입었다. 즉 내가 아들 둘을 모교인 Q학원에 집어넣은 것 자체가 애당초 잘못의 시작이었다는 생각에, 요즈음 일어난 일까지 포함해서 커다란 책임을 느끼고 망연자실할 뿐이다.

이상한 인연이지만, 살해된 사토 가즈에가 다카시에게 몇 번인가 편지를 보냈다는 것도 나는 알고 있어. 나는 그때 다카시에게 이렇게 말했단다. 성의를 가지고 대응하라고. 다카시가 사토에게 아무런 관심도 없다는 것을 알았기 때문이지. 다카시가 적절하게 대응했는지는 알 길 없지만, 사토가 학창 시절에 거식증에 걸린 것이 혹시 다카시 탓은 아닐까 하고 생각한 적도 있었다. 그러나 나로서는 어떻게 할 도리가 없었다. 이 일 역시 다카시를 입학시킨 내 책임이란 것을 통감하고 있다.

칠순 가까운 노인이 회고해 보건대, 청춘이란 잔혹한 것이다. 젊은이는 자신에게 집중하느라 타인을 받아들이지 않지. 그러나 Q학원에서 청춘을 보내는 것은 더욱 잔혹한 것 같다고 생각한다. 아니, Q학원뿐만 아니라 일본의 교육 자체가 그런 건지도 모른다. 앞에서 나는 학생들에게 과학의 마음밖에 가르쳐오지 않았다고 썼다. 내가 두려워서 쓰지 못한 것을 좀 더 써야 할 것 같구나.

실은 나는 학교에서 진실을 가르치지 않았을 뿐만 아니라, 또 다른 '닻'을 마음에 묻어버린 것은 아닐까 하고 걱정이 되어서 견딜 수가 없다. 그것은 타인보다 우수하다는 절대적인 가치관이야. 이것이야말로 진정한 의미의 세뇌일지도 모른다고 나는 걱정하고 있다. 왜냐하면 노력을 해도 보답 받지 못하는 학생은 '닻'이라는 존재 때문에 평생 괴롭힘을 당할 것이기 때문이야. 사토 가즈에가 그렇지 않았을까? 혹은 히라타의 언니가? 그녀들은 평범하지는 않았으나 학업에서는 너와 상대가 되지 않았지.

그리고 우리가 묻어놓은 '닻'까지도 파괴하는 어떤 본질 앞에서는 더욱 무력했다고 생각된다. 그것은 노력으로도 어떻게 할 수 없는 타고난 '아름다움'이다.

미쓰루야. 너는 옥중에서 보낸 편지에서 옛날에 나에게 호의를 품었다고 고백했다. 나는 기쁘면서도 놀랐다. 실은 난 그때 너희를 가르치면서도 아름다운 히라타 유리코에게 마음을 거의 빼앗겼기 때문이다. 그녀는 누구보다도 아름답고 바라보고만 있어도 행복을 안겨주었다. 이것이 타인보다 우수하지 않으면 안 된다고 하는 '닻'을 무력하게, 아니 완전히 무의미하게 만들어버리는 것 아닐까? 그 때문에 인간은 타고난 '아름다움'을 펄쩍 뛰면서 부정하고 '닻'을 강화하려 하지. 즉 노력을 하는 것이다. 그래서 히라타 유리코는 존재 자체만으로 미움을 받고 학교에서 추방된 것 같다는 느낌이 자꾸만 드는구나. 그리고 '아름다움'을 욕되게 하면서 따돌린 쪽도 '닻'을 풀 수 없어서 바다 속 깊이 '닻'을 가라앉힌 채, 바다 위에서 큰 파도에 농락당하고 있는 것 아닐까?

내가 지나친 말을 하는 것일까? 내가 말하고 있는 것이 잘못된 것일까? 나로서는 알 수가 없구나. 다만 요즘 이곳에서 조용하게 지내다 보니 과거의 일이 이것저것 떠오르는 것을 막을 수 없구나. 저렇게 했더라면 그 사람은 죽지 않아도 되었을 텐데, 그렇게 말했더라면 이 사람은 이런 짓을 하지 않았을 텐데, 싶어 부끄러움에 사로잡힌단다.

너와 네 남편이 한 일은 알고 있다. 그것은 절대로 있어서는 안 되는, 용서받지 못할 일이다. 그러나 자네들의 신앙이 어떤 것이었느냐는 것은 별개의 문제라고 생각한다. 신앙에 대한 옳고 그름이 아니라, 타인을 죽여도 좋다고 하는 신앙에 자네들을 향하게 한 것이 무엇인지를 알고 싶은 거야. 너처럼 우수한 학생은 히라타에 필적하는 대단한 존재였음이 틀림없는데도 너는 이성을 잃어갔다. 히라타 역시 어떤 남자든 받아들이는 매춘부라는 형태로 이 세상에서 살아나갈 수밖에 없는 처지가 되었다. 이게 도대체 어떻게 된 일일까? 교육의 패배라고 말하는 것은 간단하다. 그러나 나는 앞에서도 쓴 것처럼, 개체 밀도의 숨 막힘에서 아무것도 하지 못했던 교사로서의 무력감, 혹은 개체 밀도를 높여버린 것에 대한 죄악감을 느낀다.

사토 가즈에의 가족에게 엎드려 사과하고 싶다고 썼지만, 마찬가지로 히라타의 언니도 만나서 내가 일시적인 생각으로 히라타를 입학시킨 것에 대해서 사과를 하고 싶구나. 그러나 귀중한 목숨은 이미 놓쳐버리고 말았다. 이 얼마나 잔혹한 일인지!

나는 곤충을 관찰하면서 몹시 추운 산속에서 늙어 죽어가겠지. 나는 그것으로 만족한다. 그러나 너를 비롯하여 히라타의 언니, 사토의 유족들은 이 상실감은 어떻게 한단 말인가? 아아, 나는 걱정이 되어서 견딜 수가 없다.

이제 막 출소한 네게 이런 맥락 없는 장황한 편지를 쓰고 말았구나. 부디 용서해 주기 바란다. 그리고 건강이 회복되거든 부디 오이와케 쪽으로 놀러 오너라. 나의 야외 연구소를 보여주마.

—기지마 다카구니

어떠세요? 기지마 선생님의 편지가 재미있나요? 지금 반성해 보았자 이미 늦은 것을, 무엇을 그리 장황하고 번거롭게 생각하는 것일까요? 나로서는 잘 이해가 가지 않습니다. 게다가 기지마 선생님 아들의 이름도 다카시일 줄이야! 완전히 까먹고 있던 나는 그 대목에서 나도 모르게 피식 웃고 말았습니다. 미쓰루의 남편도 다카시거든요. 다카시가 두 사람이라니. 둘 다 내가 좋아하는 타입은 아닙니다. 더구나 기지마 선생님이 나를 잊어버렸다고 한 것은 그렇다 치더라도, '이름은 잊어버렸다. 너하고 같은 반이던 눈에 띄지 않는 학생'은 또 뭐란 말입니까? 실례에도 정도가 있지, 그래 가지고 전직 교사라고 할 수 있겠어요? 늙어빠진 노인네가 정말 웃깁니다. 어차피 나는 '유리코의 언니'이지만요.

기지마 선생님은 개체 밀도가 높아지면 개체의 형질에 변화가 일어난다고 썼지만, 나는 그렇게 생각하지 않습니다. 미쓰루도 유리코도 가즈에도 단순히 부패했을 뿐입니다. 발효도 부패도 미생물에 의해서 일어난다고 가르쳐 준 것은 생물 교사인 기지마 선생님일 텐데요? 그것에는 물이 필요하다고 하면서 말입니다. 내가 생각하기에 여자에게 물이란 바로 남자입니다.

나는 유리코와 달라서 남자라는 생물은 딱 질색입니다. 남자와 서로 좋아한 일도 없고 서로 끌어안을 일도 없기 때문에 발효도 부패도 하지 않고 이렇게 살고 있습니다. 네, 나는 바짝 건조해 버린 수목입니다. 유리코는 태어날 때부터 남자를 좋아했으니 오랜 발효를 거쳐서 부패한 겁니다. 미쓰루는 결혼하면서 길을 잘못 택해 부패하고, 가즈에는 나이를 먹어가면서 자신의 생활에 없었던 윤기를 갖고 싶어 부패해 멸망한 것입니다. 내 말이 틀렸나요?

나의 아름다운
유리오

다음 공판은 한 달 후에 열렸습니다. 개정은 오후 2시였기 때문에 나는 조퇴하겠다는 뜻을 과장에게 전했습니다. 아르바이트생인 내가 지각을 하거나 조퇴하는 것을 우리 과장은 좋아하지 않습니다. 하지만 그것이 유리코의 재판 때문일 때는 "괜찮아요, 괜찮아. 갔다 와요" 하고 두 말 없이 허락하는 것입니다. 이 방법을 쓰면 얼마든지 농땡이를 칠 수 있을 것 같습니다. 그렇다고 내가 재판정에 가고 싶은 것은 아닙니다. 장의 그 꾀죄죄한 얼굴은 보고 싶지도 않고, 매스컴에 쫓겨 다니는 것도 귀찮거든요. 그러나 미쓰루가 반드시 기지마 선생님의 편지를 돌려달라고 했기 때문에 가지 않을 수 없었습니다. 나는 의리가 있는 편이거든요. 그건 그렇고, 미쓰루는 이번에는 어떤 모습으로 나타날까요? 핫 플래시는 어떻게 되었을까요? 나는 적잖이 기대했습니다.

조금 일찍 법정에 도착하니 짧은 머리를 한 여자가 이쪽이라고 손짓을 하는 것이 아니겠습니까? 노란색 터틀넥 스웨터에 갈색 스커트, 목에는 스카프를 세련되게 메고 있었습니다. 내게 이런 친구가 있었던가 싶어 고개를 갸웃거렸습니다.

"나, 미쓰루야."

커다란 앞니. 재빠른 눈동자. 분명히 미쓰루였습니다. 그 괴상한 모습의 중년 부인은 어디로 가버린 것일까요?

"어머, 달라졌구나!"

미쓰루의 변신에 놀란 나는 가방을 털썩 자리에 놓아버렸습니다. 그바람에 미쓰루의 핸드백이 바닥에 떨어지자, 미쓰루는 얼굴을 찡그리면서 백을 주웠습니다. 이제는 조리 주머니가 아니라 구찌의 검은 숄더백이었습니다.

"그 백 어디서 났니?"

"샀어."

요전에는 돈이 없다고 했잖아요? 전부 헌금해 버렸다고 투덜거리는바람에 찻값을 절반씩 냈는데, 구찌라면 내 핸드백 같은 것은 10개쯤살 수 있는 가격이거든요. 나는 한마디 하려고 했으나, 일단 고개를 끄덕였습니다.

"잘했어, 그리고 건강해 보이네."

"덕분에 안정을 조금 찾았어." 미쓰루가 미소를 지었습니다. "저번에는 좀 무리였지만 조금씩 가까스로 사회에 적응이 돼가는 것 같아. 전에는 우라시마 타로일본 전래 동화에 나오는 주인공처럼 어쩔 수가 없었어. 거리도변해 있고 물건 값도 달라졌고 말이야. 6년씩이나 들어가 있다 나와 보니 사회가 변화한 게 피부로 느껴지더라고. 사실 나, 지난주에 기지마선생님이 계시는 기숙사에 찾아갔었어. 그곳에서 여러 가지 얘기를 했더니 조금 좋아진 거야. 다시 재기할 수 있을 것 같아."

나는 왠지 모르게 실망스러워 옆에 걸터앉았습니다.

"기지마 선생님을 만났다고?"

웬일인지 미쓰루는 갑자기 얼굴을 붉혔습니다.

"응. 너에게 빌려준 편지를 떠올리다가 너무나 뵙고 싶어서 만나러 갔었어. 선생님께서 굉장히 반겨주시더라. 둘이서 겨울의 쓸쓸한 가루이자와 숲을 산책했어. 날씨는 추웠지만, 아직도 이런 따뜻한 분이 계시구나 싶어서 감격했어."

나는 어이가 없어서 수줍어하는 미쓰루의 얼굴을 응시했습니다.

"설마 너, 아직도 물을 원하는 것 아니니? 아직도 정신 못 차렸구나."

"물?" 미쓰루는 무슨 말인지 모르겠다는 듯 내 눈을 쳐다보았습니다. "무슨 뜻이니?"

"아무것도 아니야. 그리고 이것 받아."

나는 기지마 선생님의 편지를 미쓰루의 손에 쥐어주었습니다.

"읽어봤어?"

"읽었어. 이제 와서 무슨 소리를 하는 건지. 망령이 난 것 같아."

"어째서? 선생님이 네 이름을 기억하지 못해서 그러니?"

미쓰루가 너무 직선적으로 물었기 때문에 나는 다시 화가 치밀었습니다.

"그런 건 아니지만, 어쨌든."

"너에게 편지를 보여주었다고 말씀드렸더니, 선생님이 너에 대해 쓴 것 때문에 신경을 많이 쓰시더라. 그런 식으로 써서 기분 나빠하지나 않을까 하고 말이야. 선생님은 네가 유리코의 일로 비탄에 잠겨 있을까 봐 걱정하고 계셔."

"천만의 말씀. 비탄은 무슨. 어차피 나는 유리코의 언니니까."

미쓰루는 한숨을 크게 한 번 내쉬었습니다.

"이렇게 말하면 기분 나쁘겠지만, 넌 옛날부터 삐뚤어진 성격이었어. 불쌍해. 이제 그만 유리코의 속박에서 자유로워지는 것이 어때? 그것도 일종의 세뇌가 아닐까 하고 선생님이 그러셨어."

"선생님, 선생님 하고 자꾸 그러는데, 무슨 일이라도 있었니?"

"아니. 그냥 선생님 말씀이 내 마음을 울려."

어쩌면 미쓰루는 기지마 선생님을 사랑하는 게 아닐까요? 고등학생때와 마찬가지로. 정신을 못 차리고 같은 일을 되풀이하는 인간도 있으니까요. 나는 미쓰루에게 진절머리를 내며 앞쪽으로 향했습니다. 양손에 수갑을 차고 허리를 포승으로 묶인 장제중이 양 겨드랑이를 법원 직원에게 잡힌 채 입정했기 때문입니다. 장은 심약한 표정으로 나를 힐끗보고는 곧 눈을 돌렸습니다. 법정 안의 시선이 나에게 쏠리는 것을 느꼈습니다. 피해자 유족 대 가해자의 대결이라는 상황을 확인하고 싶은 것입니다. 증오의 시선이 공중을 날아가서 장에게 박히는 것을 보고 싶은 것이겠지요. 나는 모두의 기대에 부응하려고 장을 노려보았습니다. 그런데 바로 미쓰루가 태클을 걸더군요. 미쓰루는 내 팔을 쿡쿡 찌르며 "저기를 좀 봐, 저 사람 말이야!" 하고 수선을 떨었습니다.

귀찮다고 생각하면서 돌아보니 방청석 뒤쪽의 빈 좌석에 자리를 잡은 남자 두 사람이 시야에 들어왔습니다. 뚱뚱한 남자와 잘생긴 젊은이였습니다.

"저 사람, 기지마 다카시 아닐까?"

기지마 다카시는 내가 제일 싫어하는 되바라진 눈매를 가지긴 했지만 미소년이기는 했습니다. 뱀을 연상시키는 가느다란 몸에 아담한 두 개골 모양도 좋았고, 얼굴 구조는 섬세하며 가는 콧마루 끝은 뾰족하여 잘 드는 칼날을 연상시키는 면이 있었습니다. 게다가 약간 두꺼운 입술이 조금은 섹시하다고 동경하는 여자애도 있었을 것입니다. 바로 사토가즈에처럼 말이지요. 그러나 아무리 그래도 실재 기지마의 나이에 비해 너무 젊어 보이는 데다 기지마는 이 남자만큼 아름답지는 않았습니다. 나는 시선을 뗄 수 없어서 재판장이 입정할 때도 두 남자를 바라보고 있었습니다.

기지마라고 생각되는 남자는 더플코트를 꼼꼼히 개어서 끌어안고 있다가 개정 인사를 하자 그 자리에 우뚝 섰습니다. 모두가 착석한 뒤에도 그는 여전히 공중을 노려보고 있었습니다. 뚱뚱한 사나이가 팔을 잡아 앉혔습니다. 검소한 검은 스웨터 위로도 엿볼 수 있는 어깨뼈와 가슴 근육의 절묘한 균형, 소년과 청년 사이의 어린 나무 같은 유연함 그리고 여자와 남자의 각자 아름다운 점만을 취한 듯한, 말로 형용할 수 없는 아름다운 얼굴이었습니다. 특히 짙은 눈썹의 아름다운 모양은 손가락으로 더듬고 싶을 만큼 완벽한 아치를 그리고 있었습니다. 기지마는 아니라고 나는 단정 지었습니다.

"저건 아무리 봐도 기지마 다카시는 아니야."

"기지마야, 기지마라니까. 틀림없어!"

미쓰루가 조용한 법정을 신경 쓰면서 속삭였습니다.

"저렇게 젊을 리 없잖아? 게다가 좀 더 심술궂은 얼굴이었단 말이야."

"아니라니깐. 저 뚱뚱한 쪽 말이야!"

나는 깜짝 놀라서 의자에서 벌떡 일어설 뻔했습니다. 그 남자는 아무리 봐도 100킬로그램은 나갈 법한 남자였던 것입니다. 얼굴의 살을 상당히 깎아내지 않으면 기지마 다카시의 옛 모습을 조각할 수 없을 것 같았습니다. 재판이 시작되었지만, 나는 뒤쪽의 두 사람이 마음에 걸려서 전혀 집중하지 못했습니다. 더구나 그날의 재판은 장의 성장 과정에 관한 질문뿐이어서 더할 나위 없이 따분했습니다.

"저는 초등학교 때는 굉장히 우수한 학생이었습니다. 선천적으로 두뇌가 뛰어났습니다."

어떻게 이런 창피스러운 자랑을 사람들 앞에서 뻔뻔스럽게 할 수 있을까요? 유리코는 참으로 시시한 녀석한테 살해된 것입니다. 나는 어처구니가 없어서 하품을 참으면서도 기지마 다카시를 등 뒤로 의식하고 있었습니다. 어째서 저렇게 추하게 되어버린 것일까요? 마치 딴 사람처럼 변했다고, 아들과의 인연을 끊어버렸다는 기지마 선생님에게 알려주고 싶을 정도였습니다. 그래, 사진을 찍어서 편지를 써 보내야 하고 나는 생각했습니다.

겨우 공판이 끝나고 장이 나가자 미쓰루는 어깨를 축 늘어뜨리고 조그맣게 한숨을 지었습니다.

"아아, 나는 역시 법정이 싫어. 내 재판이 생각나거든. 그때만큼 벌거 벗겨졌다고 느낀 적이 없었어. 조금 전에 피고인 질문을 듣다가 생각 났어. 내 모든 역사가 백일하에 드러나는 거야. 그것을 듣는 동안엔 내 가 내가 아닌 것 같은 이상한 느낌이 들더라니까. 더구나 종교 입회식 때 사망한 사람이 있다는 사실이 밝혀지니까 내가 확실히 한 생명의 마지막에 관계했다는 실감이 나서 무서워지는 거야. 그게 밝혀지기 전에 는 내 업보가 사라져서 다행이라고만 생각했는데, 알고 나니까 몸이 부들부들 떨려서 서 있을 수가 없었어. 인생에는 '이야기'가 있어. 그리고 이야기에는 힘이 있고. 인간의 생명을 살리는 의사가 되었는데, 어째서 이런 가혹한 짓을 하고 말았는지 나는 알 수가 없었어. 하지만 혼란스러운 상태에서도 재판은 진행되었지. 유일한 구원은 어머니가 신자들을 데리고 와준 것이었어. 재판장에 들어서는데 다들 눈으로 살짝 신호를 보내주더라고. 힘내라, 너는 잘못한 것이 없다, 라고 말이야. 재판이란 대중의 면전에서 심판을 받는 것이지만 바깥사람들을 만나는 기회이기도 한 거야."

"네 말은 반성하지 않는다는 것처럼 들리는데?"

"아니, 반성이 아니고 혼란스럽다는 거지, 이야기라는 것은 말이야."

나는 미쓰루의 복잡한 감정 같은 것은 더 이상 듣고 싶지 않아서 손으로 가로막았습니다. 빨리 가지 않으면 기지마 다카시가 돌아가버릴 터였습니다. 기지마 다카시 본인에게는 관심이 없었지만, 동행한 소년에 대해서 물어보지 않고서는 직성이 풀리지 않을 것 같았습니다. 어디의 누구인지, 왜 기지마 다카시가 데리고 온 건지 저는 알고 싶었습니다. 왜냐면 그는 이 세상에서 보기 드문 미소년이었거든요. 기지마 다카시의 아들일까요? 그렇지 않다면 누구일까요? 나는 궁금해서 견딜 수 없었습니다. 만일 기지마 다카시의 아들이라면 그 자신이 아무리 추하더라도 기지마의 가치는 내 안에서 천상에까지 높이 올라갈 것입니다. 미쓰루가 다시 얘기를 하려고 했기 때문에 나는 이렇게 말했습니다.

"동창회를 하자."

"무슨 소리야?"

방청객이 모두 돌아가 버린 법정에 미쓰루의 김빠진 목소리가 울려 퍼졌습니다. 그런데 놀랍게도 기지마 다카시가 우리가 있는 자리를 향해 걸어오는 것이 아니겠어요? 기지마 다카시는 요란한 색깔의 스웨터에 청바지를 입어서 옷차림은 젊어 보였습니다. 하지만 작은 브랜드 가방을 안은 모습이 꼭 시대에 뒤떨어진 깡패 같았습니다. 그 속에는 불룩한 지갑이나 휴대전화, 유치한 명함 같은 것을 잔뜩 들어 있을 것이 틀림없었습니다. 유감스럽게도 동행한 소년은 이쪽에는 전혀 관심을 보이지 않고, 이리저리 시선을 보내면서 의자에 앉은 채로 있었습니다.

"미쓰루 씨지요?"

몸에 살이 붙으면 목소리도 굵어지는 법입니다. 기지마 다카시의 목소리는 탁해서 듣기 거북스럽고 콧소리가 섞여 있었습니다. 과음과 담배에 밤샘까지 하면서 건강을 잘 돌보지 않았다는 증거로 얼굴색이 검푸르고 피부의 모공이 눈에 띄었습니다. 얼굴을 손가락으로 누르면 지방이 찔끔찔끔 나올 것만 같았습니다. 그런 상상을 한 나는 소리를 지르고 싶었지만 미쓰루는 미소를 지으며 인사를 했습니다.

"당신은 기지마 씨지요? 오래간만이네요."

"미쓰루 씨, 고생 많으셨습니다. 신문을 보고 깜짝 놀랐습니다. 하지만 이제는 괜찮은 거죠, 저쪽은?"

기지마 다카시는 세상 물정에 밝은 말투로 말하면서 재판장석 부근을 손으로 가리켰습니다. 모습뿐만 아니라 말투도 부드러워지고, 더구나 뭔가 여성적으로 변해 있었습니다. 미쓰루의 얼굴이 흐려졌습니다.

"걱정을 끼쳐서 미안해요. Q학원 출신들에게도 폐를 끼쳐서 죄송하고요. 하지만 이미 형기는 끝마쳤어요."

"고생하셨습니다."

기지마 다카시는 깊숙이 고개를 숙였습니다. 미쓰루는 눈물을 머금고 고개를 떨어뜨리고 있었습니다. 마치 조폭 영화의 한 장면 같지 않나요? 나는 그들에게 관심이 없어서 소년을 바라보았습니다. 소년은 미쓰루의 눈물 섞인 목소리를 들었는지 이쪽을 보았습니다. 정면에서 본 얼굴은 일품이었습니다. 하지만 어딘가 낯익은 느낌이 드는 것은 왜일까요?

"용케도 저를 잘 알아보셨군요, 미쓰루 씨. 이제 아무도 저를 알아보지 못할 거라고 생각했는데요. 이렇게 살이 쪄버렸으니까요. 얼마 전에도 긴자에서 Q학원의 동창생을 우연히 만난 적이 있습니다. 하지만 그쪽은 저를 알아보지 못하고 가버리더군요. 그렇게 유리코를 갖고 싶어서 내게 설설 기던 사람이 말입니다. 유리코는 모르는 남자에게 살해됐지만, 어찌 보면 숙원을 이룬 셈입니다."

"숙원이라니요?" 미쓰루가 소리를 질렀습니다.

"예전부터 말하곤 했습니다. 언젠가 남자 손님에게 죽임을 당할 것만 같다고요. 그리고 무섭기는 하지만 그것이 기다려진다고요. 유리코는 머리가 좋고 복잡한 여자였습니다."

미쓰루가 곤혹스러운 듯 앞니를 손톱으로 똑똑 두드렸습니다. 경솔하게 동의할 수 없다고 생각했겠지요. 기지마 다카시의 아버지 덕분에 미쓰루에게는 이제 사회성이 되돌아온 것입니다. 내가 끼어들었습니다.

"저도 동의하지 않는 것은 아니지만, 댁은 그런 말을 할 자격이 없는 것 같은데요."

그러자 기지마 다카시가 쓴웃음을 지었습니다. 나는 웃음으로 얼렁뚱땅 넘어가는 인간이 제일 싫습니다. 우리 과장처럼.

"당신, 유리코의 언니지요? 이번 일은 정말 안됐습니다." 기지마 다카시는 미쓰루에게 한 것처럼 나에게도 정중하게 인사했습니다. "저는 알 수 있습니다. 언니께서도 유리코가 이런 길을 걸으면서 마지막에는 손님에게 살해되기를 기다렸다는 것을 어렴풋하게라도 짐작했을 거라는 걸요. 실은 당신과 저만이 유리코를 진짜 이해하고 있었는지 모릅니다."

이 남자는 지금 제멋대로 무슨 말을 떠들어대는 것일까요? 나는 유리코를 이해하고 있지 않은데요.

"댁 탓이에요. 댁이 유리코를 나쁜 길로 몰아넣었어요. 댁이 유리코에게 그런 짓을 가르쳤잖아요? 댁과 만나지 않았더라면 유리코는 살아 있을 거예요. 그뿐만이 아니죠. 댁은 가즈에도 괴롭혔어요."

나는 증오를 담아서 비난해 주었습니다. 아니, 내 진심은 아니었습니다. 그냥 시비를 걸었을 뿐입니다.

"가즈에 씨를 못살게 군 적은 없습니다. 가즈에 씨한테 편지를 받았을 때는 어떻게 해야 할지 난처했을 정도니까요. 가즈에 씨는 너무나 애처로웠어요. 저는 그녀를 좋아하지는 않았지만, 상처를 입히고 싶지는 않았다고요. 저에게도 그 정도의 양심은 있으니까요."

이상하게도 기지마 다카시는 자신 없는 태도로 항변했습니다. 아마 자신과 관계된 여자가 살해된 것에 겁을 집어먹은 것이겠지요. 쌤통입니다.

"그런데 이 재판장에는 무엇 때문에 온 거죠?"

기지마 다카시는 대답을 하지 못하고 이마에서 나는 땀을 두꺼운 손바닥으로 닦을 뿐이었습니다. 그것을 본 미쓰루가 화제를 바꾸었습니다.

"그보다 지금까지 어떻게 지냈어요? 기지마 선생님과는 연락도 않고 지낸다면서요?"

"별수 있나요. 세 살 버릇 여든까지 간다고 하잖습니까? 저는 같은 장사를 하고 있어요. 에스코트 서비스라고나 할까요. 여자를 소개하는 일 말입니다."

기지마 다카시는 가방에서 명함을 찾아내서 나와 미쓰루에게 건네주었습니다. 미쓰루가 소리를 내서 읽었습니다.

"'모나리자 부인 모임. 최상급最孃級 부인들이 당신을 기다리고 있습니다'라니요? 기지마, 글자가 틀렸어요.일본어로 孃과 上의 발음은 같다는 점을 이용해 만든 조어. 게다가 너무 촌스럽잖아요?"

"그런 것을 좋아하는 손님도 있답니다. 그리고 글자는 틀린 것이 아니라 일부러 그렇게 쓴 거예요. 그런데 미쓰루 씨, 저희 아버지는 어떻게 지내고 계십니까?"

"잘 계세요. 곤충 연구를 하시면서 가루이자와에서 기숙사 수위를 하고 계세요. 하지만 어머님은 돌아가셨어요."

미쓰루가 머뭇거리면서 대답했습니다.

"언제요?"

"3년 전이라고 들었어요. 암으로 돌아가셨다고 하더군요."

"암이라고요? 아아, 안타깝군요." 기지마 다카시는 의기소침하여 어깨를 움츠렸지만 목이 살에 파묻혔기 때문에 눈에 띄지는 않았습니다.

"어머니에게는 걱정을 많이 끼쳐드렸거든요. 저도 내년이면 마흔이 되는데, 남에게는 자랑할 수 없는 일을 하고 있으니 뵐 면목이 없었습니다."

"기지마 선생님께서 많이 걱정하고 계세요."

"하지만 편지에는 그런 말을 쓰지 않았잖니? 자식에 대한 반성뿐이었잖아."

나의 폭로에 미쓰루는 난처한 얼굴을 했습니다.

"편지가 있습니까? 저에 대해서 썼다면 좀 보여주실 수 없겠습니까?"

미쓰루가 핸드백을 열기에 나는 말렸습니다.

"복사를 해서 주는 게 어떠니? 소중한 편지니까 없어지면 곤란하고 다음에 언제 또 만날지도 모르잖아. 관청에서는 모두 그렇게 해. 넌 사람이 너무 좋아서 탈이야."

"그렇구나."

기지마 선생님을 사랑하는 미쓰루는 망설였습니다. 하지만 기지마 다카시가 양손을 모아 비는 시늉을 했습니다.

"읽어보기만 하겠습니다. 지금 여기서 돌려드릴 테니까요."

미쓰루가 마지못해서 건네준 편지를 기지마 다카시는 법정의 의자에 걸터앉아서 읽기 시작했습니다. 나는 소년에 대해서 물어보았습니다.

"기지마, 저 아이는 누구죠? 댁의 아들?"

기지마 다카시가 편지에서 눈을 들었습니다. 그 눈에 장난치듯 놀려대는 빛이 떠올라서 나는 불쾌해졌습니다.

"모르시겠습니까?"

"네, 누구예요?"

"유리코의 아들입니다."

나는 깜짝 놀라서 소년을 바라보았습니다. 분명히 유리코의 수기에 나와 있었습니다. 존슨과의 사이에 아들이 있다고. 그렇다면 그 아름다운 두 사람 사이에서 태어난 아이가 바로 이 소년인 것입니다. 미쓰루가 커다란 앞니를 보이며 미소 지었습니다.

"그럼, 네 조카가 되는 셈이구나."

"그렇겠지."

나는 황급히 머리카락을 손으로 매만졌습니다. 추한 기지마에게서 유리코의 아들을 빼앗아버리고 싶은 마음뿐이었습니다. 하지만 당사자인 소년은 우리 쪽은 거들떠보지도 않고 조용히 앉아서 기지마가 용건을 끝내기를 기다리고 있었습니다.

"기지마, 저 아이의 이름은 뭐지요?"

"유리오입니다. 존슨 씨가 붙였다고 하더군요."

"어째서 댁이 유리오를 데리고 있는 거죠?"

"존슨 씨는 유리코의 사건에 충격을 받아 귀국했습니다. 유리오를 데려가려고 했지만, 유리오가 일본에 있겠다고 했지요. 지금은 고등학교에 다니는 중인데 제가 맡았습니다."

나는 유리오에게 다가갔습니다. 유리코의 아들인 유리오. 나는 끓어오르는 환희에 취해 있었습니다. 그것은 다시금 아름다운 사람을 실제로 보는 기쁨이었던 것입니다.

"유리오, 안녕?"

유리오가 얼굴을 들어서 나를 바라보았습니다.

"안녕하세요?"

변성기가 지난, 굵기는 하지만 젊음을 느끼게 하는 강한 목소리였습니다. 뭐라고 말할 수 없을 만큼 아름다운 눈동자는 창백하고 속이 비칠 정도로 투명했습니다. 나는 두근거리는 가슴을 억누르면서 말했습니다.

"나는 유리코의 언니란다. 그러니까 네 이모가 되는 셈이지. 너에 대해서는 조금도 몰랐지만, 우리는 친척이란다. 슬픈 일은 모두 잊어버리고 우리 함께 살지 않겠니?"

"아, 네." 유리오는 어리둥절한 모습으로 두리번두리번 주위를 둘러보았습니다. "저어, 기지마 아저씨는 어디에 있나요?"

"저기에 있잖아?"

"그래요? 아저씨, 아저씨, 어디 있어요?"

나는 그때, 이상한 점을 깨달았습니다. 유리오에게는 기지마의 모습이 눈에 들어오지 않는 것일까요? 바로 저기에 있는데도 말입니다. 기지마 다카시가 선생님의 편지 탓에 눈물로 흐려진 눈을 들었습니다.

"유리오, 나 여기 있다. 안심해라." 기지마 다카시는 나에게 설명했습니다. "유리오는 태어났을 때부터 앞이 보이지 않습니다."

뛰어나게 아름다우면서도 자신의 모습을 확인할 수 없는 인간에게 세계는 어떤 모습으로 채워질까요? 자신에 대한 찬사가 들려온다 한들 아름답다는 개념 자체를 이해할 수나 있을까요? 아니면 눈에 보이는 아름다움과는 관계없는 아름다움을 추구할까요? 아아, 유리오의 세계는 어떤 모습과 형태를 하고 있을까요?

나는 '조카'인 유리오를 갖고 싶어서 참을 수가 없었습니다. 유리오와 함께라면 나는 자유롭게 행동할 수 있고 즐겁게 살아갈 수 있을 것 같았습니다. 제멋대로라고 해도 상관없습니다. 유리오는 나에게 절대로 필요한 사람이라고 생각했습니다. 유리오가 타인의 눈이라는 속박으로부터 해방시켜 줄 것 같은 느낌이 들었습니다. 그렇습니다. 유리오의 아름다운 눈동자에 내 모습이 비치더라도 내 모습은 유리오의 머릿속에 그려지지 않을 것입니다. 그렇다면 나라는 존재의 의미도 달라지겠지요. 유리오에게 나의 존재는 목소리와 육체만으로 존재하기 때문입니다. 살이 찌고 뚱뚱한 체형도, 못생긴 얼굴도 보이지 않습니다.

내가 내 모습을 인정하지 않는다고 말씀하시는 건가요? 무슨 말씀을 그렇게 하십니까? 나는 나 자신이 여동생 유리코에게 깊은 열등감을 느낄 정도로 못생긴 여자라는 것을 잘 알고 있습니다. 다른 아버지가 있을 것이라는 생각요? 그것은 거짓말이었다고 말씀하시는 건가요? 아닙니다. 이것은 내 안에서의 가상 게임입니다. 얼굴과 몸도 아름답게 태어나서 유리코보다 공부도 더 잘하는, 빼어나면서도 남자를 싫어하는 여자로 있고 싶다는 가상 게임 말이지요. 현실에서의 위화감은 가상의 나를 가짐으로써 조금은 해소될 것이라고 생각했기 때문입니다. 악의라는 갑옷은 가상 게임의 양념에 불과한 것입니다. 틀렸습니까? 아니면 가상의 인물로서의 나 자신을 갖는 것 자체가 바보스럽다고 말씀하시는 건가요? 그렇다면 괴물 같은 미모를 가진 여동생과 살아보시죠. 태어나면서부터 자신을 부정당하는 것이 어떤 것인지 알 수 있을 테니까요. 어릴 때부터 주위에서 대하는 방식이 명백히 다른 경험을 해보면 됩니다.

스치듯 지나치던 어른들은 반드시 유리코의 뺨을 어루만졌습니다. "어쩌면 이렇게 귀여울 수가 있을까!" 그리고 똑같은 옷을 입은 나를 보는 순간, 당황해서 시선을 돌리는 것입니다. "아니, 이 못생긴 아이는 누구지?" 하고.

동네에서도 초등학교에서도 나는 주목의 대상이었습니다. 유리코와 전혀 닮지 않은 언니로 말입니다. 항상 햇살이 비치는 쪽에 있는 유리코와 언제나 어두운 밤 쪽에 있는 나. 유리코는 싸움을 할 때마다 나에게 "이 추녀!"라고 말했습니다. 분하고 원통했습니다. 그래서 나는 나 자신이 유리코를 닮았다고 굳게 믿으면서 살아왔던 것입니다. 유치한 가요? 아아, 그런 것보다 내가 갑자기 갑옷을 벗은 이유를 알고 싶은 거 군요? 간단합니다. 유리오가 나타났기 때문입니다.

　우리는 지하의 카페로 가서 자리를 잡았습니다. 하지만 내 눈에 들어 오는 것은 떨어진 자리에 등을 똑바로 세우고 단정하게 앉아 있는 유리 오의 아름다운 얼굴뿐이었습니다. 내가 아무리 넋을 잃고 바라보아도 본인은 전혀 알아차리지 못하니 마음이 편했습니다. 눈썹과 눈썹 사이 에 점이 있는 웨이트리스도, 웨이터도, 지배인 같은 중년 남자까지 때 때로 유리오에게 부끄러운 듯 시선을 보내고 안절부절못하고 있었습니 다. 이 촌스러운 카페 자체가 광채가 나는 특별한 장소로 보였습니다. 나는 유리오에게 던지는 사람들의 찬탄의 시선을 즐기고, 그 시선이 머 금은 열기에 도취되고, 유리오에 대한 우월감으로 가득 차서 기쁨을 참 을 수가 없었습니다.

　유리오가 우리 세 사람으로부터 떨어져서 앉게 된 것은 사회성이 돌 아온 미쓰루의 배려였습니다. 미쓰루는 유리오에게 들려주고 싶지 않 은 이야기, 즉 기지마 다카시나 유리코의 그 이후의 삶에 대해서 듣고 싶었던 것입니다.

　"당신과 유리코는 퇴학당한 뒤로 어떻게 지냈어요?"

　기지마 다카시는 유리오를 바라보는 나를 흘낏 쳐다보며 되물었습니 다.

　"당신은 무슨 소식을 들었나요?"

　"아니, 전혀요. 그도 그럴 것이 유리코가 존슨의 집에서 나와 혼자 살 기 시작한 이후로는 소식이 딱 끊겨버렸으니까요. 나도 난처했다고요. 스위스에 계신 아버지는 걱정이 되어 밤낮으로 전화를 걸어오질 않나,

외할아버지는 미쓰루네 어머니에게 홀딱 빠져서 미쳐가질 않나."

"미안하게 됐네."

미쓰루는 어머니가 화제에 오르자 조금 긴장한 얼굴로 커피 잔을 입으로 가져갔습니다. 이제는 흘리지 않고 마시고 행동거지도 차분했습니다. 잠시 후 미쓰루가 그래, 그래 하고 생각난 듯이 말을 꺼냈습니다.

"그러는 사이 동급생들 사이에서 소문이 돌기 시작했어요. 유리코가 〈an·an〉지의 모델이 되었다고요. 깜짝 놀라서 서점에서 잡지를 읽어보았는데, 지금도 기억이 나요. 당시 유행하던 서퍼 패션이었는데 몸의 선이 그대로 드러난 모습이 아주 완벽했어요. 화장을 해서 정말로 아름다웠어요. 한숨이 나올 정도였지요. 하지만 곧 모습을 찾아볼 수 없게 되었어요. 〈JJ〉였던가, 그것도 권두 화보로 실렸었는데. 그 무렵에는 여대생들이 인기를 끌기 시작할 무렵이라 우리들도 예쁨을 좀 받았지요."

미쓰루가 내게 동의를 구하려고 했지만 나는 곧 웃음을 지워버렸습니다. 나는 그런 경박한 유행은 저와 상관이 없었기 때문입니다.

"유리코는 여러 잡지에 소개되었지만 어찌된 셈인지 금세 사라져버리는 거예요. 전속이 되는 일도 없고, 그 잡지에는 두 번 다시 나오지 않게 되고요."

그렇습니다. 유리코는 당시 연이어 창간되었던 여성 잡지에 한 번 등장했다가 곧 사라져버렸기 때문에 환상의 모델이라고 불렸습니다. 나는 그 이유를 상상할 수 있습니다. 아마도 남자에게 게걸들린 유리코가 카메라맨이나 아트디렉터, 그 주변 남자들과 육체관계를 가졌기 때문이겠지요. 그런 여자는 정조 관념이 없다고 경멸당하고, 다음 일은 들어오지 않게 되니까요. 그걸 어떻게 아냐고요? 기지마 다카시가 매니저처럼 유리코 꽁무니에 붙어서 일이 있을 때마다 남자를 소개하고 돌아다녔기 때문인 게 뻔하잖아요? 당사자인 기지마 다카시는 살이 쪄서 추해진 얼굴을 일그러뜨리면서 그 당시를 이렇게 회고했습니다.

"글쎄요. 유리코는 얼굴이 단정하지만 몸매는 글래머였기 때문에 당시의 패션 잡지와는 맞지 않았어요. 게다가 성적 매력이 넘쳐흘렀지요. 중학생 때라면 미소녀로 많이 팔렸겠지만, 열여덟 살쯤 되니까 깜짝 놀랄 만한 글래머가 되었거든요. 당시는 그런 여자에게 딱 어울리는 매체가 없었습니다. 지금 같으면 배우 후지와라 노리카 같은 것은 상대도 안 되었을 텐데."

기지마 다카시가 그쪽 업계 특유의 말투를 쓰면서 가방에서 담배를 꺼내 불을 붙였습니다.

"키가 170센티미터 정도였으니 패션모델로는 어중간하고, 여배우가 되기에는 서양 여자 분위기가 나서 의외로 쓸모가 없었던 겁니다. 결국 돈이 넘쳐나는 남자들에게 갈 수밖에 없었지요. 부동산 거품 경기 때에는 굉장했습니다. 제가 알선을 했지만 부동산으로 돈을 번 남자들이 1만 엔짜리 지폐를 부채 모양으로 쫙 펼쳐 들고서 이것으로 유리코를 2시간만 사게 해달라고 줄을 섰습니다. 그게 아마 30만 엔 정도는 되었을 겁니다."

"기지마, 그런 말이 어디 있어요? 실례예요!"

미쓰루가 내 쪽을 보고 눈짓을 했습니다.

"미안합니다." 기지마는 순순히 사과했습니다. "하지만 제가 말하고 싶은 것은 날아가는 새도 떨어뜨릴 기세였다는 겁니다. 당시 유리코의 매력이 그 정도였어요. 클럽 같은 곳에 가면 유리코 주위에 인간 울타리가 생기곤 했어요. 굉장했습니다!"

"댁도 많이 벌었겠네요?"

나는 확실하게 물어보았습니다. 꿈꾸는 심정으로 그 시절을 회상하던 기지마 다카시는 내게서 눈을 돌리고 늘어진 입 가장자리를 굵은 손가락으로 긁었습니다.

"글쎄요. 나는 어린 나이에 길거리로 나앉은 신세였으니까요. 당신이 밀고해서 갑작스럽게 퇴학 처분을 받지 않았습니까?"

"밀고가 아니에요. 기지마 선생님의 편지에 분명히 의논을 했다고 되어 있잖아요?"

미쓰루가 나 대신 항의했지만 기지마 다카시는 말도 안 된다는 듯이 어깨를 으쓱했습니다.

"그것은 밀고였습니다. 당신의 인생은 유리코에 대한 질투로 꽉 차 있었단 말입니다."

"아니에요. 그건 유리코를 위해서 한 일이에요."

"그렇습니까? 그럼, 그건 이미 지나간 일이니 그렇다고 해둡시다. 저에게도 하고 싶은 말은 산더미처럼 많지만요." 기지마 다카시는 비아냥거렸습니다. "저도 그때는 고등학교 3학년이었어요. 만 18세. 집에 갔더니 어머니는 울고 계시고 동생은 경직된 얼굴로 내게 말도 하지 않더군요. 퇴근한 아버지에게 다짜고짜 따귀를 얻어맞았습니다. 그 후로 이쪽 귀는 난청이 되었어요." 기지마는 오른쪽 귀를 가리켰습니다. "아버지는 원래 왼손잡이입니다. 그 손으로 때린 거지요. 예상도 하지 못한 강한 힘이었어요. 저는 울지는 않았지만 겁이 덜컥 났습니다. 아버지가, '네 얼굴은 보기도 싫다. 앞으로 두 번 다시 내 앞에 나타나지 마라!' 하고 고함을 쳤습니다. 어머니가 열심히 말렸지만 그것으로 끝장이었습니다. 아버지는 완고했습니다. 저도 한마디 했습니다. '유리코한테 들었어요. 아버지도 그 애하고 하고 싶어 했다면서요? 그러니까 더욱 화가 나서 퇴학시킨 거잖아요!' 하고. 그랬더니 또다시 제 따귀를 때렸습니다. 그래요, 같은 곳을 전보다 더 힘껏 때렸어요. '아버지, 고막을 터지게 할 셈이세요!' 하고 말했더니, 뭐라고 대답한 줄 아십니까? '그 정도는 참아라. 유리코의 입장이 되어봐' 그러시더군요. 유리코는 즐기면서 그 짓을 하는데 말입니다. 하지만 지금 생각해보면 구구절절이 옳은 말씀이었어요. 나는 조금 전에 연세가 드신 아버지의 편지를 읽고 울었습니다. 아직도 그 일에 구애받고 계시다니."

"서론은 그만하면 됐어요. 그건 그렇고 당신은 유리코를 어떻게 한 거예요?" 하고 내가 물었습니다.

"학교와 집에서 쫓겨난 우리는 함께 살기로 했습니다. 둘이서 맨션을 보러 갔습니다. 돈이요? 돈은 3백만 엔 정도 있었습니다. 둘 다 돈을 꼬박꼬박 모으고 있었으니까요. 아오야마에 위치한 고급 맨션을 빌렸습니다. 아자부에 있는 맨션을 빌리고 싶었으나 학교 옆이라서 그만두었습니다. 방 두 개와 거실, 부엌이 있는 구조여서 방은 따로 썼어요. 그 다음 날부터 내가 유리코를 데리고 영업을 하러 돌아다녔습니다. 우선 모델 클럽에 가서 팔아보았지만 모델 일은 오래 할 수가 없었습니다. 아까 말한 이유 때문이죠. 얼마 안 지나 유리코가 멋대로 손님을 붙잡아 방으로 끌고 오게 되었습니다. 이것은 거짓말이 아닙니다. 유리코는 천성이 음란한 여자였으니까요."

나는 크게 고개를 끄덕였습니다. 그렇습니다. 유리코는 부패하기 위한 '물'이 없으면 살 수 없는 여자인 것입니다.

"그러는 동안에 기둥서방이 되고 싶다는 남자가 나타났습니다. 모두 부동산 관련 벼락부자들이었습니다. 거처할 장소가 없어서 방을 하나 빌려야겠다고 생각하고 있던 저는 이사를 나갈 필요가 없어졌죠. 유리코가 다이칸야마로 이사를 가기로 했거든요. 기둥서방이 자금을 들여 유리코를 들어앉힌 거죠. 유리코에겐 더 이상 매니저가 필요 없어졌어요. 저는 아오야마의 맨션에서 지내긴 했지만 집세를 낼 수가 없어져서 결국 나오게 되었습니다. 그러고 나서부터 몰락의 길을 걸었고요. 웃긴 애기죠."

잠자코 애기를 듣고 있던 미쓰루가 끼어들었습니다.

"댁의 얘기는 이상하군요. 둘이서 함께 살면서 어떻게 유리코가 매춘을 해도 태연할 수 있었죠? 당신들의 관계는 도대체 뭐였나요?"

"무엇일까요?" 기지마는 천장을 올려다보았습니다. "굳이 말하자면 이익을 최고로 삼는 회사 같은 관계라고 할까요?"

"연인 관계는 아니었나요? 유리코는 매력적이었잖아요."

"아니었습니다. 저는 동성애자니까요."

'앗' 하고 나는 소리를 지를 뻔했습니다. 안 돼! 위험해. 유리오가 기지마의 마수에 걸려든 것은 아닐까요? 나는 반사적으로 유리오 쪽을 보았습니다. 유리오는 어느 틈엔가 헤드폰을 쓰고 눈을 감은 채 몸을 약간씩 흔들고 있었습니다. 미쓰루가 앞니를 톡톡 하고 손톱으로 두드렸습니다.

"고등학생 때부터 그랬나요?"

"아뇨, 그땐 몰랐습니다. 어째서 동급생들이 유리코의 뒤를 쫓아다니는지 몰라 의아하게 생각하긴 했었죠. 틀림없이 유리코 안에 남자를 끌어들이는 무엇인가가 있을 거라고 생각은 했지만, 그게 뭔지는 알 수 없었던 것입니다. 둘이서 같이 살게 된 후 어느 날, 저는 유리코를 찾아온 손님에게 마음이 끌렸습니다. 중년의 야쿠자였어요. 그리고 저는 여자인 유리코를 질투하는 자신을 깨달았습니다. 그때 알게 되었지요."

기지마는 살짝 눈을 감고 자기 자신의 이야기에 도취되어 있었습니다.

"저는 유리코와 헤어지고 나서 여자뿐만 아니라 남자의 알선업도 시작했습니다. 노하우가 있으니 장사는 잘 되었습니다. 유리코하고는 그 뒤에도 계속 연락하고 때때로 일거리를 보내주곤 했지만, 지난 몇 년 동안은 서로 피했습니다."

"왜요?"하고 미쓰루가 물었습니다.

"너무나도 변했기 때문이겠지요. 저는 살이 찌고 유리코는 늙었습니다. 우리는 서로의 찬란했던 황금 시절을 알고 있었습니다. 유리코가 걸어가면 등 뒤에서 남자들이 무언가에 씐 듯이 따라오곤 했습니다. 유리코는 그런 남자들을 마음대로 농락하곤 했지요. 하지만 그 즈음부터 이미 유리코는 고급 손님을 받지 못했습니다. 저도 유리코에게 이제 장사할 가치가 없다는 것을 알고 있었습니다. 거짓말은 할 수 없었어요. 그래서 유리코도 멀어져갔을 겁니다. 유리코가 먼저 연락을 해오지 않아서 저는 안도의 숨을 내쉬었습니다. 그 즈음이었어요, 사건에 대해서 알게 된 것은. 그리고 얼마 후에 가즈에의 사건이 일어났습니다. 제가 하는 일이 무섭다는 생각이 들더군요. 그래서 존슨이 유리오를 부탁했을 때 얼른 맡았습니다. 일종의 속죄인 셈이죠."

나는 얘기를 가로막았습니다.

"댁에게 유리오를 맡길 수는 없어요."

"아니, 그게 어때서 그래?"

미쓰루가 놀라서 얼굴을 들었으나 나는 단호하게 말했습니다.

"그도 그렇게 친척은 나 하나뿐인데다 기지마 씨의 사업도, 기지마 씨 당신도 젊은이에게는 좋은 환경이라고 할 수 없어요. 유리오는 내가 맡아서 우리 집에서 학교에 다니게 할 거예요. 스위스에 있는 아버지에게도 연락을 취할 거고요. 그러면 유리오에게 얼마간 원조를 해줄 테니까요."

사실은 유리코가 죽은 이래 아버지는 나에게 아무런 연락도 하지 않았습니다. 냉정한 사람이지요. 하지만 손자의 존재를 알게 된다면 얼마쯤 돈을 보내줄지도 몰랐습니다.

"그건 그렇지만."

기지마 다카시는 내 얼굴과 모습을 새삼 평가하듯 바라보았습니다. 나처럼 어쩐지 섬뜩한 여자에게 귀여운 유리오를 맡기고 싶지 않은 거겠지요. 나는 화가 나서 자리에서 벌떡 일어났습니다.

"됐어요. 제가 직접 유리오에게 물어볼 테니까요."

나는 유리오에게 다가갔습니다. 눈을 감고 소리에 취해 있던 유리오는 기척을 느꼈는지 보이지 않는 눈을 떴습니다. 기다란 속눈썹, 갈색 홍채, 투명한 흰자위. 어쩌면 이렇게 아름다울 수 있을까요! 짙은 눈썹이 그 아름다운 눈을 장식하고 있는 듯 보였습니다. 나는 유리오에게 물었습니다.

"유리오, 이모네 집에 가지 않을래? 이모가 네 뒷바라지를 해줄게. 줄곧 아버지하고 함께 살았으니 일본인 이모와 함께 살아보는 것도 좋지 않겠니?"

유리오는 빛나는 흰 이를 보이며 웃었습니다.

"너를 키울 수 있는 건 유리코의 언니인 나밖에 없단다. 우리 집에 가서 나와 함께 살자."

나는 두근거리는 가슴을 억누른 채 유리오를 설득하기 시작했습니다. 갑작스러운 제안에 어리둥절해 있는 유리오에게 거절이라도 당하면 끝장이었습니다. 유리오는 시선을 공중에 둔 채 물었습니다.

"이모님, 제게 컴퓨터를 사주시겠어요?"

나는 솔직하게 말하는 유리오에게 놀라서 약간 당황했습니다.

"컴퓨터를 할 줄 아니?"

"네, 학교에서 배웠거든요. 음성 소프트웨어를 사용하면 굉장히 편리하고 도움이 돼요. 그리고 저는 컴퓨터로 음악을 만들기 때문에 꼭 필요하거든요."

"너를 위해서라면 사줄게."

"그러면 이모님과 함께 살게요."

　나는 꿈을 꾸는 듯한 심정으로 사줄게, 사줄게 하고 몇 번씩이나 중얼거렸습니다.

미움과 혼란의 일기

　이야기는 순조롭게 진행되었습니다. 네, 보시다시피 나는 유리오를 데려와 P구의 공영주택에서 살고 있습니다. 저는 유리오가 존슨과 함께 살고 있었을 거라 생각했지만, 초등학교부터 계속 오사카에 있는 시각장애인을 위한 기숙사 학교에 맡겨져서 그곳에서 자랐다고 합니다. 그래서 이따금 오사카 사투리를 쓰는데, 그 흐뭇함이란 이루 말할 수 없습니다. 얼굴은 이 세상 사람의 것이라고는 생각되지 않을 정도로 아름다운데 성격은 어눌하고 입도 무겁습니다. 취미는 음악을 듣는 것뿐입니다. 손이 많이 가지 않는 영리한 소년입니다. 그 아름다운 소년이 나와 깊은 관계인 것입니다. 생각지도 못했던 이 사실. 누가 뭐래도 유리오의 어머니는 유리코고 아버지는 존슨이니까요.

　그렇다 하더라도 가혹하다고 여겼던 내 인생에 운명이 얼마나 큰 즐거움을 마련해 주었는지 모릅니다. 이대로 P구청에서 썩어가는 것이 원통하기만 했는데 뜻하지 않게 유리오를 손에 넣게 되어 저는 기쁘기 짝이 없습니다. 인간의 운명이란 알 수 없는 것입니다. 나는 외할아버지와 살았던 그 평온하고 즐거운 나날들을 재현하려고 힘썼습니다. 쇠

약한 외할아버지는 나만 의지하고 있었습니다. 눈이 보이지 않는 유리오도 틀림없이 나에게 의존하고 나와 함께 사는 것에 기쁨을 느낄 것입니다.

"네 아버지한테서 연락은 오니?"

나는 존슨에게 빼앗길까 봐 걱정이 되어 유리오에게 넌지시 물어보았습니다.

"기지마 아저씨에게 몇 번인가 전화가 왔었어요. 하지만 아버지라고 해도 함께 생활한 기간이 짧아서 기지마 아저씨가 더 좋아요."

"뭐가 좋다는 거니?" 나는 바로 질투에 사로잡혔습니다. "저렇게 아무렇게나 되는 대로 사는 사람의 어디가 좋다는 거야?"

유리오는 내 거친 말투에 항의했습니다.

"그분은 되는 대로 사는 사람이 아니에요. 저에게는 다정하게 대해 주었어요. 제가 필요하다고 말했더니 컴퓨터도 사주겠다고 약속했고요."

또다시 컴퓨터 얘기가 나왔습니다. 경제적 여유가 없는 나는 초조해졌습니다.

"하지만 사주지는 않았잖니?" 나는 단정 지었습니다. "그 사람은 다른 속셈이 있었던 거야. 너를 컴퓨터로 낚으려고 하다니. 하마터면 큰 실수를 할 뻔한 거란다. 내가 너를 마수에서 지켜줄게."

"전 무슨 얘긴지 잘 모르겠는데요."

"괜찮아, 신경 쓰지 않아도 돼. 그 사람과 나는 옛날부터 나쁜 인연이 있단다. 얘기하자면 길어. 너는 몰라도 되는 일이지만 네 어머니의 비극은 기지마 탓이기도 하단다. 네가 어른이 되거든 전부 얘기해 줄게."

"저는 어머니를 만난 적이 없어서 괜찮아요. 아버지한테 얘기는 들었는데, 어머니는 저를 싫어했던 것 같더군요. 어렸을 때는 외로웠지만 이젠 익숙해져서 아무렇지도 않아요."

"유리코는 자기 자신밖에 관심이 없었던 여자였단다. 나는 달라. 나는 유리코에게 괴롭힘을 당해 왔기 때문에 네 심정을 잘 알지. 네 뒷바라지는 내가 평생 할 테니까 안심하고 언제까지나 여기에 있어줘."

유리오는 음악 외에는 흥미가 없었기 때문에 내 말에 적당히 대답을 하고는 바로 헤드폰을 꼈습니다. 헤드폰에서 새어나오는 것은 나는 알아듣지도 못하는 영어 랩 같은 것이었습니다. 유리오는 곡에 맞춰서 몸을 좌우로 흔들었습니다.

유리오는 학교에서 피아노 조율사가 되는 공부를 했다고 합니다. 그 공부가 도중에 중단된 것에 대해서 유리오는 전혀 개의치 않는 모양이었습니다. 아침에 일어나서 밤에 잠을 잘 때까지 유리오는 헤드폰을 벗어놓지 않았습니다.

"유리오야, 너는 나중에 무엇이 되고 싶니?"

유리오는 내 질문에 다시 헤드폰을 벗었지만, 귀찮아하는 모습은 보이지 않았습니다.

"음악과 관계되는 일요."

"조율?"

"아뇨, 작곡요. 그래서 컴퓨터가 필요한 거예요. 제 입으로 말하기는 좀 우습지만, 제게는 재능이 있다고 생각해요."

재능. 가슴 설레는 말입니다. 괴물 같은 미모를 가진 유리코의 아들은 아름다움뿐만 아니라, 다른 사람에게는 없는 재능도 갖추고 있는 것입니다. 그 재능에 내가 공헌할 수 있을까요?

"알았다. 내가 어떻게든 해볼게."

하지만 돈이 없었습니다. 나는 한숨을 짓고 낡아빠진 방 안을 둘러보았습니다.

"존슨 씨에게는 가지 않을래?"

"본고장의 랩을 듣고 싶어서 언젠가 미국에 가보려고 생각은 하고 있어요. 그래도 잘 모르겠어요. 아버지에게는 보스턴에 가족이 있다고 하더라고요. 일본인 부인과 이혼하고 나서 일단 귀국해서 그곳에서 결혼하셨대요. 그 집에 열 살 된 아들이 있다고 말씀하신 적이 있어요. 대를 이을 아들이 있으니 됐다고 하신 걸 보면 전 틀림없이 아버지에게 방해가 되는 존재일 거예요." 유리오는 시원시원하게 말했습니다. "저에게는 음악밖에 없어요. 음악에 빠져들 운명인 거죠."

나는 유리오의 팽팽한 뺨을 어루만졌습니다. 나에게는 유리코에게는 없는 모성이 있는 것입니다. 유리오는 빙긋 웃어주었습니다.

"저는 어머니의 사랑에 굶주려 있었어요. 그래서 이모님이 있는 것이 무척 기뻐요."

유리오는 눈이 보이지 않지만 그 몫만큼 마음의 소리를 듣는 데 능한지도 모릅니다. 나는 유리오의 손을 잡아서 내 뺨을 만지게 했습니다.

"나는 네 엄마와 꼭 닮았단다. 네 엄마는 이런 얼굴을 하고 있었어. 만져보렴."

유리오가 머뭇머뭇하면서 다른 쪽 손을 내밀었기 때문에 나는 그 차고 커다란 손을 잡아 나의 코와 눈썹에 갖다 댔습니다.

"네 엄마와 나는 무척이나 예쁘다는 말을 들었단다. 자, 또렷이 쌍꺼풀이 져 있잖니? 게다가 커다란 눈과 가느다란 코. 눈썹은 너하고 똑같지? 예쁜 아치를 그리고 있잖아. 입술은 도톰하고 핑크빛이란다. 아아, 너하고 꼭 닮았는데, 너는 그것을 확인할 수가 없겠구나!"

"확인할 수가 없어요." 유리오가 자못 슬픈 듯이 말했습니다. "하지만 앞을 볼 수 없는 게 단점이라고는 생각하지 않아요. 저는 아름다운 음악에 둘러싸여 살 수 있는 재능을 타고났으니까요. 제 소망은 음악을 듣는 것, 그리고 아무도 들은 적이 없는 음악을 만드는 것뿐이에요."

굉장히 단순한 바람이었습니다. 나는 욕심 없는 유리오를 얻어서 마치 석유를 발굴한 것 같은 기분이었습니다. 땅 속에서 뿜어 오르는 무거운 검은 물. 그것은 나의 내부에서 펑펑 솟구치는 모성이었습니다. 그러기 위해서는 돈을 벌어 유리오에게 컴퓨터를 사줘야 했습니다. 나는 스위스의 아버지에게 부탁하기로 했습니다. 옛날 전화번호를 찾아내서 아버지에게 전화를 걸었습니다.

"여보세요? 저예요, 딸이라고요."

독일어로 말하는 여자 목소리가 들렸습니다. 아버지가 재혼한 터키 여자임에 틀림없었습니다. 바로 아버지를 바꿔주었지만 아버지의 목소리는 늙고 기운이 없는 데다 일본어를 거의 이해하지 못하는 것 같았습니다.

"매스컴, 사절합니다."

"아버지, 유리코에게 아들이 있다는 소식 들은 적 있어요?"

"매스컴, 사절합니다."

전화는 일방적으로 끊어졌습니다. 나는 낙담해 유리오를 바라보았습니다. 유리오는 이렇게 되리라는 것을 알고 있었다는 듯 유리코를 빼닮은 옆모습을 보인 채 눈을 감았습니다. 혹시 유리오의 세계는 소리에 의해서 아름다움이 형성되는 것일까요? 나는 눈에 보이는 것밖에 믿을 수가 없으며 아름다움의 실체가 눈에 보이지만, 유리오에게는 눈에 보이는 아름다움 같은 것은 의미가 없습니다. 아니, 평생 모른 채 살아갈 것입니다. 그렇다면 나도 유리오의 아름다움을 알 수 없는 것일까요? 아름다운 아이를 얻었음에도 불구하고 나는 유리오와 공유할 수 있는 세계를 갖지 못한 것입니다. 이 얼마나 끔찍하고도 슬픈 일입니까! 나는 마치 짝사랑 같은 심한 아픔이 느껴져서 그 자리에 주저앉고 싶어졌습니다. 이런 감정은 난생 처음이었습니다.

"누가 오네요."

헤드폰을 벗은 유리오가 귀를 기울이며 말했지만 나에게는 아무것도 들리지 않았습니다. 이상하게 생각하며 고개를 든 순간, 누군가가 현관문을 노크했습니다. 유리오는 청각이 매우 발달해 있었습니다.

"나야, 미쓰루."

공영주택 단지의 어두컴컴한 복도에 미쓰루가 서 있었습니다. 미쓰루는 밝은 푸른색 정장을 입고 베이지색 코트를 팔에 걸친 봄에 어울리는 복장이었습니다. 미쓰루의 복장 덕분에 구질구질한 복도가 갑자기 환하게 보였습니다.

"네 주소는 고등학교 때랑 똑같구나. 들어가도 괜찮니?"

미쓰루는 조심스럽게 눈을 내리깔고 우리 집을 들여다보았습니다. 나는 하는 수 없이 미쓰루를 집 안으로 들어오게 했습니다. 미쓰루는 고맙다는 인사를 하고 하이힐을 벗어 현관에 얌전하게 정리해 놓았습니다. 그러고는 옆에 있는 유리오의 커다란 운동화를 보고는 미소를 지었습니다. 미쓰루는 무슨 볼일이 있어서 찾아온 것일까요? 요전날 법원에서 만났을 때보다 한층 더 세련되고 차분한 모습이었습니다. 미쓰루는 차츰 옛날 모습으로 돌아가는 것 같았습니다.

"갑자기 찾아와서 미안해. 알려줄 게 있어서 왔어."

미쓰루는 접었다 폈다 하는 낮은 밥상 앞에 앉더니 코트와 핸드백을 옆에 놓았습니다. 코트와 핸드백은 신제품인데 고가일 것이 틀림없었습니다. 나는 미쓰루의 변모를 곁눈질로 확인하면서 물을 끓여 홍차를 탔습니다. 그래요, 외할아버지와 함께 마시던 립톤 티백입니다. 나는 외고집이어서 일단 한 번 정한 기호 식품은 절대로 바꾸지 않았습니다. 옆방에서는 변함없이 유리오가 헤드폰을 끼고 몸을 흔들고 있었습니다.

"우리 아들과 똑같은 짓을 하고 있구나. 큰애가 고등학교 2학년이니까 유리오하고 같은 학년이야. 우리 아이는 시부모님 댁에서 학교에 다니고 있어. 나는 아이들에게 접근해서는 안 된다는 접근 금지령을 받았지만, 얼마 전에 인사도 할 겸해서 보러 갔다 왔거든."

미쓰루는 홍차를 한 모금 마셨습니다. 눈에는 눈물이 맺혀 있었습니다.

"가족이 전부 출가한 탓이야." 미쓰루는 눈물을 뚝뚝 흘렸습니다. 홍차 잔에 눈물이 떨어지는 것을 나는 멍하니 바라보았습니다. "남편과 나와 어머니와 아이들 둘. 우리는 일가 전원이 출가를 했었어. 나는 교단의 치료부에 배치되고 남편은 법황부에 배속되었지. 아이들은 교단의 학교에 다녀야 했기 때문에 5년 동안이나 만나지 못했어. 지금 아이들은 교단 같은 것은 잊어버린 채 음악이나 게임에 열중하고 있어. 그리고 나에 대해서도 잊어가고 있고. 잊어버리지 않고서는 이 세상에서 살아갈 수 없잖아. 나와 남편은 자식들에게는 죽은 것과 마찬가지야. 시부모님은 그렇게 말하면서 애들을 키우고 있어. 교도소에서 나왔을 때, 맨 먼저 아이들을 만나러 갔었지만, 두 아이 모두 의아한 얼굴로 나를 기분 나쁜 아줌마를 마주한 듯 쳐다볼 뿐이었어. 겨우 마음잡고 어머니로, 착한 사회인으로 살아가려고 했지만 어머니로서도 실격, 의사로서도 실격이야. 내가 있어야 할 장소가 없어진 것 같아서 미칠 것만 같았지. 출소 후에 너를 만났을 때, 나 굉장히 이상했지?"

"응, 이상했어."

나는 솔직하게 대답했습니다. 미쓰루는 고개를 끄덕였습니다.

"너라면 그렇게 대답할 줄 알았어."

"그런데 알려줄 거라는 건 뭐야?"

미쓰루는 손수건으로 눈물을 닦았습니다.

"나 말이야. 남편과 이혼하고 기지마 씨와 결혼하기로 했어."

기지마. 어느 쪽 기지마일까요? 혹시 기지마 다카시 쪽이 아닐까요? 그리고 유리오를 되찾으러 온 것은? 당황하는 내 모습을 보고 미쓰루가 킥 하고 웃었습니다.

"기지마 선생님 말이야. 우리는 그때부터 계속 편지를 주고받았어. 그리고 마침내 결혼하기로 한 거야. 선생님은 이렇게 말했어. 너하고 함께 사는 것이 교육자로서의 최후 임무라고."

"어머, 저런, 축하해!"

나는 경직된 목소리로 축복했습니다. 물론 나에게는 유리오가 있으니 그렇게 부럽지는 않았지만, 유리오의 확고한 음악 세계에 들어갈 수 없다는 슬픔을 느끼고 있던 터라 솔직히 기뻐할 수가 없었습니다. 악의라고 하는 내 갑옷은 맥없이 허물어져 버렸습니다. 그래도 가까스로 이렇게 한마디 해주었는데 미쓰루는 그냥 여유 있게 웃었습니다.

"기지마 선생님이 결국 너 같은 우등생을 구해주셨구나. 하지만 너는 뚱보 기지마 다카시의 의붓어머니가 되는 거야."

"알고 있어. 오늘은 기지마 다카시의 전언을 갖고 왔어." 미쓰루는 핸드백에서 서류 봉투를 꺼냈습니다. "내 의붓아들이 이것을 너에게 맡기고 싶대. 제발 받아주기 바라."

나는 혹시 현금이 아닐까 싶어 봉투 안을 들여다보았으나, 낡은 일기장 같은 것이 두 권 들어 있을 뿐이었습니다.

"사토 가즈에의 일기야. 그 애가 살해되기 직전에 기지마네 집에 배달되었대. 기지마는 사건이 있은 후에 경찰에 제출해야겠다고 생각한 모양인데, 그 친구의 직업이 말하자면 불법 매춘 알선업이잖니? 그래서 자기는 싫다는 거야. 그래서 누군가를 만날 수 있을 것 같아서 재판정에 왔던 거래. 나에게 가지고 왔지만 나도 형사에게 미행당하는 신분이라서 쓸데없는 사건에 말려들고 싶지 않거든. 너는 유리코의 언니이고, 가즈에의 친구이기도 했으니 두 사람과 가장 관계가 깊잖아? 이것을 가질 사람은 너밖에 없어. 네가 이것을 어떻게 하든 상관하지 않을 테니까 갖고 있으라고."

미쓰루는 공기를 내뱉듯이 단숨에 지껄이고 나서 내 쪽으로 서류 봉투를 밀었습니다. 살해당한 가즈에의 일기. 아아, 어째서 이런 꺼림칙한 것을 받으라는 거지? 나는 얼떨결에 다시 밀어냈습니다. 미쓰루가 다시 원래 위치로 되돌려놓으려고 했습니다. 우리는 좁은 상 위에서 서류 봉투를 가운데 놓고 한참 동안 공방을 되풀이했습니다. 미쓰루가 여느 때와는 달리 표독스런 얼굴로 나를 보았습니다. 나도 미쓰루를 노려보았습니다. 가즈에의 일기 같은 것은 갖고 싶지 않았습니다. 그렇지 않습니까? 가즈에를 죽인 범인이 장이든 다른 누구든 간에 그건 나랑은 관계가 없는 일입니다. 혹시 이 안에 가즈에가 창녀가 된 원인 같은 것을 적어놓았다면, 내가 가즈에의 무엇인가를 떠맡게 되는 것이 아닐까요? 그 무엇이란 아마도 가즈에의 내부에 있는 어쩔 수 없는 나약함, 사악한 것, 아니면 이 세상과의 싸움 같은 것일 것입니다. 그러니 내가 가즈에의 일기를 가질 이유가 있겠습니까? 없고말고요. 나는 가즈에의 마음속 따위는 알고 싶지 않습니다. 왜냐하면, 왜냐하면. 그러나 미쓰루는 나에게 간청하는 것이었습니다.

"제발 부탁이니까 가지고 있어. 그리고 읽어봐."

"필요 없어. 재수 없는 거니까."

"재수가 없다니!" 미쓰루가 상처 입은 얼굴을 했습니다. "그럼 나 같은 죄를 범한 인간과 관계를 갖는 것도 재수 없다고 생각하는 거니?"

미쓰루의 내부에 이제까지 없었던 힘이 넘침을 느끼고 나는 주춤했습니다. 연애의 힘일까요? 수분을 얻은 식물이 검은 흙에 싱싱하게 뿌리를 내리고, 비바람에 지지 않으려고 꿋꿋하게 머리를 들고 있다는 인상을 받아 나는 당황했습니다. 못마땅했다고 해도 과언이 아닐 것입니다. 물을 얻은 여자는 모두 고자세가 되는 법이니까요. 유리코가 그랬습니다. 나는 가까스로 반격했습니다.

"너에 대해서 재수가 없다고 생각한 적은 한 번도 없어. 너의 경우는 신앙의 문제잖아."

"신앙이라고 간단히 말은 하지만, 나는 내 나약함이 그렇게 간단히 그 교조를 숭상하도록 만들었다고 생각하면 지금도 혼란스러워. 내 안의 나약함을 마주보는 것은 보통 일이 아니야. 굉장히 괴로운 일이지. 하지만 너는 네 나약함을 생각하거나 극복하려고 한 적은 한 번도 없을 거야. 네가 유리코에 대해서 병적인 콤플렉스를 갖고 있다는 것은 알고 있어. 너는 끔찍하게도 거기서 빠져나오지를 못했어. 너는 어떤 것과도 대치하고 있지 않기 때문이야."

"잘난 체하지 마. 그것과 이 일기가 무슨 관계가 있다는 거야?"

나는 아연실색했습니다. 왜 내가 가즈에의 일기를 읽지 않으면 안 된다는 거죠?

"네가 읽는 것이 가장 좋겠다고 나는 생각했어. 기지마도 그렇게 말했고. 너와 가즈에는 사이가 좋았으니까 읽어봐야 한다고 말이야. 틀림없이 가즈에도 누군가가 읽어주기를 바라고 기지마에게 보냈을 거야. 그것은 경찰도 아니고, 검사도 아니고, 재판관도 아니야. 이 세상의 누군가란 말이야."

무엇을 근거로 그런 말을 하는 것일까요? 잘 아시는 바와 같이 나와 가즈에는 사이가 좋지 않았습니다. 함께 고등부에 입학하고 나서 그 애가 말을 걸어왔기 때문에 하는 수 없이 상대했던 것뿐입니다. 그것도 감정의 엇갈림이 약간이라도 생기면 당장 허물어지고 말 허약한 우정에 불과했습니다. 기지마 다카시와 연애 소동을 일으킨 뒤로 자존심이 상한 가즈에가 나를 피해 다녔을 정도였으니까요.

"가즈에네 집에까지 갔던 사람은 너 하나뿐이었어. 그 애는 너와 마찬가지로 고독한 사람이었고."

"기지마가 갖고 있어야 해. 가즈에는 기지마를 좋아했으니까 보낸 것 아니겠어? 다른 편지는 없었니?"

"편지는 없대. 느닷없이 기지마에게 배달됐다고 하더라. 가즈에가 기지마네 주소를 알고 있는 이유를 물었더니, 말하기 곤란하다는 듯 미적거리다가 대답했어. 기지마는 가즈에가 아르바이트를 하고 있던 아가씨 소개방의 매니저와 아는 사이여서 가게 앞에서 우연히 마주친 적이 있었대. 그때 명함을 건네주었던 모양이야."

"그럼, 내가 가즈에네 가족에게 보내줄게. 구청에서 보내면 배송료도 무료니까."

미쓰루가 화가 난 듯이 고개를 들었습니다.

"그러지 마. 가즈에 어머니도 읽고 싶지 않을 테니까. 아무리 모녀 간이라고 해도 알고 싶지 않은 것이 있고, 또 알 필요도 없잖아."

"그럼, 그걸 알아야 하는 게 왜 나란 말이야? 설명해주지 않을래?"

설명해주지 않을래? 이것은 Q여고 시절 가즈에의 입버릇이었습니다. 나는 그것을 깨닫고 쓴웃음을 지었는데, 미쓰루는 옆을 향해서 앞니를 톡톡 하고 손톱으로 두드리고 있었습니다. 분명히 더 이상 말하고 싶지 않은 모양이라고 생각하면서, 나는 미쓰루의 커다란 앞니를 바라보았습니다. 옛날보다 틈새가 더 벌어진 앞니를. 옆방에서는 헤드폰을 낀 유리오가 책상다리를 한 채 넓은 등을 보이고 있었습니다. 몸을 흔들지 않고 있는 걸로 보아 어쩌면 그 뛰어난 청각으로 우리 얘기를 다 듣고 있을지도 몰랐습니다. 나는 유리오에게 약점을 알리고 싶지 않다고 생각하면서 미쓰루를 집 안으로 들어오게 한 것을 후회하기 시작했습니다. 그러나 미쓰루는 앞니를 두드리는 것을 갑자기 그만두고 내 눈을 똑바로 응시하는 것이 아니겠습니까?

"넌 가즈에가 창녀가 된 이유를 알고 싶지 않니? 적어도 나는 알고 싶어. 하지만 나는 거기까지는 관여하고 싶지 않아. 내가 일으킨 사건을 생각하는 것만도 힘에 벅차기 때문이야. 내가 생각해야 하는 것은 가즈에가 아니라 내가 관계하고 있는 사람들과 내 자신뿐이야. 내 가족과 기지마 선생님과 내가 죽음에 이르게 한 신자들. 인생의 목적이 명확해진 이상, 나는 다시는 유리코와 가즈에의 재판에 가지 않을 거야. 너하고도 오래간만에 만났고 기지마하고도 얘기를 나누었으니까, 앞으로는 내 문제를 생각해나갈 작정이야. 하지만 너는 달라. 앞으로도 유리코의 공판에 나갈 거잖아? 유리오를 맡았고 네 동생의 일이니까. 그리고 아무래도 유리코는 가즈에의 문제와도 관련되어 있을 거야. 그러니까 너는 읽어봐야 해."

나는 유리코의 수기에 마루야마초의 러브호텔 거리에서 가즈에와 우연히 만났다는 내용이 있었던 것을 생각해냈습니다. 그 후의 일이 이 속에 씌어 있을지도 모릅니다. 읽고 싶기도 하고 읽고 싶지 않기도 한 묘한 기분이었습니다. 나는 머뭇거리면서 서류 봉투 안을 들여다보았습니다.

"어떤 내용이 쓰여 있는데?"

"거봐, 흥미가 일지?" 미쓰루가 여봐란 듯이 말했습니다. "가즈에가 무엇을 생각하고 있었는지 알고 싶지 않니? 그 애는 너처럼 열심히 공부했어. 그리고 사회에 나가서 성실하게 일하려고 했어. 큰 회사에 취직해서 성공할 것이라고 누구나 다 생각했는데 그러지 못했어. 어째서 이런 결과가 나왔는지는 모르지만, 가즈에는 창녀가 되었던 거야. 그것도 길모퉁이에 서서 손님을 끌었다고 하잖아. 그건 가장 위험한 일이야. 어릴 적부터 창녀 아르바이트를 한 유리코하고는 경우가 달라. 너는 가즈에에게 무슨 일이 있었는지 알고 싶지 않니?"

나는 여느 때와 다른 미쓰루에게 압도당해서 불쾌해졌습니다.

"꽤 열변을 토하는구나. 나에게 무슨 일이 있어도 이걸 읽게 하려고 하는 네 의도는 도대체 뭐야?"

그렇습니다. 왜 미쓰루에게 이런 소리까지 들어야 한단 말입니까? 나에게 무슨 잘못이라도 있는 건가요? 나는 슬그머니 부아가 치밀었습니다. 미쓰루는 천천히 홍차를 모두 마시고 나서 딸그락 하고 컵을 내려놓더니, 그 소리가 신호인 것처럼 말하기 시작했습니다.

"내 생각이 그렇기 때문이야. 그동안 말하지 말자고 생각했지만 오늘은 말해야겠어. 너와 가즈에는 굉장히 많이 닮았어. 너는 사실은 공부벌레였던 거야. 열심히 공부하고 노력해서 운 좋게 Q여고에 입학할 수 있었지만, 다들 실력이 대단한 Q여고에서는 그렇게 공부를 잘하는 편이 아니었어. 그래서 너는 공부 면에서 이기는 것을 일찍이 단념해 버린 거야. 그리고 너도 가즈에처럼 고등부에 들어왔을 때, 너와 우리가 다른 것에 깜짝 놀라서 어떻게든 그 차이를 줄여보려고 노력했을 거야. 너도 처음에는 내부 학생 흉내를 내서 스커트 길이를 올리거나 긴 양말을 신곤 했잖아. 잊어버렸니? 이렇게 말하면 안 되겠지만 너는 돈이 없어서 그렇게 하는 것도 단념한 거야. 너는 패션이나 남학생이나 공부 같은 것에 관심이 없는 체하면서, 대신 악의를 몸에 익혀서 Q여고에서 살아남으려고 한 거라고. 너는 1학년 때보다는 2학년 때, 그리고 3학년으로 올라가면서 점점 더 사나워졌어. 내가 너와 헤어진 것도 그 때문이었지. 반면 가즈에는 필사적으로 모든 것을 따라잡으려고 했어. 가즈에네 집은 경제적으로 지원이 가능했고 공부도 잘했으니까, 어중간하기는 해도 따라갈 수 있었을 거야. 하지만 그 애의 그런 열의가 왕따의 대상이 되었던 거야. 정신없이 쫓아오는 것이 빤히 보였기 때문이지. 사춘기의 여학생들은 잔인하니까 그것이 촌스럽게 보였겠지. 가즈에를 보며 웃고 있던 너도 역시 왕따의 대상 중 한 사람이었어. 나는 네가 체육 시간에 '촌년, 가난뱅이'라는 말을 듣고 울었던 것을 기억해. 그래서 너는 고고함을 유지하는 것으로 살아남으려고 한 모양이지만, 실패한 경우도 많았어. 너는 졸업할 때 다 같이 맞춘 학교 반지를 좋아하지?"

미쓰루는 내 왼쪽 손가락을 보았습니다. 나는 황급히 반지를 감췄습니다.

"그게 무슨 말이야?"

내 목소리는 분해서 떨리고 있었습니다. 미쓰루가 완전히 다른 사람처럼 나를 공격했기 때문에 어떻게 대처해야 좋을지 알 수 없었습니다. Q여고 시절의 있는 일 없는 일을 다 들춰내고 있으니까요. 더구나 옆방에서 나의 소중한 유리오가 귀를 기울이고 있을지도 몰랐습니다.

"기억 안 나니? 말하기는 좀 곤란하지만 내가 생각하고 있던 것을 솔직히 말할게. 너하고는 이제 두 번 다시 만나지 않을지도 모르니까."

"너, 어딘가로 멀리 가버릴 거니?"

내 목소리가 불안하게 들렸기 때문인지도 모릅니다. 미쓰루는 갑자기 부드러운 얼굴을 하고 웃었습니다.

"기지마 선생님하고 결혼해서 가루이자와로 갈 거라고 했잖아. 너도 솔직하게 말하는 나하고는 그다지 만나고 싶지 않을 거야. 나는 상대방의 기분을 헤아려서 말하는 버릇은 이미 버렸으니까. 너에게 상처를 줄지도 모르지만 이 기회에 말해야겠어. 얘기를 계속할게. Q여고를 졸업하고 나 이외의 학생들은 Q대학으로 진학하게 되었지. 그때, 늘 해오던 식으로 졸업 기념 학교 반지를 만들었어. 우리 학년 전체가 만든 반지지. 학교 마크가 들어간 금반지. 나는 옛날에 잃어버려서 디자인이 어땠는지도 잊었지만, 그게 설마 그 반지는 아니겠지?"

미쓰루가 손가락으로 가리켰기 때문에 나는 반지를 손으로 감춘 채 고개를 가로저었습니다.

"아니야. 이건 내가 백화점에서 산 반지야."

"그래, 하긴 어느 쪽이든 상관없으니까. 내부 학생들은 그 반지에 그다지 관심이 없어서 끼고 다니지 않았어. 그냥 기념이었으니까. 하지만 대학에 진학하고 나서 여봐란 듯이 그 반지를 끼고 다니는 애들은 거의 모두 고등부부터 들어온 학생들이었다고 나중에 들었어. 대학 이전부터 Q학원 소속이었다는 것을 자랑할 수 있기 때문이지. 허망한 얘기지만, 웃어넘길 일은 아니야. 내가 그 얘기를 듣고 놀란 것은 그 반지를 언제나 손에 끼고 다니던 사람이 다름 아닌 너였다는 거야. 이것은 하찮은 소문일 수도 있고, 사실인지 아닌지도 분명치 않지만, 나는 네 마음속을 본 것 같은 느낌이 들어서 의외였어."

"누구한테 들었는데?"

"잊어버렸어. 그 정도로 하찮은 얘기일지도 몰라. 하지만 정말로 하찮은가 하면 그렇지도 않아. 우리는 Q학원에서 아래로부터 올라오는 것이 최상급이라도 되는 것처럼 배웠어. 고등부보다는 중등부, 중등부보다는 초등부. 초등부라면 형제자매나 부모 친척도 Q학원 출신이어야 하지. 토박이. 그것이 최고의 지위였기 때문이야. 정말로 어리석은 얘기잖아. 하지만 웃을 수만도 없어. 오히려 끔찍한 일이야. 그건 오늘날 일본을 지배하고 있는 가치관이니까. 나는 그와 비슷한 종교 단체에 들어갔기 때문에 그 실상을 알아. 출가해서 수행하면 계급의 단계가 올라가게 되거든. 하지만 나와 남편은 열심히 수행해도 최고 간부는 될 수가 없었어. 교조 옆에 가는 것도 불가능했어. 교조와 그 측근들이 그 종교

556 그로테스크

의 '토박이'고 진짜 엘리트니까. 그래, 이건 무엇인가와 비슷하지 않니? 나는 옥중에서 그것에 대해 생각했어. 내 인생이 잘못된 것은 내가 중등부부터 Q학원에 들어가서 열심히 '토박이'에 접근하려고 했기 때문이 아닐까? 너도 나와 마찬가지야. 가즈에도 마찬가지고. 모두가 허황된 것에, 타인이 나를 어떻게 볼까 하는 것에 마음을 빼앗겼던 거야. 나와 너, 가즈에도 모두 세뇌당한 건지도 몰라. 그런 의미로 본다면, 가장 자유로웠던 것은 유리코야. 그 애는 다른 별에서 온 게 아닐까 하고 생각될 정도로 해방되어 있었고 자유로운 새 같았어. 유리코가 그처럼 남자들에게 인기가 있었던 것은 단지 미모 때문만이 아니었는지도 몰라. 남자들이 유리코의 본질을 본능적으로 꿰뚫어보았기 때문일지도 몰라. 기지마 선생님까지도 반했을 정도니까. 네가 유리코에게 계속 열등감을 느꼈던 것은 유리코의 아름다움 때문만이 아니라 유리코의 자유로움이 너로서는 도저히 얻을 수 없는 것이었기 때문일 수도 있어. 하지만 넌 아직 늦지 않았어. 나는 죄를 범했으니 여생 동안 참회할 일밖에 없지만, 넌 아직도 늦지 않았어. 제발 부탁이니 이것을 읽어봐."

미쓰루는 그렇게 말하고 일어났습니다. 그 순간 은은한 향수 냄새가 엷게 풍겨왔습니다. 나는 미쓰루의 솔직한 말에 충격을 받아 움직일 수가 없었습니다. 학교 반지는 까맣게 잊어버렸습니다. 아니, 인식하는 것자체를 잊었다고 할까, 정말로 내 몸의 일부처럼 느끼고 있었기 때문입니다. 네, 반지는 지금도 내 가운뎃손가락에서 빛나고 있습니다. 미쓰루는 나를 비난한 것을 완전히 잊어버린 것처럼 옆방의 유리오에게 부드럽게 말을 건넸습니다.

"유리오, 나는 돌아갈 테니, 이 친구를 잘 부탁해요."

유리오는 고개를 돌려 그 아름다운 눈을 공중에 고정시킨 채 천천히 고개를 끄덕였습니다. 유리오의 보이지 않는 눈은 무슨 색깔이라고 형용할 수 없는 이상한 색을 띠고 있습니다. 투명한 푸른색을 띤 갈색. 그 색깔에 넋을 잃은 난 다시금 미쓰루 따위는 아무래도 상관없게 되었습니다. 정신이 들었을 땐, 미쓰루는 이미 돌아간 뒤였습니다.

나는 옛날에 미쓰루에게 느낀 적이 있는 연정을 한순간 되살렸습니다. 총명하고 영리한 다람쥐 같은 미쓰루. 미쓰루는 정말로 숲으로 돌아간 것입니다. 기지마 선생님과 안전하고 풍요로운 숲에 틀어박혀서 이제 두 번 다시 숲에서 나오지 않겠지요. 미쓰루가 없어졌으니 나는 어떻게 하면 좋을까요? 유리코도 없습니다. 가즈에도 죽었습니다. 나는 어쩔 줄 몰라 하면서 한숨을 지었습니다.

내 한숨이 전해졌는지 유리오가 일어나서 내 쪽으로 걸어왔습니다. 그래요, 나에게는 유리오가 있습니다. 유리오는 낮은 밥상 위를 손으로 더듬어 서류 봉투를 만졌습니다. 그리고 일기를 끄집어내는 것이 아니겠습니까? 유리오는 가즈에의 일기를 한참 동안 만지작거리고 있다가 이윽고 조용한 목소리로 말했습니다.

"여기에서 미움과 혼란이 느껴져요."

7장

모범생의 창녀기
—〈가즈에의 매춘 일기〉

숙녀의 낮과 밤

×월 ×일

고한다, ?, KT, 1만5천 엔

아침부터 비가 내렸다. 정시에 회사에서 퇴근하여 지하철 긴자선 신
바시역으로 향했다. 앞에 가는 남자가 갑자기 뒤를 돌아다보았다. 택시
라도 잡으려는 것이리라. 그의 우산에서 빗물이 떨어져 내 트렌치코트
가슴 부분에 얼룩을 만들었다. 화가 나서 손수건을 찾았다. 어제 쓰던
손수건이 핸드백에 들어 있어서 그것으로 얼룩을 가볍게 두드렸다. 신
바시의 비는 탁한 회색이어서 쉽게 지워지지 않는다. 세탁비가 아깝다.
택시를 타는 남자 등에 대고 우산 속에서 작은 소리로 욕설을 퍼부었
다. 멍청한 놈, 뒤도 좀 보아야지. 그러나 우산에서 날아온 빗방울의 속
도를 생각해내고, 남자는 왜 이렇게 힘이 센지 골똘히 생각했다. 동경
과 혐오. 남자에 대해서 언제나 이 상반된 두 가지 감정이 있다.

지하철 긴자선. 차량의 오렌지색이 싫다. 지하철역에 부는 먼지 많은
바람이 싫다. 굉음이 싫다. 냄새도 싫다. 항상 귀마개를 하고 있으니까
소리는 어떻게든 해결되지만 냄새만은 막을 수 없다. 특히 비 오는 날

에는 최악이다. 먼지뿐만 아니라 타인의 냄새가 가득 섞여 있다. 향수, 이발료, 한숨, 노인 냄새, 스포츠 신문, 화장품, 여성의 생리 냄새. 인간은 더욱 싫다. 부루퉁한 샐러리맨과 피곤한 여사원. 나는 아무도 좋아할 수가 없다. 내가 좋아할 수 있을 정도의 수준 높은 남자는 좀처럼 없으며, 설사 좋아하게 되더라도 어차피 배신당할 것이라는 생각 때문에 감정을 지속할 수 없다. 지하철이 싫은 이유는 또 한 가지 있다. 나와 회사를 연결해 주니까. 나는 긴자선이 지하로 들어가는 순간, 시커먼 땅속으로 끌려 들어가 아스팔트 밑을 기어가는 듯한 느낌이 든다.

운 좋게 아카자카미츠케역에서 앉았다. 옆에 앉은 남자가 읽고 있는 서류를 엿보았다. '플랜트'라는 세 글자. 같은 업계인가? 업계 몇 번째의 어느 회사일까? 남자는 내 시선을 느꼈는지, 서류 가장자리를 접어서 내가 보지 못하도록 했다. 나도 회사에서는 책상 위에 서류들로 높은 벽을 만들어 주위를 에워싸서 아무도 나를 보지 못하게 한다. 그리고 귀마개를 하고 일에 몰두한다. 눈앞은 흰 서류더미. 옆도 산더미. 무너지지 않도록 쌓았더니 내 머리보다 더 높아졌다. 더욱 높이 쌓아서 천장까지 닿게 하고 싶다. 천장에 매달린 형광등은 내 얼굴색을 푸르고 생기 없게 만든다. 그래서 항상 빨간 립스틱을 칠하지 않으면 안 된다. 립스틱과 조화를 이루기 위해 아이셰도도 푸르게. 그렇게 하면 눈과 입만 눈에 띄게 되니까 눈썹도 진하게 그리지 않으면 균형이 맞지 않는다. 자꾸만 높아가는 균형 감각. 균형을 잡는 것은 어렵다. 하지만 균형을 잡지 않으면 이 나라에서는 살아갈 수 없다. 남자에 대한 동경과 혐오. 회사에 대한 충성과 배신. 내 안의 자존심과 진흙. 진흙이 없으면 자존심이 빛나지 않고, 자존심이 없으면 진흙 속에 발이 빠져버린다. 양쪽이 다 있어야 나라는 인간은 살아갈 수 있다.

'사토 씨. 당신이 내는 소리가 귀에 거슬려서 견딜 수가 없습니다. 제

발 부탁이니 조용하게 행동해주십시오. 모두가 괴로워하고 있습니다.'

오늘, 이런 편지가 내 책상 위에 놓여 있었다. 워드프로세서로 쓴 글자였다. 누가 썼는가는 아무래도 좋았다. 나를 방해물이라고 생각하는 조사실 누군가가 한 소행이 틀림없었다. 나는 편지를 들고 팔락거리면서 실장에게 항의하러 갔다.

실장은 도쿄대 경제학부를 졸업. 46세. 사내 결혼으로 전문대 출신의 아내와 두 자녀가 있음. 남자의 공적은 짓밟아버리고, 여자의 공적은 가로채는 나쁜 버릇이 있음. 이전에 내가 쓴 논문을 다시 써오라고 해놓고 나의 테마를 자신의 논문에 야비하게 인용한 적이 있다. 〈건설 비용에 있어서의 리스크 회피〉. 이런 것은 일상다반사다. 그것을 미연에 방지하고 어떻게든 살아남지 않으면 안 된다. 그러기 위해서는 정신의 안정을 유지하고, 자신의 최고 가치가 무엇인가를 똑바로 바라볼 필요가 있다. 긴장이 없으면 사물의 본질을 알 수 없고, 이완이 없으면 긴장은 지속되지 않는다.

"실장님, 편지가 놓여 있는데 어떻게 처리할까요?"

실장은 최근에 쓰기 시작한 금속테 돋보기안경을 걸치고 편지를 천천히 읽어 내려갔다. 입가에 희미하게 조소가 떠오르고 있었다. 난 다 알고 있었다고.

"처리라고 했는데, 이것은 사토 씨 개인의 문제 아닐까요?"

실장은 나의 복장을 바라보면서 말했다. 오늘은 화학 섬유의 프린트 블라우스에 남색 타이트스커트. 금도금이 된 긴 목걸이를 걸었다. 어제도, 그저께도, 아마 그 전날도 똑같았을 것이다.

"하지만, 개인의 문제가 조직에 환원되어 있잖아요?"

"환원이라고요?"

"내가 정말로 귀에 거슬리는 소리를 내고 있는지 어떤지, 그리고 귀에 거슬린다는 것은 어느 정도의 것을 말하는지, 정확히 증명해주었으면 좋겠습니다."

"증명을 하라고요?"

실장은 곤혹스러운 모습으로 내 책상 쪽으로 시선을 보냈다. 서류가 산더미처럼 쌓여 있는 책상. 그 옆에 가메이 요시코가 앉아 있었다. 가메이는 컴퓨터 화면을 들여다보면서 열심히 키보드를 두드리는 시늉을 하고 있었다. 작년에 사내 개혁으로 컴퓨터가 부실장 이상에게 1인당 1대씩 도입되었다. 물론 나는 부실장이라서 받았지만, 평사원인 가메이는 자신이 직접 컴퓨터를 갖고 들어왔다고 자랑했다. 가메이는 매일 다른 옷을 입고 출근했다. 전에 동료한테, "사토 씨도 가메이 씨처럼 매일 정장을 좀 바꿔 입고 출근하세요. 보는 즐거움이 늘어나니까요" 하는 말을 듣고, "그렇다면 정장 백 벌을 살 수 있을 정도의 월급을 당신이 주시지요" 하고 말했더니 황급히 도망쳐버렸다.

"가메이 씨, 미안하지만 이리 좀 와보세요."

가메이는 고개를 돌려 실장과 나를 보았다. 얼굴색이 변해 있었다. 서둘러 달려왔다. 하이힐 소리가 조급하게 울리자 업무를 보던 사원들이 일제히 얼굴을 들고 이쪽을 엿보았다. 가메이는 일부러 구두 소리를 내서 사람들의 시선을 집중케 했던 것이다.

"무슨 일이십니까?"

가메이는 나와 실장을 번갈아 보며 물었다. 서른일곱 살인 나보다 다섯 살 아래인 서른둘. 고용 균등법 시절 입사한 혜택 받은 여자. 도쿄대 법학과 졸업이라는 화려한 이력이 있다. 더구나 복장이 화려해서 월급을 대부분 옷값으로 쓴다는 소문이 있다. 자택에서 출퇴근하며, 관료인 아버지가 건재해서 사치할 수 있는 것이다. 나에게는 전업 주부인 어머니밖에 없어서 내가 아버지 대신 일을 해 가계를 지탱할 수밖에 없으니

옷을 구입할 돈이 있을 턱이 없다.

"잠깐 물어보겠는데, 사토 씨가 내는 소리가 주위 사람들에게 피해를 주고 있나요? 직설적인 질문이라서 미안하지만, 당신이 옆에 앉아 있으니까 어떻게 생각하나 해서요."

실장은 편지를 숨기고 지나가는 말처럼 가메이에게 물었다. 가메이는 나를 바라보고 나서 숨을 들이쉬었다.

"키보드를 두드리다 보면 폐를 끼치고 있을지도 모른다는 생각이 듭니다. 열중하고 있는데 그런 소리가 나면 꽤 시끄러울 테니까요."

"아니, 당신 얘기가 아니라, 사토 씨 말입니다."

"아아." 가메이는 난처한 얼굴을 했으나 그 가면 아래에서 악의가 비치는 것 같은 느낌이 들었다. "글쎄요, 사토 씨는 언제나 귀마개를 하고 있으니 어쩌면 깨닫지 못할 것이라 생각하지만요. 예를 들면 커피 잔을 내려놓거나, 서류를 펼쳤다 놓았다 하거나 서랍을 여닫는 소리가 약간 시끄럽다고 느끼는 일이 없지는 않습니다. 하지만 신경이 쓰일 정도는 아니고, 물어보시니까 대답한 것뿐입니다."

가메이는 그렇게 대답하고 나서, "미안합니다" 하고 작게 덧붙였다.

"사토 씨에게 주의를 주는 편이 좋을 정도입니까?"

"아뇨, 그런 뜻이 아니고요." 가메이는 황급히 부정했다. "그러니까 지금 말씀드린 것처럼 저는 옆자리니까 대답할 의무가 있다고 생각해서 말한 것뿐입니다. 제가 더 부연할 만한 문제는 아니라고 생각합니다."

실장은 내 쪽으로 향했다.

"그럼, 됐어요. 신경 쓰지 않아도 괜찮아요."

실장은 항상 이런 식이다. 조직의 장으로서 문제에 임하는 것이 아니라 곧바로 당사자를 만나 캐물어버린다. 가메이는 불만스러운 얼굴을 했다.

"실장님, 어째서 제가 이런 일에까지 관여해야 하는 거죠? 무슨 일인지 전혀 모르는데요."

"당신이 썼죠?"

내가 격앙해서 소리치자 가메이는 무슨 뜻인지 몰라서 의아하다는 듯 입술을 비쭉 내밀었다. 시침을 떼는 데는 도사다. 실장이 참으라는 듯이 나를 향해 손을 들었다.

"개인적인 감각의 차이니까 감각이 예민한 사람이 쓴 것으로 합시다. 자아, 이제 됐지요? 문제를 크게 만들어서 좋을 것 없으니까요."

실장은 책상 위의 전화를 집어 들고 갑자기 용건이 생각난 것처럼 내선 전화를 걸기 시작했다. 전혀 말이 통하지 않는다는 식의 연기를 하고 나서, 가메이가 고개를 계속 갸웃거리면서 자리로 돌아갔다. 나는 가메이 옆으로 돌아가는 것이 싫어서 급탕실로 갔다.

급탕실에서는 조사실의 아르바이트와 조수가 여러 명 분의 차를 끓이고 있었다. 아가씨는 임시 아르바이트고 조수는 파견 근무자다. 두 사람 모두 머리가 좋아 보이지도 않는 주제에 똑똑해 보이는 화장을 잘한다. 짧은 머리카락을 갈색으로 물들여 이마 옆에서 헤어핀으로 고정시키고 있었다. 두 사람은 내 얼굴을 보자 표정이 굳었다. 나에 대한 험담을 하고 있었음에 틀림없다. 나는 새 커피 잔을 꺼내면서 물었다.

"물 끓었어?"

"네." 아르바이트가 주전자를 가리켰다. "지금 막 포트에 넣으려던 참이었어요."

나는 내가 사온 인스턴트 드립 커피를 탔다. 아르바이트와 보조는 일손을 놓고서 내 손을 바라보았다. 짓궂은 시선. 뜨거운 물이 넘쳐서 바닥에 흘렀으나 내버려둔 채 자리로 돌아왔다. 가메이가 손을 놓고 나에게 말했다.

"사토 선배, 아까 말한 것 신경 쓰지 말아주세요. 시끄럽긴 저도 마찬가지니까요."

나는 대답을 하지 않은 채 서류에 파묻혔다. 아침부터 네 잔째 커피. 잔이 그대로 놓여 있었다. 빈 잔을 겹치게 쌓아서 공간을 만들었다. 어느 것에나 빨간 립스틱 자국. 퇴근할 때 전부 치우면 된다. 그것이 합리적이다. 옆의 가메이가 조용히 키보드를 두드리는 소리가 났다. 나는 귀마개를 안으로 쑤셔 넣었다. 가메이는 예뻐도 도쿄대를 나왔어도 나와 같은 행동은 도저히 할 수 없을 것이라는 우월감을 느끼면서. 핸드백 안에 들어 있는 대량의 콘돔을 본다면 가메이는 뭐라고 말할까? 생각만 해도 즐겁다.

지하철이 지상으로 올라왔다. 시부야역. 나는 이 순간을 좋아한다. 땅속에서 땅 밖으로. 겨우 몸속에서 해방감이 넘쳐흐른다. 자, 이제부터 밤의 거리로 간다. 진흙탕 한가운데로. 가메이가 갈 수 없는 세계로. 아르바이트와 보조 두 아가씨도 뒷걸음칠 세계로. 실장이 상상도 할 수 없는 세계로.

도겐사카의 복합 빌딩 안에 있는 아가씨 소개방의 사무소에 도착한 것은 7시 조금 전이었다. 사무소는 원룸 아파트다. 작은 주방과 화장실. 다섯 평짜리 거실에 소파와 텔레비전이 놓여 있다. 그 구석에 사무용 책상이 있고 전화 담당 남자가 걸터앉아 있다. 그는 금발로 물들인 머리카락을 따분한 듯이 쓰다듬으면서 주간지를 읽고 있었다. 옷차림은 젊지만 삼십 대 중반이 넘었다. 이미 10여 명가량의 아가씨들이 텔레비전을 보며 전화가 걸려오기를 기다리고 있었다. 오락을 하는 아가씨도 있고 잡지를 보는 아가씨도 있었다. 그러나 오늘은 비가 내린다. 이런 날에는 손님이 적기 때문에 오래 기다릴 것을 각오해야 했다. 여기에서 나는 사토 가즈에가 아닌 '유리'가 된다. 영업용 이름은 일관해서 '유리'다. Q여고 시절 만난, 아름답지만 머리는 나쁜 유리코라는 애의 이름이다. 나는 방바닥에 털썩 앉아서 아직 읽지 않은 경제 신문을 유리 탁자 위에 펼쳤다.

"누구야, 젖은 우산을 방 안에까지 들고 들어온 건? 구두가 젖잖아."

회색 스웨터를 입고 머리카락을 세 갈래로 땋은 여자가 소리를 질렀다. 화장을 하지 않아서 눈썹 없는 얼굴이 을씨년스럽지만, 화장을 하면 꽤 귀여워져 손님이 많았다. 미안합니다, 하고 사과를 하고 나서 나는 일어났다. 우산은 바깥 복도에 내놓아야 하는 것을 잊어버렸다. 범인이 나라는 것을 안 그 여자는 전화 당번 사내에게 일러바치듯이 고함쳤다.

"당신 우산이 얹혀 있어서 내 구두가 안까지 젖었다고. 못 신게 되면 변상해줄 거야?"

나는 부루퉁한 얼굴로 우산을 들고 복도로 나갔다. 푸른 폴리에틸렌 양동이가 놓여 있어서 거기에 각자 우산을 꽂아놓게 되어 있었다. 약이 올라서 집에 돌아갈 때 모른 체하고 비싼 우산으로 바꿔치기 해야겠다고 눈독을 들여놓았다. 방으로 돌아왔더니 그 여자가 아직도 나를 노려보고 있었다.

"내친김에 말해두겠는데, 신문 펼치는 그 바스락거리는 소리 좀 어떻게 안 되겠어? 모두가 텔레비전을 보고 있는데 실례잖아. 그리고 좁은 방에서 신문을 크게 펼치지 말라고. 모두들 불편하게 생각하니까, 조금은 신경을 쓰란 말이야! 당신은 뭔가 좀 잘못 알고 있어. 자기밖에는 생각한 적이 없지? 일거리가 필요한 것은 모두 마찬가지니까, 서로 양보를 해야지."

여기서는 가메이와 달라서 모두들 하고 싶은 말을 다 했다. 나는 마지못해 고개를 끄덕였지만 그 여자에게 질투를 느꼈다. 내 학력이나 내가 일류 회사에 다니고 있다는 것을 어렴풋이 알고 있을 것이다. 그래, 나는 낮 동안에는 회사원이니까, Q대학을 나왔으니까, 어려운 논문을 쓰고 있으니까 너희하고는 다르단 말이야. 그렇게는 생각해도 밤의 세계에서는 여자의 매력이 제일이다. 서른다섯 살이 지날 무렵부터 이제는 안 되는구나 하는 초조감을 느끼지 않는 바도 아니다. 남자는 욕심이 많다. 학력도, 성장 배경이 좋은 것도, 아름다운 용모도, 온순한 성격도, 육체도, 모든 것을 다 원한다. 그 속에서 살아가는 것은 큰일이라기보다 정말로 바보스러운 일이다. 어쨌든 장점을 찾아서 합리적으로 살아나가지 않으면 안 된다. 나의 장점은 균형을 잡아가면서 돈을 버는 것이다. 언제부터 이런 생각을 하게 되었을까? 문득 생각이 날 뻔했으나, 그것을 잊기 위해 경제 기사에 집중했다.

전화벨이 울렸다. 나는 전화 담당 사내를 응시했다. 일을 나가고 싶기 때문이다. 그러나 지명된 것은 방금 전까지 나에게 잔소리하던 그 여자였다. 그녀는 탁자 구석에 거울과 화장 도구를 꺼내놓고 화장을 하기 시작했다. 다른 여자들은 자신이 지명되지 않을까 하고 기대하면서 여전히 텔레비전을 보거나 만화를 읽었다. 나도 태연한 얼굴로 편의점에서 사온 도시락을 서둘러 먹었다. 그리고 신문을 읽고 마음에 걸리는 기사를 스크랩했다. 잔소리꾼이 머리를 풀어 내리고 새빨간 미니 드레스로 갈아입었다. 쭉 뻗은 굵은 다리. 커다란 엉덩이. 뚱보. 나는 얼굴을 돌렸다. 살이 붙은 몸은 추하다.

10시가 다 되어도 다음 전화는 걸려오지 않았다. 잔소리꾼은 벌써 돌아와서 지친 모습으로 방바닥에 길게 드러누워 텔레비전을 보고 있었다. 방 안에는 체념한 듯한 분위기가 만연했다. 오늘은 허탕 칠지도 모른다는 어두운 분위기였다. 전화벨이 울렸다. 모두가 귀를 쫑긋 세운 가운데 전화 담당이 난처한 얼굴로 전화의 보류 버튼을 눌렀다.

"자택 출장. 고한다의 아파트인데 욕조가 없대요. 갈 사람 있습니까?"

젊음만이 재산인 말상 아가씨가 담배에 불을 붙였다.

"미안해요. 나는 욕조가 없는 곳만은 사양하겠어요."

잔소리꾼 여자가 과자 봉지를 찢으면서 동조했다.

"뻔뻔스럽기는! 도대체 욕조도 없는 곳에서 아가씨를 부르다니!"

노여움에 찬 목소리가 여기저기서 터져 나왔다.

"그럼, 거절할까요?" 하고 전화 담당이 나를 힐끔 쳐다보았다. 나는 일어섰다.

"내가 갈게요."

"유리 씨, 가줄 거죠? 그럼, 받을게요."

전화 담당은 안도한 듯한 얼굴을 했지만 전화로 손님에게 오케이를 한 다음, 한순간 비웃는 듯한 웃음을 띠는 것을 보았다. 사무소로서는 고맙지만, 개인적으로는 경멸하고 있다는 것을 느끼는 것은 이럴 때다. 나같이 나이 먹은 여자는 질 나쁜 손님에게 할당하여 절박한 고비를 넘기고, 말썽을 일으키면 잘라버리려고 하는 것이다. 분하지만 이것이 내가 직면한 현실이다. 돈을 벌고 싶으면 참을 수밖에 없다.

가져온 거울을 앞에 두고 화장을 하기 시작하니까 여자들은 기분이 잡친 얼굴을 했다. 욕조도 없는 남자 집에 가다니 어처구니없다고 생각할 것이다. 그런 소리 하지 마. 너희들은 창녀가 되려면 아직도 멀었어. 남자와 상대하려면 상대의 불리한 점을 이용하지 않으면 안 된다. 욕조가 없는 사내라면, 욕조가 없는 단점을 돈이나 시간으로 지불하게 만들어야 한다. 나를 비웃는 여자들도 서른일곱 살이 되면 알게 될 것이다. 나는 아가씨들에게 오기를 부렸다.

앞으로 3년. 마흔이 되면 나는 이 세계에서 은퇴할 생각이다. 연령 제

한이 다가오고 있다. 아가씨 소개방에서 안 된다면 숙녀 전문, 혹은 스스로 교섭하는 직거래를 하는 수밖에 없다. 그것이 싫다면 은퇴할 수밖에 없다. 하지만 밤의 해방이 없다면 나의 낮 동안의 세계도 붕괴될지 모른다. 그것이 무섭다. 무섭지만 살아가지 않으면 안 되니까, 마음의 흔들림이 가장 두렵다. 균형을 잡지 않으면 안 된다. 좀 더 강해지고 싶다.

좁은 욕실에서 푸른 미니스커트로 갈아입었다. 도큐핸즈일본의 잡화점 본점의 바겐세일에서 8천7백 엔을 주고 산 옷이다. 긴 가발을 뒤집어썼다. 허리까지 내려오는 롱 헤어. 가발을 쓰면 무엇이든지 할 수 있을 것 같은 느낌이 든다. 사토 가즈에에서 '유리'로 변신. 전화 담당에게서 손님의 주소와 전화번호를 적은 종이쪽지를 받아들고 밖으로 나왔다. 폴리에틸렌 양동이 속에서 잔소리꾼의 것으로 보이는 긴 자루가 달린 멋진 우산을 골랐다. 택시를 타고 손님의 집으로 향했다.

손님의 아파트는 고한다의 철로 옆에 있었다. 택시 운전사에게 요금을 지불하고 영수증을 받았다. 소개방에 따라서 운전사가 데려다 주는 곳도 있지만, 우리 사무소는 교통비를 나중에 정산해야 했다. 미즈키 장, 202호실, 다나카 고지. 미즈키 장의 바깥 계단을 올라가서 202호실을 노크했다.

"아, 미안해요."

육순 가까운 육체노동자 같은 사내가 문을 열었다. 햇볕에 그을린 얼굴. 투박한 몸. 방에서는 곰팡이 냄새와 소주 냄새가 났다. 나는 재빨리 방 안을 둘러보면서 다른 남자가 없는지 확인했다. 호텔의 경우는 지정된 러브호텔에 들어가기만 하면 걱정이 없지만, 자택 출장 때에는 집에 들어가기 전에 조심해야 한다. 어떤 아가씨는 남자가 하나씩 나타나서 결국 네 명의 사내에게 윤간을 당했다고 했다. 한 명분의 요금을 받고 네 명과 섹스를 하다니 계산이 너무나도 안 맞는다.

"당신에게는 미안하지만, 좀 더 젊은 여자가 올 줄 알았는데."

내 전신을 샅샅이 살펴보고 나서 그가 한숨을 지었다. 가구는 전부 싸구려. 이런 형편으로 소개방 아가씨와 노는 사치는 좀처럼 할 수 없을 것이다. 나는 트렌치코트를 입은 채 그에게 한마디 해주었다.

"나도 좀 더 젊은 손님인 줄 알고 왔다고요."

"하긴 피차일반이군."

다나카는 체념한 듯이 농담조로 말했으나, 나는 무시한 채 방 안을 둘러보았다.

"피차일반이 아니라고요, 아저씨. 여기는 욕실도 없잖아요? 이런 곳에는 아무도 안 와요. 나는 사람 하나 구해 주는 셈치고 왔으니까, 감사하게 생각하세요."

약점을 찔린 다나카는 주눅이 들어서 눈가를 붉혔다. 처음부터 고자세로 나가지 않으면 이런 남자는 다루기 힘들어진다. 저자세로 나갔다가 고생하는 것은 이쪽이다. 나는 방에 들어가자 우선 전화를 걸었다. 도착했다는 것과 문제가 없다는 것을 사무소에 보고해야 하기 때문이다.

"여보세요, 유리예요. 지금 도착했어요."

전화 담당이 사내를 바꾸라고 했다. 다나카가 받았다.

"이 아가씨로 하겠소. 불만이 없지는 않지만 욕조가 없으니 어쩔 수 없지. 다음에는 좀 더 젊은 아가씨를 부탁하오, 형씨."

뻔뻔스러움에 눈앞이 캄캄해지는 것 같았다. 그러나 그런 대접에 이미 익숙한 나는 상처 입지 않았다. 오히려 화가 난 몫만큼 빨리 끝내고, 다나카에게서 돈을 뜯어내야겠다는 공격적인 기분이 되었다.

"아저씨는 무슨 일을 하고 있어요?"

"응, 여러 가지. 공사 관계 일을 하고 있지."

"말하고 싶지 않은가 보죠?"

어차피 공사장 같은 데서 일하고 있을 것이다. 나는 건설 회사의 부실장이라고. 연봉이 1천만 엔이란 말이야. 마음속에서 목소리가 높아졌다. 공격적인 기분이 계속되더니 나중에는 우월감으로 변해서 다나카를 경멸하게 되었다. 수동적이고 마음이 약한 손님은 창녀 쪽에서도 즐길 수 있다.

"잡담 같은 거 할 시간 없어. 당신을 시간으로 샀으니까."

다나카는 시계를 보면서 말했다. 벌써 깔아놓은 얇은 요. 노상 깔아놓아서 불결할 터였다. 나는 위축되는 기분을 자꾸만 북돋웠다.

"아저씨, 그곳 씻었어요?"

"씻었어." 다나카는 싱크대를 가리켰다. "조금 전에 깨끗이 씻었으니까 핥으라고."

"섹스만 하는 거예요." 나는 적당히 구슬리면서 핸드백 안에서 콘돔을 꺼냈다. "이거 끼워요."

"그렇게 금방 일어설까?"

다나카는 불안한 듯이 중얼거렸다.

"일어서지 않아도 돈은 받을 거예요."

"냉정하군 그래."

나는 트렌치코트를 벗어서 단정하게 접었다. 가슴께에 묻은 빗물 얼룩이 아직도 남아 있었다. 침을 묻혀서 손가락으로 문질렀다.

"아가씨, 거기서 옷을 벗어봐. 스트리퍼처럼 이렇게 해보라니까."

다나카는 몸을 비비 꼬면서 늘어진 티셔츠를 벗고 작업 바지를 아래로 끌어내렸다. 남자의 물건은 아주 작았다. 흰 음모 속에서 오그라든 성기가 보였다. 사이즈가 작아서 다행이었다. 큰 사내는 나중에 아파서 싫다. 하지만 나는 부드럽게 거절했다.

"그런 건 못해요. 나는 섹스밖에 안 한다니까요."

나는 재빨리 속옷을 벗고 얇은 요에 드러누웠다. 나의 나체를 보고 다나카는 성기를 비벼대기 시작했다. 그동안 20분이 지났다. 나는 옆에 있는 손목시계로 돌아갈 시간을 확인했다. 앞으로 1시간 10분 남았지만 50분 정도로 속이고 돌아가고 싶었다.

　"미안하지만 다리를 조금 벌려서 보여줘 봐."

　다나카의 간청에 조금만 응해 주었다. 다나카는 온순하고 마음이 약하니까 이 정도는 해줘도 괜찮을 것이다. 지나치게 차갑게 대해서 거꾸로 화를 내도 곤란하다. 게다가 처음 보는 사내이니, 반대로 대담한 짓도 할 수 있는 것 같아 기분이 묘했다. 이케부쿠로에서 소개방 아가씨가 손님을 살해한 사건이 있었다. 정당방위가 되지 않은 것이 이상할 정도로 자못 있을 법한 사건이었다. 손님이 아가씨를 묶어놓고 비디오를 찍고 나이프를 보이면서 "죽여버리겠다!"고 위협했던 것이다. 아가씨가 얼마나 무서워했을지 나는 알 수 있다. 나는 그런 꼴을 당한 적은 아직 없지만, 언제 비정상적인 남자를 만날지 알 수 없다. 무섭기는 하지만 죽지 않는다면 한번 만나보고 싶다. 그 얼얼한 공포는 살아 있다는 실감과 동전의 양면 같은 관계라는 것을, 나는 밤의 세계에서 배우고 있다.

　가까스로 발기한 다나카가 초조감에 손을 떨면서 콘돔을 끼우고 있었다. 도와줄 때도 있지만, 여기는 욕조가 없으니 절대로 도와주어서는 안 된다. 다나카가 갑자기 나를 힘껏 끌어안았다. 어색하게 가슴을 애무하는 손가락이 너무나 거칠어서 아팠다.

　"아파요, 아저씨!"

　미안, 미안해 하고 사과하면서 다나카는 나의 그곳에 성기를 갖다 댔다. 벌써 오그라들었기 때문에 시간이 걸릴 것 같아서 지겨워졌다. 하는 수 없이 손가락으로 발기를 도와주었다. 간신히 성교를 하는 데

10분. 노인네는 느리니까 딱 질색이었다. 다나카는 사정을 한 뒤, 한참 동안 옆으로 누워서 머뭇거리면서 내 머리카락을 쓰다듬었다.

"아가씨, 나, 오래간만에 했단 말이야."

"잘됐군요."

"역시 섹스는 좋은 거야."

나는 매일 밤 하고 있다고요. 맞장구를 치는 것도 귀찮아서 일어났다. 요에 혼자 남겨진 다나카가 낙담한 얼굴로 말했다.

"아가씨, 담소 정도는 조금 나누어야지. 풍취가 없잖아? 옛날 창녀는 전부 그렇게 해줬어."

"어느 시대의 얘기죠?" 나는 웃으면서 휴지로 닦아내고 속옷을 입었다. "아저씨, 몇 살이에요?"

"예순두 살이 된 지 얼마 안 됐어."

그 나이에 아직도 이런 생활을 하고 있단 말인가? 나는 방을 둘러보았다. 세 평짜리 방 한 칸의 쓸쓸한 아파트. 요즘 같은 때에 욕실도 없는 공동화장실 생활을 하다니. 나는 인생의 종말을 이런 식으로는 맞고 싶지 않다. 하지만 아버지가 살아 계시다면, 이 정도의 나이가 되었을 것이라고 생각하면서 다시 한 번 다나카의 얼굴을 보았다. 흰머리가 섞인 머리카락에 살이 없는 몸. 학생 시절에는 나 자신이 파더 콤플렉스라고 생각한 적도 있지만 먼 옛날 얘기다. 이제 나도 아버지 나이 또래의 중년 남자와 거의 같은 나이가 되고 말았다.

"아가씨, 사람을 바보 취급하지 말란 말이야!"

돌연 다나카가 고함을 쳐서 깜짝 놀랐다.

"왜 그래요? 바보 취급한 적 없어요. 무슨 말을 하는 거예요?"

"넌 지금 나를 바보 취급했잖아? 나는 손님이야. 너 같은 건 하찮은 창녀란 말이야. 그것도 삼류 창녀. 나이도 먹었고 벌거벗어보았자 비쩍 말라서 서지도 않는단 말이야. 뭐, 이런 게 다 있어? 아, 열 받아!"

"나이 먹어서 미안하네요. 말해두지만, 나는 바보 취급한 적 없다고
요."

나는 서둘러 옷을 입었다. 화가 난 다나카에게 무슨 짓을 당할지 알
수 없다. 아무튼 여기는 다나카의 집이니까. 부엌칼이라도 들고 나오면
큰일이다. 빨리 화를 가라앉히고 돈을 받지 않으면 안 된다.

"벌써 돌아가는 거야? 아, 울화통 치밀어서 죽겠네!"

"또 불러줘요. 이쪽도 불경기라서요. 다음번에는 서비스할 테니까요."

"서비스가 뭐야?"

"핥아줄게요."

다나카는 투덜대며 구겨진 팬티에 한쪽 다리를 쑤셔 넣었다. 나는 시
계를 보았다. 20분이 남았지만 어중간해서 돌아가고 싶다.

"2만7천 엔 주세요."

"2만5천 엔이라고 써 있잖아?"

다나카는 손에 든 전단지를 확인해 보았다. 노안인지 보기 흉하게 눈
을 가늘게 뜬다.

"말했잖아요? 욕조가 없으면 2천 엔 더 내야 한다고요."

"하지만 씻었잖아. 무슨 불만이 그렇게 많아?"

나는 설명하는 것도 귀찮아서 고개를 흔들었을 뿐이다. 모르는 사내
의 성기를 몸속에 집어넣었다. 씻어서 흘려보내고 싶은 것은 당연하지
않은가? 남자라는 것은 어디까지나 자기중심으로밖에 생각하지 않는
다. 다나카가 불만스러운 듯이 말했다.

"비싸."

"그럼, 아저씨, 2만6천 엔만 주세요."

"알았어. 이봐, 아직 시간이 남았잖아?"

"20분 동안에 한번 더 세울 수 있을 것 같아요?"

다나카는 혀를 차면서 지갑을 꺼냈다. 3만 엔을 받고 4천 엔을 거슬러준 다음 마음 변하기 전에 돌아가려고 구두를 신었다. 밖으로 뛰어나와 택시를 잡았다. 다시 비가 내리고 있었다. 빗물을 튀겨대면서 달리는 택시 안에서 괴로운 일을 반추한다. 물건 취급당하는 쓰라림. 하지만 그것이 어느 틈엔가 감미로운 것으로 바뀌는 경우가 있을 것이라는 예감. 나 자신이 물건이 되어버리면 되는 것이다. 하지만 그렇게 되면 회사에서의 내가 방해가 된다. 회사에서 나는 물건이 아니라 사토 가즈에니까. 사무소로 돌아가는 도중에 중간에 내려 걸어서 택시비를 2백 엔 정도 내 몫으로 챙겼다. 손님 집에 갈 때의 영수증으로 두 배의 요금을 정산해 받으면 된다.

마루야마초에 있는 돌부처 앞에서 말보로 할머니를 보았다. 말보로 할머니는 언제나 말보로 담배의 로고가 들어간 흐르르한 흰색 점퍼를 입고 있는 노파다. 사무소에서도 유명한 여자인데, 나이는 예순 전후. 머리가 좀 이상한지 항상 돌부처 옆에 서서 지나가는 남자에게 말을 건다. 오늘은 비가 온 탓에 흰 점퍼가 흠뻑 젖어서 속에 입은 검은 속옷이 또렷이 비쳤다. 손님은 한 명도 지나가지 않는데 여전히 유령처럼 돌부처 옆에 서 있었다. 창녀 일을 계속하면 마지막에는 저렇게 되어버리는 것일까? 아가씨 소개방에서 해고되고 나면, 자신이 직접 손님을 끌 수밖에 없을 테니까. 나는 공포에 가까운 감정을 억누른 채 말보로 할머니의 뒷모습을 바라보았다.

사무소에는 12시 전에 돌아갈 수가 있었다. 아가씨들은 오늘은 손님이 없다고 생각했는지 대부분 퇴근했다. 남아 있는 사람은 잔소리꾼 여자와 전화 담당 두 사람뿐이었다. 1만 엔을 전화 담당에게 건네주고, 1천 엔은 과자 값으로 내놓았다. 사무소에서 과자나 음료를 살 때 보태기 위해서다. 그것은 손님을 받은 아가씨의 의무였다. 다나카에게서 1천 엔을 여분으로 뜯어낸 덕분에 과자 값을 공짜로 낸 셈이 되었다. 만족스러운 미소를 짓고 있는데 전화 담당이 나를 곁눈질로 보았다.

"유리 씨, 아까 그 손님한테 전화가 왔어요. 당신이 2만6천 엔을 받았다면서, 얘기가 다르다고 굉장히 화를 냈어요. 욕조가 없으니까 특별히 더 받은 거라고 얼버무렸지만요."

"미안해요."

그 영감이 결국 고자질을 한 것이다. 다나카의 심약한 듯한 얼굴을 떠올리자 무척 화가 났다. 이번에는 잔소리꾼이 나에게 대들었다.

"당신, 내 우산 갖고 갔었지? 당신이 돌아올 때까지 기다리고 있었어. 남의 물건은 함부로 쓰지 말란 말이야."

"아, 미안해요. 잠시 빌린 거예요."

"미안한 게 아니라 복수 아냐?"

미안해요, 미안하다니까요 하고 겸허한 시늉을 하면서 계속 사과했다. 그녀는 "수고들 했어요!" 하고는 화를 내면서 돌아갔다. 나도 막차 시간에 맞추려고 재빨리 돌아갈 준비를 서둘렀다.

12시 28분 시부야 발 이노토선 마지막 전철 후지미가오카행을 탔다. 메이다이젠역에서 쿄오선으로 갈아타고, 치토세가라스야마역에서 하차하여 10분 정도 걸어서 집으로 돌아왔다. 하루 종일 비가 내려서 마음이 울적했다. 나는 도대체 무엇을 하고 있는 것일까 하고 생각하면서 빗속에서 멈춰 섰다. 오늘은 저녁때부터 줄곧 사무소에서 대기하고 있다가 겨우 1만5천 엔의 수입을 올렸다. 매주 20만 엔은 저축하려고 노력하고 있지만, 목표액에는 좀처럼 도달하지 않는다. 한 달에 80만 엔에서 90만 엔. 1년이면 1천만 엔. 그러면 마흔까지 1억 엔은 모을 수 있

을 것이다. 저축이라는 목표는 즐겁다. 하면 할수록 눈에 보이게 쌓이
니까. 그래, 공부와 비슷하다.

인기 없는
엘리트 여사원

×월 ×일

시부야, YY, 1만4천 엔

시부야, WA, 1만5천 엔

Q여고 시절, 다카시라는 남학생을 좋아한 적이 있었다. 다카시는 생물 교사의 아들이었는데, 그 가족 모두가 Q학원 출신이었다. 나보다 한살 아래인 섬세한 얼굴을 한 냉정한 사내아이. 나는 편지를 쓰거나 골목에 숨어서 기다리곤 했다. 지금 와서 생각하면, 어떻게 그런 쓸데없는 짓을 할 수 있었는지 전혀 모르겠다. 나는 조금이라도 다카시의 호감을 사려고 노력했지만, 기지마는 언제나 유리코라는 예쁜 동급생과 함께 다녔다. 유리코의 언니는 나와 동급생이었는데, 유리코와는 전혀 닮지 않은 수수한 계집애였다. 친구들은 모두 그 애에 대한 험담을 해댔다. 그 애는 못생긴 주제에 오히려 혼혈이라고 자랑을 하고 다닌다니까, 머리가 조금 이상한 애야, 그런 예쁜 동생이 있으면 머리가 이상해지는 것도 무리가 아니야, 라고.

고등학교로 진학하여 여자부와 남자부로 나눠지고 나서도, 방과 후에 기지마는 반드시 유리코를 마중 나왔다. 그러고는 둘이서 어디론가 가버렸다. 나는 너무나 분해서, 공부를 잘하는 것으로 두 사람에게 복수해주려고 생각했다. 자신의 가치는 스스로 높이지 않으면 안 된다고 아버지가 말했으니까. 하면 할수록 보답을 받을 수 있다는 것을 아버지가 내게 보여주었으니까.

내가 희망한 대로 Q대학 경제학부에 들어갔을 때, 두 사람은 퇴학 처분을 받았다. 기분이 좋았다. 나는 나중에 그들의 퇴학 이유를 알았다. 질투에 사로잡힌 유리코의 언니가 밀고한 것이다. 불순한 이성 교제. 즉 유리코는 고교생의 신분으로 남자와 자고 돈을 받았다는 것이다. 나는 아버지의 말씀이 옳다고 생각했다. 나처럼 꾸준히 노력하는 사람이 유리코처럼 태어나면서부터 사치를 좋아하고 모두의 호감을 사는 여자를 이길 수 있다는 것을.

하지만 이상하게도 지금 나는 유리코의 길을 그대로 따라가고 있다. 낮에는 일 잘하는 회사원으로, 밤에는 유리코와 똑같은 일을 하고 있다. 유리코도 낮에는 진지한 고교생으로 클럽 활동도 열심히 했으나 밤에는 장사에 힘쓰고 있었으니까. 어째서 나는 똑같은 일을 하고 있는 것일까? 아버지가 나에게 잘못된 인생을 가르쳐준 것일까? 나는 낡은 피아노 위에 장식해 놓은 아버지의 사진을 바라보았다. 영정에도 사용했던 사진이다. 회사 사옥을 배경으로 멋진 양복을 입고 당당하게 서 있는 근엄한 표정. 나는 아버지를 좋아했다. 왜냐하면 아버지는 나를 제일 소중하게 여기고 귀여워해 주었기 때문이다. 누구보다도 내 능력을 인정했고, 내가 여자로 태어난 것을 유감스러워하셨다.

"너는 우리 집안 여자들 가운데서 제일 머리가 좋아."

"엄마는요?"

"엄마는 결혼한 이후로 더 이상 공부를 하지 않는단다. 신문도 전혀 읽지 않으니까."

아버지는 나에게 공범자처럼 속삭였다. 어느 일요일, 어머니는 뜰에서 꽃을 손질하고 있었다. 중학생이었던 나는 고등학교 입학시험을 앞두고 있었다.

"엄마도 신문은 읽던데요?"

"3면 기사나 텔레비전 편성표만 본단다. 경제란이나 정치란 같은 것은 보지 않아. 알 수가 없으니까. 너도 일류 회사에 근무하면 좋으련만. 머리가 좋은 남자를 만나서 자극을 받을 테니 말이다. 너는 결혼할 필요가 없을 거야. 이 집에 계속 있으면 돼. 넌 웬만한 남자들은 뺨칠 정도로 머리가 좋아."

나는 결혼해서 가정에 틀어박힌 여자는 모두 바보가 된다고 믿었다. 그것만은 피해야 했다. 만일 결혼한다면 머리 좋은 나를 인정해 주는, 나보다 머리 좋은 남자와 할 수밖에 없다고 생각했다. 그때는 머리 좋은 남자가 반드시 머리 좋은 여자를 선택하라는 법은 없다는 것을 몰랐던 것이다. 나는 우리 부모님 사이가 그다지 좋지 않은 까닭을 어머니의 머리가 나쁘고 노력을 하지 않는 탓이라고 생각했다. 어머니는 표면상으로는 아버지를 치켜세우면서도 아버지가 촌사람이라고 바보 취급하는 경향이 있었다.

"네 아버지는 나와 결혼했을 때 치즈도 몰랐단다. 내가 아침 식사에 내놓았더니, 이게 뭐야, 냄새가 고약한 걸 보니 썩은 거라고 정색을 하고 말하더라니까. 난 깜짝 놀랐어."

어머니가 웃으면서 말한 적이 있었다. 그 웃음에는 경멸이 숨겨져 있었다. 어머니네 집은 대대로 도쿄에서 관료나 변호사를 배출하였으나, 아버지는 와카야마의 시골 마을 출신이었다. 아버지는 고학을 해서 도쿄대에 들어간 다음 회사에서 없어서는 안 될 경리과 직원이라는 길을 걸어왔던 것이다. 아버지는 머리를, 어머니는 가문을 각자 서로 자랑하고 있었다.

나는 무엇일까? Q대학 졸업생이라는 것, 일류 회사의 종합직이라는 것, 날씬해서 스타일이 좋다는 것, 혹은 남자들에게 인기가 있다는 것. 모든 점을 다 갖추는 것이 제일 멋있는 거라고 생각한다. 낮에는 일 잘하는 일류 회사의 회사원이고 밤에는 남자에게 인기 있는 창녀. 슈퍼맨 같다. 신문 기자이면서 슈퍼맨. 아무도 모르는 또 하나의 얼굴. 밤에는 또 하나의 다른 나. 그런 것을 생각하고 나는 어느새 싱글싱글 웃고 있었다. 어머니의 꾸지람이 들려왔다.

"가즈에, 쏟았잖아!"

나는 몽상을 하면서 커피를 줄줄 흘리고 있었다. 화학 섬유의 스커트에 갈색 얼룩이 생겼다. 어머니가 행주를 던져주어서 그것으로 닦았지만, 얼룩은 계속 퍼져나갈 뿐 지워지지 않았다. 얼룩은 일단 생기면 지워지지 않는다. 나는 단념하고 옆에 놓인 신문을 끌어당겼다.

"스커트 갈아입어."

어머니가 나를 보지도 않고 말했다. 어머니가 치우고 있는 것은 동생의 아침 식사였다. 토스트와 계란프라이, 커피. 어머니는 동생을 위해서 아침 식사를 만들었다. 동생은 제조 회사에서 근무하기 때문에 벌써 출근을 했지만 우리 회사는 탄력 근무 시간제. 출근 시간대는 아홉 시 반부터 네 시 반까지니까, 여덟 시 반 지나서 나서면 된다.

"됐어요. 남색이니까 눈에 띄지 않을 거야."

어머니의 과장된 한숨 소리가 들렸기 때문에 나는 얼굴을 들었다.

"왜요?"

"너도 복장에 조금 신경을 쓰는 게 어떠니? 며칠씩 똑같은 모습을 하고 있잖아."

나는 화가 치밀었다.

"나에 대해선 신경 끄고 내버려두라고요."

어머니는 한순간 침묵했으나 다시 얘기하기 시작했다.

"말하고 싶지 않아도 말하지 않을 수가 없구나. 너 요즘 늦게 들어오는데 뭐 하러 다니는 거냐? 화장은 짙게 하고 살도 너무 빠졌어. 제대로 챙겨 먹고는 다니는 거야?"

"잘 먹고 있어요."

나는 알약을 와작와작 씹어서 커피로 삼켜버렸다. 이건 최근에 애용하는 살 빼는 약이다. 과일 성분이 체내에 남아 있는 지방을 씻어낸다는 광고를 보고 편의점에서 사서 아침 식사 대용으로 먹고 있다.

"그건 약이잖니? 제대로 먹지 않으면 몸이 견디지 못할 거야."

"내 몸이 견디지 못하면 어머니 주머니에 돈이 들어오지 않게 될까 봐 그러죠?"

비꼬는 소리를 듣고 어머니는 다시 한숨을 크게 내쉬었다. 어머니는 차츰 할머니가 되어갔다. 머리카락의 숱이 적어지고 눈과 눈 사이가 먼 물고기 같은 얼굴이 점점 더 넙치처럼 보였다. 어머니는 이렇게 말했다.

"너는 점점 괴물처럼 되어가는구나. 섬뜩하다니까."

나는 못들은 체하고 신문을 계속 읽었다. 10분 뒤에는 출근해야 하는데 재수 없게 어째서 이런 얘기를 들어야 한단 말인가! 효율이 떨어진다. 가치가 없다. 그렇다. 어머니라는 존재는 아무런 가치도 없다는 것을 나는 갑자기 깨달았다. 눈을 들어 어머니를 쳐다보았다.

"왜 그러니?"

어머니는 신문에 끼여 있던 광고지를 접어 가위로 잘라 전화기 옆에 두는 메모지를 만들고 있었다. 수십 년씩 인색한 생활을 계속하면 이렇게 되는 법이다. 이전에는 가문을 자랑하던 어머니도 돈을 벌어오던 아버지가 사라지자 금세 구두쇠 할멈이 되었다.

"내 어디가 괴물이라는 건데요?"

"생각하고 싶지 않지만, 매일 밤 무엇을 하고 있을지 상상하면 머리가 아파진다니까. 그 멍은 뭐냐?" 어머니는 나의 양 손목에 있는 멍을 가리켰다. "뭔가 이상한 짓을 하고 있는 건 아니냐?"

"출근 시간이에요."

나는 손목시계를 보고 일어섰다. 그리고 신문을 탁자에 내동댕이쳤다. 어머니가 양쪽 귀에 손을 갖다 대고 막고 있길래 고함을 쳐주었다.

"시끄럽다는 거예요? 그 정도는 참으라고요! 엄마는 내 돈으로 살고 있으니까 어쩔 수 없잖아요!"

"뭐가 어쩔 수 없다는 거냐?"

"내가 무엇을 하든 엄마는 말할 자격이 없단 말예요!"

나는 함부로 말을 해놓고 나도 모르게 움찔했다. 아버지와 같은 회사에 들어갔을 때에는 어머니와 동생을 먹여 살리는 것이 자랑스러워서 견딜 수가 없었다. 하지만 지금은 무거운 짐일 뿐이다. 아버지는 집 욕실에서 쓰러졌다. 빨리 발견했더라면 살았을지도 몰랐다. 나의 내부에서, 집에 어머니가 있었는데 어째서 그렇게 됐을까 하고 비난하는 감정이 사라지지 않았다. 먼저 잠든 어머니가 나쁘다고. 아버지가 돌아가신 직후에는 아버지 대신에 내가 집안의 대들보로써 우리 집을 위해 일한다는 자부심이 있었다. 나는 가정교사 아르바이트를 여러 군데 하느라고 매일 부지런히 뛰어다녔다. 그런데도 어머니는 아무것도 하지 않았다. 그 좀스러운 화분 손질을 할 뿐. 쓸모없는 폐품 쓰레기. 단점이 너무 많은 여자. 나는 경멸하는 눈으로 어머니를 보았다.

"빨리 안 가면 지각하겠다."

어머니는 내 눈을 보지 않고 말했다. 빨리 사라져달라는 표정. 나는 트렌치코트를 입고 숄더백을 어깨에 걸쳤다. 어머니는 현관까지 나와 배웅을 하지 않는다. 내가 돈을 벌어오는데도 아버지처럼 해주지 않았다. 나는 먼지투성이의 검은 펌프스를 신고 집을 나왔다. 피곤해서 몸이 무거웠다. 수면 부족. 역까지 걸어가는 도중에 손목의 멍을 보았다. 어젯밤 손님은 SMsadomasochism, 가피학증이 취미여서 내 양 손목을 세게 묶었던 것이다. 그런 일도 가끔 있다. 그래서 나는 1만 엔을 더 뜯어냈다. "이상한 취미라면 1만 엔 더 줘야 해요" 하고.

회사에 도착했지만 졸음을 견딜 수가 없어서 회의실 책상에서 눈을 붙였다. 바닥에 누워서 자는 것이 아니라 괜찮을 것이라고 생각하고 책상 위에 반듯이 누워서 잤다. 누군가가 문을 열었다가 내가 자고 있는 것을 보고는 황급히 나갔다. 나중에 무슨 소리를 들을 것이라고 생각했지만 그것은 아무래도 상관없었다.

한 시간쯤 자고 자리로 돌아오는데, 옆의 가메이가 얼른 종이를 감추는 것이 보였다. 나는 다 알고 있었다. 사내 친목회 모임 안내장이었다. 내가 한 번도 참석하지 않은 것을 알고, 이제는 아무도 내게 연락하지 않았다. 하지만 나는 가메이를 놀려주고 싶어서, "그게 뭐야?" 하고 물었다. 가메이는 각오한 듯 종이를 내밀었다.

"사토 씨, 다음 주에 친목회가 있는데 어떻게 하시겠어요?"

"언젠데?"

"금요일이에요."

그 순간, 조사실의 공기가 멈춰 선 것 같은 느낌이 들었다. 모두들 내가 어떻게 반응할지를 엿보고 있었다. 나는 힐끗 실장을 보았다. 실장은 컴퓨터 앞에 앉아서 무엇인가 작업하는 시늉을 하고 있었다.

"참석하지 않을게."

그 찰나에 공기가 녹아서 흐르기 시작했다. 그 정도는 나도 다 알고 있었다. 가메이가 머뭇거리면서 말했다.

"그래요? 유감이네요."

가메이의 복장은 화려했다. 오늘도 번쩍번쩍 빛나는 바지 정장에 새하얀 셔츠를 입고 드러낸 가슴께에 금으로 된 액세서리를 달고 있었다. 우리같이 보수적인 회사에서는 눈에 거슬리지만, 밖에 나가면 엘리트 사원의 얼굴이 될 수 있다고 생각하는 것이다. 그런 것은 밤의 나에게 비하면 상대도 되지 않는다. 나는 또다시 우월감이 생기는 것을 느꼈다.

"저어, 사토 씨는 친목회에 한 번도 나간 적이 없죠?"

가메이가 돌연 역습해 왔다. 나는 서류 더미에 머리를 쑤셔 박고 대답하지 않았다. 귀마개를 안쪽으로 쑤셔 넣는 순간, 가메이가 쓸데없는 말을 했다는 듯이 사과하는 말이 들려왔다.

"미안해요."

신입 사원 때, 친목회에 나간 적이 꼭 한 번 있었다. 전부 40명 정도였을까? 회사 옆의 선술집에서 열린다고 해서 나는 그것도 일종의 업무라고 생각하고 참석했다. 선배 사원들 외에 신입 사원이 열 명 정도였는데, 4년제 대학 출신은 나와 동기 여사원 두 사람뿐이었다.

애당초 4년제 대학 출신 여사원은 극단적으로 수가 적었다. 170명의 신입 사원들 가운데 단 일곱 명. 종합직이라는 명칭도 직제도 없었으나, 우리 4년제 대학 출신 여사원은 남자 사원과 똑같이 활동하도록 요구받는다고 생각하고 있었다. 그중에서도 나는 가메이와 꼭 닮은 도쿄대 출신 여사원과 함께 조사실로 발령 받았으니 우수한 인재로 지목받았다고 믿어 의심치 않았다. 그 여자의 이름은 야마모토였던 것 같은데 정확하지는 않다. 5년도 채 안 되어서 그만둬버렸기 때문이다. 하지만 나는 죽은 아버지를 대신해서 같은 회사에서 평생을 일하겠다고 결심했다. 내가 배워온 지식, 내가 배양해 온 교양을 회사에서 살릴 수 있을 것이라고 생각했던 것이다.

친목회에서 본 것은 취할수록 난잡해지는 선배들과 동기들의 모습이었다. 특히 충격적이었던 것은 여성 신입 사원에 대한 남성 사원들의 평가였다. 평가의 대상은 거의 대부분 전문대 출신의 조수들이었는데, 나하고 도쿄대 출신의 여사원만 망연히 그 떠들썩한 술자리에 앉아 있었다. 그밖에도 여사원이 있었으나 분위기에 익숙해진 듯 괴성을 지르면서 함께 웃고 있었다. 이윽고 남성 사원 전원의 인기투표가 시작되었다.

"함께 바다에 갈 때는 누가 좋은가?"

다섯 기 선배인 남자가 사회를 보고, 과장과 실장까지 거수로 표를 던졌다. 그 결과, 설계부의 조수로 근무하고 있는 여사원이 뽑혔다. '함께 라이브 공연에 간다면 누가 좋은가?' '함께 공원을 산책한다면 누가 좋은가?' 하고 차례차례로 상황이 바뀌었다. 마지막 설문은 '결혼을 한다면 누가 좋은가?' 하는 것이었다. 만장일치로 뽑힌 사람은 내성적이고 성격이 온순하다고 알려진 영업부 보좌 여사원이었다.

"아이고, 맙소사!"

도쿄대 출신의 여자가 나를 돌아다보며 동의를 구했다. 나는 아무런 대꾸도 하지 않고 그냥 경직된 채로 납작해진 방석에 앉아 있었다. 환상이 무너져갔다. 일을 잘하는 남자들은 술을 마시면 이런 짓들을 하고 있구나 하는 실망감.

"여기 아직 남아 있어요."

동기 남자 사원이 우리를 가리켰다.

"야마모토 씨는 어때?"

남자들이 천만의 말씀이라고 겁먹은 시늉을 했다.

"야마모토 씨는 머리가 너무 좋아서 골치 아프다고."

남자들이 일제히 웃었다. 야마모토는 반들반들한 얼굴에 접근하는

데 어려움을 느끼게 하는 미녀였다. 야마모토는 냉담하게 어깨를 으쓱했다.

"그럼, 사토 씨는 어떨까?"

동기 중 하나가 나를 지명했다. 그러자 같은 조사실의 선배가 새빨간 얼굴로 대답했다.

"사토 씨는 겁이 나. 왜냐하면 낙하산 입사거든."

나는 실력으로 입사했다고 믿었다. 그러나 세상은 그렇게 봐주지 않았다. 나는 처음으로 아무에게도 인정받지 못하고 있다는 것을 깨달았다.

황야의 여성 7인조

이기고 싶다. 이기고 싶다. 이기고 싶다.
1등이 되고 싶다. 존경받고 싶다.
누구에게나 실력을 인정받는 존재가 되고 싶다.
대단한 사원이다, 사토 씨를 입사시키기 잘했다는 말을 듣고 싶다.

하지만 설사 1등이 되었다 하더라도 업무 실적은 밖에서는 잘 보이지 않았다. 숫자로 표시되는 영업이라면 모를까, 나의 업무는 연구 논문을 쓰는 것이라 나의 우수성이 전달되지 않았다. 짜증이 났다. 어떻게 하면 회사 사람 전원에게 내 능력을 인정받을 수 있을까? 친목회 석상에서 선배로부터 '낙하산 입사'라는 말을 들은 나는, 회사 안에서 눈에 띄는 방법을 이것저것 생각해보았다.

우선 동기인 야마모토를 앞지르는 것이었다. 170명의 신입 사원들 가운데 일곱 명. 우리 일류 대학 출신 여사원들은 '황야의 7인'이라는 야유를 받으면서 모두의 주목을 받았다. 누가 말했는지는 모르지만, '황야'라고 잘도 말했다. 우리가 걸어가는 길은 남자 사원들이 쌓아 올려 남자 사원밖에 존재하지 않는 세계이며, 뒤에 따라오는 여사원도 보이지 않는, 여사원에게는 완전히 전인미답前人未踏인 '황야'니까.

모든 사원이 우리를 주시하고 있었다. 나는 그 시선을 느끼고 신이 났다. 하지만 사원들의 관심과 기대를 모으고 있는 것은 서열 순으로 가장 좋은 대학을 나온 야마모토인 것이 분명했다. 야마모토는 전형적인 우등생 타입에 얼굴도 예쁘고 무슨 일이든 실수 없이 잘 처리했다. 그렇다면 어떻게 해서든 업무에서 성과를 올리지 않으면 의미가 없다고 나는 생각했다.

나는 항상 야마모토의 동향에 신경을 썼다. 야마모토가 정장을 새로 사면 어디서 샀냐고 물어서 나도 사러 갔다. 야마모토가 생각에 잠길 때 흔히 하는, 이마에 손가락을 갖다 대는 버릇도 흉내 냈다. 회의석상에서 야마모토가 질문을 할 때에는 나도 즉각 손을 들었다. 상사가 야마모토를 불러서 얘기를 하고 있으면, 신경이 쓰여서 일이 손에 잡히지 않았다. 나 모르게 일을 부탁하고 있는 것은 아닐까, 남들 모르게 그 애만 칭찬하고 있는 것은 아닐까 하고.

야마모토 혼자 공을 세우게 해서는 안 된다. 그러나 야마모토는 언제나 나보다 아주 조금 앞서 갔다. 야마모토는 미쓰루와 꼭 닮았다. 그다지 노력을 하지 않고도 무엇이든 해내곤, 태연한 얼굴을 하고 있었다. 밉살스러운 여자였다. 얼굴 생김새도 나쁘지 않고 싹싹하고 커피 심부름도 싫어하지 않았다. 어떤 대화든 능숙하게 따라갔다. 여성 조수들 사이에서의 평판도 좋아, 나는 분해서 견딜 수가 없었다. 나는 커피 심부름을 거부했기 때문에 야마모토의 태도가 '황야의 7인'에 대한 배신으로 느껴졌던 것이다. 당시 종합직이라는 말도 개념도 없기는 했지만, 야마모토에게는 '황야'에 있는 자로서의 긍지와 오기가 지나치게 없었다. 그런데도 모두의 주목을 받는 것은 불공평했다.

어느 날, 나는 급탕실 앞에서 발을 멈추었다. 야마모토가 커다란 쟁반에 있는 서른 개나 되는 찻잔을 차례차례로 씻고 있었다. 조사실 전원의 차를 끓이는 차 당번 같았다. 차 당번을 무시하고 있던 나는 야마모토에게 따졌다.

"야마모토 씨, 어째서 당신이 차 당번을 하는 거예요? 우리는 그런 일을 하기 위해 고용된 게 아니잖아요?"

"어머, 사토 씨."

손목으로 내려오는 블라우스 소매를 열심히 걷어 올리면서 야마모토는 나를 돌아보았다.

"어쩔 수 없어요. 내가 하지 않으면 저 애들이 대신하니까요. 나는 그게 싫어요."

"하라고 내버려두면 되잖아요? 그것밖에는 할 일이 없으니까요. 모이기만 하면 남자 사원들에 대한 소문이나 옷과 화장 얘기를 할 뿐이고 일은 하지 않는다고요."

"그래요? 하지만 나는 그런 식으로 살고 싶을 때가 있는걸요."

야마모토가 뒤를 엿보았다. 때마침 조수라고 불리는 여사원들 몇 사람이 급탕실 앞의 복도를 지나갔다. 당시 여사원은 제복을 입는 것이 의무였다. 남색 베스트 슈트에 흰 긴소매 블라우스. 겨울에는 그 위에 같은 색의 카디건을 걸치고 여름에는 퍼프 슬리브 반소매를 입었다. 우리 일곱 명은 사복을 입어도 된다고 허용되었으니 그 차이는 확연했다. 여사원들은 점심 도시락을 사왔는지 각자 쇼핑 봉투를 들고 즐거운 듯이 깔깔대고 있었다. 나는 경멸의 미소를 지었다.

"뭐가 그리 좋을 것 같아요? 유치하고, 꼭 학교의 연장 같잖아요. 낮은 급료를 받고 복사를 하거나 차를 끓이거나 영원히 보조 일밖에 할 수 없잖아요. 나는 달라요. 내가 일을 해서 번 돈으로 살아가고 있으니까요. 게다가 나는 당신처럼 좋은 환경을 타고나지 못해서, 어머니와 여동생의 생활비를 벌어야 한다고요."

"그렇군요." 야마모토가 손을 멈추고 한숨을 지었다. "당신은 참 훌륭해요."

"비꼬는 말이죠?"

"설마요." 야마모토는 의외라는 듯이 예쁜 눈썹을 찌푸렸다. "진심으로 그렇게 생각하고 있어요. 당신은 열심히 일하고 있어요. 하지만 나는 이 회사가 싫어졌어요. 어째서 우리만 모두의 주목을 받아야 하느냐고요. 매일 술집에서 입에 오르내리고 있어요. 저것들이 이렇게 했다, 저렇게 했다 하고요. 그래서 여자는 틀렸어 하고 깎아내리거나, 그다지 나쁘지 않다면서 추켜올리곤 하지요. 그런 것 피곤하지 않아요?"

나는 고개를 흔들었다. 야마모토의 심약함에 놀란 것이다.

"피곤하기는커녕 좀 더 힘을 내고 싶어져요."

"그렇게 당당하게 말할 수 있는 당신이 부러워요. 나는 조수처럼 편안한 마음으로 일하고 싶거든요. 그리고 기회가 되면 이런 회사는 그만두고 싶어요."

"힘들게 들어왔는데요?"

야마모토는 고개를 끄덕였다.

"분명히 친구들은 우리 회사의 이름을 대면 좋은 회사에 들어갔다며 부러운 얼굴을 해요. 건설 자체가 호경기이고, 우리 회사는 그중에서도 업계 최고로 해외에서도 유명하니까. 급료도 다른 회사보다 많이 주죠. 업무도 그럴 마음만 있으면 비중 있는 일을 시켜줄 거라고 생각해요. 하지만 나는 공허해요. 우리에게 지워진 짐이 너무 무거우니까요. 남자 사원 이상으로 일을 하고 여자 사원의 일도 해야 하고. 양쪽에 너무 신경을 쓰려니까 지쳐요. 그러나 남자는 될 수가 없어요, 평생. 좀 이상하지 않아요? 하여간 나는 남자 같은 것은 되고 싶지 않아요. 그냥 일을 하고 싶었을 뿐인데, 이대로 가다가는 금세 무너져버릴 것 같아요."

야마모토는 커다란 주전자로 모든 찻잔에 능숙하게 차를 따랐다. 초밥 집에서 얻어온, 생선 이름이 쓰인 큰 찻잔은 실장 것이었다. 여사원의 것은 디즈니나 스누피 같은 캐릭터가 붙어 있는 어린애 같은 머그잔이 많았고, 남자 사원은 아내가 사온 부부 찻잔 중 하나일 것 같은 시시한 색깔이나 디자인이 많았다.

"그래서 결혼해버릴까 하고 생각할 때도 있어요. 전업 주부가 되어서 수수하고 마음 편하게 살았으면 좋겠다고요."

"상대가 있어요?"

나는 어렴풋이 패배감을 느끼면서 말했다. 또 한 가지 나보다 앞서갔구나 하는 생각. 애인이 있다는 것. 나는 남자가 평생 필요 없다고 생각하는 것은 아니다. 어떻게 대해야 좋을지 알 수 없고, 남자 사원 쪽에서도 나를 멀리하는 것을 알고 있으니, 흥미를 보이는 게 울화통이 터질 뿐이다. 한편으로는 야마모토 정도의 여자가 전업 주부를 소망한다는 것에 대한 경멸도 있었다. 내 질문에 야마모토는 대답하지 않고 애매한 얼굴로 미소 지었다. 나는 그 웃음이 자꾸만 높은 곳에서 내려다보며 웃는 것처럼 느껴져서 견딜 수가 없었다.

"이 정도에서 결혼해서 가정에 파묻혀버린다면 지는 것 아니에요? 참고 버텨야지요."

"그럴까요?" 야마모토는 긴 목을 갸웃거렸다. "버티고 싶지 않아요. 왜냐하면 처음부터 지는 싸움이니까요. 회사라는 곳은 우리를 시험해보고 있을 뿐이라는 느낌이 들어요. 시험당할 뿐이라는 것은 굴욕적이잖아요. 그렇다면 차라리 자신의 행복을 생각하면서 살아가는 쪽이 오히려 이기는 것 아닐까요? 그이도 그렇게 말하죠."

야마모토의 현실 적응 능력은 나보다 뛰어났던 것이다. 하지만 당시의 나는 그렇게 생각하지 않았다. 야마모토가 탈락한다면 아주 잘된 일이라고 생각했으며, 일찌감치 패배 선언을 하는 것에 대한 모멸도 있었다.

야마모토가 나에게 마음을 연 것은 그 순간뿐이었다고 생각한다. 그 뒤에는 여느 때처럼 냉정한 우등생으로 돌아가 버렸으니, 나에게 말한 것도 진심인지 어떤지 알 수가 없었다. 어쩌면 마음에도 없는 소리를 해서 나를 시험해 본 것인지도 모른다. 그 정도로 우리의 전쟁은 치열하기 짝이 없었다. 남성사원, 조수, 그리고 동료 일곱 명에 대해서도. 그것은 바로 황야에 있다는 것을 의미했다.

야마모토가 실용영어 1급 자격증을 갖고 있다는 소리를 들은 나는 즉각 영어 공부를 시작했다. 맹렬히 공부한 끝에 1년 뒤에는 1급 자격을 따냈지만, 실용영어 1급 자격증을 가진 사람은 회사에 얼마든지 있었다. 아직 부족하다고 느낀 나는 모든 메모를 영어로 하기로 했다. 일본어를 영어 구문으로 바꿔서 쓰는 것이다. 이것은 효과가 있었다. 모두들 눈을 동그랗게 뜨고 감탄해 주었고, 나는 스스로의 성과에 만족했다.

또 어떤 때는 신문에 투고하는 것을 생각해냈다. 경제뿐만 아니라 국제 정치에 대해서도 언급한다면 나의 넓은 지식과 발군의 문장력을 과시할 수가 있는 것이다. 나는 전국지의 투고란에 〈고르바초프러시아의 정치가, 구 소련 공산당 서기장이자 최초의 대통령가 해야 할 일〉이라는 소논문을 투고했다. 그것이 조간신문의 투고란을 장식한 날 아침, 나는 의기양양하게 회사에 출근했다.

"신문 봤어, 굉장하더군!" 하고 말하면서 누구나 다 칭찬해 줄 것이 틀림없다고 생각했다. 그러나 어떤 사원도 알아차리지 못했는지, 바쁘게 일만 하고 있었다. 다들 신문도 보지 않는 건가 하고 생각하면서 나는 이상해서 견딜 수가 없었다.

점심시간에 실장이 우연히 그 투고란을 바라보고 있는 모습을 보고 뭔가 한마디 해주지 않을까 싶었던 나는 점심도 먹지 않은 채 실장의 책상 주위를 서성거리면서 기다렸다. 실장은 고개를 들고 내 쪽을 보았다.

"이거, 사토 씨가 쓴 거예요?"

실장은 신문을 손가락으로 탁 하고 쳤다. 나는 가슴을 내밀었다.

"그렇습니다."

"허어, 머리가 좋군그래."

그것뿐이었다. 나는 실망했고 무엇이 잘못된 것인지 생각하다가, 하나의 결론에 도달함으로써 나 자신을 구제했다. 그것은 특출한 자에 대한 질투였다.

입사한 지 2년쯤 되었을까, 영어로 논문을 쓰고 있을 때 누군가가 내 옆에 다가왔다.

"줄줄 정말 잘 쓰는군요. 사토 씨는 유학을 갔다 왔습니까?"

때마침 조사실에 와 있던 총무 과장이었다. 자못 감탄한 듯이 내 손을 들여다보았다. 과장의 이름은 가바노였다. 마흔세 살. 이름 없는 대학을 나온 성격만 좋은 사람이라고 어느 정도 멸시당하는 인물이어서 나는 무시했다. 대답할 필요도 없다고 생각했다. 가바노는 냉담한 나를 보고 온화하게 미소 지었다.

"사토 씨의 아버님을 잘 알고 있어요. 내가 입사했을 때 경리부에 계셨지요. 신세를 많이 졌습니다."

나는 얼굴을 들었다. 아버지 얘기는 여러 사람한테 들었으나, 그런 얘기를 해준 사람은 주로 사내의 비주류들뿐이었다. 가바노도 비주류 중 한 사람이었다. 나는 아버지가 바보 취급을 당하고 있는 느낌이 들어서 불쾌해졌다.

"그래요?"

"아버님은 아직 젊으셨는데 참 안됐습니다. 하지만 당신 같은 우수한 따님을 두셔서 다행이지요. 기대가 됩니다."

나는 잠자코 고개를 숙이고 있었다. 가바노는 아무 대답도 하지 않는 나에게 당황했는지 금세 조사실을 나갔다. 그날 저녁, 퇴근 준비를 하고 있는 나에게 5년 선배인 남자 사원이 찾아왔다. 그 작자는 친목회에서 나를 '낙하산 입사'라고 말한 이였다.

"사토 씨, 이런 말을 해도 좋을지 모르겠는데요."

선배는 주위를 살피면서 속삭였다.

"무슨 일인데요?"

나의 내부에 있던 적개심이 슬그머니 고개를 들었다. 나는 그 작자를 용서하지 않았다.

"말하기 좀 거북하지만, 선배로서 한마디 충고하겠습니다. 아까 보인 사토 씨의 태도는 좋지 않습니다. 가바노 과장님에게 실례라고 생각해요."

"그럼, 선배님의 태도는 어떻습니까? 모든 사원들 앞에서 제가 낙하산 입사라고 말한 선배님도 실례 아닌가요?"

나의 반격이 예상 밖이었는지 선배는 얼굴을 일그러뜨렸다.

"당신이 상처를 받았다면, 술자리였다고는 하지만 실례했습니다. 사과할게요. 악의는 없었습니다. 사토 씨는 G건설 일가니까, 실례되는 말을 하지 말라고 견제의 의미로 말했어요. 가바노 과장님도 같은 심정으로 다가왔을 테니 그 태도는 실례라고요. 우리는 한 가족이니까 모두 서로 돌봐주자, 응원하자는 마음을 가진 사람도 있는 거예요. 당신이 그 일로 화를 내는 건 좀 이상합니다."

"그렇게 말씀하시지만, 저는 제 실력으로 입사했다고요. 저는 아버지의 뒤를 이어서 일하고 싶다고 생각했지만, 이 자리는 제 힘으로 쟁취한 거예요. 물론 아버지를 자랑스럽게 생각하지만, 그렇게들 얘기하는 것은 싫어요."

선배는 팔짱을 끼었다.

"정말로 실력뿐일까요?"

그 말에 나는 분노의 눈물을 흘렸다.

"그렇다면 확인해주세요! 낙하산 입사라는 말은 듣고 싶지 않으니까요."

"아니, 그런 의미가 아니라니까요." 선배는 나를 타이르는 시늉을 했다. "나도 낙하산 입사예요. 큰아버지가 이 회사에 근무했거든요. 벌써 정년퇴직을 하셨지만 말입니다. 낙하산 입사라고 하건 뭐라고 하건 간에 나는 그 때문에 꽤 득을 보는 면도 있습니다. 물론 낙하산 입사라고 적대시하는 자도 있고, 큰아버지의 적대 관계가 그대로 지속되어서 손해를 보기도 하죠. 하지만 주위는 어차피 적들뿐이니까, 어떤 식으로든 아군을 만들어서 손해 볼 건 없다고요. 일본의 회사란 다 그렇지요."

"그건 좀 이상하네요."

"당신은 남자의 세계를 몰라도 너무 모르는군요."

선배는 그렇게 내뱉고 가버렸다. 나는 불쾌하기 짝이 없었다. 무엇이 남자의 세계란 말인가? 남자들은 자기 편리할 때만 자신들의 연대를 강화하고 타관 사람을 배제한다. 같은 G건설 소속이라 하더라도 여자라면 타관 사람 취급을 하고 있는 게 아닌가? 실제로 Q대학 출신 그룹도 사내에 있는 것 같지만 여자인 나에게는 소식이 없었다. 내 주위는 적들뿐이었다. 그야말로 황야의 한가운데에 있는 나. 갑자기 야마모토의 속삭이는 듯한 목소리가 귀에 들려왔다.

"알았어. 그럼, 극장 앞에서 기다릴게."

야마모토는 사적인 전화를 거는 것이 알려지지 않도록 황급히 끊고

는 주위를 둘러보았다. 즐거운 표정. 마음이 들떠 있는지 미소가 넘쳐
나고 있었다. 남자와 만나는 것일까? "어떤 식으로든 아군을 만들어서
손해 볼 건 없다." 선배의 목소리가 머릿속에서 되살아났다. 그렇다면
여자로서는 남자라는 아군밖에 만들 수 없는 것일까? 야마모토가 여기
서 견뎌낼 수 있는 것은 애인이 있기 때문일까? 나는 기가 막혀서 의자
에 털썩 주저앉아 책상에 얼굴을 파묻었다.

"먼저 실례할게요."

야마모토가 퇴근을 했다. 빨간 립스틱이 한층 더 선명해지고 온몸이
기쁨으로 가득 차 있었다. 나는 벌떡 일어섰다. 야마모토의 뒤를 밟기
로 작정한 것이다.

히비야의 극장 앞에서 야마모토를 기다리고 있는 사람은 학생처럼
보이는 남자였다. 재킷에 청바지를 입고 운동화를 신은 모습은 대학원
생처럼 수수했다. 얼굴도 평범하고 어디에나 있을 것 같은 남자였다.
그러나 야마모토는 즐거운 듯이 손을 흔들었고, 두 사람은 극장 안으로
사라졌다. 이게 뭐야! 나는 야마모토의 애인이 시원치 않은 남자라는
사실에 안도하면서도 기대가 어긋난 것에 실망했다.

그러나 개막 벨이 울리는 영화관 거리에 혼자 서 있는 동안 마음이
술렁술렁 들뜨기 시작했다. 한 마리, 두 마리, 세 마리, 네 마리. 내 마음
속 어딘가에서 작고 검은 벌레가 기어 나오기 시작했다. 아무리 흔들어
떼어내도 벌레는 계속 늘어만 갔다. 이윽고 마음속 전부가 술렁술렁 하
고 검은 벌레로 가득 메워지는 것을 느끼고, 나는 기분이 너무 나빠져
서 무턱대고 달리고 싶은 생각이 들었다.

내가 구해도 얻을 수 없는 것을 야마모토는 갖고 있는 것이다. 아니,
야마모토뿐만 아니다. 일을 잘 못한다고 내가 경멸하는 여자 조수들도,
무례하기 짝이 없는 동기 남자 사원들도, 가바노 같은 비주류의 아저씨

도, 지극히 당연한 것처럼 갖고 있는데도 나만 갖지 못한 것이 있다. 그것은 인간관계였다. 친구라든가, 애인. 마음을 설레게 하는 누군가. 혹은 즐겁게 얘기할 수 있는 사람. 퇴근 후에 꼭 만나고 싶어지는 인물. 회사 밖의 자유를 느끼게 해줄 사람들의 존재.

5월의 바람은 상쾌했다. 히비야 공원의 우거진 수목을 오렌지색으로 물들이면서 석양이 저물어갔다. 하지만 내 음울하고 어두운 마음은 전혀 맑아지지 않았다. 검은 벌레가 우왕좌왕하면서 서로 밀고 당기고 투덜투덜 불평을 하면서 증식해서 넘쳐났다. 어째서 나만, 어째서 나 혼자만 갖지 못한 것일까? 나는 몸을 웅크리고 저녁 바람을 맞으면서 정처 없이 긴자를 걸었다. 그 음산한 집에서 내가 돌아오기를 기다리는 사람은 어머니밖에 없다는 사실이 너무나도 괴로웠다. 내일 또 회사에 출근해야 하는 것이 싫어 죽을 것 같았다. 나의 절망이, 초조가 벌레들에게 활기를 가져다주었다.

나의 생활은 중년 남자들과 다를 것이 없었다. 집과 회사를 왕복하고 월급을 가져다주는 것뿐인 생활. 수입은 그대로 생활비가 된다. 어머니는 우선 저금을 하고, 나머지 돈으로 싸구려 쌀이나 된장을 사고 동생의 학비를 내고 집수리를 했다. 내 용돈은 어머니가 관리하고 있다. 만일 내가 어딘가로 가버린다면, 동생의 학비로 저금이 거의 바닥난 어머니는 길거리로 나앉을 것이다. 그렇기 때문에 나는 도망갈 수가 없다. 자꾸만 나이 먹어가는 어머니를 죽을 때까지 부양하지 않으면 안 된다. 이 중책은 남자와 같은 것이 아닐까? 나는 아직 스물다섯 살밖에 안 되었는데도 일가를 먹여 살리고 있다. 나는 돈벌이를 하는 영원한 어린애다.

남자들에게는 비밀을 갖는 즐거움이 있다. 동료들도 있다. 술을 마시러 가거나 여자에게 넋을 빼앗기거나 음모를 꾸미곤 한다. 하지만 나에게는 일밖에 없다. 그 일도 일등이 아니다. 야마모토에게 당해 낼 수가 없다. 인간관계도 갖고 있지 않다. Q여고 시절부터 친구라고 부를 수 있는 사람이 없었다. 몽땅 없기만 한 것에 벌레가 엉엉 하고 공명한다. 긴자 거리의 한가운데서 큰 소리로 울고 싶을 정도였다. 벌레가 일제히 울고 악을 썼다.

누군가 나에게 말을 걸어주세요. 나를 유혹해주세요.
제발 부탁이니까 나에게 다정한 말을 걸어주세요.
예쁘다고 말해주세요. 귀엽다고 말해주세요.
차라도 마시지 않겠느냐고 속삭여주세요.
이번에는 단둘이서만 만나주지 않겠느냐고 유혹해주세요.

나는 밤의 긴자를 오고가는 남자들에게 억지로 눈을 맞추고 소리 없이 계속 간청했다. 하지만 나를 힐끗 본 남자들은 곤혹스러운 표정으로 눈을 돌리거나 무관심을 위장했다.

큰 거리에서 옆길로 들어서자 공들여 화장을 하고 향수 냄새를 풍기는 호스티스들이 길을 걷고 있었다. 여자들은 골목으로 잘못 들어간 나에게는 눈도 주지 않았다. 여자들의 시야에 들어오는 것은 손님인 남자들뿐. 밤의 술집은 남자에 의해서 성립되는 세계일까? 그렇다면 내가 다니는 회사도 그와 비슷할 거야 하고 내 마음의 벌레가 호스티스에게 말을 걸었다. 혼자 가게 앞에 나와 누군가를 기다리는 듯한 표정의 호스티스가 나를 뚫어지게 바라보았다. 삼십 대 중반. 은빛을 띤 쥐색 기모노를 입고 연지색 띠를 매고 있었다. 새카만 머리카락을 위로 묶어 올리고 그와 똑같이 치켜 올라간 심술 사나운 눈으로 나를 노려보았다.
"왜 나를 보고 있는 거야!"
내 마음속의 벌레가 여자에게 항의했다. 그러자 기모노를 입은 여자가 벌레에게 설교하는 목소리가 들리는 것 같았다.

"너 같은 평범한 여자는 눈에 거슬려. 어딘가로 꺼져버려. 넌 제대로 알지도 못하잖아, 아가씨. 회사에 다니는 남자들은 밤의 술집에서 노는 거야. 그러니까 회사와 술집은 연결되어 있단 말이지. 양쪽 다 남자의 세계야. 모든 것은 남자를 위해서 있는 거라고."

나는 어깨를 으쓱해 보였다.

"그렇구나. 그래서 나는 어느 쪽에도 필요가 없는 거야. 공기 같은 존재니까."

"아직도 멀었군." 기모노 차림의 여자가 타일렀다. "넌 아무것도 모를 뿐만 아니라, 바보야. 공기는 필요불가결한 것이라고. 넌 공기만 한 것도 못 돼. 시대가 요청한 단순한 장식물일 뿐이야. 알리바이처럼 만들어놓지 않으면 안 되는 것. 자연스럽게 태어난 것이 아니라, 인공적인 부자연스러운 것이란 말이야. 우리의 존재는 남자에게 필요불가결한 거야. 물이나 공기 같은 것처럼 말이야."

"하지만 나는 일을 하고 싶다고."

"그런 것은 남자에게 맡겨놓으면 되잖아. 여자가 남자만큼 할 수 있는 것은 하나도 없으니까. 나? 나는 여자니까, 여자의 일을 하고 있지."

"나는 돈을 벌지 않으면 안 된단 말이야."

"여자라는 점을 연마해서 남자를 찾는 편이 현명할 거야." 기모노 차림의 여자는 나의 수수한 옷차림을 검사하듯이 위아래로 훑어보았다. 모멸이 가득한 시선이었다. "그것도 무리일 것 같군. 너, 여자이길 포기해 버린 것 아냐?"

"포기해버리지는 않았어. 그야 물론 나는 너하고 비교하면 화려하지 않을지도 모르지만, 나는 그 대신 일을 할 수 있어. 나는 Q대학 출신에다 G건설의 엘리트 사원이니까."

"그런 건 아무런 의미도 없는 거야." 여자는 단정했다. "너는 여자로서는 평균 이하야. 긴자에서는 아무 데도 취직하지 못해."

평균 이하. 서열 점수 50이하. 아무도 나를 원하지 않는다. 나는 미칠 것만 같았다. 내가 평균 이하의 수준이라니, 너무 심하잖아.

이기고 싶다. 이기고 싶다, 이기고 싶다. 1등이 되고 싶다.

예쁜 여자다, 이 여자와 사귀게 되어 정말 다행이라는 말을 듣고 싶다.

내 마음속의 벌레가 다시 소리 내어 울기 시작했다.

그때 차체가 긴 리무진이 골목으로 들어왔다. 유리는 선팅이 되어 있어 내부는 보이지 않았다. 길거리에 있던 인간들이 발을 멈추고 주시하는 가운데, 우스꽝스러울 정도로 커다란 자동차가 그럭저럭 모퉁이를 돌아서 호화스러운 술집 앞에 멈춰 섰다. 운전사가 공손하게 문을 열었다. 사십 대쯤 되었을까? 수완가처럼 보이는 신사복 차림의 남자가 젊은 여자를 데리고 나타났다. 다른 술집의 호스티스들과 보이들, 길을 가던 사람들까지 모두 그 여자의 아름다움에 눈을 빼앗긴 채 아연하게 서 있었다. 검은 칵테일 드레스에 새하얀 피부와 빨간 립스틱, 길고 부드러운 갈색의 곱슬머리.

"유리코!"

나는 엉겁결에 소리를 질렀다. Q여고 시절의 연적, 음탕한 동물. 노력이나 근면과는 아무 관련이 없고 남자와 섹스를 하기 위해서만 태어난 여자. 유리코는 내 목소리를 듣고 뒤를 돌아보았다. 내 얼굴을 잠깐 동안 바라보았지만 유리코는 아무 말도 하지 않은 채 남자와 팔짱을 꼈다. 내가 사토 가즈에라는 것을 알면서도 어째서 모르는 체하는 것일까? 나는 입술을 내밀어 불만을 나타냈다.

"저 여자와 아는 사이예요?"

갑자기 기모노 차림의 여자가 물었다. 이 여자가 내 마음속의 검은 벌레에게 이것저것 설교해대는 상상을 하고 있던 나는 현실의 진짜가 말을 걸어오자 황급히 뒷걸음질 쳤다. 여자의 실제 목소리는 상상보다 젊고 친절하게 들렸다.

"Q여고를 함께 다녔어요. 나는 저 친구의 언니와 사이가 좋았거든요."

"어머, 그럼, 언니도 미인이겠네요?"

여자는 탄식했으나 나는 내뱉듯이 말했다.

"아녜요, 동생과 전혀 닮지 않은 추녀였어요."

놀란 표정을 짓는 여자를 남겨두고 나는 그 자리를 떠났다. 유리코의 언니가 유리코가 머무는 모든 장소에서 망신을 당하고 있다고 생각하니 왠지 모르게 속이 후련해졌기 때문이었다. 불행으로부터 벗어나기 위해서는 나보다 불행한 인간을 생각하면 된다. 유리코의 언니는 나처럼 우수하지도 않고 찢어지게 가난한데다 일류 회사에 취직하지도 못했을 테니까, 나는 아직 상급이라고 나 자신을 위로했다. 마음속의 검은 벌레는 이런 시시한 만족으로도 깨끗이 사라져버렸다. 나는 그날 밤, 끝이 없다고 여기던 불안으로부터 이렇게 빠져나왔던 것이다. 하지만 벌레는 또다시 기어 나와서 나를 괴롭힐 것이다. 그 예감 또한 확실했다.

어릴 때의 추억은 제대로 된 것이 없다. 나는 고개를 흔들며 빨리 잊어버리려고 했다. 화장실 거울에 비친 내 얼굴을 들여다보다가, 무심결에 이런 구역질나는 생각을 하게 되었다. 나는 서른일곱 살이다. 아직 젊어 보이기도 하고 다이어트를 하고 있으니 몸도 호리호리해서 55 사이즈도 입을 수 있지만, 앞으로 3년만 있으면 마흔이다. 그것이 무서워서 견딜 수가 없다. 마흔이 된 여자는 완전한 할망구다. 할망구에게는 상품 가치가 없다. 물론 서른이 되었을 때도 할망구가 되는 것 같아서 무서웠지만 마흔하고는 비교가 되지 않았다. 그때는 그래도 미래에 대한 희망이 있었다. 희망이라는 것은 예를 들면, 발탁되어 출세하지 않을까 라든가 누군가 멋진 남자를 만나게 되는 것이 아닐까 하는 식의 웃긴 생각. 지금은 아무런 희망도 없다.

나이의 단락을 짓는 시점이 언제나 나를 이상하게 만들고 엉망진창으로 부셔버린다는 것은 잘 알고 있다. 내가 이런 장사를 시작한 것도 서른이 되던 해였다. 경험이 없다는 것에 대해 불안을 느끼고 있었던 것이다. 그래서 첫 남자는 내가 처녀라고 했더니 흥미를 느끼고 따라온 손님이었다. 생각하고 싶지도 않은 일이다. 나는 아마도 쉰이 되는 일은 없을지도 모른다. 마흔이 될 수 있을지 어떨지도 의심스럽다. 왜냐하면 할망구가 될 정도라면 차라리 죽는 편이 낫다고 생각하니까. 그렇다, 할망구가 되느니 죽는 것이 낫다. 무의미하니까.

"같이 맥주라도 한잔 어때?"

방에서 손님이 부르는 소리가 들려왔다. 현실로 돌아온 나는 샤워기의 물줄기를 온몸에 속속들이 뿌렸다. 온몸에 미끈미끈하게 묻어서 번뜩이는 낯선 사내의 땀과 침, 정액을 깨끗이 씻어 내렸다. 하지만 오늘 손님은 그다지 나쁘지 않은 편이다. 오십 대 중반일까? 복장이나 행동거지로 보아서는 일류 회사에 다니는 것 같고 다정했다. 일을 끝내고 나서 맥주를 권하는 손님은 처음이었다.

오십 대 중반의 남자 쪽에서 보면 내 나이도 젊은 축에 속하는 모양이다. 항상 이런 손님만 있으면 좋으련만. 그러면 마흔이 되어도 일을 계속해 나갈 수 있을 것 같은데. 목욕 타월을 몸에 두르고 욕실에서 나왔더니 속옷 차림의 손님이 담배를 피우면서 나를 기다리고 있었다.

"아가씨, 맥주 한잔 마시겠어? 아직 시간이 조금 남았으니까."

손님의 차분함이 나를 편안하게 해주었다. 이 사람이 젊은 손님이었다면 악착같이 몇 번씩이나 하려 들 것이다.

"잘 마시겠습니다."

양손으로 잔을 잡는데 손님이 눈을 가늘게 떴다.

"좋은 집안 출신인가 보군. 양갓집 규수 같은 느낌이 든다니까. 아가씨, 어째서 이런 일을 하고 있는 거지?"

"글쎄요, 어째서라기보다는" 집안이 좋다는 말을 듣고 기분이 좋아진 나는 품위 있게 웃어 보였다. "어느 틈에 그렇게 되었다고 할까요. 집과 회사 사이를 왔다 갔다 하는 것이 싫어졌거든요. 여자에게는 모험을 추구하는 면이 있어요. 하여간 이런 일을 하고 있으면 평소에 만날 수 없는 분을 만날 수도 있고, 세상이라는 것을 배울 수도 있으니까요."

모험이라니, 이 얼마나 진부한 단어인가! 남자는 자신이 즉물적으로 여자를 돈 주고 산 주제에 상대 여자에게 이야기를 요구한다. 여자가 아니라 이야기를 사기라도 한 것처럼 말이다.

"모험이라고?" 남자는 흥미를 느낀 모양이다. "몸을 판다는 것은 분명히 굉장한 모험이겠군. 남자는 절대로 할 수가 없지."

나는 미소를 지으면서 아무 생각 없이 가발의 위치를 바로잡았다. 나는 샤워를 해도 얼굴은 씻지 않고 가발도 벗지 않았다.

"아가씨가 회사에 다니고 있다고?"

갑자기 흥미를 느낀 모양인지 손님이 물었다. 뻐드렁니 기운이 있는 입가에서 침이 튀었다.

"네, 그래요. 비밀이지만요."

"아무에게도 말하지 않을 테니까 가르쳐줘. 어느 회사에 다니지?"

"손님께서 먼저 가르쳐주세요. 그럼, 저도 말할게요."

기대를 담아서 유도했다. 잘 되면 앞으로 지명해 줄지도 모른다는 타산.

"좋아. 나는 말하기 좀 곤란하지만, 대학의 선생이야, 교수."

손님의 말 한마디 한마디에 자랑이 숨어 있는 것을 알 수 있었다. 하지만 신분이 확실하다면 대환영이다.

"어머, 어느 대학 교수님이세요?"

"명함을 줄게. 아가씨도 있으면 주지 그래?"

우리는 알몸으로 명함을 교환했다. 손님의 이름은 요시자키 야스마사. 요시자키는 지바현에 있는 삼류 사립대학의 법학부 교수였다. 돋보기안경을 낀 요시자키는 새삼 감탄한 모습으로 내 명함을 들여다보았다.

"놀랐어. 아가씨가 G건설의 조사실 부실장이란 말이지. 높은 사람이었네. 직책까지 붙어 있잖아?"

"대단한 건 아니에요. 경제 관련 연구 기관에서 논문을 쓰는 것뿐이니까요."

"그건 우리의 일과 마찬가지야. 아가씨, 대학원 나왔나?"

요시자키의 눈에서 관계자를 두려워하는 심약함과 호기심이 숨바꼭질을 하더니, 그것들이 뒤섞여서 점점 더 열을 냈다.

"아니에요, 저는 Q대의 경제학부를 나왔을 뿐이에요. 대학원에는 도저히 갈 수가 없었어요."

"Q대학 나와서 소개방 아가씨를 하고 있는 사람은 처음 만났군. 감격했어!" 요시자키는 들뜬 모습으로 내 잔에 맥주를 따랐다. "또 만나줘. 우리의 만남을 축하하기 위해 건배!"

나도 건배, 하고 예의바르게 말하고 잔을 부딪쳤다. 나는 명함을 보면서 요시자키에게 확인했다.

"교수님, 제가 다음번에는 연구실로 전화를 걸어도 괜찮아요? 사무소를 통하지 않고 데이트하고 싶어요. 그러지 않으면 사무소에 수수료를 줘야 하니까 손해를 보거든요. 아니면, 휴대전화 번호를 가르쳐주실래요?"

"휴대전화는 없으니까 연구실로 연락해. Q대학의 사토입니다 하면, 당신인 줄 알 테니까. G건설의 사토입니다 해도 좋고. 설마 조교는 Q대 출신의 요조숙녀가 소개방 아가씨인 줄은 꿈에도 생각지 못할 테니까."

요시자키는 으하하 하고 웃었다. 의사나 교수 같은 사람들은 속물들 뿐이다. 내가 알게 된 남자들의 사회는 권위에 굉장히 약하며 권위를 가진 인간은 하나같이 바보였다. 나는 권위의 중심이 되고 싶어서 안달하던 무렵을 생각해내고는 쓴웃음을 억지로 참았다. 하지만 요시자키는 앞으로 소중한 손님이 되어줄 것이다. 나는 지금이야말로 나 자신이 자본주의의 원점原点에 있다고 느끼고 유쾌해졌다.

함께 호텔을 나오자마자 요시자키는 나에게서 떨어져 모르는 체했다. 하지만 나는 조금도 섭섭하지 않았다. 아니, 오히려 흥분을 느꼈다. 나라는 여자에게 흥미를 느낀 요시자키가 앞으로 고급스러운 단골손님이 될 것은 틀림없기 때문이었다. 사무소에 수수료를 뜯기지 않고 돈을 벌 수 있다면 합리적이다. 우리가 몸을 팔아 돈을 벌려고 해도 혼자 길거리에 설 수 없다는 것은 불합리하기 짝이 없었다. 그렇기는 하지만 역시 직접 거래는 지나치게 위험했다. 어떤 손님을 만날지 알 수 없고, 돈을 받지 못하는 경우도 많다고 들었으니까. 그렇기 때문에 사무소에 소속해서 손님을 받지 않을 수 없는 것이다. 하지만 요시자키는 단지 대화를 좋아하는 대학 교수이고, 나 자신에게 흥미도 있으니 좋은 손님이 될 터였다.

나는 콧노래를 부르면서 신나는 기분으로 밤길을 걸었다. 사무소에서의 냉대, 잔소리꾼의 고약한 심술, 회사에서의 소외감, 성가신 어머니, 나이를 먹으면서 추하게 변한 것. 나를 에워싼 불쾌한 것들을 깨끗이 잊어버리게 하는 승리감이 들었다. 좋은 일이 기다리고 있을 것만 같은 기대로 가득 찬 기분. 이처럼 낙관적으로 생각하는 건 참으로 오래간만이었다. 처음 이 장사에 들어선 서른 살 때, 엘리트 여성 사원 호스티스라고 신기해하면서 나를 신주 모시듯이 대우해 주던 시기 이래 처음이다.

나는 요시자키의 팔에 억지로 내 팔을 쑤셔 넣었다. 요시자키가 계면쩍은 듯이 나를 바라보며 웃었다.

"아니, 이런, 애인 사이 같구먼!"

"애인이 되자고요, 교수님."

언덕길에서 스쳐 지나가던 젊은 커플이 우리를 보고 수군거렸다. 나잇살이나 먹어서 볼썽사납다는 조소의 표정. 나는 타인의 시선 같은 것은 아무래도 좋다고 신경 쓰지 않았으나, 요시자키는 당황해서 내 팔을 뿌리쳤다.

"곤란해, 아가씨. 제자들에게 들키면 끝장이란 말이야. 모르게 하자고, 아무도 모르게 숨어서 말이야."

"알겠습니다."

얌전하게 사과하는 나에게 요시자키는 황급히 손을 흔들었다.

"아니, 아냐, 아가씨를 나무란 게 아니야."

"알고 있어요."

그러나 요시자키는 불안한 표정으로 주위를 두리번거렸다. 때마침 빈 택시가 다가왔다.

"교수님, 다음번에는 언제 만나줄 거예요?"

"다음 주에 전화 줘. Q대의 사토라고 말하면, 알아챌 테니까."

오만함이 느껴지는 말투였지만, 나는 아무렇지도 않았다. 요시자키가 나의 훌륭함과 우수함을 간파한 것이다. 기뻐서 견딜 수가 없었다. 보기 드문 해후라고까지 생각했다.

사무소로 돌아가는 길에 나는 도겐자카의 꼭대기에서 시부야 거리를 내려다보았다. 시부야역을 향해서 완만한 커브를 그리는 언덕길. 약간 거세진 10월의 깊은 밤바람이 나의 트렌치코트 자락을 펄럭였다. 낮의 갑옷은 밤의 망토였다. 슈퍼맨의 망토. 낮에는 회사원, 밤에는 창녀. 그리고 망토 속에 있는 부드럽고 매력적인 여자의 육체. 나는 두뇌와 육체로 각자 확실하게 돈을 벌어들인다. 후후후! 입술에서 자연히 웃음이 새어나왔다. 가로수 사이를 누비듯이 느릿느릿 달리는 택시의 미등이 감미롭게 빛나고 있었다. 오늘 밤의 나도 아름답고 탄력 있게 보일 것이 틀림없었다. 나는 핫켄다나의 구불구불한 골목으로 들어가 혹시 나를 아는 사람이라도 없을까 싶어 찾아보았다. 오늘 밤이야말로 회사 직원들에게 나라는 여자를 전부 보여주고 싶었다. 나는 신통치 않은 이상한 사원이 아니고 논문만 쓰는 부원도 아니다. 외로운 독신녀도 아니고 인색한 중년 여자도 아니다. 반짝이면서 빛나고 있는 밤의 나를 좀 봐달라고 소리치고 싶었다. 오늘의 내 모습을 본 사원들은 모두 깜짝 놀랄 것이다. 조사실의 부실장은 일만 잘하는 것이 아니라 몸을 파는 엄청난 일도 하고 있군, 그러니까 남자에게 귀여움을 받는 거야, 머리로도 몸으로도 돈을 벌 수 있다니! 요시자키도 나를 칭찬하지 않았던가!

"즐거워 보이네요!"

오십 대 샐러리맨풍의 남자가 나를 눈부시다는 듯이 바라보고 있었다. 회색 양복에 찌부러진 먼지투성이 구두를 신은 남자는 구겨진 양복의 단추를 풀어놓고 세로로 긴 검은 숄더백을 어깨에 메고 있었다. 숄더백 안에 남성 주간지가 있는 것이 보였다. 반백발에 간장병이라도 앓고 있는 것 같은 검푸른 얼굴색이었다. 만원 전철과 스포츠 신문이 어울리는 사뭇 돈과는 거리가 멀어 보이는 남자였다. 우리 회사에는 별로 없는 타입이었다. 나는 상냥하게 미소 지었다. 내가 남자에게 말을 거는 일은 있어도 남자 쪽에서 말을 걸어오는 일은 거의 없으니까.

"퇴근길입니까?"

자신 없는 투로 묻는 남자의 말투에는 어딘가의 지방 사투리가 섞여 있었다. 나는 고개를 끄덕였다.

"그래요."

"괜찮다면 잠깐 차라도 한잔 마시지 않겠습니까?"

식사도 술도 아니고 차라니. 이건 무슨 의미일까? 나는 고개를 갸웃거렸다. 헌팅당하고 있는 것일까? 아니면 내가 창녀라는 걸 알아본 것인가? 나는 손목시계를 들여다보았다. 사무소로 돌아가 돈을 내고 와야 했다.

"괜찮긴 한데 15분쯤 기다려주실래요? 볼일이 좀 있어서요."

"볼일?"

남자는 놀랐는지 내가 한 말을 되풀이했다.

"네, 볼일을 끝내고 다시 올게요. 그다음이라면 괜찮아요."

새로운 '손님'의 출현에 내 마음은 술렁거렸다. 제2의 요시자키를 붙잡을 수 있을지도 몰랐다. 놓칠 순 없지. 오늘 밤은 재수가 좋았다.

"그렇다면 어딘가에서 기다리고 있지요."

남자는 곤혹스러워하면서 늘어선 가게들을 보았다. 바, 젊은이들을 상대로 하는 선술집 등이 늘어서 있고 사람들의 통행이 그치지 않았다. 카바레의 보이가 흥미 있다는 듯이 우리를 주목하고 있었다.

"여기서요!"

나는 내가 서 있던 아스팔트 지면을 가리켰다. 그러자 남자가 놀란 얼굴을 했다.

"이런 길가에서? 아니, 근처의 가게에서 기다리고 있을게요."

"아니에요, 여기가 좋아요. 돈이 아까우니까요."

남자가 입을 쩍 벌렸으나, 나는 상관하지 않은 채 오른손으로 숄더백을 누르고 뛰기 시작했다. 사무소가 그다지 멀지 않아서 뛰면 15분 안에 돌아올 수 있었다. 필사적으로 골목을 달리는 나를 지나가던 남녀들이 무슨 일일까 하고 바라보았지만, 내 알 바 아니었다.

사무소 아가씨들은 출장을 나가 있었고 몇 사람이 따분한 듯이 앉아서 텔레비전을 보고 있었다. 지명 같은 것은 들어오지 않는 신참과 자못 손님이 붙을 것 같지 않은 둔한 아가씨뿐이었다. 숨을 헐떡거리면서 방으로 들어온 나에게 사람들이 이상하다는 시선을 힐끔거리며 보냈다.

"다녀왔습니다. 나는 그만 퇴근할 거예요."

전화 담당에게 요시자키에게서 받은 2만5천 엔 가운데 1만 엔과 과자 값을 냈다.

"굉장히 바쁜 모양이군. 무슨 일 있어?"

나는 아무 말도 하지 않은 채 다시 하이힐을 신었다.

"유리 씨, 옷 안 갈아입어도 되는 거야?"

"괜찮아요."

나는 신바람이 나서 핫켄다나로 돌아왔다. 남자는 담배를 피우면서 기다리고 있다가 나를 보자 안도한 모습을 보였다.

"그렇게 뛰어오지 않아도 기다리고 있을 건데."

"하지만 미안하잖아요. 그런데 어디로 갈까요?"

남자는 난처한 얼굴로 고개를 떨어뜨렸다. 여자에게 익숙지 않은 것 같았다. 나는 남자가 지금부터 일어날 일에 대해서 겁먹고 있다는 것을 알아차렸다. 옛날의 나와 똑같군. 처음으로 물장사를 하러 나섰을 때의 나와 똑같았다. 남자가 요구하는 것을 잘 몰라서 어쩔 줄 몰라 하던 나. 지금은 모두 다 안다. 아니, 잘 모른다. 망설이던 나는 샐러리맨의 팔에 팔짱을 끼었다. 그러자 남자는 요시자키처럼 기뻐하지도 않고 움찔하고 몸이 굳었다. 카바레의 보이가 나를 보고 웃었다. 봉을 잡았구나, 아가씨! 나는 자신감에 차서 그를 마주 보았다. 그래, 나의 매력으로 사로잡은 거야. 오늘 밤은 즐겁다니까. 그러나 남자는 엉덩이를 뒤로 뺐다.

"어디라고 물어도 나는 잘 모르는데."

"그럼, 호텔로 가요."

나의 거리낌 없는 유혹에 남자가 당황했다.

"그것은 좀 곤란한데. 돈이 얼마 없거든. 나는 누군가와 얘기를 좀 나누고 싶었을 뿐이야. 그러던 차에 아가씨가 지나가기에, 이런 아가씨인 줄은 모르고……"

"얼마면 낼 수 있어요?"

노골적으로 물어봤더니 남자는 부끄러운 듯이 작은 목소리로 대답했다.

"호텔비까지 포함해서 1만5천 엔쯤."

"호텔 값이 싼 곳을 알아요. 3천 엔밖에 안 해요. 그러니까 1만5천 엔만 주세요."

"아, 그 정도라면 그럭저럭……"

남자가 고개를 끄덕이는 것을 보고 나는 호텔을 향해 걷기 시작했다. 남자가 따라왔다. 숄더백을 걸친 오른쪽 어깨가 이상하게 처져 보여 흉했다. 초라한 남자지만, 그래도 나에게 말을 걸어주었으니 소중하게 대해야지. 나는 돌아보며 물었다.

"아저씨, 몇 살?"

"나는 쉰일곱."

"젊어 보이네. 나는 쉰 정도로 보았거든요."

요시자키라면 좋아했겠지만 남자는 얼굴을 찌푸렸을 뿐이었다. 이윽고 점찍은 호텔이 보이기 시작했다. 마루야마초의 교외, 신센역에 가까운 러브호텔이었다. 저기예요, 하고 내가 말하자, 남자는 어두운 표정을 숨기지 않았다. 이렇게 된 걸 후회하고 있는 것이겠지. 나는 힐끗 남자의 모습을 살피고, 도망치면 어떻게 하나, 어떻게든 해야 할 텐데 하면서 기를 쓰고 있는 나 자신에게 깜짝 놀랐다. 지금까지는 소개방에 소속되어 손님이 전화를 걸면 그쪽에 파견되는 형태로 남자를 만났다. 방에서 주도권을 잡고 있는 것은 물론 손님이고, 우리는 손님들의 평가를 받는 존재에 지나지 않았다. "뭐야, 너 같은 여자가 다 오고?" 하는 말을 듣고, 내 눈앞에서 다른 아가씨로 바꿔달라는 전화를 하는 손님에게서 느끼는 굴욕감. 소개방은 요즘 아가씨를 바꿔달라는 전화를 기대하면서 나를 제일 처음 파견하는 일이 잦아졌다. 다른 아가씨를 요구하는 손님에게 "좀 더 돈을 내면 예쁜 아가씨가 있습니다" 하고 가격을 올리기 위해서 보내는 것이다. 그런 것들이 생각난 나는 비참해져서 입술을 깨물었다. 입구에서 남자가 지갑을 꺼냈다. 재빨리 들여다보았더니, 정말로 1만 엔짜리 지폐 두 장밖에 없었다.

"아저씨, 괜찮아요. 나중에 주세요."

"아아, 그래?"

남자는 느릿느릿 지갑을 집어넣었다. 러브호텔 같은 곳에는 와본 일이 없을 것이다. 나는 무슨 일이 있어도 이 남자를 단골로 삼을 생각이었다. 고급 손님은 아니지만 요시자키나 이런 남자 같은 손님을 많이 갖게 되면 소개방 사무소로부터 독립할 수 있으니까. 그것은 내가 굴욕에서 탈출하는 길이며 나이 먹는 것에 대한 대비책 같다는 생각이 들었다.

나는 3층의 가장 좁은 방을 고르고 둘이서 비좁은 엘리베이터를 탔다.

"아저씨, 방에서 얘기해요. 나는 이래봬도 회사원이라고요."

그래, 하고 남자가 내 눈을 들여다보았다. 창녀에게 잘못 걸려서 큰일 났다고 생각하고 있던 얼굴에 혈색이 돌았다.

"정말이에요. 나중에 명함도 줄 테니까 내 얘기도 들어줘요."

"좋아. 그것 참 좋지."

지저분하고 좁은 방은 더블베드 하나만으로 꽉 차 있었다. 유리창을 가리는 미닫이문은 부서져 있었고 카펫은 잔뜩 얼룩이 져서 더럽기 짝이 없었다. 남자는 숄더백을 바닥에 내려놓고 한숨을 지었다. 양말에서 고린내가 났다.

"이러고도 3천 엔이나 받다니."

"어쩔 수 없어요. 마루야마초에서 제일 싼 데니까요."

"응, 고마워."

"맥주 마셔도 되죠?"

남자에게 웃어 보이고는 멋대로 냉장고에서 병맥주를 꺼내 잔에 따르고 건배를 했다. 남자는 맥주를 홀짝홀짝 핥듯이 마셨다.

"아저씨, 어떤 일을 하고 계세요? 괜찮으시다면 명함을 주세요."

남자는 잠깐 주저했으나 안주머니에서 낡은 명함 지갑을 꺼냈다. 명함에는, '(주)네센킨 제약 영업부 차장. 아라이 와카오'라고 적혀 있었다. 주소지는 메구로. 들어본 적이 없는 회사였다. 아라이가 마디가 굵은 손가락으로 회사명을 가리키며 변명을 했다.

"우리 회사는 약 도매와 소매를 하고 있어. 도미야마에 있으니까 들은 적이 없을 거야."

나는 으스대면서 명함을 꺼냈다. 아라이의 얼굴에 놀라움이 스쳐 지나갔다.

"이런 걸 물으면 실례가 될지 모르지만, 아가씨는 훌륭한 회사에 다니고 있는데 어째서 이런 일을 하는 거지?"

"어째서냐고요?" 나는 맥주를 단숨에 들이켰다. "회사에서는 아무도 나에게 주의를 기울이지 않으니까요."

나도 모르게 본심을 털어놓은 것을 깨닫고 나는 "앗" 하고 소리를 질렀다. '황야의 7인'은 아무도 성공하지 못했다. 이상하게도 내가 어깨에 힘을 주고 일했던 것은 서른까지였다. 스물아홉이 되었을 때, 연구 기관으로 파견 명령을 받았다. 라이벌인 야마모토는 5년 동안 근무하다가 미련 없이 결혼하기 위해 퇴직해서 동기 여사원들 가운데 남은 사람은 4명뿐이었다. 한 사람은 홍보부, 또 한 사람은 총무부, 나머지 두 사람은 공학부 출신이라 건축부에서 도면을 그리고 있었다. 나는 서른셋에 간신히 조사실로 돌아올 수 있었지만 아무도 반기지 않았다. 남자 동기들과는 차이가 벌어지고, 조직의 중추에는 결코 들어가지 못한 채 여자 조수들에게 따돌림 당하는 존재였다. 나보다 늦게 입사한 일류 대학 출신 여사원 쪽이 오히려 느긋하게 일하고 있었다. 요컨대 회사에서 나는 승리 조에서 패배 조로 이동한 것이다. 더 이상 젊지도 않고, 또 여자니까. 우리는 실속 있게 나이를 먹을 수 없었다. 커리어를 쌓을 수가 없었던 것이다.

"왠지 싫어졌어요. 복수하고 싶어졌다고나 할까요?"

"복수? 누구에게?" 아라이가 천장을 올려다보았다. "그런 마음은 누구에게나 다 있지만, 복수를 해보았자 자기만 상처 입을 뿐이야. 담담히 살아 나가는 수밖에 없어."

그럴 수는 없다. 나는 복수주겠다. 회사의 체면을 깎아내리고 어머니의 허영을 조소하고 동생의 명예를 더럽히고 나 자신을 훼손할 것이다. 여자로 태어난 나 자신을. 여자로 제대로 살아가지 못하는 나를. 나의 절정기는 Q여고에 들어갔을 때뿐, 그다음부터는 몰락의 길을 걸어왔다. 나는 몸을 팔고 있는 것의 중심에 가까스로 도달한 것 같은 느낌이 들어서 소리를 내서 웃었다.

"아라이 씨, 이런 얘기를 좀 더 하고 싶으니까 또 만나줘요. 1만5천엔이면 되니까요. 여기서 맥주를 마시면서 서로 얘기를 나누자고요. 나는 경제 문제라면 도사예요. 다음번에는 캔 맥주와 안주를 사올게요."

내가 진지한 얼굴로 부탁하자, 아라이의 눈에 비로소 정욕 같은 그림자가 어렴풋이 떠오르는 것을 알 수 있었다. 남자란 무엇인가? 그들한테 일방적으로 당하고 있을 뿐이라고 생각하면서, 나는 간신히 공허함을 참을 수 있었다.

나는 새로운
말보로 할머니

×월 ×일
시부야, ?, E, 1만5천 엔

오늘은 오전부터 줄곧 빈 회의실의 책상 위에 누워 있었다. 등이 아픈 것은 그럭저럭 참을 만했다. 어젯밤에는 11시 반까지 사무소에서 대기하고 있었지만, 나를 찾는 전화는 한 번도 걸려오지 않았다. 지난 주 연속해서 교체된 이래 전화 담당이 나에게 일을 돌려주지 않는 것이다. 그 녀석에게 팁을 주는 것을 빼먹은 적이 없는데도 냉정한 처사에 마음이 편치 않았다. 이제 아가씨 소개방에서 일하는 것도 한계에 다다른 것일까?

"유리 씨, 몇 살이지요?" 전화 담당이 무신경한 말을 내뱉었다. "묻지 않는 게 좋을걸요, 깜짝 놀랄 테니까!" 하고 맞장구를 치면서 웃는 잔소리꾼의 경멸이 이어졌다. 허탕 친 다음날이 더 피곤한 건 어찌된 일일까? 특히 오늘은 잠이 와서 견딜 수가 없었다. 나이 탓이다, 나이. 몸도 마음도 지칠 대로 지쳤다. 나는 때때로 복도에서 들려오는 사원들의 목소리와 발소리를 의식하면서 큰 대 자로 누워 꾸벅꾸벅 졸고 있었다.

"이런 데서 잘도 자는구만."

갑자기 남자 목소리가 들렸다.

"아니, 조사실의 사토 씨였잖아."

벌떡 일어나니 이전에 아버지에게 신세를 졌다며 나에게 말을 걸어왔던 가바노 상무가 서 있었다. 가바노는 나의 예상과 달리 출세해서 총부와 부장을 거쳐 상무까지 올라가 있었다. 우리 회사의 임원은 좀처럼 모습을 볼 수 없는 구름 위의 사람이다. 임원실은 빌딩 최상층에 있고 우리와는 다른 엘리베이터를 이용하고 회사차로 출퇴근을 해서 우연히 만나는 일도 거의 없었다.

가바노는 특별히 우수하지 않은데도 성격이 원만하고 적이 없다는 이유만으로 출세 가도를 달린 모양이었다. 그것은 내가 이해할 수 없는 회사 조직의 불가사의한 면이었다.

"코고는 소리가 들려서 들여다봤는데 여자가 자고 있어서 깜짝 놀랐어."

"죄송합니다, 머리가 아파서요."

나는 느릿느릿 책상에서 내려와 카펫을 깐 바닥에 벗어던진 구두를 신었다. 자꾸만 하품이 나왔다. 가바노는 얼마간 불안스러운 얼굴로 나의 몸을 바라보고 있었다. 나는 화가 났다. 뭐야, 기분 나쁘게. 상무라고 뻐기지 말라고, 아저씨. 자고 있는 사람을 깨우지 말란 말이야.

"머리가 아프다면 의무실에 가지 그래? 그건 그렇고, 사토 씨, 괜찮겠는가?"

"뭐가요?"

나는 긴 머리카락을 손가락으로 빗었다. 헝클어져서 잘 풀어지지 않았다. 무엇을 보았는지 가바노가 눈을 돌렸다.

"잘 모르겠어? 지나치게 말랐단 말이야. 뼈만 앙상하게 남아 있잖아.

예전에 비해 너무 말라서 누군지 한참 동안 몰라봤다니까."

말라서 뭐가 나쁘다는 거지? 남자들은 모두 깡마르고 머리카락이 긴 여자를 좋아하는데. 165센티미터에 45킬로그램은 최상의 조건이다. 나는 아침은 다이어트 약을 먹고 점심은 사원 식당에서 파는 김밥 도시락을 먹었다. 그것도 이따금 거르고 어묵 튀김은 먹지만 밥은 될 수 있는 대로 남겼다. 나는 뚱뚱한 여자를 보면 머리가 나쁘다고 느껴졌다.

"살이 찌면 옷이 맞지를 않거든요."

"옷? 젊은 여자라면 그렇기도 하겠지만 말일세."

어차피 나는 중년이에요. 나는 마음속으로 가바노에게 욕설을 퍼부었다. 아니면 내 복장이 마음에 들지 않는다고 말하는 건가? 어머니가 매일 아침 잔소리를 하는 것처럼? 오늘도 나는 녹색과 황색 무늬가 있는 화학 섬유 블라우스에 남색 스커트를 입었다. 좋아하는 도금 목걸이를 오늘은 잊고 와서 포인트는 빠졌지만, 스타킹도 바꾸어 신었고 화장도 만점이었다. 다른 사람들은 모두 비슷비슷한 모습을 하고 있지 않은가.

"이봐, 사토 씨, 병원에 한번 가보는 게 어떤가? 어디가 나쁜 것 아냐? 지나치게 일을 많이 하는 건 아닌가?"

지나치게 일을 많이 한다고요? 밤일을 말하는 것일까? 내 입술에서 자연스럽게 웃음이 나왔다.

"그렇게 많이 하고 있지는 않아요. 어젯밤에도 공쳤는걸요."

"무슨 얘기지?"

가바노가 놀란 모습으로 되물었다. 어머머, 머리가 뒤죽박죽이 되었군. 이 아저씨는 상무란 말이야. 나는 필사적으로 낮의 모습으로 돌아가려고 했으나 좀처럼 바뀌지 않았다. 내 머리가 드디어 망가지기 시작한 것일까?

"아닙니다. 잔업이 없었다는 뜻이에요."

밤의 잔업은 있었지만 말예요. 거기에 아무도 모르는 내가 있다. 후후후 하고 또다시 웃음이 나왔다.

"조사실은 분명히 바쁘겠지. 이전에 누군가가 자네 논문이 진지하고 훌륭하다고 칭찬하더군."

"꽤 옛날 일이잖아요. 게다가 관점에 적극성이 없다는 말도 들었는걸요."

스물여덟 살 때, 〈건설에서의 토지 금융 투자—새로운 신화 창조〉라는 논문을 써서, 경제신문사의 상을 받은 적이 있었다. 내 생애에서 가장 행복했던 시기였다. 일본 전체가 거품 경기로 들떠 있고 건설업이 호경기로 들끓고 있던 최고의 시기. 그래도 내 논문에 전략이 결여되었다고 트집 잡는 녀석이 있었다. 분한 생각이 아직도 사라지지 않았다.

"그럴 리가 있겠어. 자네는 우수한데." 가바노는 갑자기 안쓰러운 표정이 되었다. "사토 씨, 어머님께서 걱정하고 계시지 않나?"

"어머니가요? 왜요?"

나는 집게손가락을 턱에 대고 고개를 갸웃거렸다. 지난번에 만난 대학 교수 요시자키가 이 포즈가 품위 있고 귀엽다고 칭찬해준 다음부터 자주 사용하고 있다. 요시자키는 품위가 있는 여자를 좋아하는 모양이었다. 나는 좋은 집안의 딸이니까 요시자키의 호감을 사고 있는 것이다.

"왜라니, 자네가 건강하지 않으면 어머님도 곤란하실 테니까."

그렇다. 나는 돈을 버는 자식이니까 어머니는 나를 평생 놓아주지 않으려 한다. 돈을 못 벌게 되면 또 모르지만. 내가 나이를 먹으면 어떻게 될까 생각하니, 갑자기 공포가 엄습해 왔다. 회사에서 잘리고 밤일도 할 수 없게 되면 나의 수입은 전혀 없어질 것이다. 그렇게 되면 나는 어머니에게 버림받겠지.

"알겠습니다. 조심할게요."

갑자기 온순해진 나에게 가바노는 고개를 끄덕였다.

"오늘 일은 아무에게도 말하지 않을 테니 신경 쓰지 않아도 돼. 지나간 것이 마침 나여서 다행이야. 그런데 이런 말을 해도 좋을지 모르겠지만, 자네 어딘가 좀 이상해 보여."

"어디가요?"

나는 다시 한 번 고개를 갸웃하는 포즈를 취했다.

"화장이 너무 짙다고 주위 사람들이 자네에게 주의를 주지 않던가? 화장을 하는 것은 상관없지만, 자네는 도를 넘은 것 같아. 상식을 벗어난 수준이라고. 이것은 노파심에서 하는 충고니까 불쾌하게 생각하지 않았으면 좋겠는데, 한번 정신과에 가보는 게 어떤가?"

"정신과요?" 나는 겁이 나서 큰 소리를 질렀다. "왜 제가 정신과에 가야 하나요?"

고교 2학년 때, 거식증에 걸려서 정신과에 다닌 적이 있었다. 병원에서 생명과 관계가 있다느니 하는 식으로 과장해서 말하는 바람에 어머니는 울고 아버지는 화를 내고 큰 소동이 벌어졌다. 그때 그 병은 전부 나은 것일까?

내 목소리가 들렸는지 회의실 문이 열리고 비서가 얼굴을 디밀었다. 그녀는 나를 보고 깜짝 놀란 듯했다.

"상무님, 여기 계셨어요? 시간이 지났습니다."

"그럼, 나는 가봐야겠네."

가바노는 서둘러 방을 나갔다. 비서의 비난하는 눈이 나에게 박혔다. 뭐야, 그 시선은? 나는 길모퉁이에서 나와 스쳐 지나갈 때 나를 보던 평범한 여자의 시선을 생각해냈다. 저렇게는 되고 싶지 않다고 말하는 눈초리. 넌 밤의 행방을 모를 거야. 남자가 너를 탐낸 적이 없을걸. 어머, 나는 벌써 창녀의 마음이 돼버린 것일까?

조사실에 돌아갔더니 실장이 나를 힐끗 보고, "사토 씨, 잠깐 봅시다." 하고 불렀다. 뭐야, 또 설교야? 나는 지겨운 얼굴을 하고 실장 자리로 갔다. 실장은 컴퓨터 화면에서 눈을 떼고 회전의자를 빙그르르 내 쪽으로 돌렸다.

"자리를 뜨는 건 괜찮지만 너무 길잖아요?"

"미안합니다. 머리가 좀 아파서요."

같은 말을 되풀이했다. 나는 곁눈질로 가메이를 살폈다. 가메이는 오늘도 빨간 티셔츠에 검은 바지라는 화려한 모습을 하고 머리카락을 뒤로 묶은 채 자료를 읽고 있었다. 커리어우먼의 제츠처럼 말이지? 아아, 싫다! 그런 헛된 짓을 잘도 하고 있구나.

"사토 씨, 내 말 듣고 있어요?"

실장이 짜증스러운 목소리를 내자 사무실 안의 전 직원이 나를 주목했다. 가메이가 힐끗 이쪽을 보더니 나와 눈이 마주치자 태연히 고개를 돌렸다.

"그럴 때는 사전에 얘기하라고 말했잖아요?"

"네, 죄송합니다."

"어린애가 아니니까 앞으로 주의하세요. 눈에 좀 거슬리니까. 내친 김에 말해두지만, 이 조사실도 언제까지 존속할지 모릅니다. 호경기가 끝나서 잘리는 것은 생산 부문이 아니라 잉여 부서예요. 기획실이나 조사실은 제일 먼저 정리 대상이 되니까, 당신도 정신 차리는 게 좋을 거요."

협박이다. 나는 불쾌감을 느끼며 고개를 숙였다. 부실장인 내가 제일 먼저 잘린단 말인가? 그것은 불합리하지 않은가? 내가 여자라서? 내가 밤에는 창녀라서? 그렇게 생각했더니, 이번에는 우월감이 솟아올랐다. 또 하나의 세계를 갖고 있는 내가 잘난 것 같은 느낌이 들었다. 누구보다 힘든 일을 하고 있는 슈퍼우먼인 나. 논문으로 상을 타고 몸을 파는 조사실 부실장. 나는 가슴을 폈다.

"알겠습니다. 조심하겠습니다."

꾸중을 듣고 기분이 나빠졌기 때문에 커피라도 마시려고 조사실을 나왔다. 복도를 걷고 있는데 맞은편에서 오던 사원이 나를 보고 오른쪽으로 왼쪽으로 피해 지나갔다. 그만둬, 난 괴물이 아니니까! 나는 화가 났으나 밤의 일을 생각하고 태연해졌다. 내친김에 잔소리꾼에게 앙갚음을 해주자고 생각했다. 1층 로비로 내려가 공중전화로 아가씨 소개방에 전화를 걸었다.

"네, 쓰부쓰부 이치고입니다."

전화 담당 목소리가 들렸다. 대낮부터 대기하고 있는 아가씨들 사이에 긴장과 기대가 스쳐 지나가는 모습을 떠올리자 우스워졌다. 나는 손수건으로 수화기를 가린 채 가성을 썼다.

"저어, 지난번에 왔던 카나라는 아가씨 말인데, 손님이 항의해 달라고 해서 대신 전하는 거예요."

카나라는 것은 잔소리꾼의 영업용 이름이었다.

"무슨 일입니까?"

"카나라는 아가씨가 손님 지갑에서 돈을 훔친 모양이에요."

나는 그렇게 말하고는 바로 전화를 끊었다. 쌤통이다! 사무소에 출근하는 것이 더할 수 없이 기다려졌다.

그날은 일다운 일을 하지 않은 채 회사를 나왔다. 나는 도중에 편의점에서 어묵과 주먹밥 도시락, 내친김에 전화 담당을 위해 담배까지 사서 들뜬 기분으로 사무소로 서둘러 갔다. 오늘이야말로 일을 해야 한다는 초조함이 있었다. 마흔까지 1억 엔을 저축할 생각인데, 목표 달성까지는 까마득했다. 어쨌든 손님을 배당받지 않으면 죽도 밥도 안 되는 것이다. 잔소리꾼은 의혹을 받고 있을 테니, 내 쪽에 배당될 손님이 있을 것이다. 나는 힘차게 사무소 문을 열었다.

"안녕하세요!"

전화 담당이 나를 보고 재빨리 시선을 돌렸다. 사무소에는 이미 대여섯 명의 아가씨들이 뒹굴뒹굴 누워서 주간지나 텔레비전을 보거나 워크맨으로 음악을 듣고 있었다. 잔소리꾼은 나를 무시하고 얼굴을 들지 않았다.

"저어, 이것 받으세요."

나는 편의점에서 사온 담배 한 보루를 전화 담당에게 건네주었다. 아깝기는 했지만 이것은 일을 얻기 위한 투자이니 어쩔 수가 없었다.

"어, 나에게 주는 거요?"

전화 담당은 의외였는지 곤혹스러운 얼굴을 했다.

"네, 잘 부탁합니다."

이것으로 됐다. 나는 안심하고 탁자 위에 도시락을 펼쳤다. 어묵 국물을 찔끔찔끔 마시면서 주먹밥을 먹었다. 전화가 걸려왔다. 다들 긴장해서 전화 담당을 바라봤다. 나를 지명해줘요. 나는 호소하는 듯이 전화 담당을 보았으나 전화 담당은 잔소리꾼을 가리켰다.

"카나 씨, 지명입니다."

"네."

잔소리꾼은 귀찮은 듯이 텔레비전 앞에서 일어났다. 재빨리 저녁식사를 끝낸 나는 이상하게 생각했다. 왜 잔소리꾼은 잘리지 않은 것일까? 잔소리꾼이 나가자, 전화 담당이 나를 불렀다. 전화가 걸려오지도 않았는데 어째서일까? 나는 상냥한 웃음을 띠면서 가까이 갔다.

"무슨 일이에요?"

"유리 씨, 있잖아요."

설교 냄새가 났다. 나는 경계하면서 몸을 구부렸다.

"유리 씨, 이제 나오지 않아도 돼요. 조금 전의 밀고 전화, 유리 씨가 했지요? 그런 뻔한 짓은 하지 말아요. 카나 씨는 이곳의 스타니까요."

해고되었다. 나는 깜짝 놀라서 고개를 푹 숙였다. 다른 아가씨들은 못들은 체하고 있지만, 듣고 있는 것이 틀림없었다. 나는 전화 담당에게 말했다.

"그럼, 담배는 돌려주세요."

신센역에서 전철을 타고 집으로 돌아가기 위해 도겐자카 언덕으로 올라갔다. 바로 얼마 전, 승리감에 가득 차서 언덕을 내려다본 일이 거짓말 같았다. 비참했다. 나는 어딘가에서 담배를 팔아야겠다고 생각하고 작은 언덕을 오르락내리락 하면서 역으로 향했다. 돌부처 앞에 말보로 할머니가 서서 지나가는 사람이 아무도 없는데도 꼼짝 않고 손님을 기다리고 있었다. 흰색의 허름한 점퍼 속에 비치는 검은색 브래지어와 분을 하얗게 덕지덕지 바른 얼굴에 새빨간 립스틱이 야해 보였다. 가까이 가서 보니까 일흔에 가까워 보였다. 수입은 거의 없을 것이었다. 내 미래의 모습. 나는 멈춰 서서 한참 동안 할머니를 바라보았다. 말보로 할머니가 나를 알아보고 고함을 쳤다.

"장사 방해하지 말고. 저리 꺼져버려!"

빼앗아버릴까? 나는 어두운 골목에 서서 말보로 할머니의 등을 떠밀어버리는 느낌을 상상했다.

나는 절박한 생각에 사로잡혀서 도겐자카를 뛰어 내려갔다. 어딘가 백화점의 화장실에 들어가서 화장을 고쳤다. 나는 무슨 일이 있어도 말보로 할머니의 자리를 빼앗고 싶었다. 서서 손님을 끌 수 있는 나만의 장소를 마련해야 했다. 그것은 아가씨 소개방에서 잘린 오늘이 아니면 안 되며, 비참함을 불식하기 위해서는 지금 이 순간이 아니면 안 되었다.

쇼핑몰인 109의 건물이 보였다. 도겐자카와 도큐백화점으로 향하는 길이 사람들로 붐비는 급류라면, 109는 흐름이 갈라지는 모래톱 끝에 서 있는 등대와도 같은 패션 빌딩이다. 나는 여자들을 품평하고 있는 젊은 남자들과 쇼핑에 여념이 없는 여자들을 밀고 안으로 들어가서, 지하 1층의 화장실로 직행했다. 화장실은 젊은 여자들로 붐비고 있었으나, 나는 거울 앞을 차지하고 화장을 짙게 하는 일에 전념했다. 푸른 아이섀도를 겹쳐 칠하고, 빨간 립스틱을 평소보다 듬뿍 발랐다. 변신. 장사를 하러 갈 때의 소개방 아가씨 '유리'가 탄생했다. 딴 사람이 된 나를 바라보고 있는 사이에 자신감이 솟아올랐다. 됐어! 이 정도라면 사무소 따위는 필요 없다. 나는 혼자서도 밤 장사를 할 수 있어.

그것은 요시자키에게 나의 가치를 인정받았을 때의 충족감이나 승리감과 비슷했다. 이번에야말로 나 자신을 인정하고 나 자신의 가치를 높이고 스스로 돈을 벌 때가 찾아온 것이다. 회사도, 술집도, 소개방 사무소도 아니다. 내 발로 힘차게 밟아 다닐 수 있는 대지가 돌부처 앞에 있다. 거기에서 나 자신을 좀 더 해방시킬 것이다. 어째서 이전의 나는 말보로 할머니가 비참하다고 생각했을까? 말보로 할머니는 존경해야 할 여자 중의 여자였는데 말이다.

나는 허리까지 내려오는 가발의 기다란 머리카락을 휘날리면서 도겐자카를 다시 올라갔다. 러브호텔 거리를 빠져나가 돌부처 앞으로 향했다. 어두컴컴한 골목에서 손님을 기다리는 말보로 할머니가 피우는 담배의 작은 불씨가 명멸했다. 오래된 요정料亭의 한 부분을 삼각형으로 도려낸 지점에 우아한 얼굴의 돌부처가 조용히 서 있었다. 누군가가 물을 뿌린 자국도 산뜻해 보였다. 여기는 내가 서 있어야 할 장소인 것이다.

"할머니, 안녕!"

담배를 비스듬히 문 말보로 할머니가 수상쩍은 눈으로 나를 바라보았다. 그러나 태도에 비해 말투는 점잖았다. 조금 전에 나에게 고함을 치던 모습은 없었다.

"무슨 일이야? 나는 여자 분에게는 볼일이 없는데."

"장사는 좀 어때요?"

말보로 할머니는 돌부처를 돌아보고 마치 돌부처가 친구라도 되는 듯이 얘기를 걸었다.

"장사가 어떠냐고 하는 건가? 그건 언제나 변함이 없어."

뒤틀린 목덜미가 쪼글쪼글해진 비단처럼 주름이 진 것을 어둠 속에서도 알아볼 수 있었다. 풍성한 갈색 가발을 쓰고 있지만, 키가 작고 다부진 몸매는 애처로울 정도로 늙어 보였다. 젊고 마른 나는 까닭도 없이 우월감을 느꼈다. 말보로 할머니는 나에게 시선을 돌리고는 위아래로 훑어보았다.

"아가씨, 아까 나를 빤히 보고 있던 사람이지? 가발을 쓰고 와도 금세 알 수 있거든. 아가씨도 창녀인가?"

"오늘부터 해볼까 하고 생각 중이에요."

"흥" 하고 말보로 할머니는 희죽 웃으면서 다시 돌부처에게 물었다. "글쎄, 잘 될지 어떨지 부처님만이 알고 계시지요, 그렇지요?"

나는 단도직입적으로 용건을 말하기로 했다. 오늘 밤에는 내가 서 있고 싶으니까 얼른 비키란 말이야! 나는 마음이 다급해졌다.

"할머니, 이 장소를 오늘부터 저에게 물려주지 않을래요?"

그러자 말보로 할머니는 화가 불끈 치민 모습으로 담배를 내던졌고, 말투도 확 달라졌다.

"왜 너에게 양보해야 하지?"

"글쎄, 무슨 일에나 교대 시기라는 것이 있잖아요, 할머니. 아직도 현역으로 뛸 수 있다고 생각하세요?" 나는 어깨를 추켜올렸다. "이제 그만 은퇴하는 게 어때요?"

"나더러 그만두라는 거야? 하지만 이래봬도 단골손님이 잔뜩 붙어 있다고."

말보로 할머니는 허세를 부렸다. 얇은 나일론 점퍼 밑으로 비치는 것은 검은 브래지어뿐만이 아니었다. 축 늘어진 가슴도 보였다. 그 가슴의 소유자가 실은 일흔에 가깝다는 것도 분명했다.

"아무도 없잖아요?"

나는 사람의 왕래가 없는 길을 손가락으로 가리켰다. 벌써 여덟 시가 다 되었는데도 사람 하나 지나가지 않았다. 맞은편에 있는 초밥가게에서 흰 작업복을 입은 젊은 남자가 나타나서 진절머리가 난다는 듯이 우리를 보았다. 무엇인가 말을 하려는 듯이 입술을 내밀었으나, 말보로 할머니가 손을 흔들자 불쾌한 얼굴을 한 채 입을 다물었다. 그 남자는 가게 앞에서 호스를 끌고 와서 나무와 포석에 물을 힘차게 뿌리기 시작했다.

"너는 아무것도 몰라. 지금부터 손님이 잇따라 찾아올 거야."

말보로 할머니는 느긋하게 말하고 새침을 떨었다. 나는 숄더백에 넣어온 담배 한 보루를 끄집어냈다.

"할머니, 이걸 줄 테니까 이 장소를 나에게 양보해줘요."

말보로 할머니는 검은 마스카라를 칠한 조그만 눈을 들어서 담배를 보았다. 거기에는 분노가 담겨 있었다.

"너, 사람을 뭐로 보는 거야? 고작 담배 따위로 양보해달라고? 나는 말이야, 이래봬도 팔 물건이 있다고. 남자가 보고 싶어 하는 물건이 이

몸에 있어. 그건 너에게는 없는 거야. 보고 싶어? 보고 싶지 않아도 보여주지."

말보로 할머니는 점퍼 지퍼를 단숨에 끌어내렸다. 그러자 검은 브래지어와 늘어진 육체가 드러났다. 말보로 할머니는 내 손목을 잡아서 강제로 가슴을 만지게 하려고 했다. 나는 필사적으로 저항했지만, 말보로 할머니의 힘은 예상 외로 강했다.

"그만두세요!"

"그만두지 않겠어. 보여주겠다고 했잖아. 자아, 만져보라고."

말보로 할머니가 내 손을 오른쪽 브래지어 속으로 쑤셔 넣었다. 나는 아연해서 말보로 할머니의 얼굴을 보았다. 거기에 있는 것은 물컹물컹한 가슴이 아니라 둥글게 만든 천이었기 때문이었다. 말보로 할머니는 계속해서 왼쪽도 만지게 했다. 그것은 예상대로 부드럽고 잡으려고 하면 어디까지나 도망치는 늘어진 살점이었다.

"알았지? 나에게는 오른쪽 젖이 없어. 10년 전에 암으로 떼어냈거든. 그다음부터 여기에 서 있었던 거야. 처음에는 주눅이 들어서 흠칫거렸지. 나는 여자로서 불완전하다고 생각했기 때문이야. 하지만 손님 가운데는 가슴이 없는 나를 좋아하는 사람도 있더라고. 어때? 좀 이상하지. 알겠어? 아가씨는 알 턱이 없지. 그게 장사라는 거야. 그래서 아가씨에게는 이 장소를 물려줄 수가 없어. 나의 젖이 없는 가슴이 좋다고 말해주는 손님이 붙어 있는 한은 말이야. 아가씨는 말랐고 여자로서는 못생겼지만, 아직 나보다 젊고 여자로 통하는 나이잖아. 돌부처 앞에 서기에는 아직 이르고 여러 가지를 다 갖고 있다고. 아가씨가 없는 게 있으면 어디 나한테 말해보란 말이야."

말보로 할머니는 의기양양하게 말했다. 나는 사원증을 꺼냈다.

"그럼, 할머니. 이것 좀 봐요."

"뭔데?"

"내 사원증이에요."

"안경이 없으면 안 보인다고." 말보로 할머니가 사원증을 손에 들고 눈을 가늘게 떴다. "뭐라고 써 있는 건데?"

"G건설 종합연구소 조사실 부실장, 사토 가즈에. 이게 나란 말이에요."

"대단하구나! 이름을 들어본 적이 있어. 일류 기업이지. 더구나 '장'자가 붙어 있네. 이게 정말로 아가씨라면 무엇 때문에 내 장소를 빼앗으려고 하는 거지? 나는 없는 것을 말해보라고 했는데, 이건 자랑거리잖아?"

"이건 자랑거리가 아니에요. 왜 보여주었는지 나도 잘 모르겠어요."

나는 정말로 알 수 없었다. 학생 시절의 목표였으며, 현재는 나의 자랑거리이자 정체성이기도 한 회사. 그것이 어째서 말보로 할머니의 없어진 젖과 마찬가지인지 나도 짐작이 가지 않았다. 하지만 자랑할 수 있는 것과 부끄러워해야 하는 것은 사실 표리일체여서 나를 괴롭히기도 하고 기쁘게도 하는 것이다. 그 두 가지가 언제나 나의 인생을 복잡하게 만든다. 아니, 내 인생 자체가 복잡한 건지도 모른다. 그래서 나는 사원증을 보여준 것일까?

낮에는 회사원이고 밤에는 창녀. 둘 중에 하나라도 없으면 살아나갈 수 없는 나. 회사에서는 밤의 직업이 숨기고 싶은 부끄러운 것이 되고, 돌부처 앞에서는 낮의 직업을 말할 수 없다. 하지만 그 양쪽 모두 나를 배신하는 느낌이 자꾸만 든다. 요컨대 나는 회사에서 밤의 직업을 말하고, 돌부처 앞에서 낮의 직업을 털어놓는다. 나의 복잡했던 세계가 지금 하나로 합쳐지려 하고 있다. 심플하고 해방된 세계로. 그러나 그 해방은 아무도 알 수 없다. 나는 부서져버릴 것 같은 불안감에 쭈그리고 앉았다.

"왜 그래? 이런 곳에서 쓰러지면 안 돼" 말보로 할머니가 냉담한 목소리로 말했다. "괜찮겠어? 일에 지장이 있으니까 일어나란 말이야."

"미안합니다."

나는 비틀비틀 일어나서 요릿집의 검은 담을 손으로 짚었다.

"이런 사연으로 거절하는 거니까 두 번 다시 오지 말라고."

말보로 할머니가 담배에 불을 붙였다. 때마침 한 남자가 이쪽을 향해 걸어왔다. 회색 양복에 흰 와이셔츠, 검은 가방. 촌스러운 샐러리맨. 더구나 축 처진 눈썹이 천박해 보였다.

"할머니, 내기해요. 저 사람이 사는 쪽이 여기에 서 있기로. 어때요?"

"아무래도 좋지만, 저 사람은 내 단골손님이야."

말보로 할머니는 여봐란 듯이 웃었다. "안녕하시오" 하고 남자가 인사를 하고는 말보로 할머니를 바라보았다. 아무도 다니지 않는 어두운 골목이기 때문에 사기 쉬운 아가씨도 있었다. 시시하게 보았지만 말보로 할머니의 고정 손님이 적지 않다는 것을 깨달은 나는 이 장소를 무슨 일이 있어도 빼앗겠다고 결심했다.

"에구치 씨," 하고 말보로 할머니가 말을 걸었다. "오늘 밤 어때?"

에구치라는 사내는 웃지도 않고 나를 보았다. 나도 질세라 에구치를 유혹했다.

"나하고 놀지 않을래요?"

"이 여자는?"

"신참이야. 나는 원래 사람이 좋으니까 쫓아버릴 수도 없고 해서 말이지."

말보로 할머니가 가발을 고치면서 대답했다.

"에구치 씨, 나하고 어때요?"

에구치는 밑으로 처진 눈썹을 모으고 궁리를 하고 있었다. 오십 대 후반처럼 보이는 남자였다. 관자놀이에 검은 주근깨가 흩어져 있었다. 말보로 할머니는 승부는 끝났다는 듯한 얼굴로 히죽히죽 웃었다.

"정말 되바라진 아가씨군 그래."

"서비스해 줄게요."

나는 상관하지 않은 채 말했다. 에구치가 아주 간단히 말했다.

"좋아, 아가씨를 사겠어."

그러자 말보로 할머니는 숄더백을 몸 쪽으로 끌어당기면서 얼굴을 찌푸렸다.

"냉정하군, 에구치 씨. 그런 법이 어디 있어?"

"이따금은 괜찮잖아요."

나는 신바람이 나서 말보로 할머니에게 담배 상자를 건네주었다. 말보로 할머니는 체념한 듯이 담배를 받아 들었으나, 그 눈에 웃음이 번져 있는 것을 알아챈 나는 불끈 화가 났다.

"뭐가 우스워요?"

"아니야. 곧 알게 될 거야."

말보로 할머니가 억지를 부렸다. 이제 그만 은퇴하라고요, 할머니. 나는 마음속으로 욕을 했다. 그리고 이겼다고 생각했다.

"내가 돌아올 때까지라면 거기 서 있어도 괜찮아요."

나는 말보로 할머니에게 내뱉듯이 말하고는 에구치와 팔짱을 꼈다. 에구치의 팔은 나이에 비해서 굵고 근육질이었다.

"저기가 좋아. 싸거든."

에구치가 가리킨 것은 내가 전에 아라이를 끌고 들어갔던 이 근처에서 가장 싼 러브호텔이었다. 에구치도 그곳을 잘 알고 있는 모양이었다.

"아가씨는 언제부터 이 장사를 했나?"

"오늘부터요. 말보로 할머니의 자리를 물려받았으니까 잘 부탁해요."

"솜씨가 좋군. 이름은?"

"유리라고 해요."

우리는 비좁은 엘리베이터 안에서 대화를 나누었다. 나를 보는 에구치의 눈에 호기심이 넘쳐나고 있었다. 에구치도 요시자키나 아라이처럼 단골손님으로 만들어야 했다. 나는 장사가 너무나도 잘 풀려나가자 신이 나서 들떴다.

바로 얼마 전에 아라이와 들어갔던 바로 그 방에 들어가게 되었다. 나는 시침을 뚝 떼고 욕조에 더운 물을 받고, 잔 두 개를 갖다 놓고 냉장고에서 맥주를 꺼내 뚜껑을 땄다. 에구치는 침대에 걸터앉아서 내가 하는 행동을 불쾌한 듯이 쳐다보았다.

"이봐, 그런 것은 나중에 마셔도 되니까 내 옷이나 벗기라고."

"네, 그럴게요."

나는 깜짝 놀라서 에구치의 얼굴을 보았다. 노여움으로 벌겋게 물들어 있었다. 어쩌면 골치 아픈 손님일지도 모른다. 위험한 남자일지도 모른다. 나는 사무소에 다닐 때, 지금까지 문제가 되었던 손님들의 이름을 머릿속으로 되살리려고 했다.

"이봐, 빨리 벗겨!"

에구치가 고함을 쳤다. 나는 겁을 먹고 에구치의 윗도리를 벗겼다. 익숙하지 않아서 잘 되지 않았다. 싸구려 포마드 냄새. 초라한 윗도리와 바지를 옷걸이에 걸었다. 실이 풀어진 러닝셔츠와 누렇게 변색된 팬티 차림이 된 에구치가 발을 가리켰다.

"이봐, 양말!"

"네, 죄송합니다."

양말을 벗기자 에구치는 속옷 차림으로 팔짱을 끼고 우뚝 일어섰다.

"이봐, 빨리 하라고!"

"뭘요?" 하고 얼굴을 들자, 다짜고짜 내 뺨을 때렸다. 넘어질 뻔한 나는 반사적으로 항의했다.

"폭력은 쓰지 마세요!"

"시끄러워! 빨리 발가벗고 침대 위에 서란 말이야!"

사디스트였다. 그것도 그냥 게임 같은 것이 아니었다. 나는 지독한 손님을 만났다고 생각하며 부들부들 떨면서 옷을 벗었다. 그리고 알몸이 되어서 침대 위에 위태롭게 섰다. 에구치가 명령했다.

"거기서 대변을 봐!"

나는 귀를 의심했다.

나의 대역, 유리코

×월 ×일

시부야, Y, 4만 엔

시부야, ?, 노숙자, 8천 엔

돌부처 앞에 서 있게 되고 나서부터는 하루하루가 즐거웠다. 때로 근처 요릿집의 주방장에게 물을 뒤집어쓰거나 욕을 먹거나 혼쭐이 나기는 했지만, 내 지혜와 몸으로 세상을 살아간다는 실감은 회사에서는 결코 맛볼 수 없는 것이었다. 수수료를 뜯기지 않은 돈이 쌓이는 것도 즐거웠다. 이곳은 그야말로 장사를 하고 있는 누각이었다. 말보로 할머니도 틀림없이 이 장사가 즐거워서 그만두기가 싫었을 것이다.

말보로 할머니가 장소를 나에게 깨끗이 물려줄 것이라고는 생각하지 않았다. 나는 화가 머리끝까지 났기 때문에 에구치와 헤어지고 나서 돌부처 앞으로 돌아왔다. 그도 그럴 것이, 형편없는 사디스트인 에구치 때문에 틀림없이 말보로 할머니한테 속은 것이라고 생각했기 때문이다.

"할머니, 그 새끼 아주 저질이더라고요."

어린애처럼 아스팔트 바닥에 쭈그리고 앉아 귀에 거슬리는 소리를 내면서 돌멩이로 무엇인가 그림을 그리고 있던 말보로 할머니는 고개를 들고 히죽 웃었다.

"그러니까, 아가씨는 그 짓을 했단 말이지?"

"했어요. 나는 틀림없이 그 호텔에 출입 금지 당할 거예요."

"아가씨는 거물이군!" 말보로 할머니는 일어나서 맥없이 말했다. "아가씨에게 이 장소를 물려줄게."

"정말 괜찮겠어요?"

"나도 이젠 지쳤어. 나는 더 이상 에구치의 요구를 들어줄 수가 없단 말이야. 그러니 은퇴할 수밖에."

이튿날 밤, 돌부처 앞에 가보니 말보로 할머니의 모습은 보이지 않았다. 말보로 할머니의 깨끗한 은퇴와 나의 화려한 데뷔. 정말 웃기는 일이다.

그렇기는 하지만 밤거리에 서서 손님을 기다리는 것은 괴로운 일이었다. 회사에서는 언제나 졸리고 나른해서 일 같은 것은 거의 하지 않게 되었다. 기껏해야 경제 신문의 기사를 오려내는 정도였다. 그것도 요시자키 교수 같은 고급 단골손님을 위한 서비스 차원에서였다. 복사는 무료라 스크랩북 세 부를 만들어서 보관해 두었다. 보고서를 쓰는 체하면서 유혹의 편지나 생일 축하 카드를 부지런히 썼다. 조사실에서 빠져나와 비어 있는 회의실에 숨어 잠자는 것도, 책상이 산더미 같은 서류더미에 파묻혀 버렸기 때문에 여자 화장실에서 도시락을 먹는 것도 습관이 되었다. 그런 탓인지 회사 직원들은 나에게 거의 접근하지 않게 되었다. "괴물이라는 게 바로 저 여자야" 하고 엘리베이터 안에서 여사원들이 속삭이는 것을 들은 적도 있지만, 나는 남들이 나를 어떻게 생각하든 이제는 그런 것에 신경을 쓰지 않게 되었다. 나는 오로지 밤이 되기만을 기다렸다. 낮 동안의 나는 가짜이고, 밤의 나야말로 진짜

나. 이제는 균형을 취하는 것도 어리석게 느껴지고, 낮 동안의 내가 유령처럼 허망하게 사라져가는 느낌이 자꾸만 들었다. 살아 있다는 실감을 느끼는 것은 압도적으로 즐거운 밤에만 가능했다.

12월에 들어선 어느 날, 나는 요시자키 교수와 만나서 호텔에 들어간 뒤, 돌부처를 향해 걸어가면서 숄더백 안에 있는 지갑을 백 위에서 손으로 살며시 눌러서 확인했다. 만족스러웠다. 요시자키 교수는 만날 때마다 3만 엔을 주는데 오늘 밤에는 경제 관련 스크랩북을 선물했기 때문에 1만 엔을 더 주었던 것이다. 나는 앞으로도 요시자키 교수를 위해서 기사를 오리는 작업을 계속해야겠다고 결심했다. 돌부처 앞에는 이미 남자가 한 사람 서 있었다.

"아가씨."

짧게 깎은 머리를 한 남자는 검은 바지에 하얀 점퍼를 입고 있었다. 점퍼 가슴 부분에 사자 모양 금장식이 매달려 있는 것이 보였다. 나는 손님이 기다리고 있는 줄로 생각하고 상냥한 미소를 띠었다.

"나를 기다리고 있었군요. 놀겠어요?"

"놀자고 하는 건가?"

남자는 쓴웃음을 짓고 짧은 머리카락을 손으로 문질러댔다.

"나는 그렇게 비싸지 않아요."

"이봐, 보면 모르겠어?"

"뭔데요?"

남자가 바지 주머니에 양손을 찔러 넣자 바지가 제등처럼 부풀어 올랐다.

"나는 이 부근을 관할하고 있는 마쓰가시라 모임의 사람인데, 아가씨는 신참이지? 돌부처 앞에 새로운 여자가 서 있다는 정보가 본부로 들어와서 보러 온 거야. 언제부터 여기 서 있었지?"

야쿠자가 돈을 뜯으러 왔다는 것을 깨달은 나는 긴장해서 뒷걸음질 쳤다. 그러나 그의 태도는 놀랄 만큼 부드러웠다.

"두 달 전부터요. 전에 있던 말보로 할머니가 물려줘서요."

"그 할머니라면 얼마 전에 죽었는데."

"네? 어떻게?"

"글쎄, 병 때문이겠지. 진작부터 여기에 서 있는 것도 힘들어 비실비실했으니까." 사내는 할머니에게는 관심이 없는 모양으로 데면데면한 말투를 썼다. "그것보다 아가씨, 우리 조직에 들어오지 않을래? 아가씨 혼자서는 위험하거든. 얼마 전에도 소개방 아가씨가 손님한테 늘씬 얻어맞아서 두개골이 함몰되어 중태라더군. 젊은 애들이 행패를 부리고, 위험한 손님도 있으니까, 여자 혼자서는 무리야."

"괜찮아요."

나는 돈에 신경이 쓰여서 숄더백을 껴안은 채 고개를 흔들었다.

"아가씨는 아무것도 모르니까 그런 말을 하는 거야. 그런 손님을 만난 다음에는 이미 때가 늦어. 우리 조직은 양심적이야. 가격도 한 달에 5만 엔밖에 안 받아. 싼 편이지?"

5만 엔씩이나 받는다고? 이건 말도 안 돼. 나는 단호히 거절했다.

"미안하지만, 나는 수입이 적어서 5만 엔씩이나 낼 수 없어요."

야쿠자는 내 얼굴을 정면으로 보았다. 마치 품평을 하는 듯한 시선에 내가 딱딱한 표정을 짓자, 야쿠자는 히죽 웃었다.

"그렇다면 우리도 검토해볼 테니까, 생각 좀 해보라고. 다시 들를 테니까."

"알겠습니다."

야쿠자는 신센역 쪽으로 내려갔다. 어차피 다시 찾아올 것이다. 어떻게든 피할 방법이 없을까 하고 궁리를 하면서 나는 입술을 핥았다. 야쿠자의 출현은 혼자 장사를 하고 있는 자에게 닥쳐오는 시련이기도 하다. 나는 어둠 속에서 수첩을 꺼내, 경영자라도 되는 것처럼 지난달과 이 달의 이익을 대충 계산해 보았다. 한 달에 50만 엔의 수입. 그 수입의 1할씩이나 야쿠자에게 매달 뜯긴다는 것은 말도 안 된다. 목표액인 1억 엔에는 아직 절반도 도달하지 못했기 때문이다.

"이봐, 아가씨, 여기서 영업하고 있는 건가?"

계산에 열중해 있던 나는 눈앞에 남자가 서 있는 것도 몰랐다. 나는 야쿠자가 다른 사내를 데려온 줄 알고 한순간 긴장했으나, 서 있는 남자는 분명히 노숙자였다. 오십 대쯤 되어 보이는 남자는 검은 코트에 회색 작업 바지를 입고서 더러운 종이봉투 두 개가 들어 있는 쇼핑 카트를 끌고 있었다.

"그래요."

나는 황급히 수첩을 숄더백 안에 집어넣었다.

"여기에 있던 할머니는 어디 갔지?"

"죽었어요. 병으로요."

나는 야쿠자에게 들은 대로 전했다. 노숙자는 한숨지으면서 이상한 사투리로 얘기했다.

"아니, 저런! 잠깐 오지 않았더니 벌써 뒈져버렸구먼. 좋은 할머니였는데, 참 허무하구만!"

"아저씨, 말보로 할머니의 손님이었어요? 그럼 내가 맡을게요."

"괜찮겠어?"

"아저씨, 노숙자죠?"

나는 남자의 복장을 체크했다. 소지품만큼은 더럽지 않았다. 남자는 주눅이 든 것처럼 고개를 숙였다.

"맞아."

"좋아요."

노숙자든 무엇이든 손님임에는 틀림없다. 나는 몇 번씩이나 고개를 끄덕였다. 흥정이 끝났다. 노숙자는 안도한 모습으로 주위를 둘러보았다.

"난 돈이 없어서 할머니하고는 역전 공터에서 했어."

공터라고! 나는 놀랐으나 오히려 빨리 끝나서 좋을지도 모른다고 나 자신을 설득시켰다. 좋은 점만 있으면 어디에서 하든지 마찬가지 아닌 가?

"얼마 줄 건데요?"

"8천 엔쯤."

"할머니에겐 얼마 주었는데요?"

"3천 엔이나 5천 엔. 하지만 아가씨는 젊으니까 비싼 것도 아니지."

젊다는 말을 듣고 기분이 좋아진 나는 손가락을 여덟 개 내밀었다.

"그렇다면, 좋아요!"

나는 노숙자와 나란히 신센역으로 향했다. 역이 내려다보이는 계단 식 언덕처럼 된 벼랑 중턱에 시든 풀이 잔뜩 우거진 넓은 공터가 있었 다. 건설 예정지인 모양으로 발판이나 건축 자재 따위가 쌓여 있었다. 안성맞춤의 장소였다. 나는 발판 그늘에서 트렌치코트를 벗었다. 노숙 자 남자가 짐을 옆에 끌어당겨 놓고는 귓가에 대고 속삭였다.

"뒤에서 집어넣게 해줘."

"알았어요." 나는 남자에게 콘돔을 건네주고 발판에 손을 짚고 엉덩 이를 내밀었다. "추우니까 빨리 해줘요."

남자가 들어왔다. 어떤 남자든, 어느 곳이든 돈만 준다면 일절 상관 없다. 내 마음은 예전에는 생각하지 못했을 정도로 단순해지고 강해져 갔다. 나는 그것이 기뻤다. 남자는 집요하게 나를 찔러대더니 이윽고 사정을 했다. 나는 시부야역 앞에서 홍보용으로 받은 포켓 티슈로 몸을 닦아냈다. 남자가 옷을 입고 말했다.

"고마워. 아가씨는 좋은 사람이야. 돈이 모이면 또 찾아올게."

손바닥에 쑤셔 넣어준 때 묻은 1천 엔짜리 지폐. 나는 주름을 펴면서 어둠 속에서 매수를 세어보았다. 틀림없이 여덟 장이었다. 노숙자가 공터를 빠져나가는 것을 확인한 뒤 지갑에 지폐를 넣었다. 짓밟힌 마른풀 위에 버려진 사용하고 난 콘돔. 요시자키 교수와 함께 들어간 호텔의 베갯맡에 놓여 있던 것이었다. 쓰레기를 마구 버려서 온 거리를 더럽혀 야지. 나는 밤하늘을 올려다보았다. 초겨울의 찬바람 때문에 몸은 추웠으나 마음은 들떠 있었다. 보다 자유롭게, 보다 즐겁게, 남자의 욕망을 처리해 주는 나는 좋은 여자다!

유리코와 만난 것은 다시 돌부처 앞으로 돌아왔을 때였다. 말보로 할머니로부터 물려받은 내 관할 구역에 어떤 여자가 서 있었다. 그것도 외국인 여자가. 화가 벌컥 나서 다가갔더니 유리코였다. 유리코는 내가 누군지도 모른 채 무관심하게 서 있었다. 옛날부터 이렇게 둔한 여자였다. 나는 유리코를 관찰했다. 허리가 높은 만큼 몸통의 나머지 살이 눈에 띄는 촌스러운 육체. 깊어진 눈가의 주름에 파운데이션이 끼여 있었다. 이중 턱이 된 미녀의 영락한 몰골. 그런데도 유리코는 빨간 가죽 코트에 은색 초미니 스커트라는 화려한 차림을 하고 있었다. 나는 소리 내서 웃어주고 싶은 기분이었다.

"유리코!"

유리코는 기겁한 얼굴로 나를 보았으나 내가 누군지 그때까지도 알아차리지 못했다.

"당신, 누구죠?"

"모르겠어?"

내가 너무나 예쁜 여자가 되었기 때문에 유리코는 도무지 짐작을 하지 못했다. 반대로 유리코는 추해졌다. 쌤통이다. 기분이 좋았다. 웃긴 일이다. 차가운 북풍이 불어왔다. 유리코는 추운 듯이 빨간 가죽 코트 앞을 여미었다. 나는 바람 같은 것은 아무렇지도 않았다. 왜냐하면 줄곧 야외에서 장사를 해왔기 때문이다. 너는 하지 못할 거야. 왕년의 미녀이자 타고난 창녀인 너는. 태어났을 때부터 창녀이고 지금도 창녀인 너는. 하지만 추해진 여자. 나는 커다란 소리로 웃었다. 유리코는 품위 있는 목소리로 물었다.

"어느 가게에서 만났죠?"

"가게가 아니야. 그건 그렇고 너도 많이 늙었네. 얼굴도 주름투성이고 몸도 퉁퉁하게 살쪄서 처음에는 누군지 몰라볼 뻔했어."

유리코는 곤혹스러운 얼굴로 고개를 갸웃거렸다. 그 몸짓은 옛날과 마찬가지였다. 모두에게 주목을 받는 것에 익숙하고, 왕따도 당하지 않을 정도로 너무나도 아름다웠기에 여왕인 체했던 유리코.

"20여 년쯤 지나니 이렇게 비슷해졌잖아! 어렸을 때는 하늘과 땅 차이였는데. 자아, 한번 비교해 보자고. 지금은 어디가 다른지? 똑같거나 그 이하잖아. 그때의 친구들에게 보여주고 싶은걸."

유리코는 나를 빤히 바라보았다. 그래, 저 눈이 나는 싫었다. 공부도 못하는 주제에 모든 것을 다 깨달은 것처럼 잘난 체하는 눈. 나는 유리코의 언니를 생각했다. 유리코가 이렇게 추해진 것을 그 애는 알고 있을까? 나는 당장 그 애에게 전화를 걸어주고 싶었다. 그 애는 유리코 콤플렉스에서 벗어나지 못하고 불행한 삶을 살고 있을 것이 틀림없으니까.

"당신 사토 가즈에죠?"

유리코는 가까스로 나의 정체를 알아냈다. 높은 곳에서 던지는 듯한 말투. 나는 화를 억누르지 못하고 유리코의 등을 떠밀었다. 부드러운 살이 잔뜩 붙은 둥그런 등을.

"맞아, 가즈에야. 알았으면 빨리 꺼져. 여기는 내 구역이니까, 손님을 받으면 가만두지 않겠어."

"선배 구역이라고요?"

이 계집애는 내가 자기와 같은 종류의 인간이라는 것을 아직 알아채지 못하고 있군. 나는 유리코의 둔함이 우스워서 견딜 수 없었다. 내가 창녀가 되었다는 것이 그렇게도 굉장한 일이란 말인가?

"난 창녀란 말이야."

"선배가 어쩌다가?"

유리코는 충격을 받았는지 다리를 휘청거렸다. 나는 재빨리 반문했다.

"그럼, 넌 어쩌다가?"

물어볼 것도 없었다. 유리코는 중학생 때부터 남자를 농락하면서 살아왔으니까. 이 계집애는 남자가 없으면 살 수 없는 머리가 텅 빈 여자였고, 나는 남자 같은 건 필요로 하지 않는 현명한 여자였다. 그런데 지금은 똑같은 창녀가 되어서 돌부처 앞에서 마주쳤다. 합류하는 흐름. 나는 운명을 느꼈고, 사실 기뻤다. 유리코가 나에게 부탁했다.

"그럼, 선배가 오지 않을 때는 내가 대신 서 있어도 될까요?"

확실히 내가 365일 내내 돌부처 앞에서 장사하기는 어려웠다. 아무리 회사에서 할 일이 줄어들었다 하더라도 나는 회사를 그만둘 수는 없다. 회사에서 받는 급료는 어머니를 위해서 반드시 필요하기 때문이다. 내가 나오지 않는 날 모르는 여자에게 이 자리를 빼앗기는 것은 싫고, 야쿠자에게 돈을 뜯기는 것도 무서웠다. 나는 유리코의 통통한 몸을 보면서 계획을 세웠다.

"여기에 서 있겠다고?"

"그래요, 부탁이에요."

"그렇다면 조건이 있어." 나는 유리코의 팔을 끌어당겼다. "우리 둘이서 이 장소에 교대로 서는 건 좋아. 하지만 그렇게 하고 싶으면 나하고 똑같은 모습을 해줘."

내가 나올 수 없을 때 유리코를 나의 대역으로 삼는다. 좋은 아이디어라는 생각이 들었다.

육체 바겐세일

시부야, ?, 외국인, 1만 엔

유리코와 우연히 만난 다음 날은 봄날처럼 화창했다. 이른 겨울의 차디찬 바람을 맞으며 몸을 덜덜 떨면서 손님을 끄는 것보다는 따스한 밤이 편하고 손님들도 들뜨기 때문에 장사하기가 쉽다. 오늘은 수입이 좋을지도 몰랐다. 거리의 창녀의 즐거움은 날씨나 그날의 기분에 좌우되어 매일매일 다른 장사를 할 수 있다는 데 있다. 소개방 사무소에 소속되어 있었을 때는 절대로 맛보지 못했던 묘미였다.

나는 기분이 좋아져 콧노래를 부르면서 돌부처 앞에서 유리코가 나타나기를 기다렸다. 그녀가 정말로 나타날지의 여부는 반신반의였다. 유리코가 무슨 생각을 하고 있는지는 짐작도 할 수 없었다. 유리코는 중학교 시절부터 어느 누구하고도 달랐다. 지나치게 아름다운 외모 탓에 접근하기 어려운 점도 있었고, 언제나 초점이 맞지 않는 눈으로 허공을 바라보고 있어 첫인상이 나빴기 때문에 말을 거는 것도 망설여졌다. 마음이 딴 데 가 있어서 그런 것이 아니라, 단지 다른 사람들과 미묘하게 거리를 두는 것을 잘하는 아이였던 것이다. 물어보면 대답을 하지만 그렇지 않으면 언제까지나 입을 다물고 있던 유리코. 나는 어떤 것에도 동요하지 않던 차가운 눈매가 딱 질색이었다. 그러나 냉정했던 유리코도 나이를 먹으니 추해지고 운을 놓쳐서 마침내 생계가 막막해진 것이다. 세월은 누구에게나 평등하게 찾아온다. 나는 거꾸로 우월감을 가지게 되었다. 고독하고 가난한 유리코에 비해 나는 일류 기업의 종합직으로 근무하고 있고, 버젓이 좋은 가정의 아가씨이기도 하니까.

하지만 거기까지 생각한 나는 웃음을 터뜨릴 뻔했다. 내 생활은 벌써 파탄 난 건지도 모르기 때문이다. 지하철을 타고 회사에 출근하여 타임카드를 찍고 책상 앞에 앉아 있는 것은 옛날의 사토 가즈였던 것이다. 입사 당시 '황야의 7인'이라고 불리며 칭찬을 받아 콧대가 높았던 우등생. 돌아가신 아버지 대신 돈을 벌고 가족을 생각하는 가즈에는 이미 존재하지 않는다. 어머니는 점점 더 나를 피하고 똑바로 보려고도 하지 않게 되었다. 동생은 나와 무슨 일이 있어도 마주치지 않으려고 아침 일찍 집을 나가고 내가 돌아오는 밤에는 자고 있었다. 지금 여기에 서 있는 것은 마루야마초에서 창녀로 일하는 새로운 멋쟁이 사토 가즈에다. 홀로 독립한 새로운 말보로 할머니다. 나는 새로운 인생을 막 시작한 나 자신에게 축복하고 싶은 기분으로 가득 차 말보로 할머니가 그랬던 것처럼 돌부처에게 얘기를 걸었다.

"돌부처님, 저는 딴사람이 되어버렸어요. 아주 조금 기뻐요."

나의 들떠 있는 마음에 맞춰서 돌부처도 상냥하게 미소를 짓는 것만 같았다. 나는 돌부처 앞에 가장 눈부시게 반짝이는 10엔짜리 동전을 바치고 합장했다.

"돌부처님, 오늘 밤 저에게 네 명의 손님을 내려주소서. 그것이 제 목표량입니다. 목표량을 채우는 것은 제 사명입니다. 부디 잘 부탁드립니다."

그 순간, 신센역 쪽에서 학생으로 보이는 두 사람이 소곤소곤 얘기를 나누면서 걸어왔다. 나는 돌부처에게 고맙다는 인사를 했다.

"돌부처님, 당장 효험을 보여주셔서 감사합니다!"

두 사람은 어두운 곳에 서 있는 나를 보더니 유령이라도 본 것 같은 얼굴을 했다. 나는 재빨리 말을 걸었다.

"오빠, 어느 쪽이든 나하고 놀지 않을래요?" 두 남자는 망설이면서 서로 팔꿈치로 상대방을 찔렀다. "이봐요, 놀고 가세요."

젊은 학생은 나를 어쩐지 기분 나쁜 여자로 생각했는지 벌써부터 도망칠 자세였다. 나는 회사 직원이 못 볼 것을 본 것처럼 나에게서 눈을 돌리던 것을 생각해냈다. '109' 빌딩의 화장실에서 화장을 할 때도 젊은 여자들은 몸을 비켜서 나를 위한 공간을 마련해 주었다. 어머니와 동생이 나를 보고 얼굴을 일그러뜨리는 순간. 그 모든 사람이 나타냈던 것은, 생리적으로 도저히 참을 수 없는 인간을 보았을 때의 혐오감 아닐까?

나는 완전히 정도에서 벗어나 버린 것일까? 나는 나 자신이 다른 사람들에게 어떤 식으로 보이는지 알 수 없게 되었다. 하지만 나는 두 남자에게 끈질기게 따라붙었다.

"신나게 한번 놀아보자고요. 아예 둘이 함께 놀아도 좋아요. 셋이서 호텔에 간다면, 두 사람에 1만5천 엔만 내세요. 어때요?"

학생들은 말도 하지 못했다. 서둘러 나에게서 멀어지려고 했다. 먹이가 도망치려고 했다. 그 순간, 뜻하지 않은 곳에서 누군가가 말을 걸어왔다.

"나도 있어요. 한 사람씩, 어때요?"

언덕 위에서 나와 똑같은 모습을 한 여자가 양팔을 크게 벌리고 학생들이 가는 길을 가로막았다. 학생들은 깜짝 놀라서 그 자리에 우뚝 서

버렸다.

"한 사람당 5천 엔씩 깎아줄게요."

허리까지 내려오는 검은 가발과 버버리 트렌치코트, 검은 펌프스, 갈색 숄더백. 눈 위에 푸른색 아이섀도를 짙게 칠하고 입술에는 새빨간 립스틱. 나를 꼭 닮고 나보다 훨씬 덩치가 큰 여자가 히죽 웃고 있었다. 유리코였다. 학생들은 걸음아 날 살려라 하고 도망쳐버렸다. 유리코는 학생들의 등을 바라보고 난 뒤에 나에게 양손을 들어보였다.

"도망쳐버렸어."

"네가 겁을 줬기 때문이야."

내가 불쾌해져서 말했으나 유리코는 신경도 쓰지 않았다.

"너무 그러지 마, 밤은 기니까. 그런데 가즈에 선배, 이 정도면 되겠어? 선배와 비슷하지?"

유리코는 트렌치코트의 앞을 벌렸다. 안에 입고 있는 것은 푸른색의 싸구려 정장이었다. 그것은 내가 입고 있는 것과 느낌이 아주 비슷했다. 나는 피에로처럼 새하얀 파운데이션으로 덮인 유리코의 살찐 얼굴을 바라보았다. 추함을 강조한 화장. 그게 나라고? 나는 화가 불끈 치밀었다.

"그것이 내 모습이라는 거니?"

"그래, 가즈에 선배. 선배는 도깨비 같아."

유리코는 의연하게 말하고 담배를 꺼내서 입에 물었다. 나는 분해서 유리코를 질책했다.

"너도 다를 바 없어. 뭐가 혼혈아 미인이라는 거야. 뚱보에다 추악해!"

유리코는 쓴웃음을 짓고 외국인 같은 제스처로 입술을 일그러뜨렸다.

"피차 웃기는 모습이야."

나는 유리코에게 물었다.

"피차라니, 그게 무슨 말이야? 나는 회사원으로 보이지 않니?"

유리코는 그 알 수 없는 눈으로 나를 멍하니 바라보았다.

"전혀. 회사원은커녕 젊은 아가씨로도, 보통의 중년 여자로도, 아무것으로도 보이지 않는다고. 선배는 몬스터야, 괴물!"

유리코는 중얼거렸다. 나는 유리코를 응시했다. 거울에 비친 내 모습. 두 마리의 괴물이 여기에 있다.

"내가 괴물이라면 너도 괴물이야, 유리코!"

우리는 엉겁결에 쓴웃음을 지었다. 모퉁이의 러브호텔에서 나온 중년 커플이 나와 유리코를 보고 한순간 긴장하더니 홱 하고 발걸음을 돌렸다.

"저리 꺼져버려. 이 멍청아! 러브호텔이나 드나드는 주제에 남의 얼굴은 왜 쳐다보냐?" 나는 고함을 쳐주었다.

"그렇게 을씨년스럽게 보이는 건가?"

유리코는 얼굴색 하나 변하지 않은 채 담배 연기를 내뿜었다.

"그거야 당연히 그렇겠지. 똑같은 모습을 한 창녀가 둘이나 서 있으니까. 하지만 이 세상에는 괴물을 좋아하는 남자도 있어. 이상한 일이긴 하지만. 아니, 사실은 남자들이 우리 같은 괴물을 만들어냈는지도 몰라."

나는 단골손님인 요시자키나 아라이를 떠올렸다. 그들은 내가 어떤 식으로 변하든 정확히 2주일에 한 번은 찾아왔다. 어째서 그 사람들은 내가 변해 가는 것을 잠자코 보고 있을 수 있을까? 나는 지난주에 만났을 때 요시자키와 아라이가 한 말이나 일들을 생각해내려고 했으나, 이미 아무것도 기억나지 않았다. 여느 때처럼 돌부처 앞에서 만나 호텔로 가서 캔 맥주를 마시면서 아라이의 불평이나 요시자키의 자랑을 들어주고 섹스를 했을 뿐이다. 무슨 얘기를 했더라? 생각나는 것은 아라이의 꾀죄죄한 양복의 꿰맨 자리가 터진 것이나, 내 몸을 더듬는 요시자키의 손가락에 거스러미가 생겨나 있었다는 것 정도였다. 유리코가 내 생각을 가로막았다.

"가즈에 선배, 나는 언제 여기에 서 있게 해줄 거야? 여기가 안 된다면 신센역 앞에라도 서 있을 테니까."

"안 돼!" 나는 단호하게 거절했다. "신센역도 내 구역이야. 나는 말보로 할머니의 계승자니까, 내 말을 듣지 않으면 용서하지 않을 거야."

"말보로 할머니라니?"

유리코가 아무런 관심도 없다는 듯이 돌부처를 쳐다보면서 물었다.

"전에 여기에 서 있던 할머니야. 은퇴하자마자 죽었대."

유리코는 담뱃진으로 누렇게 된 치아를 드러내고 웃었다.

"재미없게 죽었구나. 나는 언젠가 손님한테 살해될 것만 같은 생각이 들어. 가즈에 선배도 그렇지? 그것이 창녀의 운명이야. 언젠가 괴물을 사랑하는 남자가 나타날 거라고. 틀림없이 그놈이 우리를 죽일 거야."

"어째서 그런 생각을 하지? 그건 긍정적인 생각이 아니야."

"내 생각이 부정적이라고는 생각하지 않아." 유리코는 고개를 가로저었다. "20년 이상 창녀 짓을 하다 보니 남자의 속성을 알겠더라고. 아니, 남자의 속성이라기보다 우리 창녀들의 속성일지도 몰라. 몸 파는 여자들. 남자는 실은 몸 파는 여자를 미워해. 그리고 몸을 파는 여자도 돈으로 자신의 몸을 사는 남자를 미워하지. 그래서 서로에 대한 증오가 끓어올랐을 때 살인이 벌어지는 거야. 나는 그날이 오기를 기다리고 있어. 그때는 저항하지 않은 채 운명에 맡길 거야."

요시자키와 아라이도 나를 미워하고 있을까? 사디스트인 에구치도 그럴까? 나는 유리코가 생각하고 있는 것을 이해할 수 없었다. 우리 앞에 기다리고 있는 지옥을 유리코는 벌써 본 것일까? 나에게 몸을 파는 것은 때로는 즐겁고 때로는 비참한 장사에 지나지 않았다. 유리코는 돌부처를 가리켰다.

"이 돌부처는 뭐야?"

"몰라."

"나는 돌부처는 딱 질색이야. 이 세상의 모든 것을 다 알고 있다는 듯한 얼굴을 하고 있으니까. 이런 걸 만드는 것은 틀림없이 남자일 거야. 여자는 이런 거창한 것은 안 만들어."

근처 러브호텔의 네온 불빛을 받은 유리코의 옆모습이 한순간 신성하게 보였다. Q여고 시절의 찬란한 아름다움이 되살아나 과거로 되돌아간 것 같은 느낌이 들어서 소름이 오싹 끼쳤다.

"유리코, 넌 사실 남자를 싫어하나 보지? 넌 남자가 좋아서 미친 줄 알았어."

유리코가 뒤돌아보았다. 정면에서 본 얼굴은 뚱뚱한 중년 여자의 것이었다.

"나는 남자는 싫어. 하지만 섹스는 좋아. 가즈에 선배는 그 반대지?"

나는 남자를 좋아하고 섹스는 싫어한다는 것이다. 그렇다면 나는 좋아하는 남자에게 접근하기 위해 창녀를 하고 있다는 말이 된다. 그것은 잘못된 방법일까? 나는 유리코의 지적에 충격을 받았다.

"나하고 선배가 한 인간이 되면 제대로 살 수 있겠지. 하지만 그렇다 해도 여자로 태어난 이상 아무런 의미가 없어." 유리코가 담배를 거칠게 던졌다. "그런데 나는 언제 서게 해줄 건데, 가즈에 선배?"

"넌 내가 집으로 돌아간 다음에 나와. 나는 12시 28분 후지미가오카 행으로 돌아가니까, 그 뒤에는 계속 여기 있어도 괜찮아. 어차피 밤새도록 서 있을 생각이지?"

유리코는 야유조로 고맙다는 인사를 전했다.

"고마워. 가즈에 선배는 너무 친절하다니까. 그 이유는 무엇 때문일까? 동문의 인연일까, 아니면 동급생인 언니 덕택일까?"

"어느 쪽도 아니야. 나를 대신할 사람이 필요한 것뿐이야. 내가 없는 동안 이 장소를 누군가에게 빼앗기는 것이 싫으니까."

유리코는 품위 있게 웃었다.

"대신할 사람? 겁은 되게 많네. 야쿠자가 왔었나 보지?"

정확히 알아맞혔다. 나도 모르게 속마음이 드러나자 딴전을 피웠다.

"그런 건 아니지만."

"야쿠자 같은 건 내버려두면 돼. 위험한 손님을 만날 때는 어쩔 수 없이 만나게 될 테니까. 게다가 야쿠자는 우리가 대단한 창녀가 아니라는 것을 알고 있으니까 그렇게 집요하게 따라다니지는 않을 거야."

"그럴까?"

"어머, 자존심이 몹시 상하신 모양이군. 하긴 가즈에 선배는 원래 자존심이 세니까."

유리코는 안됐다는 듯이 말했지만 나는 어처구니가 없었다. 유리코가 선배인 체하는 것이 아니꼬웠다.

"어쨌든 넌 그 시간까지 이 주변에서 서성거리고 있어. 나는 여기서 장사할 테니까."

"네, 네, 알겠습니다!"

유리코는 코트 자락을 펄럭이면서 신센역 방향으로 걸어갔다. 나는 짜증이 나서 돌부처를 쳐다보았다. 유리코에게 나 자신이, 그리고 이 장소가 오염당한 것 같은 느낌이 들었다.

"돌부처님, 나는 괴물인가요? 나는 어째서 괴물이 되었나요? 가르쳐주세요."

　물론 돌부처는 아무것도 대답해 주지 않았다. 나는 밤하늘을 올려다 보았다. 도겐자카의 네온이 밤하늘을 핑크색으로 물들이고 있었다. 상공에서 바람 소리가 났다. 슬슬 찬바람이 불어올 것만 같다. 들뜬 것처럼 즐겁던 초저녁의 기분이 사라지고 겨울밤의 싸늘한 기척이 느껴졌다. "언젠가 괴물을 좋아하는 남자가 나타날 거라고. 틀림없이 그놈이 우리를 죽일 거야." 유리코의 말이 뇌리에 떠올랐다. 나는 무서워졌다. 남자가 무서운 것이 아니라, 괴물이 되어버린 나 자신이 무서웠던 것이다. 나는 이제 옛날로는 돌아갈 수 없는 것일까?

　"그 석상은 신을 조각한 것입니까?"

　등 뒤에서 남자의 목소리가 들렸다. 창피한 모습을 들킨 나는 서둘러 가발을 바로 쓰고 뒤를 돌아보았다. 청바지에 검은 가죽점퍼 차림의 남자가 서 있었다. 키는 그다지 크지 않지만 우람한 체격이었다. 삼십 대 중반. 최근에 노인이나 노숙자 손님이 많았던 나는 단단히 마음을 먹었다.

　"아까부터 기도하고 있었죠? 그래서 그 석상은 신일 것이라고 생각했습니다."

　외국인일까? 나는 어둠 속에서 나와 남자의 얼굴을 보았다. 머리숱이 적을 뿐 얼굴 생김새는 그다지 나쁘지 않았다. 좋은 손님이 될 수 있을 것 같았다.

　"신이에요. 나의 신이요."

　"그렇습니까? 확실히 아름다운 얼굴이네요. 나는 가끔 이곳을 지나가는데 그때마다 무슨 석상일까 하고 궁금했습니다."

　남자의 말투는 정중하고 온화했다. 나는 남자의 의도를 알 수 없어서 망설였다.

　"이 근처에 사세요?"

"네, 신센역 옆에 있는 맨션에 삽니다."

그렇다면 남자의 방을 사용하면 호텔비가 들지 않을 것이다. 나는 머릿속으로 계산했다. 남자는 내가 창녀라는 것을 모르는 것 같았다. 남자는 흥미를 느낀 듯 물었다.

"당신은 무슨 기도를 하고 있었습니까?"

"내가 괴물로 보이는지 어떤지에 대해서요."

"괴물이라고요?" 남자는 놀라서 내 얼굴을 바라보았다. "나는 아름다운 여자 분이라고 생각했는데."

"고맙습니다. 그런데 나를 사지 않을래요?"

남자는 너무나도 뜻밖이었는지 몇 걸음 뒤로 물러났다.

"그건 무리입니다. 나는 돈이 별로 없으니까요."

남자는 주머니에서 깨끗이 접은 1만 엔짜리 지폐를 한 장 꺼냈다. 나는 남자의 진지한 얼굴을 바라보면서, 이 남자는 어떤 타입일까 하고 생각했다. 내 생각에 손님은 두 종류로 분류된다. 대부분의 손님은 허세를 부리고 본심을 숨기기 위해 거짓말을 한다. 돈을 갖고 있는 체하면서 대범하게 행동하거나, 반대로 한 푼도 없다고 하면서 돈을 뜯기지 않으려고 경계하는 손님도 있다. 이런 손님들은 자신을 위장하고 나에게도 허위의 애정을 기대한다. 그러나 개중에는 솔직한 손님도 있었다. 처음부터 금액을 제시하고 끈기 있게 교섭하는 손님. 그런 남자들은 심플한 섹스를 요구하고 애정이나 정서 같은 것은 전혀 기대하지 않는다. 나는 그런 손님이 싫었다. 왜냐하면 그런 남자일수록 욕망이 강하고, 여자의 가치에 대해서 엄격하기 때문이다. 솔직히 말하면 나는 내 매력에 자신이 없는 것이다. 나이, 외모, 테크닉. 무엇 하나 내세울 것이 없는 나는 단지 섹스만 하는 창녀가 될 수밖에 없었다. 나는 남자에게 물었다.

"아저씨, 정말 1만 엔밖에 없어요?"

남자는 부루퉁한 모습으로 손에 든 지폐를 보면서 반론했다.

"1만 엔씩이나 갖고 있는걸요. 더구나 이 돈을 오늘 전부 쓸 수는 없습니다. 나는 매일 이 돈으로 신주쿠까지 가야 하거든요."

"시부야에서 신주쿠까지는 백오십 엔만 있으면 갈 수 있어요. 왕복 삼백 엔이면 된다고요."

내 말에 남자는 고개를 가로저었다.

"점심도 먹어야 하고 담배도 사야 해요. 친구를 만나면 맥주 한 병쯤은 사야 남자라고 할 수 있고요."

"그럼, 1천 엔만 있으면 되겠네요."

"아네요, 2천 엔은 필요합니다."

"그럼, 8천 엔만 내세요."

나는 남자의 마음이 변하기 전에 서둘러 팔짱을 끼었다. 남자는 어처구니없다는 얼굴로 내 팔을 뿌리쳤다.

"아가씨는 단돈 8천 엔에 몸을 파나요?"

믿을 수 없군, 하고 남자는 몇 번이고 중얼거렸다. 나도 나 자신이 믿기지 않았다. 노숙자 남자에게 8천 엔에 몸을 팔고나서부터 내 내부에서 무엇인가가 붕괴되기 시작했다. 손님이라면 어떤 상대라도 좋고 어디에서 해도 상관없었다. 요즘도 최저 3만 엔은 받고 싶지만 어느 틈엔가 돈을 벌 수 있다면 얼마든 상관없다고까지 생각하고 있었다. 아무래도 내가 최하급 창녀로 전락한 모양이라고 깨달은 것은 이 남자의 말을 듣고 나서였다.

"그런 싸구려 여자를 사는 건 처음이에요. 괜찮습니까?"

"뭐가 괜찮냐는 거예요?"

"아가씨는 나이도 그렇게 많지 않고, 화장이 짙긴 하지만 그다지 추녀도 아니에요. 어째서 그렇게까지 자신을 싸게 파는지 이상해서요."

남자의 눈가에 경멸하는 빛이 떠오른 것 같은 느낌이 들었다. 나는 황급히 숄더백을 뒤져서 사원증을 꺼냈다.

"미리 말해두지만, 손님, 나는 이래봬도 대기업 사원이에요. 게다가 Q대학을 나왔고, 머리도 좋다고요."

남자는 가로등 밑으로 가서 사원증을 꼼꼼히 들여다보고 몇 번씩이나 고개를 끄덕이더니 되돌려주었다.

"감탄했어요! 아가씨는 앞으로 장사를 할 때마다 이 사원증을 보여주는 게 낫겠네요. 일류 회사원인 아가씨를 마음에 들어 하는 손님도 있을 테니까요."

"언제나 보여주고 있어요."

내 대답을 들은 남자는 흰 이를 드러내며 웃었다. 그 웃음에는 내 마음을 들뜨게 하는 뭔가가 있었다. 일찍이 내가 맛본 적이 있으며, 지금은 좀처럼 볼 수 없게 된 남자의 웃음. 나보다 뛰어난 남자가 열등한 나를 귀엽다고 생각하고 나타내는 여유. 나는 남자에게 귀여움을 받는 것을 좋아했다. 남자가 나보다 뛰어나다고 느끼는 순간을 좋아했다. 그리고 뛰어난 남자가 나를 칭찬해주기를 기대했다. 아버지가 그랬으며, 입사 당시의 상사들은 모두 그런 식으로 나를 대해 주었다. 너무나도 그리운 나머지, 나는 일부러 어린애처럼 어리광 부리는 목소리를 내면서 남자의 얼굴을 쳐다보았다.

"이보세요, 어째서 웃는 거예요? 내가 무슨 이상한 말이라도 했나요?"

"이런, 이런, 아가씨는 참 귀엽군요. 나는 당신이 틀림없이 자신의 가치를 높이려고 할 거라고 생각하고 웃었어요. 현실은 다르지만요."

나는 남자가 하는 말을 이해할 수가 없었다. 요시자키 교수처럼 Q대학 출신에다 일류 회사의 사원인 나와 사귀려고 하는 남자도 있을 것이다. 그렇기 때문에 나는 사원증을 보여주었는데, 이 남자는 도대체 무슨 말을 하고 싶은 것일까?

"현실은 다르다니, 무슨 말이에요?"

나는 어리광을 부리는 시늉을 하면서, 남자의 팔에 딱딱하게 붙은 근육을 확인한 뒤에 다시 물었다. 남자는 육체노동을 오랫동안 해온 것이 틀림없었다.

"그건 그냥 덮어둬요."

남자는 나의 추궁을 가볍게 피하고는 천천히 걷기 시작했다.

"이봐요, 기다려요. 손님, 어디서 해요? 나는 밖이라도 괜찮아요."

남자가 손짓을 했기 때문에 나는 황급히 뒤를 쫓아갔다. 8천 엔이라도 좋다. 어디서 해도 좋다. 이 남자를 놓치고 싶지 않았다. 이유는 확실히 알 수 없었지만, 어쩌면 아까 남자가 나에게 보여준 웃음을 다시 한번 보고 싶었는지도 모른다. 아니면 남자가 말하다가 그만둔, '현실은 다르다'는 말의 뜻을 좀 더 알고 싶었는지도 모른다. 남자는 어두운 T자 길에서 왼쪽으로 구부러진 곳의 골짜기에 있는 신센역을 향해 걸어 내려갔다. 남자의 방에 들여보내 주려는 것일까? 나는 뜨뜻미지근한 밤바람을 뺨으로 느끼며 두근거리는 가슴을 안고 걸었다. 신센역 앞의 좁은 도로로 나간 남자는 그대로 100미터쯤 가더니 이윽고 4층짜리 맨션 앞에 멈추었다. 맨션은 낡아빠지고, 현관은 오랫동안 청소를 하지 않았는지 오래된 신문이나 빈 병 같은 것이 놓여 있어서 지저분했다. 그러나 역에서 가깝고 방도 좁지는 않을 것 같았다. 나는 칭찬했다.

"좋은 곳에 살고 있네요. 아저씨 방은 몇 호실이에요?"

남자는 소리를 내지 말라는 듯이 입술에 손가락을 갖다 대고는 계단을 올라갔다. 맨션이라고는 하지만 엘리베이터도 없었다. 더구나 계단은 쓰레기투성이였다.

"몇 층까지 가는 거예요?"

"내 방에는 친구들이 있어서 안 됩니다." 남자가 낮은 목소리로 속삭였다. "옥상이라도 괜찮겠어요?"

"좋아요. 오늘은 따뜻하니까요."

또다시 밖이다. 승낙은 했지만 옥외에서 하는 성교는 기분이 좋은 반면, 배설 행위 같아서 납득할 수 없는 면도 있었다. 나는 조금 망설이면서 계단을 올라갔다. 4층에서 옥상으로 나가는 계단에 서랍 속을 털어놓은 듯한 물건들이 버려져 있었다. 술병, 카세트테이프, 편지들, 사진, 종이쪽지, 찢어진 티셔츠, 영어가 쓰인 종이봉투. 남자는 걷기 힘들다는 듯이 그것들을 발로 차며 올라갔다. 나는 남자가 차버린 한 장의 사진에 시선을 고정시켰다. 젊은 백인 남자를 둘러싸고 젊은 일본인 남녀가 웃고 있는 사진이었다. 비슷한 사진이 몇 장씩 버려져 있었다.

"캐나다인 어학 교사예요. 집세를 체납해서 몇 달 동안 옥상에서 살았는데, 그때 필요 없다면서 계단에 쓰레기를 버린 것이고요."

"사진과 편지도 쓰레기인가요? 일본인은 남한테 받은 편지나 자신이 찍혀 있는 사진은 절대로 안 버려요."

어둠 속에서 남자가 웃었다.

"필요 없는 것은 쓰레기잖아요."

나는 이런 식으로 과거를 버릴 수 있으면 얼마나 좋을까 하고 생각하면서, 남자가 한 것처럼 한 장의 그림엽서를 신발 뒤꿈치로 짓밟았다. 그림엽서는 하와이 같은 풍경을 찍은 것인데 영어가 서툴게 쓰여 있었다. 버려지고 짓밟히고 잊혀지는 호의와 애정. 필요 없는 것은 쓰레기.

"충격 받았습니까?" 남자가 고개를 돌려 내 얼굴을 들여다보았다. "일본 사람은 이런 것을 보면 싫어하겠지요. 하지만 우리는 외국인 노동자니까 일본에서의 일은 잊어버리고 싶은 겁니다. 내 일생의 공백기죠. 아무래도 상관없는 시기 말이에요. 소중한 것은 전부 조국에 있으니까요."

"조국이 있어서 좋겠네요."

"그럼요."

"아저씨는 중국인? 이름이 뭐예요?"

"장입니다. 우리 아버지는 북경의 고관이었지만 문화대혁명 때 실각했습니다. 나는 하방 정책으로 흑룡강성의 조그만 인민 공사로 보내졌습니다. 그곳에서는 아버지의 일을 들춰가며 나를 심하게 괴롭혔지요."

"인텔리군요" 하고 나는 감탄해 보였지만, 장이 말하는 것은 믿을 수가 없었다.

"아닙니다. 태생과 상관없이 추락한 것뿐이에요. 아가씨는 상상도 할수 없겠지만요."

장이 나에게 손을 뻗으면서 말했다. 나는 그 손을 붙잡고 조그마한 옥상으로 나갔다. 80센티미터 정도 높이의 콘크리트 담으로 둘러싸인 옥상에는 마치 벽과 지붕이 없는 방처럼 냉장고나 매트리스 등이 남아 있었다. 지저분한 매트리스는 찢어지고 속의 스프링이 드러나 있었다. 녹슨 토스터나 뚜껑이 부서진 옷가방은 문제의 어학 교사가 살았던 흔적일 것이다. 나는 도로를 내려다보았다. 인기척 없는 거리를 자동차 한대가 속도를 내면서 달려갔다. 근처에 있는 아파트의 2층 방에서 남녀의 얘기 소리가 들려왔다. 신센역에 시부야행의 이노토선이 들어왔다.

"아무도 보지 않을 테니까 여기서 합시다." 장은 나에게로 돌아섰다.

"옷을 벗어주세요."

"전부 벗어요?"

"당연하지요. 아가씨의 몸을 보고 싶으니까요."

장은 팔짱을 끼고 더러운 매트리스 끝에 걸터앉았다. 나는 하는 수 없이 나체가 되었다. 추위에 떨고 있는데도 장은 고개를 저었다.

"이런 말을 해서 미안하지만, 아가씨의 몸은 지나치게 말라서 매력이 없네요. 아가씨에게 8천 엔을 줄 수 없습니다."

나는 화가 머리끝까지 나서 트렌치코트를 걸쳤다.

"얼마면 되겠어요?"

"5천 엔요."

"그거라도 좋아요."

내가 체념하고 승낙하자 장은 어처구니없다는 얼굴을 했다.

"왜 그거라도 된다는 거죠? 믿을 수가 없군요."

"아저씨가 그렇게 말했으니까."

"그건 흥정을 하기 위해서였죠. 아가씨는 손님이 하자는 대로 하고 있군요. 틀림없이 그런 식으로 살아왔을 거예요. 그래서는 중국에서는 살아갈 수가 없어요. 아가씨는 일본에서 태어나길 잘했어요. 내 여동생은 정말 억척스러웠답니다."

장이 무슨 말을 하고 싶어 하는지 알 수 없었다. 나는 어찌할 바를 몰랐다. 때마침 강한 북풍이 불어와서 따뜻한 공기를 날려버렸다. 나는 찢어진 매트리스의 천이 펄럭이는 것을 잠자코 보았다. 장이 짜증스러운 듯이 말했다.

"자, 어떻게 할 거예요?"

"아저씨가 정해요. 나는 손님의 뜻에 따르려고 생각하고 있으니까요."

"장사하고 있는 것 아닙니까? 어째서 그렇게 패기가 없는지 믿을 수 없네요. 아가씨는 매력이 없어요. 회사에서도 자기주장 같은 건 해본 적이 없지요? 일본인은 전부 그런가요? 아가씨는 자기주장을 하지 않으니까 좀 더 편한 창녀가 되었을 거예요. 틀림없이 그럴 겁니다."

아주 귀찮은 손님이다. 나는 에구치의 요구가 알아듣기 쉬워 더 낫다고 생각하면서 느릿느릿 옷을 집어 들었다.

"왜 그래요? 아직 옷 입으라고 하지 않았잖아요."

장은 이상하다는 듯이 말하고는 다가왔다.

"글쎄, 번거롭고 귀찮으니까. 난 설교는 딱 질색이거든요."

"설교 듣기를 좋아하는 주제에."

장이 나를 끌어안았기 때문에 나는 몸을 맡겼다. 그가 입고 있는 가죽점퍼의 표면이 맨살에 닿자 차갑게 느껴졌다.

"손님, 빨리 벗어요."

"나는 안 벗어. 그것보다는 핥아줘."

나는 무릎을 꿇고 장의 청바지 지퍼를 끌어내렸다. 그러자 장이 팬티에서 성기를 꺼내어 내 입속으로 밀어 넣었다. 장은 나에게 빨게 하면서 떠들어대고 있었다.

"아가씨는 정말로 온순해요. 손님인 내가 말하는 대로 다 하니까 말예요. 어째서 그런 짓을 하나요? 나는 Q대학에 대해서는 잘은 모르지만, 일본의 일류 대학이잖아요? 중국에서 대학을 나온 여자는 그런 짓은 안 해요. 모두 자신의 승진 같은 것밖에 생각하지 않죠. 아가씨는 승진 같은 건 이미 포기했죠? 그리고 회사에 온순해지는 것이 피곤하니까, 만난 적도 없는 남자에게 온순해지는 거죠? 내 말이 틀렸나요? 남자는 실은 온순한 여자를 좋아하지 않아요. 내 여동생은 굉장히 매력적이었어요. 이름은 메이준이고 이미 죽었지만, 나는 그 애를 존경하고 무척 좋아했습니다. 아무리 괴롭고 힘들어도 위로 올라가려고 했고 적극적이었어요. 난 소극적인 여자는 싫어해서 아가씨를 절대로 좋아할 수 없어요. 그래서 이런 못된 짓을 하고 있는 거예요."

장은 얘기하면서 발기했다. 나는 입을 떼어내고 서둘러 백에서 콘돔을 꺼내 씌웠다. 장은 매트리스 끝에 걸터앉은 채 나를 끌어안고 입술에 격렬한 키스를 했다. 나는 경악했다. 손님에게 이런 식으로 안긴 적이 없었던 것이다. 장이 허리를 움직이니까 나의 내부에 이제까지 없었던 변화가 찾아왔다. 이것은 뭐지? 나는 조바심을 냈다. 지금까지 느끼는 체만 하던 나에게 드디어 진짜 그것이 찾아왔다. 거짓말. 거짓말. 나는 장의 가죽점퍼에 매달렸다.

"아아, 날 좀 살려줘!"

장은 놀라서 내 얼굴을 보고, 그러고 나서 사정을 했다. 나는 숨을 헐떡거리면서 장에게 몸을 기댔으나 장은 재빨리 몸을 빼냈다.

"살려달라니, 그게 무슨 뜻입니까?" 장은 진지한 얼굴로 물었다. "나는 아가씨가 내 여동생이라고 생각하고 껴안았어요. 그러니 기분이 좋았을 거예요. 그렇다면 나에게 감사해야죠."

다시 값을 깎으려는 것일까? 나는 아직도 거친 숨을 내쉬면서 멍하니 생각했다. 정신을 차렸을 땐, 가발이 벗겨져서 뒤에 떨어져 있었고, 장이 그 가발을 만지작거리고 있었다.

"여동생 머리카락의 길이가 이 정도 되었을 거예요. 그런데 난 몹쓸 짓을 했습니다. 그 애가 바다에 떨어졌을 때, 모른 체해서 죽었다고요."

장은 어두운 얼굴로 중얼거렸다.

"이보세요, 손님. 신세타령도 들어주었으니 8천 엔을 주세요."

장이 얼굴을 들었다. 회상이 중단된 것에 대한 짜증스러움이 나타나 있었다.

"분명히 그렇군요. 아가씨는 몸을 파는 것이 영업이니까, 손님 얘기 같은 것은 듣고 싶지 않겠죠. 머릿속에는 자신의 일밖에 없을 테니까 말예요."

장은 화를 내면서 내뱉듯이 말했다. 갑자기 북풍이 불어 닥쳐서 옥상의 쓰레기를 감아 올렸다. 장은 배꼽 근처까지 내리고 있던 점퍼의 지퍼를 세게 끌어올렸다. 여기서 기분을 상하게 해서 돈 때문에 옥신각신하는 것은 싫었으나, 나는 장을 윽박질러주고 싶어서 안달이 났다. 아무것도 모르는 외국인 주제에. 내 고민 같은 것은 조금도 모르는 주제에. 내 내부에서 장에 대한 증오가 끓어올랐다. 그러나 가장 약이 오른 것은 처음으로 성교로 기분이 좋아졌는데, 그가 냉담하게 몸을 빼내버린 탓인지도 모른다. 그러는 동안에 내 고민은 대체 무엇인가, 과연 고민 같은 것이 있기는 했던가, 하고 나는 영문을 알 수 없게 되었다.

"내가 바보라는 얘기예요? 그건 실례 아닌가요?"

"그렇군요. 아가씨는 일류 기업에 다니고 있으니까요. 일본에서 좋은 대학을 나왔으니까요."

장의 말투가 야유조였기 때문에 나는 정색을 하고 대들었다.

"그래요. 내 단골손님 가운데는 나하고 자는 것뿐만이 아니고, 대화하는 것이 즐겁다고 하는 대학 교수도 있어요. 나는 그 선생님과 전문 분야의 얘기를 하고 선생님의 연구 성과도 들어주면서 학문적인 관계를 맺고 있어요. 또 다른 단골손님은 제약 회사의 영업부 차장인데, 나는 그 사람의 업무상 불평을 들어주고 제대로 충고를 해줘서 감사를 받고 있어요. 그러니까 나도 손님의 얘기는 들어준다고요. 하지만 그건 나를 호텔에 데리고 가고 돈도 그 나름대로 지불하고 게다가 나와 얘기를 나눌 만한 인텔리가 아니면 안 된다고요."

장은 내 얘기를 제대로 듣는 건지 마는 건지, 지루한 듯 입술 가장자리를 긁적거렸다. 강한 바람에 머리카락이 휘날려서 벗겨진 앞머리가 보였다. 뭐야, 잘생기긴 했지만 대머리잖아! 나는 바람이 씽씽 부는 옥상에서 장사를 한 것에 대해서도 화가 치밀어 올랐다. 노숙자 남자 때는 옷을 벗지 않고도 했으며 금세 끝났다. 게다가 나를 보고 야위었다느니 지나치게 온순하다느니 하고 설교도 하지 않았다. 오히려 마음씨 좋은 창녀라고 감사를 받았던 것이다. 나는 쓰고 난 콘돔을 옥상의 울퉁불퉁한 콘크리트 바닥에 내던졌다. 그러자 장의 정액이 쏟아져 나왔다.

"쓰레기처럼 버리는군요."

장이 그것을 보고 자신의 느낌을 말하기에 나는 피식 웃었다.

"조금 전에, 일본에서의 일은 잊어버리고 싶다고 했잖아요? 나와의 일도 계단의 쓰레기처럼 버리겠지요."

장은 잠자코 돌아보았다. 문이 열린 계단 출입구에 오렌지색 빛이 보였는데 그것은 마치 땅속으로 내려가는 동굴처럼 보였다. 쓰레기장이 되어버린 계단. 나는 장을 계속 몰아붙였다.

"아저씨는 하는 도중에도 여동생 얘기만 떠들어댔는데, 그건 변태라고요. 해서는 안 되는 짓 아닌가요?"

"왜요?" 장은 이상하다는 듯이 얼굴을 쳐들었다. "그게 뭐가 나쁜데요?"

"아저씨는 마치 여동생하고 근친상간하는 것 같았어요. 그렇지 않았더라도 그런 소망을 갖고 있던 것 아녜요? 그건 짐승이나 할 짓이라고요."

"짐승." 장은 고개를 갸웃거렸다. "아, 멋진 표현이군요. 남매이기는 했지만 우린 부부였으니까요. 가장 깊은 관계 아닙니까? 우리는 한 번도 떨어진 적이 없었어요. 다만 여동생은 일본에 올 때 나를 배신했습니다. 자기만 먼저 밀항하려고 나를 속이고 도망쳤죠. 나는 이런저런 방법을 총동원해서 필사적으로 쫓아갔습니다. 그래서 여동생이 바다에 빠졌을 때도 운명이라고 생각했어요. 손을 뻗었는데도 닿지 않았던 것은 처음부터 구해 줄 마음이 없었기 때문인지도 몰라요. 나중에 생각해

보니 불쌍했지만, 그때는 고소하다고 생각했어요. 내가 악마인가요? 그럼 창녀인 아가씨는 무엇입니까?"

그런 것은 아무래도 좋았다. 눈앞에 있는 남자가 친동생을 죽으라고 내버려두었든 어쨌든, 그건 나하고는 관계없는 일이었다. 나는 트렌치코트 앞을 여미고 역전에서 얻은 휴지로 입술을 닦아냈다.

"바다에 떨어졌다고요." 장은 다시 한 번 말하고는 목을 움츠렸다. "어쩔 수 없었지만 슬퍼요. 정말로요. 잊을 수가 없어요, 그 손. 나를 보던 마지막 눈빛."

나는 장하고 얘기하는 것이 귀찮아졌다. 최근에는 모르는 것에 대해서 생각하는 것 자체가 싫었다. 나의 뇌는 확실히 위축돼가고 있는 모양이었다. 나는 마루야마초의 언덕 쪽을 바라보았다. 골짜기 밑바닥 같은 신센역 앞에 있으면 기분이 가라앉는다. 도겐자카의 불빛이 그리워졌다. 그러는 동안 나는 돌부처 앞의 자리를 유리코에게 빼앗겨버릴 것 같은 느낌이 들어서 초조해졌다. 얘기는 이제 할 만큼 했으니 빨리 요금이나 지불해 주지 않을래요? 나는 장의 모습을 훔쳐보았다. 그러나 장은 아직도 얘기를 다 못 했는지, 담배를 꺼내서 일회용 라이터로 불을 붙였다.

"아가씨는 형제가 있습니까?"

나는 고개를 끄덕였다. 여동생의 짜증스러운 얼굴이 떠올랐다.

"있어요, 여동생."

"어떤 사람인가요?"

제조 회사에 다니는 착실한 여동생. 매일 7시 반에 출근하고, 6시에는 슈퍼에 들렀다가 귀가하는 착실한 여동생. 회사에는 도시락을 싸가고, 매달 10만 엔 이상을 저금하는 인색한 여동생. 나는 어렸을 적부터 여동생이 죽도록 싫었다. 나의 성공과 실패를 남몰래 뒤에서 관찰하고,

나쁜 선례는 절대로 따라 밟지 않는 요령 좋은 여자. 내가 벌어들인 돈으로 대학에 가고, 어머니와 어울리면서 고상한 체하는 여자.

나는 갑자기 유리코의 언니가 생각났다. 그 애도 나와 마찬가지로 여동생에게 괴롭힘을 당해 왔을 것이다. 언니를 능가하는 여동생처럼 밉살스러운 존재는 없다. 하지만 나는 여동생을 이기고 있다. 왜냐하면 나는 여동생이 절대로 하지 못하는 것을 해내고 있으니까. 나는 창녀. 그것도 거리의 창녀. 나는 솟구쳐 오르는 승리감에 웃었다. 장이 또다시 물었다.

"여동생이 죽었으면 좋겠다고 생각한 적 있어요?"

"항상 생각하고 있어요. 그밖에도 죽었으면 하는 사람들은 더 있지만요."

"누군데요?"

장은 진지한 얼굴로 물었다. 나는 고개를 갸웃했다. 누구일까? 죽었으면 하는 사람은? 어머니, 여동생, 실장. 너무나 많아서 얼굴과 이름을 다 생각해낼 수 없었다. 그로써 나는 아무도 좋아하지 않으며, 누구에게도 사랑받고 있지 않다는 것을 깨달았다. 나는 단지 혼자서 도시의 밤바다를 떠돌고 있는 것이다. 장의 여동생이 어두운 바다에서 손을 내미는 모습을 상상했다. 장의 여동생처럼 살려달라고 손을 내미는 짓 따위는 하지 않을 거다. 나는 도시의 얼어붙은 바다에서 손발이 마비되고, 수압으로 인해 폐가 찌부러지고, 물결에 휩쓸려 죽어가고 있다. 하지만 그것이 기분이 좋아 견딜 수가 없다. 나는 해방된 기분을 만끽하며 크게 기지개를 켰다. 장이 담배를 내팽개쳤다.

"아가씨, 지금까지 본 손님들 중에 제일 지독한 손님은 어떤 사람이었죠?"

나는 즉각 에구치를 생각해냈다.

"대변을 보라고 한 손님이 있었어요."

장이 눈을 번뜩였다.

"아가씨는 그때 어떻게 했습니까?"

"똥을 쌌어요. 손님이 진심이라는 것을 알고 나니까 공포 때문에 나오더라고요."

내가 그때 에구치의 요구에 응하자, 에구치는 웃으면서 나에게 계속 욕설을 퍼부어댔다.

"다른 사람 앞에서 똥을 잘도 싸는구나! 넌 인간이 아니야. 개짐승만도 못해. 넌 저질이야. 넌 여자가 아니야. 네가 여자라면 세상에 최고로 저질인 더러운 여자야!"

"그럼, 아가씨는 무엇이든지 다 할 수 있습니까?"

"아마도요."

"아가씨는 나보다 훌륭한 사람이네요. 나도 여러 가지 일을 다 해보았습니다. 나는 어떤 유명한 여사의 애인 노릇도 해보았어요. 하지만 아가씨가 틀림없이 더 훌륭합니다."

장이 주머니에서 깨끗이 접은 1만 엔짜리 지폐를 꺼내 내밀었다. 내가 현실로 돌아와서 지갑에서 거스름돈 2천 엔을 꺼내 건네려고 하자, 장이 도로 밀어냈다.

"거스름돈, 필요 없어요? 아니면 나에게 1만 엔을 다 주는 거예요?"

"아녜요, 처음에 약속을 했으니까요. 그것보다 아가씨, 2천 엔을 더 벌 생각 없습니까?"

장은 나의 귓가에 대고 속삭였다. 나는 황급히 1천 엔짜리 지폐를 거두어들였다.

"어떻게요?"

"내 방은 바로 이 밑인데 거기 친구가 있습니다. 그 친구는 여자가 없어서 언제나 괴로워하고 있어요. 불쌍합니다. 아가씨, 그 친구를 좀 도와주지 않을래요? 추가 요금으로 2천 엔. 어때요? 나는 친구를 끔찍이 생각하기 때문에 여자랑 자게 해주고 싶어요."

"너무 싸요."

나는 싫은 얼굴을 해 보였다. 그러나 추운 옥상에서 온몸이 차갑게 식은 나는 이제 슬슬 실내에서 푹 쉬고 싶었고 화장실도 가고 싶었다.

"안 되겠어요?" 장은 교활한 표정으로 물었다. "괜찮지 않습니까? 금방 끝납니다. 게다가 저것을 끼우면 안전하고요."

장은 아까 내가 내던진 콘돔을 가리켰다.

"그럼, 화장실 좀 빌려줘요."

"그러고 말고요."

나는 장의 뒤를 따라서 쓰레기가 널려 있는 계단을 다시 내려갔다. 장은 4층 맨 끝 방 앞에 섰다. 녹색 페인트가 벗겨진 문 앞에 빈 소주병과 맥주병이 늘어서 있었다. 방종한 생활을 하는 남자들만 사는 집이라는 느낌이 들었다. 장은 열쇠로 문을 열고 먼저 안으로 들어갔다. 방에는 햄버거 같은 고기 냄새와 남자의 체취가 떠돌고 있었다. 좁은 현관에 굽이 찌부러진 운동화와 먼지투성이인 구두가 던져져 있었다.

"젊은 사람은 나하고는 달라요." 장은 웃으면서 나에게 설명했다. "우리는 직접 식사를 만들지만, 젊은 사람은 맥도널드를 좋아하거든요."

"친구는 젊은가요?"

젊은 남자라면 요구도 강렬할 것이다. 평소 노인들만 상대했던 나는 이 상황이 기쁜 것 같기도 하고 무서운 것 같기도 한 복잡한 기분이 들어서 약간 망설여졌다. 장이 내 등을 밀었다. 나는 현관에서 우뚝 서버렸다.

"젊은 사람과 나 정도로 나이 먹은 사람이 있습니다."

두 사람씩이나 있어요? 하고 놀란 순간, 중국어가 들려왔다. 미닫이 문이 열리고 검은 셔츠를 입은 눈매가 좋지 않은 남자가 나타났다. 나이는 장과 비슷한 것 같았다. 윤기 없는 새카만 머리카락이 길게 늘어져 있었고 셔츠 앞은 크게 벌어져 있었다.

"이 사람은 드래곤이라고 해요."

드래곤이 상대란 말인가? 나는 헤죽헤죽 웃으면서 인사를 했다.

"안녕하세요?"

"누구세요? 장의 친구입니까?"

"그래요. 잘 부탁해요."

드래곤과 장이 눈짓을 교환했기 때문에 나는 경계심을 품고 방 안을 들여다보았다. 세 평짜리 방과 한 평 반짜리 방에 작은 부엌과 욕실이 붙어 있었다. 여기서 도대체 몇 사람의 남자가 기거하고 있는 것일까? 장은 친구라고 했는데, 드래곤 한 사람일까?

"구두는 벗고 들어가세요."

장이 몸을 구부리고 구두를 벗기려고 했지만 나는 혼자서 벗었다. 남자들의 더러운 구두 사이에 놓인 나의 펌프스. 몇 개월씩 청소도 하지 않았는지 바닥 틈에 먼지가 끼여 있었다. 이국의 먼지가.

미닫이문 뒤에 또 한 사람의 남자가 숨어 있다는 것을 깨달은 것은 그때였다. 남자는 나에게 들킨 것을 알고 엷은 눈썹을 움직였으나 표정은 거의 변하지 않았다. 회색 운동복을 입고 안경을 쓰고 있었다.

"저 사람은 선이라고 해요. 신고이와의 슬롯머신 가게에서 아르바이트를 하고 있어요."

"드래곤 씨는요?"

"나는 여러 가지 일을 하고 있습니다. 한마디로 설명할 수가 없지요."

드래곤은 자세한 말은 하지 않았지만, 그 옷차림이나 표정으로 보아 좋지 않은 일을 할 거라는 짐작이 갔다. 드래곤은 나를 빤히 쳐다보고는 선이와 시선을 교환했다.

"나는 단돈 2천 엔에 누구하고 장사하면 되는 거예요?"

정색을 한 나는 우뚝 버티고 서서 장을 힐책했다. 따뜻한 방 안에 들어온 것은 좋았지만, 어디서 누구랑 하라는 것일까? 아까와는 얘기가 좀 달랐다.

"선이와 드래곤, 어느 쪽하고 먼저 하겠어요?"

"두 사람에 2천 엔이라고요? 싫어요."

"아까 좋다고 했잖아요?" 장이 내 팔을 붙잡았다. "아가씨는 몇 명이냐고 제대로 묻지 않았어요. 그래서 나는 아가씨가 승낙했다고 생각했다고요. 여기서 도망치면 안 되죠. 약속 위반입니다."

나는 체념하고 선이를 가리켰다. 정체를 알 수 없는 드래곤보다는 과묵하고 젊은 선이가 낫겠다고 생각한 것이다.

"그건 안 돼!" 하고 드래곤이 나를 가로막았다. "나이순으로 장부터 해야 해. 그게 중국의 예의야."

"이 사람은 방금 했으니까 빼라고요!"

나는 소리쳤다. 장이 쓴웃음을 짓더니 드래곤에게 뭐라고 중국어로 말하자, 드래곤이 선이에게 또 뭐라고 말했다. 나는 짜증이 났다.

"지금 뭐라고 했어요?"

"한 사람씩 하는 게 좋은지 다 함께 하는 게 좋은지 물었어요."

"그만둬요!" 나는 고함을 쳤다. "당연히 한 사람씩이죠."

"하지만 아가씨가 말했잖아요. 무엇이든지 하겠다고요. 아가씨는 어떤 것이든 다 해보아서 아무렇지도 않을 테니 우리가 시키는 대로 하는 편이 즐거울 거예요."

선이가 옆방에서 나타나서 드래곤에게 양보하겠다는 몸짓을 했다.

드래곤이 나에게 뭐라고 말했다.

"드래곤은 이렇게 말했습니다. 아가씨는 깡마르고 그다지 예쁜 여자
는 아니라고요. 하지만 여자를 안은 지 반년이나 지났으니까 당신이라
도 괜찮다고요."

"너무 심하지 않아요?"

"너무 심합니까?" 하고 장이 웃었다. "우리가 일본에 와서 언제나 듣
는 말은 나 자신의 가치였어요. 얼굴이 잘생겼다든가, 체격이 좋다든가,
머리가 잘 돌아간다든가, 일을 잘한다든가. 동물의 품평과도 같지요. 아
가씨도 그렇습니다. 아가씨도 자신을 팔고 있으니까 품평을 당하고 가
격이 붙는 것은 당연할 겁니다. 그것이 좋아서 이 장사를 하고 있는 것
아닙니까? 내 말이 틀렸나요?"

나는 항의하려고 했으나 드래곤이 내 코트를 벗기고 방바닥에 밀어
넘어뜨렸기 때문에 할 수 없었다. 드래곤은 난폭하게 내 푸른색 정장의
웃옷을 걷어 올리고 스커트를 들췄다. 나는 장과 선이가 보는 앞에서
범해졌다. 최초의 경험. 나는 최악의 창녀. 나는 눈을 꼭 감았다.

"이쪽을 보라고! 흥분할 테니까!"

장의 유쾌한 듯한 목소리가 들려서 나는 마지못해 눈을 떴다. 바로
옆에 장의 하얀 양말과 선이의 맨발이 보였다.

드래곤이라는 남자는 오랫동안 목욕을 하지 않았는지 고약한 냄새가
났다. 나는 드래곤을 받아들이기는 했지만 냄새를 견딜 수 없어서 나도
모르게 손으로 코를 막았다. 나의 반응 따위는 신경도 쓰지 않고 드래
곤은 내 위에서 격렬하게 움직였다. 나는 눈을 꼭 감고 코를 막고, 돌부
처처럼 차갑게 누워 있었다. 언제나와 마찬가지로 아무것도 느껴지지
않았다. 내 몸속에 남자의 그것이 들어온다. 아주 조금만 참으면 된다.

그뿐이다. 때때로 연기를 하지만 이번엔 그럴 필요가 없었다.

장과 선이가 바로 옆에서 쳐다보고 있다는 것은 알았지만, 나에게는 그것도 아무래도 좋은 일이었다. 장이 말한 것처럼 흥분도 되지 않았고 두 남자의 눈앞에서 장사를 한다는 부끄러움이나 노여움도 없었다. 다만 2천 엔에 두 남자를 상대한다는 것이 내 머릿속에서 맴돌고 있었다. 자긍심도 없다. 손해일 뿐이다. 그런데 어째서 승낙한 것일까? 그럭저럭 하던 동안 나는 화장실을 빌리려고 장의 방에 들렀는데도 불구하고 그걸 잊고 있었다는 것을 생각해냈다. 내 감각이 둔해진 것인지 예리해진 것인지 알 수 없어서 혼란스러웠다. 옥상에서 장과 관계할 때 기분이 좋았던 것. 그것은 나의 최초의 쾌감이었는데도 왜 지속되지 않는 것일까? 매번 같은 것처럼 생각되면서도 다르다. 섹스란 참 이상하다. 유리코를 만난 이후로 나는 꿈속을 헤매고 있는 것 같아서 어쩐지 불안하고, 그것이 무척 기분 좋기도 했다.

드래곤이 내 어깨를 세게 움켜잡더니 이상한 소리를 질렀다. 배설. 그런 느낌이 들지 않는 것도 아니었지만, 나는 무감각하게 갈색으로 번져나간 천정의 얼룩을 바라보았다. 4층의 이 방 바로 위가 조금 전에 장과 성교를 한 옥상 근처였다. 내가 던진 콘돔에서 흘러나온 장의 정액이 얼룩이 되어 퍼지면서 천장을 더럽히고 있는 것은 아닐까? 있을 수 없는 몽상이 떠올랐다.

손님이 헐떡거린 끝에 내뿜은 그 하얀 액체가 너무나도 소량이어서 놀라는 경우가 종종 있다. 그런 조그만 결과를 위해서 남자들은 우리를 산다. 밤의 내가 낮의 나를 능가해 버려서 밤의 나밖에 존재하지 않게 된 것은 남자의 그 액체 때문이라는 사실. 나는 남자로 태어나지 않은 나 자신이 행복하다고, 이날 밤, 처음으로 진심으로 생각했다. 왜냐하면 나는 남자의 욕망이 하찮은 것이라는 것을 알게 되었으니까. 그리고 그것을 받아들이는 존재가 되었으니까.

나는 유리코의 이상한 차분함을 겨우 이해한 것 같았다. 유리코는 소녀 때부터 자신의 육체를 이용하여 세계를 손에 넣었던 것이다. 온갖 남자의 욕망을 처리하는 것은 그 남자의 수만큼의 세계를 얻는 것이다. 설사 그것이 한순간이라 하더라도. 나는 탄식했다. 공부도 아니고 일도 아니고, 남자에게 그 액체를 토해 내게 하는 것이 세계를 손에 넣는 단하나의 수단이었던 것이다. 지금 나는 그렇게 하고 있다. 나는 순간적인 정복감에 도취되었다.

중국어로 응수하는 소리가 들리기에 나는 눈을 떴다. 장과 선이가 나와 드래곤 옆에 앉아서 진지하게 내 얼굴을 바라보고 있었다. 아직 이십 대 중반으로 보이는 선이는 얼굴을 붉힌 채 사타구니를 손으로 가리고 있었다. 왜 그래? 흥분했지? 나는 드러누운 채 선이를 바라보았다. 선이는 화난 듯이 내 시선을 피해서 눈을 내리깔았다.

"다음은 선이."

장이 선이에게 재촉했다. 선이는 남들이 보는 앞에서 성교하는 것이 싫은 모양인지 경직된 얼굴로 무엇인가 항의했지만, 장은 허용하지 않았다. 장은 단돈 2천 엔으로 나와 드래곤과 선이를 회유했다. 그래서 나는 아직 장의 세계를 이해하지 못한 느낌이 들었다. 장을 정복하지 않으면 안 된다. 나는 팔을 뻗어서 장의 무릎을 붙잡았다.

"아저씨가 와요."

그러나 장은 내 손을 뿌리치고 선이를 떠밀었다.

"자아, 빨리 해!"

선이는 마지못해서 운동복을 벗었다. 이미 발기된 성기를 보고 드래곤이 뭐라고 말했다. 나는 옆에 놓아둔 백에서 콘돔을 꺼내 선이에게 건네주었다. 선이는 서툰 솜씨로 착용한 뒤, 안경을 벗어 바닥에 놓았다. 얼빠진 녀석. 드래곤이 안경을 주워서 코끝에 걸고는 장난을 쳤다. 드래곤의 눈초리에서 천박함과 날카로움이 사라지고 방심하는 듯한 부드러운 막이 쳐졌음을 깨닫자, 내 표정도 틀림없이 저럴 것이라고 생각했다.

선이가 나를 끌어안았다. 놀랍게도 선이는 서투른 키스를 했다. 장과 똑같았다. 나는 눈을 들어서 장을 보았다. 나의 단골손님은 모두 성교만 할 뿐이다. 요시자키도 아라이도 그렇다. 키스 같은 것은 한 적이 없고 하고 싶지도 않았다. 장의 시선이 나와 마주쳤다. 나는 옥상에서 한 장과의 성교를 떠올렸다. 태어나서 처음으로 느낀 절정. 그것을 좀 더 느낀다면, 나는 나 자신의 세계도 정복할 수 있을 것이다. 자아, 어서 해요. 나는 선이의 등에 팔을 감았다. 선이와 한 몸이 되어 절정에 도달하고 싶다. 나의 왼쪽 넓적다리를 장이 쓰다듬고 있다는 것을 깨달았다. 따스한 손. 드래곤이 흉내를 내서 오른쪽을 만졌다. 나는 세 남자들에게 희롱당하고 있다는 생각은 조금도 하지 않았다. 나는 여왕이다! 기분이 좋다. 그때, 선이와 함께 나는 생애 두 번째 절정을 맛보았다. 장이 내 머리에 손을 얹고 속삭였다. 목소리가 흥분으로 갈라져 있었다.

"좋았습니까?"

나는 일어나서 아까부터 벗겨져 바닥 위를 굴러다니고 있는 가발을 집어 들었다. 선이는 부끄러운 듯이 뒤로 돌아앉아서 서둘러 옷을 입었다. 드래곤은 내 몸을 핥듯이 바라보면서 담배를 피우고 있었다. 나는 가발을 쓰고 핀으로 고정시킨 후 옷을 주워 입었다.

"화장실 좀 쓸게요."

장이 현관 옆에 있는 베니어판으로 된 문을 가리켰다. 일어서는데 현기증이 났다. 당연한 일이다. 연달아 세 명의 남자와 장사를 한 것은 처음이니까. 처음 경험하는 일뿐이어서 지칠 대로 지친 나는 휘청거리면서 걸어가 화장실 문을 열었다. 바닥이 소변으로 젖어 있었다. 남자끼리 쓰는 화장실이라 너무나도 더러워 구역질이 났다. 나는 이 화장실이나 계단의 쓰레기, 바닥 틈에 끼여 있는 먼지와도 같았다. 그래서 그게 어떻단 말인가? 내 내부에서 또 다른 감정이 고개를 든다. 그래서 어떻다는 거야? 하지만 비참함은 사라지지 않았다. 나는 눈물을 참고 볼일을 보았다.

"나하고 한 번 더 할래요?"

장이 화장실에서 나온 내 눈을 바라보면서 말했지만 나는 고개를 흔들었다.

"화장실이 너무 더러워서 속이 메스꺼워요."

"이게 현실이에요."

이것이 현실. 그렇다면 그 절정은 무엇이었는가? 내가 순간적으로 맛본 정복감은? 아까의 감정이 또다시 솟구쳐 올랐다. 그래서 어떻다는 거야? 그래서 어떻다는 거지? 이것이 현실. 그렇다면 나는 세계를 제패한 꿈속에 영원히 머물러 있고 싶다.

"돌아갈래요."

옷을 입은 나는 펌프스를 신으면서 돌아보았지만, 남자들은 아무도 내 쪽을 돌아보지 않았다.

돌부처 앞으로 돌아온 것은 11시 반이었다. 이제 곧 유리코가 나올 시간이었다. 나는 손목시계를 들여다보고 유리코를 찾았으나 나타나지 않았다. 추위와 피로에 지친 나는 수첩을 찢어서 유리코에게 편지를 썼다.

늦으면 마지막 전철을 놓치니까 이만 돌아갈게. 나는 오늘 외국인 남자 세 명을 상대했어. 그것도 세 명을 동시에! 나는 쓰레기임에 틀림없지만 그

순간은 세계를 제패한 것처럼 느껴졌어. 대체 왜일까? 네가 알고 있으면 가
르쳐줘.

　돌부처 앞에 편지를 올려놓았지만 갑자기 바보 같은 짓처럼 느껴져
서 편지를 찢어버렸다. 그것을 알게 되더라도 어쩔 수 없는 일이잖은
가? 유리코가 내뱉듯이 한 말. "나는 남자는 싫어, 하지만 섹스는 좋아.
가즈에 선배는 그 반대지? 나하고 선배가 한 인간이 되면 제대로 살 수
있겠지. 하지만 그렇다 해도 여자로 태어난 이상 아무런 의미가 없어."
그 말 대로였다. 오늘 밤 나는 여자로 사는 것에 무척이나 지쳤다. 돌아
가려고 걸음을 내디딘 순간, 등 뒤에서 유리코의 목소리가 들렸다.
　"가즈에 선배, 오늘 장사는 어땠어?"
　나와 똑같은 분장을 한 유리코가 느릿느릿 언덕을 내려왔다. 새카만
긴 머리카락. 새하얀 분 화장. 푸른색 아이섀도에 새빨간 립스틱. 나는
나의 유령을 보고 있는 것 같아서 등에 소름이 쫙 돋았다. 최악의 창녀.
단 몇 cc의 정액을 위해 존재하는 여자. 괴물. 나는 거꾸로 유리코에게
물었다.
　"너야말로 어땠니?"
　유리코는 손가락을 한 개 내밀었다.
　"한 사람. 68세 남자. 분카무라에서 연애 영화를 보고 흥분해서 10년
만에 여자를 사고 싶어졌대. 귀엽지?"
　"얼마 받았는데?"
　유리코는 다시금 손가락으로 나타냈다. 4개. 4만 엔? 나는 부러웠다.
　"좋겠다!"
　"4천 엔이라고." 유리코는 남의 일처럼 웃었다. "이렇게 싸게 손님을
받은 건 처음이야. 그것밖에 가진 게 없다고 해서 승낙했지. 이십 대 무

렴의 나는 하룻밤에 3백만 엔을 받은 적도 있었는데. 나이를 먹으면 가치가 떨어지는 건 어째서일까? 젊고 예쁘다고 해도 남자의 목적은 같은 것인데, 젊다는 것만으로 의미가 있다는 것은 이상해. 어차피 하는 건 나이를 먹었든 젊었든 마찬가지라고 생각하지 않아?"

"나이를 먹어도 추해지지 않으면 되잖아."

"아니야." 유리코는 단호히 고개를 흔들었다. "외모는 상관없어. 남자는 젊은 여자를 상대하고 싶은 거라고."

"그럴까? 그런데 넌 어째서 그렇게 추해진 거니?"

나의 야유에도 유리코는 얼굴색 하나 변하지 않았다.

"글쎄, 운명이겠지. 나는 주위에서 떠들어대는 것만큼 내 외모에 관심이 없고 지금은 차라리 마음이 편해. 이것이 진짜 나 자신이라고. 쇠퇴하는 것은 좋은 거야. 남자의 본질을 보게 되고, 동시에 내가 어째서 이 세상에서 살아가고 있는가도 알게 되거든. 손님이 젊은 창녀를 사고 싶어 하는 건 육체의 매력 때문이 아니야. 젊다는 것은 미래가 있으니까, 남자들은 젊은 창녀가 갖고 있는 시간을 사는 거라고 생각해. 우리는 달라. 그래서 보통 남자들은 우울해지는 거야. 조금 전의 손님도 나하고 잔 뒤에 외로워진것 같았어. 남자란 모두 마음이 약해. 여자가 추하게 변했거나, 나이를 먹어서 우울해진 것을 견딜 수 없는 거야. 우리의 모습이 남자가 지닌 약점을 드러내 보이는 셈이지. 반면에 우리 같은 괴물을 좋아하는 남자는 쇠약이라든가 쇠퇴 같은 추악함을 즐기고 있는 거야. 우리를 좀 더 타락하게 해서 넝마로 만들고 최후에는 죽여버린다니까."

나는 잠자코 유리코의 얘기를 들었지만 신물이 났다. 유리코의 창녀 철학 같은 것은 알고 싶지도 않았다.

"그런 건 아무래도 좋아."

"맞아. 생각하지 않는 것도 괴물이 되는 방법이거든." 유리코는 숄더
백에서 담배를 꺼내면서 말했다. "선배는 어떤 손님을 만났어?"

"외국인 세 명. 중국인이었어. 1인당 3만 엔씩 9만 엔을 벌었지."

나는 거짓말을 했다. 유리코가 담배 연기와 함께 탄식했다.

"어머, 부러워라! 그런 좋은 손님이라면 나도 좀 소개해 줘."

"싫어!"

"나는 선배가 돈을 번 게 부러워서 그러는 게 아니야. 가즈에 선배에
게 그 정도를 지불했다면 그 사람은 괴물을 좋아하기 때문일 거야. 선
배는 못생겼으니까. 밤에 선배를 만난 아이가 있다면 울음을 터뜨릴 거
라고. 더구나 선배에게는 미래가 없어. 자꾸 타락해 갈 뿐이야. 회사에
나갈 수도 없게 되고 아무도 선배의 모습을 보려고 하지 않게 될 거야."

유리코의 눈이 번뜩였다. 나는 이미 최악의 창녀인데 여기서 더 타락
하게 될 거라고 생각하자 무서워졌다. 언젠가 괴물을 좋아하는 남자가
나타나서 나를 죽일 거라던 유리코의 예언이 떠올랐다. 나는 장에게 살
해될까? 옥상에서 몸을 뗐을 때의 굴욕을 떠올렸다. 장은 나를 싫어한
다. 섹스도 싫어한다. 하지만 괴물을 좋아한다면?

돌연 센 바람이 불어와서 내가 찢어버린 편지가 눈보라처럼 날아갔
다. 유리코가 이상하다는 듯이 날아가는 종이를 쳐다보았다. 나는 트렌
치코트 앞을 여미면서 장의 마음속을 들여다보고 싶다고 생각했다. 말
은 부드러워도 거짓말로 가득 찬 더러운 세계. 그러나 나는 그 더러운
세계를 받아들이고 더구나 기뻐했던 것이다. 나는 장처럼 정체를 알 수
없는 사람이 에구치 같은 사람보다 훨씬 더 무서웠다.

"이봐, 유리코, 넌 언니를 어떻게 생각하니?"

유리코는 대답하지 않은 채 돌부처에게 미소 지어 보였다.

"응, 어떻게 생각하느냐니까?"

나는 두텁게 살이 붙은 유리코의 어깨를 잡았다. 나보다 머리 하나쯤 큰 유리코가 천천히 돌아보았다. 눈은 초점이 없이 을씨년스럽게 빛나고 있었다.

"어째서 언니에 관한 걸 묻는 거야?"

"장이라는 중국인 손님이 여동생 얘기만 떠들어댔거든. 죽었지만 끔찍이 좋아했대."

"우리 언니는 내가 태어날 때부터 나를 질투하고 동시에 나를 사랑한 것 같아. 언니가 부정하고 있는 여자가 바로 나야."

　유리코는 다시 어려운 말을 해서 나를 혼란시켰다. 내 머리는 이미 추상적 사고를 할 수 없게 되었다. 나는 또다시 귀찮아졌고 귀를 막아버리고 싶어졌으나, 유리코는 아랑곳없이 계속 말했다.

"자매라는 건 한 번 잘 풀리지 않으면 끝까지 어긋나는 것 같아. 나는 언니와 둘이서 한 사람이니까. 언니는 겁이 많고 남자라는 타인을 절대로 받아들이지 않는 처녀고 나는 그 반대야. 남자를 받아들이지 않고는 살아갈 수 없는 타고난 창녀. 지나치게 극단적이어서 재미있지?"

"재미없어." 나는 내뱉었다. "어째서 여자만 이 세상에서 제대로 살아나갈 수 없는지 모르겠어."

"간단해. 망상을 가질 수 없으니까."

　유리코는 새된 목소리로 웃었다.

"망상을 가지면 살아나갈 수 있니?"

"이미 늦었어, 가즈에 선배."

"그럴까?"

　나의 망상은 회사라는 현실에서 무너졌다. 내 귀가 저 멀리 달려가는 이노토선의 소리를 포착했다. 이제 막차가 떠날 시간이었다. 편의점에서 맥주라도 사서 마시면서 돌아가자. 나는 추워서 발을 동동 구르는 유리코에게 말했다.

"정신 차리고 장사나 하자고."

유리코는 내 말에 이렇게 대답했다. "죽음을 향해서 말이야."

막차로 집에 돌아왔더니 현관문에 체인이 걸려 있었다. 조명이 꺼진 데다 체인까지 걸어놓은 것을 보면 집에서 쫓아낼 생각인가? 나는 화가 나서 벨을 계속 울려댔다. 그러자 안에서 체인을 벗기더니 여동생이 부루퉁한 모습을 하고 나왔다.

"멋대로 잠그지 말라고."

여동생은 고개를 돌렸다. 자다 나왔는지 파자마 위에 카디건을 걸치고 있었다. 여동생의 시선이 내 속의 무엇인가를 푹 찌른 것 같은 느낌이 들어서 나는 짜증스러워졌다.

"뭐야, 그 눈? 불만 있니?"

여동생은 아무 말도 하지 않은 채 내 등 뒤에 있는 차가운 밤을 의식한 듯 몸을 떨었다. 내가 끌고 들어온 사악한 것에. 그러고는 내가 구두를 벗는 사이에 재빨리 방으로 들어가 버렸다. 가족은 풍비박산. 나는 차가운 복도에 얼어붙은 듯 우뚝 서 있었다.

창녀의 애원

시부야, ?, 주정뱅이, 3천 엔

장과 만나고 나서부터 나의 운이 사라져버렸다. 2주일 전에는 사디스트 변태와 호텔에 갔다가 얼굴을 심하게 얻어맞아 일주일이나 장사를 쉬어야 했으며, 가까스로 나은 후에도 손님이 전혀 붙지 않게 되었다. 그 변태 놈도 5일 만에 걸린 손님이었다. 요시자키 교수에게 몇 번씩 전화를 걸어보았지만 시험 기간이라고 계속 거절했다. 아라이는 본사인 도야마로 출장을 가서 자리에 없었다. 나는 돌부처 앞에서 조용히 손님을 기다리고 있어 보았자 해결이 될 것 같지 않아서 초조함을 느꼈다. 추운 계절에는 손님들이 그다지 밖으로 나다니지 않는다. 그래서 오늘 밤에는 도겐자카의 번화가로 원정을 나가보기로 결심했다.

5시 반 정각에 조사실에서 나와서 서둘러 엘리베이터로 갔다. 전에는 일이 끝나면 몸 안에서 환희에 가까운 해방감과 회사에 대한 반항심이 불끈불끈 솟아오르곤 했지만, 지금은 그런 것도 없고, 오늘은 얼마나 벌 수 있을까 하는 생각만이 내 머리를 점령했다.

나의 장사는 현금이 즉시 주머니로 들어온다. 은행으로 들어오는 월급과는 질이 다른 돈. 나는 내 육체를 이용해서 벌어들인 지폐의 감촉이 그렇게 좋을 수가 없었다. ATM의 현금 투입구에 지폐를 넣을 때마다 안녕, 하고 말하고 싶어질 정도였다. 내 예금 구좌에 입금하는데도 말이다. 현금에는 나는 살아 있다고 하는, 손으로 붙잡을 수 있는 실감이 있었다. 그렇기 때문에 손님이 붙지 않게 된 순간, 앞으로는 전혀 돈을 벌 수 없게 되는 것이 아닐까 하는 불안감이 생겼다. 돈을 못 벌게 되어 밤거리에서 살아갈 수 없게 된다면, 그것은 세계로부터 나라는 인간이 완전히 부정당하는 것이다. 이것이 바로 유리코가 말한 '죽음으로 향하는 것'일까? 나는 그날을 맞이하는 것이 무서웠다.

장의 방에서 쓰레기 같은 취급을 받은 굴욕. 단돈 2천 엔에 두 남자에게 몸을 판 비참함. 그 후로는 거칠 것이 없어져 손님도 고르지 않게 되었고 돈을 벌 수 있다면 무슨 짓이든지 할 생각이었다. 그런데도 손님 쪽에서 나를 피하는 것은 어째서일까? 나에게 무엇인가 불길한 것이 나타나 있는 것일까? 아냐, 이건 생각일 뿐이야. 절대로 그럴 리 없어. 나는 역의 흐린 거울에 비치는 내 얼굴을 보고 미소 지었다. 여느 때처럼 날씬하고 머리카락이 긴 예쁜 여자였다. 안도한 나는 얼굴을 앞으로 내밀고 지하철 긴자선의 플랫폼으로 서둘러 갔다. 조금이라도 빨리 시부야에 나가서 다른 창녀에게 빼앗기기 전에 손님을 붙들어야 했다.

"뭐라고? 그 여자가 그런 짓을 하고 있다고?"

소음이 심한 플랫폼에서 줄을 선 여사원 같은 두 여자의 대화가 우연히 귀에 들어왔다. 한 여자는 검은 코트, 다른 여자는 요즘 유행하는 빨간 코트를 입고 브랜드 핸드백을 들고 있었는데, 둘 다 예쁘게 화장을 한 얼굴이었다.

"마루야마초에 서 있는 것을 영업부 사원이 봤는데, 아무리 봐도 창녀 같더래."

"거짓말이겠지. 그 여자, 기분 잡치게 생겼잖아. 그런 여자를 돈 주고 사는 남자가 어디 있겠니? 못 믿겠어."

"믿기지 않겠지만 사실인가 봐. 그 여자, 최근에 점점 더 기분 잡치는 짓만 하거든. 모두들 11층 화장실을 피하는 것 알고 있어? 그 여자가 거기서 도시락을 먹고 수도꼭지에 입을 대고 물을 마신대."

"어째서 잘리지 않는지 몰라."

내 이야기였다. 나는 막연히 사방을 둘러보았다. 내가 주목의 표적이 된 것 같아서 마음에 걸렸기 때문이다. 하지만 똑바로 세 줄로 정렬해서 시부야행 지하철을 기다리는 퇴근길의 사람들은 나 같은 것에는 주의도 기울이지 않은 채 어두운 선로를 바라보고 있었다. 안심이 되기도 했지만 주목받지 않아 실망도 했다. 그건 그렇고, 사원들로부터 내가 왜 험담을 듣지 않으면 안 되는 거지? 나는 나쁜 짓을 하고 있는 것이 아니다. 나는 검은 코트를 입은 여사원의 등을 두드렸다.

"나 좀 잠깐 봐." 돌아본 여자가 나를 보고 기겁을 했다. "이봐, 나는 조사실의 일을 제대로 하고 있어. 조사실 부실장이고. 내 논문은 신문사에서 상을 받은 적도 있으니까 잘릴 리가 없지."

"죄송합니다."

여자들은 줄을 벗어나서 플랫폼 쪽으로 달려갔다. 쌤통이다. 멍청한 년들! 나는 해고당할 리가 없다. 오늘도 하루 종일 신문을 오려내고 있었으니까. 실장도 내 광대뼈에 생긴 시퍼런 멍에 대해서 아무 말도 하지 않았다. 조사실 직원들은 누구나 나를 어려워하고, 나의 업무 능력을 존경하고 있다. 나는 콧노래를 부르면서 시부야행 전철이 플랫폼에 들어오기를 기다렸다.

'109'의 지하 화장실에서 화장을 했다. 변태 놈한테 얻어맞아서 멍자국은 아직도 어렴풋이 광대뼈에 남아 있었다. 나는 파운데이션을 두

껍게 발라서 감추고 다시 볼 터치를 했다. 속눈썹을 아래위로 붙여서 눈을 크게 보이게 했다. 마지막으로 가발을 쓴 나는 만족스러운 마음에 거울 속의 나에게 웃어 보였다. 너는 예뻐. 완벽해. 문득 정신을 차려보니, 주위의 여자들이 나를 주시하고 있기에 나는 거울 너머로 겁을 주었다.

"뭘 보고 있는 거야? 구경거리라도 생겼나?"

여자들은 황급히 눈을 돌리고 모르는 체했다. 비웃는 듯한 미소를 띠는 젊은 여자도 있었으나 나는 신경 쓰지 않았다. 화장실의 차례를 기다리고 있는 여고생을 난폭하게 떠밀고 밖으로 나왔다.

초겨울의 찬바람이 부는 도겐자카를 천천히 올라갔다. 서류 가방을 든 중년 샐러리맨이 혼자 걸어가고 있기에 뒤에서 다가가 말을 걸었다.

"저, 나하고 놀지 않을래요?"

힐끗 내 얼굴을 바라본 남자는 모르는 체하고 걸어가려고 했다.

"잠깐 놀다 가는 건 괜찮잖아요. 싸게 해줄게요."

남자는 멈춰 서더니 낮은 목소리로 고함쳤다.

"야, 헛소리하지 마!"

영문을 몰라 멍하니 서 있었다. 남자는 "쳇! 재수 없어!" 하는 말을 남기고 잰걸음으로 사라져갔다. 뭐야, 저 새끼는? 나는 한순간의 노여움을 억누르고 새로운 기분으로 장사에 임했다. 다음은 오십 대 정도의 시원치 않은 샐러리맨이었다.

"아저씨, 나하고 놀다 가지 않을래요?"

남자는 대답도 하지 않고 나를 밀치고 가버렸다. 나는 걸어가면서 차례차례로 중년이나 고령 남자를 유혹했으나, 대부분의 남자가 무시했다. 큰맘 먹고 이십 대 후반으로 보이는 남자에게도 말을 걸었으나 남자는 기분 나쁜 듯이 미간을 찌푸리고 민첩한 동작으로 나를 피했다.

갑자기 내 옆얼굴에 무엇인가가 부딪쳐 떨어졌다. 보도에 떨어진 것은 뭉친 휴지였다. 고개를 들어 보니까 청바지 차림의 젊은 남자가 가드레일에 걸터앉아서 코를 풀고 있었다. 남자는 웃으면서 다시 더러운 휴지를 나에게 던졌다. 나는 서둘러 도망쳤다. 창녀를 못살게 굴고 기뻐하는 남자도 있으니까 주의해야 했다. 핫켄다나로 올라가는 골목으로 뛰어가 선술집에서 나오는 샐러리맨의 소매를 잡아끌었다. 소매 끝이 닳아 떨어진 코트를 입은 가난해 보이는 남자였다.

"아저씨, 놀다 가요."

남자는 술 냄새를 풍기면서 고함쳤다.

"저리 꺼져! 술 다 깨잖아!"

카바레의 보이가 그것을 보고 조소했다. 그러고는 보이끼리 어깨를 쿡쿡 찌르면서 나를 바라보고 뭐라고 얘기했다.

"저건 도깨비라니까, 끔찍해."

내가 어째서 도깨비라는 거지? 나는 혼란스런 상태로 번화가를 방황하며 돌아다녔다. 여기에서 아라이가 말을 걸어주었는데. 내가 유혹하면 망설이는 남자도 많이 있었는데. 나는 전보다 더 예뻐졌을 텐데 어째서 모두들 싫다고 하는지 도무지 짐작을 할 수가 없었다.

정신을 차리자 낯이 익은 복합 빌딩 앞이었다. 이전에 근무했던 아가씨 소개방, '쓰부쓰부 이치고'가 있는 빌딩이었다. 차가운 겨울바람이 불어대는 거리를 쏘다녀보았자 변변한 일은 없을 것 같았다. 확실히 내 행운은 도망쳐버렸으니까, 하다못해 한 달만이라도 소개방의 사무소에서 편안하게 손님을 기다리는 편이 낫지 않을까? 나는 다시 한 번 사무소에 나를 받아달라고 부탁해야겠다는 생각이 들었다. 그러나 전화 담당한테 해고를 당했을 때의 상황을 생각하자, 백전노장인 나도 쉽게 결심이 서지를 않았다. 나는 얼마 동안 빌딩의 좁은 계단을 올려다보면서 망설였다.

　겨우 결심을 하고 계단을 올라가려고 했을 때, 한 남자가 소개방 사무소의 문을 열고 나와 계단을 내려왔다. 사장도 전화 담당도 아니었다. 남자는 추하게 배가 불룩 튀어나와 있었고, 아래에서 올려다보니 이중 턱 때문에 얼굴도 잘 보이지 않았다. 계단은 좁기 때문에 내가 아무리 깡말랐어도 뚱보와 나란히 지나가는 것은 무리였다. 계단 아래에서 짜증을 내면서 기다리고 있는데 남자가 손을 들어서 사과했다. "미안합니다." 남자의 눈이 내 온몸을 훑어보면서 품평을 하는 것을 느꼈다. 나는 시침을 뚝 떼고 말했다.

　"그보다 나하고 놀지 않을래요?"

　"당신 지금 나를 유혹하는 거요?"

　남자가 쓴웃음을 지었다. 몸의 지방이 묻어나올 것 같은 갈라진 목소리였다. 그러나 그 목소리는 어디선가 들은 기억이 있었다. 나는 어머, 하고 고개를 갸웃했다. 물론 귀엽게 보이도록 손가락을 턱에 대는 것을 잊지 않았다. 동시에 남자도 어깨에 파묻혀서 있는지 없는지 알 수 없는 목을 갸웃했다.

　"어디서 만났던가요?"

　"나도 댁을 본 적이 있는 것 같은 느낌이 드는데요."

　계단을 다 내려온 남자는 나보다 키가 약간 컸다. 나를 탐색하는 심술 사나워 보이는 눈초리에 뱀 같은 눈매.

　"우리 가게에 있던 사람인가? 어디서 만났는데?"

　남자가 말을 하는 동시에 나는 남자의 정체를 생각해냈다. 틀림없이 기지마 다카시였다. 고등학생이던 내가 러브 레터까지 보냈던 남자. 가느다란 나이프 같았던 남자는 지금 살덩어리에 파묻혀 있었다.

　"아, 혹시 당신은 유리코의 언니와 같은 반이었던," 하고 기지마는 내 이름이 생각나지 않는지 머리를 두드렸다. "그렇죠, 1년 선배고……"

"사토 가즈에."

나는 구원의 손길을 뻗어주었다. 기지마는 크게 탄식하고 의외로 사람 좋은 얼굴로 반가운 듯이 말했다.

"오래만이네요. 제가 퇴학당하고 나서 벌써 20년이나 지났군요."

나는 마지못해 고개를 끄덕이고 기지마의 복장을 관찰했다. 기지마는 캐시미어인 듯한 값비싼 코트를 몸에 걸치고 있었다. 오른손 손가락에는 다이아몬드가 박힌 금반지가 끼워져 있었고 손목에는 굵은 팔찌가 채워져 있었다. 유행에 뒤떨어진 파마머리를 하고 있기는 했지만, 벌이는 나쁘지 않아 보였다. 어차피 여전히 뚜쟁이 노릇을 하고 있겠지. 이런 남자에게 반했었다니! 나는 피식 웃었다.

"무엇이 우스운가요?"

"어째서 내가 댁을 좋아했을까 하고 생각해봤어요."

"사토 선배한테 받은 편지, 지금도 기억이 나요. 재미있었어요."

"빨리 잊어줬으면 좋겠어요." 나의 유일한 치욕이니까요, 하는 말은 꿀꺽 삼켰다. 나는 화가 나서 가려고 하다가 마음을 바꿔 다시 한 번 유혹했다. "기지마 씨, 나하고 놀지 않을래요?"

기지마는 당황한 모습으로 손을 흔들었다.

"안 돼요. 난 호모예요. 커밍아웃까지 했거든요."

그랬었구나! 바보스러운 짓을 했군. 메리트가 없는 정도가 아니라 아예 헛짓거리를 한 셈이었다. 나는 어깨를 움츠리며 인사했다.

"그럼, 다음에 또 만나요."

그러고서 가는데 숨을 헐떡이면서 기지마가 쫓아와서는 뒤에서 내 팔을 붙잡았다.

"사토 씨, 아니 선배, 어떻게 된 거예요?"

"어떻게 되다니, 뭐가요?"

"선배, 너무 많이 변했잖아요. 길거리 창녀라도 된 거예요? G건설에 들어갔다고 들었는데, 회사는 어떻게 하고?"

"아직 그만두지는 않았어요." 나는 어깨에 힘을 주었다. "아직 근무하고 있어요, 조사실 부실장으로."

"훌륭하네요. 밤에는 아르바이트를 하는 거예요? 여자는 참 좋겠네요, 이중으로 벌 수 있으니까."

나는 기지마에게 돌아섰다.

"당신도 살이 많이 쪘군요. 처음에는 누군지 몰라봤으니까요."

"변한 건 피차일반 아닙니까?"

기지마가 사뭇 깔보듯이 쏘아붙였기 때문에 나는 마음속으로 그것을 부인했다. 그럴 리가 없어. 나는 전보다 날씬해지고 예뻐졌단 말이야.

"얼마 전에 유리코를 만났어요. 그 애도 많이 변했더라고요."

"유리코를요? 허어, 그렇습니까?" 기지마는 감개무량한 듯 몇 번씩이나 중얼거렸다. "잘 지내던가요? 최근에는 전혀 연락이 없어서 어떻게 지내나 하고 걱정하고 있었거든요."

"넝마가 다 됐더군요. 살이 찌고 추해지고. 그렇게 예쁘던 아이가 그런 식으로 변하다니, 정말 놀랐어요. 나는 이렇게 생각했어요. 20년 전에는 하늘과 땅 차이였는데 지금은 다를 바가 없으니 옛날의 선망이나 질투는 무엇 때문에 했던지 모르겠다고요."

그렇군요, 하고 기지마는 입속말로 애매하게 웅얼거렸다.

"그 친구, 나하고 똑같은 거리의 창녀가 되었어요. 빨리 죽고 싶다는 말만 하는 걸 보면 이 세상일은 아무래도 좋은가 봐요. 당신이 유리코를 그 지경으로 만든 거예요."

기지마는 그 말에 상처를 받는지 얼굴을 찌푸렸다. 그러고는 터질 것 같은 코트의 단추를 잠그고 하늘을 바라보며 커다랗게 한숨을 내쉬었다.

"기지마 씨는 여기서 사업을 하고 있는 건 아니겠죠?"

"아니, '쓰부쓰부 이치고'의 사장과 아는 사이어서 만나러 왔던 것뿐이에요. 사토 선배는요?"

"전에 여기 있다가 그만뒀어요. 하지만 요즘은 추우니까 여기서 다시 단기로 아르바이트를 할 수 있을까 해서요. 그러니까 기지마 씨가 부탁을 좀 해줘요."

기지마는 갑자기 냉철한 표정으로 고개를 가로저었다.

"무리예요, 선배. 내가 사장이라도 거절하겠어요. 선배는 이미 소개방 아가씨는 할 수 없고, 숙녀 전문 가게도 무리예요. 가게는 단념하세요."

"왜요?" 나는 화를 내면서 반문했다.

"선배는 이미 어떤 선을 넘어섰어요. 나를 유혹할 정도니까. 길거리 창녀가 다 된 거라고요. 소개방 아가씨들처럼 상처를 받거나 고민을 하는 사람들은 도저히 못할 일을 선배는 하고 있잖아요?"

"나도 상처받기 쉽고 고민도 해요."

기지마는 의심이 간다는 듯 입술을 일그러뜨렸다.

"그럴까요? 선배는 감기도 걸릴 것 같지 않은데요. 아드레날린이 온몸에서 뿜어져 나오는 것 같아서 무서울 정도예요. 그렇게 떠돌아다니는 것이 즐거운 거잖아요? 선배는 회사 일 같은 것은 우습게 생각하고 있으니까."

"당연하잖아요. 내가 세계를 좌지우지할 수 있는 것은 이것뿐이니까요. 회사는 처음부터 나를 깔봤어요. 회사에 들어갔을 때는 나도 의욕에 넘쳐 있었어요. 하지만 이 세상에서 일을 잘하는 것과 아름다운 것은 서로 다른 가치더군요. 일을 아무리 잘해도 여자로서 아름답지 못하면 진단 말예요. 나는 지고 싶지 않아요."

기지마에게 얘기를 하고 있는 사이에, 그래, 그 말이 옳다고 나는 은근히 화가 치밀어 올랐다. 기지마는 잠자코 내 말을 듣고 있었으나, 코트 주머니에서 휴대전화를 꺼내 들고는 아직도 이야기를 계속할 거냐고 내 얼굴을 보았다. 나는 서둘러 부탁했다.

"명함 한 장 줘요. 무슨 일이 있을 때 도움을 청하고 싶으니까." 기지마는 조금 싫은 얼굴을 했다. 나와 상관하고 싶지 않은 것일지도 몰랐다. "예를 들면 유리코가 죽거나 했을 때 말예요."

기지마는 진지한 표정이 되더니 지갑에서 명함을 한 장 꺼내 나에게 건네주었다.

"유리코를 만나거든 연락하라고 전해줘요."

"이유는요?"

"글쎄요." 기지마는 살찐 손으로 휴대전화를 움켜쥔 채 생각에 잠겼다. "호기심 때문이겠죠."

호기심. 기지마의 말에는 나를 납득시키는 것이 있었다. 내가 대기업의 사원이고 Q대학 출신이라고 하면 손님들은 감탄하는 얼굴을 하지만 그 뒤엔 약속이나 한 듯 똑같은 질문을 하는 것이었다. 어째서 이런 짓을 하고 있느냐고. 그러면 나는 일을 잘하는 여사원이라서 밤에는 음탕한 창녀가 될 수 있는 거라고 대답한다. 그 대답은 손님들의 호기심을 만족케 하고 기쁘게 하는 주문이었다. 낮에는 정숙한 아내고 밤에는 음탕한 창녀. 남자들은 웬일인지 그런 신화를 믿고 있는 것이다. 그렇기 때문에 나는 뛰어난 창녀인 것을 자랑으로 생각했으며, 회사에 출근할 때면 아무도 흉내 낼 수 없는 모험을 하고 있는 나 자신에게 만족했다. 호기심이라는 키워드가 적당히 기능하면 손님도 나도 모두가 행복했는데, 왜 지금 나에게 손님이 붙지 않게 되었는지 이상해서 견딜 수가 없다. 나는 변한 게 없는데 말이다. 내게 호기심을 느끼는 손님이 없어져 버린 것일까?

"기지마 씨, 호기심이 있으니까 남자들은 모두 나에게 접근해 오는 것이겠죠? 그런데 어째서 내 수입은 나빠지는 거죠? 그것도 갑자기 말예요."

기지마는 살이 붙은 턱을 굵은 손가락으로 문질렀다.

"지금 선배에게 접근하는 남자는 당신이 어떻게 이렇게까지 타락했는지, 그 이유를 알고 싶어서라고 생각해요. 그것은 호기심에서라기보다는 좀 더 본질을 알고 싶어서가 아닐까요? 그도 그럴 것이 평범한 생활을 하는 남자라면 진실을 아는 것이 무서울 테니까요. 단언하지만 당신을 사서 성교하고 싶을 남자는 거의 없을 거예요. 만일 있다면 무서운 것을 보고 싶어 하는 용기 있는 남자일 겁니다."

"내가 타락했다는 건가요?" 나는 아연실색해서 큰 소리를 쳤다. "타락한 것이 아니에요. 나는 복수하고 있는 거예요. 그걸 두고 무서운 것을 보고 싶어 한다고 말하다니, 너무했어요."

"무엇에 복수를 하고 있는데요?"

갑자기 흥미를 느낀 듯한 기지마가 내 얼굴을 보더니 황급히 시선을 돌렸다.

"몰라요." 나는 과장된 몸짓으로 몸을 흔들었다. "이 세상 전체라고나 할까요? 잘 풀리지 않는 일 전부라고 할까요?"

"뭐예요? 잘난 체는 혼자 다하면서." 기지마는 어처구니없다는 듯이 내뱉었다. "그럼, 나는 이만 가볼게요. 사토 선배, 조심하는 게 좋겠어요. 상당히 맛이 간 것 같으니까."

기지마는 건성으로 손을 흔들고는 빠른 걸음으로 큰길로 향했다. 나는 그 등에 대고 소리쳤다.

"기지마 씨, 그 말투 뭐예요? 너무 심하잖아요! 내 머리가 이상해졌다고요? 그런 말은 생전 처음 들었어. 너무하잖아!"

미팅에서 돌아오는 학생 같은 남녀 일행이 나를 힐끔힐끔 쳐다보면서 지나갔다. 몇 명의 젊은 여자가 나를 보자마자 도망치듯이 황급히 몸을 피했다. 여자들의 눈에 나타나는 한결같은 공포를 확인하고 나는 노려보았다. 뭐가 그렇게 무서워? 나도 젊었을 때는 너희처럼 생각했어. 핫켄다나를 배회하는 창녀를 보고 불쌍한 사람이라고 동정했단 말이야.

불쌍하다. 지금의 나의 키워드는 이것일까? 나는 깜짝 놀라서 입을 손으로 가로막았다. 어디가 불쌍한 거야? 나는 기분 좋은 일을 하고 있는데. 나는 내 몸으로 돈을 벌고 있는데. 불쌍하다니, 굴욕적이지 않은가! 그런데 얼마 전에 돈을 뜯으러 왔던 야쿠자와 스쳐지나갔을 때, 야쿠자는 나를 그냥 보내주었을 뿐만 아니라 애처롭다는 표정으로 나를 보고 머리를 흔들던 것이 생각났다. 그것은 무슨 의미였을까? 그런 야쿠자에게조차도 나는 불쌍한 여자로 보인단 말인가?

갑자기 의기소침해진 나는 소개방에 들어가는 것도, 도겐자카를 배회하겠다는 계획도 잊어버린 채 트렌치코트의 앞자락을 여몄다. 빨리 돌부처 앞으로 돌아가고 싶었다. 나는 어두운 골목에 홀로 서서 손님을 기다리는 쪽이 어울리는 것이다.

마루야마초의 호텔 거리를 빠져나가자 '밍크'라는 러브호텔 앞에 아무리 봐도 몸 파는 여자를 찾는 듯한 중년 남자가 서 있었다. 남자는 양손을 코트 주머니에 넣은 채 추위로 발을 동동 구르고 있었다. 놀고 싶어 하는 남자는 여자를 빤히 쳐다보는 법이라 금방 알 수 있었다. 봉이 나타났다는 생각에 나는 러브호텔을 가리키면서 남자에게 말을 걸었다.

"아저씨, 저기서 나하고 놀지 않을래요?"

남자는 작은 소리로 핀잔을 주었다.

"기분 나쁘게 왜 그래? 몇 살이나 먹은 거야? 할망구한테 아저씨라고 불릴 나이는 아니란 말이야!"

여우같이 생긴 남자의 얼굴은 실장을 쏙 빼닮은 것 같았다. 나는 꼭지가 돌아서 쏘아붙였다.

"당신이야말로 영감이잖아! 야쿠자한테 다 일러바칠 거야. 나는 제대로 보호료를 내고 있으니까, 어디 한번 혼쭐나봐라!"

"내가 무슨 나쁜 짓을 했다고 그래?"

"나를 모욕했잖아? 당신, 어느 회사 직원이야? 나는 이래봬도 G건설에 다닌단 말이야!"

남자는 얼굴을 찌푸리고 가버렸다. 저런 죽일 놈! 처량한 얼굴로 창녀를 찾지 말란 말이야! 나는 남자의 등에 대고 계속 투덜투덜 불평을 늘어놓았다. 그러자 건물 그늘에서 상황을 엿보던 초로의 여자가 돌연 나타나서 내 팔을 부드럽게 붙잡았다.

"저기요, 잠시 얘기 좀 해도 될까요?"

여자가 쓰고 있는 하얀 모자와 장갑은 모두 코바늘 뜨개질로 짠 것이었다. 보풀이 일어난 회색 코트 위로 화학섬유로 만든 꽃무늬 스카프를 세일러복의 깃처럼 감고 있었다. 나는 여자의 괴상한 옷차림이 우스워서 엉겁결에 웃고 말았다. 여자는 내가 불쌍하다는 듯이 장갑을 낀 손으로 감싸고 새된 목소리로 속삭였다.

"저기, 이런 추한 직업에 종사해서는 안 됩니다. 하나님의 사랑은 모든 사람에게 평등하니까, 당신도 자신을 높이려는 노력을 잊어서는 안 됩니다. 그러면 반드시 당신은 행실을 바로잡을 수가 있어요. 당신의 괴로움은 나의 괴로움. 당신의 인내는 나의 인내. 나는 당신을 위해서 기도하겠습니다."

얼어붙은 손에 닿은 장갑의 감촉은 좋았지만, 나는 여자의 손을 뿌리쳤다.

"무슨 소리를 하는 거예요? 나는 나 자신을 높이기 위한 노력을 죽을 만큼 했다고요. 나는 우등생이었으니까요."

"알고 있어요, 알고 있습니다. 당신의 심정은 누구보다도 잘 알고 있습니다."

여자의 숨결에서 은단 냄새가 났다.

"당신이 뭘 안다는 거예요?" 나는 냉소했다. "나는 당신의 도움을 받지 않아도 제대로 살고 있어요. 낮에는 회사에 다니고 있다고요."

나는 서둘러 사원증을 여자에게 보여주었다. 그러나 여자는 나의 사원증 같은 것은 보지도 않고, 손에 든 가방에서 검은 책을 꺼내 가슴 앞에 끌어안았다.

"당신은 몸을 팔아서 살아가는 것이 즐겁습니까?"

"네, 즐거워요. 당연히 즐겁지 않겠어요?"

여자는 자신만만하게 부정했다.

"그럴 리가 없습니다. 당신의 어리석음에 내 마음이 아픕니다. 남자에게 푸대접을 받아도 좋습니까? 당신의 어리석음에 내 마음이 아픕니다. 당신 같은 불행한 여자가 있다는 사실에 가슴이 미어집니다. 당신은 낮에는 회사에서 속고 밤에는 남자들에게 속으면서, 지옥 불 가운데에 있는 겁니다. 당신은 욕망이라는 것에 속고 있는 겁니다." 여자는 장갑 낀 손으로 내 머리를 쓰다듬었다. "불쌍한 자여! 빨리 눈을 뜨기 바랍니다."

여자가 만지는 바람에 쓰고 있던 가발이 비뚤어졌다. 나는 여자의 손에서 재빨리 벗어나며 고함을 쳤다.

"뭐가 불쌍해요! 사람을 뭐로 보고 이러는 거예요!"

여자는 내 반응에 깜짝 놀라서 몸을 뒤로 뺐다. 나는 여자의 손에서 성경책을 빼앗아, 러브호텔의 담에 내던졌다. 하얗게 칠한 담 블록에 부딪친 성경책은 찌부러지는 소리를 내며 아스팔트 길 위에 나뒹굴었다. 여자가 비명 같은 소리를 지르면서 달려가려고 했다. 여자를 떠밀어버리고 성경책을 짓밟자 얇은 종이가 구두 굽에 뒤틀려 찢어졌다. 해서는 안 되는 일을 하고 있다는 쾌감이 느껴졌다.

나는 밤길을 달렸다. 얼굴에 닿는 차가운 북풍을 느끼면서, 하이힐 소리를 딸가닥딸가닥 울려대면서 죽자고 달렸다. 여자를 찍소리도 못하게 한 것이 기뻤다. 편의점에서 캔 맥주 하나와 오징어를 사서는 맥주를 마시며 걸었다. 차가운 액체가 목구멍을 지나자 기분이 상쾌해진 나는 어두운 밤하늘을 올려다보았다. 나를 제발 좀 내버려둬! 나는 이전보다 날씬해지고 예뻐졌으며 자유롭고 즐거우니까.

나는 돌부처 앞에서 주눅이 든 채로 서 있는 것이 싫어서 신센역으로 향하는 돌계단을 뛰어 내려갔다. 그중간에 내가 노숙자 남자를 상대했던 공터가 있었다. 나는 공터로 들어가서 선 채로 맥주를 마시고 오징어를 씹었다. 추위 같은 것은 아무렇지도 않았다. 갑자기 소변이 마려워서 마른 풀 위에 방뇨했다. 장의 더러운 화장실이 생각나서 웃었다. 그것보다야 이쪽이 훨씬 더 기분이 좋다.

"아가씨, 거기서 뭐 하고 있는 거야?"

돌계단 위에서 한 남자가 보고 있었다. 상당히 취해 있는지 술 냄새가 바람을 타고 내가 서 있는 공터까지 풍겨왔다.

"좋은 일."

"헤헤, 나도 해볼까?"

위태롭게 계단을 내려오는 남자를 유혹해보았다.

"아저씨, 나 추워 죽겠어요. 어디 가서 쉬고 싶어요."

남자가 애매하게 고개를 끄덕였기 때문에 나는 재빨리 팔짱을 끼고 마루야마초로 걷기 시작했다. 나는 가장 가까운 러브호텔로 남자를 끌고 갔다. 남자는 사십 대 후반에서 오십 대쯤 된 샐러리맨 같았다. 술을 좋아하는지 근육은 늘어지고 얼굴색은 검붉었다. 나는 휘청거리는 남자와 방으로 들어가며 말했다.

　"손님, 3만 엔 주세요."

　"그렇게 큰돈은 없어."

　남자는 비틀거리면서 주머니를 뒤졌다. 주머니에서는 영수증과 전철의 정기권 같은 것들만 나왔다. 나는 그가 거절할 수 없도록 남자를 침대에 밀어뜨리고 술 냄새가 나는 입에 키스했다. 하지만 남자는 당황하며 내 얼굴을 밀어내더니 나를 바라보다 사과했다.

　"안 되겠어, 그만둘래."

　"이봐요, 그러지 말아요. 나를 유혹했잖아요? 어서 3만 엔 내놓으라고요."

　오랜만에 붙잡은 손님을 놓치지 않으려고 나는 필사적이 되었다. 남자는 할 수 없이 지갑에서 천 엔짜리 지폐를 꺼내고는 나에게 머리를 숙였다.

　"3천 엔으로 용서해 줘. 그 대신 나는 이대로 돌아갈 테니까."

　"이봐요, 나는 대기업의 여사원이라고요. 내가 밤이 되면 어째서 이런 짓을 하고 있는지 알고 싶지 않으세요?"

　내가 침대에 비스듬히 앉아 교태를 부리며 남자에게 물었으나 남자는 지갑을 집어넣고는 재빨리 코트를 입었다. 남자가 정말로 나갈 것 같아서 나도 서둘러 준비를 했다. 방값을 내게 되면 큰일이다. 완전히 술이 깬 것 같은 남자는 프런트에서 방값을 깎았다.

　"방을 더럽히지 않았으니까 반만 내게 해줘요. 우리는 들어간 지

10분밖에 안 되었다고요."

프런트의 남자가 돋보기안경 너머로 나를 힐끗 보았다. 분명히 가발이라는 것을 알 수 있는 새카만 머리카락의 중년 남자였다.

"그럼, 1천5백 엔만 받겠습니다."

남자는 안도한 모습으로 2천 엔을 지불하고 거스름돈 5백 엔을 받아들더니, 프런트의 남자에게 그 5백 엔짜리 동전을 주었다.

"이거, 적지만 받아줘요."

옆에서 듣고 있던 내가 얼른 손을 내밀었다.

"그건 나한테 줘요. 나는 댁에게 키스를 해줬는데, 당신은 단돈 3천 엔밖에 안 줬잖아요."

손님도 프런트의 남자도 아연해서 나를 쳐다보았으나 나는 태연했다. 이윽고 내 손바닥 위에 5백 엔짜리 동전이 떨어졌다. 프런트의 남자가 던져준 것이었다.

이제 곧 막차 시간이었다. 나는 다시 캔 맥주를 하나 사서 마시면서 돌계단을 내려가서 신센역으로 향했다. 오늘 수입은 3천 엔. 빼앗은 팁을 합치면 3천5백 엔이지만, 맥주와 오징어를 샀기 때문에 적자였다. 역전의 도로까지 내려가자 장이 사는 맨션이 보였다. 나는 4층의 방을 돌아보았다. 불이 켜져 있었다.

"또 만났군요. 잘 지내는 모양이에요?"

등 뒤에서 말소리가 들렸다. 장이었다. 나는 빈 맥주 캔을 길에 버렸다. 깡통이 메마른 소리를 내면서 굴러갔다. 장은 지난번과 똑같은 가죽점퍼와 청바지 차림으로 몹시 진지한 표정을 하고 있었다. 나는 손목시계를 들여다보았다.

"아직 시간이 조금 있어요. 당신이랑 같이 사는 남자들이 나하고 놀지 않을까요?"

장은 딱하다는 듯이 말했다.

"미안하지만, 당신은 그다지 평판이 좋지 않아요. 드래곤과 선이가 당신은 지나치게 말랐다고 말하더군요. 모두 풍만한 여성을 좋아해요."

"그럼, 당신은?"

장은 커다란 눈망울을 움직였다. 눈썹이 짙고 입술도 두텁고 머리가 벗겨져가는 것 외에는 내가 좋아하는 생김새였기 때문에 왠지 모르게 함께 있고 싶었다.

"나는 여자라면 누구든 좋습니다" 하고 장은 웃었다. "여동생 빼고는 누구든지 좋아요."

"그렇다면 장 씨, 나하고 해요."

나는 장에게 몸을 기댔다. 시부야행 이노토선이 멈추고 여러 명의 승객들이 역에서 나와서 우리를 쳐다보았으나, 나는 신경도 쓰지 않았다. 장은 곤혹스러운 듯이 나를 꽉 껴안고 있었다. 나는 장의 품 안으로 억지로 나 자신을 밀어넣었다. 갑자기 슬퍼진 나는 장에게 응석을 부렸다.

"나에게 좀 다정하게 대해줘요."

"당신에게 다정하게 대해주기를 바라는 겁니까, 아니면 섹스를 하고 싶은 겁니까? 어느 쪽이에요?"

"양쪽 다요."

"한쪽을 골라야 한다면, 어느 쪽을 고를 건데요?"

장은 난폭하게 나를 떼어내고 내 얼굴을 응시하면서 냉혹한 목소리로 물었다.

"다정하게 대해 주는 쪽요."

나는 중얼거리고 나서, 정말로 그럴까 하고 생각해보았다. 나는 장사를 하고 있었잖아? 그렇다면 무엇 때문에 몸을 팔고 있는가? 손님이 다정하게 대해주면 그것으로 좋다고 생각해본 적은 없었다. 혼란스러워진 나는 술에 취한 것이 아닐까 싶어 이마를 짚어보았다.

"다정하게 대해주면, 나에게 돈을 내겠습니까?"

나는 놀라서 장을 쳐다보았다. 어둠 속에서 미소를 짓는 장의 얼굴은 어쩐지 기분이 나빴다.

"어째서 내가 돈을 내야 하죠? 그 반대 아닌가요?"

"그렇다면 그런 걸 바라는 것은 이상해요. 당신은 아무도 좋아하지 않는 거예요. 타인도 자기 자신도. 당신은 당하고 있는 겁니다."

"당하다니?"

무슨 말인지 알 수 없어서 나는 고개를 갸웃거렸다. 더 이상 응석을 부릴 여유도 없었다. 장은 유쾌한 듯이 계속했다.

"당한다는 말, 방금 배웠습니다. 당신은 회사에게도 남자에게도 일방적으로 당하고 있어요. 옛날에는 부모에게도 학교에게도 일방적으로 당하기만 했을 겁니다. 당신은 약해요."

막차가 시부야역을 떠난 무렵이었다. 나는 계속 지껄여대는 장의 목소리를 들으면서 역 쪽을 보았다. 집으로 돌아가는 것도, 회사에 나가는 것도 그만둘 수 없는 나는 사회에게 일방적으로 당하고 있는 것일까? 성경을 가지고 있던 여자의 말이 되살아났다.

"당신의 어리석음에 내 마음이 아픕니다."

사실로 드러난
창녀 괴담

×월 ×일

장마 때는 장사도 공을 친다. 비가 내리면 몸이 젖기 때문에 억척스러운 나도 창녀 짓을 하고 싶지가 않다. 더구나 저기압인 탓에 눈꺼풀이 무겁고 하루 종일 졸렸다. 아침에 일어나는 것도 힘들어서 꾀병을 부려 회사를 쉴까 하는 마음과 싸우는 것만으로 피곤해지고 말았다. 기력은 충분한데도 체력이 약해진 것은 어째서일까? 나는 여느 때보다 늦게 일어나 빗소리를 들으면서 식탁에 앉았다. 어머니는 여동생에게 아침 식사를 먹여 출근시키고 난 뒤 침실로 들어가 버린 건지, 집 안이 쥐 죽은 듯이 고요했다. 나는 주전자로 물을 끓여서 인스턴트커피를 탔다. 아침 밥 대신에 다이어트 약을 으드득으드득 씹어 먹었다. 남색 스커트의 허리가 헐렁해져서 몸 위에서 빙글빙글 돌았다. 살이 점점 더 빠진다. 몸이 가벼워지면 나는 무척이나 기쁘다. 이대로 공기 속으로 녹아 들어가고 싶을 정도다. 날씨는 나쁘지만 기분은 최고였다.

밖에서는 굵은 비가 쏟아져 내리고 있었다. 어머니가 자랑하는 정원수가 비를 맞고 축 늘어져 있었다. 수국, 철쭉, 장미, 조그만 화초. 모두 말라 죽어버려라! 나는 뜰을 향해서 저주를 퍼부었다. 하지만 비가 그치면 수분을 빨아들인 화초는 전보다 잎이 생생해진다. 뻔뻔스러운 녀석들. 나는 어머니가 정성들인 정원이 딱 질색이었다.

하늘을 보고 오늘 밤에도 장사하기에는 무리라고 단념했다. 6월 수입을 전부 합쳐도 아직 4만9천 엔이 전부다. 이 달에 들어서고 나서 장사를 한 것은 겨우 일주일밖에 안 되었다. 손님은 네 명. 요시자키와 술주정꾼. 요시자키 교수에게서는 3만 엔을 뜯어냈다. 술주정꾼한테서는 1만 엔. 노숙자 손님이 2명. 한 사람은 전에도 상대했던 남자이고, 다른 사람은 처음 보는 얼굴이었다. 두 사람 모두 잔뜩 흐린 하늘 아래, 그 공터에서 일을 치렀다. 지금의 나는 밖에서 방뇨하는 것도, 장사하는 것도, 아무렇지 않았다. 그 대신 회사에서는 너무나 지쳐서 멍하니 근무하고 있다. 내 일은 매일 신문 기사를 오리는 것뿐이다. 요즘에는 중요한 기사와 그렇지 않은 기사의 구별도 잘 하지 못한다. 텔레비전 편성표를 오려내면서 놀 뿐이다. 실장도 곁눈질로 쳐다볼 뿐, 아무 말도 하지 않는다. 회사 직원들이 나를 보면서, 서로 속삭이든 어떻게 하든, 그것도 개의치 않는다. 나는 강하다.

조간신문을 펼쳐 일기 예보를 확인하고 나서 사회면을 비스듬히 읽어 내려갔다. 먼저 신문을 읽은 여동생이 떨어뜨린 빵 부스러기 밑에서 눈이 멈췄다. '아파트에 여성의 시체'. 피해자의 이름은 히라타 유리코. 유리코였다. 어쩐지 최근 들어 보이지 않는다고 생각했더니, 결국 살해 당하고 말았군. 유리코, 네가 말한 대로 되고 말았구나. 축하한다! 마음 속으로 외친 순간, 귓가에서 웃음소리가 들려오는 것 같아 나는 고개를 들었다.

거실의 그을린 천장과 어수선한 식탁 사이에서 유리코의 영혼이 나를 보고 있었다. 파르께한 형광등 빛을 받은 유리코는 상반신뿐인 모습이었다. 그것도 나이를 먹어서 추하게 살찐 얼굴이 아니라 빛을 발하는 듯 아름다웠던 옛날로 되돌아가 있었다. 나는 유리코에게 말을 걸었다.

"네가 바라던 대로 되었구나."

유리코는 새하얀 이를 드러내면서 미소 지었다.

"덕분에. 나는 한 발 먼저 죽은 거야. 가즈에 선배는 어떻게 할 거야?"

"나야 변함없지 뭘. 아직 돈을 더 벌어야 하니까."

"그만둬." 유리코가 웃었다. "끝이 없어. 선배도 얼마 안 있어 나를 죽인 남자에게 살해될 거야."

"누군데?"

"장."

유리코는 확실하게 대답했다. 장과는 어떻게 알게 되었을까? 나는 그걸 생각해보다가 이내 납득이 갔다. 유리코가 그 녀석을 불러들인 것이다. 유리코는 괴물이고, 장은 괴물을 좋아하니까. 그렇다면 장은 나도 죽일까? 얼마 전에 내가 몸을 기댔을 때는, 안아주었는데도? 장에게 다정하게 안기고 싶다. 유리코가 가느다란 집게손가락을 세우고 심하게 흔들어댔다.

"안 돼, 안 된다니까. 가즈에 선배, 희망 같은 걸 가지면 안 돼. 아무도 선배를 다정하게 대해 주지 않아. 사실 돈도 내고 싶지 않은 거야. 우리처럼 나이 먹은 창녀는 남자의 무엇인가를 폭로하는 존재라서 미움을 살 뿐이야."

"무엇을 폭로하는데?"

나는 어느새 턱 밑에 손을 괴고 고개를 갸웃거리고 있었다. 유리코가 충고했다.

"또 그 동작을 하는군. 선배는 구제불능이야. 자신에 대해서 전혀 모르고 있으니까."

"다 알고 있어. 나는 살이 빠져서 예뻐졌대."

"누가 칭찬해주었지?"

나는 곰곰이 생각해보았다. 누가 그랬더라? 살이 빠지면 예뻐질 거라고. Q여고 시절의 누군가가 아닐까? 유리코의 언니였던가?

"네 언니가 나에게 말했어."

"그런 옛날 일을 아직도 믿고 있어?" 유리코는 한숨을 내쉬었다. "선배는 남에게 호감을 주는 게 귀여워. 그리고 누구보다도 단순하고 소박해."

"유리코, 그보다 내가 남자의 무엇을 폭로한다는 거야?"

"공허. 텅 비었다는 것."

"나도 텅 비었어."

그렇게 말하고 나서 나는 깜짝 놀라 나 자신을 꽉 껴안았다. 나는 텅 비었다, 어떻게 하지? 어느새 텅 비어버렸다. 나를 둘러싸고 있는 것은 Q대 출신의 G건설회사 사원이라는 껍데기뿐. 알맹이는 아무것도 없다. 하지만 알맹이라는 게 뭐지? 정신을 차려보니, 조간신문 위에 커피가 엎질러져 있었다. 식탁 위의 행주로 닦았으나 신문은 갈색으로 보기 좋게 물들었다.

"가즈에, 왜 그래?" 돌아보니 거실 입구에 어머니가 서 있었다. 화장기 없는 조그만 얼굴이 공포로 일그러져 있었다. "너, 지금 누구하고 얘기하고 있었니? 소리가 들려서 나와 보니 누구하고 얘기를 하는 것 같더구나."

"애하고 대화하고 있었어요."

나는 신문에 실린 유리코의 기사를 가리켰으나 조그맣게 실린 기사는 커피에 젖어 잘 보이지 않았다. 어머니는 아무 말도 하지 않고 손으로 입을 막았지만, 비명이 새어나오는 것을 나는 놓치지 않고 들었다.

나는 어머니를 상관하지 않고, 의자에 놓아둔 숄더백을 재빨리 열었다.

"전화를 걸어야 해요."

수첩을 꺼낼 때, 코를 풀어서 뭉쳐 넣은 휴지와 더러워진 손수건이 바닥에 떨어졌다. 어머니가 아직도 나를 바라보고 있어서 나는 손짓을 했다.

"뭘 보고 있어요? 저리 가세요!"

"그러다가 회사에 늦겠다."

"조금 늦는 건 괜찮아요. 어제는 실장도 한 시간이나 지각했으니까. 그 전날은 부원 아가씨도 늦었고요. 모두들 적당히 근무하고 있어요. 그러니까 나도 그렇게 하는 거예요. 왜 나만 열심히 일을 해야 하죠? 어머니의 생활비를 벌기 위해 계속 노력하느라 이젠 지칠 대로 지쳤어요."

"애야, 내가 어떻게 하다가 이렇게 되었는지 모르겠구나. 모든 것이 다 내 탓이지?"

머뭇거리면서 말하는 어머니가 불안한 얼굴로 나를 쳐다보았다.

"어머니 탓이 아니에요. 내가 착한 딸이기 때문이에요."

그래, 하고 어머니는 애매하게 말하더니 나가기 싫다는 표정이었으나 나의 부루퉁한 얼굴을 보고는 안방으로 들어갔다. 나는 수첩을 펴서 주소록을 찾았다. 유리코의 언니. 벌써 수십 년이나 연락을 하지 않았지만, 전화를 걸어서 목소리라도 들어야 할 것 같은 기분이었다. 그러나 천천히 번호를 누르면서 무엇을 확인하려고 하는 건지, 나 자신이 이상해서 견딜 수가 없었다.

"여보세요, 누구세요? 누구시죠?"

전화기에서 들려오는 음산하면서도 경계를 게을리 하지 않는 싫은 목소리. 나는 인사도 하지 않은 채 다짜고짜 용건을 말했다.

"나야, 사토 가즈에. 저, 유리코가 살해됐다면서?"

"그래."

그 목소리는 가라앉아 있는 것 같으면서도 실은 안도하고 있는 듯한 울림이 있었다.

"깜짝 놀랐어!"

유리코의 언니는 전화기 너머로 이상한 소리를 내고 있었다. 오토바이의 공회전 소리 같은 끊임없는 저음. 웃고 있는 것이다. 유리코에게서 해방됐다는 기쁨에 젖어 안도의 숨을 내쉬고 있는 것이다. 그것은 나도 마찬가지였다. 내 구역을 넘보러 온 대선배 창녀. 옛날의 미소녀. 하지만 우리들은 유리코의 무엇으로부터 해방된 것일까? 그리고 유리코의 무엇에 묶여 있었던 것일까? 유리코의 언니는 나를 꾸짖었다.

"얘, 뭐가 그리 우습니?"

"아니, 별로." 웃고 있지 않은데도 내가 왜 그런 말을 들어야 하지? 머리가 이상한 언니. 나는 거꾸로 물었다. "그럼, 너는 슬프니?"

"그렇지도 않아."

"그렇지? 너희는 사이가 나빴으니까. 너희가 친자매라는 것을 아무도 깨닫지 못했을 정도니까. 나는 금세 알았지만."

유리코의 언니는 내 말을 가로막았다.

"그보다도 너는 요즘 어떻게 지내니?"

"맞춰보시지."

나는 어깨를 으쓱했다.

"건설 회사에 들어갔다는 얘기를 들었는데."

"유리코와 같은 일을 한다면 놀라겠지?" 그 순간, 쥐 죽은 듯이 조용해졌다. 유리코의 언니가 전화기 너머 쪽에서 생각에 잠겨 있다는 것을 알 수 있었다. 나를 부러워하는 것이 틀림없었다. 유리코를 동경하면서도 평생 유리코의 흉내는 낼 수 없는 여자인 것이다. 나랑은 다르게. "그래서 나도 조심해야겠다고 생각했어."

유리코의 언니는 말문이 막혔는지 아무 말도 없었다. 나는 서둘러 전화를 끊고, 나와 유리코의 언니는 대체 무엇에서 해방되었는가를 생각해보았다. 해방의 뒤에는 또 다른 억압이 기다리고 있을 뿐이다. 그것은 바로 살아가는 것. 나는 유리코가 살해된 것처럼 나 자신도 살해되고 싶은 건지 모르겠다. 나도 괴물이니까. 살아가는 것에 지쳤으니까.

밤이 되어도 비는 그치지 않았다. 3단 우산을 든 나는 억수 같은 빗속에서 장을 찾아 신센역 부근을 돌아다녔다. 장의 맨션 앞에 서서 방을 올려다보았으나 아무도 돌아오지 않았는지 창은 캄캄했다. 단념하고 돌아가려고 할 때 선이가 걸어오는 것이 보였다. 선이는 장마철인데도 흰 러닝셔츠에 짧은 바지, 샌들을 신은 모습이었다. 나는 선이에게 다가갔다.

"안녕하세요?" 선이는 나를 알아보고 멈춰 섰다. 안경 안쪽의 눈이 싫은 것을 보았다는 듯 흔들렸다. "장 씨를 만나고 싶은데 있나요?"

"장은 아마 없을 겁니다. 일자리가 바뀌어서 낮에도 밤에도 없어요. 언제 돌아올지 알 수 없거든요."

"방에서 기다려도 될까요?"

"안 됩니다." 선이는 단호하게 고개를 저었다. "다른 사람들이 있거든요."

다른 사람들 앞에서 나와 성교한 것을 부끄러워하고 있는 것 같았다.

"내 눈으로 확인해 볼게요."

나는 방으로 가려고 했으나 선이가 황급히 가로막았다.

"장이 있는지 없는지 보고 올 테니까 여기서 기다리고 있어요."

"만일 있으면 내가 옥상에서 기다리고 있다고 전해줄래요?"

선이는 의아하다는 듯한 얼굴을 했으나 나는 상관하지 않고 계단을 올라갔다. 전에는 4층에서 옥상에 걸쳐 흩어져 있던 쓰레기들이 마치 살아 있는 생물이라도 되는 것처럼 더 늘어나서 계단을 온통 뒤덮고 있었다. 종잇조각, 영자 신문, 콜라 병, 술병, CD 케이스, 찢어진 시트, 그리고 콘돔. 나는 그것들을 젖은 구두로 헤치면서 계단을 올라갔다. 4층, 장의 방 앞을 지나서 옥상으로 향했다. 옥상 문은 열려 있었고, 비를 맞아 부풀어 오른 매트리스는 시체처럼 계단에서 밖으로 삐져나가 있었다. 어학 교사가 두고 갔다는 매트리스. 그 위에 장이 고개를 떨어뜨리고 앉아 있었다. 지저분한 티셔츠에 청바지, 귀를 뒤덮은 머리카락과 깎지 않은 수염이 눈에 띄었다. 장도 증식하는 쓰레기처럼 보였다. 나는 갑자기 비를 맞던 정원의 화초가 떠올랐다. 비가 그치면 머리를 치켜드는 식물.

"여기 있었어요?"

"아아, 당신이군."

내 목소리에 장은 놀라서 나를 올려다보았다. 그러나 내 눈은 장의 목에서 빛나는 금목걸이에 고정되었다.

"그거 유리코의 목걸이 아니에요?"

"아아, 이거." 장은 생각났다는 듯이 목걸이를 만졌다. "그 여자가 유리코입니까?"

"그래요. 내가 아는 사람이에요. 나하고 똑같은 모습을 하고 있었죠?"

"그랬습니다."

장은 목걸이를 만지작거리면서 대답했다. 내가 든 우산에서 빗방울이 떨어져서 매트리스 가장자리에 둥근 얼룩을 만들었으나, 장은 신경도 쓰지 않는 것 같았다.

"당신이 유리코를 죽였지요?"

"네. 죽여 달라고 해서 죽여줬습니다. 여동생과 마찬가지로요. 여동생이 바다에 떨어져서 죽었다는 것은 거짓말입니다. 내가 죽였습니다. 일본에 오는 도중에 컨테이너 속에서 나하고 며칠 밤이나 섹스를 하고는 이런 짐승만도 못한 인생 싫으니까 오빠, 죽여줘 하고 울더군요. 상관없다, 부부가 되자고 아무리 말해도 듣지 않았어요. 그래서 바다에 떠밀어버렸습니다. 여동생은 파도에 잠겨가며 나에게 손을 흔들어 작별을 고했습니다. 얼굴은 웃고 있었지요. 이런 인생과 작별할 수 있어서 기쁘다면서요. 빚을 내서 일본에 왔는데, 바보 같은 얘기지요. 그때부터 나는 죽여 달라는 여자는 모두 죽여주겠다고 생각했습니다. 본인도 타인도 어떻게 할 수 없는 인생이라면, 내가 결말을 내주겠다고요. 당신은 어떻습니까?"

장은 어둠 속에서 미소 지었다. 바람이 거세게 몰아치고 비가 들이쳐서 장과 내 얼굴을 적셨다. 나는 비를 피해서 우산을 옆으로 돌렸으나 장은 얼굴을 찡그렸을 뿐, 쏟아져 내리는 비를 그대로 맞고 있었다. 이마에서 빗방울이 빛났다.

"나는 아직 죽고 싶지 않지만, 곧 죽고 싶어질지도 몰라요."

장이 양손으로 나의 다리를 붙잡았다.

"가늘군요. 뼈만 남은 것 같아요. 어째서 살이 붙지 않는지 모르겠군요. 당신은 아마 병든 겁니다. 내 여동생도, 유리코라는 여자도 건강했는데 어째서 당신은 병에 걸렸을까요? 슬퍼요."

"내가 병들었다고요? 하지만 나는 죽고 싶지 않아요."

"죽음을 향해 가고 있으면서도 그걸 알아차리지 못하는 사람도 있고, 건강한데도 죽음을 선택하는 사람도 있어요. 그렇지 않습니까?"

나는 갑자기 슬퍼졌다. 어찌된 셈인지 장과 얘기하고 있으면 외로워지거나 슬퍼지는 것이었다. 나는 젖고 더러운 매트리스에 걸터앉았다. 장이 내 어깨를 끌어당겼다. 땀과 씻지 않은 냄새가 났으나 신경 쓰이지 않았다.

"다정하게 대해줘요. 제발 부탁이니까."

나는 장의 가슴에 몸을 기대고 목에서 빛나는 유리코의 목걸이를 손가락으로 만지작거렸다.

"좋아요. 그럼 당신도 나에게 다정하게 대해줘요."

우리는 서로를 향해 다정하게 대해줘요 하고 말하면서 껴안았다.

나는 어디에?

×월 ×일

시부야, ?, 아라이, 1만 엔

시부야, 외국인, 3천 엔

장은 거짓말쟁이에 똥 같은 새끼, 그리고 살인자다. 편의점의 카운터에 캔 맥주와 오징어, 다이어트 약을 내려놓고 나는 장에 대해서 생각했다. 잠깐만요, 하고 누가 등을 찔러서 내가 계산대의 줄을 새치기했다는 것을 깨달았으나, 개의치 않고 점원에게 주문했다.

"오뎅_{육수에 튀김, 동그랑땡, 곤약, 무, 감자, 어묵, 힘줄, 삶은 달걀 등 다양한 종류를 넣어 긴 시간 끓인 음식}도 줘요. 한펜_{다진 생선살에 마 등을 갈아 넣고 반달형으로 쪄서 굳힌 어묵 종류}과 곤약과 무. 각각 한 개씩 담아서 국물을 많이 넣어줘요."

주의를 주었던 남자가 혀를 찼으나 안면이 있는 계산대의 여자는 무표정하게 스테인리스 국자로 오뎅을 휘저었다. 줄 뒤쪽에 서 있는 젊은 여자 둘이서 조소인지 불평인지 모를 소리를 내기에 노려보았다. 여자들의 겁먹은 얼굴이 보였다. 그것이 재미있어서 최근 들어 나는 타인의 눈을 똑바로 노려보고 있다. 회사에서든, 집에서든, 어디에서든. 나는 괴물. 특별 취급. 억울하면 나처럼 되어보란 말이야!

밖으로 나와서 얼른 오뎅 국물을 마셨다. 바짝 졸인 국물이 내 목구멍을 통과했다. 뜨거워서 위장이 오그라드는 것 같았다. 오그라들어서 점점 더 작아져라 하고 생각했다. 시부야 방면에서 이노토선이 달려왔다. 나는 까치발을 하고 근처의 신센역 쪽을 보았다. 장이 타고 있지는 않을까?

장과 비 오던 날 밤에 껴안은 이후로 반년 이상이 지났다. 지금은 1월. 올해는 겨울이 따뜻해서 살 만했다. 신센역에서 언제나 장의 모습을 찾았지만, 꼭 한 번 장 같은 남자가 플랫폼에 서 있는 것을 길에서 얼핏 보았을 뿐, 그날 밤 이후로 만나지 못했다. 그것으로 된 거야. 나하고는 상관없으니까. 나는 장사에 힘쓰면 되고, 장은 장대로 유리코를 죽인 일 따위는 잊고 이 나라에서 살아가면 될 것이다.

그날 밤, 우리는 이상하게도 몹시 감상적이었다. 그러나 장의 말에 나는 엉겁결에 웃음을 터뜨렸다.

"나는 유리코라는 창녀를 좋아했어."

"말도 안 돼요. 그런 일은 있을 수 없어요. 만난 지 얼마 되지도 않았고, 더군다나 유리코는 추한 창녀잖아요. 본래 유리코는 그런 것을 믿지 않았어요. 유리코는 남자를 아주 싫어했거든요."

장은 웃으면서 놀려대는 내 목을 조르는 시늉을 했다.

"왜 웃어? 너도 이렇게 해줄까, 이 바보 같은 년아?"

장의 눈동자에 층계참의 오렌지색 전구가 비쳐서 희미하게 빛났다. 거기에만 다른 생물이 살고 있는 것 같아서 어쩐지 기분이 나빴다. 무서워진 나는 장의 손을 놓고 일어섰다. 빗방울이 찰싹 하고 내 뺨에 부딪쳐서 손으로 닦았더니, 장의 침이었다. 정액, 침. 여자가 받아들이는

것은 모두 남자의 배설물뿐이다. 장이 '꺼져버려!' 하고 쫓아내는 동작
을 했다. 나는 황급히 도망치기 시작했다. 굴러다니는 쓰레기를 헤치고,
비에 젖어 미끄러운 계단을 서둘러 뛰어 내려갔다. 장의 무엇으로부터
도망치고 싶었는지 알 수 없었다. 그러다가 현관 밖에서 뛰어 들어온
남자와 부딪치고 말았다. 남자의 몸은 비의 습기와 땀에 젖어 이상한
냄새를 풍겼다. 검은 티셔츠가 흠뻑 젖어 호리호리한 몸에 착 달라붙어
있었다. 드래곤이었다. 나는 가발을 바로 쓰고 인사를 했다.

"안녕하세요?" 그러나 드래곤은 대답하지 않고 날카로운 눈초리로
나를 힐끗 보았을 뿐이었다.

나는 드래곤에게 일러바쳤다.

"장은 옥상에 있어요. 그 친구가 왜 옥상에 있는지 아세요? 장은 도망
쳐 다니고 있는 중이에요."

유리코 살인을 드래곤에게 알려주려고 했지만 돌아온 대답은 의외였
다.

"그놈은 우리를 피해서 거기 있는 거야. 모두의 돈을 떼어먹어서 그
걸 돌려줄 때까지 방에 들어오지 말라고 했거든."

선이와 교대로 나를 안았던 날에 드래곤은 장에게 쩔쩔 매지 않았던
가? 하지만 그날 밤의 드래곤은 이상하게 거만했다. 나는 입술을 내밀
었다.

"그 작자가 창녀를 죽였어요. 신주쿠의 창녀 살인범이란 말이에요."

"창녀 같은 건 죽어봤자 별 볼일 없어. 얼마든지 대타가 있으니까. 돈
이 더 중요해." 드래곤은 비닐우산을 흔들어서 빗방울을 주위에 마구
뿌렸다. "당신도 그렇지?"

나는 고개를 끄덕였다. 목숨보다 돈이 더 중요하다. 하지만 내가 목
숨을 잃는다면 돈은 더 이상 아무 의미도 없다. 전부 어머니와 여동생

것이 된다. 그것은 싫다. 어떻게 하면 좋을까? 나는 이런 단순한 사실도 제대로 알지 못하는 나 자신에 놀랐다. 드래곤은 경멸하듯이 나를 비웃었다.

"당신은 그 녀석의 말을 믿는 거지? 장은 거짓말쟁이야. 그놈이 말하는 것은 아무도 믿지 않는다고."

"거짓말쯤은 누구든지 하잖아요."

"저런 사기꾼이 하는 말에는 진실이 하나도 없어. 저놈은 착실한 외국인 노동자 행세를 하고 있지만, 사실은 아버지와 형, 여동생의 약혼자를 죽여서 고향에 있을 수 없었던 거야. 광주에서는 여동생을 창녀로 만들었고, 자신은 심천의 깡패와 마약 거래를 했대. 그것을 숨기기 위해서 정부 고관 딸의 정부가 되었다고 거짓말만 늘어놓고, 정말 악질이야! 공안에게 쫓겨서 일본으로 도망쳐 왔다는 거야."

"그러고 보니까 여동생을 죽였다고 하더라고요."

허어, 하고 드래곤은 눈을 쳐들었다. 그 눈에 통쾌한 듯한 빛이 떠올랐다.

"그 녀석도 가끔은 진실을 말하는군. 그건 사실인 것 같았어. 함께 밀항해 온 사람이 말해주었지. 여동생의 손을 잡는 체하면서 바다에 떨어뜨린 것처럼 보였다고. 어쨌든 간에 그 녀석은 범죄자야. 우리에게 폐를 끼치는 범죄자라고."

드래곤은 내뱉듯이 말하고 계단을 뛰어 올라갔다. 젖은 티셔츠 속으로 억센 등 근육이 떠올랐다.

"이봐요, 드래곤." 드래곤이 돌아보자 나는 유혹했다. "나하고 놀지 않을래요?"

드래곤은 놀려대는 듯이 나의 온몸을 바라보았다.

"싫어. 돈을 더 모아서 좀 더 괜찮은 여자하고 할 거야."

"개새끼! 나하고 자면서 좋았잖아?"

나는 드래곤이 세워놓은 우산을 집어던졌으나, 드래곤에게 미치지 못하고 계단 중간에 떨어졌다. 드래곤은 큰 소리로 웃으면서 멀어져 갔다. 개새끼, 개새끼! 나는 지금까지 한 번도 사용한 적이 없는 더러운 말에 취했다. 이 새끼 저 새끼 모두 다 뒈져버려라! 개새끼! 그놈들의 더러운 방이 생각났다. 두 번 다시 오지 않겠다고 결심했는데, 어째서 내가 드래곤 같은 놈을 유혹한 것일까? 옥상에서 장과 성교를 해서 내가 약해진 탓일까? 아니면 유리코가 말한 것처럼 창녀가 남자에게서 무엇인가를 끌어내기 때문일까? 나는 장으로부터 나약함을, 드래곤에게선 악의를 끌어냈다. 나는 나 자신에게 화가 나서 404호실의 우편함 뚜껑을 부셔버렸다.

장은 어떻게 지내고 있을까? 그런 생각하면서 나는 편의점 봉지를 들고 돌부처 앞으로 향했다. 오래간만에 아라이와 만나기로 약속했던 것이다. 4개월 만이었다. 요시자키 교수와 아라이는 옛날에는 몇 번인가 식사에 초대하거나 했지만, 최근에는 호텔에서밖에 만나주지 않았다. 그것도 한 달에 두 번이 한 번이 되고, 지금은 몇 개월에 한 번 만나는 상태. 그 몫만큼 돈을 더 많이 뜯어내야지. 나는 의욕에 넘쳐 있었다.

돌부처 앞의 골목에 등을 구부린 아라이가 혼자 조용히 서서 나를 기다리고 있었다. 아라이는 작년에도, 재작년에도 입고 있던 낡은 회색 코트에 검은 비닐 숄더백을 어깨에 메고 있었다. 숄더백에서 삐져나온 주간지도 언제나 똑같았다. 그러나 오른쪽 어깨가 2년 전보다 더욱 처지고 백발은 더 벗겨져 있었다.

"아라이 씨, 벌써 와 있었어요? 빨리 왔네요."

아라이는 나의 새된 목소리에 미간을 찌푸리고 입술에 손가락을 갖다 댔다. 아무도 없는데 왜 저렇게 신경을 쓰는 걸까? 나와 밖에서 만나는 것이 그렇게 창피스러운 것일까? 아라이는 아무 말도 하지 않은 채 늘 가던 러브호텔을 향해 앞장서 걸어갔다. 마루야마초에서 가장 싼 3천 엔짜리 호텔. 나는 콧노래를 흥얼거리면서 몇 걸음 뒤에서 따라갔다. 오랜만에 아라이가 와주었기 때문에, 다시 옛날로 돌아간 것만 같아서 마음이 들떠 있었다. 물론 시부야의 밤을 정복한 것 같던 당시의 고양감은 이미 사라지고 없었다. 나는 거리의 창녀이자, 최악의 창녀다. 하지만 아직 죽고 싶지는 않다. 결코 유리코처럼 되고 싶지는 않다.

호텔 욕조에 더운 물을 받으면서 쓸 만한 물건을 물색했다. 예비 화장지를 챙겨 넣었다. 목욕 가운의 끈도 어딘가에 쓸모가 있을지도 모른다. 머리맡에 상비용 콘돔이 한 개 놓여 있었다. 언제나 두 개가 있었는데, 하고 나는 프런트에 항의를 해서 한 개 더 가져오게 했다. 한 개는 아라이를 위해서 남겨두고, 또 한 개는 숄더백에 집어넣었다.

"아라이 씨, 맥주 마셔요."

편의점 봉지에서 캔 맥주와 안주를 꺼내 초라한 탁자 위에 올려놓았다. 오뎅은 내 저녁이기 때문에 혼자 먹었다. 아라이가 언짢은 목소리로 말했다.

"자네는 오뎅 국물을 좋아하는군."

오래간만에 만났는데 첫마디가 이거란 말인가! 나는 대답하지 않았다. 오뎅 국물을 마시는 것은 다이어트 때문이다. 배를 부르게 해서 음식을 먹지 않기 위해서다. 남자는 어째서 이런 간단한 것도 모르는 것일까? 나는 국물을 전부 들이마셨다. 아라이는 귀찮은 듯한 얼굴을 하고 욕실을 돌아보았다. 도야마의 제약 회사에서 영업을 한다는 촌스러운 아라이에게서 나에 대한 예의나 배려가 사라진 것은 도대체 언제부터였을까, 하고 나는 멍하니 생각했다.

"오늘 하는 게 마지막이야."

돌연히 아라이가 입을 열었다. 나는 깜짝 놀라서 눈을 돌리는 아라이를 응시했다.

"왜요?"

"금년이 내 정년이니까."

"내가 회사와 똑같다는 거예요?"

나는 엉겁결에 웃었다. 회사와 창녀가 똑같다. 그럼 나는 낮에도 밤에도 회사원이었던가? 아니면 낮에도 밤에도 창녀였던가?

"그렇지는 않지만, 집에 있게 되면 나오기 어려워지지 않겠어? 게다가 자기에게 풀어내고 싶은 불평도 이제는 그렇게 쌓이지 않을 테니까."

"네, 네, 알았어요." 나는 아라이에게 손을 내밀었다. "그럼, 아라이 씨, 받을 건 받아야겠어요."

아라이는 기분이 상한 모습으로 옷걸이에 걸은 꾀죄죄한 양복에서 얇은 지갑을 꺼냈다. 지갑 속에 1만 엔짜리 지폐 두 장밖에 없다는 것을 나는 알고 있었다. 나에게 1만5천 엔, 호텔비로 3천 엔을 지불하면 아라이의 소지금은 2천 엔밖에 남지 않는다. 아라이는 필요한 금액밖에 갖고 다니지 않았다. 그것은 요시자키 교수도 마찬가지였다. 아라이는 만 엔짜리 지폐 두 장을 나에게 건네주었다.

"자아, 1만5천 엔 선불. 5천 엔 거슬러줘."

"모자라요."

아라이가 놀라서 항의를 했다.

"언제나 그렇게 했잖아?"

"이것은 월급이잖아요. 나는 밤의 회사원이니까 퇴직금도 줘야죠."

아라이는 내 손바닥을 바라보고 아무 말도 하지 않았으나, 이윽고 노여움으로 붉어진 얼굴을 들었다.

"창녀가 무슨 소리를 하는 거야?"

"난 창녀만이 아니라고요. 회사원이기도 하단 말이에요."

"G건설, G건설 하고 으스대는데, 자네는 회사에서도 골칫덩어리일 거야. 우리 회사에 자네 같은 것이 있으면 즉각 모가지야. 자네가 잘나가던 회사원이었던 시대는 벌써 끝났어. 자네는 좀 이상해. 점점 더 이상해져 가고 있다고. 나는 자네를 안을 때마다, 내가 지금 무슨 짓을 하는가 하고 후회하곤 했어. 하지만 자네가 전화를 걸면 불쌍한 생각이 들어서 이렇게 만나러 왔던 거야."

"아, 그래요? 그건 그렇고 우선 이건 받아두겠어요. 나머지 10만 엔은 내 구좌로 넣어줘요."

"그 돈 내놓지 못해, 이 바보 같은 년아!"

아라이는 내 손에서 1만 엔짜리 지폐를 잽싸게 빼앗으려고 했다. 나는 빼앗기지 않으려고 손에 매달렸다. 이 돈이 없으면 나는 내가 아니게 된다. 그런 느낌이 들었다. 아라이는 다짜고짜 내 머리를 주먹으로 때렸다. 그러자 가발이 벗겨져 바닥에 떨어졌다.

"무슨 짓이에요!"

"너야말로 무슨 짓이야?" 아라이는 거칠게 숨을 쉬면서 나에게 1만 엔짜리 지폐를 한 장 던져주었다. "이거나 받아. 나는 그냥 돌아갈 거니까."

아라이가 서둘러 양복을 입고 코트를 손에 들었다. 숄더백을 어깨에 멘 등에 대고 나는 고함쳤다.

"숙박료 내고 가요! 그리고 캔 맥주와 안주 값 7백 엔도 달라고요!"

"알았어." 아라이는 주머니에서 동전을 꺼내 백 엔짜리 동전과 50엔짜리 동전으로 정확히 7백 엔을 탁자 위에 던졌다. "이제 다시 나에게 전화 걸지 마. 너를 만나면 소름이 끼쳐. 왠지 모르지만 불쾌해진다고."

말은 잘한다! 나에게 손가락으로 해달라고 했잖아. 나에게 포즈를 취하게 하고 폴라로이드 카메라로 찍은 적도 있잖아. 가끔은 SM을 해볼까 하고 나를 끈으로 묶은 일도 있잖아. 요전에 서지 않았을 때에는 내가 열심히 핥아줬잖아. 내가 너를 해방시켜 주었는데, 나에게 이러면 안 되는 거야. 아라이가 문을 열고 심술궂은 어조로 말했다.

"사토, 너 조심하는 게 좋을 거야!"

"뭘 조심하라는 거야?"

"저승사자가 널 따라다니고 있으니까."

아라이는 내뱉듯이 말하고는 문을 쾅 하고 닫았다. 혼자 남게 된 나는 캔 맥주를 따지 않기를 잘 했다고 생각했다. 아라이의 갑작스러운 변화보다 나를 회사와 다를 바 없이 취급한 것이 더 약이 올랐다. 남자의 일과 창녀는 같다. 회사에서 정년이 되면 창녀를 사는 것도 정년. 오래전에 긴자의 여자가 나에게 설교한 것과 똑같았다. 제기랄! 나는 맥주와 안주를 편의점 봉지에 다시 담고 욕조의 물을 잠그러 갔다.

다시 돌부처 앞으로 돌아왔다. 한 남자가 나를 기다리고 있었다. 아라이가 돌아왔는가 싶어 경계했지만, 그 남자는 아라이보다는 키가 크고 청바지를 입고 있었다. 장이었다. 장이 눈부신 듯 나를 바라보고 히죽 웃었다.

"건강해 보이는군요."

"정말요?" 나는 트렌치코트 앞을 크게 벌렸다. 장을 유혹하고 싶었다. "당신을 만나고 싶었단 말예요."

"어째서요?"

장이 꺼슬꺼슬한 손으로 내 뺨을 살며시 어루만졌다. 나는 전율을 느졌다. 다정하게 해줘요. 비 오던 날 밤이 되살아났다. 하지만 나는 두 번 다시 다정하게 해줘요 하고 말하지 않을 것이다. 남자가 싫다. 남자가 싫다. 하지만 섹스는 좋다.

"장사를 하고 싶으니까요. 어때요? 싸게 해줄게요."

"그럼, 3천 엔."

나는 장과 함께 걸어갔다. 오늘 밤에 쓰는 나의 매춘 일기는 여느 때와 달리 기호가 반대로 될 것이다. 아라이에게 '?' 표시. 나의 '?' 표시는 장래성이 없는 손님, 싫은 손님에 대한 각인이기 때문이다.

장과 나는 팔짱을 끼고 어두운 골목에서 걸어 나갔다. 저리 꺼지라고 말하듯이 나를 향해 바가지 물을 뿌리는 요릿집 보조. 길에서 주운 맥주병을 돈으로 바꾸러 갔을 때, "요즘은 이런 일 하는 사람 없어요" 하고 냉대하던 술가게 주인. 매일같이 물건을 사러 가는데도 한 번도 말을 걸어오지 않는 불쾌한 편의점 여직원. 공터에서 섹스를 하는 도중에 갑자기 손전등으로 비추고 웃던 꼬마. 모두 지금의 나를 좀 보라고! 나는 그냥 거리의 창녀가 아니란 말이야. 최악의 창녀가 아니라고. 나를 돌부처 앞에서 기다려주고, 다정하게 대해주는 남자와 이렇게 당당히 걸어가고 있단 말이야. 누군가가 찾고 있는 나. 누군가가 필요로 하는 나. 유능한 나는 섹스도 최고.

"우리 애인 같아요."

나는 마음이 들떠서 장에게 말했다. 장과 함께 있으면 G건설의 사원이라느니, 논문이 신문사의 상을 받았다느니, 조사실 부실장이라느니 하는 말을 하지 않아도 되는 것은 어째서일까? 나는 손님에게 그런 말을 하고 싶었던 것일까? 아니다. 그렇게 말하지 않으면 바보 취급을 받을 것 같은 느낌이 들어서 했을 뿐이다. 여자로서 조금 모자란다는 콤플렉스가 나에게 허세를 부리게 했다. 그러니까 나는 남자에게 품평을 받고 싶었던 것이다. 인정을 받고 싶었던 것이다. 존경을 받고 싶었던 것이다. 하지만 이것이 진짜 나다. 나는 사실 귀여운 여자다.

"당신, 혼자서 무엇을 그렇게 중얼거리고 있어요?"

장이 내 얼굴을 보았다. 그는 커다란 눈을 이상하다는 듯이 가늘게 떴다.

"마음속으로 말하고 있었는데, 들렸어요?"

나는 놀라서 되물었으나 장은 벗겨지기 시작한 머리를 흔들었다.

"머리는 괜찮습니까?"

왜 그런 것을 묻는 거지? 괜찮고말고. 내 머리는 괜찮단 말예요. 아침에는 제시간에 일어나서 전차와 지하철을 타고 출근해서, 낮에는 커리어우먼으로 대기업에서 열심히 일하고, 밤에는 창녀로 남자들의 귀여움을 받고 있으니까. 돌연 아라이와 대판 싸움을 벌인 것이 생각나 멈춰 섰다. 낮에도 밤에도 회사원. 아니면 낮에도 밤에도 창녀. 그렇다면 나는 어디에 있는 것일까? 돌부처 앞이 나의 회사였던 것이다. 말보로 할머니는 전직 경영자. 나는 웃기 시작했다.

"무슨 일이죠?"

장이 어리둥절해서 웃는 나를 돌아보았다. 주위를 둘러보자 어느새 장의 맨션 앞까지 와 있었다. 나는 거드름을 피우면서 허리에 양손을 갖다 댔다.

"오늘은 여러 명 상대하지 않을 거예요."

"이제는 아무도 당신을 상대하지 않을 거요." 하고 장이 말했다. "나밖에 없어요."

"당신, 나 좋아해요?"

나는 장의 마지막 말에 매달렸다. 말해줘요, 네? 말해줘요. 좋아한다고 말해줘요. 예쁜 여자, 멋진 여자라고 말해줘요. 그러나 장은 아무 말도 하지 않은 채 주머니를 뒤졌다.

"어디로 갈 거예요, 옥상?"

옥상은 추울 텐데, 하고 나는 빌딩 벽으로 가려진 밤하늘을 올려다보았다. 하지만 장이 다정하게 대해준다면 추워도 상관없었다. 문득 나는 의문을 가졌다. 남자가 그것을 할 때, 다정하게 대해준다는 것은 어떤 것일까? 돈을 많이 주는 것? 하지만 장은 돈을 갖고 있지 않다. 실제로 3천 엔으로 값을 깎아주지 않았는가. 그럼 절정을 느끼는 것? 절정을 느끼는 것은 무섭다. 왜냐하면 창녀는 내 직업이니까, 프로는 직업을 취미로 삼아서는 안 된다. 그렇다면 역시 창녀는 회사원. 나는 끝없는 다람쥐 쳇바퀴 돌기를 하고 있었다.

"내 얘기를 듣지 않는군요."

장은 자신의 맨션 앞을 지나서 바로 옆에 있는 칙칙한 아파트 앞에 멈춰 섰다. 이상한 건물이었다. 지하에 선술집이 있고, 아스팔트 도로 쪽으로 난 창문에서 오렌지색 불빛이 새어나오고 있었다. 창으로 안을 들여다보니 발밑으로 손님이 술을 마시고 있는 것이 보였다. 건물은 3층 구조로 되어 있지만, 높이는 보통 2층짜리 아파트였다. 그래서 1층 방은 선술집의 창문 높이만큼 도로에서 조금 올라간 곳에 있었던 것이다. 선술집의 활기와 위에 있는 쓸쓸한 아파트는 서로 어울리지 않아서 어쩐지 무서운 느낌이 들었다. 장의 맨션에는 몇 차례 왔었는데, 바로 옆에 이런 낡아빠진 아파트가 있다는 것은 전혀 모르고 있었다.

"이 아파트, 전부터 있었어요?"

장은 어처구니없다는 얼굴을 하고 위를 가리켰다.

"옛날부터 있었어요. 내 방은 바로 저기요. 이 아파트가 보인다고요."

4층에 눈알처럼 늘어선 두 개의 창문이 보였다. 창문 하나는 어둡고,

다른 창문은 파르께한 형광등 색깔을 하고 있었다.

"항상 보고 있나요?"

"보고 있죠. 누가 잠복해 있지 않을까 하고 말예요. 이곳 관리인은 이따금 나에게 열쇠를 맡기곤 하거든요."

"그럼 내가 이 방에 살면 당신은 내가 무엇을 하는지 항상 볼 수 있겠군요."

"마음만 먹으면요."

나는 마음이 들떠 있던 것일까? 장은 곤혹스러운 얼굴을 하고 1층 모퉁이의 103호실 앞에서 주머니 속 열쇠를 꺼냈다. 옆방은 캄캄하고 아무도 살고 있지 않은 것 같았다. 2층에도 빈 방이 있었다. 지저분한 모르타르 벽에 부서진 우편함 3개가 나란히 있고, 미도리 장이라고 쓴 종이가 붙어 있었다. 콘크리트 바닥에는 콘돔과 휴지가 버려져 있었다. 나는 몸을 떨었다. 추위 때문이 아니었다. 그것은 장의 맨션 계단에 넘쳐나던 쓰레기나 장의 화장실을 보았을 때의 공포감과 비슷했다. 봐서는 안 되는 것. 있어서는 안 되는 장소. 해서는 안 되는 일.

"이봐요, 나는 해서는 안 되는 일을 하고 있는 건가요?"

나는 엉겁결에 장에게 물었다.

"이 세상에 그런 일은 하나도 없습니다."

문을 열면서 장이 대답했다. 나는 방을 들여다보았다. 방은 노인의 입속 같았다. 캄캄하고 텅 비고 불쾌한 냄새가 났다. 이런 곳에서 하는 것보다는 오히려 바깥이 훨씬 나을 것 같았다. 그렇게 말하려고 생각했으나, 장은 나를 놔두고 먼저 들어가 버렸다. 익숙한 모습이었다. 여기에 몇 번씩이나 다른 여자를 끌어들였을지도 모른다. 나는 지지 않으려고 힘껏 펌프스를 벗었다. 그 때문에 펌프스가 여기저기로 날아갔다. 안에서 장의 목소리가 들렸다.

"전기가 안 들어와서 껌껌하니까 조심해요."

제대로 가정교육을 받은 나는 펌프스를 현관에 가지런히 놓는 데 애를 먹었다. 판자를 깐 바닥이 차가웠다. 스타킹을 통해서 바닥이 먼지투성이라는 것을 금세 알 수 있었다. 장은 이미 안쪽 방에 앉아 있었다.

"보이지 않아요. 무서워요!"

어리광 부리는 목소리를 냈다. 그렇게 하면 장이 내 손을 잡아줄 것이라고 생각했다. 그러나 장은 와주지 않았다. 나는 손으로 더듬어서 안쪽으로 들어갔다. 방은 텅 비어 있어서 아무것도 없으니 부딪칠 염려는 없었다. 점점 눈이 어둠에 익숙해졌다. 부엌 창문을 통해서 외부의 불빛이 들어왔기 때문에 완전히 암흑은 아니었다. 세 평 정도 되는 좁은 방에 장이 책상다리를 하고 앉아 있는 것이 희미하게 보였다. 장이 나에게 손을 내밀었다.

"이쪽으로 와서 옷을 벗어요."

나는 추위에 떨면서 코트를 벗고, 푸른색 정장을 벗고, 속옷을 벗었다. 그러나 장은 점퍼를 입은 채였다. 차가운 바닥에 똑바로 드러누웠다. 장이 나를 위에서 내려다보았다.

"당신, 깜빡 잊지 않았나요?"

나는 추워서 치아를 딱딱 마주치면서 되물었다.

"뭘요?"

"왜 당신은 먼저 돈을 받지 않고 옷을 벗습니까? 당신은 창녀잖아요. 내가 당신을 샀으니까 먼저 돈을 받아야 하잖습니까?"

"그럼 주세요."

장은 내 알몸 위에 1천 엔짜리 지폐를 한 장씩 올려놓았다. 한 장은 가슴 위에, 한 장은 아랫배에, 또 한 장은 넓적다리 위에. 단돈 3천 엔. 나는 소리치고 싶었다. 좀 더 달라고요! 하지만 장이라면 공짜라도 좋았다. 보통의 섹스를 하고 싶었다. 다정하게 안아줘요. 연인처럼. 내 마음을 읽기라도 한 듯 장이 말했다.

"당신은 단돈 3천 엔 값어치의 여자예요. 어떻게 하겠어요? 돈이 필요해요? 돈이 필요 없다면, 당신은 창녀가 아닌 보통 여자가 되는 겁니다. 하지만 나는 보통 여자에게는 흥미가 없으니까 섹스를 하지 않습니다. 3천 엔의 가치밖에 없는 창녀가 되겠습니까? 아니면 나에게 안길 수 없는 보통 여자가 되겠습니까?"

나는 1천 엔짜리 지폐를 모아서 꽉 움켜쥐었다. 3천 엔의 가치밖에 없다는 말을 들어도 장에게 안기고 싶었다. 장이 청바지의 지퍼를 내리는 소리가 들렸다. 어둠 속에서 장의 발기한 페니스가 보였다. 장은 페니스를 내 입속에 집어넣고 허리를 움직였다. 장의 숨소리가 거칠어졌다.

"나는 돈 주고 산 여자가 아니면 섹스를 할 수 없어요. 설사 단돈 3천 엔이라도 줘야 해요."

장은 나에게로 들어왔다. 옷을 입고 있는 장의 거기만 묘하게 뜨거워서, 이상한 기분이 되었다. 장의 가죽점퍼가 맨살에 닿아 차가웠고, 장이 움직일 때마다 청바지의 천이 넓적다리를 스쳐서 아팠다.

"당신이 좋아하는 여동생이 창녀이기 때문에 창녀를 좋아하는 건가요?"

"아닙니다." 장은 숨을 헐떡이면서 고개를 흔들었다. "그 반대입니다. 내가 창녀를 좋아해서 여동생에게도 시켰어요. 여동생을 안고 싶어서가 아니라, 창녀인 여동생을 안고 싶었으니까요. 이 세상에 해서는 안 되는 일은 하나도 없어요. 언제나 당하고만 있는 사람은 잘 모르지만요."

장은 큰 소리로 웃고, 내 알몸 위에서 움직였다. 나는 장에게 키스를 받고 싶어서 필사적으로 얼굴을 들었으나 장은 내 입술을 피하느라 얼굴을 옆으로 돌렸다. 뒤얽혀 있는 하반신만이 기계처럼 규칙적으로 움직였다. 이것이 진짜 섹스? 나는 공허함으로 미칠 것 같았다. 전에는 다정하게 대해줬잖아요. 그래서 나는 당신에게서 절정을 느꼈단 말예요. 오늘은 왜 그래요? 장은 혼자 웃고 흥분하고 숨을 헐떡거렸다. 그러다가 혼자 사정해 버릴 것이다. 그것이 섹스.

"나이를 먹은 창녀는 남자의 무엇인가를 폭로하는 거라고. 텅 비었다는 것을."

유리코의 목소리가 들렸다. 내 왼쪽에 유리코가 앉아 있었다. 유리코는 허리까지 내려오는 기다란 가발을 쓰고 푸른색 아이섀도를 눈꺼풀에 칠하고 새빨간 립스틱을 바르고 있었다. 나와 똑같이 분장한 창녀. 유리코는 내 왼쪽 넓적다리를 가느다란 손가락으로 살며시 어루만졌다.

"절정을 느껴! 내가 도와줄게. 느끼는 쪽이 이기는 거야!"

부드럽고 매끈매끈한 손가락이 내 넓적다리를 애무해 올라왔다.

"고마워. 넌 정말 다정하구나. 널 괴롭혀서 미안해."

"아냐, 괴롭힘을 당한 건 가즈에 선배 쪽이라고. 어째서 그걸 몰랐지? 선배는 자신이 약하다는 걸 모르지?"

유리코는 동정하듯이 말했다.

"알면 편하게 살 수 있는 거니?"

"아마 그럴걸."

장이 점점 더 심하게 나를 찔러댔다. 무게가 더해져서 심장이 눌린 나는 숨을 쉴 수가 없었다. 장은 자신의 체중을 떠맡고 있는 여자의 사정은 일절 생각하지 않았다. 대부분의 손님들은 이런 남자다. 나는 지금까지 무엇을 하고 있었던 것일까? 계속 업신여김을 받아왔는데도 그것을 깨닫지 못한 것일까? 3천 엔이 되어서야 겨우 알았다. 나의 가치를. 그래, 이것이 나의 가치야. 그럴 리가 없어. 엄연히 나는 G건설의 사원이고, 연봉도 1천만 엔이나 된단 말이야.

"손님 가운데는 젖이 없는 나를 좋아하는 사람도 있어. 어때, 이상하지?"

귀에 익은 목소리가 들려왔다. 놀라서 오른쪽을 보니 말보로 할머니가 앉아 있었다. 유방암으로 잃은 가슴 대신에 넝마를 쑤셔 넣은 검은 브래지어가 얇은 나일론 점퍼를 통해 비쳐 보였다. 말보로 할머니는 내 오른쪽 넓적다리를 애무했다. 메마르고 꺼칠꺼칠한 손이 힘차게 쓰다듬어 주었다. 장의 방에서 선이에게 안겼을 때와 똑같았다. 그때는 오른쪽에 드래곤이 있었고, 왼쪽에서는 장이 내 넓적다리를 애무했다.

"아무것도 생각해서는 안 돼. 너는 생각이 지나치게 많아서 탈이야. 몸을 맡기고 즐겁게 살아가라고." 말보로 할머니가 웃었다. "너에게 돌부처 앞의 장소를 물려주었을 때는 좀 더 잘 해나갈 여자라고 생각했는데."

"거짓말이야, 거짓말." 유리코가 말보로 할머니를 가로막았다. "말보로 할머니는 가즈에 선배가 이렇게 될 줄 알고 있었을 거야."

"글쎄."

두 사람은 나와 장을 무시한 채 서로 얘기를 하고 있었다. 그러나 손은 쉴 새 없이 내 넓적다리를 계속 애무해 주었다. 장이 사정을 하게 되었는지 한층 더 큰 소리를 질렀다. 나도 싸고 싶다. 그때, 머리 위에서 목소리가 들려왔다.

"당신의 어리석음에 내 마음이 아픕니다."

성경책을 들고 있던 머리가 이상한 여자의 목소리였다. 무엇을 믿으면 되죠? 나는 혼란스러워서 어둠 속에서 외쳤다.

"아아, 날 좀 살려줘!"

나의 외침과 동시에 장이 사정을 했다. 장은 거칠게 숨을 내쉬면서 내 몸 위에서 간신히 내려왔다. 동시에 유리코와 말보로 할머니도 사라져버리고, 나는 혼자 벌거벗고 바닥에 드러누워 있었다.

"당신, 또 혼잣말을 했어요."

장이 나의 숄더백을 멋대로 열고 휴지를 꺼내 자기 것만 닦아냈다. 그러더니 고개를 돌려 아라이에게서 받은 1만 엔짜리 지폐를 보았다.

"훔치지 말아요, 그건 내 거니까요."

"알았어요, 알았다고요." 장은 웃으면서 숄더백의 뚜껑을 닫았다. "창녀에게서 돈 같은 건 훔치지 않습니다."

거짓말쟁이. 이 세상에 해서는 안 되는 일 같은 것은 아무것도 없다고 조금 전에 말했잖아. 갑자기 추워진 나는 일어나서 옷을 주워 입었다. 거리를 지나가는 자동차의 헤드라이트가 한순간 방을 비추었다. 그러자 순간적으로 잔뜩 얼룩이 진 벽과 찢어진 미닫이문이 보였다. 제대로 교육받고 자란 내가 이런 장소에 있다니, 이상하다. 나는 고개를 갸웃거렸다. 장이 부엌 창문을 열어 쓰고 난 콘돔을 버렸다. 그러곤 나를 돌아다보면서 말했다.

"이 방에서 또 만납시다."

지금 나는 집에 돌아와서 이 노트를 펼치고 있다. 일기를 쓰는 것은 이제 그만둘 생각이다. 명색이 매춘 일기인데, 손님이 붙지 않는 날이 늘어났기 때문이다.

그러니까 기지마, 당신에게 드리겠어요. 고등학생 때 보낸 러브레터처럼 되돌려 보내지 말아주세요. 이것도 나입니다.

GROTESQUE

ROTESQUE

8장

검은 영혼

내 안의 그들

여러분, 이 길고 지루한 이야기도 이제 끝나가고 있습니다. 나도 정리 단계에 들어갔으니까 조금만 더 참아주시기를 바랍니다.

이 세상에서 가장 아름다운 내 여동생, 유리코의 비극적인 일생. 그리고 일본에도 엄연히 존재하는 계급 사회를 구현해 낸 명문 Q여고에서의 나날. 동창생인 사토 가즈에에게 닥친 비극적인 사건. 그리고 미쓰루와 기지마 다카시의 영광과 좌절. 다른 나라에서 밀항해 기이하게도 유리코와 가즈에를 조우하게 된 장제중의 악당 인생. 나는 내가 알고 있는 모든 정황을 전하기 위해서 입수한 수기나 일기, 편지 등을 종합해 조금이라도 여러분의 이해를 돕기 위한 얘기를 계속해왔습니다. 하지만 그렇게 하면서도 나는 아까부터 계속 고개를 갸우뚱거리고 있습니다. 왜 나는 여러분을 이해하게 하려는 것일까요? 나는 도대체 여러분에게 무엇을 알리고 싶은 것일까요? 그것을 잘 모르겠습니다.

유리코와 가즈에에게 매스컴이나 세간이 내린 심판이나 굴욕을 씻어주려고 하는 것일까요? 아닙니다, 그렇지 않습니다. 내겐 그런 친절이나 정의감 같은 것은 애초부터 존재하지 않았으니까요. 그렇다면 왜?

확실한 이유는 잘 모르겠습니다. 그러나 단 한 가지, 마음에 짚이는 것이 있습니다.

　그것은 유리코도 가즈에도 미쓰루도, 다카시도, 장도, '나'라는 인간의 일부였을지 모른다는 것입니다. 나는 그녀들, 그들의 혼을 대신하여 이 세상에 남아 떠돌면서 이 모든 것들을 이야기해야 하는 존재로 남겨져 있는 건지도 모릅니다. 그러나 그런 일을 하기에 지나치게 시꺼먼 영혼이라고 지적하실 분도 있을 것입니다. 그건 맞습니다. 나는 증오로 점철되고 원한으로 물들어 욕지거리나 분노의 추한 얼굴을 하고 있습니다. 그렇기 때문에 살아남은 것입니다. 언제까지나 녹지 않는 그늘에 있는 거무스름한 눈雪. 나는 유리코의, 가즈에의, 미쓰루의, 장의 마음속 깊이 숨겨진 검은 잔설殘雪과 같은 존재였는지도 모릅니다. 이런 식으로 말하면 지나친 은유처럼 느껴질지도 모르지만 내 모양새는 사실 그리 좋지 않습니다. 살아 있는 몸을 가진 나는 비뚤어지고 질투하고 시기심 강한, 어디에나 있는 평범한 인간일 것입니다.

　나는 유리코의 그늘에서 살았습니다. 저런 얼굴로 태어났으면 좋았을걸 하고 부러워하고, 그렇지 않은 나 자신과 끊임없이 비교하고, 유리코를 원망하면서 자랐습니다. 간신히 진학한 Q여고에서는 영예를 느낄 틈도 없이 동급생들의 풍요함과 아름다움에 압도당했고, 가즈에의 촌스런 모습에서 나 자신이 보여 초조해하고, 미쓰루처럼 공부를 잘했으면 하고 동경하면서 괴로운 학교생활을 했습니다. 대학 졸업 후, 나는 모델에서 창녀가 된 유리코와는 180도 다른 수수한 생활을 택했습니다. 내가 말하는 수수한 생활이란 남자와는 인연이 없는 영원한 처녀로 사는 것입니다.

　영원한 처녀. 이것이 어떤 것을 의미하는지 아십니까? 이미지는 아름답지만 현실은 그렇지 않습니다. 가즈에의 일기에 매우 적절하게 씌어 있지요? 남자를 정복하는 한순간을 놓치는 것입니다. 성교만이 세계를 손에 넣는 수단이라는 것은 가즈에의 편협한 생각이지만, 지금의 나로서는 어쩌면 그것이 진실일지도 모른다는 생각이 자꾸만 듭니다. 내 몸속에 남자가 들어와서(끔찍한 일이라서 상상해 본 적도 없습니다만), 내 속에서 사정했을 때, 세계와 성교했다는 만족감을 느끼는 것이 아닐까 하는 요상한 생각. 그 실감이라고 할까, 착각이 가즈에로 하여금 창녀가 되게 한 것 같다는 생각이 자꾸만 듭니다. 요컨대 가즈에가 한 짓은 자신의 손으로는 세계를 손에 넣을 수 없다는 것을 깨달은 여자의 커다란 착각이었던 것입니다.

반대로 수수한 생활을 하는 것이 나의 희망이었느냐 하면 솔직히 말해서 그것도 아닙니다. 나는 오로지 유리코와 비교되고 싶지 않았을 뿐입니다. 항상 지기만 하는 나 자신을 승부에서 끌어내려 버렸던 것입니다. 나는 유리코의 이면裏面을 살아가고 있다는 생각이 강하게 듭니다. 이면의 인간은 양지 바른 곳에서 사는 인간이 만드는 그림자에는 민감합니다. 누구나 은밀히 숨기고 있는 검은 생각이 나를 공명케 하는 것은 내가 이면에 있어서 민감하기 때문입니다. 아니, 나는 양지 바른 곳에 있는 인간의 어두운 그림자를 양식으로 먹고 살아왔다고도 할 수 있을 것입니다

가즈에의 매춘 일기는 나에게 새롭게 살아갈 수 있는 힘을 주었을 정도로 슬픈 대용품이었습니다. 그렇습니다. 나는 가즈에가 슬프면 슬플수록, 원망하면 원망할수록 마이너스의 힘을 얻을 수 있었습니다. 아시겠습니까? 그렇기 때문에 유리코의 수기는 나에게 아무것도 주지 않았습니다. 유리코가 정말로 강하고 영리한 여자였다는 것은 나도 알고 있었습니다. 정말로 밉살스러운 여자였지요. 내가 대적할 수 있는 것은 아무것도 없었던 것입니다.

나는 유리코에게 사로잡혀 있었습니다. 나는 평생 유리코의 그림자로 붙어 다니고 있을 뿐인 존재였습니다. 장의 '진술서'도, 나에게는 아무런 자극을 주지 않는 시시한 것이었습니다. 장은 타고난 악당이어서 어두운 그림자 같은 것은 털끝만큼도 갖고 있지 않았기 때문입니다. 양지 바른 곳에 사는 악당도 존재하거든요.

그것에 비해서 가즈에의 매춘 일기는 얼마나 고독으로 얼룩져 있는지요! 처절하지 않습니까? 이것을 다 읽은 나에게 여느 때와는 다른 변화가 일어났을 정도입니다. 나는 엉겁결에 따라 울었습니다. 가즈에의 너무나도 깊은 고독과 헐크hulk도 깜짝 놀랄 만큼 그로테스크한 변모에 매정한 나도 눈물을 참을 수가 없었습니다. 가즈에의 공허한 마음의 파동이 나를 흔들어대고, 온몸을 마비시켜서 말을 잃게 만들었습니다. 엑스터시라는 것을 경험해 본 적은 없지만 그야말로 이런 것 아닐까요?

갈색과 검은색 가죽으로 된 두 권의 커다란 수첩에는 고등학생 때와 마찬가지로 꼼꼼한 가즈에의 글씨가 빼곡했습니다. 손님으로부터 받은 금액을 곧이곧대로 적어놓고, 그날 있었던 일을 쓰지 않고는 못 배기는 꼼꼼하고 성실한 성격. 머리가 좋다고 칭찬받고 싶었던 우등생, 양가집 규수라는 말을 듣고 싶었던 아가씨, 최고의 직업 인생을 보내고 싶었던 여사원. 최고에는 '조금 모자랐던' 사토 가즈에의 모습과 영혼이 뜻밖에도 일기장 속에 고스란히 담겨 있던 것입니다.

"너도 나와 마찬가지야. 가즈에도 마찬가지고. 모두가 허황된 것에 마음을 빼앗기고 있었던 거야. 다른 사람이 나를 어떻게 볼까 하는 것에 말이야."

돌연 미쓰루의 말이 떠올랐습니다. 아니야, 아니란 말이야! 나는 마음속으로 외쳤습니다. 사실이 그렇잖아요? 그렇다면 여기에 있는 유리오가 가즈에의 일기장에 손을 내밀고 얘기한 것처럼, '증오와 혼란'이 나의 내부에도 있다는 소리가 됩니다. 나는 인간의 이면, 그림자에 민감한 여자입니다. 그러한 나의 어디에 '증오와 혼란'이 있단 말입니까? 내가 양식으로 삼고 있는 것은 다른 이의 '증오와 혼란' 속에만 있습니다. 나는 가즈에와 다릅니다. 나는 그로테스크한 괴물이 아니니까요.

나는 가즈에의 일기장을 테이블에서 밀어 떨어뜨려버리고 기분을 가라앉히기 위해서 왼손의 반지를 만졌습니다. 네, 맞아요. 미쓰루가 심술궂게 지적한 Q여고의 졸업 반지입니다. 이것은 내 마음의 의지입니다. 네, 모순된 말이라는 것은 잘 압니다. 나는 Q여고의 계급 사회를 우습게보면서도 실은 그 세계를 좋아했던 겁니다. 모순되면 안 됩니까? 모순 같은 것은 누구나 마음속에 품고 있는 것 아닐까요?

"이모님, 왜 그러세요?"

옆에 앉아 있던 유리오가 나의 동요를 눈치 채고 내 어깨에 손을 얹었습니다. 예민한 소년입니다. 유리오의 젊고 억센 손이 내 어깨를 잡았습니다. 유리오의 힘찬 손바닥에서 열이 전해져 왔습니다. 섹스라는 것은 어쩌면 이런 것일까요? 나는 그 손에 조심스럽게 뺨을 갖다 댔습니다. 유리오가 내 뺨을 적시는 눈물을 알아차리고는 곤혹스러운 모습으로 물었습니다.

"이모님, 울고 계시군요. 이 수첩에는 뭐가 적혀 있는 거예요?"

나는 황급히 유리오의 손에서 뺨을 떼어냈습니다.

"슬픈 내용이야. 네 어머니에 대한 이야기도 조금 나오지. 하지만 너에게는 말해주고 싶지 않구나."

"그 이유는 증오와 혼란이 담겨 있기 때문이죠? 그게 무엇인가요? 어떤 거예요? 나는 꼭 알고 싶어요. 여기에 적혀 있는 내용을 하나부터 열까지 다 알고 싶어요."

유리오는 어째서 그걸 알고 싶은 것일까요? 나는 유리오의 아름다운 눈동자를 올려다보았습니다. 갈색과 연한 푸른색이 섞인, 이 세상에서 보기 드문 눈동자 색깔. 맑은 물처럼 아무것도 비치지 않는 눈동자. 그런데도 유리오는 나처럼 타인의 어두운 그림자에 민감한 것일까요? 인간의 검은 부분을 감지하고, 그것을 자신의 기쁨으로 바꿔서 살아나갈 수 있는 능력이 있다면 꼭 얘기해주고 싶습니다. 방금 커다란 양식을 얻은 내 마음은 좀이 쑤셨습니다. 말이라는 독으로 유리코와 가즈에를 더럽히고, 그 독을 유리오의 귀에 쏟아 부어서 확실한 것으로 키워나가고 싶었습니다. 나의 유전자를 남기고 싶었습니다. 출산과 똑같은 욕망. 그렇게 하면 유리오라는 아름다운 소년은 나와 똑같은 인간이 되지 않겠어요?

"가즈에의 일기 속에 적혀 있는 것은 대단히 장렬한 싸움이란다. 개인과 세계와의 싸움. 가즈에는 그 싸움에서 져 외톨이가 되었기 때문에 타인의 다정함에 굶주려 죽은 거야. 그래, 슬픈 이야기란다."

유리오의 얼굴에 충격이 스쳤습니다.

"어머니도 그랬나요?"

"응, 그렇지. 너는 그런 여자의 자식이란다."

나는 거짓말을 했습니다. 유리코는 절대로 그렇지 않았습니다. 유리코는 처음부터 세계, 아니 다른 이 같은 것은 믿지 않았으니까요. 유리오는 눈을 내리깔고 내 어깨에서 손을 떼어, 기도라도 하듯이 합장했습니다.

"네 어머니는 나약하고 평범했단다."

"불쌍해요. 제가 있었으면 도와주었을 텐데요."

"어떻게?"

그런 것은 아무도 할 수가 없단다. 너는 아직 어려서 잘 모르겠지만 말이다. 나는 유리오의 이상주의를 타일러주려고 했으나, 유리오는 단호하게 말했습니다.

"방법은 잘 모르지만, 할 수 있을지도 몰라요. 그분이 외롭다면 제가 함께 살아줄 수 있었을 거예요. 제가 음악을 골라서 들려주고, 제가 좀 더 아름다운 음악을 만들어주는 거죠. 그러면 조금은 즐거워질 거예요."

유리오의 얼굴이 아주 멋진 일을 생각해냈다는 듯 환하게 밝아졌습니다. 아아, 이 얼마나 아름답습니까! 그리고 다정합니까! 어린애 같은 발상이기는 하지만 귀엽지 않나요? 이것이 남자라는 것의 정체일까요? 어느새 내 속에서는 내가 모르는 진짜 감정이 싹트고 있었습니다. 사랑. 설마? 유리오는 조카란 말이야. 하지만 어때? 내 속에서 천사와 악마가 속삭이고 있습니다.

"네가 말한 대로야. 이모가 적극성이 없어서 그래. 그럼, 유리코는 어째서 너를 맡으려고 하지 않았을까? 이모는 잘 모르겠어."

"어머니는 나의 존재를 필요로 하지 않을 정도로 강한 분이었으니까요."

"그럼, 이모는 약하고?"

유리오는 나의 체형을 확인하듯이 어깨와 등에 손을 갖다 댔습니다. 유리오가 만질 때마다 나는 전율을 느꼈습니다. 지금까지 맛본 적 없는 감각. 다른 이에게 평가받는 나. 아니, 평가가 아닙니다. 다른 이에게 경험되고 있는 나 자신인 것입니다.

"이모님은 약하다기보다 가난한 거죠."

"가난하다니, 돈이 없다는 뜻이니? 분명히 나는 가난하기는 해."

"아닙니다, 이모님은 마음에 여유가 없고 메말라 있다는 뜻이에요. 아아, 유감이에요. 아까 이모님이 말했잖아요? 아직 늦지 않았다고요.

저도 그렇게 생각해요."

헤드폰으로 음악을 듣고 있었을 텐데도, 유리오의 날카로운 청각은 미쓰루의 얘기를 전부 포착하고 있었던 것입니다. 후회가 되었습니다.

"그렇다면 너는 강하니, 유리오야?"

"네. 저는 혼자서 살아왔잖아요."

"나도 혼자서 살아왔어."

"그런가요?" 유리오는 고개를 갸웃거렸습니다. "우리 어머니에게 의존하고 있던 것 같은 느낌이 들었어요."

유리코의 이면에서 사는 것이 의존일까요? 그것이 약하고 가난한 것이라고요? 나는 충격을 받아 유리오의 약간 두터운 입술을 응시했습니다. 좀 더 말해주렴. 나에게 여러 가지를 가르쳐다오. 지배해 다오, 하고 생각하면서 말입니다.

"그런데 이모님, 컴퓨터 말인데요, 언제 가질 수 있나요? 저는 컴퓨터만 있으면 이모님의 인생을 즐겁게 해드릴 수 있거든요."

"하지만 나는 돈이 없는걸."

유리오는 한순간 어리둥절한 얼굴을 했습니다. 보이지 않는 눈을 허공에 고정한 채 열심히 생각하는 얼굴이 무척이나 귀여웠습니다.

"저금한 것도 없어요?"

"30만 엔쯤 있지만, 그것은 만일의 경우에 대비한 비상금이야."

"아, 전화 왔어요."

갑자기 유리오가 전화기 쪽을 돌아보면서 나에게 말했습니다. 그 순간, 전화벨이 울렸습니다. 유리오의 육감이 대단히 날카롭다는 것은 알고 있었지만, 나는 갑자기 두려움을 느끼면서 수화기를 들었습니다.

"여보세요? 여기는 '미소사자이 하우스'입니다. 지금 막 할아버님께서 돌아가셨습니다. 마지막 모습을 얘기해드릴까요?"

"아뇨, 괜찮습니다."

구청에 소속된 요양 병원으로부터 온 전화였습니다. 향년 아흔한 살. 치매에 걸린 외할아버지의 마지막이 어땠는지 알아보았자 아무 소용도 없습니다. 치매에 걸린 외할아버지는 시간을 5, 60년이나 역행해서 젊은 남자가 되어버렸습니다. 분재에 미친 사람에다 사기꾼인 외할아버지는 딸의 자살도 잊어버리고 손녀딸이 살해된 것도 모르고 도원경에서 노닐다 돌아가신 것입니다. 그건 그렇고, 돈에 대한 이야기를 하고 있을 때, 이것이야말로 기가 막힌 타이밍 아닙니까? 30만 엔의 저금은 외할아버지 장례식 비용으로 써야 될 것입니다. 그뿐만 아니라 나는 며칠 안에 이 공영주택에서 나가지 않으면 안 되는 곤경에 빠졌습니다. 외할아버지의 이름으로 계약한 것이기 때문이지요. 내가 구청에서 받는 매달 18만 엔의 아르바이트 급료로 방을 구하고 이사를 가고 컴퓨터를 사지 않으면 안 될 것입니다.

"유리오야, 외할아버지가 돌아가셨기 때문에 저금은 쓸 수가 없단다. 이 집에서도 나가지 않으면 안 돼. 컴퓨터는 존슨 씨에게 사달라고 하면 어떻겠니?"

"그렇다면 이모님이 돈을 버는 게 어때요?"

"돈을 벌다니, 어떻게?"

"거리에 나가서 우리 어머니처럼 말예요."

이게 도대체 무슨 소리란 말입니까? 나는 유리오의 뺨을 손바닥으로 때렸습니다. 물론 가볍게요. 얇은 뺨을 통해서 유리오의 입속의 깨끗한 치열이 내 손바닥으로 전해졌습니다. 나는 그 생생함에 몸을 떨었습니다. 유리오는 아무 말도 하지 않은 채 뺨을 손으로 누르고 고개를 떨어뜨렸습니다. 차가운 미모. 유리코를 꼭 닮았습니다. 나는 유리오를 향한 사랑으로 가슴이 미어져서, 돈이 필요하다고 마음속으로 생각했습니다. 아니, 돈이 아니라 컴퓨터가 필요하고, 컴퓨터를 갖고 싶어 하는 유리오가 필요하고, 더 나아가 유리오와 나와의 생활이 필요했던 것입니다. 거기에 행복이 있기 때문입니다.

유리코는 그 수기 속에서 창녀에 대해서 이렇게 썼습니다. 여러분, 이미 잊어버렸으리라고 생각하기 때문에 다소 길어지겠지만 인용하겠습니다.

창녀가 되고 싶다는 생각을 한 여자는 많을 것이다. 자신에게 상품 가치가 있다면, 하다못해 비쌀 동안 몸을 팔아서 돈을 벌고 싶다고 생각하는 사람. 섹스 같은 것은 아무런 의미도 없다는 것을 자신의 육체로 확인하고 싶은 사람. 자기는 보잘것없고 시시한 존재라고 비하한 나머지, 남자에게 위안이 됨으로써 자신의 존재를 확인하려는 사람. 난폭한 자기 파괴 충동에 사로잡힌 사람. 혹은 남을 돕고 싶어서 그 일을 생각한 사람까지. 그 이유는 여자의 수만큼 많겠지만 나는 그 어느 쪽도 아니었다.

유리코는 자신이 타고난 음녀였기에 창녀가 되었다고 계속 말했습니다. 만일 내가 창녀가 된다면, 어느 누구와도 다른 이유가 있어야 합니다. 나는 유리코와 달라서, 성교 같은 것은 좋아하지 않기 때문이지요. 그리고 남자도 좋아하지 않습니다. 남자라는 종족은 언제나 교활하고, 얼굴도 몸도 생각도 조잡합니다. 이기적이고 임시방편적이고 형태만 갖춰지면 내용은 아무래도 좋고 자신의 욕망을 위해서는 상대방에게 상처를 입혀도 눈 하나 깜짝 하지 않는 사람들입니다. 말이 너무 지나쳤나요? 아녜요, 정말 그렇게 생각하고 있습니다. 40년 동안이나 살아오면서 내가 만난 남자들 대부분이 그랬습니다. 외할아버지는 그런 대로 재미있는 분이었지만 아름답지 않았고, 기지마 다카시는 아름다웠지만 마음이 일그러져 있었습니다.

그러나 여기에 예외가 있습니다. 유리오. 유리오만큼 아름답고 순수한 마음을 가진 소년은 어디에도 없습니다. 유리오가 성장하여 저 추한 남자들과 같은 부류가 될 것을 생각하면, 원통해서 이가 부드득 갈립니다. 내가 창녀가 되는 것은 유리오라는 소년이 추한 남자가 되지 않도록 지키고, 둘만의 즐거운 생활을 계속하고 싶다는 이유 때문입니다. 어떻습니까? 이것이야말로 유일무이한 순수함 아니겠어요? 물론 내게도 40세나 되어서 몸을 판다는 것에 대한 큰 저항감은 있습니다. 장제 중처럼 창녀를 좋아하는 악당을 만나서 살해될 위험성도 높습니다. 나는 갑자기 무서워졌습니다.

"유리오야." 내 의문의 기척을 느낀 유리오가 헤드폰을 벗고 돌아앉았습니다. "이모가 길거리에 나가서 돈을 버는 것에 대해 넌 정말로 어떻게 생각하니? 그것을 권하는 것은 유리코가, 아니 네 엄마가 창녀였다는 것을 네가 인정하고 있다는 뜻이니? 그렇다면 이모가 장 같은 남자를 만나서 살해돼도 좋은 거니? 위험한 꼴을 당해도 좋다고 생각하는 거야?"

유리오의 눈가가 빨갛게 물들더니 순식간에 눈물이 차오르는 것을 알 수 있었습니다.

"그렇게 생각하지 않아요. 저는 창녀가 되는 여자들이 불쌍해요. 제가 동정을 지키고 있어서 그런지는 몰라도 남자에게 몸을 팔아서 생계를 꾸려나가는 것은 죽기보다 싫을 거예요. 전 그들이 가여워요."

"그렇다면 어째서 소중한 이모에게 창녀가 되라고 권하는 거지?"

유리오는 아름다운 손으로 얼굴을 가렸습니다.

"죄송해요. 저는, 저는 이모님이 높은 곳에 서서 말하고 있다는 느낌이 들어서 화가 났어요. 이모님은 스스로는 아무것도 하지 않으면서 우리 어머니에게는 무척 비판적이에요. 그리고 가즈에라는 친구에게도 냉정해요. 이모님은 창녀들을 경멸하겠지만 저는 그 반대예요. 그들이 훌륭한 사람들이라고 생각해요. 그래서 말한 것이니까 너무 마음 쓰지 말아주세요."

"그 사람들의 어디가 훌륭한 건데?"

내가 화를 내자 유리오는 자신감을 잃은 듯 고개를 갸웃거렸습니다.

"이 세상과 깊은 관계를 맺고 있기 때문이죠."

"나도 관계를 맺고 있단다. 구청에서 한번 근무해 봐라. 꼴 보기 싫은 상사나 동료도 많이 있단다. 그것은 깊지 않다는 거니?"

"깊지 않아요. 저는 좀 더 깊은 쪽이 좋아요" 하고 유리오는 얼굴을 똑바로 들었습니다. "이모님, 돈이 없다면 제가 길거리에 설게요. 아니, 제가 서야만 해요. 전 비록 눈이 보이지 않지만 몸을 지킬 수 있고, 젊기 때문에 이모님보다 상품 가치가 더 있을지도 모르니까요. 제가 남창이 될 테니까, 이모님이 손님을 데려오고 돈을 속이지 않도록 관리도 해주세요."

나는 유리오에게 버림받은 것 같아서 몹시 초조해졌습니다.

"내가 설게. 네가 교섭을 하고 나를 지켜줘."

이렇게 해서 중년의 창녀와 17세의 맹인 뚜쟁이 콤비가 생겨났던 것입니다. 유쾌하게도, 우리 둘 다 성 교섭 경험은 전혀 없었습니다. 유쾌하다고 말한 것은, 그때 나에게는 유리오와 함께라면 새로운 세계에 몸을 던져도 좋겠다는 모험심이 있었기 때문이었습니다.

우리의 운명

　외할아버지의 불공을 이레째 드린 다음 날, 나와 유리오는 손을 맞잡고 마루야마초의 돌부처 앞으로 가보았습니다. 어두운 모퉁이에 조용히 서 있는 돌부처 앞에는 새빨간 퐁퐁달리아와 노란 국화꽃 등 요란한 색깔의 꽃들이 바쳐져 있었습니다. 그것들이 마치 가즈에와 유리코의 영혼인 것 같아서, 나는 라이벌 의식과 긴장감이 생겨 꽃들을 노려보았습니다. 내 손을 잡은 유리오가 주위의 냄새를 맡고 속삭였습니다.

　"이모님, 이 장소에 우리 어머니가 서 있었다면서요? 우리는 얼마나 이상한 운명을 살고 있는 것일까요? 마치 죽은 어머니가 우리가 갈 길을 정해 놓은 것 같아요."

　인정하기엔 다소 약이 올랐기 때문에 애매하게 고개를 끄덕였지만, 그 말이 맞았습니다. 언제나 유리코는 나를 앞질러갔습니다. 가즈에도 어느 틈엔가 그렇게 되었습니다. 두 사람은 위험한 남자들이 우글거리는 세상의 바다를 건너편까지 헤엄쳐갔던 것입니다. 네, 그래요, 피안으로. 나에게는 유리오가 있으니까, 피안으로 갈 일은 없다는 자신감이 있습니다.

"이모님, 손님이 와요."

육감이 뛰어난 유리오가 내 어깨를 두드렸습니다. 시부야 방향에서 서른 정도로 보이는 남자가 걸어왔습니다. 양복을 입은 샐러리맨 같았습니다. 남자는 나란히 서 있는 우리에게 흥미를 느꼈는지 이쪽을 보았습니다. 나에게서 유리오에게 옮겨간 남자의 시선이, 유리오의 미모에 놀라서 멈췄습니다. 그 찰나, 나는 용기를 내서 말을 걸어보았습니다.

"저어, 괜찮으시다면 저를 사주시지 않겠어요?"

남자는 상당히 놀랐는지 뒤로 자빠질 듯 뒷걸음질 쳤습니다. 유리오가 재빨리 덧붙였습니다.

"싸게 해드릴게요. 어떻습니까?"

남자는 아무 말도 하지 않고 쏜살같이 골목길을 빠져나갔습니다. 나는 한숨을 짓고 유리오의 얼굴을 쳐다보았습니다. 유리오도 낙담했는지 헤드폰을 부적처럼 만지작거렸습니다. 장사는 어려웠습니다. 가즈에의 고충을 잘 알 것 같았습니다. 한참을 기다리고 있는데, 이번에는 중년 남자가 걸어왔습니다. 단발에다 땅딸막한 몸이 요리사 같았습니다. 흰 옷 위에 점퍼를 걸치고 있었습니다.

"미안합니다만." 나는 쭈뼛거리면서 말을 걸었습니다. "놀다 가지 않으시겠어요?"

"그런 취향이 아니라서."

남자는 손을 흔들었습니다. 나는 따라붙었습니다.

"아닙니다. 이 아이는 시중꾼이고, 상대는 저예요."

남자는 멈춰 서서 내 얼굴을 정면에서 관찰했습니다.

"당신은 젊지 않군그래. 나는 아줌마 취향이 아니라고 말했잖아. 나는 젊고 예쁜 아가씨밖에 흥미가 없다니까. 그것도 몸이 호리호리하고 무릎이 이렇게 작지 않으면 안 되지."

남자는 손가락으로 작은 원을 만들어 보였습니다. 정말이지 남자들의 취향은 얼마나 각양각색인지 알 수가 없습니다. 여자라면 아무나 좋다는 것이 아니라는 것은 옛날부터 알고는 있었지만, 이 정도로까지 물건 취급당하는 우리들 여자란 어떤 존재일까요? 나는 화가 치밀어서 고개를 돌려버렸습니다.

"잠깐만 기다려주세요. 이분은 아직 처녀입니다. 처녀는 어떻습니까?"

갑작스러운 유리오의 말에 남자는 돌아보았습니다.

"나는 처녀도 안 돼. 남자를 세 명쯤 알고 난 여자가 좋단 말이야. 다른 데 가서 알아보라고!"

두 번째 남자도 사라졌습니다. 우리는 여러 시간 동안 돌부처 앞에 서 있었으나, 결국 사람의 왕래가 끊겨 귀가할 수밖에 없었습니다. 다음 날도, 그 다음 날도 마찬가지였습니다.

그렇게 일주일이 지나, 어느 날 밤이었습니다. 두 명의 여자가 우리 앞을 가로막고 섰습니다. 두 여자 모두 어두운 색 계통의 정장을 입고 서류를 끌어안은 폼이 구직활동을 하는 여대생 같았습니다. 모습도 얼굴도 수수했습니다. 어디에나 있을 법한 평범한 아가씨들이었습니다. 두 여자는 유리오를 보고 서로 팔꿈치로 찌르고 깡충깡충 뛰면서 기뻐했습니다.

"역시 있다, 얘. 굉장하다, 굉장해!"

"그래, 내가 말한 대로지?"

도대체 무슨 일일까 하고 경계한 나는 유리오의 팔을 꼭 잡았습니다. 유리오는 머리에 끼고 있던 헤드폰을 벗고, 보이지 않는 눈으로 여기저기를 훑었습니다.

"아주머니, 이 아이 얼마예요?" 돌연 여대생 중 하나가 물어왔기 때문에 나는 깜짝 놀라서 대답도 하지 못했습니다. "두 사람에 5만 엔, 어때요? 안 돼요? 너무 싸요?"

"좋아요." 유리오가 가볍게 고개를 끄덕였습니다.

"꺅! 됐어!" 두 여대생은 오른손을 높이 들더니 공중에서 하이 파이브를 했습니다. 그리고 스스럼없이 유리오의 손을 잡고는 어디론가 끌고 가려는 것이 아니겠습니까?

"유리오야, 어디 가는 거야?"

여대생 하나가 당황해하는 내 주먹에 지폐를 밀어 넣었습니다. 꼼꼼하게 접은 1만 엔짜리 지폐 다섯 장. 접힌 곳이 잘 펴지지 않을 정도로 빳빳한 새 지폐였습니다.

"자, 5만 엔, 선불이에요! 아줌마, 이 아이 2시간만 빌릴게요."

두 여대생은 유리오를 납치하듯 양쪽에서 팔짱을 끼고 언덕을 올라갔습니다. 이름이 뭐지? 유리오요. 어머, 귀엽다! 꺅! 두 여대생의 교성이 어둠 속에 울려 퍼졌습니다.

정확히 2시간 뒤, 유리오는 두 여대생에게 끌려서 돌아왔습니다. 머리카락이 흐트러지고 상기된 얼굴이 밉살스러워서 나는 엉겁결에 노려보았으나, 세 사람은 신경도 쓰지 않았습니다. 아직도 정욕으로 젖은 눈을 한 두 여자가 각각 유리오에게 소리쳤습니다.

"용돈 저축해서 또 올게. 기다려, 유리오!"

"유리오, 고마워! 넌 너무 귀여워!"

유리오는 엉뚱한 방향으로 손을 흔들어 작별을 고하고 내 옆에서 한숨을 크게 내쉬었습니다. 축 늘어진 긴 팔. 헤드폰은 아예 잊힌 듯 목에 걸린 채로 있었습니다.

"유리오야, 저 여자들이 무슨 짓을 하든?"

유리오는 내 질문에는 대답하지 않고 거꾸로 물었습니다.

"이모님, 제가 잘생겼다는 것이 사실이에요?"

"응, 못생긴 편은 아니지. 아무러면 어때?"

나는 일부러 시큰둥하게 대답했습니다. 왜냐하면 기분이 몹시 상했기 때문입니다. 소중한 것이 외부로부터 오염당한 것 같은 기분이었습니다. 그런데 유리오는 흥분해서 계속 말했습니다.

"저 여자들은 매우 다정하게 저를 무척이나 귀여워해줬어요. 저같이 아름다운 남자는 본 적이 없대요. 그리고 몸도 최고라면서 구석구석 핥아줬어요. 그런 기분 좋은 일을 우리 어머니도 했을까요? 그렇다면 저도 남창이 되고 싶어요."

나는 계속 움켜쥐고 있어서 젖어버린 1만 엔짜리 지폐를 지갑에 챙겨 넣고, 유리오의 넓은 등을 떠밀었습니다.

"이제 그만 집에 가자."

그 이튿날 밤엔 더욱 놀라지 않을 수 없었습니다. 다른 여자가 나타난 것입니다. 이번에는 서른 정도 된 못생긴 여자로 안경에 흰 블라우스, 플레어스커트를 입은 촌스러운 옷차림이었습니다. 여자는 나에게 대뜸 3만 엔을 건네주고 유리오의 손을 잡았습니다.

"당신이 유리오지요? 자, 가요!"

유리오는 황급히 헤드폰을 벗고 불안한 듯 내 쪽을 보았으나, 여자는 긴장했는지 굳어진 얼굴로 유리오를 마구 잡아끌었습니다.

"미안합니다. 저는 눈이 보이지 않으니까 천천히 걸어주시지 않겠어요?"

유리오가 상냥하게 말하자 여자는 금세 안도한 듯 부드러운 표정이 되었습니다. 두 사람이 언덕 위의 러브호텔로 사라질 무렵, 나는 화가 격렬하게 치밀어 올랐습니다. 나는 입장권 자동판매기가 아니란 말입니다. 그러자 또 다른 여자가 왔습니다. 삼십 대 초반에 화장을 짙게 한 여자였습니다.

"어머, 없어요? 유리오라는 아이가 여기에 항상 서 있다고 들었는데요?"

여자는 난감한 표정이 되어 허리에 손을 얹고 주위를 둘러보았습니다.

"누구한테 들으셨나요?"

생각다 못해 물어보니까 여자가 귀찮다는 듯이 나를 바라보았습니다.

"인터넷에 나와 있어요. 마루야마초의 돌부처 앞에 가면, 이 세상에서 가장 아름다운 소년이 서 있다고요. 이름은 유리오고, 눈이 보이지 않지만 성격도 사이즈도 최고라고요!"

"이제 곧 올 거예요. 가격은 5만 엔이라고 써 있었죠? 선불입니다."

여자는 투덜투덜 불평을 늘어놓으면서도 루이비통 지갑에서 돈을 꺼냈습니다. 여자의 태도가 마음에 들지 않아 바가지를 씌운 것이지만, 여자는 그런 것에 구애받지 않고 돈을 주었습니다. 그 정도로까지 여자도 남자와 섹스를 하고 싶은 것일까요? 섹스가 아닌 무엇인가 다른 것을 원하는 것일까요? 그것은 무엇일까요? 나는 유리오의 상품 가치를 잘 모르겠습니다. 더구나 그날 밤, 돌부처 앞에 찾아온 손님은 여자뿐만이 아니었습니다. 분명히 동성애자라는 것을 알 수 있는 남자들도 몇 명 있었습니다. 나는 유리오 덕분에 하룻밤에 10만 엔 이상의 돈을 손쉽게 손에 넣을 수 있었습니다. 구청 근무 같은 것은 바보스럽게 느껴질 정도의 금액이었습니다.

이런 상태가 일주일쯤 계속되자, 유리오의 태도가 눈에 띄게 달라졌습니다. 분명히 나를 업신여기고 있었습니다.

"이모님, 빨리 컴퓨터 사주세요. 컴퓨터 같은 건 다섯 대쯤 살 수 있는 돈이 모였잖아요? 그리고 저도 가끔은 피자 같은 걸 배달시켜서 먹고 싶어요."

"유리오야, 너 요즘 굉장히 우쭐거리는구나!"

유리오는 다른 곳을 바라보았습니다.

"여자의 요구에 응하다 보니 변하더라고요. 이모님은 지나치게 변하지 않아서 탈이에요. 현실을 직시하자고요."

지금 나는 허리까지 내려오는 검은 가발을 쓰고 푸른색 아이섀도를 칠하고 새빨간 립스틱을 바른 모습으로 마루야마초를 걷고 있습니다. 대스타인 유리오는 예약이 꽉 차 있기 때문에, 유리오를 지정된 호텔에 보내 손님에게 인도하고 나면 그다음에는 한가합니다. 그동안 나도 남자를 찾아서 거리를 돌아다니고 있습니다.

여자를 찾는 것 같은 중년 남자가 호텔 앞에 서 있어서 큰맘 먹고 말을 걸어보았습니다. 딱 보기에도 여자를 밝힐 것 같은, 머리가 벗겨진 남자였습니다.

"저 처녀에요, 정말이에요! 마흔이 되었는데도 남자를 몰라요. 한번 시험해보지 않을래요?"

남자는 을씨년스럽다는 듯이, 그러나 호기심을 드러내면서 나를 보았습니다. 내 눈에 나타난 결의를 알아차렸는지 남자는 갑자기 진지한 얼굴로 변했습니다. 이렇게 해서 나는 처음으로 러브호텔에 들어간 것입니다. 두말할 것도 없이 앞으로 일어날 일을 상상하자 심장이 몹시 두근거렸지만, 그것을 상회하는 감정과 의지가 나를 지배하고 있었습니다. 나를 업신여기기 시작한 유리오에 대한 증오와 나도 변하고 싶다는 욕망이었습니다.

나는 남자의 체중에 숨을 헐떡이고 다정함 따위는 털끝만큼도 없는 남자의 애무를 받으면서 틀림없이 이렇게 생각할 것입니다. 가즈에는 추해진 자신을 드러내 보이고 그런 자신을 남자에게 사게 함으로써 자신에게, 그리고 이 세상에게 복수하고 있었던 것이라고. 지금 나도 똑같은 이유로 몸을 파는 것입니다.

유리코는 틀렸습니다. 여자가 몸을 파는 단 하나의 이유, 그것은 이 세상에 대한 증오입니다. 그것은 확실히 어리석고 슬픈 일이지만, 남자 또한 그런 여자의 감정을 받아들이지 않으면 안 될 때도 있는 것입니다. 그것이 가능한 순간이 섹스할 때뿐이라면, 남자도 여자도 어리석고 슬픈 것일까요? 나는 증오의 바다로 출항하여 언젠가 도달할 피안을 향해 달려갈 것입니다. 아아, 하지만 그 전에 요란한 소리가 들립니다. 어쩌면 내가 가는 앞길에 커다란 폭포가 있는 것 아닐까요? 폭포에 몸을 던지지 않으면, 증오의 바다에 나갈 수 없을지도 모릅니다. 나이아가라 폭포일까, 이구아스 폭포일까, 빅토리아 폭포일까? 두려움에 몸이 떨립니다. 하지만 일단 폭포에 휘말려 떨어져버리면, 그 뒤의 여정은 의외로 즐거울지도 모릅니다.

그것은 가즈에가 일기 속에서 가르쳐준 것입니다. 그렇다면 증오도 혼란도 모두 짊어지고 출항합시다. 나도 두려워하지 않고 가겠습니다. 어머, 나의 용기를 칭찬하면서 저쪽에서 유리코와 가즈에가 손을 흔들고 있잖아요! 빨리 오라고요. 나는 가즈에의 일기에 쓰여 있던 것을 생각해내고, 남자의 가슴에 몸을 기대어 부탁해 보았습니다.

"다정하게 대해주세요. 부탁이에요."

"좋아요. 그러면 당신도 내게 다정하게 대해줘요."

나는 이 남자가 유리코를 죽이고, 가즈에까지 죽였을지도 모를 장제중이 아닐까 싶어 그 눈을 뚫어지게 보았습니다.

옮긴이 _ **윤성원**

이화여자대학교 교육공학과를 졸업하고, 한국외국어대학교 대학원에서 일본어교육 석사 학위를 받
았다. 이화여자대학교 언어교육원, 중앙대학교 일본어교육원, 토론토 소재 고등학교 등에서 일본어
를 가르쳤다. 옮긴 책으로《태엽 감는 새》《바람의 노래를 들어라》《1973년의 핀볼》《먼 북소리》등 무
라카미 하루키의 주요작과 더불어, 아리카와 히로의《사랑, 전철》, 미우라 시온의《바람이 강하게 불
고 있다》, 마키네 마나부의《가모가와 호루모》등 젊은 일본 작가들의 개성 넘치는 작품들이 있으며,
그 외《토토와 함께한 내 인생 최고의 약속》《노란 코끼리》《크게 보고 멀리 보라》등이 있다.

그로테스크

1판 1쇄 2005년 11월 25일
1판 12쇄 2017년 7월 3일
2판 1쇄 2019년 1월 8일
2판 3쇄 2021년 2월 1일

지은이 기리노 나쓰오
옮긴이 윤성원

펴낸이 임지현
펴낸곳 (주)문학사상
주소 경기도 파주시 회동길 363-8, 201호(10881)
등록 1973년 3월 21일 제1-137호

전화 031)946-8503
팩스 031)955-9912
홈페이지 www.munsa.co.kr
이메일 munsa@munsa.co.kr

ISBN 978-89-7012-997-6 03830

이 도서의 국립중앙도서관 출판예정도서목록(CIP)은 서지정보유통지원시스템 홈페이지
(http://seoji.nl.go.kr)와 국가자료공동목록시스템(http://www.nl.go.kr/kolisnet)에서
이용하실 수 있습니다. (CIP제어번호 : CIP2018039853)